ମୋତେ ଚିହ୍ନ

ମୋତେ ଚିହ୍ନ

ମୂଳ ହିନ୍ଦୀ :

ସଂଜୀବ

ଓଡ଼ିଆ ଅନୁବାଦ :

ନୀହାରିକା ମଲ୍ଲିକ

ବ୍ଲାକ୍ ଇଗଲ୍ ବୁକ୍ସ

ଭୁବନେଶ୍ୱର, ଓଡ଼ିଶା

BLACK EAGLE BOOKS

Dublin, USA

ମୋତେ ଚିହ୍ନ/ ମୂଳ ହିନ୍ଦୀ : ସଂଜୀବ

ଓଡ଼ିଆ ଅନୁବାଦ : ନୀହାରିକା ମଲ୍ଲିକ

ବ୍ଲାକ୍ ଈଗଲ୍ ବୁକ୍ସ : ଭୁବନେଶ୍ୱର, ଓଡ଼ିଶା ● ଡବ୍ଲିନ୍, ଯୁକ୍ତରାଷ୍ଟ୍ର ଆମେରିକା

 BLACK EAGLE BOOKS

USA address:
7464 Wisdom Lane
Dublin, OH 43016

India address:
E/312, Trident Galaxy, Kalinga Nagar,
Bhubaneswar-751003, Odisha, India

E-mail: info@blackeaglebooks.org
Website: www.blackeaglebooks.org

First International Edition Published by
BLACK EAGLE BOOKS, 2025

MOTE CHINHA
by Sanjeeb
Translated by Niharika Mallick

Original Copyright © Sanjeeb
Translation Copyright © Niharika Mallick

Cover art: Trisha Tallina
Interior Design: Ezy's Publication

ISBN- 978-1-64560-775-5 (Paperback)

Printed in the United States of America

ଉତ୍ସର୍ଗ

ଅଲୋକାମଞ୍ଜରୀଙ୍କୁ...

ଅନୁବାଦ ସଂପର୍କରେ....

ମୋ ଭିତରର ପାଠକ ସବୁବେଳେ ଏକ ଭିନ୍ନ ସ୍ୱାଦର ବହି ଖୋଜୁଥାଏ, ଯାହା କି ଚିରାଚରିତ ପ୍ରେମ, ପ୍ରତାରଣା, ପରକୀୟା ଇତ୍ୟାଦିଠୁ ଦୂରରେ ଥାଇ ସମାଜର ଅନ୍ୟ ସମସ୍ୟା ବା ଏମିତି କିଛି ବିଷୟ ଉପରେ ଆଧାରିତ ହୋଇଥିବ ଯାହାକି ପାଠକର ଚେତନାକୁ ପ୍ରଭାବିତ କରୁଥିବ। ଠିକ୍ ସେହିପରି ଏକ ଉପନ୍ୟାସ 'ମୁଝେ ପେହଚାନୋ'। ଉପନ୍ୟାସଟିର ଲେଖକ ସଂଜୀବ ଏପରି କୌଣସି ଦିଗ ନାହିଁ ଯାହାକୁ ଅଣଦେଖା କରିଛନ୍ତି। କାଳ୍ପନିକ କଥାବସ୍ତୁ ସହ ବାସ୍ତବ ଜୀବନର ଏକ ଅପୂର୍ବ ସମନ୍ୱୟ ଲେଖକ ଏଥିରେ ତୋଳି ଧରିଛନ୍ତି। ଯଦିଓ ପୁସ୍ତକର ଆରମ୍ଭରେ ଏହା ଏକ କାଳ୍ପନିକ କାହାଣୀ ବୋଲି କୁହାଯାଇଛି କିନ୍ତୁ ଇତିହାସର ପୃଷ୍ଠାକୁ ଲେଉଟାଇଲେ ଏପରି ଘଟଣା ଓ ଚରିତ୍ରମାନେ ଜୀବନ୍ତ ହୋଇ ଉଠନ୍ତି।

ସତୀପ୍ରଥା ପରି ଏକ ଘୃଣ୍ୟ ପ୍ରଥା ବିଷୟରେ କିଏ ବା ଅବଗତ ନୁହଁନ୍ତି! ସମାଜରୁ ଏହି କୁପ୍ରଥା ଉଚ୍ଛେଦ କରିବାରେ ମୁଖ୍ୟ ପୁରୋଧା ସାଜିଥିବା ରାଜା ରାମମୋହନଙ୍କ ଭାଉଜଙ୍କ ସତୀ ହେବା ଘଟଣାର ବର୍ଣ୍ଣନା ମୋତେ ବିସ୍ମିତ କରିଥିଲା। ସ୍ୱାମୀଙ୍କ ମୃତ୍ୟୁ ପରେ ଅଲୋକାମଞ୍ଜରୀଙ୍କୁ ସତୀ ହେବା ପାଇଁ ଚିତାରେ ବସାଇଦିଆ ଯାଇଥିଲା। ଚିତାରେ ଅଗ୍ନିସଂଯୋଗ ପରେ ଲୋକମାନେ ସେଠାରୁ ଚାଲି ଆସିଥିଲେ। ଅଲୋକାମଞ୍ଜରୀ ନିଜକୁ ନିଆଁ ମୁହଁରୁ ବଞ୍ଚାଇ ଅଧାଜଳା ଅର୍ଦ୍ଧଉଲଗ୍ନ ଅବସ୍ଥାରେ ଏକ ବୁଦା ମୂଳରେ ଆତ୍ମଗୋପନ କରିଥିଲେ। କିନ୍ତୁ ସକାଳେ ତାଙ୍କୁ ଜୀବିତ ଥିବା ଦେଖିପାରି ଲୋକମାନେ ପୁଣି ଥରେ ନେଇ ତାଙ୍କୁ ଚିତାରେ ଜାଳି ଦେଇଥିଲେ। ଏପରି ଘଟଣା ମାନବତା ପ୍ରତି ଏକ ଶକ୍ତ ପ୍ରହାର ଅଟେ। ଏହି ଲୋମହର୍ଷଣ ଘଟଣାରେ ବ୍ୟଥିତ ରାମମୋହନ ସତୀପ୍ରଥା ଉଚ୍ଛେଦ ପାଇଁ ଆପ୍ରାଣ ଉଦ୍ୟମ କରିଥିଲେ। ଲେଖକ ଇତିହାସର ଏହି ବାସ୍ତବ ଚରିତ୍ର ସହ ଉପନ୍ୟାସର ମୁଖ୍ୟ ଚରିତ୍ର ସାବିତ୍ରୀ କୁଅଁରକୁ ତୁଳନା କରିଛନ୍ତି।

ସେ କିନ୍ତୁ ଅଲୋକାମଞ୍ଜରୀଙ୍କ ପରି ସମାଜ ଓ ଅନ୍ଧବିଶ୍ୱାସ ଆଗରେ ହାରି ନ ଯାଇ ବଞ୍ଚିବା ପାଇଁ ସଂଘର୍ଷ କରିଛି। କିନ୍ତୁ ତାକୁ ତା ନିଜ ବାପାମାଆ ମଧ୍ୟ ଗ୍ରହଣ କରିବାକୁ ରାଜି ହୁଅନ୍ତିନି। ଏପରି ଅନେକ ଘଟଣା ଓ ଚରିତ୍ରର ନିଖୁଣ ବର୍ଣ୍ଣନା ଉପନ୍ୟାସକୁ ସୁଖପାଠ୍ୟ କରି ଗଢ଼ିତୋଳିଛି।

କେବଳ ଯେ ସତୀପ୍ରଥା ନୁହଁ, ବରଂ ଜାତିପ୍ରଥା, ନିରୀହ ଲୋକଙ୍କୁ ଶୋଷଣ, ବେଶ୍ୟାବୃତ୍ତି, ବାଲ୍ୟବିବାହ ଏବଂ ଅନେକ ଅନ୍ଧବିଶ୍ୱାସ କୁସଂସ୍କାରର ମୁଖା ଏ ଉପନ୍ୟାସ ଖୋଲିଦେଇଛି। ଧର୍ମ ନାମରେ ରାଜନୀତି, ରାଜନୀତି ନାମରେ ଭ୍ରଷ୍ଟାଚାର ଓ ଶଠତା ଏବଂ ସର୍ବୋପରି ପୁରୁଷତାନ୍ତ୍ରିକ ମାନସିକତା ବିରୁଦ୍ଧରେ ଏକ ଶକ୍ତ ସ୍ୱର ଏ ଉପନ୍ୟାସ ମାଧ୍ୟମରେ ଲେଖକ ଉଠେଇଛନ୍ତି। ରାଜକୀୟ ଅଧିକାର ପାଇଁ ଭାଇ ଭାଇ ମଧ୍ୟରେ ଲଢ଼େଇ, ହୀରାପଥର ମିଳିବାର ମନଗଢ଼ା କାହାଣୀ ସୃଷ୍ଟିକରି ନିରୀହ ପ୍ରଜାମାନଙ୍କ ଉପରେ ଅତ୍ୟାଚାର, ଲୋକଙ୍କ ମନରେ ଥିବା ଧର୍ମବିଶ୍ୱାସର ଫାଇଦା ନେଇ ତାକୁ ରୋଜଗାରର ମାଧ୍ୟମ କରିବା ଏବଂ ଏସବୁ ଭିତରେ ଜୀବନର ଶୂନ୍ୟତାରେ ଘାଣ୍ଟିହେଉଥିବା ନାରୀ। ଉପନ୍ୟାସର ପ୍ରତିଟି ପୃଷ୍ଠା ପାଠକର ହାତଧରି ଆଗକୁ ନେଇଯାଏ।

କିଛି ଘଟଣାବଳୀ ଓ ପ୍ରଥାକୁ ଲେଖକ ଯେପରି ବୈଜ୍ଞାନିକ ତର୍କ ମାଧ୍ୟମରେ ଉପସ୍ଥାପିତ କରିଛନ୍ତି ତାହା ଖୁବ୍ ଗୁରୁତ୍ୱପୂର୍ଣ୍ଣ। କହିବାକୁ ଗଲେ, ଏହି ତଥ୍ୟ ଗୁଡିକ ହିଁ ମୋତେ ବହିଟିକୁ ଅନୁବାଦ କରିବା ପାଇଁ ପ୍ରେରିତ କରିଛନ୍ତି କହିଲେ ଅତ୍ୟୁକ୍ତି ହେବନାହିଁ। ଆମର ଦେବୀପୀଠଗୁଡ଼ିକ ବିଷୟରେ ସବିଶେଷ ଜାଣିବା ତାହା ପୁଣି ଏକ ବୈଜ୍ଞାନିକ ତର୍କ ଦେଇ... ନିଶ୍ଚିତ ରୂପେ ପାଠକକୁ ଏକ ନୂତନ ଅନୁଭୂତି ଦିଏ।

ମୋର ମନେହୁଏ ସତୀପ୍ରଥା ଉପରେ ଆଧାରିତ ଏହା ବୋଧହୁଏ ପ୍ରଥମ ଏପରି ଉପନ୍ୟାସ ଯେଉଁଥିରେ ଏହି ପ୍ରଥାର ବିଭିନ୍ନ ଦିଗ ଏବଂ ପଛରେ ଲୁଚି ରହିଥିବା ପୁରୁଷତନ୍ତ୍ରର ଷଡ଼ଯନ୍ତ୍ରକୁ ସ୍ପଷ୍ଟ ଏବଂ ନିର୍ଭୀକ ଭାବେ ଚିତ୍ରଣ କରାଯାଇଛି। ଆମ ପରମ୍ପରା ନାମରେ ଯୁଗଯୁଗ ଧରି ଚାଲିଆସିଥିବା ଅନ୍ଧବିଶ୍ୱାସ ଉପରେ ଏହା ଏକ କୁଠାରଘାତ।

ପୁସ୍ତକଟିକୁ ଅନୁବାଦ କରିବା ମୋ ପାଇଁ ଯେତିକି କଷ୍ଟକର ଥିଲା ସେତିକି ଉପଭୋଗ୍ୟ ମଧ୍ୟ। କାଳ୍ପନିକ, ପୌରାଣିକ, ଐତିହାସିକ ଏବଂ ବାସ୍ତବ ଘଟଣାଗୁଡ଼ିକର ଏକ ଅପୂର୍ବ ସମନ୍ୱୟ ଏଥିରେ ଦେଖିବାକୁ ମିଳେ। ବିହାର, ମଧ୍ୟପ୍ରଦେଶ, ଉତ୍ତରପ୍ରଦେଶର ସୀମାବର୍ତ୍ତୀ ଅଞ୍ଚଳଗୁଡିକ... ଯେପରିକି କଣ୍ଟା, ରେୱା, ଅଜୟଗଡ଼, ବିଜୟଗଡ଼ ଆଦିକୁ ନେଇ କାହାଣୀ ଗତିଶୀଳ ହୋଇଛି। ଏଥିରେ ବର୍ଣ୍ଣିତ ଥାରୁ ଜନଜାତି, ବେଡିନ୍ ସଂପ୍ରଦାୟ ଏବଂ ସେମାନଙ୍କ ପ୍ରଥା ଚଳଣି ବିଷୟରେ ଜାଣିବା ପାଇଁ ମୋତେ

ଗୁଗୁଲ ସହାୟତା ନେବାକୁ ପଡ଼ିଥିଲା । ଆଉ ଏହା ଦ୍ୱାରା ଏ ସଂପର୍କିତ ଅନେକ ତଥ୍ୟ ମୁଁ ଜାଣିବାକୁ ପାଇଲି, ଯାହା କି ମୋ ଅନୁବାଦ କାମକୁ ତ୍ୱରାନ୍ୱିତ କରିଥିଲା । ତାହା ରାଜସ୍ଥାନର ସେବିକା ଭୱଁରୀ ଦେବୀ ଗଣବଳାତ୍କାର ଘଟଣା ହେଉ ବା ୧୯୮୭ ମସିହାରେ ସତୀ ହୋଇଥିବା ରୂପ କୁୱଁରଙ୍କ ଘଟଣା ହେଉ... ସମାଜରେ ନାରୀର ସ୍ଥିତି ଓ ନ୍ୟାୟିକ ବ୍ୟବସ୍ଥା ଉପରେ ଏକ ବିରାଟ ପ୍ରଶ୍ନଚିହ୍ନ ମୋ ମନରେ ସୃଷ୍ଟି ହୋଇଥିଲା । ଉପନ୍ୟାସଟି ଅନୁବାଦ କରିବାର ସମୟ ମୋ ଚେତନାକୁ ଏକ ଭିନ୍ନ ସ୍ତରକୁ ନେଇଯାଉଥିଲା । କେତେବେଳେ ସାବିତ୍ରୀ କୁଅଁର, ରୂପ କୁଅଁର, ଅଲୋକାମଞ୍ଜରୀଙ୍କ ସହ ଚିତାରେ ଦଗ୍ଧ ହୋଇଛି ତ ପୁଣି କେତେବେଳେ ରାଜନୀତି, ଧର୍ମାଚାରର ପଶାପାଲିରେ ବଳି ପଡୁଥିବା ନିରୀହ ଜନତାଙ୍କ ଅସହାୟତାରେ ହୃଦୟ ଦ୍ରବୀଭୂତ ହୋଇଛି ।

ତେବେ ଏସବୁ ଭିତରେ ଯେ ଆଦୌ ଝୁଣ୍ଟିନି ଏକଥା କହିବିନି । ଏଥିରେ ଥିବା ଗାଉଁଲି ଲୋକଗୀତର କିଛି ପଦକୁ ଭାଷାନ୍ତର କରିବା ମୋ ପକ୍ଷରେ ଏକ ପ୍ରକାର ଆହ୍ୱାନ ହୋଇଯାଇଥିଲା । କାରଣ, ଯତିପାତ ସହ ଅର୍ଥ ଓ ଗୀତର ଲାଳିତ୍ୟକୁ ଓଡ଼ିଆ ରୂପ ଦେବା ମୋ ପକ୍ଷରେ କଷ୍ଟକର ହୋଇଯାଇଥିଲା ।

ମୋଟ ଉପରେ କହିବାକୁ ଗଲେ ଉପନ୍ୟାସଟିର ମୂଳଲେଖା ପଢ଼ିବାବେଳେ ମୋ ଭିତରର ପାଠକ ଯେତିକି ପାଠକୀୟ ତୃପ୍ତି ପାଇଛି, ଜଣେ ଅନୁବାଦକ ହିସାବରେ ମୋ ଓଡ଼ିଆ ପାଠକମାନଙ୍କୁ ସେଇ ସୁନ୍ଦର ପାଠକୀୟ ଅନୁଭବ ଦେବାକୁ ମୁଁ ଯଥାସମ୍ଭବ ଉଦ୍ୟମ କରିଛି । ତେବେ କେତେଦୂର ସଫଳ ହୋଇଛି ତାହା ମୋ ପ୍ରିୟ ପାଠକମାନେ କହିବେ ।

ଶେଷରେ, ଏପରି ଏକ ଭିନ୍ନ ସ୍ୱାଦର ଚର୍ଚ୍ଚିତ ଉପନ୍ୟାସକୁ ସାରା ବିଶ୍ୱର ପାଠକମାନଙ୍କ ପାଖରେ ପହଞ୍ଚାଇବାର ଦାୟିତ୍ୱ ନେଇଥିବା ଅଗ୍ରଣୀ ପ୍ରକାଶନ ସଂସ୍ଥା 'ବ୍ଲାକ ଈଗଲ ବୁକସ୍'ର ନିର୍ଦ୍ଦେଶକ ଶ୍ରୀ ସତ୍ୟ ପଟ୍ଟନାୟକ ଏବଂ ସୁନ୍ଦର ପ୍ରଚ୍ଛଦ ଓ ଅକ୍ଷରରେ ସଜେଇଥିବା ଶ୍ରୀ ଅଶୋକ ପରିଡାଙ୍କୁ ମୋର ଆନ୍ତରିକ ଧନ୍ୟବାଦ । ଆଶା କରୁଛି ଉପନ୍ୟାସଟି ପାଠକମାନଙ୍କ ହୃଦୟକୁ ନିଶ୍ଚୟ ଛୁଇଁବ ।

ନୀହାରିକା ମଲ୍ଲିକ

"ଦେଖ, ଆସିଗଲା ରତ୍ନର ଦେଶ- ରତନପଛି !
ସେ ପାହାଡ଼ ଆଉ ଏ ପାହାଡ଼- ଏ ଦୁଇଟି ମଝିରେ ହିଁ ସୀମାବଦ୍ଧ କଣ୍ଟା ରାଜ୍ୟ। ନଦୀର ଆର ପାଖରେ ବିଜୟଗଡ଼ ଏବଂ ଏ ପାଖରେ ଅଜୟଗଡ଼। ସିଧା ବଙ୍କା, ସାନ ବଡ଼ ଅନେକ ପାହାଡ଼, କେଉଁଠି ପାଖକୁ ଲାଗି ଲାଗି ତ କେଉଁଠି ଛାଡ଼ି ଛାଡ଼ି... ବେକରେ ଥିବା ହାଡ଼ ପରି !" ମୋଟର ସାଇକେଲକୁ ଗୋଟେ ପଟକୁ ଠିଆ କରେଇ ଦେଇ ଗାଇଡ୍‌ଟିଏ ପରି ବଡ଼ ପାଟିରେ ବୁଝାଇ ଚାଲିଥିଲା ଦୁବେ।

"କୁହାଯାଏ ଯେ ଜ୍ୱାଳାମୁଖୀଗୁଡ଼ିକର ବାରମ୍ବାର ଉଦ୍‌ଗୀରଣ ଫଳରେ କେଜାଣି କେଉଁ ଫିଜିକ୍ସ ଏବଂ କେମିଷ୍ଟ୍ରି ଯୋଗୁଁ ବହୁ ବର୍ଷ ତଳେ ଏହି ରତ୍ନଗୁଡ଼ିକର ସୃଷ୍ଟି ହୋଇଥିବ।" ପୁଣି ଟିକେ ଅଟକି ଯାଇ ସେ କହିଲା, "ଏହି ବଂଶର ଉତ୍ପତ୍ତିକୁ ନେଇ ମଧ୍ୟ ମୋର ସମାନ ମତ। ଧର୍ମ ଏଠି ପଙ୍ଗୁ ହୋଇ ବସି ରହିଛି, ବିବେକ ଏବଂ ସମୟଜ୍ଞାନ ମଧ୍ୟ। ଏହା ସେହି ରାଜରାଜୁଡ଼ା ଷ୍ଟେଟ୍‌ସର ଅବଶେଷ ଅଟେ, ଯାହାକି ଜମି ରହିଥିବା ପାଣି ପରି ପଚିବାରେ ଲାଗିଛି, ଯେଉଁମାନଙ୍କ ପାଇଁ ସମୟ ଆଗକୁ ବଢ଼ିନି। ରାୟସାହେବ ରାୟସାହେବ ହୋଇ ରହିଛନ୍ତି ଏବଂ ଲାଲ୍‌ସାହେବ ଲାଲ୍ ସାହେବ ହୋଇ। କେବେ ଆଉ କେମିତି ହେଲେ, ସେକଥା ଏବେ ବି ଅଜଣା। ଯାହା ଯେତିକି ଜଣାପଡ଼ିଛି, ସେତକ କେବଳ ଫଳର ଉପର ଅଂଶ ମାତ୍ର, ଅର୍ଥାତ୍ ପଶ୍ଚିମରେ ପନ୍ନା ଏବଂ ପୂର୍ବରେ ଓଡ଼ିଶା 'ଭୋଗ' ପର୍ଯ୍ୟନ୍ତ ଏହି ପଛି ଖେଳେଇ ହୋଇ ରହିଛି। କେଜାଣି କେତେ ସତ କେତେ ମିଥ୍ ଭଗବାନ ଜାଣନ୍ତି, ଏହାର ରହସ୍ୟ ଏଠାକାର ରାଜା, ପ୍ରଜା, ମନ୍ତ୍ରୀ ଠିକାଦାରମାନଙ୍କୁ ଭ୍ରମିତ କରିଆସୁଛି।"

"ଆଜିଯାଏଁ କେତେଜଣଙ୍କୁ ଏ ରତ୍ନ ମିଳିଛି ?"

"ମୋ ଜାଣିବାରେ ତ କାହାକୁ ବି ନୁହଁ। ତେବେ ଏହି ହୀରା ଦୌଡ଼ର ମରୀଚିକାରେ ରାଜା ଜୟପ୍ରକାଶ ସିଂହ, ତାଙ୍କ ପୁଅ ମଧ୍ୟ ସାମିଲ ହେଲେ, ଏବଂ ଆହୁରି ଅନେକ... ହେଲେ ସମସ୍ତଙ୍କୁ ନିରାଶ ହୋଇ ହାର ମାନିବାକୁ ପଡ଼ିଥିଲା। କିନ୍ତୁ ଲୋଭ ତ ସୁପ୍ତ ଜ୍ୱାଳାମୁଖୀ ପରି ମଝି ମଝିରେ ନିଜର ରୂପ ଦେଖାଇଥାଏ। ମରୀଚିକାର ଏହି ବୃଥା ଦୌଡ଼ରେ ଆଜିଠାରୁ ତୁମେ ମଧ୍ୟ ସାମିଲ ହୋଇଗଲ।"

'ଆଶ୍ଚର୍ଯ୍ୟ!' ମୁଁ କହିଲି।

"ଏଇ ସମଗ୍ର ଦୁନିଆ ଏମିତି ହିଁ ଚାଲିଛି ବନ୍ଧୁ! ଭାଗ୍ୟ, ଭଗବାନ, ସଟ୍ଟା, ଜୁଆ ଆଦିରେ ବିନା ପରିଶ୍ରମରେ ଧନୀ ହେବାର ସ୍ୱପ୍ନ ଦେଖନ୍ତି ଏ ହାରାମୀମାନଙ୍କ ବଂଶଧର। ସିଧାସାଦା ପରିଶ୍ରମୀ ଏବଂ ଯୋଗ୍ୟ ବ୍ୟକ୍ତି! ଖୋଜି ଖୋଜି ଚପଲ ପଛେ ଘୋରିଦିଅ, 'ମହାଭାରତ' ଯୁଗରୁ ନେଇ 'କୌନ ବନେଗା କରୋଡ଼ା ପତି' ପର୍ଯ୍ୟନ୍ତ। ଏଇ ଗୋଟିଏ ଚର୍ଚ୍ଚା। ଭାଗ୍ୟଂ ଫଳତି, ନ ଚ ବିଦ୍ୟା ନ ଚ ପୌରୁଷମ୍। ନଦୀର ଆରପାଖ ପାହାଡ଼ ଉପରେ ଯେଉଁ ଧ୍ୱଂସାଭିମୁଖୀ ଗଡ଼ ଦୂରରୁ ଦିଶୁଛି, ସେଇଟା ହେଲା ରାୟ ସାହେବଙ୍କ ମହଲ ଏବଂ ଆଗକୁ ବାଁ ପଟେ ଦି ମହଲା କୋଠା ପଡ଼ିବ, ସେଇଟା ହେଲା ଲାଲ ସାହେବଙ୍କ କୋଠି। ମନେରଖ, ସାମ୍ନାକୁ ଆସିବା ମାତ୍ରେ ପାଦରୁ ଜୋତା ବାହାର କରିଦେବ, ଦୃଷ୍ଟି ଯେପରି ତଳକୁ ରହେ। ଦୁବେ ମଟରସାଇକେଲ ଷ୍ଟାର୍ଟ କରୁକରୁ ମୋତେ ସତର୍କ କରାଉଥାଏ।"

"କାହିଁକି ?"

"କାରଣ ଏଇଟା ହିଁ ପରମ୍ପରା।"

ମୁଁ ମନେମନେ ଲଜ୍ଜିତ ହେଲି। ପାଞ୍ଚବର୍ଷ ହେବ ଚାକିରି ପାଇଁ ଘୂରି ବୁଲୁଥିଲି, କୋଉଠି କିଛି ମିଳିଯାଇଥିଲେ ଏଠିକି ଆସିଥାନ୍ତି କାହିଁକି ?

"ଏଠିକୁ ତ ମନ୍ତ୍ରୀ, ଡିଏସ୍‌ପି, ଏସ୍‌ପି, ସିଏମ୍ ଆଦି ଆସୁଥିବେ ?"

"ଏ ନିୟମ ତୁମ ଆମ ପରି ସାଧାରଣ ଲୋକଙ୍କ ପାଇଁ, ଅବଶ୍ୟ କିଛି ଅଧିକାରୀ ମଧ୍ୟ..."

"ଏ ଲାଲ ସାହେବ ଓ ରାୟ ସାହେବ ପୁଣି କ'ଣ ?"

"ଏଇଟା ଗୋଟେ ପ୍ରଭାବଶାଳୀ ରାଜା-ରାଜୁଡ଼ାଙ୍କ ଇଲାକା। ରାଜାଙ୍କ ଔରସରୁ ରାଣୀମାନଙ୍କ ଗର୍ଭରୁ ଯେଉଁ ପୁଅ ଜନ୍ମ ହେଲେ ସେ ରାୟସାହେବ ଏବଂ ରକ୍ଷିତାମାନଙ୍କଠୁ ଯେଉଁ ପୁଅ ଜନ୍ମ ହେଲେ ତାଙ୍କୁ ଲାଲ ସାହେବ ବୋଲି କୁହାଗଲା।"

"କିନ୍ତୁ ରକ୍ଷିତା ତ ବହୁତ ଥିବେ, ଆଉ ପୁଣି ଖାଲି ରାଜକୁମାର ତ ନୁହଁ ରାଜକୁମାରୀ ମଧ୍ୟ ଜନ୍ମ ନେଉଥିବେ।"

"ତୁମେ ଶାର୍କ ଦେଖିଛ ?"

"ନା"

"କୋବ୍ରା ତ ଦେଖିଥିବ ?"

"ହଁ।"

"ଶୁଣିଛି, ଶାର୍କ ଏବଂ କୋବ୍ରା ମଧ୍ୟ ଅଣ୍ଡାରୁ ବାହାରନ୍ତି ନାହିଁ, ସମ୍ପୂର୍ଣ୍ଣ ଭାବେ ଶାର୍କ ବା ସାପ ହୋଇ ହିଁ ବାହାରନ୍ତି। ଗର୍ଭରେ ହିଁ ପରସ୍ପରକୁ ଖାଇ ଯାଆନ୍ତି, ଯିଏ ବଞ୍ଚିଯାଏ, ସେ ହିଁ ବାହାରକୁ ଆସେ। ଯଦି ସବୁଯାକ ସୁରକ୍ଷିତ ଭାବେ ବାହାରକୁ ଆସିଯା'ନ୍ତେ ତେବେ ଭାବ, ତୁମ - ଆମ ପରି ଲୋକଙ୍କର କ'ଣ ହେବ !"

"କ'ଣ ଏମାନଙ୍କର କୌଣସି ନାଁ ନଥାଏ ?"

"ରାୟ ସାହେବଙ୍କ ନା ସୁରେନ୍ଦ୍ର ପ୍ରତାମ ସିଂହ ଆଉ ଲାଲ ବାହାଦୁରଙ୍କ ନା ବୀରେନ୍ଦ୍ର ପ୍ରତାପ ସିଂହ। ଅବଶ୍ୟ ନା କେହି ଧରନ୍ତିନି, କେବଳ ରାୟ ସାହେବ ବା ଲାଲ ସାହେବ। କିନ୍ତୁ ସେମାନଙ୍କ ସ୍ତ୍ରୀମାନଙ୍କୁ ଆମେ ରାଣୀ ସାହେବା ହିଁ କହିବା।"

"ରାଣୀ ସାହେବା ?

ଦୁହିଁଙ୍କୁ - 'ଲାଲ' 'ଧଳା' କିଛି ନୁହଁ ?"

"କେତେ ପ୍ରଶ୍ନ ପଚାରୁଛ ଯେ ! ଏଇଟା ହିଁ ନିୟମ ଆଉ କ'ଣ ?"

ନଦୀ ବିଷୟରେ ପଚାରିବାକୁ ଇଚ୍ଛା ହେଉଥିଲା - ଏଇଟା ନଦୀ ନା ନାଳ ? କିନ୍ତୁ ନାଁ, ଦୁବେର ଉତ୍ତର ମୋତେ ଜଣାଥିଲା - ନଦୀ ହିଁ କୁହାଯିବ, ଏଇଟା ହିଁ ନିୟମ।

ଦୁବେ ଗାଇଡ୍‌ଟିଏ ପରି କହି ଚାଲିଥାଏ। "ଆଗକୁ ରାଣୀଘାଟ ଅଛି, ଘାଟରେ କେବଳ ରାଣୀମାନେ ହିଁ ସ୍ନାନ କରନ୍ତି, ଇଚ୍ଛା ହେଲେ କେବେ କେମିତି ରାଜା ମଧ୍ୟ। ସେ ପାଖକୁ ରାୟ ସାହେବ ଆଉ ଏ ପାଖରେ ଲାଲ ସାହେବ। ଯେଉଁଦିନ ସେମାନଙ୍କର ସ୍ନାନ କରିବାର ଥାଏ, ପ୍ରଥମେ ସ୍ୱତନ୍ତ୍ର ଭାବେ ସଫାସୁତୁରା ଏବଂ ଧୂଆଁ ଧୋଇ ପରିଷ୍କାର କରାଯାଏ। କିଛି ମାସ ହେଲା ଏସବୁ ହେଉନି, କିନ୍ତୁ ପରଦା ଟାଣି ଏବେବି ଘେରାଇ ଦିଆଯାଏ। ପରଦା ବୁଝି ବୁଝିପାରୁଛ ?"

"ପରଦା ! ଯେମିତିକି କେହି ଦେଖିପାରିବେନି।"

"ହଁ, ଏସବୁ ଥିବା ସତ୍ତ୍ୱେ ଯଦି କେହି ଦୁଃସାହସ କରି ଲୁଚି ଦେଖିବାକୁ ଚେଷ୍ଟା କରେ, ତେବେ ତା' ଆଖି ବାହାର କରିଦିଆଯାଏ।"

"ରାଜକୁମାରୀମାନେ ମଧ୍ୟ ?"

"ତୁମେ ଏ ପ୍ରଶ୍ନ ଆଗରୁ ମଧ୍ୟ ପଚାରିସାରିଛ, ଅଧିକାଂଶ ରାଜକୁମାରୀ ତ ଜନ୍ମ ହିଁ ନେଇ ପାରନ୍ତିନି, ଯଦି ଜନ୍ମ ହେଲେ ବଞ୍ଚିପାରନ୍ତିନି, ଆଉ ଦୈବାତ୍ ଯଦି ବଞ୍ଚିଗଲେ... ଯେମିତିକି ଏବେ ଲାଲ୍‌ସାହେବଙ୍କର ଜଣେ ଝିଅ ଅଛନ୍ତି... ତେବେ ତାଙ୍କୁ ସମ୍ପୂର୍ଣ୍ଣ ଭାବେ ପରଦା ଭିତରେ ହିଁ ରଖାଯାଏ।"

"ଆମେ ଯେ' କୋଉ ଯୁଗରେ ଅଛୁ ?"

"ଏଇ ଆସିଗଲା ତୁମ ଭୁତ ନାଳ, ଆଉ ଏଇଟା ହେଲା ଲାଲ ସାହେବଙ୍କ କୋଠି।"

କୋଠିର ଠିକ୍ ଟିକେ ଆଗରୁ ଦୁବେ ମଟରସାଇକେଲ ରଖିଦେଲା, ଜୋତା ବାହାର କଲା। ଜୋତା ଖୋଲିବା ସମୟରେ ଅପମାନର ଏକ ଶୀତଳ ଲହରୀ ମୋ ଦେହରେ ଚାଲିଯିବା ପରି ଲାଗିଲା। ହାତରେ ଚପଲ, ଆଖି ତଳକୁ କରି ଆମେ ପାଚେରୀର ବିରାଟ ଫାଟକ ଭିତରେ ପ୍ରବେଶ କଲୁ। ଟିକେ କଣେଇକି ଦେଖିଲି, ପଥରରେ ତିଆରି ହୋଇଥିବା ପାଚେରୀ ଗୋଟେ ଗୋଟେ ଜାଗାରେ ଭାଙ୍ଗିଯାଇଥିଲା। ଆଗରେ ଫୁଲବଗିଚାଟିଏ ଥିଲା, ପ୍ରାୟ ଶୁଖିଲା। ଅଳ୍ପ କିଛି ଗଛ ଲାଗିଥିଲା, ହେଲେ ରକ୍ଷଣାବେକ୍ଷଣ ଅଭାବରୁ ଶୁଖିଲା ଦରମରା ହୋଇ ଠିଆ ହୋଇଥିଲେ। ସେସବୁ ସେଠାରୁ ବାହାର ମଧ୍ୟ କରାଯାଇ ନ ଥିଲା।

କୋଠି ବା ପ୍ରାସାଦଠାରୁ ଟିକେ ଦୂରରେ ଗୋଟେ ତୀଖ ଟାପୁ ପରି ସ୍ଥାନରେ ଅଳ୍ପ କେତୋଟି ଘର ଠିଆ ହୋଇଥିଲା। କିଛି ଦୂରରେ ଡାହାଣ ପଟକୁ ଗୋଟେ ଧାଡ଼ି ପଥର ଖୁଣ୍ଟି ଥିଲା, ହେଲେ କୌଣସି ପଶୁ ସେଠି ବନ୍ଧା ହୋଇ ନ ଥିଲେ, ବୋଧହୁଏ ଚରିବା ପାଇଁ ଯାଇଛନ୍ତି।

"କେତୋଟି ମଇଁଷୀ ଥିଲେ, କିଛି ଲାଲ ସିନ୍ଧି ଗାଈ, ଦୁଇଟି କଲାରାସ ଘୋଡ଼ା ଥିଲେ, ଏବେ ବୋଧେ ଗୋଟେ ହିଁ ଅଛି, ହଳେ ହାତୀ, ଗୋଟେ ମରିଗଲା ଗୋଟେ ଅଛି।" ଦୁବେ କହିଚାଲିଥିଲା, ହଠାତ୍ ସ୍ୱର ଧୀର ହୋଇଗଲା 'ଲାଲ ସାହେବ!'

ଆଗରେ ଦି'ଜଣ ରାଇଫେଲଧାରୀଙ୍କ ସହ ଜଣେ ଗୋରା ଦମ୍ଭିଲା ଚେହେରାର ବ୍ୟକ୍ତି ଠିଆ ହୋଇଥିଲେ- ମାଟିଆ ରଙ୍ଗର ସଫାରୀ ସୁଟ୍, ଚିକ୍କଣ ପୁରନ୍ତ ଗାଲ, ଡାହାଣ ହାତରେ ଲାଲ ରକ୍ଷା ସୂତ୍ର, ଶରୀରର ଗଢ଼ଣ ମଧ୍ୟମ ଧରଣର, ବୟସ ପାଖାପାଖି ୪୫ ହେବ। ସମ୍ପୂର୍ଣ୍ଣ ବ୍ୟକ୍ତିତ୍ୱ ମଧ୍ୟରେ ଆକର୍ଷଣର କେନ୍ଦ୍ରବିନ୍ଦୁ ଥିଲା ତାଙ୍କର ଗଭୀର ନୀଳଆଖି। ଅଗ୍ନିଶିଖା ପରି ନୀଳ! ତାଙ୍କ ପଛକୁ ଆଉ ଅଲଗା ଲୋକ ମଧ୍ୟ କିଛି ଠିଆ ହୋଇଥିଲେ। ଗୋଟେ ଥର ଆଖି ବୁଲାଇ ଆଣିବା ଭିତରେ ଏତିକି ବୁଝିସାରିଥିଲି। ଆମେ ଜୋତାକୁ ଗୋଟିଏ ପାଖକୁ ରଖିଦେଇ ନଇଁପଡ଼ି ତାଙ୍କୁ ଅଭିବାଦନ ଜଣାଇଲୁ।

"ଆପଣଙ୍କ ନାଁ କ'ଣ ?" ସେ ପଚାରୁଥିଲେ। ମୁଁ ଲକ୍ଷ୍ୟ କଲି, ତାଙ୍କ ନୀଳ ଆଖିରେ ସେ ଆମକୁ ଉପରୁ ତଳ ଯାଏ ନିରୀକ୍ଷଣ କରିଚାଲିଛନ୍ତି। ସତେ ଯେମିତି ଆମ ଔକାତକୁ ସେ ଆଖିରେ ମାପୁଥିଲେ। କଣ୍ଠସ୍ୱରରେ ଗଭୀର ରାଜକୀୟ ଗାମ୍ଭୀର୍ଯ୍ୟ। ମୋର 'ମୁଗଲ-ଏ-ଆଜମ'ର ପୃଥ୍ୱୀରାଜ କପୁରଙ୍କ କଥା ମନେ ପଡ଼ିଗଲା।

'ନାଁ ?' ଦୁବେ ମୋତେ ଟିକେ ଚୁମୁଟି ଦେଲା।

"ଆଜ୍ଞା, ମନୋଜ ସିଂହ।"

"ଇଏ ଗୋଟାଏ କି ନା ? ସମ୍ଭ୍ରାନ୍ତମାନଙ୍କ ନାମ ରଣବିଜୟ ସିଂହ, ଅଖଣ୍ଡ ପ୍ରତାପ ସିଂହ ପରି ହେବା କଥା...।"

ସେ ଉପହାସ କରିବା ପରି ଅଳ୍ପ ହସିଲେ ପୁଣି ଗମ୍ଭୀର ହୋଇକହିଲେ, "ଶୁଣିଛି, ବହୁତ ପଢ଼ାପଢ଼ି ବହୁତ ପଢ଼ାପଢ଼ି କରିଛ।"

"ଆଜ୍ଞା, ସେମିତି ତ କିଛି ନୁହଁ, ଇଂରାଜୀ ଏବଂ ଅର୍ଥଶାସ୍ତ୍ରରେ ଏମ୍.ଏ. କରିଛି ଆଉ ଏଲ୍.ଏଲ୍.ବି ମଧ୍ୟ।"

"ବାଃ !" ପ୍ରଶଂସା କରି ଯେପରି ତାଙ୍କୁ ଅଡୁଆ ଲାଗୁଥିଲା, "କିନ୍ତୁ ଆମକୁ ମାଷ୍ଟର ନୁହଁ ମ୍ୟାନେଜର ଦରକାର।"

"ମୋ କାମ ?"

"ମୋ ଇଷ୍ଟେଟ୍‌ର ଦେଖାଶୁଣା କରିବା ଏବଂ ତା ଉନ୍ନତି ଦିଗରେ କାମ କରିବା। ଚିବିଶି ଘଣ୍ଟାର କାମ, ଦରମା ଏକ ହଜାର।"

ମୁଁ ଆଶ୍ଚର୍ଯ୍ୟ ହୋଇଗଲି 'ଆଜ୍ଞା ?'

ଏକ ଅହଂ ଭରା ସ୍ମିତହାସ ମୁହଁରେ ଖେଳିଗଲା "ଚାହିଁଲେ ଆଉ ହଜାରେ ଟଙ୍କା କି ଲକ୍ଷେ ଟଙ୍କା ମଧ୍ୟ ରୋଜଗାର କରିପାରିବ। ଏଠି ତ ଫ୍ରି'ରେ କାମ କରିବା ଲୋକଙ୍କର ଲାଇନ୍ ଲାଗିଛି। ହେଲେ ଆମକୁ ଯୋଗ୍ୟତମ ବ୍ୟକ୍ତି ଦରକାର। ପ୍ରେମଚାନ୍ଦଙ୍କ 'ପରୀକ୍ଷା' ଗପ ତ ପଢ଼ିଥିବ ?"

"ଆଜ୍ଞା ହଁ।"

"ବାସ୍, ସେଇଟା ହିଁ ଭାବିନିଅ।" ସେ ଆମକୁ ଭିତରେ ବସେଇଲେ ଓ ନିଜେ ବି ବସିଲେ। ପୁଣି ଛିଡ଼ା ହୋଇପଡ଼ି ମୋ ଆଡ଼କୁ ପଛ କରି କାନ୍ଥ ଆଡ଼କୁ ମୁହଁ କରି ପଚାରିଲେ- "ମଟରସାଇକେଲ ଚଲେଇବା ଆସୁଛି ତ ?"

"ଆଜ୍ଞା !" ମୁଁ 'ନାଁ' କହିବା ପୂର୍ବରୁ ଦୁବେ କହିପକାଇଲା।

"ଜିପ୍ ?"

"ଆଜ୍ଞା"

"ଘୋଡ଼ାଚଢ଼ା ?"

"ଆଜ୍ଞା"

"ବନ୍ଧୁକ ଚଳେଇବା ?"

"ଶିଖି ଯିବ।" ମୋ ତରଫରୁ ସବୁତକ ପ୍ରଶ୍ନର ଉତ୍ତରରେ ଦୁବେ ହିଁ ହଁ ମାରି ଚାଲିଥିଲା।

"ହଁ, ମୁଁ ଚାହେଁ ଯେ ମୋ ମ୍ୟାନେଜର ଷୋଳଟି ଯାକ କଳାରେ ପ୍ରବୀଣ ହୋଇଥିବ। ବାହା ତ ହୋଇ ନ ଥିବ ?"

"ନାଁ ଆଜ୍ଞା"

ଦୁବେ ମୋ ତରଫରୁ 'ହଁ' କରିବା ପୂର୍ବରୁ ମୁଁ ଚଟ୍ କରି ନାଁ କହିଦେଲି। ଏବେ ସେ କାନ୍ଥ ପାଖରୁ ମୁହଁ ଫେରାଇ ମୋ ଆଡ଼କୁ ବୁଲିଲେ "ଗୁଡ୍! ମୁଁ ଚାହେଁ ଯେ ଆଗାମୀ ନିର୍ବାଚନରେ ନିଜ ଅଞ୍ଚଳରୁ ବିଜେତା ହୋଇ ମୁଁ ମୋ ପୁଷ୍ପକ ବିମାନ ଚଢ଼ି ରାଜଧାନୀରେ ଯାଇ ପହଞ୍ଚିବି। ନେଇ ପାରିବେ ?"

"ଆଜ୍ଞା, ଆପଣ ନିଶ୍ଚିତ ରୁହନ୍ତୁ।" ଦୁବେ ମୋତେ କିଛି କହିବାକୁ ଦେଉ ନ ଥିଲା। ରୁପା ଥାଳିଆରେ ଖୁଆ ମିଠା ଆଉ କିଛି ନମ୍‌କିନ୍ ଆସିଲା, ତା ପରେ ପାଣି ଓ ତା ପରେ ଚା'। ଯେମିତି ସେମିତ ଏସବୁ ସାରିଦେଇ ଦୁବେର ଇଙ୍ଗିତରେ ମୁଁ ନଇଁପଡ଼ି ଅଭିବାଦନ ଜଣେଇଲି ଓ ଦୃଷ୍ଟି ତଳକୁ କରି ଜୋତା ଧରିଲି (ଭୟ ଥିଲା, କାଳେ କୁକୁର ନେଇଯିବ)। ସେତିକିବେଳେ ପଛରୁ ପୁଣି ଶୁଭିଲା "ଆରେ ଗୁରୁ, ରାଣୀ ସାହେବଙ୍କ ସହ ୟାଙ୍କର ଭେଟ କରେଇବନି ? ଭିତର ଆଡ଼େ ଟିକେ ନେଇଯାଅ, ଦେଖା ବି ହୋଇଯିବ। ଆଉ ଶୁଣ, ରହିବା ପାଇଁ ଡାକବଙ୍ଗଳାର ଗୋଟେ ରୁମ୍...।"

"ଆଜ୍ଞା"

ଜୋତାକୁ କ'ଣ କରିବି ମୁଁ କିଛି ବୁଝିପାରୁନଥିଲି। ଶେଷରେ ତାକୁ ଫାଟକ ପାଖରେ ରଖି, ଖାଲି ପାଦରେ ଆମେ ସିଡ଼ି ଚଢ଼ି ଉପରତାଲାର ଅଗଣାରେ ଯାଇ ପହଞ୍ଚିଲୁ।

"ରାଜା ସାହେବ ଏ କୋଠିକୁ ବିଶେଷ ଭାବେ ଲାଲ ସାହେବଙ୍କ ମାଆଙ୍କ ପାଇଁ ତିଆରି କରେଇଥିଲେ କି ଲାଲ ସାହେବଙ୍କ ମାଆ ହିଁ ନିଜେ ନିଜ ପାଇଁ ତିଆରି କରେଇଥିଲେ ଜଣାନାହିଁ। ଏପରି ଅନେକ କଥା ଅଛ, ଯାହାକୁ ନେଇ ଲାଲ ଏବଂ ରାୟ ଅର୍ଥାତ୍ ଅସଲି ଓ ନକଲି ଉତ୍ତରାଧିକାରୀଙ୍କ ଭିତରେ ମକଦ୍ଦମା ଚାଲିଛି। ଏବେ ଲାଲ ସାହେବ ହୁଅନ୍ତୁ ଅବା ତାଙ୍କ ରାଣୀ ସାହେବ ଦୁହେଁ ଟିକେ ଅସୁରକ୍ଷିତ ମନେକରୁଛନ୍ତି, ତେଣୁ ଟିକେ ଅଖାଡୁଆ ପ୍ରକାରର ଲାଗନ୍ତି। ବହୁ ସତର୍କତାର ସହ

ଯିବାକୁ ପଡ଼ିବ। ଭିତରେ ସବୁଆଡ଼େ ରାଜବଂଶୀମାନଙ୍କର ଚିତ୍ର ଟଙ୍ଗା ହୋଇଛି। କିନ୍ତୁ ତୁମେ ତାକୁ ଟିକେ ଭଲରେ ଦେଖି ବି ପାରିବନି, ସବୁଯାକ ଉପରେ ବୁଢ଼ିଆଣୀ ଜାଲ ମାଡ଼ିଯାଇଥିବ।" ଦୁବେ ଦେଖେଇଲା।

ଦେଖିଲି, ରକ୍ଷଣାବେକ୍ଷଣ ଅଭାବରୁ ବଡ଼ ବଡ଼ ଖମ୍ବ, ପ୍ରସାଦ, ଝୁମର, ଝାଲର, ଦୁଆର ବନ୍ଧ ଆଦି ସବୁ ଘୁଣ ଖାଇଯିବା ଅବସ୍ଥାରେ, ଭିତରେ ଧୂଳି, ଅଳନ୍ଧୁ, ପାରା ଚଢ଼େଇ ଏବଂ ଝିଟିପିଟିଙ୍କ ମଇଳା ଓ ଅଣ୍ଡା। କରେଣ୍ଟ ନ ଥିଲା। କିଟିକିଟି ଅନ୍ଧାର। ଗୋଟେ ଚେମେଣିଆ ସିଧା ଆସି ଆମ ମୁହଁରେ ପିଟି ହେଲା। ଆଖି ଫୁଟି ଯାଉଯାଉ ଯେମିତି ରହିଗଲା।

"ଏଠିକୁ କିଏ ଯିବାଆସିବା କରନ୍ତିନି କି ?" ମୁଁ ଫୁସ୍‌ଫୁସ୍ ହୋଇ ପଚାରିଲି।

ଦୁବେ ମୋ ପାଟି ଉପରେ ଆଙ୍ଗୁଳି ରଖିଦେଇ ଫିସ୍‌ଫିସ୍ ସ୍ୱରରେ କହିଲା, "ରାଣୀ ମା' ତେଲ ଲଗାଉଛନ୍ତି, ସ୍ଲିମ୍ ହେବା ପାଇଁ। ଦୁଇଜଣ ସ୍ତ୍ରୀଲୋକ ପଙ୍ଖା କରୁଛନ୍ତି, ଆଉ ବାକି ଅନ୍ୟମାନେ ବସି ଗପୁଛନ୍ତି। ଏଠି ଗୋଟେ ଜଗୁଆଳୀ ମଧ୍ୟ ପହରା ଦେଉଥିଲା, ମନେ ହେଉଛି, ଦରମା ଦେଇ ନାହାନ୍ତି ବୋଲି ପଳେଇ ଯାଇଛି।"

"ତୁମେ ବଡ଼ ବଦମାସ୍, ତାଙ୍କୁ ଆଗରୁ ସୂଚନା ଦେବା ଉଚିତ ଥିଲା।"

"ବନ୍ଧୁ, ଏତେ ସବୁ ରାଣୀ ଆଗରୁ ଗଲେଣି, କାହାକୁ ବି ଏମିତି ଦେଖି ପାରିଲିନି। ଏ କାଉ ଜନ୍ମରୁ ମୁକ୍ତି ତ ମିଳିଯାଉ।" ପୁଣି ସେ ଗଳାଝାଡ଼ି କହିଲା- ରାଣୀ ସାହେବାଙ୍କୁ କୁଞ୍ଜବିହାରୀ ଦୁବେର ପ୍ରଣାମ !

ହଡ଼ବଡ଼େଇ ଯାଇ ରାଣୀସାହେବା ଶାଢ଼ୀରେ ଗୋଡ଼କୁ ଢାଙ୍କି ପକେଇଲେ, ଶାଢ଼ୀ କାନିକୁ ଠିକ୍ କରି ସଜାଡ଼ି ହୋଇ ବସି କହିଲେ "ଆସ ଦୁବେ, ଆଜି ବହୁତ ଦିନ ପରେ ଆସିଲ, ପୁଣି ଏ ଅନ୍ଦର ମହଲକୁ ?" ପୁଣି ସେ ତେଲ ଲଗାଇ ଦେଉଥିବା ମୋଟୀ ସ୍ତ୍ରୀ ଲୋକକୁ ତାଗିଦ୍ କଲେ "ଚାରିଆଡ଼କୁ ନିଘା ରଖିବା କଥା ନା !"

"ଆମେ ଭାବିଲୁ ଲାଲ ସାହେବ ଖବର ପଠେଇ ଦେଇଥିବେ ଯେ ଆମେ ତଦାରଖ କରିବାକୁ ଏଇ ରାସ୍ତା ଦେଇ ଆସୁଛୁ ବୋଲି। ମଣିମା ! ଆପଣଙ୍କ ନୂଆ ମ୍ୟାନେଜର ମନୋଜ ସିଂହ ଆପଣଙ୍କୁ ପ୍ରଣାମ କରିବାକୁ ଆସିଛନ୍ତି।"

ମୁଁ ଆଗକୁ ଆସି ତାଙ୍କ ପାଦ ଛୁଇଁ ଆଖିରେ ସ୍ପର୍ଶ କରାଇଲି, ମନରୁ ଅପରାଧବୋଧ ଟିକେ କମିବା ପରି ଲାଗିଲା। ସେ ଗଦ୍‌ଗଦ୍ ସ୍ୱରରେ କହିଲେ "ଉଚ୍ଚ ବଂଶର ପରି ଜଣାପଡୁଛ !"

"ଆଉ କ'ଣ ସବୁ ଚାଲିଛି ରାଣୀ ସାହେବା ?" ଦୁବେ ପଚାରିଲା।

"କ'ଣ ଆଉ ଚାଲିବ ! ଭିତର ଓ ବାହାର ଅବସ୍ଥା ତ ଦେଖୁଛ। ଏପଟେ

ନମକହାରାମ୍ ପ୍ରଜା ଆଉ ସେପଟେ ବେଇମାନ ଭାଗୁଆଳୀ, ସମସ୍ତଙ୍କର ଛଞ୍ଚାଣ ପରି ଆଖି ଆମ ଉପରେ। ଏଇଟା ତ ମା' ଭବାନୀଙ୍କର କୃପା ଯେ ଏ ପର୍ଯ୍ୟନ୍ତ କେହି ଆଖି ଉଠେଇ ଚାହିଁବାର ସାହସ କରିପାରି ନାହାନ୍ତି.... ନ ହେଲେ!" ତା'ପରେ ସେ ବିଦେଶ ଏବଂ ଡେରାଡୁନ୍‌ରେ ପଢୁଥିବା ନିଜ ପୁଅମାନଙ୍କ ବିଷୟରେ ଚର୍ଚ୍ଚା କରିବାକୁ ଲାଗିଲେ; ଶେଷରେ ନିଜ ଅତୀତକୁ ଝୁରିବା ପରି କହିଲେ "ସତରେ ସେଦିନ ସବୁ କି ସୁନ୍ଦର ଥିଲା!"

"ଜୟନ୍ତର ମୃତ୍ୟୁ କେମିତି ହେଲା କିଛି ଜଣାପଡ଼ିଲା?"

"ଶୁଣିଲି ଯେ, ଉସ୍‌ମାନ ତା କାନରେ କହିଦେଇଥିଲା ତୋ ରାଣୀ ସାହେବା ମରିଗଲେ ବୋଲି। ସେ ମୋତେ ବହୁତ ଭଲପାଉଥିଲା, ମାନୁଥିଲା ବି ବହୁତ। ଯେତେ ରାଗିଥାଉ, ମୁଁ ଖାଲି 'ଜୟନ୍ତ' ବୋଲି ବଡ଼ପାଟିରେ କହିଦେଲେ ସେ ଶାନ୍ତ ହୋଇଯାଉଥିଲା। ବାସ୍, କଥା ଶୁଣି ଟଳିପଡ଼ିଲା। ଯେବେଠାରୁ ସେ ଚାଲିଗଲା, ସବୁ ଶୂନ୍ୟ। ଜୟନ୍ତୀ ତ ପାଗଳ ହୋଇଯାଇଥିଲା। ସେଥିପାଇଁ ତ ଉସମାନକୁ...।" କହୁ କହୁ ସେ ରହିଗଲେ।

"ଶୁଣି ବହୁତ ଅବସୋସ ହେଲା। ଆପଣଙ୍କ ହାତୀମାନେ ମଣିଷଠାରୁ ବେଶୀ ବୁଦ୍ଧିମାନ ଓ ବିଶ୍ୱସ୍ତ ଥିଲେ।"

ଏତେବେଳେ ଯାଇ ମୁଁ ବୁଝିପାରିଲି ଯେ ସେମାନେ ହାତୀ ବିଷୟରେ କଥା ହେଉଥିଲେ। ଏବେ ମୁଁ ମୋ ମାଲିକାଣୀଙ୍କୁ ଆଖି ଉଠାଇ ଦେଖିଲି, ଗୋରା ଗୋଲ ଉଦାସ ମୁଖମଣ୍ଡଳ, ସାମାନ୍ୟ ସ୍ୱାସ୍ଥ୍ୟବତୀ, ପଇଁତିରିଶ-ଚାଳିଶ ପାଖାପାଖି ବୟସ।

ବାହାରେ କିଛି ଜିପ୍ ଯାଉଥିଲା। ପଛରେ କିଛି ସ୍ତ୍ରୀଲୋକ କ'ଣ ଗୋଟାଏ ପ୍ରାର୍ଥନା ଗାଇଗାଇ ଯାଉଥିଲେ। କୋଠିର ସ୍ତ୍ରୀ ଲୋକମାନେ ବାଲ୍‌କୋନୀରୁ ଦେଖିବାକୁ ଲାଗିଲେ, ରାଣୀ ସାହେବ ମଧ୍ୟ। ପାଖାପାଖି କୋଡ଼ିଏ ଜଣ ସ୍ତ୍ରୀ ଲୋକଙ୍କର ଏକ ବଙ୍କାତେଢ଼ା ଧାଡ଼ି ଯାଉଥିଲା। ସେମାନଙ୍କ ରଙ୍ଗୀନ ଶାଢ଼ୀ ଝାଲେରୀ ପରି ଦିଶୁଥିଲା।

"କିଛି ପୂଜା ଅଛି କି?"

"ବେପାର! ଏଇଟା ବେପାର! କୂଳଦେବୀ କି ସତୀମାତାଙ୍କ ପୂଜନ ପାଇଁ ରାୟସାହେବଙ୍କ ଘରର ମହାରାଣୀମାନେ ଯାଉଥିବେ।" ରାଣୀସାହେବା ମୁହଁ ମୋଡ଼ିଲେ।

"ତା ହେଲେ ତ ଆପଣଙ୍କର ବି ଯିବା ଉଚିତ।"

"ମୁଁ...?" ଆଖି ବଡ଼ବଡ଼ କରି ସେ ପୁଣି ମୁହଁକୁ ମୋଡ଼ି କହିଲେ "ହୁଁ!! ଆଉ କୁହ ଦୁବେ, ରାୟସାହେବଙ୍କ ରାଜପାଟ କେମିତି ଚାଲିଛି?"

"ପୂରା ବଢ଼ିଆ।"

"ଶୁଣିଲି, ସତୀମାତାଙ୍କ ଆସ୍ଥାନ ବଢ଼ିବଢ଼ି ଏ ପାଖକୁ ମାଡ଼ିଆସିଲାଣି।"

"ପବ୍ଲିକ୍ ଅଛନ୍ତି, ଭିଡ଼ ତ ବଢ଼ି ବଢ଼ି ଚାଲିଛି। ଅବଶ୍ୟ ଏବେ ଆପଣଙ୍କ ମ୍ୟାନେଜର ଆସିଗଲେଣି, ସବୁ ଠିକ୍ କରିଦେବେ।"

"ଠିକ୍ ଅଛି, ରାଣୀ ସାହେବା" ଦୁବେ ଏଥର ଉଠିକି ଠିଆ ହୋଇପଡ଼ିଲା "ଏବେ ଅନୁମତି ଦିଅନ୍ତୁ, ୟାଙ୍କୁ ଇଷ୍ଟେଟ୍ ମଧ୍ୟ ବୁଲେଇବାର ଅଛି।"

"ଯାଉଛ ତେବେ", ରାଣୀ ସାହେବା ମଧ୍ୟ ଉଠିପଡ଼ିଲେ "ଆଚ୍ଛା ଶୁଣ, ମେନେଜର ବାବୁ।"

"ଆଜ୍ଞା ?" ମୁଁ ଆଗକୁ ଆସିଲି।

"ମୋ ପଲଙ୍କରେ ଆଇନା ନାହିଁ... ଯେମିତି ରାୟ ସାହେବଙ୍କ ଅଛି... ଠିକ୍ ସେମିତି ଗୋଟେ..."

"ଆଜ୍ଞା, ଲାଗିଯିବ।" ଏଥର ପୁଣି ଦୁବେ ହିଁ ଉତ୍ତର ଦେଲା।

"ଏ କାନଫୁଲ ଟିକେ ଚେପା ହୋଇଯାଇଛି, ସେଇପଟ କଡ଼ମାଡ଼ି ଶୋଇ ପଡ଼ିଥିଲି ତ ବେଶୀ ସମୟ ଧରି!"

"ଦେଇ ଦିଅନ୍ତୁ, ଠିକ୍ କରେଇ ଦେବି।"

"ଆଉ ଶୁଣ, କିଛି ନୂଆ ଡିଜାଇନର ଚିନାମାଟିର ବାସନ... ପୁଅମାନେ ଆସିଲେ ରୂପା ବାସନ ଦେଖି ନାକ ଟେକୁଛନ୍ତି।"

"ନେଇ ଆସିବା।"

"ପଇସା କ'ଣ ଦେବି! ଏଇ କିଛି ପୁରୁଣାକାଳିଆ ଗହଣା ଅଛି, ଏବେ ଆଉ ଏସବୁ ଚାଲୁନି... ବିକ୍ରି କରିଦେବ।" ଆମେ ରୁମାଲରେ ଗହଣାକୁ ବାନ୍ଧିଲୁ, ପାଦ ଛୁଇଁଲୁ ଆଉ ଫେରିଆସିଲୁ। ପୁଣି ସେଇ ଗଳି, ବାରଣ୍ଡା, ଅଗଣା, ଧୂଳି, ଅଳନ୍ଧୁ, ଦୁର୍ଗନ୍ଧ ଏବଂ ଚେମେଣିଆ। ଭାଗ୍ୟ ଭଲ ଯେ ଲାଲ ସାହେବଙ୍କ ସହ ପୁଣିଥରେ ଦେଖାହେଲାନି। ଆମେ ଜୋତା ପିନ୍ଧି ବାହାରକୁ ଆସିଲୁ। କୋଠି ଏରିଆ ପାର ହେଇ ରାସ୍ତାକୁ ଆସିବା ମାତ୍ରେ ମୁଁ ଦୁବେ ଉପରେ ବର୍ଷିଗଲି, "ତୁମେ ତ ଜାଣିଛ ଯେ ସାଇକେଲ ଆଉ ମଇଁଷିକୁ ଛାଡ଼ି ମୁଁ କେବେ ଗଧ ଉପରେ ବି ବସିନି, ଆଉ ତୁମେ ଘୋଡ଼ା, ମଟର ସାଇକେଲ, ଜିପ୍ ଆଉ କେମିତି କ'ଣ ସବୁ କହିଗଲ ?"

"ଆରେ! ସେସବୁ ପ୍ରୋଟୋକଲ ବନ୍ଧୁ! ଏତେ ବଡ଼ ଇଷ୍ଟେଟ୍‌ର ମ୍ୟାନେଜରଙ୍କୁ ଏସବୁ ଆସୁଥିବା ନିହାତି ଦରକାର। ଡୋଣ୍ଟ୍ ୱରି, ଏମାନଙ୍କ ଟ୍ରକ୍ ଇତ୍ୟାଦିର କାରବାର

ମୁଁ ହିଁ ଦେଖେ। ମୋତେ ସେସବୁ ଭଲକି ଜଣା, ଯେତେହେଲେ ରାୟ ସାହେବଙ୍କ ଇଷ୍ଟେଟ୍‌ର ମ୍ୟାନେଜର। ଦଶଟା ଦିନ ଭିତରେ ଏକ୍ସପର୍ଟ ବନେଇ ଦେବି।"

"ତୁମେ କହିଥିଲ ରାୟ ଆଉ ଲାଲ ଭିତରେ ପଡ଼େନି ବୋଲି, ପୁଣି ତୁମେ ଲାଲ ସାହେବ ସହ ଯେମିତି କଥାବାର୍ତ୍ତା କରୁଥିଲ, ସେଥିରେ ପୁଣି ମୋତେ ବି ଆଣିଛ, ଯା'ର ଅର୍ଥ କ'ଣ ?"

"ମ୍ୟାନେଜର ମୁଁ, ପ୍ରାୟ ତାଙ୍କଠି କାମ ତ ପଡ଼ିଥାଏ। ଲାଲ ସାହେବ ହିଁ ଥରେ କହିଥିଲେ ଗୋଟେ ଯୋଗ୍ୟ ମ୍ୟାନେଜର ଆଣିବା ପାଇଁ, ତେଣୁ ତୁମକୁ ନେଇ ଆସିଲି। ଏବେ ତୁମେ ନିଜକୁ କେମିତି ଯୋଗ୍ୟ ପ୍ରମାଣିତ କରିବ, ସେଇଟା ତୁମ ଉପରେ ନିର୍ଭର କରେ।"

॥୨॥

ଆଉ ସେଇ ଦଶଦିନ !

ମୁଁ ବିରକ୍ତ ହୋଇଯାଉଥିଲି "ମ୍ୟାନେଜର ଚାକିରି ପାଇଁ ପରୀକ୍ଷା ଏଇଆ ଯେ, ଦରମା ନାଆଁରେ ଟଙ୍କାଟେ ବୋଲି ନାହିଁ, ମୁଁ ୟାଙ୍କ ଗହଣା ବିକିବି, ଅମୁକ ସମୁକ ବିକିବି। କୋଉଦିନ ସେ ପାଗଳ ଜୟନ୍ତୀକୁ କୁକୁର ପରି ଚେନ୍‌ରେ ବାନ୍ଧି ଧରେଇ ଦିଆଯିବ ଓ କୁହାଯିବ ଯେ, ୟାକୁ ବି ବିକ୍ରି କରିଦିଅ, ୟାକୁ ରଖିବାର ନିୟମ ନାହିଁ।"

"ତା ହେଲେ ବିକ୍ରି କରିଦେବ। କଥା ଯଦି ପଡ଼ିଛି, ତାହେଲେ ତୁମକୁ ଜଣେଇଦିଏ, ପୂର୍ବ ମ୍ୟାନେଜରଙ୍କ ଚାକିରି ଏଇ ହାତୀ ବିକିବା କାରଣରୁ ହିଁ ଯାଇଥିଲା। ବିଭିନ୍ନ ଛୋଟବଡ଼ ରାଜ୍ୟ, ଚିଡ଼ିଆଘର ଏମିତିକି ସର୍କସ ଦଳ ପାଖକୁ ମଧ୍ୟ ସେ ବିଚରା ଗଲା, ଲୋକମାନେ ସିଧାସିଧା ମୁହଁରେ ଜବାବ ଦେଲେ 'ହାତୀ ନେଇ ଆମେ କ'ଣ କରିବୁ ?' ତୁମେ ଯଦି ବିକ୍ରି କରିଦେଇ ପାରୁଛ, ତେବେ ଭାରି ପାରିବାର ମ୍ୟାନେଜର ବୋଲି ଜଣାପଡ଼ିବ।" ଦୁବେ କଥାରେ ମୋ ମନ ଫୁଲିଯାଇ ବେଲୁନ୍ ପରି ଉଡ଼ିବାକୁ ଲାଗିଲା, ହେଲେ ହଠାତ୍ ମନେପଡ଼ିଲା ହାତରେ ଜୋତା ଅଛି !

"ଆରେ, ଏ ଜୋତାକୁ କ'ଣ କରିବି ?" "ବେକରେ ମାଳ କରି ଝୁଲେଇ ଦିଅ।" ଦୁବେ ବିରକ୍ତ ହୋଇ କହିଲା- "ଆରେ, ଜୋତା ବାହାର କରି, ମୁଣ୍ଡ ନୁଆଁଇ ବାରମ୍ବାର 'ଆଜ୍ଞା ହଜୁର' କଲେ ଯଦି ଏହି ରତନପଟ୍ଟିରେ ଲକ୍ଷଲକ୍ଷ କୋଟିକୋଟି ଟଙ୍କାର ମାଲିକ ହେବା ଯଦି ଭାଗ୍ୟରେ ଜୁଟେ ତାହେଲେ ଜୋତାତ ଜୋତା, ମୁଁ ଲୁଗାପଟା ମଧ୍ୟ ଖୋଲି ଦେବାକୁ ପ୍ରସ୍ତୁତ।"

ମୁଁ ଲକ୍ଷପତି କୋଟିପତି ଶବ୍ଦକୁ ଯେତେ ମନେମନେ ଜପି ହେଲେ ବି ସେମିତି କଛି ଖୁସି ଅନୁଭବ କରିପାରିଲି ନାହିଁ "ଆଚ୍ଛା, ଏ କୋଟି କୋଟି ଟଙ୍କା ଆସିବ କୋଉଠୁ ଆଉ କେମିତି ?"

"ଆଗ ଇଷ୍ଟେଟ୍ ବୁଲି ସାର, ତା'ପରେ ପଚାରିବ। ମୋର କମିଶନ କଥା ଭୁଲିଯିବନି... ଆଉ ହଁ, ମୋତେ ଦୁବେ-ଚୌବେ କିଛି ନ ଡାକି ଗୁରୁବୋଲି ଡାକ।"

"ଏବେ ତୁମର ପୁଣି କୋଉଠି ସମ୍ମାନହାନୀ ହୋଇଗଲା ?"

"ଦେଖିଲନି, ଲାଲ ସାହେବ ମୋତେ କ'ଣ କହିଲେ ? ରାଜାରାଜୁଡ଼ାଙ୍କଠୁ ନେଇ ମରାଠୀମାନଙ୍କ ପର୍ଯ୍ୟନ୍ତ ବ୍ରାହ୍ମଣମାନେ ହିଁ ସମସ୍ତଙ୍କର ଗୁରୁ ହୋଇ ଆସିଛନ୍ତି। ବୁଝିପାରୁଛ ତ ? ଏଇଟା ହିଁ ନିୟମ।" ଆମେ ଦୁହେଁ ମନ ଖୋଲି ହସିବାରେ ଲାଗିଲୁ।

"ଆସିବା ସମୟରେ ତୁମେ 'ଭୂତ ନାଳ'କୁ ଠିକ୍ ଭାବରେ ଦେଖିପାରି ନ ଥିବ, ଏବେ ଭଲ ଭାବରେ ଦେଖିନିଅ।" ଦେଖିଲି ଗୋଟେ ଧାଡ଼ି ସବୁଜିମା ଭରା ଗଛ ଲମ୍ବିଯାଇଛି ଆଉ ତା ମଝିରେ ଅନାବନା ଘାସରେ ପରିପୂର୍ଣ୍ଣ ସ୍ଥାନଟିଏ, ପାଣି ଥିବା ପରି କିଛି ଦେଖାଯାଉ ନ ଥିଲା।

"ଯା'କୁ ଭୂତ ନାଳ ବୋଲି କାହିଁକି କୁହାଯାଉଛି ?"

"କାହିଁକି ନା ଯା ଭିତରେ ଅନେକଗୁଡ଼ାଏ ଆତ୍ମା ଲୁଚି ରହିଛନ୍ତି। ଏଠାରେ ଲୋକମାନେ ପ୍ରାୟତଃ ମରନ୍ତିନି, ଦେଖୁଦେଖୁ ହିଁ ହଠାତ୍ ଦିନେ ଗାୟବ୍ ହୋଇଯାଆନ୍ତି।"

ସ୍ତ୍ରୀ ଲୋକମାନଙ୍କର ଅଙ୍କାବଙ୍କା ଧାଡ଼ି ଏବଂ ରଙ୍ଗୀନ ଶାଢ଼ୀର ପଣତ ଆଉ ସେମାନଙ୍କ ପ୍ରାର୍ଥନାର ସ୍ୱର ପାଖେଇ ଆସୁଥିଲା। ଦୁବେ ଚଟାପଟ୍ ନିଜ ମୋଟରସାଇକେଲ ଷ୍ଟାର୍ଟ କରିଦେଲା 'ଜଲଦି ଆସ'।

କୋଠି ଚାରିପଟେ ଥିବା ହ୍ୟାଙ୍ଗିଙ୍ଗ୍ ଗାର୍ଡ଼େନ (ଝୁଲନ୍ତା ବଗିଚା) ପରି ଥିବା ଜନଗହଳି ଏବେ ଉଜୁଡ଼ା କ୍ଷେତରେ ପରିଣତ ହୋଇ ସାରିଥିଲା। ଅନେକ ସମୟ ଯାଏ ମୋଟରସାଇକେଲକୁ 'ଘର୍-ଘର୍' କରିବା ପରେ ଦୁବେ ଗୋଟେ ଟାପୁରେ ନେଇ ରଖିଲା।

"ଅଳ୍ପକେ ବଞ୍ଚିଗଲେ।"

"ଯେ ରାଣୀସାହେବା କୂଳଦେବୀଙ୍କ ବିଷୟରେ କିଛି କହୁକହୁ ଅଟକିଗଲେ ଯେ ?"

"ରାଣୀସାହେବା ପ୍ରଥମଥର ରହସ୍ୟଭରା ରହସ୍ୟ ଖୋଲିଥିଲେ ଯେ କୂଳଦେବୀ

କଦାପି କୁଳୀନ ନଥିଲେ।" ତା ପରେ ଦୁବେ ତାଙ୍କରି ନକଲ କରିବା ପରି କହିଲା, "ଆରେ ଇଏ ତୁମ ଆମ ପରି ନ ଥିଲେ, କୋଉ ଗୋଟାଏ ନୀଚ ଜାତିର ଥିଲେ। ବିବାହ ବି କରିଥିଲେ, କିନ୍ତୁ ତାଙ୍କ ସୌନ୍ଦର୍ଯ୍ୟରେ ଲାଳାୟିତ ହୋଇ ତାଙ୍କୁ ଉଠାଇ ଅଣାଯାଇଥିଲା। ଲୋକେ ବହୁତ ମାନୁଥିଲେ। କିନ୍ତୁ ସୁଖ ଭୋଗ କରିପାରିଲେନି, ଦିନେ ସେଇ କୂଅରେ... ମୁଁ ଭାବିଲି... ଯା'ହେଉ ଗୋଟେ ଗ୍ରହ ଗଲା। କିନ୍ତୁ ହାୟରେ କପାଳ, ତାକୁ ତ ରାଜାସାହେବ କୂଳଦେବୀ ବନେଇ ଦେଲେ। ସେବେଠୁ ତାଙ୍କର ପୂଜା କରାହେଉଛି।" ଦୁବେ ନିଜ ଭିତରକୁ ଫେରିଆସିବା ପରି କହିଲା- "ସେ ଏତେ ଜୋରରେ ଫୁସ୍‌ଫୁସ୍ ହୋଇ କହିଲେ ଯେ ମୋ କାନ ଏଯାଏଁ ଭାଁ ଭାଁ ହେଉଛି, ରାଣୀ ସାହେବା କୁହନ୍ତି ଯେ ରାୟସାହେବ ଯଦି ମାଛି ପଡ଼ିଥିବା କ୍ଷୀର ଢୋକି ପାରୁଛନ୍ତି ପିଅନ୍ତୁ... ମୁଁ ବଞ୍ଚିଥିବା ଯାଏଁ କିନ୍ତୁ ମୋ ଦେଇ ଏହା ହେବନି।"

"ସତୀମାତାଙ୍କ ପୂଜାକୁ ବି ଯିବେନି।"

"ଏମାନଙ୍କ ଭିତରେ ବନ୍ଧୁକ ଗୁଳିରେ ହିଁ କଥାବାର୍ତ୍ତା ଚାଲେ। ଅବଶ୍ୟ ରାଜା ମନ ଆଉ ମଇଁଷୀ ମନ... କିଏ ମାପି ପାରିଛି! ଏବେ ନା-ନା କରୁଛନ୍ତି କିନ୍ତୁ ହୋଇପାରେ ସେହିଦିନ ଜୟନ୍ତୀ ଉପରେ ବସି ନିଜର ଥାଟ ପତିଆରା ଦେଖାଇବାକୁ ବାହାରିଯିବେ। ଏଠିକାର ସବୁଠାରୁ ବଡ଼ ମୁଣ୍ଡବ୍ୟଥାର କାରଣ ହେଲା ଏମାନଙ୍କ ମିଛ ପ୍ରତିଷ୍ଠା ଅହଂର ଲଢ଼େଇ।" ଦୁବେ କାନର ତାବ୍‌ଦା ପଣ ଏବେ ମୋ କାନକୁ ଚାଲି ଆସିଥିଲା। ଟାପୁ ଉପରୁ ହାତ ହଲାଇ ଦୁବେ ମୋତେ ଦେଖେଇଲା ଶହଶହ ଏକର ଜମି ଅଛି କିନ୍ତୁ କିଛି ପରିବାରର ସଦସ୍ୟଙ୍କ ନାଁରେ, କିଛି କୁକୁର ବିଲେଇ ହାତୀ ଘୋଡ଼ାଙ୍କ ନାଁରେ, ଆଉ କିଛି ଜମି ଉପରେ ପ୍ରଜା ଓ ଭାଗୁଆଳୀଙ୍କ ପକ୍ଷରୁ ମକଦ୍ଦମା ଚାଲିଛି। ସମ୍ପତ୍ତି ନାଁରେ ଚାଷଜମି ଆଉ ଗଛପତ୍ର ଅଛି। ବାଉଁଶ, ଶାଳ, ଶାଗୁଆନ, ଶିଶୁ ପରି ଗୃହପୋଯୋଗୀ ଗଛ, ଚନ୍ଦନ ପରି ମୂଲ୍ୟବାନ ଗଛ ସହ ଆମ୍ବ ପଣସ ପରି ଫଳନ୍ତି ଗଛ ଅଛି। ଭୂତନାଳର ଦୁଇ କଡ଼େକଡ଼େ ମଧ୍ୟ, ଏଠି ସେଠି ଖଣ୍ଡେ ଖଣ୍ଡେ କରି ବିଶେଷ କରି କୁଆଁରୀ ନଦୀ ଦୁଇପାଖ ଅଞ୍ଚଳରେ ଜାଗା ଅଛି। ସବୁଠାରୁ ବେଶୀ ମୂଲ୍ୟବାନ ହେଲା ଏହି ରତନାପଚିର ଜାଗା... କୋଟିକୋଟି ଟଙ୍କାର...। ଛୋଟ ମୋଟ ଜାଗା ସବୁକୁ ଅନ୍ୟମାନଙ୍କ କବ୍‌ଜାରୁ ମୁକ୍ତ କରି ଲାଲ୍ ସାହେବଙ୍କ ହାତରେ ଦେଇ ଦେବା ହିଁ ହେବ ତୁମ ଦକ୍ଷତାର ମାପକାଠି।" ସେ ଟିକେ ରହିଯାଇ ପୁଣି କହିଲା- "ଆଉ ତୁମକୁ ଏପରି କରିବାକୁ ନ ଦେବା ହେଲା ମୋ ଦକ୍ଷତାର ମାପକ...। ସହଜେ ତ ଓକିଲାତି ପଢ଼ିଛ, ଅମଲା ଭାଗୁଆଳୀଙ୍କ ଠାରୁ ନେଇ ଜଜ୍‌ଙ୍କ ଯାଏଁ ସମସ୍ତଙ୍କୁ ପଟେଇ ପାରିବ।"

"ଅନ୍ୟ ଭାଗୁଆଳୀମାନେ କୋଉଠି ରୁହନ୍ତି ?"

"ସହରରେ, ରେୱା, ଅମ୍ବିକାପୁର, ସତନା, ଜବଲପୁର, ସୋନଭଦ୍ର ଅଥବା ଦିଲ୍ଲୀ ଆଡ଼େ... ।"

"ଲାଲ ସାହେବଙ୍କ ପିଲାପିଲି ?"

"ବଡ଼ପୁଅ ରାଜେନ୍ଦ୍ର ଏଇ ଏବେଏବେ ଲଣ୍ଡନ ଯାଇଛି ପଢ଼ିବାକୁ, ସାନ ବିଜୟେନ୍ଦ୍ର ଡେରାଡୁନ୍‌ରେ, ଝିଅ ଦୁର୍ଗାବତୀ ଏଇ ଗାଁର ସ୍କୁଲରେ । ସେ ଯେଉଁ ମୋଟୀ ସ୍ତ୍ରୀଲୋକଟି ଥିଲା, ତା ନା କୌଶଲ୍ୟା, ସେ ହିଁ ଜିପ୍‌ରେ ଯାଏ ନେବା ଆଣିବା କରିବାକୁ । କେବେ କେମିତି କୌଣସି ବନ୍ଧୁକଧାରୀ ବି ସାଙ୍ଗରେ ଯାଏ ।"

"କାହିଁକି ? ତାକୁ କୌଣସି ଭଲ ସ୍କୁଲରେ... ?"

"ସେକଥା ତ ଅନେକ ଦିନରୁ ଚିନ୍ତା କରୁଛନ୍ତି ।"

"ତା ହେଲେ ଅସୁବିଧା କୋଉଠି ?"

"କଥା ହେଲା, ସହଜେ ତ ଝିଅ ପିଲା ଆଉ ପୁଣି ପ୍ରତ୍ୟେକ ଜାଗାରେ ଜଣେ ଜଣେ ଲାଲ ସାହେବ ବି ତ ଥାଆନ୍ତି ।"

"ହୁଁ ! ଗଛ ତ ବହୁତ ଅଛି, ଆଉ ବାଉଁଶ ବୁଦା ବି ।"

"ଆଗରୁ ତ ଆହୁରି ବେଶୀ ଥିଲା । ହାତୀ ପାଇଁ କାଟିକାଟି ସବୁ ଥୁଣ୍ଟା ହେଇଗଲା, ପୁଣି ପାଣିର ବି ଅଭାବ ।"

"ଚାଷ କରି ହିଁ ବେଶୀ ଲାଭ ପାଇ ହେବ ।"

"ପଥୁରିଆ ଜମି, ଫସଲ ଭଲ ହୁଏନି । ତଳ ଜମିଗୁଡ଼ିକରେ ଧାନ, ଉପର ଜମିଗୁଡ଼ିକରେ ହରଡ଼, ସୋରିଷ ଆଦି । ଅସଲ ଫସଲ ତ ରତ୍ନ... ହୀରା ପଥର !"

"ପାଣି କୋଉଠି ? କୁଆଁରୀ ନଦୀ ତ ଶୁଖିବାରେ ଲାଗିଛି ।"

"ନଦୀରେ, ନାଳରେ... ପୂରା ତଳେ । ଅଛି ତ ନାଁକୁ ମାତ୍ର, ଆଉ ସେଥିରେ ପୁଣି ହାତୀ ଦମ୍ପତି ଅର୍ଥାତ୍ ଜୟନ୍ତ-ଜୟନ୍ତୀଙ୍କ ଜଳକ୍ରୀଡ଼ା ପାଇଁ ବ୍ୟବହାର କରାଯାଉ ଥିଲା । ରାଣୀ ସାହେବା ଖାଲିଟାରେ ନିଜ ବଂଶ ଗାରିମା ଉପରେ ଗର୍ବ କରନ୍ତିନି... ଏ ଜୟନ୍ତ ଜୟନ୍ତୀ ତାଙ୍କ ସହ ଯୌତୁକରେ ଆସିଥିଲେ । ଉପରେ ଗୋଟେ ଛୋଟ ପୋଖରୀଟିଏ ବି ଅଛି ଯାହାକଥା ସେ କହୁଥିଲେ । ଯାହାକୁ ସେ ନୀଚ ଜାତି ରାଣୀ କୂଳଦେବୀ ପ୍ରଜାମାନଙ୍କ ପାଇଁ ଖୋଳାଇଥିଲେ । ଲାଲ ସାହେବଙ୍କ ହିସାବ କିତାବ କ'ଣ ! ପାଣି, ବିହନ, ଖତସାର ନିଜେ ଯୋଗାଡ଼ କର ଆଉ ଅଧା ପହଞ୍ଚେଇ ଦିଅ । ଛେଳି, କୁକୁଡ଼ା, ଝିଅ ଯୋଗାଡ଼ କର, ଦରକାର ପଡ଼ିଲେ ମୁଁ ନେଇଯିବି । କାମ କରିଚାଲ, ପଇସା ମାଗିବନି, ଯଦି ଇଚ୍ଛା ହେଲା ତେବେ । ଏଥିରେ ପୁଣି ଅନ୍ୟ

ରାୟସାହେବଙ୍କ ପରି ଏମଏଲଏ ଏମ୍.ପି. ମନ୍ତ୍ରୀ ହେବା ଯା'ଙ୍କ ସ୍ୱପ୍ନ ! ହେଲିକପ୍ଟରରେ ବସି ରାଜଧାନୀ ଯିବେ। ବେଶୀ ମୁହଁରେ ଜବାବରେ ଜବାବ ଦେଲେ ନାଳ ଭିତରକୁ ତଡ଼ିଦେବେ। ସେଠି ଏମିତି ତ ହାତୀ ଅଛି। ତୁମେ କ'ଣ ଭାବୁଛ, କମ୍ ପଇସା ଲାଗୁଥିବ ମୃତ୍ୟୁ ସବୁ ହଜମ କରିବାକୁ ! ପରସ୍ପର ଝଗଡ଼ାରେ ଯଦି ବ୍ୟସ୍ତ ରହୁ ନ ଥାନ୍ତେ, ତା ହେଲେ କାହାକୁ ବଞ୍ଚିବାକୁ ବି ଦିଅନ୍ତେନି।"

ନାଳ ଭିତରୁ ହାତୀର ଗର୍ଜନ ଶୁଭିଲା, ସତେ ଅବା ଆମକୁ ଚେତାଇ ଦେଲା "ନିଜ କାମରେ ମୁଣ୍ଡ ପୁରାଅ।" ନିଜର ବଡ଼ବଡ଼ କାନ ଆଉ ଶୁଣ୍ଢକୁ ଉଠାଇ ସେ ଆମକୁ ହିଁ ଅନେଇ ରହିଥିଲା।

"ଆରେ ବାପ୍‌ରେ ! ଇଏ କୋଉଠୁ ଆସିଲା !"

"ନିଜ ନୂଆ ମ୍ୟାନେଜରଙ୍କୁ ସଲାମ କରୁଛି।" ଦୁବେ ହସିଦେଇ କହିଲା।

"ଏଠି କେବଳ ହାତୀ ଘୋଡ଼ା ହିଁ ଅଛନ୍ତି... ନା ?"

"କି ! ଦେଖୁନ ସେଠି ମେଣ୍ଢାପଲ ବି ଅଛନ୍ତି।" ଦୁବେ ହସିପକାଇଲା "ଚାଲ ଗାଁ ଆଡ଼େ ବୁଲି ଆସିବ।"

ଯେଉଁ ସବୁ ବସ୍ତିଗୁଡ଼ିକ ଦେଇ ଆମେ ଦୁହେଁ ଯାଉଥିଲୁ ସେସବୁ ପ୍ରାୟତଃ ଜନଶୂନ୍ୟ ଥିଲା। ନଚେତ୍ କେଉଁଠି କେଉଁଠି ଜଣେ ଦି'ଜଣ ବୁଢ଼ାବୁଢ଼ୀ ମାତ୍ର। ଲୋକ ସବୁ ଗଲେ କୁଆଡ଼େ ? ଏକଥା କାହାଠୁ ଜଣାପଡ଼ିବ ? ଯା'ହେଉ, ଉସ୍‌ମାନର ବସ୍ତିରେ ଗୋଟେ ପାଞ୍ଚ-ଛଅ ବର୍ଷର ପିଲାଟେ ଦେଖା ହୋଇଗଲା। ହୁଏତ ପାଖଆଖରେ ଆଉ କେହି ଲୋକ ବି ମିଳିଯାଇପାରନ୍ତି। ପିଲାଟି ଛେଳିଛୁଆ ସହ ଖେଳୁଥିଲା। ତା ହାତରେ ଡିମିରି ଡାଳ ଖଣ୍ଡେ ଥିଲା ଯାହାର ପତ୍ରକୁ ଦେଖାଇ ସେ ଛେଳି ଛୁଆଟିକୁ ହଇରାଣ କରୁଥିଲା। ଛେଳି ଛୁଆଟି ପତ୍ରକୁ ଖାଇବା ପାଇଁ ଡେଇଁବା ବେଳକୁ ସେ ପୁଣି ଡାଳକୁ ଘୁଞ୍ଚାଇ ନେଉଥିଲା। ଆମକୁ ଦେଖିବା ମାତ୍ରେ ସେ ନିଜ ଖେଳ ଭୁଲି ବଲବଲ କରି ଆମକୁ ଚାହିଁବାକୁ ଲାଗିଲା। ସିଆଡ଼େ ଛେଳିଟି ଯେ ତା ଡାଳ ପତ୍ର ସବୁ ଖାଇବାରେ ଲାଗିଲାଣି ତା ପ୍ରତି ତା'ର ଧ୍ୟାନ ନ ଥିଲା।

"ଇଏ ଉସ୍‌ମାନ ପହିଲିମାନର ପୁଅ ବୋଧେ।" ଦୁବେ ଅନୁମାନ କରି କହିଲା। କିନ୍ତୁ ଇଏ ଆମକୁ ଏମିତି କାହିଁକି ଚାହିଁ ରହିଛି ?

ଘର ଭିତରୁ ଶୁଭିଲା "ଇଏ ସାନପୁଅ। ଘରକୁ ଯିଏ ବି ଯେତେବେଳେ ଆସେ, ଭାବେ ଯେ ତା ବାପା ଆସିଛି।" କଣ୍ଠଟି କାନ୍ଦକାନ୍ଦ ଶୁଭିଲା- "ଆଉ ସେ ସେମିତି ଚାହିଁ ରହେ।"

"ଆହାଃ ! ଆଉ ବଡ଼ ?" ଦୁବେ ସହାନୁଭୂତି ସ୍ୱରରେ ପଚାରିଲା।

"ସେ ତ ସେବେଠୁ କୁଆଡ଼େ ଲୁଚି ପଳେଇଛି।" ଆଗ ବସ୍ତିରେ ବହୁତ ଗୁଡ଼ାଏ ଲୋକ ଏକାଠି ହୋଇଥିଲେ, ସେଠି କେଉଁ ଗୋଟେ ସ୍ତ୍ରୀ ଲୋକ ଦେହରେ ସତୀମାତା ସବାର ହୋଇଥିଲେ। ଚୁଟି ଝାଡ଼ି, ହତାଗୋଡ଼ କଚାଡ଼ି ସେଇ ଯୁବତୀ ସ୍ତ୍ରୀ ଲୋକଟି ନିଜର ରୌଦ୍ର ବେଶରେ ଖୁବ୍ ଭୟଙ୍କର ଲାଗୁଥିଲା। ଗୁଣିଆର ଝଡ଼ାଫୁଙ୍କାରେ ସେ ଶାନ୍ତ ତ ହୋଇ ଯାଇଥିଲା, କିନ୍ତୁ ଲୋକେ ତଥାପି ତା ସହ ସିଧାସଳଖ କଥା ହେବାକୁ ଡରୁଥିଲେ। ବୁଲେଇ ବଙ୍କେଇ ଲୋକମାନେ ଯାହା କହିଲେ, ଜଣାପଡ଼ିଲା ଯେ ସେମାନେ ଚାହାନ୍ତି ମକଦ୍ଦମା, ଖଜଣା ଆଦାୟ, ମଜଦୂରୀ ଆଦି ସବୁରେ ଆଉ ବେଶୀ ହଇରାଣ କରା ନ ଯାଉ। ଜଣେ ବୁଢ଼ାଲୋକର କଥା ଅନୁସାରେ- "ଆଗରୁ ଏଠି କୋହ୍ଲ, କେଉଟ, ଗଣ୍ଡ, ସତନାମୀ, ବ୍ରାହ୍ମଣ, ଠାକୁର, କୁମ୍ଭାର, କମାର, ହିନ୍ଦୁ, ମୁସଲମାନ... ଇତ୍ୟାଦି ଥିଲେ।"

"ଅର୍ଥାତ୍ ସବୁ ଜାତି ଥିଲେ।"

"ହଁ, କେତେଜଣଙ୍କୁ ତ ରାଜାସାହେବ ହିଁ ବାହାରୁ ଆଣି ରଖାଇଥିଲେ କିନ୍ତୁ ଲାଲସାହେବଙ୍କ ପାଇଁ ଜଣ-ଜଣ କରି ସବୁ ଚାଲିଯିବାକୁ ଲାଗିଲେ। କିଛି କଣ୍ଠା ନଦୀ କୂଳରେ ପଶୁପତିପୁରରେ ରହିଗଲେ, ଆଉ କିଛି ଅନ୍ୟ ଆଡ଼େ। ଏବେ ତ ଏଠି ସେଇସବୁ ଲୋକ ରହୁଛନ୍ତି, ଯେଉଁମାନଙ୍କର ଆଉ କେଉଁଠି କିଛି ହୋଇପାରିଲାନି। କିଛି ଜଣଙ୍କୁ ଜୋର କରି ଅଟକାଇ ରଖାଯାଇଛି। କୁମ୍ଭାର, ବାରିକ ପରି କିଛି।"

"ଆପଣମାନେ କିଛି କହିଲେନି ?"

"ହାକିମ ହୁକୁମା ସବୁ ତାଙ୍କର, ଥାନା କଚେରୀ ତାଙ୍କର। କାହାକୁ କହିଥାନ୍ତୁ ?"

"ପଛପଟେ ଗୋଟେ ନାଳ ଅଛି" ଯୁବକଟିଏ ଆରମ୍ଭ କଲା "ସେମାନଙ୍କ ଲାଠିଧାରୀ ଗୁଣ୍ଡାମାନେ ନେଇ ସେଇଠି ଛାଡ଼ିଦିଅନ୍ତି ଆଉ ସେଠି ତାଙ୍କ ହାତୀ ଦୁଇଟି ଦଳି ମାରିଦିଅନ୍ତି। ମୋ ବାପାଙ୍କ ଜୀବନ ବି ସେମିତି ହିଁ ଯାଇଥିଲା।"

"ନିଜେ ?"

"ନିଜେ ତ କିଛି ବି କରୁ ନ ଥିଲେ, ତାଙ୍କର ଗୋଟେ ପହିଲିମାନ ଥିଲା ଉସ୍‌ମାନ ବୋଲି, ପଛ ବସ୍ତିରେ ରହୁଥିଲା, ତା'ରି ଦ୍ୱାରା କରାନ୍ତି, ଭାରି ବଳୁଆ ଥିଲା ସେ, ତା ଆଗରେ କେହି ବି ତିଷ୍ଠି ପାରନ୍ତିନି। ସାହେବ, ସେ ତ ପୂରା ଜହ୍ଲାଦ ଥିଲା। ଶେଷରେ ଭଗବାନ ଡାକ ଶୁଣିଲେ, ସେ ନିଜେ ସେମିତି ହିଁ ମଲା।"

"ଆଉ ଗୋଟେ ନାଳ ବି ଅଛି, ଏଠୁ କୋଶେ ଦୂରରେ କଣ୍ଠା, ସେଠି ବି କିଛି ବିଚିତ୍ର କଥା ସବୁ ଘଟି ଚାଲିଛି। ଛାଡ଼ନ୍ତୁ...।"

ଆଉ ତା'ପରେ 'ଭୁତ ନାଳ', ଉସମାନ, ଦୁଇ ହାତୀ, ରାଜା-ରାଣୀଙ୍କର ଏତେ ସବୁ ଘଟଣା ସେ କହିବାକୁ ଲାଗିଲା ଯେ ଆମେ ଟିକେ ଡରିଗଲୁ।

"ନାଳର ପାଣି ତ ହାତୀ ଥାଉ ଥାଉ ଆପଣ ଛୁଇଁ ହିଁ ପାରିବେନି, ଶୁଣିଛି କେଉଁ ଜଣେ କୂଳଦେବୀ ଏଠି ପୋଖରୀଟିଏ ମଧ୍ୟ ଖୋଳାଇ ଥିଲେ।"

କୂଳଦେବୀଙ୍କ କଥା ପଡ଼ିବା ମାତ୍ରେ ମୁହଁର ରଙ୍ଗ ଯେମିତି ବଦଳିଗଲା "ସତରେ ଯଦି ଦେବୀ ବୋଲି କେହି ଏ ଇଲାକାରେ ଥିଲେ ତା ହେଲେ ସେ ହିଁ। ଗରିବର ଦୁଃଖ ବୁଝୁଥିଲେ, ପୋଖରୀ ଯେତେଦିନ ଯାଏଁ ଥିଲା ପିଇବା ପାଣିର କୌଣସି ଅସୁବିଧା ନ ଥିଲା, ଦୂରଦୂରାନ୍ତରୁ ଲୋକମାନେ ପାଣି ନେଉଥିଲେ କିନ୍ତୁ ଯେଉଁଦିନ ସେଇଠୁ ହିଁ ତାଙ୍କ ଲାସ୍ ମିଳିଲା ସେବେଠୁ ଲୋକଙ୍କ ଯିବା ଆସିବା ବନ୍ଦ।"

ଆମକୁ ଏକଥା ବେଶୀ ଆଶ୍ଚର୍ଯ୍ୟ ଲାଗିଲା ଯେ ସିଏ ଗାଁ ଲୋକଙ୍କର ମଧ୍ୟ କୂଳଦେବୀ ଥିଲେ ଏବଂ ଶ୍ରଦ୍ଧାର ସହ ପୂଜା ବି ପାଉଥିଲେ। ଆମେ ସେ ପୋଖରୀ ଦେଖିଲୁ - ପ୍ରାୟ ତିରିଶ ଫୁଟ ବ୍ୟାସର ବିଶାଳକାୟ ଜଳାଶୟ ଯେଉଁଥିରେ ପଥରର ପାହାଚ ଗୋଲ ଗୋଲ ହୋଇ ତଳଯାଏଁ ଲମ୍ବିଥିଲା। କିନ୍ତୁ ଏବେ ତା ଉପରେ ବର, ଅଶ୍ୱତ୍ଥ ଗଛ ଉଠି ଓହଳ ଓ ଡାଳ ମାଡ଼ିଯାଇଥିଲା, ଯାହା ଫଳରେ ପୂରା ତଳକୁ ଦେଖିବା ସମ୍ଭବ ହେଉ ନଥିଲା। ଏଇଟା ବି ଆଶ୍ଚର୍ଯ୍ୟର କଥା ଥିଲା ଯେ, ଲୋକଙ୍କ ଭିତରେ କୂଳଦେବୀଙ୍କ ପ୍ରତି ଯେତିକି ଶ୍ରଦ୍ଧା ଥିଲା ରାଣୀଙ୍କ ହାତୀ ଜୟନ୍ତୀ ପ୍ରତି ସେତିକି ଘୃଣା। ନାଳର କୂଳ ପାଖରେ ଗୋଟେ ହିଡ଼ ପରି ଜାଗା ଅଛି, ତା ଉପରେ ସିମେଣ୍ଟ ଚଉତରାଟିଏ, ସେଇଟା ହିଁ ସେ ପୁରୁଷ ହାତୀ ଜୟନ୍ତର ସମାଧି। ପୋଖରୀ ପାଖ ଦେଇ ଯାଉଥିବା ବେଳେ ଲୋକଙ୍କ ହାତ ଆପେ ଆପେ ଯୋଡ଼ି ହୋଇଯାଏ ଆଉ ସମାଧି ଦେଇ ଯିବାବେଳେ ଘୃଣାରେ ମନ ଭରିଉଠେ।

ଆମେ ଫେରିଆସିଲୁ।

ଦୁଃସ୍ୱପ୍ନ ଭରା ରାତି ! କେତେବେଳେ ନିଜର ବିରାଟ କାନ ଆଉ ଶୁଣ୍ଢ ଉଠାଇ ଜୟନ୍ତୀ ଗର୍ଜନ କରି ମୋ ଆଡ଼କୁ ମାଡ଼ି ଆସୁଛି, ପୁଣି କେତେବେଳେ ଉସ୍‌ମାନର ସାନ ପୁଅ ଛେଳିଛୁଆକୁ ପତ୍ର ଖୁଆଉ ଖୁଆଉ ଆମ ଆଡ଼କୁ ବଲବଲ କରି ଚାହିଁ ରହିଛି, କେତେବେଳେ ତେଲ ମାଲିସ ହେଉଥିବା ରାଣୀସାହେବା ତରବର ହୋଇ ନିଜ ଖୋଲାଦେହ ଢାଙ୍କି ପକାଉଛନ୍ତି ତ ପୁଣି କେତେବେଳେ ଗୋଲଗୋଲ ହୋଇ ତଳକୁ ଲମ୍ବିଯାଇଥିବା ରହସ୍ୟମୟୀ ପୋଖରୀର ପାହାଚ। ଏସବୁର ପୃଷ୍ଠଭୂମିରେ ସାରା ରାତି ଗୋଟେ ନୀଳ ଆଖି ମୋତେ ବ୍ୟସ୍ତ କରୁଥିଲା।

ଦୁବେ ମୋତେ ଗେଷ୍ଟ ହାଉସ୍‌ରେ ରହିବାର ବ୍ୟବସ୍ଥା କରେଇ ଫେରୁଥିଲା ବେଳେ ମୁଁ ପଚାରିଲି- "ସତୀ ମାତା କିଏ ?"

"ରାୟସାହେବ, ଲାଲସାହେବ, ମାନେ ଏମାନଙ୍କ ବଂଶର ହିଁ କେଉଁ ରାଣୀ... ।"

ଦୁବେ ରହି ରହି ବର୍ଣ୍ଣନା କରିବାକୁ ଲାଗିଲା, "ମୁଁ ସେତେବେଳେ ନୂଆ କରି ବିଜୟଗଡ଼ ଆସିଥାଏ ଏବଂ ମୁଁ ଆସିବାର ଅଳ୍ପ କିଛି ବର୍ଷ ପୂର୍ବରୁ ହିଁ ଜଣେ ସତୀ ହୋଇଥିଲା, ଏଇ କୁଆଁରୀ ନଦୀ ପାଖରେ । ସେ ସମୟରେ ଚାରିଆଡ଼େ କେବଳ ତାଙ୍କରି ହିଁ ଚର୍ଚ୍ଚା । ବିଶ୍ୱାସ କରାଯାଏ ଯେ ସେ ସଶରୀରେ ସିଧା ସ୍ୱର୍ଗକୁ ଯାଉଥିଲେ !"

"ଜଳି ନା ନ ଜଳି ?"

ଦୁବେ ମୋତେ ଏତେ ବଡ଼ବଡ଼ ଆଖିରେ ଖାଇଯିବା ପରି ଅନେଇଲା "ଏମିତି କୁହାଯାଏନି । ଆସ୍ଥାର ପ୍ରଶ୍ନ । ପେଷ୍ଟ୍ ବାହାର କରି ଏଠୁ ଖେଦି ଦେବେ ।"

"ହେଲେ ପେଷ୍ଟ ଥାଉ ଥାଉ ଗୋଟେ ଯୁକ୍ତିସମ୍ମତ ପ୍ରଶ୍ନ ତ ପଚାରିପାରିବି ।"

"ପଚାର ।"

"ଆଜିକା ଯୁଗରେ ଏହା କିପରି ସମ୍ଭବ ସାଙ୍ଗ ? ଯେତେହେଲେ ବି ସରକାର... ସମାଜ ଥାଉଥାଉ ଏପରି କିପରି ହୋଇପାରିବ ?"

"ସେଇ ସରକାର ସମାଜ ଆଦିକୁ ପଚାର ।" ମୁଁ ହାର୍ ମାନିଗଲି । "ଦୁବେ, ମୁଁ ଏ କାମ କରିପାରିବିନି ।" ଦୁବେ ମୋତେ ଗଭୀର ଦୃଷ୍ଟିରେ ଚାହିଁରହିଲା ଓ କହିଲା, "କାମ ତ ତୁମେ ଆରମ୍ଭ କରିସାରିଛ ଧନ, କାଲି ତୁମକୁ ଗହଣା ନେଇ ବଣିଆ ପାଖକୁ ଯିବାର ଅଛି, ଓକିଲ ପେସ୍କାର ଆଦି ପାଖକୁ ଯିବାର ଅଛି, ସୁଟିଂ ଓ ଘୋଡ଼ାଚଢ଼ା ମଧ୍ୟ ଶିଖିବାର ଅଛି ଓ ଡ୍ରାଇଭିଂ ବି । ହଁ... ଆଉ ଗୋଟେ ଡ୍ୟୁଟି ବି... ।"

"କ'ଣ ?"

"ରାଣୀ ସାହେବାଙ୍କୁ ନେଇ ମନ୍ଦାର ଯିବାକୁ ହେବ । ତାଙ୍କ ଫୋନ୍ ଆସିଥିଲା ।" ସେ ଦୁଷ୍ଟାମୀର ହସ ହସି କହିଲା "ଦେଖ୍ ଭାଇ, ବେଶୀ ଚିପ୍‌କି ହେଇ ରହନା, ନିଜ ଗୋଡ଼ରେ ଠିଆ ହେବା ଶିଖ୍ ।"

"ଆଜ୍ଞା"

ରାଣୀ ସାହେବାଙ୍କ କାନଫୁଲ ଦେବାକୁ ଯାଇ ଦେଖିଲି ଯେ ସେଠି ଶାଢ଼ୀର ପରଦା ସବୁ ଟଣା ହୋଇଛି । ଜଣେ ସ୍ତ୍ରୀ ଲୋକ ନଇଁପଡ଼ି ସିଡ଼ି ପୋଛି ପୋଛି ପଛେଇ ପଛେଇ ତଳକୁ ଆସୁଛି । ପୋଛା ହୋଇଥିବା ପାହାଚ ଦେଇ ଉପରୁ ତଳକୁ ରାଣୀ ସାହେବା ଓହ୍ଲାଉଛନ୍ତି ଆଉ ତାଙ୍କ ପଛେ ପଛେ ଗୋଟେ ଝୁଡ଼ିରେ ଲୁଗାଧରି କୌଶଲ୍ୟା ।

ଯେଉଁ ସ୍ତ୍ରୀକୁ କିଛିଦିନ ଆଗରୁ ଅର୍ଦ୍ଧନଗ୍ନ ଅବସ୍ଥାରେ ଦେଖିଥିଲି ସେ ଏବେ ସାତ ପରସ୍ତ ଶାଢ଼ୀର ପରଦା ଟାଙ୍ଗି ଆସୁଛି ମହାରାଣୀ ସାଜି। ମୋର ପଛକୁ ଘୁଞ୍ଚିଯିବା ଉଚିତ। ମୁଁ ପଛେଇ ଗଲି, କେତେ ସମୟ ଆଉ ଚୋରଙ୍କ ପରି ଠିଆହୋଇ ରହିବି ? ଯାଠୁ ବରଂ ଭଲ ହେବ ମୁଁ ରାୟ ସାହେବଙ୍କ କୋଠିକୁ ଚାଲିଯିବି, ହୁଏତ ଦୁବେ ଭେଟ ହୋଇଯାଇପାରେ। ରାୟ ସାହେବ କିଲ୍ଲାର ଦୃଶ୍ୟ ତ ଆହୁରି ସୁନ୍ଦର ଓ ଗୌରବମୟ ହୋଇଥିବ। ନଦୀ ଏପାଖରୁ ଥାଇ ଦେଖିଲି ସେଠି ମଧ୍ୟ ଶାଢ଼ୀ ସବୁ ପରଦା ପରି ଟଙ୍ଗା ଯାଇଛି। ସ୍ତ୍ରୀ ଲୋକମାନଙ୍କ ଯିବା ଆସିବା ଲାଗିଛି ଏବଂ ସ୍ତ୍ରୀମାନେ ହିଁ ପହରା ଦେଉଛନ୍ତି। ମୌନୀ ଅମାବାସ୍ୟାର ସ୍ନାନ ସମୟ।

॥ ୩ ॥

"ଆରେ! ଆରେ! ତୁମ ପାଇଁ ମୋ ନାକ କଟିଯିବ!" ଦୁବେ ମୋତେ ପୂରା ବଘେଲୀ ଭାଷାରେ ପାଟି କରି କହିଲା।

ଘୋଡ଼ା ପଦୁମକୁ ଆଜି ପ୍ରଥମଥର ପାଇଁ ଅସ୍ତବଲରୁ ବାହାର କରି ସେ ମୋତେ ଘୋଡ଼ାଚଢ଼ା ଶିଖାଉଥିବା "ଇଏ ମଇଁଷୀ ନୁହଁ ଘୋଡ଼ା। ପାଖରୁ ନୁହଁ ସାମ୍ନା ପଟୁ ଦୁଇ କାନ ମଝିକୁ ଧରି ବାମ ପଟ ଜୀନ ଉପରେ ପାଦ ରଖି ଚଢ଼ନ୍ତି। ଏମିତି... ଆଉ ତା' ପରେ ଦୁଇ ଆଣ୍ଠୁ ମଝିରେ ଗ୍ରୀପ୍ କରି...।" ଦୁବେ ମୋତେ କହିବା ସହ ନିଜେ କରିକି ମଧ୍ୟ ଦେଖାଉଥିଲା। ମୁଁ ନର୍ଭସ ହୋଇଯାଉଥିଲି ଆଉ ସେ ପାଟିକରି କହୁଥିଲା, "ମନେରଖ, ଘୋଡ଼ାମାନେ ବହୁତ ସ୍ପର୍ଶକାତର ହୋଇଥାନ୍ତି, ଆଣ୍ଠୁର ଚାପରୁ ହିଁ ଅନୁମାନ କରିଦିଅନ୍ତି ଯେ ସବାର କରୁଥିବା ଲୋକଟି କେମିତି। ଡର ଛାଡ଼, ଅତି ବେଶିରେ ହେବ କ'ଣ? ପଡ଼ିଯିବ ତ!" ମୁଁ ସାହସ କରି ଏଥର ଠିକ୍ ଏମିତି ହିଁ ଚଢ଼ିଲି, ଦୁବେ ଆଶୀର୍ବାଦ ଭଙ୍ଗୀରେ ହାତ ଉଠେଇଲା -

"ଯୁଦ୍ଧଭୂମିରେ କେବଳ ଯୋଦ୍ଧାଟିଏର ହିଁ ପଡ଼ିବାର ଭୟଥାଏ...
ସେ ବାଳକ କ'ଣ ଭୟ କରିବ ଯିଏ ନୂଆ ଚାଲିବା ଶିଖୁଛି!"

ସକାଳେ ବନ୍ଧୁକ ଚାଳନା ଏବଂ ମୋଟରସାଇକେଲ ଶିଖିବା ଏବଂ ସନ୍ଧ୍ୟାରେ ଘୋଡ଼ାଚଢ଼ା କାମ! ଆତ୍ମବିଶ୍ୱାସ ତ ଆଜିଯାଏଁ ଆସି ନଥିଲା ଆଉ ସେଥିରେ ପୁଣି ମୁଁ ଗୋଟେ ଗଡ଼ବଡ଼ କରିଦେଲି। କେଜାଣି କେତେବେଳେ ମୋର ଆତ୍ମବିଶ୍ୱାସ ଟିକେ ବେଶୀ ହୋଇଗଲା ଏବଂ ପଦୁମ୍ ମୋର ଏହି ଦୁଃସାହସିକତାର ପରିଣାମ ସ୍ୱରୂପ ମୋତେ ପିଠିରୁ ଓହ୍ଲେଇଦେଲା! ବିକ୍ରମ ପରି ମୁଁ ମଧ୍ୟ ମୋ ଜିଦ୍ ଛାଡ଼ିଲିନି କି ସେ ବି

ବେତାଳ ପରି ମୋତେ ଅସଫଳ କରିବାରେ ଲାଗିପଡ଼ିଲା। ଦିନେ କିନ୍ତୁ ମୋର ଆଉ ଧୈର୍ଯ୍ୟ ରହିଲାନି।

"ଆରେ... ମୁଁ ଘୋଡ଼ାଚଢ଼ା ଶିଖିବା କ'ଣ ଦରକାର? କେବଳ ମୋଟରସାଇକେଲ ଶିଖିବା କ'ଣ ଯଥେଷ୍ଟ ନୁହେଁ?"

"ତୁ ନା!" ଦୁବେ ମୋତେ ଏଡ଼େଏଡ଼େ ଆଖିରେ ଚାହିଁଲା ଆଉ ମୁଁ ଚୁପ୍ ହୋଇଗଲି। କିଛିଦିନ ପରେ ପୁଣି ଦୁବେ ପାଖରେ ପ୍ରତିକ୍ରିୟାଶୀଳ ହୋଇପଡ଼ିଲି। "ଏ ମ୍ୟାନେଜର ପଣିଆ ଯାଉ ଚୁଲିକି।"

ଘୋଡ଼ାଚଢ଼ା ଆଉ ବନ୍ଧୁକଚାଳନା ଶିଖିବା ସମୟରେ କେଜାଣି କେତେଥର ମୁହଁ ମାଡ଼ି ତଳେ ପଡ଼ିଲି ତ ପୁଣି କେତେଥର ପଛପଟୁ। ଯୁଦ୍ଧାହତ ସିପାହୀ ପରି ସାରା ଦେହ ମୁଣ୍ଡରେ ପଟି ବାନ୍ଧି ମୁଁ ମୋ ଗୁରୁ ଆଗରେ ଠିଆ ହୋଇଥିଲି।

"ଠାକୁର ବଂଶର ମାନ ରଖିବୁ।"

"ମୋ ଅବସ୍ଥା ଏଠି ବାରଣ୍ଡା' ଦି'କଡ଼ା, ତୁମର ଠାକୁରପଣିଆ କଥା ଚିନ୍ତା।" ଗୋଡ଼ ଥରିବା ସହ ମୋ ସ୍ୱର ବି କମ୍ପି ଉଠୁଥିଲା।

"ଜୀବନରେ କେବେ ଗଧ ଉପରେ ବସି ନ ଥିବା ଲୋକ ଘୋଡ଼ା ପିଠିରେ ବସୁଛି, ବାଟୁଳି ଛୁଇଁ ନ ଥିବା ଲୋକ ବନ୍ଧୁକ ଚଳାଉଛି, ସାଇକେଲରେ ବସିବା ଲୋକ ମୋଟର ସାଇକେଲରେ ବସୁଛି, କାଲି ସକାଳେ ଚାରିଚକିଆରେ ବି ବସିବ... ଆଉ କ'ଣ ଦରକାର ତୁମକୁ?"

"କାନ୍ଧରେ ବନ୍ଧୁକ ପକେଇ ଘୋଡ଼ା ପିଠିରେ ତୁମକୁ ବସିଥିବାର ଦେଖିବା ମାତ୍ରେ ଲୋକମାନେ ଘର ଭିତରେ ଲୁଚି ଯାଉଛନ୍ତି, ଆଇନା ଥିଲେ ଦେଖିପାରନ୍ତ ସାକ୍ଷାତ ଠାକୁର୍ ଲାଗୁଛ।"

ଅବିଶ୍ୱାସ ଆଖିରେ ମୁଁ ତାକୁ ଚାହିଁ ରହିଲି। "ପହଁରା ଶିଖେଇ ଦେଇଛି ଧନ! ଏବେ ମନ ଶାନ୍ତି କରି ପହଁରିବ। କାଲିଠାରୁ ମୁଁ ଆଉ ଆସିବିନି।"

"କାହିଁକି?"

"କାଲିଠୁ ମୁଁ ସଫେଦ, ତୁମେ ଲାଲ୍, ମୁଁ ରାୟ, ତୁମେ ଲାଲ୍!"

ଦୁବେ ଠିକ୍ କହିଥିଲା, ଅନିଚ୍ଛାସତ୍ତ୍ୱେ ମୁଁ ଧୀରେଧୀରେ ସେଇ ଧାରାରେ ପଡ଼ିଗଲି। ତେର ବର୍ଷୀୟା ସୁନ୍ଦରୀ କୋମଳାଙ୍ଗୀ ଦୁର୍ଗାବତୀକୁ ମୁଁ ହିଁ ଜିପ୍‌ରେ ବସାଇ ସ୍କୁଲକୁ ନେବା ଆଣିବା କଲି। ଅବଶ୍ୟ କୌଶଲ୍ୟା ଆଉ ଜଣେ ସୁଟର୍ ମଧ୍ୟ ଏବେ ବି

ମୋ ସହ ଯାଉଥିଲେ। ଚାଷବାସ ପାଇଁ ମୋ ମୁଣ୍ଡ ଭିତରେ ଗୁଡ଼ାଏ ଯୋଜନା ଚାଲିଥିଲା। ବଡ଼ବଡ଼ ଖର୍ଚ୍ଚ ଭାବେ ପିଲାମାନଙ୍କ ପାଠପଢ଼ା ଖର୍ଚ୍ଚ, ଲାଲ୍ ସାହେବଙ୍କ ମୁମ୍ବାଇରେ ଚାଲିଥିବା ଚିକିତ୍ସାର ଖର୍ଚ୍ଚ, ମଦ ଖର୍ଚ୍ଚ, ରାଣୀ ସାହେବାଙ୍କ ନୂଆ ନୂଆ ସିଦ୍ଧ ପୁରୁଷ, ତାନ୍ତ୍ରିକ, ଯୋଗୀ ଆଦିମାନଙ୍କ ଖର୍ଚ୍ଚ ମଧ୍ୟ ବଢ଼ି ଚାଲିଥିଲା। କେବେ ଲେମ୍ବୁ ତ କେବେ କୁକୁଡ଼ା ବଳି, କେବେ ପାରା ତ ପୁଣି କେବେ ଘୁଷୁରୀ ଛୁଆ। ଖୋଳାଖୋଳି ଇତ୍ୟାଦି କାମ ଜରିଆରେ ମୁଁ ନିଜ ଖର୍ଚ୍ଚ ଏବଂ ରିୟାସତ୍‌ର ଅନ୍ୟାନ୍ୟ ଖର୍ଚ୍ଚ ତୁଲେଇବାର ଅଭିଜ୍ଞ ହୋଇଯାଇଥିଲି କିନ୍ତୁ, ମୁଁ ଜାଣିଥିଲି ଯେ ନା ଏ ଗଛପତ୍ର ମୋତେ ସବୁବେଳେ ସାହାଯ୍ୟ କରିବେ ନା ଏ ନଦୀର ବାଲି, ଆଉ ନା ପାଣିପାଗ ସବୁବେଳେ ମୋ ପାଇଁ ଅନୁକୂଳ ହୋଇ ରହିବ, ଇଷ୍ଟେଟ୍‌କୁ ଖୁବ୍ ଶୀଘ୍ର ଏକ ଆଦର୍ଶ ଫାର୍ମହାଉସ୍‌ରେ ପରିଣତ କରା ନ ଗଲେ ଭବିଷ୍ୟତରେ ଆୟର ସ୍ରୋତ ଶୁଖିଯିବ।

ଏଇ ମନ୍ତ୍ରକୁ ଆମେ ଦୁଇଜଣ ଯାକ ଆପଣେଇ ନେଇଥିଲୁ। ବିଭିନ୍ନ ଜାଗାକୁ ଲୋକ ପଠେଇ ଆମେ ସବୁଆଡ଼େ ଏହି ତଥ୍ୟ ପ୍ରଚାରିତ କରିଚାଲିଥିଲୁ ଯେ ରତ୍ନର ଏ ଜମିର ପଟ୍ଟା ନିଅ, ଯଦି ଭାଗ୍ୟରେ ଥାଏ ତେବେ କୋଟିପତି ହୋଇଯିବ ଏବଂ ଏହି ମନ୍ତ୍ରଟି ଭାରି ସଫଳ ସିଦ୍ଧ ହେଉଥିଲା - କହିବାକୁଗଲେ ଏକ ପ୍ରକାର ଲଟେରୀ ଟିକେଟ୍ ଆମେ ବିକ୍ରି କରୁଥିଲୁ।

ଦୁବେକୁ ମନେପକେଇ ଦେଲି "ଆରେ, ମନେ ଅଛି ନା... ପାଖରେ ଥିବା ଉଦୟରାଜ ପାଣ୍ଡେଙ୍କ ଭଙ୍ଗା ଉଆସ। ଅଳସ ଦ୍ୱିପ୍ରହର ଗୁଡ଼ିକରେ ଆମେ ସମସ୍ତେ ଖୋଳି ଖୋଳି ପୂରା ନୟାନ୍ତ ହୋଇଯାଇଥିଲେ। ଜାଣିବାକୁ ପାଉଥିଲେ ଯେ ପାଣ୍ଡେ କୁଆଡ଼େ ସେଠି ରୁପାଟଙ୍କା ଆଉ ସୁନା ମୋହର ପୋତିକି ରଖିଥିଲେ। ଯାହା କୁହ... କାଣୀକଉଡ଼ିଟିଏ ମିଳିଥାନ୍ତା ଭଲା!"

ଦୁବେ କହିଲା- "ହଁ, ମନେଅଛି।" ଆଉ ଆମେ ଦୁହେଁ ଉଦାସିଆ ମାଙ୍କଡ଼ ପରି ପରସ୍ପରକୁ ଅନେଇ ରହିଲୁ।

ସବୁଠାରୁ ବଡ଼ ସମ୍ପତ୍ତି ହେଉଛି ଏଇ ରତନାପଟ୍ଟିର ମିଥ୍। ରହସ୍ୟ।

ଏବେ ପାଇଁ ମୋତେ ପାଣିର ବ୍ୟବସ୍ଥା କରିବାର ଥିଲା। ଦିନକୁ ଦିନ ଶୁଖିଯାଉଥିବା କୁଆଁରୀ ନଦୀ ବିଷୟରେ ରାୟ ସାହେବଙ୍କ ସହ କଥା ହେବାକୁ ପଡ଼ିବ। ରାଣୀ ସାହେବା ମୋତେ ପୂର୍ବରୁ ଜଣେଇ ମଧ୍ୟ ଦେଇଥିଲେ। ଏବେ ଆଉ ସେପଟକୁ ଯିବା ସମ୍ଭବ ହୋଇପାରୁନି। ନିୟମାନୁସାରେ ତ ମୋତେ ଏତେ ବେଳକୁ ସତୀମାତାଙ୍କ ଆସ୍ଥାନକୁ ଯାଇ ଦର୍ଶନ କରି ଆସିବା ଉଚିତ ଥିଲା... କିନ୍ତୁ ଏ ପର୍ଯ୍ୟନ୍ତ ଏଇ ଛୋଟମୋଟ

ଜରୁରୀ କାମ ମଧ୍ୟ ମୋ ଦେଇ ହେଇପାରିଲାନି। ପାଣିର ଆଉ ଏକ ଉତ୍ସ 'ଭୂତ ନାଳ' ଥିଲା, କିନ୍ତୁ ତା ଉପରେ ତ ଜୟନ୍ତୀ ହାତୀର କବ୍‌ଜା ଥିଲା।

ରାଣୀସାହେବାଙ୍କର ପୋଖରୀ ସହ କି ଶତ୍ରୁତା ଥିଲା କେଜାଣି ସେ ସିଧା 'ନା' କରିଦେଲେ। ଶତ୍ରୁତାର କାରଣ...?

କୂଳଦେବୀଙ୍କ କଥା ଥରେ ମୋ ମୁଣ୍ଡରେ ପଶିଗଲା ଯେ ଏବେ ଚାରିଆଡ଼େ ମୋତେ କୂଳଦେବୀ ହିଁ କୂଳଦେବୀ ଦିଶୁଛନ୍ତି। ଏପରିକି ଦୁବେ ବି ତାଙ୍କୁ ନୀଚକୂଳର ବୋଲି କହୁଥିଲା। ନୀଚକୂଳର ପୁଣି କୂଳଦେବୀ! କି ବିଚିତ୍ର ବିରୋଧାଭାସ! ରାଣୀ ସାହେବା ଗୁରୁଗୁରୁ ହେଉଥିଲେ ଆଉ ବାକି ସ୍ତ୍ରୀ ଲୋକମାନେ ପୂଜା କରିବାକୁ ଯାଉଥିଲେ!

ରଫିକ୍ ମାଷ୍ଟ୍ର ସେ ବିଷୟରେ ଯେଉଁ କାହାଣୀ ଶୁଣେଇଥିଲେ, ଜୟରାମ ସିଂ କହିଥିବା କାହାଣୀ ତା'ଠାରୁ ଅଲଗା ଥିଲା। ଏପରି ଭାବେ ଜଗମୋହନ ତିୱାରୀ, ସୋହନ ଯାଦବ, ନନକୁ ଗୋଣ୍ଡ ଆଦି ଯେତେ ଲୋକଙ୍କୁ ଭେଟିଲି ସେତେ ପ୍ରକାର ଗପ।

କୁହାଯାଏ, କୂଳଦେବୀଙ୍କ ବିବାହ ହୋଇଥିଲା, ଗୌନା (ବିଦାହେବା) ହୋଇ ନ ଥିଲା। ବିଦା ହୋଇ ସବାରୀରେ ବସି ନିଜ ଶାଶୂଘରକୁ ଯାଉଥିଲେ, ସବାରୀବାହକମାନେ ଗୀତ ଗାଇଗାଇ ଚାଲିଥିଲେ, ଅଚାନକ ଗୀତ ବନ୍ଦ ହୋଇଗଲା। ଲାଠି ଧରିଥିବା ପାଖାପାଖି ଅଧାଡଜନ ଲୋକ ତାଙ୍କୁ ଘେରି ସାରିଥିଲେ। ସେଇଠୁ ସେ ସବାରୀ ଆଉ ତାଙ୍କ ସ୍ୱାମୀ ଘରକୁ ନ ଯାଇ ଉଦୟ ପ୍ରତାପ ସିଂହଙ୍କ ମହଲରେ ଯାଇ ପହଞ୍ଚିଲେ। ଅନ୍ୟମାନେ ଅଧାରୁ ଏ କଥାକୁ ବିରୋଧ କରି କୁହନ୍ତି-"ତୁ ବି ନା! ଛୋଟ ଜାତିର ଝିଅକୁ ସବାରୀ କୋଉ ମିଳେ!"

"ଆଉ?"

"ଆରେ, ସେ ଗାଈ ଚରାଉଥିଲା ବେଳେ ରାୟ ସାହେବଙ୍କ ଲାଠିବାଲା ଗୁଣ୍ଡା ତାକୁ ଉଠାଇନେଲେ।"

ତୃତୀୟ ମତ ତ ଆଉରି ରହସ୍ୟପୂର୍ଣ୍ଣ ଥିଲା- ଥରେ ଗୋଟେ ଜାଗାରୁ ଜଣେ ଜମିଦାର ରିପୁଦମନ ସିଂହ ଉଠେଇନେଲା, ତାପରେ ତା'ଠାରୁ ଆଉ ଜଣେ ଜମିଦାର କଞ୍ଚନାଥ ସିଂହ ନେଇ ଆସିଲା, ପୁଣି ତା'ଠାରୁ ଆଉଜଣେ... ପୁଣି ସେ ଜଣଙ୍କଠାରୁ ଅନ୍ୟ ଜଣେ... ଏମିତି ଚକ୍କର କାଟିକାଟି ଯା'ତା ପାଖରୁ ହେଇ ହେଇ ସେ ଯାଇ ବିଜୟ ବାହାଦୂର ସିଂହଙ୍କ ପାଖରେ ପହଞ୍ଚିଗଲା।

ଏସବୁ ବଡ଼ ବଡ଼ କାହାଣୀକୁ ବାଦ୍ ଦେଲେ କିଛି ଛୋଟଛୋଟ ଘଟଣା ମଧ୍ୟ

ଶୁଣିବାକୁ ମିଳୁଥିଲା । କେହି କେହି ତାଙ୍କୁ ଛୋଟକୁଳ ଜାତ ରାଜପୁତ୍ ମହିଳା ବୋଲି ମଧ୍ୟ କହୁଥିଲେ ତ କେହି ବେଢ଼ିୟା ସମ୍ପ୍ରଦାୟ କି ମୁସଲମାନ ବୋଲି କହୁଥିଲେ । ଯେଉଁ ଜାତିର ହୁଅନ୍ତୁ ପଛେ, ଅନ୍ୟ କୌଣସି କଥାରେ ମତ-ମତାନ୍ତର ସୃଷ୍ଟି ହେଉ ପଛେ, କିନ୍ତୁ ଗୋଟିଏ କଥାରେ ସମସ୍ତେ ଏକମତ ଥିଲେ ଯେ ସେ ଯେତିକି ସୁନ୍ଦରୀ ଥିଲେ ସେତିକି ଗୁଣବତୀ ମଧ୍ୟ । ତାଙ୍କ ପରି ଅପୂର୍ବ ସୁନ୍ଦରୀ କଣ୍ଢାରେ ଆଉ ଦ୍ୱିତୀୟ କେହି ନ ଥିଲେ କି ତାଙ୍କ ପରି ଦୟାଳୁ ମହିଳା ମଧ୍ୟ । ତାଙ୍କ ଅପହରଣର ସମସ୍ତ କାହାଣୀ ତାଙ୍କ ଅପୂର୍ବ ସୌନ୍ଦର୍ଯ୍ୟର ବର୍ଣ୍ଣନା କରି ବୁଲିବୁଲି ଆସି ଗୋଟିଏ ବିନ୍ଦୁରେ ଶେଷ ହୋଇଯାଏ - ସେଇ ପୋଖରୀରେ, ଠିକ୍ ପତଙ୍ଗଟିଏ ନିଆଁ ଚାରିପାଖେ ବୁଲିବୁଲି ଶେଷରେ ଝାସ ଦେବା ପରି ।

ମୁଁ ଆସୁଥିବାର ଦେଖିଲେ ବାହାରେ ବୁଲୁଥିବା ପିଲା, ସ୍ତ୍ରୀଲୋକେ ଆଉ କିଛି ପୁରୁଷ ଘର ଭିତରେ ଲୁଚିଯାଆନ୍ତି । ଯେତେ ଡାକିଲେ ବି କେହି ପାଖକୁ ଆସନ୍ତିନି । ଅବଶ୍ୟ ଜଣେ ବୁଢ଼ୀ 'ସୁହାଗିନ୍' ଧାଇଁ ଯାଇ ପାରେନି । ରତ୍ନ ପାଇବା ଆଶାରେ ଲୋକମାନେ ମନଇଚ୍ଛା ଏଠିସେଠି ଖୋଳି ଦେଉଥିଲେ ଆଉ ସୁହାଗିନ୍ ପରି ସେଇ ଗାତରେ ପଡ଼ି ଗୋଡ଼ ଭାଙ୍ଗିବା ପାଇଁ ଗାତକୁ ଖୋଲା ଛାଡ଼ି ଚାଲି ଯାଉଥିଲେ । ଆଉ ଏମିତି ସୁହାଗିନ୍ ରତ୍ନପଥରର ଅଭିଶାପକୁ ମୁଣ୍ଡେଇ ଘୋଷାରି ହେଇ ଚାଲିଥାଏ । ସେ ହାତଯୋଡ଼ି ଠିଆ ହୋଇଯାଏ । ମୁଁ ଥରେ ଦୂରରୁ ଲକ୍ଷ୍ୟ କରି ଅଟକି ଗଲି, ଘୋଡ଼ାରୁ ଓହ୍ଲେଇ ପଡ଼ିଲି, ପୂରାପୂରି ମୋ ମା' ପରି ! ମାଆ ଯଦି ଥାଆନ୍ତା ଏମିତି ହିଁ ଦିଶୁଥାଆନ୍ତା । ବାପାଙ୍କ ହାତ ତ ମୋ ମୁଣ୍ଡ ଉପରୁ ପିଲାବେଳୁ ହିଁ ଉଠିଯାଇଥିଲା ଆଉ ପରେ ମାଆ ମଧ୍ୟ ମୋତେ ଦିଦି ଜିମାରେ ଛାଡ଼ିଦେଇ ଚାଲିଗଲା । ଦୁବେ ମୋତେ ଏଇ ସର୍ତ୍ତରେ ବିଜୟଗଡ଼ ଆଣିଥିଲା ଯେ ବଂଶର ଏକମାତ୍ର ଉତ୍ତରାଧିକାରୀକୁ ସୁରକ୍ଷିତ ଭାବେ ନେଇ ପୁଣି ଦିଦି ପାଖରେ ଛାଡ଼ିବ । ସୁହାଗିନ୍ ପ୍ରାୟ ଘାଟ ପାଖକୁ ଯାଇଥାଏ । ମୋଟରସାଇକେଲ ମୁଁ ପ୍ରାୟ ତା'ର ପାଇଁ ଆଣିଥାଏ । ତାକୁ ମୋ ପଛରେ ବସାଇ ନେଇ ଘାଟ ପାଖରେ ଛାଡ଼ିଦିଏ । ଧୀରେଧୀରେ ଆଉ ଜଣେ ଦି'ଜଣ ଲୋକ ମୋ ପାଖକୁ ଆସିବାକୁ ଲାଗିଲେ । ମୁଁ ମଜୁରି ସବୁବେଳେ ନଗଦ ଦେଇଦିଏ, ଔଷଧପତ୍ର ତେଲଲୁଣ ଖର୍ଚ୍ଚ ପାଇଁ ବି ଦିଏ । ଲୋକେ ଭାବନ୍ତି କୂଳଦେବୀ ଆତ୍ମାର ମହିମା ।

॥ ୪ ॥

'ଭୂତ ନାଳ' ପାଖରେ ଥିବା ଜୟନ୍ତର ସମାଧି ନିକଟରେ ମୁଁ ଓ ଦୁବେ ପ୍ରାୟ ଭେଟ ହେଉ । ବସିବା ପାଇଁ ଏ ଜାଗାଠାରୁ ଅଧିକ ନିରୋଳା ଓ ନିରାପଦ ଜାଗା

ଆମପାଇଁ କୋଉଠି ଆଉ ନ ଥିଲା । ଅନ୍ୟମାନେ ଜୟନ୍ତୀ କାଳେ ଆସିଯିବ ବୋଲି ଭୟ କରୁଥିଲେ । ଏହି ନାଳରେ ହିଁ ସେମାନଙ୍କର ଅନେକ ଆତ୍ମୀୟଙ୍କୁ ଗୋଡ଼ାଇ ଗୋଡ଼ାଇ ମାରିଦିଆଯାଇଥିଲା ।

"କୂଳଦେବୀଙ୍କ ବିଷୟରେ ସଠିକ୍ ଭାବେ କିଏ କହିପାରିବ ?"

"ବିଜୟଗଡ଼ର ସବୁଠାରୁ ପୁରୁଖା ବୟସ୍କ ଲୋକ ।" ଦୁବେର କଥା ଏକଦମ୍ ଠିକ୍ ଥିଲା । ଆମେ ଦୁହେଁ ଯାଇ ପହଞ୍ଚିଗଲୁ ଖଲିଲ ମିଆଁର ମାଟି ଖପର ଘରେ ।

ପଞ୍ଚାନବେ ବର୍ଷର ଖଲିଲ୍ ମିଆଁକୁ ଏବେ ବାହାରର କିଛି ସିନା ଦେଖାଯାଉନି, ହେଲେ ତା' ଅତୀତର ସ୍ମୃତି ଏବେ ବି ମନରେ ତାଜା ଅଛି ।

ସେ କହିବା ଆରମ୍ଭ କଲା- "ଏଇ ମୋ ପେଜୁଆ ଆଖିଦୁଇଟି ନାଳକୁ ନଦୀ ଓ କଣ୍ଠାକୁ କୁଆଁରୀ ପାଲଟିବାର ଦେଖିଛି ।"

କୁଆଁରୀ ଆଉ କ'ଣ ଥିଲା କି ? ଗୋଟେ ଖାଲି ନାଳଟେ । ସେତେବେଳେ ଯା'ର ନାଁ ଥିଲା କଣ୍ଠା । ତେବେ କାହିଁକି ନା କଣ୍ଠା ପାହାଡ଼ରୁ ବାହାରିଥିଲା । ସେପଟେ ଦକ୍ଷିଣ ପଟେ ଗୋଟେ ପାହାଡ଼ ଅଛି, ଜୋରରେ ବର୍ଷା ହେଲେ ତଳେ ଗୋଟେ ଅଣଓସାରିଆ ନାଳଟିଏ ସୃଷ୍ଟି ହୁଏ ଓ ତା ଆଖପାଖରେ ଗଛପତ୍ର ହୋଇ ବଣଜଙ୍ଗଲ ସୃଷ୍ଟି ହୁଏ । ଜଙ୍ଗଲ ମଝାମଝିରେ ପାଖାପାଖି ଦଶଟା ଖଣ୍ଡେ ଘର ଥାଇ ଗାଁଟିଏ । ପରେ ଆହୁରି କିଛି ଲୋକ ରହିବାକୁ ଲାଗିଲେ । ପାହାଡ଼ର ନାଁ ବି କଣ୍ଠା, ସେ ନାଳର ନାଁ ମଧ୍ୟ, ଜଙ୍ଗଲର ନାଁ ବି ଓ ସେ ଗାଁର ନାମ ମଧ୍ୟ ହେଲା କଣ୍ଠା । ଆଉ ସେଇ ଗାଁ ଦେଇ ବିଜୟଗଡ଼କୁ ବହିଆସିଥିବା ଶାଖାନାଳର ନାଁ ମଧ୍ୟ କଣ୍ଠା ହୋଇଗଲା । ବିଜୟଗଡ଼ ସମେତ ଆଉରି ଚାରିଟି ରାଜ୍ୟ ଦେଇ କଣ୍ଠା ପ୍ରବାହିତ ହେଉଥିଲା, ନିଜ ଅଧିକାରକୁ ନେବାକୁ ନିଜ ନିଜ ଭିତରେ ଯୁକ୍ତିତର୍କ ଏବଂ କେବେ ସରୁ ନ ଥିବା ଲଢ଼େଇ - ନିଜର ଶିକାର କରିବା ଜାଗା, ବଣକୁକୁଡ଼ା... ଆଦି ପଶୁପକ୍ଷୀଙ୍କଠାରୁ ନେଇ ଅନେକ କିସମର ଚଢ଼େଇ, ହରିଣ ଆଉ ବଣ ଘୁଷୁରୀ ମଧ୍ୟ । କ'ଣ ସବୁ ନ ଥିଲେ ଜଙ୍ଗଲରେ ! କିନ୍ତୁ ଏସବୁଠାରୁ ବଳି ଆଉ ଏକ ଶିକାର ଥିଲେ - କଣ୍ଠାର ସ୍ତ୍ରୀ ଲୋକେ । ବେଢ଼ିନ ସମ୍ପ୍ରଦାୟ ବା ଅନ୍ୟ କୌଣସି ଜାତିର - ସ୍ତ୍ରୀ ଲୋକମାନେ ପ୍ରକୃତରେ ପରୀ ପରି ଥିଲେ । ଆଉ କାହିଁକି ବା ହୋଇ ନ ଥାନ୍ତେ ! ଏଡି ଗାଁରେ କାହିଁ କେବେଠାରୁ କେବଳ ଖାନଦାନୀ ରକ୍ତରୁ ହିଁ ଝିଅ ଜନ୍ମ ହେଉଛନ୍ତି । ପୁଣି ସେଇ ଝିଅମାନଙ୍କର ଝିଅ, ସେମାନଙ୍କ ଝିଅ, ପୁଣି ତୃତୀୟ ପିଢ଼ି ଝିଅର ଝିଅ... ଏହିପରି ଜଣେ ଜଣେ ସ୍ତ୍ରୀଲୋକ ଗୋଟେ ସମୟର କେଜାଣି କେତେ ଖାନଦାନୀ ରକ୍ତକୁ ଗର୍ଭରେ ଧରି ଆସିଛନ୍ତି... କେବଳ ପୃଷ୍ଠା ପରେ ପୃଷ୍ଠା ଲେଉଟାଇ ଦେଖିଚାଲିବା କଥା ।

"କୁଆଁରୀ ବିଷୟରେ ମୋତେ ଏତେ ଠିକ୍‌ରେ ଜଣାନାହିଁ... ଲୋକେ କୁହନ୍ତି ଯେ ସେ କଣ୍ଟାର ଝରଣାରୁ ବାହାରିଥିଲା। ନାଚିଲେ ଯେପରି ତାରା ଝରିପଡ଼େ। ହସିଲେ ଫୁଲ ବିଞ୍ଚି ହୋଇଯାଏ। ରାଜା-ରାଜୁଡ଼ାମାନେ ତା'ର ଠାଣି ଭଙ୍ଗୀରେ ବେହାଲ ! ହଁ, ମୁଁ କ'ଣ କହୁଥିଲି... ହଁ କୁଆଁରୀ ପ୍ରଥମ ଝିଅ ଥିଲା ଯିଏ ବେଡ଼ିନ୍ ଜାତିର ପୁରୁଷାନୁକ୍ରମେ ଚାଲି ଆସିଥିବା କାମ କରିବାକୁ ମନା କରିଦେଇଥିଲା। ଏତେ ସୁନ୍ଦରୀ ଥିଲା ଯେ ପ୍ରତ୍ୟେକ ପୁରୁଷ ତାକୁ ଭୋଗ କରିବାକୁ ଲୋଭେଇ ଯାଉଥିଲେ।

ଆଉ ଆପଣଙ୍କୁ ତ ଜଣା, ଶିକାରଟିଏ ପାଇବାକୁ ସବୁବେଳେ ଛକାପଞ୍ଝା ଲାଗିଥାଏ। ଏଇଠି ମଧ୍ୟ ସେପରି ଘଟଣା ଘଟିବାକୁ ଲାଗିଲା। ବିଜୟଗଡ଼ର ସୀମାରେ ପାଦ ରଖିବା ପୂର୍ବରୁ ତିନୋଟି ସୀମା ସେ ଡେଇଁ ସାରିଥିଲା ଏବଂ ଶେଷରେ ବିଜୟଗଡ଼ରେ ପାଦ ଦେବା ପରେ ସେ ଜିଦ୍ ଧରି ବସିଲା, କେତେ ଦର୍ପ ତା'ର ! କହିଲା ମୋ ସର୍ତ୍ତ ମାନିଲେ ଯାଇ ଭିତରକୁ ଯିବି।

କି ସର୍ତ୍ତ ? ମହାରାଜ ଉଦୟ ପ୍ରତାପ ସିଂହ ତ ତା'ର ଗୋରା ତକତକ ଅପୂର୍ବ ରୂପରେ ପାଗଳ ପ୍ରାୟ, ତିନିଟା ସର୍ତ୍ତ କ'ଣ ତିନିଶହଟି ସର୍ତ୍ତ ମଧ୍ୟ ମାନି ନେଇଥାନ୍ତେ... କୁଆଁରୀ କେବଳ ତାଙ୍କୁ ହିଁ ମିଳିବା ଦରକାର।

"ତେବେ ଶୁଣନ୍ତୁ ମହାରାଜ, ପ୍ରଥମ ସର୍ତ୍ତ ହେଲା ବିବାହ ନ କରି ମୋତେ ମହଲ ଭିତରକୁ ନେଇ ପାରିବେ ନାହିଁ, ଦ୍ୱିତୀୟ ହେଲା- ମୋତେ ରାଣୀ ପରି ହିଁ ଆଦର ଓ ସମ୍ମାନର ସହ ରଖିବେ ଏବଂ ତୃତୀୟ ସର୍ତ୍ତ ଏଇଆ ଯେ ରାଜକାର୍ଯ୍ୟରେ ଯଦି ମୁଁ କିଛି କରିବାକୁ ଚାହେଁ ତେବେ ପ୍ରତିବାଦ କି ସେଥିରେ ମୁଣ୍ଡ ପୂରେଇବେନି। ରାଜି ?" ତା ହାତର ଆଙ୍ଗୁଳିକୁ ଚେତାବନୀ ଦେବାପରି ଦେଖାଇ ସେ ପଚାରିଲା।

"ଠିକ୍ ଅଛି, ମୁଁ ରାଜି।"

"ଏବଂ ଯଦି ଆପଣ ନିଜ କଥାରୁ ଓହରି ଯାଆନ୍ତି ତେବେ ମୁଁ ଫେରିଯିବି।"

"କୋଉଠିକୁ ?"

"ସେଇଠି... ଯେଉଁଠୁ ମୁଁ ଆସିଥିଲି - କଣ୍ଟା ଝରଣାକୁ।"

ଖଲିଲ ମିଆଁ ଗୋଟେ ଗଭୀର ଦୀର୍ଘଶ୍ୱାସ ନେଲା। "ଆଉ ଏହିପରି ଭାବେ କୂଳଦେବୀ ଘରର ଦୁଆର ପାଖରୁ ହିଁ ପ୍ରଥମେ ପଣ୍ଡିତ ଡକାଇ ମନ୍ତ୍ରପାଠ କରି ବିବାହ କଲେ, ଆଉ ତା ପରେ ଯାଇ ଘର ଭିତରେ ପାଦ ଦେଲେ।"

"ଆରେ !"

"ହଁ ଭାଇ, ମୁଁ ତ ମୋ ନିଜ ଆଖିରେ ଦେଖିଥିଲି। ସେତେବେଳେ ଏ ଆଖି ଦୁଇଟି ପୂରା ଠିକ୍ ଥିଲା। ପ୍ରଥମେ ଅକ୍ଷତ ଚାଉଳ ଥିବା କଳସ ପାଦରେ ଗଡ଼େଇ,

ଅଳତା ଥିବା ଥାଳିରେ ପାଦ ରଖିଲେ ଏବଂ ତା'ପରେ ଅଳତା ରଙ୍ଗର ପାଦ ଚିହ୍ନ ଘର ଭିତରେ ପକାଇ ପାଦେ ପାଦେ ଆଗକୁ ବଢ଼ିଲେ। ମୁଁ ତ ସେଇ ପାଦ ଚିହ୍ନକୁ ଦେଖି ହିଁ ମୁଗ୍ଧ ହୋଇଯାଇଥିଲି, ଆହାଃ! କି କମନୀୟ! କି କୋମଳ! ଭିତରକୁ ଯିବାର ଅନୁମତି ନ ଥିଲା। ସେତେବେଳେ କୋଉ ଜଣାଥିଲା ଯେ ଏଇ ମାମୁଲି ରଙ୍ଗ ଅନାଗତ ଭବିଷ୍ୟତର କାହାଣୀ ଲେଖୁଛି, ରକ୍ତାକ୍ତ ଅକ୍ଷରରେ! ସେ ଯାହାହେଉ...

ଧୀରେଧୀରେ ସେ ରାଜ୍ୟର ଶାସନ ନିଜ ହାତକୁ ନେବା ଆରମ୍ଭ କଲେ। କଥା ସେଇଠି ଅଟକିଲାନି। ସ୍ଥାନଗୁଡ଼ିକ ତ ସେ ଆଗରୁ ଦେଖିଥିଲେ। ସେତେବେଳେ କଣ୍ଢାର ଏହି ନାଳ ବିଜୟଗଡ଼ ଯାଏଁ ଆସି ରହି ଯାଉଥିଲା। ଆଗକୁ ଟିକେ ପାହାଡ଼ିଆ ଉଠାଣି ଥିଲା, ପାଖାପାଖି ଶହେ ଗଜ ପରେ ପୁଣି ତା ଆଗକୁ ଗଡ଼ାଣି। ରାଣୀ ମାତ୍ର ଦୁଇ ବର୍ଷରେ ହିଁ ଏଇ ମଝିରେ ଥିବା ଉଠାଣିକୁ ଭାଙ୍ଗିଦେଲେ ଓ ବନ୍ଦ ହୋଇ ରହିଥିବା ନାଳକୁ ଆଗକୁ ମାଡ଼ି ଆସିବାକୁ ବାଟ ଫିଟାଇଦେଲେ, ସତେ ଯେମିତି ଅନେକ ବର୍ଷରୁ ବନ୍ଦ ହୋଇ ରହିଥିବା ସୁଅକୁ ଏକ ରାସ୍ତା ମିଳିଗଲା। କଣ୍ଢାରେ ପାଣିର ଅଭାବ ରହିଲାନି ଏବଂ ଏମିତି ସୁଅ ଆସିଲା ଯେ ନାଳକୁ ନଦୀ କରିବା ପାଇଁ ଦୁଇପଟକୁ ଚଉଡ଼ା କରେଇବାକୁ ପଡ଼ିଲା। ଆମେମାନେ କେବେ କଳ୍ପନା ବି କରି ନ ଥିଲୁ ଯେ ଅଟକି ଯାଇଥିବା ନାଳ ନଦୀରେ ପରିବର୍ତ୍ତିତ ହୋଇଯିବ ଏବଂ କଣ୍ଢାରେ ବନ୍ଦୀ ହୋଇ ରହିଥିବା ନାରୀ କୂଳଦେବୀ! ଚାରିଆଡ଼େ ଖୁସିର ଲହରୀ ଖେଳିଗଲା, ଚାଷବାସ ଆରମ୍ଭ ହେଲା, ଆନନ୍ଦ ଉଲ୍ଲାସ ଭରିଗଲା।"

"ତା ହେଲେ କ'ଣ ଏହା ପୂର୍ବରୁ ଚାଷବାସ ହେଉ ନ ଥିଲା।" ମୁଁ ପଚାରିଲି।

"ପାଣି କୋଉ ଥିଲା କି ? ହଁ, ଖାଲୁଆ ଜାଗାଗୁଡ଼ିକରେ ବର୍ଷା ଦିନରେ ଅଳ୍ପବହୁତ ପାଣି ହେଇଯାଉଥିଲା। କିନ୍ତୁ ଖଜଣା କଥା ବି ଅଛି! ଯେମିତି ସେମିତି କଷ୍ଟ କରି ଦେବାକୁ ପଡୁଥିଲା। ଆଉ ଯା' ପରର କାହାଣୀ ସେଇଆ... ଯାହା ବିଜୟଗଡ଼ର ପିଲାଠୁ ବୁଢ଼ାଯାଏଁ ସମସ୍ତଙ୍କୁ ଜଣା।"

"ଆମେ ଆପଣଙ୍କଠାରୁ ଶୁଣିବାକୁ ଚାହୁଁ।" "ମୁଖ୍ୟ କଥା ହେଲା ଯେ, ଲୋକମାନେ କଣ୍ଢାର ନାଁ କୁଆଁରୀ ଦେଇଦେଲେ ଆଉ ରାଜାସାହେବ ଏଇ କୁଆଁରୀକୁ କୂଳଦେବୀ ସଜେଇଦେଲେ। କାହିଁକି ଯଦି କହିବା, ତେବେ... ଜନସାଧାରଣଙ୍କ ମଙ୍ଗଳ ପାଇଁ କୁଆଁରୀ କେତେ ପ୍ରକାର କାମ କଲେ। ରାଜଉଆସର ଦୁଆର ପ୍ରତ୍ୟେକ ଅଭାବୀ ମଣିଷ ପାଇଁ, ସବୁ ଜାତି ଧର୍ମର ଲୋକ ପାଇଁ ଚବିଶି ଘଣ୍ଟା ଖୋଲା ରହୁଥିଲା।

ପାହାଡ଼ ତଳେ ଥିବା ପ୍ରଥମ ରାଣୀଙ୍କ ମହଲକୁ କୁଆଁରୀ ଆଉଥରେ ଭଲଭାବରେ ସଜଡ଼ାସଜଡ଼ି କରେଇଲେ ଆଉ ଏବେ ଯେଉଁଠି କୋଠି ଅଛି ସେଠି ସେଇ ଛୋଟିଆ

ପାହାଡ଼ ତଳେ ଗୋଟିଏ କୋଠି ତିଆରି କଲେ... ସେଇଟା ତ ତୁମେ ଏବେ ଦେଖୁଥିବ। କୁହାଯାଏ ଯେ, ଉଦୟ ପ୍ରତାପ ସିଂହ ନିଜେ ହିଁ ଏହି ରାଣୀ ପାଇଁ ତାହା ତିଆରି କରେଇଥିଲେ। ସେ ସମୟରେ ନିଜ ଶୈଳୀରେ ପ୍ରସ୍ତୁତ ବିଳାସପୁରୀ ଥିଲା କୋଠି, ଅର୍ଥାତ୍ ପ୍ରଥମ ରାଣୀ ସେ ପାହାଡ଼ର ଉଆସରେ ଏବଂ ନୂଆ ରାଣୀ ଏଇ ପାହାଡ଼ ତଳିରେ ଥିବା କୋଠିରେ। ଉଦୟ ପ୍ରତାପ ସିଂହ କେବେ ଏ ଉଆସରେ ରାତି କଟାନ୍ତି ତ କେବେ ସେ କୋଠିରେ। ମଝିରେ କୁଆଁରୀ ନଦୀ ବା କଣ୍ଢା ନଦୀ ପଡ଼େ, ତାକୁ ଡଙ୍ଗାରେ ବସି ପାରି ହେବାକୁ ହୁଏ। ଏକଥା ଦେଖି ନୂଆ ରାଣୀ ସେଠି ଗୋଟେ ପୋଲ ବନେଇ ଦେଲେ, ଯାହା ହୁଏତ ଆଜିଯାଏ ବି ଥିବ।"

"ହଁ ଅଛି।"

"ସେହି ପୋଲ ଦୁଇଜଣଙ୍କୁ ମିଶାଉଛି ଆଉ ଦୂରତା ବି ସୃଷ୍ଟି କରୁଛି।"

"ମିଶେଇବା ତ ବୁଝିପାରିଲି... ହେଲେ ଦୂରତା... ?"

"କଥା ହେଲା- ଅସଲ ରାଣୀଙ୍କ ଠାରୁ ଜନ୍ମ ହେଲେ ବଡ଼ ରାୟସାହେବ ଆଉ ଛୋଟ ରାୟସାହେବ ଏବଂ ପରୀଠାରୁ ଜନ୍ମ ନେଲେ ଲାଲ ସାହେବ। ଯେ ପର୍ଯ୍ୟନ୍ତ ଉଦୟ ପ୍ରତାପ ସିଂହ ବଞ୍ଚିଥିଲେ ପୋଲ ଯୋଗସୂତ୍ର ରକ୍ଷା କରିଥିଲା, କିନ୍ତୁ ସେ ଚାଲିଯିବା ପରେ ସମ୍ପତ୍ତି ଭାଗବଣ୍ଟାକୁ ନେଇ ଝଗଡ଼ା ଏବଂ ମନୋମାଳିନ୍ୟ ଆରମ୍ଭ ହୋଇଗଲା - ଏହାକୁ ଦୂରତା ସୃଷ୍ଟ ହେବା କହିବାନି ତ ଆଉ କ'ଣ କହିବା।"

ଅଛେବର ସିଂହ ବେନାମୀ ଜମିର ହେଲେ ନାଁ ନ ଥିବା ମାଲିକ - ତାଙ୍କୁ ବାହାରୁ ଅଣାଯାଇ କେବେ ଥରେ ଏଠାରେ ରଖାଯାଇଥିଲା। ଅଧା ପାଟିରେ ଆଉ ଅଧା କଥା ମିଞ୍ଜି ମିଞ୍ଜି ଆଖିରେ କୁହନ୍ତି ସେ। ଗ୍ୟାସ୍ ୱେଲଡ଼ିଂ କରିବା ବେଳେ ଆଖି ଖରାପ ହେଲା କି ଲାଲସାହେବଙ୍କ ଦୃଷ୍ଟି ପଡ଼ିବାରୁ ଜଣା ନାହିଁ। କିନ୍ତୁ କଣ୍ଢା ନାଳ ପାଖକୁ ସେ ହିଁ ଆଣିଥିଲେ।

ଦକ୍ଷିଣ ଦିଗରେ କଳା ପାଚେରୀ ପରି ଘେରି ଠିଆ ହୋଇଥିଲା କଣ୍ଢା ପାହାଡ଼, ଯାହା ଉପରେ ଝାଲେରୀ ପରି ପାଉଁଶିଆ ମେଘ ଝୁଲି ରହିଥାଏ। ଧୀରେଧୀରେ ଅନ୍ଧାର ମାଡ଼ି ଆସିଲେ, ଆକାଶ କଳା ଦେଖାଯିବା ସହ ଅନେକ ଦୂର ଯାଏଁ ଲମ୍ବି ଯାଇଥିବା ନାଳର ପାଣି ମଧ୍ୟ କଳା ଭଉଁରୀ ପରି ଦିଶୁଥିଲା। ସେଥିରେ ଧଳା ରଙ୍ଗର ବଗ ଉଡ଼ିଲେ ମନେହୁଏ, କେହି ଯେପରି କଳାପଟାରେ ଚକ୍ ଖଡ଼ିରେ ସୁନ୍ଦର ଚିତ୍ର ଆଙ୍କି ଦେଇଛି।

"କଣ୍ଢାର ଏ ପାହାଡ଼ ନ ଥିଲେ, ନା ଏ ନାଳ ଥାଆନ୍ତା, ନା ଏ ଜଙ୍ଗଲ ଆଉ ନା ସେ ନଦୀ। ପାହାଡ଼ ଉପରେ ବର୍ଷା ହେଲେ ନାଳରେ ସୁଅ ଆସିଯାଏ ଆଉ ଜଙ୍ଗଲ

ପୂରା ସବୁଜ ପାଲଟିଯାଏ।" ସେ ଟିକେ ଅଟକି ଗଲେ "କଣ୍ଠାର ବେଡ଼ିନ୍ ଯୁବତୀମାନଙ୍କର ଯୌବନ ପରିପୁଷ୍ଟ ହୋଇଯାଉଥିଲା। ଆପଣ ତ ଜାଣନ୍ତି ଚାରି ଚାରିଟା ରାଜ୍ୟ ମଝିରେ ପଡ଼େ କଣ୍ଠା। ଯା'ର ଯେତେବେଳେ ମନ ହେଉଥିଲା ମନଇଚ୍ଛା ଚାଲି ଯାଉଥିଲେ। ଆଉ କେହି ପଚାରିବା ବି ଆବଶ୍ୟକ ମନେ କରନ୍ତିନି ଯେ ବେଡ଼ିନ୍ ଯୁବତୀର ପ୍ରକୃତ ଇଚ୍ଛା ଅନିଚ୍ଛା ବିଷୟରେ।"

"ଅର୍ଥାତ୍ ନଗରବଧୂରରୁ କୂଳବଧୂ!"

"ହଁ, ଆଉ ଏଇଠି ହିଁ କୂଳଦେବୀ ଅପରାଧଟେ କରି ପକେଇଲା।"

ଧାଁୟ! ଧାଁୟ!

ଅଦୂରରେ ବନ୍ଧୁକ ଫୁଟିବାର ଶବ୍ଦ ଶୁଭିଲା। ଅଚ୍ଛେବର ସିଂହ ଚମକି ପଡ଼ିଲେ- "ଘଟଣା ସଙ୍ଗୀନ ଜଣାପଡୁଛି, ଯାଅ ଯାଅ ଫେରିଯାଅ।"

ଆଶ୍ଚର୍ଯ୍ୟର କଥା ଯେ ଖଲିଲ ମିଆଁ କୂଳଦେବୀଙ୍କୁ ପରୀ ବୋଲି କହୁଥିଲେ। ଅଚ୍ଛେବର ସିଂହ ବି ଏବଂ ସୁହାଗିନ୍ ଅମ୍ମା ମଧ୍ୟ। ଅଚ୍ଛେବର ଚାଚାଙ୍କର ମିଞ୍ଜିମିଞ୍ଜି ଆଖି, ସୁହାଗିନ୍ ଅମ୍ମାର ଲୋଳିତ ଚର୍ମ ଏବଂ ଶୁକୁଲ ଜୀ'ଙ୍କ ଦାଢ଼ିରୁ ବିଜୟଗଡ଼ ଉପରେ ପଡ଼ିଥିବା ବଡ଼ ପରଦା ଉଠୁଥିଲା କି ରହସ୍ୟ ଆହୁରି ଗଭୀର ହେଉଥିଲା ମୁଁ ବୁଝିପାରୁ ନ ଥିଲି।

ଯା'ରି ପ୍ରଭାବରୁ ମୁଁ ପୁଣି ତା ପରଦିନ ସକାଳୁ ଏକ ନୂତନ ଦୃଷ୍ଟିକୋଣରୁ କୋଠିକୁ ଦେଖିବାକୁ ଲାଗିଲି। କୋଠି ଉପରେ ପାହାଡ଼ର ତେରଛା ହୋଇ ରହିଥିବା ଅଂଶ ଶେଷନାଗ ଫଣା ଟେକିବା ପରି ଦେଖାଯାଉଥିଲା। ତା' ଗଡ଼ାଣିରେ ଗୋଟେ ଦୁଇଟା ଘର ବିଞ୍ଚିହେବା ପରି ତଳଯାଏଁ ମାଡ଼ିଯାଇଥିଲେ। ଏଠି ଖରା ଟିକେ ଅଳସ ଭଙ୍ଗୀରେ ଧୀରେଧୀରେ ଆସେ ଆଉ ପାହାଡ଼ ଉପରେ ଟିକେ ବିଶ୍ରାମ ନେଇ ବଡ଼ ବଡ଼ ଘରଗୁଡ଼ିକୁ ସୁନେଲି ରଙ୍ଗରେ ରଙ୍ଗାଇ ପୁଣି ଧୀରେଧୀରେ ତଳକୁ ତଳକୁ ଲମ୍ବିଆସେ। ଦ୍ୱିପ୍ରହର ବେଳକୁ ପୂରା ଘାଟି ଖରାରେ ଝଲସି ଉଠିଥାଏ। ଗୋଟିଏ ସୁନେଲି ଚାଦର ପରି ଖରା ଉପରକୁ ଉଠେ ଓ ତଳକୁ ଖସୁଥାଏ। ପାହାଡ଼ ଶିଖରେ ବସି ସତେ ଯେପରି ସେ ତଳକୁ ଆସିବାକୁ ଅନୁମତି ମାଗୁଥାଏ। ଲୋକେ ବିଶ୍ୱାସ କରନ୍ତି ଯେ କୂଳଦେବୀ ଶାଢ଼ୀ ଶୁଖେଇ ଯାଉଛନ୍ତି ଆଉ ସନ୍ଧ୍ୟା ହେଲେ ନେଇ ଯାଉଛନ୍ତି।

କୂଳଦେବୀଙ୍କ ପରୀ ହେବା କାହାଣୀରେ ଯିଏ ବି ଯେତେବେଳେ ମନ ହୀରା ମୋତି ଲଗାଇ ସଜେଇ ଦେଲା। କହୁଥିବା ଲୋକେ ବହୁତ ଆତ୍ମବିଶ୍ୱାସର ସହ କୁହନ୍ତି "ନୀଲମ୍ ପରି ଆଖି, ଲାଲ ବିନ୍ଦି, ହୀରା ମୋତି ପିନ୍ଧି ଆସିଥିଲା। ସତେ ଯେମିତି କୌଣସି ପରୀଟିଏ ଭଳି, ଆଉ ଯିବା ବେଳେ ସବୁକିଛି ଛାଡ଼ି ଚାଲିଗଲା।

ଆପଣ ଜାଣନ୍ତି, ଆଜି ବି ଲୋକମାନେ ସେ ହୀରାନୀଳା ସବୁ ଏଠି ସେଠି ଖୋଜି ବୁଲନ୍ତି, ଜମିସବୁ ଲିଜ୍‌ରେ ନିଅନ୍ତି କାଳେ ହୀରାନୀଳା ମିଳିଯିବ ବୋଲି ? ଭାଗ୍ୟବାନ ଲୋକକୁ ମିଳିଯାଏ ଆଉ ନ ହେଲେ ଅନ୍ୟମାନେ ମରୀଚିକା ପଛରେ ପଡ଼ିବା ପରେ ଘୂରି ବୁଲନ୍ତି। କେବଳ ହୀରାନୀଳା ନୁହଁ, ସେଇ ପରୀକୁ ମଧ୍ୟ... ହୀରାନୀଳା ତ ମିଳିଯାଏ ହେଲେ ପରୀକୁ କେହି ପାଇ ନାହାନ୍ତି।

"ଆରେ ! ଚାଲ କଣ୍ଡା ଗାଁକୁ ଯିବା। ହୁଏତ ଜଣେ ଅଧେ ମିଳିଯାଇ ପାରନ୍ତି।" ଦୁବେ ନିଜେ କହିଲା।

"ନିଜ ବ୍ରାହ୍ମଣ ପଣିଆର କିଛି ତ ମାନ ରଖ।"

"ମୁଁ ନା କୌଣସି କଣ୍ଠିମାଳ ପିନ୍ଧିଛି ନା ପିନ୍ଧିବାକୁ ଚାହୁଁଛି। ମୋର କଣ୍ଠି ନୁହଁ କଣ୍ଡା ଦରକାର।" ସେଦିନ ତ ସିଏ ଚୁପ୍ ହୋଇଗଲା। କିନ୍ତୁ ତା ପରଦିନ ପୁଣି ତା'ର ଯେମିତି ମନେ ପଡ଼ିଗଲା। "ଏହାର ଆଉ ଗୋଟେ କପି ମିଳି ପାରିବନି ?"

"କାହିଁକି ?"

"ମୋତେ ମୋ ବ୍ରହ୍ମଚର୍ଯ୍ୟ ଭାଙ୍ଗିବାର ଅଛି।"

"ସରି ! ନୋ ଚାନ୍ସ... ନୋ ଭେକେନ୍ସି। ଗୋଟିଏ ମାତ୍ର ତିଆରି କରି ବିଧାତା ଫ୍ରେମ୍ ଭାଙ୍ଗିଦେଲେ।"

କୁଶବାହ ମାଷ୍ଟର ବାବୁଙ୍କ କହିବାନୁସାରେ ପ୍ରକୃତ କଥା ହେଲା - ଏ କଳଙ୍କିତ କଥାର ତା'ର ଯେଉଁ ସେବୁ ଜାଗାକୁ ସଂଯୋଗ କରୁଥିଲା, ସେସବୁକୁ ଲାଲ ସାହେବ ନିଶ୍ଚିହ୍ନ କରିବାକୁ ଲାଗିଲେ। ଏହି କ୍ରମରେ କଣ୍ଡାରେ ମଧ୍ୟ ଦିନେ ନିଆଁ ଲଗାଇ ଦିଆଗଲା। ଯେପର୍ଯ୍ୟନ୍ତ ରହିବ, ଏ କଳଙ୍କର କଥା ମନେ ପଡୁଥିବ... ତେଣୁ ମୂଳରୁ ଶେଷ କରିଦିଅ।

"ଆଚ୍ଛା, ନୀଲମ୍ ଦେଶର ରାଜକୁମାରୀମାନେ... ଅର୍ଥାତ ପରୀମାନେ ଗଲେ କୁଆଡ଼େ ?"

"ଉଡ଼ିଯାଇଥିବେ ଇନ୍ଦ୍ରଲୋକକୁ। ହୁଏତ କଣ୍ଡା ପାହାଡ଼ର ଆରପଟକୁ ଥିବା ଅନ୍ୟ ରାଜ୍ୟଗୁଡ଼ିକୁ ବା ଦିଲ୍ଲୀ ମୁମ୍ବାଇ ଆଦିରେ ଥିବା ପଞ୍ଚତାରକା ହୋଟେଲଗୁଡ଼ିକୁ। ଗୋଟିଏ କଥା କିନ୍ତୁ ବାବୁ ଜାଣିରଖ, ସେଠି ଥିଲେ ମଧ୍ୟ ତୁମେ ତା' ଲୋଭ ଛାଡ଼ିଦିଅ। ଏଇ ଯୋଉ କଣ୍ଡା ଅଛି, କୁହାଯାଏ ଯେ ତା ଆରପଟେ ଗୋଟେ କେଉଁ କିଲ୍ଲା ଥିଲା। ତଳକୁ ଉଠାଣି ଏବଂ ଗଡ଼ାଣି, କିନ୍ତୁ ଉପରେ ସମତଳ। ଆରମ୍ଭରୁ ହିଁ ଜ୍ୟୋତିଷମାନେ ଏଇଆ ବିଶ୍ୱାସ କରନ୍ତି ଯେ ସେ କିଲ୍ଲାକୁ ଯିଏ ନିଜ କବ୍‌ଜାକୁ ଆଣିପାରିବ ସେ ପୂରା ହିନ୍ଦୁସ୍ତାନର ବାଦଶା ହୋଇଯିବ।"

"ହେଲେ ତୁର୍କୀ, ଆଫଗାନୀ, ମୋଗଲ, ଇଂରେଜ... ଓ ଆହୁରି କେଜାଣି କେତେ ସେ କିଲ୍ଲା ଉପରେ ବିଜୟ ହାସଲ କରିବାକୁ ଚାହିଁଛନ୍ତି, ହେଲେ ସଫଳ ହୋଇ ନାହାନ୍ତି।"

"ତୁମେ ତ ଏମିତି କହୁଛ, ସତେ ଯେମିତି କି କଣ୍ଠାର କିଲ୍ଲା ନୁହଁ କଲିଞ୍ଜର କିଲ୍ଲା? ଅବା କାଶୀର ମନ୍ଦିର!"

"ଜାଣିଛ କ'ଣ ପାଇଁ? ଅସଲ କଥା ହେଲା ସେ ହ୍ରଦ ପଙ୍କକୁ କେହି ବି ପାରି ହୋଇ ପାରନ୍ତିନି।"

"ଆମେ ବି ଯଦି ଥରୁଟେ ଚେଷ୍ଟା କରିବା, ତା ହେଲେ ଅସୁବିଧା କ'ଣ?"

"କିଛି ଅସୁବିଧା ନାହିଁ। କିନ୍ତୁ ହଁ, ଯେତିକି ବି ହାତୀ ଘୋଡ଼ା ଆଉ ମଣିଷ ସେ ପଙ୍କ ଭିତରେ ବୁଡ଼ି ମରିଛନ୍ତି, ସେଥିରେ ଆଉ କିଛି ସଂଖ୍ୟା ଯୋଡ଼ି ହୋଇଯିବ। ଅର୍ଥାତ୍ ରହସ୍ୟମୟୀ ନୀଳଆଖିର ଗଭୀରତାରେ ବୁଡ଼ିଲେ ଏହି ପଙ୍କରେ ମଧ୍ୟ ବୁଡ଼ିଯିବ। ଇକ୍ ଇସ୍କ କା ଦଲ୍‌ଦଲ୍ ହୈ ଔର୍ ଡୁବ୍‌କେ ଯାନା ହୈ।" ଆଖି ଆଗରୁ ପରଦା ପରସ୍ତ ପରସ୍ତ ହୋଇ ଖୋଲିଯାଉଥିଲା ଏବଂ ସବୁଠାରୁ ବିପଦପୂର୍ଣ୍ଣ ପରଦା ଥିଲା ତାଙ୍କ ନୀଳ ଆଖିର ରହସ୍ୟର ପରଦା। ଡ. ରଜନୀକାନ୍ତ ତ୍ରିପାଠୀ ନିଜ ବିଶିଷ୍ଟ ଶୈଳୀରେ ନୀଳଆଖିର ରହସ୍ୟ ଖୋଲିଲେ "ବ୍ଲୁ ଆଇଜ୍ ଅର୍ଥାତ୍ ବ୍ଲୁ ବ୍ଲଡ୍!"

"ଯା'ର ଅର୍ଥ?"

"ଆରେ! ଏଇ ବାଟ ଦେଇ ଗୋରା ବିଦେଶୀଙ୍କ ଦଳ ଯଦି କେବେ ଯାଇଥିବ... ଆଉ ଆଗକୁ କ'ଣ କହିବି! ସେ ଶଳେଙ୍କର ଆଖି ତ ନୀଳ ନା?"

"ମାନେ ସେ ନୀଳରକ୍ତ ସହ ଏ ନୀଳରକ୍ତର ଭେଟ ହୋଇଗଲା!"

"ମାନେ ଏ ମହାନ୍ ଖାନଦାନୀ ଲୋକ ସେ ନୀଳ ଆଖିବାଲା ଇଂରେଜଙ୍କ ଠାରୁ ଜନ୍ମିତ ନୀଳନୟନାମାନଙ୍କ ଠାରୁ..." ସେ ପୁଣି ରହସ୍ୟଭରା ସ୍ୱରରେ ଫୁସ୍‌ଫୁସ୍ ହୋଇ କହିଲେ- "କୁଳଦେବୀଙ୍କ ବାପଘର କଣ୍ଠା କେମିତି ବର୍ତ୍ତି ଯାଇଥାନ୍ତା? ଆରେ... ଲାଲ ସାହେବ ତ ତାଙ୍କରି ପୁଅ, ତାଙ୍କ ଆଖି ଦେଖିଛ? କଳଙ୍କର ସବୁ ଚିହ୍ନକୁ ପୋଛି ଦେଲେ, ନିଶ୍ଚିହ୍ନ କରିଦେଲେ, କଣ୍ଠା ଗାଁକୁ ଜାଳିଦେଲେ କିନ୍ତୁ ନିଜ ମୁହଁକୁ କ'ଣ କରିଥାନ୍ତେ, ଯେଉଁଠି ନୀଳ ଆଖି ଲାଗିଛି। ଆଇନ ଆଗରେ ଠିଆ ହେଲେ ଖୁସି ହେବା ବଦଳରେ ଗମ୍ଭୀର ହୋଇଯାଆନ୍ତି। ତାଙ୍କ ଅକ୍ତିଆରରେ ଥିଲେ ନଖରେ ରାମ୍ପି ବିଦାରି ଏଇ କଳଙ୍କଠାରୁ ମଧ୍ୟ ମୁକ୍ତି ପାଇଯାଆନ୍ତେ। ମୁଣ୍ଡକୁ ବିଛା କାମୁଡ଼ିଲେ ମୁହଁକୁ ରାମ୍ପି ପକାନ୍ତି ପାଗଳ ପରି।"

"ଭଲ ଭାବରେ ଦେଖିବ ଯଦି ଏଇ କୋଠିର ଆଖପାଖରେ ବେଢ଼ି ରହିଥିବା

ଗଡ଼ାଣିଆ ଜାଗାଗୁଡ଼ିକରେ କଚ୍ଚା-ପକ୍କା ଘରଗୁଡ଼ିକରେ ତୁମକୁ ଏକ ସୁଚିନ୍ତିତ ରଣକୌଶଳ ଦେଖାଯିବ, ସମ୍ପର୍କୀୟ ଏବଂ ସେବକମାନଙ୍କ ଘର। ଗୋଟେ ଡାକରେ ଆସି ହାଜର ହୋଇଯିବେ। ଏଇପରି ଭାବେ ରାଣୀ ସୁରକ୍ଷା ବଳୟ ଗଢ଼ିଥିଲେ। ଏପଟେ ଲାଲ୍ ସାହେବଙ୍କର ଏବଂ ଆର ପଟେ ସେ ଗଡ଼ରେ ରାୟ ସାହେବଙ୍କର। ସେ ରାୟ ସାହେବଙ୍କ ସମ୍ପର୍କୀୟ ଏବଂ ସେବକମାନଙ୍କୁ ସମ୍ମାନର ସହ ବଞ୍ଚିବାକୁ ଦେଇଥିଲେ ଏବଂ ସେଇ ସମ୍ପର୍କୀୟ ଏବଂ ସେବକମାନଙ୍କୁ ଜଣେ ନୀଚକୂଳ ଜାତ ରାଣୀଙ୍କ ଅନୁକମ୍ପା ଅପମାନଜନକ ମନେ ହେବାକୁ ଲାଗିଲା, ଲଜ୍ଜାଜନକ ! ରେଜିଆ ସୁଲତାନଙ୍କୁ ଜାଣ ! ଏକ ପ୍ରକାର ସେ ହିଁ। ପୁରୁଷମାନଙ୍କ ଦୁନିଆଁରେ ମହିଳାମାନଙ୍କ ସ୍ଥିତିର ପ୍ରଭାବ ଆଜି ବି ସେହିପରି ଅଛି। କିନ୍ତୁ ମଜାର କଥା ଜାଣିଛ, କୁଳର ମୂଳ ଆଡ଼କୁ ଯଦି ଫେରି ଚାହିଁବ, ତାହେଲେ ଦେଖିବା ସବୁ ମହାଭାରତର କାହାଣୀ ଗୁଡ଼ିକର କୌଣସି ନା କୌଣସି ଏପରି ହିଁ ମତ୍ସ୍ୟଗନ୍ଧାଠାରୁ ହିଁ ଆରମ୍ଭ ହୋଇଥାଏ ଏବଂ ଯୋଜନଗନ୍ଧା ପାଖରେ ଆସି ଆକାଶରେ ଆତସବାଜି ପରି ଖଣ୍ଡଖଣ୍ଡ ହୋଇ ଚୁର୍ଣ୍ଣ ହୋଇଯାଏ। ରାଣୀଙ୍କ ସର୍ତ୍ତ ମଧ୍ୟ ଏଇଆ ଥିଲା ଯେ - ତୁମ ରାଣୀ ହୋଇ ରହିବି, କିନ୍ତୁ ଏଇ ସର୍ତ୍ତରେ ଯେ ମୋତେ ବିଧିମୁତାବକ ବିବାହ କରି ଗ୍ରହଣ କରିବ। ମୋତେ ଏବଂ ମୋ ସନ୍ତାନମାନଙ୍କୁ ରାଜକୁଳର ସମସ୍ତ ମାନମର୍ଯ୍ୟାଦା ଏବଂ ଅଧିକାର ପ୍ରଦାନ କରିବ। ସେ ରାଜି କରେଇ ନେଲେ। ସୌନ୍ଦର୍ଯ୍ୟର ଏହି ଅମୋଘ ଅସ୍ତ୍ରରେ ସେ ଏହି ଶେଷ ଲଢ଼େଇ ମଧ୍ୟ ଜିତିଗଲେ। ଲାଲ ସାହେବ, ରାୟ ସାହେବଙ୍କ ପରି ହିଁ ରାଜକୁମାର ରୂପେ ମାନ୍ୟତା ପାଇଲେ... କେହି ବି କମ୍ ବେଶୀ ନୁହଁ। ଯେ ପର୍ଯ୍ୟନ୍ତ ରହିଲେ, ସୌଭାଗ୍ୟ ବରଷୁଥିଲା ବିଜୟଗଡ଼ରେ। ଯେପର୍ଯ୍ୟନ୍ତ ରହିଲେ ମଣି ପରି ଝଟକୁ ଥିଲେ, କିନ୍ତୁ ଦିନେ ଏହି ମଣି କାଚର ପରଦାରେ ଢାଙ୍କି ହୋଇଗଲା। ସୁନା ମାଟି ପାଲଟିଗଲା, ରାଣୀଙ୍କର ମୃତ୍ୟୁ ହେଲା। ମଣିଧର ପରି ରାଜା ମଧ୍ୟ ଶୋକରେ ଝୁରିଝୁରି ପ୍ରାଣ ଦେଇଦେଲେ। ରାଣୀଙ୍କ ମୃତ୍ୟୁରେ ୧୦୧ ବ୍ରାହ୍ମଣଙ୍କୁ ମହାମୃତ୍ୟୁଞ୍ଜୟ ଜପ ଆରମ୍ଭ ହୋଇଗଲା। ରାଜାଙ୍କ ମୃତ୍ୟୁରେ ସବୁକିଛି ବନ୍ଦ ହୋଇଗଲା।

ଅଦ୍ଭୁତ ସଂଯୋଗ ଥିଲା। ପୂଜା ବନ୍ଦ ହେବା ମାତ୍ରେ ଭୀଷଣ ମରୁଡ଼ି ଏବଂ ଅକାଳ ରାଜ୍ୟକୁ ମାଡ଼ି ବସିଲା।

ପ୍ରତିଦିନ କିଛି ନା କିଛି ବିପଦ ମୁଣ୍ଡ ଟେକୁଥିଲା। ପୂଜା ପୁଣି ଆରମ୍ଭ ହେଲା। ସବୁକିଛି ସାମାନ୍ୟ ସ୍ୱାଭାବିକ ହୋଇଗଲା। ଅଦ୍ଭୁତ ବିରୋଧାଭାସ, ଏତେ ପ୍ରତାପୀ ବଂଶର କୁଳଦେବୀ ନୀଚ କୁଳର...! ସେଥିରେ ପୁଣି ସେ ପୂରା ରାଜ୍ୟବାସୀଙ୍କ ପାଇଁ କୁଳଦେବୀ କେବଳ ନିଜ ପୁତ୍ର ଲାଲସାହେବ ଆଉ ତାଙ୍କ ରାଣୀଙ୍କ ଛଡ଼ା। କୁଳଦେବୀ

ତାଙ୍କ ପ୍ରତାପୀ ମର୍ଯ୍ୟାଦାପୂର୍ଣ୍ଣ ରାଜବଂଶରେ ଏକ କଳଙ୍କର ଦାଗ। ପୁଅ ପାଇଁ ମାଆ ହିଁ କଳଙ୍କ! ଜୀବନର ସବୁ ଲଢ଼େଇ ଜିତି ଶେଷରେ ପୁଅ ପାଖରେ ହାରିଯାଇ ଆଉ ଆତ୍ମହତ୍ୟା କରିଦେଇ ନାହାଁନ୍ତି ତ ସେହି ସାହସୀ ମହିଳା, କିଏ ଜାଣେ? ଏହି ବଦନାମର ଦାଗକୁ ଧୋଇବା ପାଇଁ ଜଣ ଜଣ କରି କୁଳଦେବୀଙ୍କ ସହ ସମ୍ପୃକ୍ତ ସମସ୍ତ ବ୍ୟକ୍ତିଙ୍କୁ ନିଶ୍ଚିହ୍ନ କରିଦିଆଗଲା। କୁହାଯାଏ ଯେ, ଏହି ଭୁତ ନାଳ ପାଖକୁ ସେମାନଙ୍କୁ ଅଣାଯାଏ ଏବଂ ତା ପରେ ସେମାନେ ଅଦୃଶ୍ୟ ହୋଇଯାଆନ୍ତି। ଜନସାଧାରଣଙ୍କ ଏଇ ଧାରଣା ଯେ ହାତୀ ଦମ୍ପତି ଦଉଡ଼ାଇ ଦଉଡ଼ାଇ ସେମାନଙ୍କୁ ମାରିଦିଅନ୍ତି। କୁଳଦେବୀଙ୍କ ଏତେ ମହତ୍ୱପୂର୍ଣ୍ଣ କାହାଣୀର ଏତେ କରୁଣ ଅନ୍ତ! ଏବେ ତ ଏହା କିମ୍ବଦନ୍ତୀ ପାଲଟିଗଲା। ନିଜେ ହିଁ ବନେଇଥିବା ପୋଖରୀର ଗୋଲାକାର ପାହାଚ ପରି ତାଙ୍କର ସବୁ କାହାଣୀ ଗୋଲ ଗୋଲ ବୁଲି ସେହି ପୋଖରୀରେ ଆସି ବିସର୍ଜିତ ହୋଇଯାଏ।

କୁଳଦେବୀ ଅର୍ଥାତ୍ କୁଆଁରୀ ମଧ୍ୟ ଅନ୍ୟ ଝିଅମାନଙ୍କ ପରି ନିଜ ମାଆ ପେଟରୁ ହିଁ ଜନ୍ମ ହୋଇଥିବ। ଅଳ୍ପ ବଡ଼ ହୋଇଯିବା ପରେ ପାଖ ସ୍କୁଲରେ ତୃତୀୟ-ଚତୁର୍ଥ ଯାଏଁ ପାଠ ବି ପଢ଼ିଥିବ କିନ୍ତୁ ଏହ ପରେ ଅନ୍ୟ ପିଲାମାନଙ୍କ ପରି ଆସନ ବସ୍ତାନୀ ଫିଙ୍ଗି ଗାଈ ମଇଁଷୀ ନେଇ ଚାଲିଯାଇଥିବ ଚରେଇବାକୁ। ଆଉ କଣ୍ଠର ଅନ୍ୟ ଝିଅମାନଙ୍କ ପରି ବାର-ତେର ବର୍ଷର ହେବା ମାତ୍ରେ କଜ୍ଜଳ ଅଳତା ଲଗାଇ କୋଉଠି ଛିଡ଼ା ହୋଇଥିବ। ସେଇଠି ଦେଖିଥିବେ ରାଇଜର ରାଜକୁମାର ମାନେ ଆଉ ଉଠେଇ ନେଇ ଯାଇଥିବେ ପରୀକୁ। ଏଇଆ ବି ତ ଲୋକମାନେ କୁହନ୍ତି ଯେ ସବାରୀରେ ବସେଇ ନେଇଯିବା ବେଳେ କିଛି ଲାଠି ଧରିଥିବା ଲୋକମାନେ ଘେରି ଯାଇଥିଲେ। ସେ ଯାହା ହେଉ... ଗୋଟେ ଗପ ଆଉ ଗୋଟେ ସହ, ଆଉ ଦ୍ୱିତୀୟଟି ତୃତୀୟ ସହ ମିଶି ମିଶି କୁଳଦେବୀ ନାଁରେ ଏକ ଲମ୍ବାଚୌଡ଼ା ସଫଳ ଗପଟେ ତିଆରି ହୋଇଯାଏ।

॥ ୫ ॥

ମୋତେ ଦୁବେ ପାଖରେ ଶେଷକୁ ହାର ମାନିବାକୁ ପଡ଼ିଲା। ମୋତେ ଏ କୋଉ ଜଙ୍ଗଲ ବଣବୁଦାକୁ ନେଇ ଆସିଲ? ମୋ ଦ୍ୱାରା ହେଉନି। କିନ୍ତୁ ଦୁବେ ସବୁବେଳେ ହାଇ ସ୍ପିରିଟ୍‌ରେ ରହୁଥିଲା।

"କ'ଣ ହେଲା?"

"ମକଦ୍ଦମା"

"ନିଜ ହିସାବରେ କରିବା।"

"ପରାମର୍ଶ କାହା ସହ କରିବ?"

"ନିଜ ସହ।"

ମୁଁ ନିରାଶ ହୋଇ ଚୁପ୍ ରହିଲି। ଶେଷରେ ଦୁବେର ମୋ ଉପରେ ଦୟା ହେଲା, କହିଲା- "ଏବେ କହ।" ମୁଁ ସବୁକଥା ମୂଳରୁ ଗାଇଗଲି।

"ରାମାୟଣ ସରିଲା ? ଏବେ କହ ସମସ୍ୟାଟା କ'ଣ ?"

"ମୁଁ ଜୟନ୍ତୀଠାରୁ ମୁକ୍ତି ପାଇବାକୁ ଚାହୁଁଛି। କାଲି ମୁଁ ଜୟନ୍ତର ସମାଧି ପାଖରେ ବସି ତୁମକୁ ଅପେକ୍ଷା କରିଥିଲି, ଠିକ୍ ଏତିକିବେଳେ ସେ ହଠାତ୍ ଶୁଣ୍ଢରେ ପାଣି ଆଣି ମୋ ଉପରେ ଢାଳିଦେଲା। ଲୋକମାନେ ମଧ୍ୟ ବ୍ୟସ୍ତ ହୋଇଯାଉଛନ୍ତି। ଏମିତି ଲାଗୁଛି, ସତେ ଯେମିତି ଇଷ୍ଟେଟ୍ ସାରା ହାତୀ ହିଁ ଠିଆ ହୋଇଛି। ସେ ଚାଲିଗଲେ ତା କବଳରେ ଥିବା ଜାଗା ତ ମିଳିଯିବ !"

"ବନ୍ଧୁକ ଚଲେଇବା ତ ଶିଖିଯାଇଛ, ଉସ୍‌ମାନ ପରି ଗୁଳି କରିଦିଅ ଶାଳୀକୁ।"

"ତା ହେଲେ କ'ଣ ଜୟନ୍ତକୁ ଉସ୍‌ମାନ ସୁଟ୍ କରିଦେଇଥିଲା ?"

"ଓହୋଃ ! ତୁମେ ବି ନା !"

"ତା ହେଲେ କୁହ।"

"ଆଉ ତେବେ ଉପାୟ କ'ଣ ଯା'ଛଡ଼ା !"

ମୁଁ ଟିକେ ଚାରିଆଡ଼କୁ ଚାହିଁଲି, ତା'ପରେ ଆସ୍ତେ କରି କହିଲି "ଗୋଟେ ସାଧୁକୁ ଜାଲରେ ଫସେଇଛି। ତୁମେ ତ ରାଜାରାଣୀଙ୍କୁ ଯିବା ଆସିବା ପାଇଁ ଥିବା ଗଳିରାସ୍ତା ଦେଖିଛ। ସେ ବାଟ ଦେଇ କେହି ଯିବା ଆସିବା କରୁଥିବା ପରି ଜଣାପଡୁନି। ଅର୍ଥାତ୍ ସେ ଦୁହିଁଙ୍କ ଭିତରେ ଶାରୀରିକ ସମ୍ପର୍କ ମଧ୍ୟ ନାହିଁ। ସେ ସାଧୁ ମହାରାଜ ରାଣୀଙ୍କ ମନରେ ବିଶ୍ୱାସ ଜନ୍ମେଇଛନ୍ତି ଯେ ଏସବୁ ସେଇ ଜୟନ୍ତ ପାଇଁ ହେଉଛି, ଯାହାର ଆତ୍ମା ନିଜ ସାଥୀକୁ ପାଇବା ପାଇଁ ଘୂରି ବୁଲୁଛି, ତେଣୁ ତା' ଆତ୍ମାର ଶାନ୍ତି ପାଇଁ ତାକୁ ତା ସାଥୀକୁ ଦେଇ ଦିଆଯାଉ। ଆଉ ବଦଳରେ ସେ କାମରୂପ କାମାକ୍ଷା ଯାଇ କିଛି ଗୋଟାଏ ପୂଜା ଅନୁଷ୍ଠାନ କରିବ ଯେଉଁଥିପାଇଁ ସେ ଗୋଟେ ଟଙ୍କା ବି ନେବନି ଆଉ ଗ୍ୟାରେଣ୍ଟି ଶତପ୍ରତିଶତ।"

"ଆରେ, ଆରେ !" ଦୁବେର ମୁଖମଣ୍ଡଳର ମୁଦ୍ରା ବଦଳିବାକୁ ଲାଗିଲା "ଆରେ ସାଙ୍ଗ, ତୁ ତ ମୋର ବି ଗୁରୁ ହେଇଗଲୁ, କିନ୍ତୁ ଦେଖ୍... ଯେତେ ପାରିବୁ ବେଶୀ କରି ହାତେଇ ନେବୁ। ଏବେ ଆସିବ ମଜା, ଏଇ ପରମପ୍ରତାପୀ ରାଜବଂଶର ଆତ୍ମା ଜୟନ୍ତୀ... ରାଇଜ ସାରା ଭିକ ମାଗି ବୁଲିବ।"

"ମାନେ ?"

"ତୁ ସାଧୁମାନଙ୍କୁ ହାତୀ ଉପରେ ଚଢ଼ି ଭିକମାଗିବା ଦେଖିନୁ।"

"ହଉ ଛାଡ଼, ମୁଁ ପଚାରୁଛି କ'ଣ ଏମିତି କରିବି ତ?"

"ଆରେ ପଚାରନା ସାଙ୍ଗ, କରି ପକା। ଏମାନେ ଅସତ୍ ବାଟରେ ଜିଇଁବା ଲୋକ, ଏମାନଙ୍କୁ ନା କିଛି ଆସେ, ଆଉ ନାଁ ହିଁ ଏମାନେ କିଛି କରିପାରିବେ। ଛେଃ! କ୍ଷମତାରେ ଯେକୌଣସି ଉପାୟରେ ତିଷ୍ଠି ରହିବାର ଶୀର୍ଷାସନ ଓ ହଠଯୋଗ!"

ଟିକେ ରହିଯାଇ ସେ ପଚାରିଲା, "ରାୟ ସାହେବଙ୍କୁ ଭେଟିଥିଲୁ?"

"ନାଁ, ସୁଯୋଗ ହିଁ ମିଳିନି।"

"ସତୀ ମାତାଙ୍କ ଆସ୍ଥାନରେ ପ୍ରଣାମ କରିବାକୁ ବି ଯାଇ ନଥିବୁ?"

"ସୁଯୋଗ..."

"ଅବଧୂ ସହ ମଧ୍ୟ ଦେଖାକରି ନ ଥିବୁ।"

"ସମୟ ହିଁ ମିଳିନି।"

"ଆରେ, ସମୟ ବାହାର କର!"

"ଆଗ ଏ ହାତୀକୁ ବାହାର କରେ, ତା' ପରେ ଖାଲି ସମୟ ହିଁ ସମୟ।"

ଏବଂ ଶେଷରେ ଜୟନ୍ତୀର ବିଦାୟ... ବିଜୟଗଡ଼ରେ ଉପରେ ତଳେ, ଏଠି ସେଠି ଛିଡ଼ା ହୋଇଥିବା ଗାଁ ଲୋକେ ନିଜ ଜଲ୍ଲାଦିନ୍‌କୁ ବିଦା କଲେ। କିଛି ଲୋକେ ସାଧୁ ଉପରକୁ ପଇସା ବି ଫିଙ୍ଗିଲେ। କୋଠି ଆଗକୁ ଆସି ସେ ଶୁଣ୍ଢ ଉପରକୁ କରି ଗର୍ଜନ କଲା। ରାଣୀ ସାହେବା ଛଳଛଳ ଆଖିରେ ନିଜ ପ୍ରିୟ ଜୟନ୍ତୀକୁ ବିଦା କଲେ। ଆଉ ଥରେ ସେଇ ଗର୍ଜନ ପୁଣି ଶୁଭିଲା ମୁଖ୍ୟ ଫାଟକ ନିକଟରେ, କିନ୍ତୁ ଲାଲ ସାହେବ ବାହାରିଲେନି।

ଜୟନ୍ତୀ ଚାଲିଗଲା ନିଜ ଜୟନ୍ତକୁ ଭେଟିବାକୁ। କେଜାଣି, ତା ଘୂରିବୁଲୁଥିବା ଅତୃପ୍ତ ଆତ୍ମା ଶାନ୍ତ ହେଲା କି ନାହିଁ, କିନ୍ତୁ ରାଣୀସାହେବଙ୍କ କଳ୍ପନା କଳ୍ପନାରେ ହିଁ ରହିଗଲା। ସେ ପୁଣିଥରେ ବିଭିନ୍ନ ସାଧୁ, ଫକୀର, ପୀରବାବା ଆଦିଙ୍କ ଚକ୍କର କାଟିବାକୁ ଲାଗିଲେ। ଗୁମ୍‌ସୁମ୍ ହୋଇ ସବୁବେଳେ ଥାଆନ୍ତି। ଦିନେ ଗୋଟିଏ ଆଚମ୍ବିତ ଘଟଣା ଘଟିଲା। କୁଳଦେବୀଙ୍କ ସେ ଜଳାଶୟ ପାଖରେ ମୋଟର-ସାଇକେଲ ଆଲୁଅରେ ମୋତେ ଦୁଇଟି ଛାୟାମୂର୍ତ୍ତି ଦେଖାଗଲା। ପାଖକୁ ଆସି ନିଜ ଆଖି ଆଗରେ ଦେଖି ପଡ଼ି ଯାଉଯାଉ ରହିଗଲି। ସେ ଦୁହେଁ ରାଣୀ ସାହେବା ଓ କୌଶଲ୍ୟା ଥିଲେ।

"ଆପଣ! ପୁଣି ଏ ସମୟରେ!"

"ହଁ, ଏଇ ଟିକେ...।"

"କିଛି କଥା ନାହିଁ, ମୁଁ ଆପଣ ଦି'ଜଣଙ୍କୁ କୋଠିରେ ନେଇ ଛାଡ଼ି ଦେବି।"

ସେ ଟିକେ କୁଣ୍ଠିତ ହେଲେ। ମୁଁ ତାଙ୍କ ଦ୍ୱିଧା ବୁଝିପାରିଲେ। କୌଶଲ୍ୟା ସହ ସେ ବା କେମିତି ବସି ପାରିଥାନ୍ତେ! ପ୍ରଥମେ ତାଙ୍କୁ ନେଇ ଛାଡ଼ିଲି ଓ ଫେରିଆସି କୌଶଲ୍ୟାଙ୍କୁ ନେଲି। ଯୋଉ କୁଳଦେବୀଙ୍କୁ ଛିଣ୍ଡାଳୀ, ଛୋଟ ଜାତି ବୋଲି ଗାଳି ଦେଇଦେଇ ଥକୁ ନ ଥିଲେ, ଆଜି ଲୁଚିଲୁଚି ତାଙ୍କରି ପୂଜା କରିବାକୁ ଯାଇଥିଲେ। କେଉଁ ଯନ୍ତ୍ରଣା ତାଙ୍କୁ ଭିତରେ ଖାଇ ଯାଉଥିଲା ?

ଲାଲ ସାହେବ ମୋତେ ଆହୁରି ପଇସା ଯୋଗାଡ଼ କରିବାକୁ କହିଦେଇ ମୁମ୍ବାଇ ଚାଲିଯାଇଥିଲେ। ଏଣିକି ଗୋଟିଏ ନୂଆ ପରିବର୍ତ୍ତନ ତାଙ୍କ ଭିତରେ ଦେଖିବାକୁ ମିଳୁଥିଲା। ଆଗରୁ ଚିକିତ୍ସା ପାଇଁ ଦୁଇ ତିନି ମାସରେ ଥରେ ଯାଉଥିଲେ, ଏବେ କିନ୍ତୁ ପ୍ରାୟ ପ୍ରତ୍ୟେକ ମାସ...। ଇଷ୍ଟେଟ୍ ଏବଂ ଅନ୍ୟାନ୍ୟ କାମ ସବୁ ମୋ ଭରସାରେ ଚାଲୁଥିଲା। କୋଉ ଗୋଟେ ଦଲାଲ ଆସି ମୋତେ ଧମକ୍ ଦେଇଥିଲା ଯେ ରାୟ ସାହେବଙ୍କୁ ଯାଇ ଦେଖାକରିବାକୁ... ନଚେତ୍...। ରାଣୀ ସାହେବା ଟିକେ ବେଶୀ ଚିନ୍ତିତ ରହୁଥିଲେ। ଏବେ ସେ ଦିନବେଳେ ହିଁ କୁଳଦେବୀଙ୍କ ପୂଜା କରିବାକୁ ଯାଉଥିଲେ ଏବଂ ହୁଏତ ସତୀ ମାତାଙ୍କ ଆସ୍ଥାନକୁ ମଧ୍ୟ। ଦିନେ ସେଠୁ ଫେରିବା ପରେ ମୋତେ ଡକାଇଲେ। କହିଲେ- "ଗୋଟେ ପରାମର୍ଶ ଦିଅ ତ... ଭଗବାନ ନ କରନ୍ତୁ, ଯଦି ଲାଲ ସାହେବଙ୍କର କିଛି ହୋଇଯାଏ ତା ହେଲେ... ମୁଁ ଯଦି ସତୀ ହୋଇଯାଏ ତା ହେଲେ କେମିତି ହୁଅନ୍ତା ?"

"କ୍ଷମା କରିବେ, ଗୋଟେ କଥା ପଚାରିବି, କ'ଣ ଆପଣ ଛୋଟ ରାୟ ସାହେବଙ୍କ ରାଣୀଙ୍କୁ ସତୀ ହେବାର ଦେଖିଥିଲେ ?"

"ହେ ଭଗବାନ୍! ସେଇ ତ ଭୁଲ ହୋଇଗଲା ମୋ ଦେଇ।" ତାଙ୍କ ସ୍ୱରରେ ଅଦ୍ଭୁତ କାତରତା ଥିଲା, ସତେ ଅବା କୌଣସି ବହୁତ ବଡ଼ ପୁଣ୍ୟ ଲାଭ କରିବାକୁ ବଞ୍ଚିତ ହୋଇଗଲେ।

"ଅନ୍ୟମାନଙ୍କ ମୁହଁରୁ ଶୁଣିଲି, ଓଃ ! ସେଦିନ କି ତେଜ ପ୍ରତାପ ଥିଲା ତାଙ୍କର ! ଷୋଳ ଶୃଙ୍ଗାର କରି ହସି ହସି ଆସିଥିଲେ। ଢୋଲ, ଝାଞ୍ଜ, ମୃଦଙ୍ଗ ତୁରୀ ଆଦି ବିଭିନ୍ନ ବାଜା ବାଜି ଉଠିଥିଲା। ଆଗରେ ଘଣ୍ଟ ମୃଦଙ୍ଗ... ତା ପଛକୁ ଛୋଟ ରାୟ ସାହେବଙ୍କ କୋକେଇ ଆଉ ତା ପଛକୁ ସେ ! ଲୋକମାନେ ଫୁଲ ବିଞ୍ଚୁଥିଲେ। ସ୍ୱାମୀଙ୍କୁ କୋଳରେ ଧରି ଚନ୍ଦନ କାଠର ଚିତା ଉପରେ ବସିବା ବେଳେ କି ଆଭା ଥିଲା ମୁଖମଣ୍ଡଳରେ ! ନିଆଁ ଲଗାଇବା ମାତ୍ରେ ହୁ ହୁ ହୋଇ ଜଳିଉଠିଲା ଆଉ ପୂରା ଭୂମି ଯେପରି କମ୍ପିଗଲା। ଆକାଶ ପାତାଳ ଯେମିତି ଏକ ହୋଇଗଲା। ପ୍ରଳୟ ଆସିଗଲା ଯେପରି! ସୁନାର

ସିଂହାସନରେ ବସି ସିଧା ଯାଇ ସ୍ୱର୍ଗରେ! ପାଖରେ ଥିବା ଅଶ୍ୱତ୍ଥ ବୃକ୍ଷଦେବତା ସର୍ବ ପ୍ରଥମେ ସତୀଙ୍କ ପାଦ ଛୁଇଁଲେ। ଆଜିଯାଏଁ ଆଉ ମୁଣ୍ଡ ଟେକି ନାହାନ୍ତି। ଯାଇ ଦେଖିଆସ।"

"ଦେଖିଲି।"

ମନେ ମନେ ଖୁବ୍ ବିରକ୍ତ ହେଲି। ଇଏ ତ ପୁଣି ଗୋଟେ ଗପ ଯୋଡ଼ି ହୋଇଗଲା। "ଅନ୍ୟ ଲୋକମାନେ ବି ତ ଦେଖିଥିବେ?" ମୁଁ ପୁଣି ପଚାରିଲି।

ମୋ ଖିଆ-ପିଆ କଥା ବୁଝୁଥିବା ସ୍ତ୍ରୀ ଲୋକକୁ ଡାକିଲେ "ଇଏ ଦେଖିଥିବ, ନୁହଁ?"

"ନାଁ ରାଣୀ ସାହେବା, ମୁଁ ବି କୋଉ ଦେଖିପାରିଲି! କିନ୍ତୁ କୋଶେ ବାଟରେ ଥିବା ଲୋକେ ବି ଦେଖିଛନ୍ତି ଯେ କେମିତି ଆକାଶରୁ ନିଆଁ ହୁଳା ତଳକୁ ଆସିଲା ଏବଂ ତାଙ୍କୁ ନେଇ ଉପରକୁ ଉଠିଗଲା। ଲୋକେ ଚକିତ ହୋଇ ସେମିତି ଚାହିଁ ରହିଥିଲେ। ଶରୀରକୁ ଦେଖି ବି ପାରିଲେନି।" କୌଶଲ୍ୟା ସ୍ପଷ୍ଟ କଲା "ଆରେ ଭଉଣୀ! ସରଗର ଫାଟକ ବନ୍ଦ ହୋଇଗଲା, କ'ଣ ଆଉ ଦିଶିଥାନ୍ତା!"

"ସମସ୍ତଙ୍କୁ ସବୁ ଦେଲେ, ତାଙ୍କ ମହିମା ଅପାର। ଜଣେ ମାଝିଆଣୀ ତ ମାଆଙ୍କ ଆସ୍ଥାନରେ ଏମିତି ନାଚ ନାଚେ ଯେ, କ'ଣ ଆଉ କହିବି! ସତୀମାତା ତାକୁ ଦୁଇଦୁଇଟା ପୁଅ ଦେଇଛନ୍ତି!"

ଉପସ୍ଥିତ ସମସ୍ତେ ଚାଲିଯିବା ପରେ ମୁଁ ଯିବାକୁ ବାହାରିବା ବେଳେ ରାଣୀ ସାହେବା ଅଟକାଇ ଦେଲେ, "ହଁ, କହିଲନି ତ କାଇଁ।"

"କ'ଣ?"

"ମୁଁ ସତୀ ହୋଇଗଲେ କେମିତି ହୁଅନ୍ତା?"

ମୁଁ ଚମକି ପଡ଼ିଲି... ଲାଲ ସାହେବଙ୍କର କିଛି ହେବାର ସମ୍ଭାବନା ଅଛି କି? ନା ପୁଣିଥରେ ଗୁଳି ଫୁଟିବ?

ପ୍ରକାଶ୍ୟରେ କହିଲି "ମୋ ସହ ଏପରି ମଜାକ୍ କରନ୍ତୁନି।"

"ମଜାକ୍ ନୁହଁ, ସେଥିରେ ଗୋଟେ ରହସ୍ୟ ଅଛି, ତାଙ୍କ ଅନ୍ତେ ଏ ଦେହ ଉପରେ ଆଉ କାହାର ନଜର ପଡୁ, ଏହାଠୁ ତ ଭଲ ଯେ...।"

ଲାଗିଲା, ସତୀ ହେବା କଥା କହି ସେ କେଉଁଠି ନା କେଉଁଠି ନିଜ ପାଇଁ କିଛି ଜାଲ ବିଛାଇଥିଲେ। ଏପରି ସ୍ଥିତିରୁ ତାଙ୍କୁ ବାହାର କରିବା ମୋତେ ନିହାତି ଜରୁରୀ ମନେହେଲା। କହିଲି "ଭଗବାନ ଲାଲ ସାହେବଙ୍କ ଦୀର୍ଘାୟୁ କରନ୍ତୁ। ସତୀ ହେବାର ବିଚାର ଆପଣଙ୍କ ମୁଣ୍ଡକୁ ଆସିଲା ବା କାହିଁକି?"

ତାଙ୍କର ଯେପରି ମୁଣ୍ଡ ଘୁରାଇ ଦେଲା। ସେ ପଡ଼ିଯିବା ପୂର୍ବରୁ ମୁଁ ଯାଇ ତାଙ୍କୁ ଦୁଇ ହାତରେ ଧରି ପକାଇଲି ଏବଂ ନେଇଯାଇ ପଲଙ୍କ ଉପରେ ଶୁଆଇ ଦେଲି। କିଛି ସମୟ ଯାଏଁ ସେପରି ଶୋଇରହିବା ପରେ ସେ କହିଲେ "ତୁମେ ବୁଝିପାରିବନି, ତାଙ୍କୁ କେଜାଣି କେତେ ରୋଗ ଘେରି ରହିଛି। ଶତ୍ରୁ ବି କିଛି କମ୍ ନାହାନ୍ତି, ପୁଣି ସତୀ ହେବାର ଗୋଟେ ଅଲଗା ମହିମା ଅଛି। ଦେଖ, କୁଳଦେବୀ ଏବଂ ସତୀଙ୍କୁ ମରିବା ପରେ ମଧ୍ୟ ଲୋକେ ତାଙ୍କୁ ଦେବୀ କରି ପୂଜା କରୁଛନ୍ତି।"

କୌଶଲ୍ୟା ଅଗଣାକୁ ପଶୁପଶୁ ଘୋଷଣା କଲା, "ଲାଲ ସାହେବ ମୁମ୍ବାଇରୁ ଫେରି ଆସିଛନ୍ତି, ଆପଣଙ୍କୁ ଖୋଜୁଛନ୍ତି।"

"ଆରେ! ବାପ୍‌ରେ!"

ମୁଁ ଏକା ନିଃଶ୍ୱାସେ ଆସି ପହଞ୍ଚିଗଲି ଏବଂ ଅଭିବାଦନ ଜଣାଇ ମୁଣ୍ଡତଳକୁ ନୁଆଇଁ ଠିଆ ହୋଇ ରହିଲି।

"କ'ଣ ମନୋଜ ସିଂହ ବାବୁ! ପଇସାର ବନ୍ଦୋବସ୍ତ ହୋଇଗଲା?"

"ଆଜ୍ଞା, ସେଇ କାମରେ ତ ଦିନ-ରାତି ଧାଁ-ଦଉଡ଼ କରୁଛି।"

"ରାଣୀ ସାହେବଙ୍କ ପାଖରେ...?" ମୁଁ ସ୍ତବ୍ଧ ହୋଇଗଲି!!

"ସେଦିନ ଆପଣଙ୍କ ମଟରସାଇକେଲ ପଛରେ କିଏ ଥିଲା?

ମୁଁ ସବୁ ସତ ସତ କହିଦେଲି। ସେ ହାତରେ ମଦ ଗ୍ଲାସ୍ ଧରି ନୀରବରେ ମୋ କଥାକୁ ଶୁଣିଲେ ଏବଂ ଗର୍ଜନ କରିବା ପରି ବଡ଼ପାଟି କରି ଉଠିପଡ଼ି କହିଲେ "ଶେଷକୁ ଏଇ ଦିନ ଦେଖିବା ବାକି ରହିଯାଇଥିଲା।" ସେ ଅନବରତ କହି ଚାଲିଥିଲେ, ନୀଳ ଆଖିରୁ ଯେମିତି ନିଆଁ ଝୁଲ ଖସି ପଡୁଥିଲା, "ଆଗରୁ ବରଯାତ୍ରୀ ଆଦିରେ ମୋ ହାତୀ ଘୋଡ଼ା ସବୁ ଯାଉଥିଲେ, ଲୋକେ କୁହନ୍ତି ଲାଲସାହେବଙ୍କ ହାତୀ, ଲାଲସାହେବଙ୍କ ଘୋଡ଼ା... ବହୁତ ଭଲ ଲାଗୁଥିଲା। ତା'ପରେ ଟ୍ରକ୍ ଆସିଲା, ମକଦ୍ଦମା ଦାୟର କରାଗଲା, କ୍ଷମତା ଏବଂ ଖାନ୍‌ଦାନି ଝଗଡ଼ାରେ ବ୍ୟସ୍ତ ରହିଲି, ଭାବିଲି... ଏସବୁ ହିଁ ତ ରାଜରାଜୁଡ଼ାଙ୍କ ଗୌରବ, ଦର୍ପ, କିନ୍ତୁ ଏବେ...? ଏଇ ଭଙ୍ଗା ପୁରୁଣା ଟ୍ରକ୍, ଏ ହାତୀ... ଘୋଡ଼ା, ଏ ପଡ଼ିଆ ଜମି, ଏଇ କେସ୍... ଇଚ୍ଛା ହେଉଛି ଏସବୁ ଜଞ୍ଜାଳକୁ ଛାଡ଼ି କୁଆଡ଼େ ଚାଲିଯିବାକୁ।" କଥା କହୁ କହୁ ସେ ଟିକେ ଧୀରେ ଧୀରେ ଚାଲୁଥିଲେ ଏବଂ ପୁଣି ବୁଲିପଡ଼ି ଦୂରକୁ ଅନେଇ ରହି କହିଲେ "ଏସବୁ କିଛି ଏବେ ମରଣ ଆଡ଼କୁ ଗତି କରୁଛନ୍ତି... ହେଲେ ମୋତେ କିନ୍ତୁ ଜୀବନ ଦରକାର, ଏପରି ଜୀବନ ଯେଉଁଠି ମନଖୋଲି ଜିଇଁ ପାରିବି। କିନ୍ତୁ... ମୋତେ ବାଧ୍ୟ ହୋଇ ଏକ ନିର୍ଜୀବ ଦେହକୁ ଜୀବନ୍ତ ବୋଲି ପ୍ରମାଣିତ କରିବାକୁ ପଡୁଛି... ଯେ, ମୁଁ ମରିନାହିଁ,

ମୁଁ ଏବେ ବି ପୂର୍ବ ପରି ପ୍ରତାପୀ ଏବଂ ଦୁର୍ଜୟ ହୋଇଅଛି। ସେଥିରେ ପୁଣି ଏ ରୋଗ ମୋ ଆତ୍ମାକୁ...।"

"ସାର୍, ମୁଁ ଏଥର ଆପଣଙ୍କ ସହ ମୁମ୍ବାଇ ଯିବି କି?"

"ନାଁ" ସେ ହାତ ହଲାଇ ମନା କଲେ।

"ସାର୍, ଆପଣ ରାଣୀ ସାହେବାଙ୍କୁ ଯାଇ ଟିକେ ଦେଖା କରିଦିଅନ୍ତୁ।"

ଲାଲ ସାହେବ ଉପହାସ ସ୍ୱରରେ ହସିଲେ ଏବଂ ମୋତେ ଚାଲିଯିବାକୁ ଆଙ୍ଗୁଳିରେ ସଂକେତ ଦେଲେ।

॥ ୬ ॥

ପଥର ପରି ହୃଦୟ ତରଳୁ ଥିଲା ଏବଂ ଏହା ହିଁ ମୋ ପାଇଁ ଆଶ୍ୱସ୍ତିର କଥା ଥିଲା। ପ୍ରଥମ ଥର ଲାଲ ସାହେବଙ୍କ ପରିବାର ମୋତେ ନିଜର ମନେ ହେଲେ। ମୋତେ ଲାଗିଲା ଏହି ଟଳମଳ, ଅସ୍ଥିର ଏବଂ ଅବକ୍ଷୟମୁଖୀ ରାଜ୍ୟର ମୁଖ୍ୟ ସମସ୍ୟା ଅର୍ଥ ବା ଟଙ୍କା।

ଲାଲ୍ ସାହେବଙ୍କୁ ଟଙ୍କା ଦରକାର।

ରାଣୀ ସାହେବାଙ୍କୁ ଟଙ୍କା ଦରକାର।

ରାଜ୍ୟକୁ ମଧ୍ୟ ଟଙ୍କା ଦରକାର।

କିନ୍ତୁ ଟଙ୍କା ପଇସା ଅଛି କେଉଁଠି?

ଟଙ୍କା ତ ଅଛି, ହେଲେ କ୍ଷୀରରେ ଲହୁଣୀ ମିଶି ରହିବା ପରି, ପ୍ରତ୍ୟକ୍ଷ ରୂପେ ଦେଖାଯାଉନି କିନ୍ତୁ ମନ୍ଥନ କରି ବାହାର କରାଯାଇ ପାରିବ। ଗଛପତ୍ରରୁ ବାଲିରୁ ଗୋଡ଼ିରୁ... ମାଟିରୁ ଯେଉଁଠି ହାତ ରଖିବ ସେଠି ଟଙ୍କା ହିଁ ଟଙ୍କା, କିନ୍ତୁ ହାତ କିଏ ଦେବ ଆଉ କେମିତି?

ଦୁବେ ଠିକ୍ ହିଁ କହୁଥିଲା, ଚିନ୍ତା ଭାବନା କରନି କାମ କରିଚାଲ। ଯେତେବେଳେ ସବୁକିଛି ନିଷ୍ପତ୍ତି ମୋତେ ହିଁ ନେବାର ଅଛି ତାହେଲେ ଏତେ ପଚରାଉଚୁରା କ'ଣ?

ଶମଶେରର ବଡ଼ ପୁଅ ନୁରେ ସହ ମୁଁ ଭୁତ ନାଳ ଆଡ଼କୁ ପଛ କରି ଆଖି ପାଉ ନ ଥିବା ଯାଏଁ ବ୍ୟାପିଥିବା ଶୁଷ୍କ ଟାଙ୍ଗରା ପଡ଼ିଆଗୁଡ଼ିକୁ ଦେଖୁଥିଲି। ସେଇ ନାଳର ପାଣିକୁ ଯଦି ଏହି କ୍ଷେତଗୁଡ଼ିକରେ ଦିଆଯାଇ ପାରନ୍ତା ତା ହେଲେ ଏହି

ଜମିଗୁଡ଼ିକ ଉତ୍ପାଦନକ୍ଷମ ହୋଇପାରନ୍ତା ଅଥବା କୁଆଁରୀ ନଦୀରୁ ବି ଆଣିବାର ଉପାୟ କରିହେବ।

ମୁଁ ପୁଣି ନୁରେକୁ ପଚାରିଲି "ଜୟନ୍ତକୁ ଏଇଠି କୋଉଠି ପରା ପୋତା ଯାଇଥିଲା।"

"ଆଜ୍ଞା, ଆପଣଙ୍କ ପାଦ ତଳେ ହିଁ, ମାନେ ଏକ ପ୍ରକାର କହିବାକୁ ଗଲେ ଆପଣ ଏବେ ହାତୀ ଉପରେ।"

ମୋତେ ଟିକେ ଖରାପ ଲାଗିଲା। ଏଠାର ପିଲାମାନେ ବି ମୁହଁଖୋର୍।

ଯା' ପରେ ଦିନେ ଟଙ୍କାପଇସା ମାମଲାରେ ମୁଁ ଅଞ୍ଚଳର ଆଖାପାଖ ବୁଲାବୁଲି କରୁକରୁ ସବୁଦିନ ପରି ଘାଟ ପାଖକୁ ଆସିଲି। ମୋଟର ସାଇକେଲକୁ ବନ୍ଦ କରି ଠିଆ ହୋଇଗଲି। ନଦୀର ଆରପଟ ରାୟ ସାହେବଙ୍କ ଏରିଆ ଥିଲା, ଆଉ ଏପାଖ ଲାଲ ସାହେବଙ୍କ, ତା ଆଗକୁ ମୁଁ ଏମିତି କିଛି ଖପର ଝାଟିମାଟିର ଘର ଦେଖିଲି ଯେଉଁଥିରେ ତାଲା ଝୁଲିଥିଲା, କିଛି ଶୁଖିଲା ଝାଉଁଳା ଗଛ ପତ୍ର ନାମକୁ ମାତ୍ର ଠିଆ ହୋଇଥିଲେ। କିନ୍ତୁ ଅପର ପକ୍ଷରେ ରାୟ ସାହେବଙ୍କ ଅଞ୍ଚଳରେ କିଛି କିଛି ସ୍ଥାନ ସବୁଜିମାରେ ଭରି ଯାଇଥିଲା। ବାହାରୁ ତ ଏପରି ଦେଖାଯାଉଥିଲା, କିନ୍ତୁ ଭିତର ଅଞ୍ଚଳଗୁଡ଼ିକ ବିଷୟରେ କହିପାରିବିନି। ମାନେ ପାଣି ଭିତର ଅଞ୍ଚଳ ପର୍ଯ୍ୟନ୍ତ କେମିତି ବି ହେଉ ପହଞ୍ଚୁଛି।

ଘାଟ ପାଖରେ ନାଉରୀଟିଏ ଡଙ୍ଗାକୁ ଏ ପାଖରୁ ଆର ପାରିକୁ ନେଇ ଯାଉଥିଲା। ପାଣିରେ ପିଲାମାନେ କିଛି ଅଣ୍ଡାଳୁ ଥିଲେ। କିନ୍ତୁ ସେମାନେ ଖୋଜୁଛନ୍ତି କ'ଣ? ମୋତେ ଛିଡ଼ା ହୋଇଥିବାର ଦେଖି ଡଙ୍ଗାକୁ ଖୁଣ୍ଟରେ ବାନ୍ଧି ଦେଇ ନାଉରୀଟି ମୋ ପାଖକୁ ଧାଇଁଧାଇଁ ଆସିଲା 'ନମସ୍କାର' କରିଦେଇ ମୁଣ୍ଡ ତଳକୁ କରି କହିଲା "ହୁକୁମ୍ ସରକାର୍?"

"କିଛି ନାହିଁ, ଏମିତି ହିଁ ଇଷ୍ଟେଟ୍ ଦେଖିବାକୁ ଆସିଥିଲି, ଏ ପିଲାମାନଙ୍କୁ ଦେଖି ଅଟକି ଗଲି। ଏମାନେ କ'ଣ ଖୋଜୁଥିଲେ? ଶାମୁକା?"

"ନାଁ ଆଜ୍ଞା, ଟଙ୍କା। ସତୀମାତାଙ୍କ ଆସ୍ଥାନ ଯାଏଁ ଯିଏ ନ ଯାଇ ପାରନ୍ତି ସେମାନେ ଭେଟି ପଇସା ଏଇଠୁ ହିଁ ପାଣିରେ ପକେଇ ଦିଅନ୍ତି।"

"ମିଳିଲା?" ମୁଁ ପଚାରିଲି।

'ହଁ'। ତା ହାତରେ କିଛି ପଇସା ଥିଲା ଆଉ ସେଥିରୁ ପାଣି ଝରି ପଡୁଥିଲା। ମୋତେ କିନ୍ତୁ ପାଣିରୁ ଟଙ୍କା ଝରେଇବାର ଥିଲା।

"ଘାଟର ଠିକା ରାୟ ସାହେବ ନେଇଛନ୍ତି?"

"ହଁ, ସାହେବ।"

"ଗତଥର କିଏ ଠିକା ନେଇଥିଲା ?"

"ଗତଥର ବି ରାୟ ସାହେବଙ୍କୁ ମିଳିଥିଲା।"

"ଲାଲ ସାହେବଙ୍କୁ କାହିଁକି ମିଳୁନି ?"

"ନେଇକି ବି ସେ କ'ଣ କରିବେ, ବୈଶାଖ ମାସରୁ ଆଷାଢ଼ ଯାଏଁ ତ ନଦୀରେ ପାଣି ହିଁ ରୁହେନି। ଲୋକେ ଚାଲିଚାଲି ପାରି ହୋଇଯାଆନ୍ତି।"

"ତୁମ ନା କ'ଣ ?"

"ଅନମୋଲ !" ରତନପଛିର ଲୋକମାନଙ୍କ ନାଁ ବି ସେଇ ଅନୁରୂପ।

"ରହୁଛ କେଉଁଠି ?"

"ହେଇ ସେ ଆରପାଖରେ ମୋ ଝୁମ୍ପୁଡ଼ି।"

ସେ ହାତ ଠାରୁ ଆର ପାଖରେ ଥିବା ଗୋଟେ କୁଡ଼ିଆ ଘରକୁ ଦେଖାଇଲା, ଯେଉଁଠି ଚାରି-ପାଞ୍ଚ ବର୍ଷର ଦୁଇଟି ପିଲା ଖେଳୁଥିଲେ ଆଉ ସ୍ତ୍ରୀ ଲୋକଟିଏ ଏପଟ ସେପଟ ହେଉଥିଲା।

ଦୁବେଙ୍କୁ କହିଲି, "ରାୟ ସାହେବଙ୍କୁ ଦେଖା କରିବାକୁ ଚାହେଁ।"

"ତା ହେଲେ ମୋତେ କ'ଣ ପଚାରୁଛ, ପାଞ୍ଜିରୁ ଶୁଭଲଗ୍ନ ବାହାର କରିବି ନା କ'ଣ ! ଆଶ୍ଚର୍ଯ୍ୟ ! ଏଯାଏଁ ଦେଖା ବି କରିନ। ଆସ, କିନ୍ତୁ ମୁଁ ତୁମ ସହ ରହିବିନି।"

ପୋଲ ପାର କରିବା ସମୟ ଦୁଇଟି କଥା ମୋ ମନରେ ଖେଳୁଥିଲା। ପ୍ରଥମ କଥା ପାଣି ଓ ଦ୍ୱିତୀୟ କଥା ରାଣୀ - ବଞ୍ଚିଥିବା ବି ଓ ମୃତ ବି।

ମୁଁ ରାୟ ସାହେବଙ୍କ ଦୁର୍ଗରେ ପ୍ରବେଶ କଲି। ମୋ ବାମ ପଟରେ କୋଉ ଗୋଟାଏ ମଣ୍ଡପ ଅଛି। ମଣ୍ଡପ ଉପରେ ବାଉଁଶରେ ବନ୍ଧା ହୋଇ ପତାକାଟିଏ ଉଡୁଥିଲା। ଅଧା ନଇଁ ଉପୁଡ଼ି ପଡ଼ିଥିବା ଅଶ୍ୱତ୍ଥ ଗଛ, ଧୂପ, ଦୀପ, ପୂଜା ! ବୋଧହୁଏ ଏଇଟା ହିଁ ରାଣୀ ସତୀଙ୍କର ଆସ୍ଥାନ। ଯିବା ଆସିବା କରୁଥିବା ଲୋକମାନେ ଜୋତା ଚପଲ ବାହାର କରି ପ୍ରଣାମ କରୁଥାନ୍ତି ଏବଂ ପୁଣି ଜୋତା ଚପଲ ପିନ୍ଧି ଚାଲିଯାଉଥାନ୍ତି। ସେ ସ୍ଥାନରେ ଦୁଇଜଣ ଲୋକ ଢୋଲ ଏବଂ ଖଞ୍ଜଣୀ ବଜାଇ 'ସତୀ ମହିମା' ଗାଉଥାନ୍ତି। ଦିନ ବେଳା ଦୀପ ଜଳିଲେ କେମିତି ଲାଗୁଥିବ ! ଜଣା ବି ପଡୁନି ଯେ କିଛି ଜଳୁଛି ବୋଲି। କିଛି ଗୋଟାଏ ଚିନ୍ତା କରି ମୁଁ ବି ଆସ୍ଥାନରେ ପ୍ରଣାମ କରି ଆଗକୁ ବଢ଼ିଲି। ସତୀଙ୍କ ମହିମା ସହ ଢୋଲର ସ୍ୱର ମଧ୍ୟ ଧୀରେଧୀରେ ଧିମେଇ ଯିବାକୁ ଲାଗିଲା।

ଏକ ବଡ଼ ଉଠାଣି ଚଢ଼ି ମୁଁ ପ୍ରାସାଦର ସଦର ଦୁଆର ପାଖରେ ପହଞ୍ଚିଲି। ଲାଲ୍ ସାହେବଙ୍କ ମହଲର ଏକ ବିରାଟ ସଂସ୍କରଣ ! ଏକ ବୀର ଯୋଦ୍ଧା ପରି ଅଙ୍ଗରକ୍ଷକ ଶେର୍ ଖାଁ ଆସି ମୋତେ ସ୍ୱାଗତ ଜଣାଇଲା। ଭିତରକୁ ଆସିବା ମାତ୍ରେ ସେଇ ଚିରାଚରିତ

ହାତି ଘୋଡ଼ା ରଖିବା ସ୍ଥାନ, ଅନ୍ୟାନ୍ୟ ପଶୁମାନଙ୍କ ଗୁହାଳ, ସେହିପରି ଖାଁ ଖାଁ ଏବଂ ସବୁକିଛି...। ଭିନ୍ନ ଯଦି କିଛି ଥିଲା, ତାହା ଥିଲା ଦୁଇଟି ଭବନ। ଗୋଟିଏ, ଯାହା ଆଗରେ ମୁଁ ଠିଆ ହୋଇଥିଲି - ଦିୱାନ୍-ଏ- ଖାସ୍ ଏବଂ ଆଉ ଗୋଟେ ଆରପଟେ ଦିୱାନ୍-ଏ-ଆମ୍। ଭିତରେ କାଚ ବନ୍ଧେଇ ହୋଇଥିବା ପୂର୍ବପୁରୁଷଙ୍କ ଫଟୋ, ବୁଢ଼ିଆଣୀ ବସାରେ ଛନ୍ଦି ହୋଇଥିବା ବାଘ, ହରିଣଙ୍କ ମୁଣ୍ଡ... ସତେ ଯେପରି କୌଣସି ବଣବୁଦାରେ ଶିଙ୍ଗଗୁଡ଼ିକ ଛନ୍ଦି ହୋଇ ରହିଛି।

ପଇଁଚାଳିଶ କି ପଚାଶ ପାଖାପାଖି ଗହମ ରଙ୍ଗର ଏକ ପ୍ରଭାବଶାଳୀ ବ୍ୟକ୍ତିତ୍ୱ ରାୟ ସାହେବ, ଏକ ସୁସଜ୍ଜିତ ହୁକ୍କା ବସି ପିଉଥିଲେ। ମୁହଁରେ ସାପ ପରି ଧୂଆଁର କୁଣ୍ଡଳୀ। ନଇଁ ପଡ଼ି ଦୁଇ ହାତଯୋଡ଼ି ଅଭିବାଦନ ଜଣେଇଲି। ତାଙ୍କ ଦୃଷ୍ଟି ତଳୁ ଉପର ଯାଏଁ ବୁଲିଆସି ମୋ ମୁହଁ ଉପରେ ସ୍ଥିର ହୋଇଗଲା। ହୁକ୍କାର ପାଇପ୍ ମୁହଁରୁ ବାହାର କରି ଘଡ଼ଘଡ଼ିଆ ସ୍ୱରରେ କହିଲେ- "କ'ଣ, ଜୋତା ବାହାର କରିଦେଇ ଆସିଲ ମେନେଜର ବାବୁ? ସେସବୁ ସେ ଲାଲ ସାହେବ ପାଖରେ ଚଳେ, ଆମର ଏଠି ନୁହଁ। ଏଣିକି ବାହାର କରିବାର କିଛି ଆବଶ୍ୟକତା ନାହିଁ ଆସନ ଗ୍ରହଣ କରନ୍ତୁ।"

ହୁକ୍କାର ପାଇପ୍ ଯେପରି ଏକ ଠିପି ପରି ଥିଲା, ପାଟିରୁ ଯିବା ମାତ୍ରେ ମୁହଁ ବନ୍ଦ। କିଛି କହିବାର ଥିଲେ ବାହାର କରୁଥିଲେ।

ମୁଁ କାନ୍ଥରେ ଲାଗିଥିବା ଚିତ୍ର ଏବଂ ମୋ ମୁଣ୍ଡ ଉପରେ ଝୁଲୁଥିବା ଝୁମରକୁ ଦେଖୁଥିଲି, ଯଦି ଭୂମିକମ୍ପ ହେବ ତ ସିଧା ଆସି ମୋ ମୁଣ୍ଡ ଉପରେ ପଡ଼ିବ।

"ଆରେ! ଅରୁଣାଚଳମ୍।" ମୁହଁରୁ ଠିପି ବାହାରିଲା।

"ଆଜ୍ଞା, ଆସୁଛି।" ଚାଳିଶି ଏକଚାଳିଶି ବର୍ଷର ଡେଙ୍ଗା ସ୍ୱାସ୍ଥ୍ୟବାନ ଶ୍ୟାମଳ ରଙ୍ଗର ଯୁବକଟିଏ ଭିତରକୁ ପ୍ରବେଶ କଲା, "ଭେଟନ୍ତୁ... ଆମ ଲାଲ୍ ସାହେବଙ୍କ ମେନେଜେର..."

"ମନୋଜ ସିଂହ।" ମୁଁ ପରିଚୟ ଦେଇ କହିଲି "ଏବଂ ମିଷ୍ଟର ସିଂହ, ଇଏ ହେଲେ ଆମ ଇଷ୍ଟେଟ୍‌ର ପୁରୁଣା ମ୍ୟାନେଜର ମିଷ୍ଟର ଅରୁଣାଚଳମ୍।"

ଆମେ ଦୁହେଁ ଭାରତ ପାକିସ୍ତାନର ସେନାପତିଙ୍କ ପରି ହାତ ମିଳାଇଲୁ।

"ଆରେ, କିଛି ସ୍ୱାଗତ ସତ୍କାର...। କ'ଣ ପିଇବ ଥଣ୍ଡା ନା ଗରମ୍?" ମୁହଁରୁ ପାଇପ୍ ବାହାର କରି ପଚାରିଲେ।

"ଆଜ୍ଞା, କେବଳ ଗୋଟେ ଗ୍ଲାସ୍ ପାଣି।" ମୁଁ ଟିକେ କୁଣ୍ଠିତ ହୋଇ କହିଲି।

"ଆରେ! ଏମିତି କେମିତି ହେବ?" ଜଣେ ସୁନ୍ଦରୀ ପୌଢ଼ା ଉତ୍ତର ଦେଲେ।

"ମାଇଁ ୱାଇଫ୍!" ଏଥର ମୁହଁରୁ ଇଂରାଜୀ ବାହାରିଲା।

ମୁଁ ଉଠିପଡ଼ି ପାଦସ୍ପର୍ଶ କରିବାରୁ ସେ ଖୁସି ହୋଇଗଲେ 'ଭଲରେ ଥାଅ।' ତାଙ୍କ ପଛରେ ଚାକରାଣୀଟିଏ ହାତରେ ଟ୍ରେ ଭର୍ତ୍ତି ଜଳଖିଆ ଧରି ଆସୁଥିଲା।

"ଠାକୁର ବଂଶର ?"

"ଆଜ୍ଞା।"

"କିଏ ଠାକୁର ?" ତାଙ୍କ ପ୍ରଶ୍ନ କେହି ଜଣେ ଆସିବାର କୋଳାହଳରେ ହଜିଗଲା।

କିଛି ସମୟ ପରେ ଅରୁଣାଚଳମ୍ ଟେବୁଲ ଉପରେ ପୂରା ଷ୍ଟେଟ୍‌ର ମାନଚିତ୍ର ଖୋଲି ରଖିଲା। ପେନ୍‌ସିଲ୍ ଷ୍ଟେଟ୍‌ର ମଝାମଝିରେ ଏକ ନୀଳ ରେଖା ଉପର ଦେଇ ଗତି କରୁଥିଲା, "ଏଇଟା ହେଲା କୁଆଁରୀ ନଦୀ, ଦ ଲାଇଫ୍ ଲାଇନ୍ ଅଫ୍ ଟୁ ଷ୍ଟେଟସ୍, ଅଲଦୋ ଟୁ ଇନ୍ ୱାନ୍, ଇଏ ଦୁଇଟି ଷ୍ଟେଟ୍‌ର ସୀମା ପରି ମଧ୍ୟ କାମ କରେ, ସେ ପାଖରେ ଲାଲ ସାହେବ ଆଉ ଏ ପାଖରେ ଆମ ରାୟ ସାହେବ। ଆଉ ସେଇଟା ହେଲା ଆପଣଙ୍କ ଲେକ୍, ସେଇଟା ଗୋଟେ... କ'ଣ କୁହନ୍ତି ତ... ହଁ ପୋଖରୀ, ଏପାଖକୁ ଏ ପାହାଡ଼, ସେଇଠି କିଛି ଗଛପତ୍ର ! ସେପଟ ଦକ୍ଷିଣକୁ ସେ କଣ୍ଟା ଯାଏଁ ଲମ୍ବିଛି।" ମଝି ମଝିରେ ରାୟ ସାହେବଙ୍କ ହୁକ୍କାର ଘୁଡୁଘୁଡୁ ଶବ୍ଦ ଶୁଭୁଥିଲା, ମନେ ହେଉଥିଲା ନଦୀରେ ଥିବା ବେଙ୍ଗଟିଏ କଟରକଟର ହେଉଛି।

"ଆମ କୂଅ ଏଇଠି। ହିୟର।"

"ପାଣି..." ମୁଁ ଟିକେ ରହି ରହି କହିଲି।

ରାୟ ସାହେବଙ୍କ ମୁହଁରୁ ହୁକ୍କା ବାହାରିଲା – "ଆମେ ନଦୀରୁ ଟୋପାଏ ବି ପାଣି ବ୍ୟବହାର କରୁନୁ, ଚାହଁ ଯଦି ମାଆ ଭବାନୀଙ୍କ ନାମରେ ଶପଥ କରେଇ ପାର। ସେଇଟା ପୂରା ଷ୍ଟେଟ୍‌ର ଲୋକମାନଙ୍କ ପାଇଁ। ଗରିବଗୁରୁବା ଲୋକ, ମୋ ପ୍ରଜା, ପିଅନ୍ତୁ, ଖୁସିରେ ରୁହନ୍ତୁ। ଆମେ ମାଟିମାଆକୁ ପାତାଳରୁ ପାଣି ମାଗି ସେଇଥିରେ ହିଁ କାମ ଚଳାଉଛୁ।"

ମୁଁ ବି ଉଠିକି ଠିଆ ହୋଇପଡ଼ିଲି, "ଆପଣଙ୍କ ପ୍ରଜାବତ୍ସଳତା ଆପଣଙ୍କ ବଂଶ ଗାରିମାର ପରିଚୟ। ମୁଁ ତ କେବଳ ଏକଥା କହୁଥିଲି ଯେ କୁଆଁରୀ ନଦୀ ପାଖ ଦେଇ ଏଇଠୁ ସେ ଘାଟ ପର୍ଯ୍ୟନ୍ତ ଆପଣ ଯୋଉ ତିନୋଟି କୂଅ ଖୋଳାଇଛନ୍ତି ଡିପ୍ ଟିୱେଲ୍, ସେ ସବୁ ମାଟି ତଳର ପାଣି, ମାନେ ଗ୍ରାଉଣ୍ଡ ୱାଟର୍ ସବୁ ଟାଣି ନେଉଛନ୍ତି। ନଦୀର ପାଣି ଗ୍ରାଉଣ୍ଡ ୱାଟର ଲେଭଲ୍‌ର ତଳକୁ ଚାଲିଗଲାଣି। ନଦୀ ଏତେ ଶୁଖିଗଲାଣି ଯେ ଖରାଦିନେ ଲୋକେ ଆଉ ଡଙ୍ଗାକୁ ଅପେକ୍ଷା କରୁନାହାନ୍ତି, ଚାଲିଚାଲି ହିଁ ପାରି

ହୋଇଯାଉଛନ୍ତି। ରାୟ ସାହେବ, ମୁଁ ଚାହେଁ, ପରସ୍ପର ଭିତର ମନୋମାଳିନ୍ୟ ଝଗଡ଼ା, କୋର୍ଟ ବାହାରେ ହିଁ ଆପୋଷ ବୁଝାମଣା ଦ୍ୱାରା ସମାଧାନ କରିଦେବା ଉଚିତ।"

"ମୁଁ ଚାହୁଁଛି?" ରାୟ ସାହେବ 'ମୁଁ' ଉପରେ ଜୋର ଦେଇ ମୋରି କଥା ମୋ ଆଡ଼କୁ ତୀର ପରି ନିକ୍ଷେପ କଲେ। ମୁଁ ସାଙ୍ଗେ ସାଙ୍ଗେ ନିଜର ଭୁଲ ବୁଝିପାରିଲି "କ୍ଷମା କରିବେ! ମୁଁ ବା କହିବାକୁ କିଏ? ମୁଁ ତ ଛାର କର୍ମଚାରୀ! ଲାଲ ସାହେବଙ୍କ ନିବେଦନ ଏଇଆ ଯେ..."

"କ'ଣ?"

"ନଦୀ କଥା ହିଁ ଦେଖନ୍ତୁ, ମୋଟ ଉପରେ କହିବାକୁ ଗଲେ ସେ ପାଖରେ ଲାଲ ସାହେବ ଅଛନ୍ତି ଆଉ ଏ ପାଖରେ ଆପଣ, ନଦୀକୁ ହିଁ କାହିଁକି ସୀମା ଭାବେ ଧରି ନିଆ ନ ଯିବ! ଏପଟରେ ଆପଣ ରହିବେ ଓ ଆରପଟେ ସେ। ଆଉ କୌଣସି ନୂଆ ବିବାଦରେ ସମୟ ଶକ୍ତି ଅପଚୟ ହେବନି।"

"ୟେସ୍... ଆଉ?"

"ଘାଟର ଠିକା ଗୋଟେ ବର୍ଷ ତାଙ୍କର ହେବ ଓ ଗୋଟେ ବର୍ଷ ଆପଣଙ୍କର। ମାନେ ପୈତୃକ ସମ୍ପତ୍ତିର ଅଧା-ଅଧା।"

"ସେଇଟା ତ ହେଲା ପୈତୃକ!"

"ଆଜ୍ଞା।"

"ଆଉ ମାତୃକ ସମ୍ପତ୍ତିର?"

"ମାତୃକ!" ମୁଁ ହଡ଼ବଡ଼େଇ ଗଲି।

"ତୁମେ ବିଚରା ମ୍ୟାନେଜର, କି ଫଇସଲା କରିବ! ଯିଏ ଏକଥା ବି ଜାଣେନି ଯେ ଏକ ଆଉ ଏକ ର ଅନୁପାତ ନୁହଁ ଦୁଇ ଆଉ ଏକ ର ଅଟେ। ଆମେ ତିନି ଭାଇ ଥିଲୁ। ଆମେ ଦି' ଜଣ ରାୟ ସାହେବ ଆଉ ସେ ଜଣେ - ଲାଲ୍ ସାହେବ। ଏଇ ଭାଗବଣ୍ଟା ଆମ ମହାମହିମ ପୂଜ୍ୟ ପିତାଶ୍ରୀ ଉଦୟ ପ୍ରତାପ ସିଂହ କରିଯାଇଛନ୍ତି। ଆମେ ନୁହଁ।" ସେ ହାତ ପୋଡ଼ି ଏକ ଚିତ୍ର ଆଡ଼କୁ ଇଶାରା କରି କହୁଥିଲେ।

"ଠିକ୍ ଅଛି, ମାନିଲି। ତେବେ ଏଇ ହିସାବରେ ତ ନଦୀ ଘାଟର ଠିକାଦାରୀ ମଧ୍ୟ ହେବା ଉଚିତ। ଦୁଇ ବର୍ଷ ଆପଣଙ୍କର ହେବ ଆଉ ଗୋଟେ ବର୍ଷ ତାଙ୍କର।"

"ନେଇ ଯାଅ। ଆଗକୁ ବଢ଼।"

'ନେଇ ଯାଅ'ରୁ ମନେପଡ଼ିଲା ଅନମୋଲର କଥା 'ନଦୀରେ ତ ପାଣି ହିଁ ରହୁନି।'

"ଆଉ ଏ ପାଖରେ ଥିବା କୂଅଗୁଡ଼ିକ ବିଷୟରେ?" ମୁଁ ପଚାରିଲି।

"ଏପଟର କ'ଣ ଆଉ ସେ ପଟର କ'ଣ! ତୁମେ ତ ଏଇ କାଲି ସକାଳେ ଜନ୍ମ ହେଇଛ ମେନେଜର! ସେ କୂଅଗୁଡ଼ିକ ମଧ୍ୟ ଆମ ଜାଗା ଉପରେ ହିଁ ଅଛି। ନଦୀର ଗତିପଥ ବଦଳିଯିବାରୁ ଆର ପାଖରେ ଥିବା ପରି ଲାଗୁଛି।"

"କୋର୍ଟରେ ଏହାରି ହିଁ କେସ୍ ଚାଲିଛି, ତା'ର ସମାଧାନ ହୋଇଯିବ... ଯଦି ଆପଣଙ୍କ ପରାମର୍ଶରେ... ମାନେ ଆପଣ ବୁଝି ପାରୁଛନ୍ତି ନା, ଆପଣ ଟିକେ ଯଦି ପଛେଇ ଯାଆନ୍ତେ... ଅଧିକାର ସାବ୍ୟସ୍ତ ନ କରନ୍ତେ।"

"ହୁଁ!!"

"ଚନ୍ଦନ ଗଛ ପାଞ୍ଚଟା ଥିଲା, ଆପଣ ଦୁଇଟି କାଟିନେଲେ, ବାକି?"

ସେ ଟିକେ ଅସନ୍ତୁଷ୍ଟ ହେଲେ "ସେତେବେଳେ ତ ମୋ ଭାଉଜ ମରିଥିଲେ ବୋଲି, ଲାଲ ସାହେବ ଘରେ କିଏ ମରିଛି - ଲାଲ ସାହେବଙ୍କ ରାଣୀ ସାହେବା? ଆରେ ମେନେଜର ବାବୁ, ଭାଗବଣ୍ଟା ତ ପୂରା ସ୍ପଷ୍ଟ ହେଉଛି, ଶ୍ୱେତ ଚନ୍ଦନ ଶ୍ୱେତର ଆଉ ଲାଲ ଚନ୍ଦନ ଲାଲ୍‌ର।" ସେ ସଗର୍ବେ ହସିଲେ।

"କେଉଁଠି ଶ୍ୱେତ ଚନ୍ଦନ ଆଉ କୋଉଠି ଲାଲ୍!"

"ତୁମେ ଠାକୁର ବଂଶଜ?" ସେ ଭ୍ରୁକୁଞ୍ଚଇ ପଚାରିଲେ।

"ଆଜ୍ଞା ହଁ, ମୁଁ ବୁଝି ପାରିଲିନି।"

"ମୋତେ ଲାଗିଲା ତୁମେ କାୟସ୍ଥ!"

ମନେ ମନେ ଭାବିଲି। ପକ୍କା ଧୂର୍ତ୍ତ ଅଛି, ଦୁବେ ଶବ୍ଦରେ କୋବ୍ରା!

"ବେଶୀ କଥା କହିଲେ, ମନେରଖ... ତୁମେ ହେଉଛ ମେନେଜର, କେବଳ ମେନେଜର ବା ମୁନ୍‌ସୀ। କୌଣସି ମାଲିକ ନୁହଁ। ନିଜ ସୀମା ଭିତରେ ରୁହ।" ରାୟ ସାହେବ ରାଗିଗଲେ।

"ଆପଣଙ୍କୁ ଅସମ୍ମାନ କରିବାର ଦୁଃସାହସ ମୁଁ କେମିତି କରିପାରିବି! ତଥାପି ଯଦି କିଛି କଷ୍ଟ ଦେଇଥାଏ କ୍ଷମା କରିଦେବେ। ଯିବା ସମୟରେ ଗୋଟେ କଥା କହିବାର ଅନୁମତି ଦିଅନ୍ତୁ।"

ସେ କିଛି ସମୟ ଚୁପ୍ ରହିବା ପରେ କହିଲେ- "କୁହ।"

"ଏଇ ପୋଲଟିର ମରାମତି ଟିକେ କରେଇ ଦିଅନ୍ତୁ, ଦିନକୁ ଦିନ ଭାଙ୍ଗି ଯାଉଛି ଏବଂ ରାଜ୍ୟର ଦୁଇଟି ଭାଗର ସୀମାକୁ ଯୋଡ଼ିବାର ପ୍ରତୀକ ମଧ୍ୟ।"

"ଏକୁଟିଆ ଖାଲି ମୋରି ଦାୟିତ୍ୱ?" ମୁହଁରେ ହୁକ୍କା ପଶିଲା ଏବଂ କଥା ବେଙ୍ଗ ରଡ଼ିବା ପରି ଶୁଭିଲା।

ମୁଁ ହାତ ଯୋଡ଼ିଲି, "ମୋ କହିବା ଅର୍ଥ, ସରକାରଙ୍କ ଜରିଆରେ।"

ସେ ଆଉ କିଛି କହିଲେନି। ରାଣୀସାହେବ ଆସି ଯାଇଥିଲେ।

ମୁଁ ପୁଣିଥରେ ତାଙ୍କ ପାଦ ଛୁଇଁଲି, ବାହାରେ ରଖିଥିବା ଯୋତା ପିନ୍ଧିଲି ଏବଂ ଫେରିଆସିଲି। ମୁଁ ଜାଣିଥିଲି, ସେ କୁହନ୍ତୁ ବା ନ କୁହନ୍ତୁ... ପ୍ରଶ୍ନ କିନ୍ତୁ ଟଙ୍କାର ହିଁ ଥିଲା, ଯାହା ନା ରାୟ ସାହେବଙ୍କ ନିକଟରେ ଥିଲା ନା ଲାଲସାହେବଙ୍କ ପାଖରେ। ଅନ୍ତତଃ ପୋଲ ମରାମତି ପାଇଁ। ହଁ, କୋଉ ରକ୍ଷିତା ଆଦି କଥା ହୋଇଥିଲେ, କୋଉଠୁ ଯୋଗାଡ଼ କରିବାକୁ କୁହାଯାଇଥାନ୍ତା। ରହିଲା ରାଜ୍ୟ ଏବଂ କେନ୍ଦ୍ର ସରକାର କଥା... ତାହେଲେ ହୁଏତ ମଧ୍ୟପ୍ରଦେଶ ଏବଂ ଭିତରେ ବିବାଦ ହୋଇପାରେ। ଏ କୋବ୍ରାକୁ ଅନ୍ତତଃ ସେ କୁଳଦେବୀଙ୍କ ସମ୍ମାନ କଥା ବି ଭାବିବାର ଥିଲା, ଯାହାଙ୍କ ପାଇଁ କୁଆଁରୀର ଜନ୍ମ... ସେତକ ବି ନାହିଁ। ଆଉ ପୁଣି ସୁଦ୍ଧୁ ମିଛ କଥା, କ'ଣ ନା ନଦୀ ଗତିପଥ ବଦଳାଇ ଦେଲା। ପାଣି ବା କେତେ ରହୁଥିବ ?

ମଣ୍ଡପ ପାଖରେ ଏବେ ବହୁତ ଭିଡ଼ ହୋଇଗଲାଣି। ଦୀପ ଜଳୁଥିଲା ମହିଳାମାନେ ନାଚୁଥିଲେ, ଗାଉଥିଲେ। ଯଦିଓ ସେମାନଙ୍କ ନାଚଗୀତରେ ନା କୌଣସି ତାଳ ଥିଲା ନା ରସ ଭାବ... ସବୁ କିଛି ଅସଙ୍ଗତ। କିନ୍ତୁ ଏହାଠୁ ବି ବଳି ଆଶ୍ଚର୍ଯ୍ୟର କଥା ଏଇଆ ଥିଲା ଯେ କିଛି ମହିଳା ଠାକୁରାଣୀ ସବାର ହେବାପରି ହେଉଥିଲେ। ଲାଲ ସାହେବଙ୍କ ରାଣୀ ସାହେବ ସେଠି ଥିଲେ ଏବଂ କୌଶଲ୍ୟା ମଧ୍ୟ...! ଆଶ୍ଚର୍ଯ୍ୟ!

ନିଜ ରୁମ୍‌ରେ ପହଞ୍ଚି ମନେହେଲା ସେଠି କେହିଜଣେ ପୂର୍ବରୁ ହିଁ ଠିଆ ହୋଇଛି। ଦେଖିବା ବେଳକୁ ଅନମୋଲ୍।

"ସାହେବ, ଆମ ମାଲିକାଣୀ ଆପଣଙ୍କୁ ମାଛ ଖାଇବାକୁ ନିମନ୍ତ୍ରଣ କରିବାକୁ ମୋତେ ପଠେଇଛନ୍ତି। ଗୋଟେ ବଢ଼ିଆ ମିଠା ମାଛ ଆମର ଏଠି ମିଳେ, ବହୁତ ଟେଷ୍ଟି ଆଜ୍ଞା!"

"କେବେ ?"

"ଆଜି"

"ଆଜି...? ହଉ, ଠିକ୍ ଅଛି, ତୁମ ଚାଲ, ମୁଁ ଆଠଟା ସୁଦ୍ଧା ପହଞ୍ଚିଯିବି।" ସହଦେଇକୁ ଖାଇବା ଆଣିବାକୁ ମନା କଲି ଆଉ ଦୁବେକୁ ପଚାରିଲି "ଆଠଟା ବେଳକୁ ଫ୍ରି ଅଛ ?"

"କାହିଁକି ?"

"ଚାଲ ତୁମକୁ ସ୍ୱାଦିଷ୍ଟ ମାଛ ଖୁଆଇକି ଆଣିବି।"

ଦୁବେ ମୋତେ ତା ବଡ଼ବଡ଼ ଆଖିରେ ଚାହିଁବାକୁ ଲାଗିଲା। କହିଲା, "ମୁଁ ବ୍ରାହ୍ମଣ ବୋଲି ଜାଣିଛ କି ନାହିଁ, ମୋର ଗୋଟେ ନିୟମ ଅଛି! ଏଠି ମାଛ ଫାଛ

ଚଳେନି।" ମୁଁ ମୁହଁ ମୋଡ଼ି କହିଲି "ଶଳା, ହୋଟେଲରେ ତ ମାଇଲିଏ ବାଟରୁ ଗନ୍ଧଉଥିବା ପଚାମାଛ ଚାଟିଦେଉ।"

"ସେଇଟା ବାହାରେ, ଏଠି ନୁହଁ!"

"କି ?"

"ଏଇଟା ହିଁ ନିୟମ... ଆଉ କ'ଣ...।" ସେ ଟିକେ ରହି କହିଲା- "ଆଉ ଶୁଣ, ଆମ ଏରିଆ ଦେଇ ଯିବନି।"

ମୁଁ ଟିକେ ଆହତ ହେଲି "ଏଇଟା ବି କ'ଣ ନିୟମ କି? ତୁମ ଉପରେ ରାୟସାହେବଙ୍କ ଭୂତ କେବେଠୁ ପଶିଗଲାଣି ?"

"ଆଜି ମହାମହିମଙ୍କ ମିଜାଜ୍ ଯେମିତି ଅଛି, ସେଥିପାଇଁ... ସେଠି ଏତେକଥା କହିଦେଇ ଆସିଲ। କେତେବେଳେ କୋଉ କଥା ବାଧିଯିବ ଯେ ମୁଁ 'ଗୁରୁ'ରୁ 'ଗୋରୁ' ପିଠିରେ ବସେଇଦିଆଯିବି। ଟିକେ ଅସାବଧାନ ହେଲେ ଦୁର୍ଘଟଣା!"

॥ ୭ ॥

ମୁଁ ଏକା ହିଁ ଆସିଥିଲି। ଏଇ ଅଞ୍ଚଳ ସହ ମୁଁ ଏପର୍ଯ୍ୟନ୍ତ ଭଲଭାବରେ ପରିଚିତ ହୋଇ ନାହିଁ। ସେଥିରେ ପୁଣି ଭାଦ୍ରବମାସର ଅନ୍ଧାର ରାତି। ଏ ଅନମୋଲଟା ବି କେଉଁଠି ମରିଗଲା ? ମୋତେ ଏମିତି ଡକାଯିବା କୌଣସି ଷଡ଼ଯନ୍ତ୍ର ନୁହେଁ ତ! ମୁଁ ବି ଗୋଟେ ବଡ଼ ଗବଗାଣ୍ଡୁ, କିଏ ଗୋଟେ ଡାକିଦେଲା ଆଉ ମୁଁ ଚାଲିଆସିଲି, ନିଜର ଯେପରି କୌଣସି ପୋଜିସନ ହିଁ ନାହିଁ।

ଏତିକିବେଳେ କୌଣସି ଏକ ନାରୀର ସ୍ୱର ଶୁଭିଲା, "ଆସନ୍ତୁ ହଜୁର।"

"କିଏ ?"

ଟର୍ଚ୍ଚର ଝାପ୍‌ସା ଆଲୁଅରେ ଏକ ଗାଉଁଲୀ ସ୍ତ୍ରୀ ଲୋକର ମୁହଁ ଦିଶିଲା।

"ଭୂତୁଣୀ!" ସେ ହସିଲା। "ଆମେ ହିଁ ଆପଣଙ୍କୁ ନିମନ୍ତ୍ରଣ କରିଥିଲୁ।"

"କିନ୍ତୁ ମୁଁ ଯିବି କୁଆଡ଼େ? ଆଉ ଅନମୋଲ କୁଆଡ଼େ ଗଲା ?"

"ସେପାଖକୁ ଯିବାକୁ ପଡ଼ିବ ମୋ କୁଡ଼ିଆକୁ। ମୁଁ ତାଆରି ସ୍ତ୍ରୀ। ସେ ତ ନିଜେ ହିଁ ନେବାକୁ ଆସୁଥିଲା, ମୁଁ ହିଁ ମନା କରି କହିଲି- ମୋ ଅତିଥି, ମୁଁ ଯିବି ଆଣିବାକୁ।"

ନଦୀ ପଠା, ଅଙ୍କାବଙ୍କା କୂଳ ଓ ଚାରିଆଡ଼େ ଖାଁ ଖାଁ ଶୂନ୍ୟତା। ଏପରି ସ୍ତ୍ରୀ ଲୋକ ସହ କେବେ ଏମିତି ମୁହାଁମୁହିଁ ହୋଇନି। ନାନା ପ୍ରକାର ଝିଣ୍ଟିକା ପୋକଜୋକଙ୍କ ଶବ୍ଦରେ ଚାରିଆଡ଼ ଚେଁ ଚାଁ ଶୁଭୁଥାଏ। କିନ୍ତୁ ଏସବୁ ଶବ୍ଦ କରୁଥିବା କେହି ଦିଶୁ ନଥିଲେ। ଅନ୍ଧକାର ଏତେ ଗାଢ଼ ଥିଲା ଯେ ଗୋଟେ ହାତରୁ ଆଉ

ଗୋଟେ ହାତ ଦିଶୁ ନ ଥିଲେ। କିଛି ସମୟ ଏପରି କଟିଗଲା, ଦ୍ୱିଧାରେ ସଂଶୟରେ। ଫେରିଯିବାକୁ ପାଦ ପଛକୁ କରୁଛି ଗୋଡ଼ଟି ଗୋଟେ ଖାଲରେ ପଡ଼ିଗଲା ଆଉ ମୁଁ ପଡ଼ି ଯାଉ ଯାଉ ସେ ସ୍ତ୍ରୀ ଲୋକଟି ମୋତେ ହାତ ବଢ଼ାଇ ସମ୍ଭାଳି ନେଲା, "ଟିକେ ସାବଧାନରେ, ଟିକେ ବି ଏପଟ ସେପଟ ହେଲେ ସିଧା ଯାଇ ନଦୀରେ ପଡ଼ିବେ। ଆପଣଙ୍କ ପାଖରେ ତ ଟର୍ଚ୍ଚ ଅଛି, କେବେ ଜଳେଇବେ? ଗାଡ଼ି ଏଇଠି ରଖି ଦିଅନ୍ତୁ ଓ ମୋ ପଛେ ପଛେ ଆସନ୍ତୁ।

ଟର୍ଚ୍ଚ ଜଳେଇଲି। ଆଗକୁ ଟିକେ ଉଠାଣି ଥିଲା, କେଜାଣି ସେ ମୋତେ କୁଆଡ଼େ ନେଇକି ଯାଉଥିଲା!

ମୋ ଆଗରେ ଏବେ ନଦୀ ଆଉ ଡଙ୍ଗା। ସେ ଏବେ ଡଙ୍ଗାର ଆହୁଲା ସମ୍ଭାଳି ମୋତେ ବସିବାକୁ କହିଲା।

ଅନ୍ଧାରରେ ଖାଲି ପାଣିରେ ଆହୁଲା ଶବ୍ଦ ଛପ-ଛପ କଳ-କଳ ହୋଇ ଶୁଭୁଥିଲା।

"ଆପଣଙ୍କୁ ଡର ଲାଗୁନି ତ! ଆଦୌ ଡରନ୍ତୁନି, ମୁଁ ଡଙ୍ଗା ଚଲେଇବା ବହୁତ ଭଲଭାବେ ଜାଣେ।"

ଆମେ ଏ ପାଖରେ ପହଞ୍ଚିଗଲୁ। ତା ପଛେ ପଛେ ନଦୀ ତଟ ପାର ହୋଇ ଗୋଟେ ଅଳ୍ପ ଉଠାଣିରେ ତଳକୁ ଓହ୍ଲେଇଲି। ଆଗରେ ଥିବା ଗୋଟେ କୁଡ଼ିଆ ସାମ୍ନାରେ ସେ ଯାଇ ଠିଆ ହେଲା।

ଭାଗ୍ୟ ଭଲ, କୁଡ଼ିଆରୁ ଲଣ୍ଠନ ଧରି ଯେଉଁ ଲୋକଟି ବାହାରିଲା ସେ ଅନମୋଲ ହିଁ ଥିଲା।

"ନମସ୍କାର ଆଜ୍ଞା!"

"ଏଇଟା ତାହେଲେ ତୁମ ଘର।"

"ଆଜ୍ଞା!"

"ଆଉ ଇଏ... ?"

"ସିଏ ମୋ...।"

"ବୁଝିଗଲି , ହେଲେ ତୁମ ଭଳିଆ ସ୍ୱାମୀ ମୁଁ କେବେ ଦେଖିନି। ନିଜେ ଆସିଲନି। ମୋତେ ଆଣିବାକୁ ନିଜ ସ୍ତ୍ରୀକୁ ପଠେଇଦେଲ।"

"ସେ ହିଁ ମୋତେ ଯିବାକୁ ଦେଲାନି। କହିଲା- ତୁମେ ବସ, ଯେହେତୁ ମୁଁ ନିମନ୍ତ୍ରଣ କରିଛି, ମୁଁ ଯାଇ ସାହେବଙ୍କୁ ନେଇକି ଆସିବି। ସେଥିପାଇଁ ମୁଁ ଏଇଠି ଥାଇ ସବୁ ୱାଚ୍ କରୁଥିଲି।"

"ୱାଚ୍" ? ତା ଇଂରାଜୀ ଶୁଣି ମୁଁ ଟିକେ ଚମକି ପଡ଼ିଲି।

"ଆଉ ଆପଣଙ୍କ ସହ କିଏ ଜଣେ ଦୁବେ ବାବୁ ବୋଲି ରହୁଥିଲେ ନା ?" ସ୍ତ୍ରୀ ଲୋକଟି ପଚାରିଲା ।

"ହଁ, ସେ ବ୍ୟସ୍ତ ଅଛନ୍ତି, ଆସିଲେନି ।" କୁଡ଼ିଆଟି ଆଗରେ ଦୁଇଟି ଦଉଡ଼ିଆ ଖଟ ପଡ଼ିଥିଲା । ଗୋଟେ ଖଟରେ ଦୁଇଜଣ ପିଲା ମରାମରି ହେଉଥିଲେ । ଆଉ ଗୋଟେରେ ସେ ବିଛଣାକୁ ଉଠେଇ ଦେଇ ମୋ ପାଇଁ ବସିବା ଜାଗା କରିଦେଲା ।

"ବସନ୍ତୁ ସାହେବ ।"

"ଏମାନେ ତୁମ ପିଲା ।" ମୁଁ ପଚାରିଲି ।

"ଆଜ୍ଞା, ଲବ ଆଉ କୁଶ ।" ଅନମୋଲ କହିଲା ।

ନାଁ ଶୁଣି ମୁଁ ଚମକି ପଡ଼ିଲି ।

"ବାଃ ! ଯାଆଁଳା ପରି ତ ଲାଗୁ ନାହାନ୍ତି । ଏମିତି ନାଁ ତ ଯାଆଁଳା ପିଲାଙ୍କର ଦିଆଯାଏ ।"

"ଯାଆଁଳା ନୁହଁନ୍ତି ଆଜ୍ଞା । ଲବ ବଡ଼ ଆଉ କୁଶ ସାନ । ଗୋଟେ - ଅଲଗା କାରଣରୁ ଏମିତି ନାଁ ରଖିଛୁ ।" ଏଥର ସ୍ତ୍ରୀ ଲୋକଟି ଉତ୍ତର ଦେଲା । ମୋର ମନେହେଲା ପ୍ରତିଟି କ୍ଷେତ୍ରରେ ସ୍ତ୍ରୀ ଲୋକଟି ତାକୁ ଦବେଇକି ରଖୁଥିଲା । ଚୁଲୀ ଫୁଙ୍କିବା ବେଳେ ତା ମୁଣ୍ଡରୁ ଓଢ଼ଣା ଖସି ପଡ଼ିଲା । ପ୍ରଥମଥର ତା ମୁହଁକୁ ଦେଖିଲି, ଶ୍ୟାମଳ ରଙ୍ଗ, ବାମ ଗାଲରେ ଗୋଟେ ଲମ୍ବା କଟା ଦାଗ, ବାଁ ଆଖି ମଧ୍ୟ କେମିତି ଟିକେ ଲୋଚାକୋଚା ହେବାପରି ମୁଣ୍ଡର ବାଳ ସବୁ ଜାଗାରେ ସମାନ ନାହିଁ, ସ୍ଥାନେ ସ୍ଥାନେ ଚନ୍ଦା ହେବା ପରି । ପୂରା ଶରୀରରେ ଏଇ ଦାଗ ଥିଲା ନା କେବଳ ମୁହଁରେ କେଜାଣି ! ହାତର ଉପର ଅଂଶ ପୂରା ଧଳା । ଫୁଙ୍କିବା ସମୟରେ ଚୁଲୀର ଧପଧପ୍ ନିଆଁରେ ମୁହଁ ଏବଂ କୋଠରି ଭିତରେ ଅନ୍ଧାର-ଆଲୁଅର ଏକ ରହସ୍ୟମୟ ଦୃଶ୍ୟ ଆଙ୍କୁଥିଲା । ମୁଁ ଆଉ ସତକୁ ସତ କୋଉ ଭୁତୁଣୀ ଫାସରେ ପଡ଼ିଯାଇନି ତ !

"ଆପଣଙ୍କୁ ମୁଁ ପ୍ରାୟ ନଦୀ ଆରପାଖରେ ଯାଉଥିଲେ ଦେଖେ । କେବେ ଘୋଡ଼ାରେ, କେବେ ମୋଟର ସାଇକେଲରେ । ଆପଣ କିଛି ସମୟ ପାଇଁ ଘାଟ ପାଖରେ ରହିଯାଆନ୍ତି ଓ ପୁଣି ଚାଲିଯାଆନ୍ତି । ଠିକ୍ ନାଁ ?" ସେ କେତେବେଳେ ସଂସ୍କୃତ, ହିନ୍ଦୀ ଆଉ କେତେବେଳେ ବଘେଲୀର ଏକ ମିଶାମିଶି ହିନ୍ଦୀରେ କହୁଥିଲା ।

"ହଁ"

"ଆଉ ବେଳେବେଳେ ଜଣେ ବୁଢ଼ୀ ଲୋକକୁ ମଧ୍ୟ ବସେଇ ନେଇ ଆସନ୍ତି । ଆପଣଙ୍କୁ ସତୀ ମାତାଙ୍କ ମଣ୍ଡପ ପାଖରେ ମଧ୍ୟ ଦେଖିଛି । ପୂଜା କରିବାକୁ ଯାଆନ୍ତି ?" କହିଦେଇ ସେ ହସିଲା ।

"ଆରେ ! ଏହାର ଅର୍ଥ ଯେ ତୁମେ ବହୁତ ଦିନରୁ ମୋ ଉପରେ ନଜର ରଖି ଆସିଛ ?"

ସେ ପୁଣି ହସିଲା । ପିଲାମାନେ ଢୁଳାଉଥିଲେ । ଅନମୋଲ ସେମାନଙ୍କୁ ଖୁଆଇବାକୁ ଲାଗିଲା ।

"ପ୍ରକୃତ କଥା ହେଲା ସତୀମାତା ମୋ ପାଇଁ ନୂଆ । ଯେତେ ତାଙ୍କ ବିଷୟରେ ଜାଣୁଛି, ରହସ୍ୟ ଆହୁରି ଗଭୀର ହେବାକୁ ଲାଗୁଛି । ଏଇ କଥା ହିଁ ମୋତେ ସେଠାକୁ ଟାଣିନେଉଛି ।" ମୁଁ ହଠାତ୍ ଚମକି ପଡ଼ି ପଚାରିଲି "କିନ୍ତୁ ତୁମେ... ସେଠିକୁ କ'ଣ କରିବାକୁ ଯାଅ ?"

"ପୂଜା, ଖାଲି ମୁଁ କାହିଁକି ! ବହୁ ଦୂରଦୂରାନ୍ତରୁ ଲୋକମାନେ ଆସନ୍ତି । ଦିନକୁ ଦିନ ଭିଡ଼ ବଢ଼ିଚାଲିଛି ।"

"ମୁଁ ସେଠି ସ୍ତ୍ରୀ ଲୋକମାନଙ୍କୁ ନାଚଗୀତ କରିବା, ଆଳତୀ କରିବା ଓ ଠାକୁରାଣୀ ଲାଗିବାର ଦେଖିଛି ।"

"ଦେଖିଥିବ"

"ଏଠି ଭେଟି ପଇସା ଦେବା..."

"ଲୋକମାନେ ବହୁତ ତରବରରେ ଥାଆନ୍ତି, ଏଠି ଘାଟ ପରି ହେବା ବେଳେ ନଦୀରେ ହିଁ ଦକ୍ଷିଣା ପଇସା ପକେଇ ଯାଆନ୍ତି । ନଦୀ ତ ସେ ପାଖ ଦେଇ ଯାଇଛି ନା, ମାନସିକ ତ ଘରେ ଥାଇ ମଧ୍ୟ କରିହୁଏ ।" ଅନମୋଲ କହୁଥିଲା ।

"ତୁମେ ବି.... ?" ମୁଁ ସେ ସ୍ତ୍ରୀ ଲୋକଟିକୁ ପଚାରିଲି ।

ମୋ କଥାକୁ ନ ଶୁଣିବା ପରି କହିଲା "ଆରେ, ଆପଣ ତ କିଛି ଖାଇଲେନି ।"

ମୁଁ ହାତ ଧୋଇ ଫେରିବା ବେଳକୁ ସେ ଏପରି ଏକ ବାକ୍ୟ କହିଲା ଯେ ମୁଁ ଅବାକ୍ ହୋଇ ତା ମୁହଁକୁ ଚାହିଁ ରହିଲି, "ଯେଉଁ ନାରୀ ନିଜେ ନିଜକୁ ରକ୍ଷା କରିପାରିଲାନି, ସେ ଅନ୍ୟମାନଙ୍କୁ ରକ୍ଷା କରିପାରିବ କି ?"

ମୁଁ ପୂରା ହତବାକ୍ !

"ସତୀକୁ ଦେଖିବାକୁ ଚାହାନ୍ତି ?"

"ଥଟ୍ଟା କରୁଛ ?"

"ଥଟ୍ଟା ନୁହଁ... ସତ ।"

"ଦେଖାଅ... କେଉଁଠି ସତୀ ମାତା ?" ଗୋଟେ କ୍ଷଣ ପାଇଁ ଲାଗିଲା ସମୟ ଯେପରି ରହିଗଲା ।

"କିନ୍ତୁ ଗୋଟିଏ ସର୍ତ୍ତ - ଯେପର୍ଯ୍ୟନ୍ତ ମୁଁ ନ କହିଛି, ଏ ରହସ୍ୟ କାହାକୁ ବି କହିବେନି।"

"ରାଜି, ଏବେ ତ କୁହ, କେଉଁଠି ସତୀମାତା ?"

"ଗୋଟେ ମୁହୂର୍ତ୍ତ ପାଇଁ ଯେପରି ସବୁ କିଛି ନିସ୍ତବ୍ଧ ହୋଇଗଲା। ପରେ ତା ସ୍ୱର "ଆପଣଙ୍କ ଆଗରେ।"

ମୁଁ ପୂରା ଅବାକ୍ ହୋଇଗଲି। କାନ ଭିତରେ ଅଜସ୍ର ମେଘର ଗର୍ଜନ ଯେପରି ବାଜି ଉଠିଲା। ମୁଁ ଚମକି ଉଠି ଠିଆହୋଇ ପଡ଼ିଲି। "କିନ୍ତୁ ତୁମେ ତ... ?"

"ମୋ ନାଁ ବି ସାବିତ୍ରୀ, ସତୀ ସାବିତ୍ରୀ ନୁହଁ, ସାବିତ୍ରୀ କୁଅଁର। ମୁଁ ହିଁ ଥିଲି ସାନ ରାଣୀ... ସତେ ଯେପରି ବିଧାତା ବହୁ ପୂର୍ବରୁ ହିଁ ମୋର ସତୀ ହେବା ନିର୍ଦ୍ଧାରିତ କରି ସାରିଥିଲା।" ଭାଷା ଧୀରେ ଧୀରେ ପରିବର୍ତ୍ତନ ହେଉଥିଲା।

ମୋ ହାତ ପାଦ ଥରଥର ହୋଇ କମ୍ପି ଉଠୁଥିଲା। ସେ ପଥର ମୂର୍ତ୍ତି ପରି ଠିଆ ହୋଇଥିଲା... ନିର୍ବିକାର! ମୁହଁରୁ ଶବ୍ଦ ଝରି ଆସୁଥିଲା ନା ଆଖପାଖ କେଉଁଠୁ! କିଛି ଜଣା ପଡୁ ନ ଥିଲା। ଶବ୍ଦ ତ ନ ଥିଲା... ଯେପରି ନିଆଁ! ଲଣ୍ଠନର ମଇଳା ଝାପ୍‌ସା ଆଲୁଅ ପରିବେଶକୁ ଆହୁରି ଗମ୍ଭୀର ଏବଂ ରହସ୍ୟମୟ କରିଦେଉଥିଲା। କାନ୍ଥରେ ପଡୁଥିବା ଛାଇ ଯେପରି ଫ୍ଲାଶ୍ ବ୍ୟାକ୍‌କୁ ନେଇ ଯାଉଥିଲା... ପାଞ୍ଚ ଛଅ ବର୍ଷ ପୂର୍ବରୁ ବଡ଼ ରାଜା ସାହେବ ଉଦୟ ପ୍ରତାପ ସିଂହଙ୍କ ଶାସିତ ଅଞ୍ଚଳ ଥିଲା ଏ ବିଜୟଗଡ଼। ତାଙ୍କର ଦୁଇ ଝିଅ, ତିନି ପୁଅ... ଦୁଇଜଣ ରାୟ ବାହାଦୂର, ଜଣେ ଲାଲ ବାହାଦୂର। ଗର୍ବ ଏବଂ ମିଥ୍ୟା ଅହଂକାର ଦେଖେଇହେବାରେ ଏକରୁ ଆରେକ ବଳି। ଜଣେ ପ୍ରଜାର ଝିଅ ସାବିତ୍ରୀ କୁଅଁର ସହ ଛୋଟ ରାୟସାହେବଙ୍କର ବିବାହ ହୋଇଯାଏ। ଦୁଇ ବର୍ଷ ପରେ ସାବିତ୍ରୀ ଗର୍ଭବତୀ ହୁଏ। ପୁଣି ଦିନେ ହଠାତ୍ ସକାଳୁ ସକାଳୁ ଗୁଳିମାଡ଼ ଆରମ୍ଭ ହୋଇଯାଏ... ଥର ଥର କରି ଅନେକ ଥର...। କେଜାଣି କିଏ ଗୁଳି ଚଳେଇଲା, କେଉଁଠି! ଖଣି ମାଫିଆ ବା ଆଉ କିଏ... ସାବିତ୍ରୀ ପାଖକୁ ତ କେବଳ ଡେଡ୍ ବଡ଼ି ହିଁ ଆସିଥିଲା। ଟିକିଏ ଖାଲି ଦେଖେଇ ଦେଇ ପୋଷ୍ଟମର୍ଟମ ପାଇଁ ପଠେଇ ଦିଆଗଲା। ତା' ପରଦିନ ପୁଣି ଆସିଲା। କନ୍ଦାକଟା ଚାଲିଥିଲା। ତାପରେ ଶାଶୁ, ନଣନ୍ଦ, ଯା' ଏବଂ ଆହୁରି କିଛି ଗୁରୁଜନମାନଙ୍କ ଭିତରେ ଫୁସୁରୁଫାସର! ଦୁଃଖ ପ୍ରକାଶ କରିବାର ଆଉ ଏକ ମାଧ୍ୟମ ଆରମ୍ଭ ହୋଇଗଲା... ବଂଶ ଗାରିମା ଆଉ ପ୍ରତାପ! ତା ଆଗଦିନ ସିନ୍ଦୁର, ଚୁଡ଼ି ଏବଂ ଜଣେ ସଧବାର ଯେତେକ ସାଜଶୃଙ୍ଗାର ସବୁ ବାହାର କରିଦିଆଯାଇ ତାକୁ ବିଧବା ବେଶ କରିଦିଆଯାଇଥିଲା ଏବଂ ପୁଣି ତା' ପରଦିନ ସ୍ନାନ କରାଇ ଆଉଥରେ ସଧବା ବେଶ... ଜରି ଧଡ଼ିଥିବା ଶାଢ଼ୀ, ସିନ୍ଥି,

କାନ, ହାତପାଦ, ନାକ, ବେକ, ଅଣ୍ଟା ସବୁଠି ଗହଣା। ପଚାରିବାରୁ ଗୋଟିଏ ବାକ୍ୟ ଛଡ଼ା ଆଉ କିଛି ଉତ୍ତର ମିଳିଲାନି। ଏପରି ସୌଭାଗ୍ୟ ସମସ୍ତଙ୍କ ମିଳେନି।" ସାବିତ୍ରୀ କିଛି ବୁଝିପାରୁ ନ ଥିଲା ଯେ ତା' ସହ କ'ଣ ଘଟୁଛି! କିଛି ଗୋଟାଏ ଅଘଟଣ ଘଟିବାର ଆଶଙ୍କା କରି ସେ ଉଠି ଧାଇଁ ପଳେଇ ଯିବାକୁ ବାହାରିଥିବା ବେଳେ ସମସ୍ତେ ତାକୁ ଧରିନେଲେ, ସେ ଚିତ୍କାର କରି ଚାଲିଥିଲା- "ମୋ ପେଟରେ କୁଅଁର ସାହେବଙ୍କ ସନ୍ତାନ ଅଛି।"

"ପ୍ରାଣ ରକ୍ଷା କରିବାକୁ ମିଛ ବାହାନା କରୁଛି।" ତାକୁ ଧରିନେଇ କିଛି ପିଆଇ ଦିଆଗଲା। କିଛି ପାଟିକୁ ଗଲା ଆଉ କିଛି ଲୁଗାରେ ଢାଳି ହୋଇଗଲା। ଢୋଲ, ମୃଦଙ୍ଗ, ଝାଞ୍ଜ, ଘଣ୍ଟା, ମହୁରୀ... କେଜାଣି କେତେପ୍ରକାର ବାଜାର ଶବ୍ଦ! ଦୁର୍ଭାଗ୍ୟ ଏବଂ ଆତଙ୍କଭରା ଦିନ। ଆକାଶରେ ମେଘର ଗର୍ଜନ ଏବଂ ଉନ୍ମତ ଧାର୍ମିକଙ୍କ ଭିଡ଼। ତାକୁ କିଛି ଜଣା ବି ପଡୁ ନ ଥିଲା ଯେ ଗୋରୁ ପରି ଅଡ଼େଇ ଅଡ଼େଇ ଲୋକେ ତାକୁ କୁଆଡ଼େ ନେଇ ଯାଉଛନ୍ତି। ସେ ପଡ଼ି ଉଠି ଝୁଣ୍ଟି ଏକ ପ୍ରକାର ଲୋକଙ୍କ ଧକ୍କା ଖାଇ ଆଗକୁ ଠେଲି ହୋଇ ଯାଉଥିଲା। ଚିତା ପର୍ଯ୍ୟନ୍ତ ଏପରି ଚାଲିଲା। ଶ୍ରାବଣ ମାସର ସନ୍ଧ୍ୟା। ଗତ ରାତିରେ ଖୁବ୍ ଜୋର୍‌ରେ ବର୍ଷା ହୋଇଥିଲା ମାଟି ପୂରା ବତୁରି ଯାଇଥିଲା। ସତୀ ମାତାକୀ ଜୟ, ସତୀ ମାତା କୀ ଜୟ। ସେ ଦୁଲଦାଲ ହୋଇ ପଡ଼ିଯାଉଥିଲା ଏବଂ ବାରମ୍ବାର ଉଠାଇ ଅଡ଼େଇ ନିଆଯାଉଥିଲା। ଚିତା ଉପରେ ପତିର ମୃତଶରୀରକୁ କୋଳରେ ଧରି ବସାଇ ଦେବା ପରେ ମଧ୍ୟ ସେ ଅଧା ହୋସ୍‌ରେ ଥାଇ ବାପା... ଭାଇ... ବୋଲି ଦେହରେ ବାକି ଥିବା ସମସ୍ତ ଶକ୍ତି ଖଟେଇ ଚିତ୍କାର କରି ଚାଲିଥିଲା, ବାପାଙ୍କ ଝାପସା ମୁହଁ, ସାଇଁ ସାଇଁ ଝଡ଼ପବନ ଏବଂ ଢୋ ଢୋ ଢାଳୁଥିବା ତୁହାକୁ ତୁହା ବର୍ଷା! ସବୁ କିଛି ଯେପରି ମେଘ ଆକାଶରେ ହଜିଯାଉଥିଲା। ଏକାକାର ହୋଇଯାଉଥିଲା ସେ ସମୟ। ଧର୍ମ ଉହାଡ଼ରେ ଚିତ୍କାର କରୁଥିବା, ପାଗଳ, ଉନ୍ମତ ଭିଡ଼ ଏବଂ ଅଗଣିତ ଦର୍ଶକ... କେତେ ଚନ୍ଦନ, କେତେ ଦେଶୀ ଘିଅ ଆଉ କେତେ ପେଟ୍ରୋଲ, ଯେପରି ଚିତା ଲିଭି ପାରିବନି। ପବନର ଗତି ହଠାତ୍ ବୁଲିଗଲା ଏବଂ ସେତିକି ବେଳେ ଉନ୍ମତମାନଙ୍କ ଜୟକାର ଧ୍ୱନି ଭିତରେ ପାଖରେ ଥିବ ଅଶ୍ୱତ୍‌ଥ ଗଛ ମୂଳ ସହ ଉପୁଡ଼ି ଜଳୁଥିବା ଚିତା ଉପରେ ଢଳି ପଡ଼ିଲା ଏବଂ ସାବିତ୍ରୀ ଉପରକୁ ଛାଟି ହୋଇଗଲା। ଆକାଶରୁ ବଜ୍ର ଯେପରି ସାବିତ୍ରୀକୁ ନିଜ ଭିତରକୁ ନେଇଗଲା! ହୁଏତ ଆଉ କିଛି ପ୍ରକାରେ ବି ଘଟଣା ଘଟିଥାଇ ପାରେ, କିନ୍ତୁ ସେ ହୋସ୍‌ରେ ବା କୋଉଠୁ ଥିଲା।

ଯେତେବେଳେ ଚେତା ଫେରିଲା, ମୁଁ ଏଇ ଝୁମ୍ପୁଡ଼ି କୁଡ଼ିଆ ଭିତରେ ଥିଲି।

ଅନମୋଲର ମାଆ ମୋତେ ଶାମୁକାରେ ଗରମ କ୍ଷୀର ପିଆଉଥିଲେ। ଯନ୍ତ୍ରଣାସିକ୍ତ ସ୍ୱରରେ 'ଉଃ'! କରି ମୁଁ ଆଖି ଖୋଲିଲି।

'କେମିତି ଅଛୁ ଝିଅ?' ଉତ୍ତରରେ କେବଳ ସେହି ଆତୁର ଶବ୍ଦ!

'ତୁମେ କିଏ? କେମିତି ସେ ନଦୀ ସୁଅରେ ଭାସିଗଲ ପୁଣି ଏମିତି ଅବସ୍ଥାରେ?' ସେ ମୋ ମୁହଁକୁ ସେମିତି ଅପଲକ ଦୃଷ୍ଟିରେ ଚାହିଁ ରହିଥିଲେ, 'କିଛି କହୁନ କାହିଁକି?'

'ସତୀ'।

'ଆରେ ବାପ୍!' କ୍ଷୀର ଗିନା ସହ ଅନମୋଲର ମାଆ ମଧ୍ୟ ଛିଟିକି ପଡ଼ିଲେ ଏବଂ ଥରଥର ହୋଇ କମ୍ପିବାକୁ ଲାଗିଲେ। ମୁଁ ପଚାରିଲି 'ମାଆ, ଦର୍ପଣ ଅଛି?' ଅନମୋଲ ମୋ ହାତରେ ଦର୍ପଣଟିଏ ଧରେଇ ଦେଲା। ନିଜକୁ, ସେଥିରେ ଦେଖି ଚିତ୍କାର କରି ଉଠିଲି - 'ମାଆ ଲୋ!' ଇଏ କାହା ମୁହଁ! କଳା... ଦରପୋଡ଼ା। ପୋଡ଼ା ବାଳ, ଫୋଟକା, ରକ୍ତାକ୍ତ ମୁହଁ, ନିଜକୁ ଛୁଇଁ ଜାଣିଲି ମୁଁ ସମ୍ପୂର୍ଣ୍ଣ ରୂପେ ଉଲଗ୍ନ ଅଛି। କେବଳ ଏଠି ସେଠି ଗୋଟେ ଦି'ଟି ଗହଣା ଝୁଲି ଲାଖିଛି। କିଛି କିଛି କଥା ବୁଝିପାରୁଥିଲି। ଖୁବ୍ ଜୋରରେ ଛିଟିକି ପଡ଼ିବା ଫଳରେ ହୁଏତ ମୁଁ ନଦୀରେ ପଡ଼ିଗଲି ଏବଂ ପାଣି ସୁଅରେ ଭାସି ଭାସି ଆସି ବୋଧେ ସେଇ ଜାଲରେ ଲାଖିଗଲି... ଯେଉଁଟା କେଉଟମାନେ ନଦୀରୁ କାଠ ଇତ୍ୟାଦି ଛାଣି ବାହାର କରିବା ପାଇଁ ଟାଣି ଥାଆନ୍ତି। ସେଦିନ ଗୁଡ଼ାଏ ଗଛ ଭାଙ୍ଗି ଉପୁଡ଼ି ଯାଇଥିଲେ, କିଛି ଗଛ ନଦୀରେ ଭାସୁଥିଲେ। ପରେ ଅନମୋଲ କହିଲା ଯେ, ମୋର କୌଣସି ସ୍ୱର କି କଥା ବି ଶୁଭୁ ନ ଥିଲା, କେବଳ ଜୟ ଜୟକାର ଧ୍ୱନି ଏବଂ ମେଘର ଛାତିଥରା ଗର୍ଜନ। ଯା'ଙ୍କୁ ଉପରୁ କାଠରେ ଢାଙ୍କି ଦିଆଗଲା ଆଉ ଚିତାରେ ନିଆଁ ଲଗାଇଦିଆଗଲା। ବ୍ରାହ୍ମଣମାନେ ବଡ଼ ପାଟିରେ ମନ୍ତ୍ର ଉଚ୍ଚାରଣ କରୁଥିଲେ ଏବଂ ଯେତେବେଳେ ଆକାଶରେ ବିଜୁଳି ଏକ ନିଆଁ ଝୁଲ ପରି ତଳକୁ ଖସିଆସିବା ସମୟରେ ହିଁ ଉପୁଡ଼ି ପଡ଼ିଥିବ ଅଶ୍ୱତ୍ଥ ଗଛ ଅଧାରୁ ଚିତା ଉପରେ କଡ଼ମଡ଼ କରି ଶୋଇପଡ଼ିଲା। ସେଠାର ଥିବା ସମସ୍ତେ ନିଜର ପ୍ରାଣ ବଞ୍ଚେଇ ଯିଏ ଯୁଆଡ଼େ ଧାଇଁ ପଳେଇଲେ... ସେ ଝଡ଼, ସେ ତୋଫାନ ସେ ପାଣିର ସୁ ସୁ ଗର୍ଜନ ଧୂମାଳିଆ ପବନ ଏବଂ କାଳ ପରି ନିଆଁର ଧାସ!

ବେଳେବେଳେ ମୋର ଇଚ୍ଛାହୁଏ କୋର୍ଟରେ ଯାଇ ଠିଆ ହୋଇଯିବି; ମୁଁ ହେଉଛି ରାଣୀ ସାବିତ୍ରୀ କୁଅଁର, ମୁଁ ହିଁ ନିଜ ସମାଧିରେ ଯାଇ ଦୀପ ଦେଉଛି। ମୁଁ ହିଁ! କେମିତି ଲାଗେ, ନିଜେ ନିଜ ସମାଧିରେ ଯାଇ ଦୀପ ଦେଲେ... ନିଜକୁ ପୂଜା କରିବା, ନିଜର ଭଜନ କରିବା, କି ନାଟକ ଯେ, କେତେଦିନ ପର୍ଯ୍ୟନ୍ତ ଏ ମିଛକୁ ମୁଣ୍ଡେଇ

ଚାଲିଥିବି ! କେତେଥର ମରିବି ? କେତେ କଷ୍ଟକର ନିଜକୁ ପ୍ରତ୍ୟେକ ଦିନ ଜାଳିବା ! ବେଳେବେଳେ ମୋତେ ଲାଗେ, ସେଦିନଠୁ ନେଇ ଆଜି ପର୍ଯ୍ୟନ୍ତ ନିରନ୍ତର ମୁଁ ଜଳି ହିଁ ଆସିଛି । ଦିନେ ନା ଦିନେ ତ ମୋତେ ଏ ଖୋଳପାରୁ ବାହାରକୁ ଆସିବାକୁ ହିଁ ପଡ଼ିବ ।

"କେବେ ଆସିବ ସେ ଦିନ ?" ମୁଁ ପଚାରିଲି ।

"ମୋ ଲବକୁଶ ଯେଉଁଦିନ ପ୍ରସ୍ତୁତ ହୋଇଯିବେ ସେଇ ଦିନ ।"

ହଠାତ୍ ମୋ ଆଖି ଘଣ୍ଟା ଉପରେ ପଡ଼ିଲା । ଆରେ ! ଦଶଟା ବାଜିଗଲାଣି ! ଫେରିବାର ବି ଅଛି ।

"ମାଛ କେମିତି ଲାଗିଲା ସାହେବ ?" ଅନମୋଲ ପଚାରିଲା ।

"ମାଛ ତ ନିଶ୍ଚୟ ସ୍ୱାଦିଷ୍ଟ ହୋଇଥିବ, କିନ୍ତୁ ସତୀର କଥା ଶୁଣିବା ଭିତରେ ମୁଁ ସ୍ୱାଦ ଉପରେ ଧ୍ୟାନ ଦେଇପାରିନି ।"

ପିଲାମାନେ ଶୋଇ ପଡ଼ିଥିଲେ । କେଜାଣି କିଏ ଲବ ଆଉ କିଏ କୁଶ ଥିଲା । ଶହେଟଙ୍କା ଦୁଇଟି ସେମାନଙ୍କ ମୁଣ୍ଡ ପାଖରେ ରଖିଦେଇ ଫେରି ଆସିଲି ।

ସାବିତ୍ରୀ କୁଅଁର ଏବେ ଆଉ କିଛି ବି କହୁ ନ ଥିଲା, ପଦୁଟିଏ ବି ନୁହଁ । ମୁଁ କହିଲି-

"ଆଜିର ସନ୍ଧ୍ୟା ମୋ ଜୀବନର ଏକ ସ୍ମରଣୀୟ ସନ୍ଧ୍ୟା ହୋଇ ରହିବ ।"

"କିନ୍ତୁ ମୋ ସର୍ତ୍ତ ଯେପରି ମନେରହେ, ମୁଁ ନ କହିବା ପର୍ଯ୍ୟନ୍ତ ଏ ସ୍ମରଣୀୟ ସନ୍ଧ୍ୟାର ସ୍ମୃତିର ଆଭାସ ବି ଯେପରି କେହି ନ ପାଆନ୍ତି... ମୋତେ କଥା ଦିଅ ବାବୁ ।"

"କଥା ଦେଲି, କିନ୍ତୁ ମୋତେ ଏକଥା କୁହ ଯେ ତୁମେ ମୋତେ କାହିଁକି ବିଶ୍ୱାସ କଲ ?"

"ଜଣାନାହିଁ ବାବୁ, କାହିଁକି କେଜାଣି ?"

"କିନ୍ତୁ ଘଟଣାର ଆହୁରି କିଛି ଫର୍ଦ୍ଦ ଲେଉଟେଇବାକୁ ମୋତେ ପୁଣି ଆସିବାକୁ ପଡ଼ିବ ।"

"ଆସନ୍ତୁ, ହଜାରେ ଥର ଆସନ୍ତୁ, କିନ୍ତୁ ମ୍ୟାନେଜର କାମ କରୁଛନ୍ତି, ତେଣୁ ରାୟ ସାହେବ ଓ ଲାଲ ସାହେବ... ଦୁହିଁଙ୍କ ବିଷାକ୍ତ ଫାଶରୁ ଦୂରେଇକି ରହିବେ । ଜଣେ ନାଗରାଜ ହେଲେ ଆଉ ଜଣେ ସର୍ପରାଜ ।"

ତା ପରର କାହାଣୀ ଫେରିବା ବାଟରେ ଛାଡ଼ିବାକୁ ଆସିଥିବା ଅନମୋଲ କହିଲା "ସାହେବ !" ତା ସ୍ୱର ଆହୁଲାର ଗତି ସହ ତାଳଦେଇ ଟିକେ ଥରି ଉଠିଲା ।

"ହଁ"

"ଆପଣ ଲକ୍ଷ୍ୟ କଲେ, ପ୍ରଥମେ ଆପଣଙ୍କୁ ନିଜ ଅଙ୍ଗେନିଭା ଘଟଣା କହିବା ବେଳକୁ ସେ କେତେ ଉତ୍ସାହିତ ଥିଲା, ସତେ ଯେପରି ତା ଭିତରେ ଅନେକ ବର୍ଷରୁ କିଛି ଛାଟିପିଟି ହେଉଥିଲା, ଚାହୁଁଥିଲା କୌଣସି ଭରସାଯୋଗ୍ୟ ଲୋକକୁ କହିଦେଇ ଟିକେ ହାଲୁକା ହୋଇଯିବ। ନ କହିଥିଲେ ମୁଣ୍ଡର ଶିରାପ୍ରଶିରା ଫାଟି ଯାଇଥାନ୍ତା। ଆପଣଙ୍କୁ କହିଦେଇ ଆଶ୍ୱସ୍ତ ହୋଇଗଲା ଏବଂ ତା ପରେ ଭୟ ପାଇଗଲା, ଯେ କ'ଣ କରିଦେଲି ଭାବି!"

"ହୁଁଃ, କିନ୍ତୁ ତୁମେ... ତୁମକୁ ଡର ଲାଗିଲାନି ?"

"ସତ କହିବାକୁ ଗଲେ ତ ମୁଁ ମଧ ଡରି ଯାଇଛି। ସେପାରିରେ ଜାଲରେ ଫସି ଯାଇଥିଲା। କେଜାଣି... ସେ ମୋ ଜାଲରେ ପଡ଼ିଥିଲା କି ମୁଁ ତା ଜାଲରେ!"

"ମାନେ ?"

"କାହିଁକି ନା... ଯଦି ଏ ରହସ୍ୟ ଖୋଲିଯିବ ତା ହେଲେ ?"

"ତା ହେଲେ କାହିଁକି ବିପଦକୁ ମୁଣ୍ଡେଇଛ ?"

"ସେ ତ ଯିବାକୁ ମଙ୍ଗୁନି ସାହେବ। କେଜାଣି ତା ମନରେ କ'ଣ ଅଛି! ମାଆ ତ ତା' ପରିଚୟ ଜାଣିବା ମାତ୍ରେ ମୁଣ୍ଡ ପିଟିଦେଲା। ଆରେ, ମାରି ପକେଇବେ ରେ! କାଟିକି ଖଣ୍ଡ ଖଣ୍ଡ କରି ନଦୀର ମାଛମାନଙ୍କୁ ଖାଇବାକୁ ଦେଇଦେବେ।"

"ଆଉ ସାବିତ୍ରୀ ?"

"ଭାଗ୍ୟ ତାକୁ ସାହସୀ କରିଦେଇଛି, ତା ମନରେ ଦିନରାତି ଗୋଟେ ନିଆଁ କୁହୁଳୁଛି ସାହେବ!"

"ହୁଁ! ତୁମେ ମାଆ ବିଷୟରେ କିଛି କହୁଥିଲ।"

"ଇଏ ଟିକେ ସୁସ୍ଥ ହେବା ପରେ ମାଆ କହିଲା, ୟାକୁ ଆଗ ତା ବାପା ପାଖକୁ ନେଇ ଯା', ତାଙ୍କ ଜିମା ଦେଇ ଶାନ୍ତିରେ ନିଃଶ୍ୱାସ ମାର।"

"ତା ହେଲେ ତୁମେ ଯାଇଥିଲ ?"

"ହଁ, ଯାଉଥିଲି ନା...। ୟାଙ୍କୁ ଦେଖିବା ମାତ୍ରେ ଯେମିତି ତାଙ୍କୁ ବାତ ମାରିଲା! 'ହଟାଅ ୟାକୁ, ନେଇ ଯାଅ।'

କହିଲି- ଠାକୁର ସାହେବ, ଆପଣଙ୍କ ଝିଅ....

-ମୋ ଝିଅ ତ ସତୀ ହୋଇଗଲା। ସତେ ଯେପରି କୌଣସି ବହୁତ ବଡ଼ ସମସ୍ୟାରେ ପଡ଼ିଯାଇଥିଲେ ସେ। ଆଶ୍ଚର୍ଯ୍ୟ କେହି କ'ଣ ଏତେ ନିଷ୍ଠୁର ହୋଇପାରେ ?

ଇଏ ଠିକ୍ କଥା ହିଁ କହେ ଯେ, ଯଦି ଜାଣିଗଲେ ମୁଁ ବଞ୍ଚିଛି ତେବେ ଛି ଛାକର କରିବେ, ଆଉ ଯଦି ମୁଁ ମରିଗଲି ତେବେ ପୂଜା କରିବେ... ମାଆ ବାପା ବି,

ସମାଜ ବି... ସମସ୍ତେ ! ମୋତେ ତ ଅଫିମ ପିଆଇ ଦିଆଯାଇଥିଲା, ହେଲେ ସେମାନଙ୍କୁ କ'ଣ ଦିଆଯାଇଥିଲା, ଯାହାର ନିଶା ଅଫିମଠାରୁ ମଧ୍ୟ ଭୟଙ୍କର।"

"ଯାକୁ ଏଇଠି ରଖି ଏତେ ବଡ଼ ବିପଦ ଏ ଘରେ ତୁମେ ପାଳିଛ !" ମୁଁ ପଚାରିଲି।

"ବିପଦ ତ ଅଛି; କିନ୍ତୁ ହଁ, ଏଠିକାର ଲୋକମାନଙ୍କର ବିଶ୍ୱାସ ସେ ସଶରୀରେ ସ୍ୱର୍ଗକୁ ଚାଲିଗଲା। କିଛି ଲୋକ ତ ଚିତା ଉପରେ ଅଶ୍ୱତ୍‌ଥ ଗଛ ପଡ଼ିବା ଫଳରେ ଇଏ ଉପରକୁ ଛିଟିକି ଯିବାର ନିଜ ଆଖିରେ ଦେଖିଥିଲେ। ସମସ୍ତେ ଉପରକୁ ଚାହିଁ ରହିଥିଲେ, ଜୟଧ୍ୱନି ଦେଉଥିଲେ। ତା'ପରେ ସେ ଝରଝର ବର୍ଷା, ଚିତାର ଲହଲହ ନିଆଁ ଏବଂ ଧୂଆଁ ଭିତରେ କୁଆଡ଼େ ଗଲା କିଛି ଜଣାପଡ଼ିଲାନି, ସମସ୍ତେ ଉପରକୁ ଚାହିଁ ରହିଥିଲେ ଆଉ ସେ ତଳେ ପାଣିର ସୁଅରେ ବହି ଚାଲିଥିଲା। କଣ୍ଟା ଜଙ୍ଗଲରୁ ବେଳେବେଳେ ହେଟା ମଧ୍ୟ ଏଯାଏଁ ଚାଲି ଆସନ୍ତି, ସେଠୁ ବଞ୍ଚି ଯାଇଥିଲେ ବି ଏମାନଙ୍କ ଠାରୁ ବଞ୍ଚିବାର କୌଣସି ଆଶା ନାହିଁ !"

"ଯେତେବେଳେ ତୁମେ ପାଇଥିଲ ସେ ଅଧାଜଳା, ଦରମଲା, ଉଲଗ୍ନ ଥିଲା... ଏବେ ତ ପୂରା ସୁଗଠିତ ସ୍ତ୍ରୀ ହୋଇଯାଇଛି।"

"ଏତେ ସହଜରେ ହୋଇଯାଇନି ସାହେବ !"

"ଆଉ !"

"ଯେତେବେଳେ ବାପା ସମେତ ଅନ୍ୟ ଯେତେ ସମ୍ପର୍କୀୟ ଅଛନ୍ତି ସମସ୍ତଙ୍କ ଘରକୁ ଗଲି ଏବଂ ସମସ୍ତେ ମନା କରିଦେଲେ, ମାଆ ଗହଣା ବାସନକୁସନ ଦେଇ ଆମ ଦୁହିଁଙ୍କୁ ପଠେଇ ଦେଲା ସତ୍‌ନା। ମୋତେ କହିଲା, ନେଇ ଯା ଔଷଧପତ୍ର ଆଦି କରେଇବୁ, ଏଠି ଆସିବାର ନାଁ ଧରିବୁନି। ସେଇଆ ହିଁ ହେଲା, ମୁଁ ଡାକ୍ତରଙ୍କୁ ମିଛ ସତ କହି ଯା'ର ଚିକିତ୍ସା କରେଇଲି। ଶାରଦା ମାଆର କୃପାରୁ ସେ ଧୀରେ ଧୀରେ ଠିକ୍ ହୋଇଆସିବା ବେଳକୁ ଆଉ ଗୋଟେ ସମସ୍ୟା ଆସି ପହଞ୍ଚିଲା। ଫୁଲିଥିବା ପେଟ। ଏତେ ସବୁ ଘଟଣା ଦୁର୍ଘଟଣା ଘଟିଗଲା, କିନ୍ତୁ କୁଅଁର ସାହେବଙ୍କ ମାନେ ଛୋଟ ରାୟସାହେବଙ୍କ ସନ୍ତକ ଲିଭିଲାନି; ରଖେ ହରି ତ ମାରେ କିଏ ? ଆଉ ସେଇ ପିଲା ହେଲା ଲବ, କୁଶ ତ ପରେ ଜନ୍ମ ହେଲା।"

"ତୁମଠୁ ?"

"ହଁ ସାହେବ, କ'ଣ ଆଉ କରିବି... ! ନିଆଁ ଆଉ ଘିଅ ଏକା ସାଙ୍ଗରେ ତ ରହି ପାରିବେନି ! ପୁଣି ଯା'ଭଳି ସ୍ତ୍ରୀ ! ମୁଁ ତ ସ୍ୱପ୍ନରେ ସୁଦ୍ଧା ଭାବି ପାରି ନ ଥାନ୍ତି। ପୁଅ ଜନ୍ମ ହେବା ଶୁଣି ମାଆ ପୂରା ଖୁସି, ଘରେ ଯେମିତି ଗୋଟେ ଚା' ପାଣିର ଦୋକାନ

ଖୋଲି ଦେଇଥିଲା। ଏଇଠି ଏପଟେ ସତୀମାତାଙ୍କ ମେଳା ହେବା ଆରମ୍ଭ ହୋଇଯାଇଥିଲା। ମାଆ କହିଲା, ବୋହୂ ଆଉ ଦୁଇ ନାତିଙ୍କୁ ନେଇ ଚାଲି ଆ'। ଆଶୀର୍ବାଦ ନେଇ ଚାଲିଯିବ।"

"ମାନସିକ ରଖିଥିଲେ ?" ମୁଁ ପଚାରିଲି।

"ହଁ"

"ତୁମ ମାଆ ମାନସିକ କରିଥିଲେ ?"

"ହଁ ହଁ, ମାଆ ହିଁ କରିଥିଲା।"

"ତୁମେ ତ ସବୁ ଜାଣିଥିଲ, ଯାହା ହେଲେ ବି ସତୀମାତା ତ ସିଏ ହିଁ ଥିଲା, ତଥାପି ଆଶୀର୍ବାଦ ନେବାକୁ... ?"

ମୁଁ ପଚାରିଲି। ଏହି ଦ୍ୱୈତ ମାନସିକତା ମୋ ମୁଣ୍ଡରେ ପଶୁ ନ ଥିଲା।

"ହଁ, ଦିନକୁ ଦିନ ସତୀମାତାଙ୍କ ମହିମା ବଢ଼ି ଚାଲିଲା। ଦେଖିଲେ ଆଶ୍ଚର୍ଯ୍ୟ ହୋଇଯିବ, ଭିଡ଼ ହିଁ ଏହାର ପ୍ରମାଣ।"

"ସେଇଠୁ ତୁମେସବୁ ପୁଣି ଏଠିକୁ ଫେରିଆସିଲ ?"

"ନାଁ, ଆମେ ଆସିଲୁ ଦୁଇ ବର୍ଷ ପରେ, ମାଆ ଡକେଇବାରୁ, ସେ ତ ଖାଲି କହିହେଲା- ଏଠି ଆସି ରହିଯା'। ଏଇଠି ଯେତିକି ଡଙ୍ଗାବାଲା ଥିଲେ ସମସ୍ତେ ଛାଡ଼ି ପଳେଇଲେଣି। କାମ ବି ଖୋଜିବାକୁ ପଡ଼ିବନି।"

"କାହିଁକି ସମସ୍ତେ ପଳେଇଲେ ?"

"ସାହେବ, ଘାଟର ଠିକା ପଇସା ସବୁଯାକ ନେଇଗଲେ। ସେଥିରେ ପୁଣି ସବୁଦିନ ମାଛ ପଠେଇବାର ହୁକୁମ୍। ନ ଦେଲେ ମାରପିଟ୍ ଗାଳିଗୁଲଜ। ଦିନେ ମୋ ଉପରେ ଠେଙ୍ଗା ଉଠେଇବାରୁ ମୁଁ କହିଦେଲି- ମୋତେ ପିଟିବା ଆଗରୁ ମନେରଖ, ମୁଁ ହିଁ ଶେଷ ଡଙ୍ଗାବାଲା। ମୋ ପରେ ଆଉ କିଏ ବି ଆସିବନି ତୁମକୁ ଘାଟ ପାର କରେଇବାକୁ, ସେଥିପାଇଁ ମୁଁ ତିଷ୍ଠି ପାରିଲି।

"ଆଉ ମାଆ ?"

"ମାଆ ତ ତା ପରବର୍ଷ ହିଁ ଚାଲିଗଲା।"

॥ ୮ ॥

ଅବଧୂ ସହ ଦେଖାହୋଇଗଲା ରାସ୍ତାରେ।

ନବରାତ୍ରର ସପ୍ତାହେ ଆଗରୁ, ଯା ପୂର୍ବରୁ କେବଳ ଦୂରରୁ ତା ସ୍ୱର ହିଁ ଶୁଣିଥିଲି।

"କଳା ମେଘ ହେଲେ ଭଉଣୀ ମୋର

ବାଦଲ ମୋହର ଭାଇ
ରହି ଯା' ଆଜି ମୋ ରାଇଜରେ
ପ୍ରିୟ ରାତିଏ ଯାଉ ରହି।"

ସେଦିନ ସେ ଲୋକଗୀତଟେ ଗାଇଗାଇ ଯାଉଥିଲା, ଆଉ ଆଜି ସେ କାହାକୁ ତିଥି ନକ୍ଷତ୍ର କଥା କହୁଥିଲା, "କାର୍ତ୍ତିକ ଶୁକ୍ଲ ଅଷ୍ଟମୀ ଦିନ ଶୁକ୍ରବାର, ପଶ୍ଚିମକୁ ଯିବନି, ଦିଗ କଷ୍ଟ ଅଛି। ଆଜି ପ୍ରାତଃରୁ ଗାଈମାନଙ୍କୁ ସ୍ନାନ କରେଇବ, ଗନ୍ଧପୁଷ୍ପ ଆଦି ଦେଇ ପୂଜା କରିବ ଏବଂ ତା' ପରେ ଘାସ ଦେଇ ତାଙ୍କର ପରିକ୍ରମା କରିବ... ତେବେ ସୌଭାଗ୍ୟ ବୃଦ୍ଧି ହେବ। ଏବେ ମୋତେ ଯିବାକୁ ଦିଅ ନିଃଶ୍ୱାସ ମାରିବାକୁ ବି ତର ନାହିଁ।"

କୁର୍ତ୍ତା ପାଇଜାମା ଆଉ ନେହେରୁ କୋଟ ପିନ୍ଧି ନିଜ ସାଙ୍ଗ ଗୟା ସହ ସେ ଠିଆ ହୋଇଥିଲା। ଜଣେ ଡେଙ୍ଗା, ଜଣେ ବାଙ୍ଗରା; ଜଣେ କଳା ଆଉ ଜଣେ ଗୋରା। ଜଣେ ମୃଦଙ୍ଗ ବଜାଏ ଆଉ ଜଣେ ଗିନି। ଅବଧୁ ଗୀତରେ ସେ ପାଳି ଧରୁଥିଲା ଆଉ କଥାର ବି! ଯେମିତିକି ଅବଧୁ କହୁଥିଲେ, 'ଏ ସାରା ଅଞ୍ଚଳ...'

ଗୟା ବାକ୍ୟକୁ ପୂରା କରୁଥିଲା 'ସତୀମୟ କରିଦେଲେ।' ଦୁଇଜଣଙ୍କ କଥା ମିଶିଲେ ଯାଇ ବାକ୍ୟଟି ପୂରା ହେଉଥିଲା।

'ଘର, ଦୋକାନ'
'ଜେନେରାଲ ଷ୍ଟୋର, ମେଡ଼ିକାଲ ଷ୍ଟୋର'
'ଏବେ ଅନେକ କାମ ପଡ଼ିଛି'
'ଯାଉଛୁ ମେନେଜର ସାହେବ'
'ବେଳ ନାହିଁ'

ମୁଁ ଟିକେ ମନେପକେଇବାକୁ ଚେଷ୍ଟା କଲି। ଏଇ ଲୋକଟିକୁ ମୁଁ ମୃଦଙ୍ଗ ବଜେଇ ଗୋଟେ ନିହାତି ଅଶ୍ଳୀଳ ଗୀତ ଗାଉଥିବାର ଶୁଣିଥିଲି। 'ଚଢ଼ିଗଲା ଛିଣ୍ଡାଳୀ ମଥାରେ...' ସ୍ତ୍ରୀ ଲୋକ ଏବଂ ଛୋଟ ଜାତିମାନଙ୍କୁ କଥା କଥାରେ ଏଠି ଗାଳିଦେବା ଏକା ସାଧାରଣ କଥା, ଆଉ ସେ ଗାଳି ମଧ୍ୟ କ'ଣ ଏମିତି ସେମିତି! କହିଦେଲେ ଯେମିତି ଜିଭ ଖସିପଡ଼ିବ ଆଉ ଶୁଣିଦେଲେ କାନରୁ ରକ୍ତ ଝରିଯିବ।

ନବରାତ୍ରର ନବମ ଦିନ ପ୍ରବଳ ଭିଡ଼। ଚେୟାର ହିଁ ଚେୟାର! ବଡ଼ବଡ଼ ଠାକୁର, ଜମିଦାର, ହାକିମ, ରାଜାରାଜୁଡ଼ା... ଘାଟ ପାଖରୁ ଆସ୍ଥାନ ଯାଏଁ ଗାଡ଼ିମାନଙ୍କର ଲମ୍ବା ଲାଇନ ଲାଗିଥିଲା। ନିଜର ସ୍ୱଚ୍ଛ ପରିଧାନରେ ରାୟ ସାହେବ ଏବଂ ରାଣୀ ସାହେବା ଅତିଥିମାନଙ୍କର ସ୍ୱାଗତ କରୁଥିଲେ।

ଆଉ ଗୋଟେ ପଟେ ଲାଲ ସାହେବ ଏବଂ ତାଙ୍କ ପତ୍ନୀଙ୍କ ପାଇଁ ଏକ ଖଣି ମାଫିଆର କାର୍‌ର ବ୍ୟବସ୍ଥା ମୁଁ କରିଦେଇଥିଲି ।

ଯଦିଓ ବାଟ ପ୍ରାୟ ଆଠଶ' ମିଟର ପାଖାପାଖି ହୋଇଥିବ, କିନ୍ତୁ ଏଠି ଷ୍ଟାଟସ୍‌ର ପ୍ରଶ୍ନ । ନଦୀର ଅଧାଭଙ୍ଗା ପୋଲ ଆରପାଖରେ କାର୍‌ଟିକୁ ରଖିବାକୁ ପଡ଼ିଲା । ସେମାନଙ୍କ ଚାଲି ଚାଲି ଯିବାକୁ ହେଲା, ଏଇ କଥାର କ୍ଷୋଭ ରହିଗଲା । ଦୁଇ ରାଣୀ ପରସ୍ପରକୁ ଆଲିଙ୍ଗନ କରି ସ୍ୱାଗତ କଲେ, ସେହିପରି ଦୁଇ ରାଜା ଏବଂ ଦୁଇ ମ୍ୟାନେଜର ମଧ୍ୟ... ଅର୍ଥାତ୍ ଦୁବେ ମଧ୍ୟ ମୋତେ କୋଳେଇ ନେଲା । ସମସ୍ତେ ମୁଣ୍ଡରେ ପଗଡ଼ି ବାନ୍ଧିଥିଲେ । ଏପରିକି ଅବଧୂ ଏବଂ ଗୟା ମଧ୍ୟ, କେବଳ ମୋତେ ଛାଡ଼ି । ଦୁବେ ତାଗିଦ କରିବା ପରି କହିଲା "ତୁମକୁ କ'ଣ ଏଟିକେଟ୍ ଜଣା ନାହିଁ, ପଗଡ଼ି ବାନ୍ଧି ଆସିବା ଉଚିତ ଥିଲା ।"

"ଏଇଟା ବି କ'ଣ ନିୟମ ?"

"ଆଉ ନ ହେଲେ ?"

"ଆରେ ସାଙ୍ଗ, ଏ ଅବଧୂଟା କିଏ ?"

"ସିଏ ଗୋଟେ ଅପଦାର୍ଥ ଟେ । ନିଜକୁ 'କବି' କହି ବୁଲୁଛି । ସତୀ ଉପରେ ମହାକାବ୍ୟ ଲେଖୁଛି । ଗୋଟିଏ ଘୋଷା ପଦ ରଖିଛି – 'ଚଢ଼ିଗଲା ଛିଣ୍ଡାଳୀଟି କାନ୍ଧରେ ।' ଏଥିରେ ଖାଲି ଧାଡ଼ିକୁ ଖଞ୍ଜି ଶବ୍ଦକୁ ଏପଟ ସେପଟ କରିଚାଲିଥାଏ । ପ୍ରତ୍ୟେକ ଅନ୍ତରା ପରେ ଛିଣ୍ଡାଳୀ ବଦଳରେ କୁକୁରୀ, ଘୁଷୁରୀ, ବୁଢ଼ୁରୀ... ଏମିତି ଛନ୍ଦି ପଦ ପକାଇ ଲେଖେ ।

ଏତେ ବଡ଼ କବି ଗାୟକ ତା'ର ପୁଣି କେହି ପ୍ରଶଂସକ ନ ଥିବା କ'ଣ ସମ୍ଭବ ? ତା'ର ପ୍ରଶଂସକ ହେଲା ଗୟା । ଗୟାର କଣ୍ଠରେ ଗୋଟେ ଶ୍ରଦ୍ଧା ବିଜଡ଼ିତ ଫୁଟାଣି ଭରି ରହିଛି- ରାମଚନ୍ଦ୍ର ଶୁକ୍ଳ ସିନା ଆଗ ମରିଗଲେ, ନ ହେଲେ ହିନ୍ଦୀ ସାହିତ୍ୟ ଇତିହାସରେ ଯା'ଙ୍କ ନାମ ଲେଖା ନ ଯାଇ ରହି ନ ଥାନ୍ତା ।"

ଗହଳି ଏତେ ଅଧିକ ଥିଲା ଯେ ଇଞ୍ଚେ ବି ଘୁଞ୍ଚିବା କାଠିକର ପାଠ । ଅନେକ ସ୍ଥାନରେ ଆଲୁଅ ପାଇଁ ଲାଗିଥିବା ଜେନେରେଟରରୁ ବାହାରୁ ଥିବା ଧୂଆଁରେ ଆକାଶ ଭରି ଯାଇଥିଲା । ତଥାପି ଧକ୍କାରେ ଦଶ ବାରଜଣ ଲୋକ ନଦୀରେ ପଡ଼ିଗଲେ ଏବଂ ସେମାନଙ୍କୁ ଉଦ୍ଧାର କରାଗଲା । ପୁରୁଷ ଏବଂ ମହିଳା ନିଜ ନିଜ ଧାଡ଼ିରେ ଠିଆ ହୋଇଥିଲେ ଏବଂ ଉଭୟଙ୍କ ଧାଡ଼ି ମଝିରେ ସରୁ ବାଟଟିଏ ।

ହଠାତ୍ ଅବଧୂ ସ୍ପ୍ରିଂ ପରି ଉଠିପଡ଼ି ଆସ୍ଥାନ ତଳେ ଯାଇ ଠିଆ ହୋଇ ପଡ଼ିଲା ଏବଂ 'ସତୀ ମାତା କି...' ଆରମ୍ଭ କରିଦେଲା ।

'ଜୟ' ଗୟା ପଦ ପୂରଣ କଲା, ତା ପଛକୁ ଆଉ ସମସ୍ତେ ପାଳି ଧରିବାକୁ ଲାଗିଲେ। ଜୟକାର ଧ୍ୱନିରେ ସ୍ଥାନଟି କମ୍ପି ଉଠିଲା।

ତିନିଥର ଜୟଧ୍ୱନି ଦେବା ପରେ ଅବଧୁ ଢୋଲ ବଜେଇବା ଆରମ୍ଭ କରିଦେଲା। 'ଧିନ୍ ତା ଧିନ୍ ତା ଧିନ୍ ତା... ଧିନ୍... ତା ଧିନ୍...!' ତା ପରେ ବାଁ କାନରେ ହାତ ରଖି ଆଳାପ ଆରମ୍ଭ କଲା ଆରେ... ସେଠୁ ପୁଣି...

କୁହନ୍ତି ସେ ନାରୀ ମରୁ ବଂଶରେ ଯେ ନା ପକାଏ...
ସେଇ ପୁତ୍ର ଯାଉ ମରି ଯୁଦ୍ଧରେ ଯେ ପିଠି ଦେଖାଏ
ତା ହେଲେ ଶ୍ରୋତାମଣ୍ଡଳୀ, କବି ଠିକ୍ କଥା ହିଁ କହିଛନ୍ତି -
ବାର ବରଷ ଯାଏଁ କୁକୁର ଜିଏଁ
ଆଉ ତେର ବରଷ ଯାଏଁ ଶିଆଳ
କ୍ଷତ୍ରିୟ ଆୟୁଷ ବରଷ ଅଠର
ଏଥୁଁ ଅଧିକ ଜିଇଁବା ବେକାର!

ବୀରରସ ପ୍ରୟୋଗ କରିବା ପରେ ସେ ପଦ୍ୟରୁ ଗଦ୍ୟକୁ ଚାଲିଆସିଲା 'ସଜ୍ଜନ ମଣ୍ଡଳୀ! ସମଗ୍ର ପୃଥିବୀରେ ଏକକୁ ଆରେକ ବଳି ସତୀ ହୋଇଛନ୍ତି କିନ୍ତୁ ଆମ ପାର୍ବତୀ ମାତା, ଗୌରୀ ମାତାଙ୍କଠୁ ବଳି ସତୀ ଆଉ କିଏ ଅଛି... ତଥାପି...!'

(ତଥାପି ପାଖରେ ଢାଏଁ କରି ଢୋଲର ତାଳ)

କୌଣସି ଏପରି ଶକ୍ତି ନାହାଁନ୍ତି ଯିଏ ବିଜୟଗଡ଼ର ସତୀମାତାଙ୍କ ପରି ସଶରୀରେ ସ୍ୱର୍ଗକୁ ଚାଲିଯାଇଥିବେ। ଜୟ ସତୀ ମାତା... ଜୟ ସତୀ ମାତା!'

"କୁହ ସତୀ ମାତା କି...।" ଗୟା ଜୟ ଧ୍ୱନି ଦେଲା।

"ଜୟ...!" ଲୋକମାନେ ଏକସାଙ୍ଗରେ କହିଉଠିଲେ।

ପୁଣି କବି ଅବଧୁ ଆରମ୍ଭ କଲା -

ଆଉ ନ ଦିଶେ ସତୀଙ୍କ ପାଇଁ ଚିତା ଜଳୁଛି କେଉଁଠି
ରାଜପୁତ ତୋ ହାତରେ ନଗ୍ନ ତରବାରୀ ଅଛି କେଉଁଠି?
କାହିଁ ପଦ୍ମିନୀଙ୍କ ପଦଧୂଳି ମୁଣ୍ଡରେ ମାଖିବା ଆମର
କାହିଁ ରତ୍ନସିଂହଙ୍କ ସେ କ୍ରୋଧ, ରକ୍ତ ତାତିଯିବ ଆମର!

ଗାଇବା ବଜେଇବା ବନ୍ଦକରି ସେ କହିଲା- "ଏଇଠି ଏଇଠି... ସବୁ ଅଛି। ସତୀ ମହିମାର ସମ୍ପୂର୍ଣ୍ଣ ବୃତ୍ତାନ୍ତର ଏକ ପୁସ୍ତକ ବିକ୍ରି ହେଉଛି। ମୂଲ୍ୟ ମାତ୍ର ପାଞ୍ଚଟଙ୍କା। ଯେଉଁ ଧର୍ମପ୍ରାଣ ବ୍ୟକ୍ତି ଇଚ୍ଛୁକ ନେଇଯାଇପାରିବେ।"

କେଜାଣି କେତେରାତି ଯାଏଁ ଚାଲିଥିଲା ଏ ସତୀ ପୂଜା! ମୁଁ କିଛିକିଛି ବୁଝି ସାରିଲିଣି ଏ ରାଜ୍ୟକୁ, ରାୟ ସାହେବଙ୍କୁ, ଲାଲ ସାହେବଙ୍କୁ, ରାଣୀମାନଙ୍କୁ, ପାଟରାଣୀମାନଙ୍କୁ ଏବଂ ରାଜନୀତିକୁ। ରାୟ ସାହେବ ହୁଅନ୍ତୁ ବା ଲାଲ ସାହେବ, ଦୁହେଁ ଖାଲି ଯଦି ପାଦରେ ବି ଚାଲନ୍ତି ତେବେ ବି ଏକା ନଥାନ୍ତି... ଦୁହିଁଙ୍କ ସହ ପାଖାପାଖି କୋଡ଼ିଏ ଜଣ ସରିକି ଲୋକ ଏବଂ ବନ୍ଧୁକଧାରୀ ଅଙ୍ଗରକ୍ଷକ ଥାଆନ୍ତି। ରାୟ ସାହେବ କ'ଣ ଚାହାଁନ୍ତି ଏହା ଠିକ୍‌ରେ ସେ ନିଜେ ବି ଜାଣନ୍ତିନି ଆଉ ଲାଲ ସାହେବ ମଧ୍ୟ ନିଜେ କ'ଣ ଚାହାଁନ୍ତି ନିଜେ ବି ଜାଣନ୍ତିନି। ପ୍ରଜାଙ୍କ ନାଁରେ ଯାହା ବି କିଛି ବାଣ୍ଟ-ବଖରା କରି ରଖିଥିଲେ ସେଥିରୁ ଖଜଣା ବି ବହୁତ କମ୍ ଆସୁଥିଲା। ଭାଗୁଆଳୀରେ ଯେଉଁମାନଙ୍କୁ ଜମି ଦିଆ ଯାଇଥିଲା ସେଠୁ ମଧ୍ୟ କିଛି ମିଳୁ ନ ଥିଲା। ଧମକାଇବାରୁ କହିଲେ "ଦେଖ ସାହେବ, ପାଣି ତ ନାହିଁ ଫସଲ ହେବ କେମିତି ?"

"ଆଜି ଯାଏଁ ହେଉଥିଲା କେମିତି ?"

"କୂଅ ଆଉ ନଦୀ ପାଣି ବି ଶୁଖିଗଲାଣି। ଆପଣ ନଦୀ କୂଳରେ କୂଅ ଖୋଳେଇ ଦେଇଛନ୍ତି, ପମ୍ପରେ ସବୁ ପାଣି ଶୋଷି ହୋଇଯାଉଛି।" ଜଣେ ମୁହଁଖୋର ଚାଷୀ ଜବାବ ଦେଲା।

"ଠାଏଁ" ରାୟସାହେବଙ୍କ ପିଆଦାଟିଏ ଠାଏଁ କରି ଚଟକଣାଟେ ପକେଇଲା। ସେଦିନ ସିନା ରାୟସାହେବ ଚାଲିଗଲେ ହେଲେ ପରେ କେଜାଣି କ'ଣ ଚିନ୍ତା କରି ଗୋଟିଏକୁ ଛାଡ଼ି ବାକି କୂଅରୁ ପମ୍ପ ବାହାର କରିଦେଲେ। ପୋଲଟି ଆଉଟିକେ ସଂକଟାପନ୍ନ ଅବସ୍ଥାକୁ ଆସିଯାଇଥିଲା। ଏବେ ହୁଏତ ଡଙ୍ଗାରେ ବସି ହିଁ ଯିବାକୁ ପଡ଼ିବ। ପଛରେ ଲୋକମାନେ କୁହନ୍ତି "ଏବେ ତ ଛୋଟ ରାୟ ସାହେବଙ୍କ ପୂରା ଧନସମ୍ପତ୍ତି ବି ମିଳିଗଲା ବଡ଼ ରାୟ ସାହେବଙ୍କୁ, ଏବେ ଆଉ କି ବାହାନା କରିବେ।" ଦୁବେ କହେ- ଯେ ଶଳା ହାରାମଖୋର ସମ୍ପର୍କୀୟମାନେ କେଉଁଠୁ ଉଡ଼ି ଆସିଛନ୍ତି, ମାଗଣାରେ ବସି ଖାଉଛନ୍ତି, ହେଣ୍ଡିମାରି ବୁଲୁଛନ୍ତି। ଲୁଚିଛପି ରତ୍ନ ପାଇଁ ଏଠି ସେଠି ବେଳ ଅବେଳରେ ସନ୍ଧାନ ନେଉଛନ୍ତି। କହୁଛନ୍ତି- 'ଆପଣଙ୍କ ଆଗାମୀ ସେନାର ଯୋଦ୍ଧା। ଲାଲ ସାହେବଙ୍କ ସହ ଗୋଟିଏ କଥା ପାଇଁ ତ ମତଭେଦ। ଯଦି ଏମିତି ଲାଗି ରହିବ ତେବେ କାଲି ସକାଳେ ଲାଲସାହେବଙ୍କ ଭାଗ ମଧ୍ୟ ଆମ ସହ ମିଶେଇଦେବୁ।' ସେମାନଙ୍କୁ ଲାଗୁଛି, ପଲିଟିକ୍ସରେ ନ ଯିବା ଲୋକର କୌଣସି ମହତ୍ତ୍ୱ ନାହିଁ, ମନ୍ତ୍ରୀ ଏବଂ ପ୍ରଧାନମନ୍ତ୍ରୀଙ୍କୁ ଛାଡ଼। ଏମ୍.ଏଲ.ଏ.ଙ୍କ ପାଖ ଲୋକର ଖାତିର୍ ବି କିଛି କମ୍ ନୁହଁ।

କିନ୍ତୁ ଏଠି ତ ପରିସ୍ଥିତି ଏମିତି ଯେ ପ୍ରତ୍ୟେକ ସମ୍ଭାବ୍ୟ ଦଳର ଦୁଆର ପିଟିପିଟି

ଥକିଗଲି, ଚେଷ୍ଟା ଏବେ ବି ଚାଲିଛି, କିନ୍ତୁ ଶଳା ସଫଳତା ମରୀଚିକା ପରି ଘୁଞ୍ଚି ଚାଲିଛି। ସମସ୍ତଙ୍କୁ ଚାନ୍ଦା ରୂପେ ଅବା ବ୍ୟକ୍ତିଗତ ଭାବେ ମୋଟା ଅଙ୍କ ଦରକାର। ଲକ୍ଷରେ ନୁହଁ, କୋଟିରେ! କୋଉଠୁ ଆଣିବି!

ବେଳେବେଳେ ମନକୁ ଆସେ, କାରଖାନାଟେ ବସେଇଦେବି, କୋଉ ଖବରକାଗଜ ବା ନ୍ୟୁଜ ଚାନେଲଟିଏ ଖୋଲିଦେବି, ସ୍କୁଲ... ଇତ୍ୟାଦି ହେଲେ ବି ଚଳିବ, କିନ୍ତୁ ସେଇ... ଯାହା କି କର କଥା ବୁଲିବୁଲି ଆସି ସେଇ ଗୋଟିଏ ବିନ୍ଦୁରେ ଅଟକି ଯାଏ। ପଇସା! ଦଶ କୋଡ଼ିଏ ଲକ୍ଷ ନୁହଁ, ଦଶ କୋଡ଼ିଏ କୋଟି ବି ନୁହଁ ଶହଶହ କୋଟି! ଦୁବେ ଏମିତି ବର୍ଣ୍ଣନା କରେ ଯେ ଦୃଶ୍ୟଟି ଆଖି ଆଗରେ ଆଙ୍କି ହୋଇଯାଏ। "ଟୁଂ ଟାଂ ବାଜା ମନକୁ ପାଇଲାନି। ନାଚବାଲୀମାନେ ଅଧା ଫୁଙ୍ଗୁଳା ହୋଇ ନାଚ ଦେଖେଇଲେ, ସେମାନଙ୍କୁ ଗାଳି ଦେଇ ବାହାର କରିଦେଲେ। ଅବଧୂ ନୂଆ ରସିକିଆ କବିତା ଶୁଣେଇବାକୁ ଆସିଥିଲା, ତାକୁ ବି ବାହାରକୁ ଯିବାର ରାସ୍ତା ଦେଖାଇଦେଲେ। ହାତକୁ ମୁଠାମୁଠା କରି ଖାଲି ଟହଲିବାକୁ ଲାଗିଲେ। ଏମିତିରେ ବି ତ ଉଚ୍ଚ ଜାତି ଲୋକଙ୍କ ବଳରେ ହିଁ ଦଳ ତିଷ୍ଠି ରହିଛି, କିନ୍ତୁ ମୋ ପାଳି ଆସିବା ବେଳକୁ ପଚାଶ ପ୍ରକାର ବାହାନା, କୋଟିଏ ଟଙ୍କା ଦେବାକୁ କଥା ଦେଇଥିଲି, ହେଲେ କହିଲେ 'କୋଉ ଯୁଗରେ ରହୁଛ ଆଜ୍ଞା! ଦଶ ପନ୍ଦର କୋଟିରୁ କମ୍ କ'ଣ ହେବ? ଅତି କମ୍‌ରେ ପାଞ୍ଚରୁ ଉପରକୁ ତ ଦିଅନ୍ତୁ! ଶଳା!"

"କୋଟିଏ ଦେଇ ଦେଇଥାନ୍ତି।" ମୁଁ ବୋକାଙ୍କ ପରି କହିଲି।

"ଆରେ, ଦେଇ ଦେଇଥାନ୍ତେ କ'ଣ? ତାଙ୍କ ଅବସ୍ଥା ତ ବାରଣ୍ଡା ଦି'କଡ଼ା। ମୋତେ ହିଁ କିଛି ବ୍ୟବସ୍ଥା କରିବାକୁ ପଡ଼ିଲା।"

"କ'ଣ?"

"କ'ଣ ଆଉ! ଆଉ ଗୋଟେ ଦଳକୁ ଗଲୁ, କୋଟିଏ ଟଙ୍କା ଦେଇ ଆସିଲୁ। ଛୋଟ ଜାତିର ଦଳ ଥିଲା।"

"କିନ୍ତୁ ସେ ତ ଛୋଟଜାତି ଦଳରେ ମିଶିବେନି ବୋଲି ସିଦ୍ଧାନ୍ତ ନେଇଥିଲେ!"

"ଆଗ ଶୁଣିସାର, ତ୍ରିରଙ୍ଗାକୁ ଗଲେ ମିଳିଲାନି, ଗେରୁଆକୁ ଗଲେ ମିଳିଲାନି, ସାଇକେଲକୁ ଗଲେ ମିଳିଲାନି, ହାତୀ ଦଳକୁ ଗଲେ ସେଠି ବି ମିଳିଲାନି, ଦାଆ ହାତୁଡ଼ି ତାରା ଦଳକୁ ଗଲେ ହେଲେ ମିଳିଲାନି... ଶେଷରେ ମୋତେ କହିଲେ ଯେ ଯଦି ନକ୍ସଲମାନଙ୍କର କୌଣସି ପାର୍ଟି ଅଛି ସେଥିରେ ମିଶିଯିବା। ଆଶ୍ଚର୍ଯ୍ୟର କଥା, ତାଙ୍କୁ ବି କୌଣସି ଫରକ ପଡ଼ିଲାନି କି ପାର୍ଟିମାନଙ୍କୁ ମଧ୍ୟ ତାଙ୍କ ପାଇଁ କୌଣସି ଅସୁବିଧା ହେଲାନି! ଏଇ ହେଉଛି ଆମ ଦେଶ ଆଉ ଏଇମାନେ ହେଲେ ଆମ

ନେତା ଏବଂ ଏଇ ହେଉଛି ସେମାନଙ୍କ ସିଦ୍ଧାନ୍ତ। ଆଓ୍ୱାର ପ୍ରିନ୍‌ସିପାଲ ଇଜ ଦ ମ୍ୟାନ ଅଫ୍ ପ୍ରିନ୍ସିପଲସ୍। ଟିକେଟ୍ ଅନୁସାରେ ନିୟମ ତିଆରି ହୁଏ। ସବୁ ନିୟମ ଯାଉ ଚୁଲିକି। ଛାଡ଼... କ'ଣ ହେଲା ଜାଣିଛ ! ସାତଦିନ ପରେ ଆଉ ଗୋଟେ କାହାକୁ ଟିକଟ ମିଳିଗଲା, ଛାଟିପିଟି ହେଇ ରହିଲେ। କାରଣ, ସେ ଲୋକ ଦୁଇକୋଟି ଫୋପାଡ଼ି ଥିଲା।"

"କୌଣସି ନିୟମ ଆଦର୍ଶ କିଛି ନାହିଁ ଏ ପାର୍ଟିମାନଙ୍କର।"

"କିଛି ନାହିଁ। ସେମାନେ ଖାଲି ଅନ୍ଧାର ଦେଖି ଦଳକୁ ଦଳ ମାଙ୍କଡ଼ ଡିଆଁ ମାରି ଚାଲିଛନ୍ତି। ଏଠୁ ସେଠିକି..."

ହଠାତ୍ ଆମେ ଦୁହେଁ ଚମକି ପଡ଼ିଲୁ "ଏଁ! ଆମେ ବି ତ ସେଇମାନଙ୍କ ଭାଷା କହୁଛୁ! ସତେ ଯେମିତି ଆମେ ହିଁ ରାୟ ବାହାଦୁର ଏବଂ ଲାଲ ବାହାଦୁର!"

କୋଡ଼ିଏ ଦିନ ଭିତରେ ଦଳୀୟ କାର୍ଯ୍ୟାଳୟ ଆଉ କର୍ମୀମାନଙ୍କ ପାଖକୁ ଧାଇଁ ଧାଇଁ ଚପଲ ଘୋରିଗଲା। ପ୍ରଥମ ଦଳ, ଯାହା ବିଷୟରେ ଆମକୁ କୁହାଗଲା ଯେ ଭାରି ଗମ୍ଭୀର ଆଲୋଚନା ଚାଲିଛି, ଅପେକ୍ଷା କରିବାକୁ ପଡ଼ିବ। ଘଣ୍ଟା ଘଣ୍ଟା ଅପେକ୍ଷା କରିବା ପରେ ଆଉ ସମ୍ଭାଳି ହୋଇ ବସି ନ ପାରି ଜବରଦସ୍ତ ଭିତରକୁ ପଶିଯାଇ ଦେଖିଲୁ ସେଠି କେତେଜଣ ଗୁଣ୍ଡା ଶ୍ରେଣୀୟ ବ୍ୟକ୍ତି ବସିଛନ୍ତି ଏବଂ ସେମାନଙ୍କ ଗୁରୁତ୍ୱପୂର୍ଣ୍ଣ ଆଲୋଚନାର ବିଷୟ କିଛି ଏମିତି ଥିଲା ଯେ, "ଅମୁକ ଜାତିର ଲୋକ କେତେ ଅଛନ୍ତି ? ଅତି ବେଶୀରେ ଲକ୍ଷେ। ଯେଉଁଠି ଆମ ଜାତି ଲୋକ ଦେଢ଼ଲକ୍ଷ, ଗଣିକି ଦେଖନ୍ତୁ। ଆଉ ପୁଣି ମୁସଲମାନ ହେଲେ ଷାଠିଏ ହଜାର।"

"ନାଁ, ନାଁ, ସତୁରୀରୁ ଅଶୀ ହଜାର ହେବେ।"

"ହଉ... ମାନିଲୁ, ଏବେ ଏସ୍.ସି., ଏସ୍.ଟି., ଓ.ବି.ସି.ଙ୍କର ମଧ୍ୟ ଲକ୍ଷେ ଭୋଟ ହେବ, କିନ୍ତୁ ଏଇଠି ଗୋଟେ କଥା, କିଛି ଜାତି ଏସ୍.ଟି. ଏସ୍.ସି.ରୁ ଓ.ବି.ସି ହୋଇଯାଇଛନ୍ତି। ଆଉ କିଛି ଓ.ବି.ସି.ରୁ ଏସ୍.ଟି. ଏସ୍.ସି.... ଯା'ର ହିସାବ କେମିତି ହେବ। ଏ ସରକାର ନା ଏକ ନମ୍ବର ଚୋର।"

"ଆଚ୍ଛା କହିଲ, ଏ ଶଳା ବରମ୍ ମାନେ କୋଉ ଜାତି ?"

"କ'ଣ କରିବ ? ବାହା ହେବ ?"

"ଆରେ ନାଁ, ଗୋଟି ଗୋଟି କରି ଭୋଟ୍ ଗଣା ହେଉଛି।"

"ଜାତି ଗୋଟେରେ ତ ଗଣା ହେଉଛି, ଏଇଟା ହିଁ ଆଇ କାର୍ଡ଼।"

"ଆଇ କାର୍ଡ଼ ନୁହଁ, ଆଧାର କାର୍ଡ଼।"

"ଆଚ୍ଛା ଗୋଣ୍ଡ, ସତନାମୀ ଆଉ କୋଇରିମାନେ ଟିକେ ଏପଟ ସେପଟ ଛାଟିପିଟି ହେଉଛନ୍ତି।"

"ଏପଟ ସେପଟ ଯିଏ ହେବ, ତା ଗୋଡ଼ କାଟି ଦେବୁ।"

ସେତିକିବେଳେ ଗାର୍ଡ଼ କହିଲା, "ବାହାରନ୍ତୁ... ବାହାରନ୍ତୁ ଏଠୁ ଆପଣମାନେ। ବିନା ଅନୁମତିରେ କାହିଁକି ଚାଲି ଆସିଲେ। ଯେତେବେଳେ ନାଁ ଡକାଯିବ ସେତେବେଳେ ଆସିବ।"

"ଚାରି ଘଣ୍ଟା ହେଲାଣି ଅପେକ୍ଷା କରେଇଛ।"

"ତା ହେଲେ କରନି। ଘରକୁ ପଳାଅ, ଆମେ ଡାକିଛୁ କି।"

ଏତେ ଭିଡ଼ ଯେ... ଟିକେ ବି କମିବାର ନାଁ ନାହିଁ।

ହଠାତ୍ ଦାଢ଼ୀବାଲା ଗାର୍ଡ଼ଟି ଠେଲିବାକୁ ଲାଗିଲା "ବାହାରକୁ ଯାଅ, ବାହାର ଏଠୁ, ଯାଅ।"

"ଆରେ, ପୁଅ ସରଫରାଜ..." କେହି ଜଣେ ଖୋସାମତ କରିବା ପରି ସ୍ୱରରେ ଡାକିଲା।

"ଏଠି କେହି କାହାର ପୁଅ, ଭାଇ କି ପୁତୁରା ନୁହଁ। ସିଧା କହୁଛି ଏଠୁ ବାହାରକୁ ଯାଅ।"

"ରାମ-ରାମ, ଏତେ ଅପମାନ।"

କିଛି ଦଲାଲ ମଧ୍ୟ ଜୁଟିଗଲେ ଆଉ ଟଙ୍କା ପଇସା ବି ହାତେଇ ନେଲେ।

ପ୍ରଥମ ଥର ପାଇଁ ମନେହେଲା ଦଲାଲ ଏବଂ ଗୁଣ୍ଡାମାନଙ୍କରେ ଦେଶ ଭରିଯାଇଛି।

କୋଡ଼ିଏ ପାହାର ଜୋତାମାଡ଼ ଖାଇବା ପରି ଲାଗୁଥିଲା।

ଦୁବେ କହିଲା- "ଚାଲ ଟିକେ ମନ ହାଲୁକା କରିବା। ଢାବାରେ ଯାଇ ଟିକେ ମଦ ପିଇବା, କିଛି ଖାଇବା ତା ପରେ ଘରକୁ ଯିବା।" ଢାବାରେ କଥା ହେବାବେଳେ ଦୁବେ ପଚାରିବାରୁ କହିଲି ଯେ ଏଥର ସମ୍ପୂର୍ଣ୍ଣ ଭାବେ ବୈଜ୍ଞାନିକ ପଦ୍ଧତିରେ ଚାଷ ଆରମ୍ଭ କରିଛି।

"ମୁଁ ଦେଖିଛି।"

"ମକା ଯଅ, ହରଡ଼, ବିରି ଆଉ ତଳ ଜମିରେ ଧାନ।"

"ପାଣି ?"

"ରାଣୀଙ୍କ ଦୟା। ପମ୍ପ୍ ମଧ୍ୟ ପଠେଇ ଦେଇଥିଲେ ଟ୍ରାକ୍ଟର ମଧ୍ୟ... ଆଉ ଜମି ମଧ୍ୟ ଦେଇ ଦେଇଥିଲେ। ଶୁଣିବ ଯଦି ଖୁସି ହୋଇଯିବ, ଦୁଇଟି ଯାକ ଇଷ୍ଟେଟ୍‌କୁ ଗୋଟିଏ ମନେକରି ମୁଁ କାମ ଆରମ୍ଭ କରିଛି। ଚାରିଆଡ଼େ ଶିଶୁ ଆଉ ଶାଗୁଆନ ଗଛ, ଏଇ ସବୁ ଟିକେଟ୍ ଯୁଦ୍ଧ ପୂର୍ବର କାମ, ଯାହାକି ଏବେ ଆଖିରେ ପଡୁଛି। ତୁମକୁ ଥରେ ଯାଇ ଦେଖିବାକୁ ବି ଫୁରୁସତ୍ ନାହିଁ।"

"ଭାଇ, ମୋ ପଛରେ ଜୟନ୍ତର ଭୂତ। ଦିନ-ରାତି ମୁଁ ସେଇ ଚିନ୍ତାରେ ଅଛି, କ'ଣ ଦେଖିବି ଆଉ କ'ଣ ଭାବିବି!"

ଢାବାରେ ତା ସହ ଦେଖା ହୋଇଥିଲା। କୁକୁର ପରି ହାଡ଼ ଚୋବାଉ ଥିଲା। ସାଙ୍ଗ ହୋଇଯାଇଥିଲା, ପଚାରିଲା "ତୁମେ ବି କଣ୍ଡାର ରତନପଛିରେ ଜମି ଲିଜ୍‌ରେ ନେଇଥିଲ?"

"ନାଁ"

"ନେବନି ମଧ୍ୟ କେବେ।"

"ତୁମେ ନେଇଥିଲ କି?"

ସେ ଖଣ୍ଡଟିକୁ ଖାଇସାରି ସେ ଆଉଖଣ୍ଡେ ଉଠେଇଲା।

"ମୁଁ ନୁହଁ, ମୋ ଚାଚା ନେଇଥିଲେ।" ସେ ଆସ୍ତେ କରି କହିଲା- "ବମ୍ବେରେ ସ୍ମଗଲିଂରେ ଲକ୍ଷଲକ୍ଷ ଟଙ୍କା କମେଇଲେ। ପୁଲିସର ଚଢ଼ାଉ ଧର ପଗଡ଼ ଆରମ୍ଭ ହୋଇଯିବାରୁ ଲୁଚି ଏଇଠିକୁ ପଳେଇ ଆସିଲେ, ରାମଙ୍କ ନଗରୀ ଚିତ୍ରକୂଟକୁ। କଥାରେ ଅଛି - ଯାହା ଉପରେ କିଛି ବି ପଦ ପଡ଼େ... ସେ ଏଇ ଦେଶକୁ ଚାଲିଆସେ। ଦଶଲକ୍ଷ ଟଙ୍କା ଦେଇ ଜମି ଲିଜ୍‌କୁ ନେଲେ, ଦୁଇ ବର୍ଷ ପାଇଁ।"

"ତା ହେଲେ ତାଙ୍କୁ କିଛି ମିଳିଲା?"

"ମୁଁ ବି ସବୁବେଳେ ତାଙ୍କୁ ଏଇ କଥା ପଚାରେ। ଶୁଣିଲି ବସ୍ତାବସ୍ତା ଗୋଡ଼ି-ପଥର ନେଇକି ଘରକୁ ଆସନ୍ତି, ସ୍ୱାମୀ ସ୍ତ୍ରୀ ଦିନଦିନ ଧରି ତାକୁ ବସି ବାଛନ୍ତି। ଦିନେ ଚାଚି ରାଗିଗଲେ ଓ ସେ ନ ଥିବା ବେଳେ ଯାଇ ସବୁ ଫିଙ୍ଗିଦେଇ ଆସିଲେ। ହାତ ଝାଡ଼ି ଦେଇ କହିଲେ, ଏବେ ଯାଇ ଘର ଖାଲି ହେଲା। ହେଲେ ତା ପରଦିନ ପୁଣି ଚାଚା ବସ୍ତେ ଗୋଡ଼ି ପଥର ନେଇ ହାଜର। ଚାଚି ଗାଳି କରିବାରୁ ବସ୍ତାକୁ କାନ୍ଧେଇ ବିଭିନ୍ନ ଜାଗାରେ ବୁଲିଲେ। ହାୟ... ରତ୍ନ ପଥରର ମୂଲ୍ୟ କେହି ବି ବୁଝିଲେନି।" ସେ ହାଡ଼ ଖଣ୍ଡଟିକୁ ପ୍ଲେଟ୍‌ରେ ଥୋଇ ପୁଣି ଆରମ୍ଭ କଲା "ସେଇଠୁ ସେ ଗୋଟେ ଉପାୟ ବାହାର କଲେ, ମୁଦି ତିଆରି କଲେ, ପଥର ବିକ୍ରି କରିବା ଆରମ୍ଭ କଲେ, ସିଦ୍ଧ ପଥର, ଅଷ୍ଟଧାତୁ ମୁଦି।"

"ସତରେ?"

"ଏବେ କଥା ଜାଣିନି...। ଲୋକମାନେ ଯନ୍ତ୍ରମନ୍ତ୍ରରେ ଏତେ ବିଶ୍ୱାସ କରନ୍ତି ଯେ, ଏତେ ବ୍ୟସ୍ତ ଯେ ସମସ୍ୟାରୁ ମୁକୁଳିବା ପାଇଁ ଗ୍ରହଶାନ୍ତି ପାଇଁ ସାଧୁ... ବାବା... ଫକୀରମାନଙ୍କ ଆଶୀର୍ବାଦକୁ ଭରସା କରନ୍ତି। ତେଣୁ ଚାଚା ଫକୀର ହୋଇଗଲେ, ଜଣେ ଦି'ଜଣଙ୍କ କାମ ହୋଇଯିବାରୁ ଆଉ କିଛି ଆସି ପହଞ୍ଚିଗଲେ। ଚାଚା ବେଶଭୂଷା

ବଦଳେଇଲେ, ଦାଢ଼ୀ ରଖିଲେ, ପାଦ ଯାଏଁ ଲମ୍ବା ପୋଷାକ ପିନ୍ଧିଲେ ଆଉ ପାଲିଙ୍କିରେ ଯିବା ଆସିବା କଲେ । କେତେ ବଢ଼ିଆ ! ଏକ୍ଟିଙ୍ଗ୍ ଦେଖିବ ଯଦି ଆଶ୍ଚର୍ଯ୍ୟ ହୋଇଯିବ ।" ସେ ସେଇଠି ତଳେ ଚକା ପକେଇ ବସିଗଲା ଆଉ ଚାଚାର ଅଭିନୟ କରିବାକୁ ଲାଗିଲା ।

"ଆଲ୍ଲାଙ୍କ କୃପା ଆଉ ଖସ୍ତଗୀରର ପୀରବାବାଙ୍କ ଆଶୀର୍ବାଦ । ସେ ମୁଦିଗୁଡ଼ିକୁ ହାତରେ ଧରନ୍ତି, ଦୁଇ ଆଖିରେ ଛୁଆଁନ୍ତି, ପଥରକୁ ହାତରେ ନେଇ କପାଳରେ ଛୁଆଁନ୍ତି ତାକୁ ଚୁମନ୍ତି ଏବଂ ଚଅଁରରେ ଟିକେ ବିଞ୍ଚିଦେଇ ଧରେଇ ଦେଇ କୁହନ୍ତି - ଦଶ ହଜାର ।"

ମୁଁ ପଚାରିଲି- "ପୀରବାଲା, ଏଇ ଖସ୍ତଗୀର କେଉଁଠି ଅଛି ?"

"ଏକଥା ତ ମୋ ବାପା କି ତାଙ୍କ ବାପ ବି ଜାଣିନାହାନ୍ତି ।" ସେ ଉଠିପଡ଼ି ପୁଣି ଯାଇ ଚେୟାର ଉପରେ ବସିପଡ଼ିଲା । "ଚାଚା କୁହନ୍ତି ଯେ, ଦଶ ଲକ୍ଷରୁ କୋଡ଼ିଏ ଲକ୍ଷ ରୋଜଗାର ନ କରିଛି ତାହେଲେ ମୁଁ ମୋ ବାପାର ପୁଅ ନୁହଁ । ଆଉ କିଛି ପଇସା ହୋଇଗଲେ ଏ ଧନ୍ଦା ଛାଡ଼ି ହଜ୍ କରିବାକୁ ଚାଲିଯିବି ।"

ଦୁବେକୁ ଏକଥା ଜଣେଇବାରୁ ସେ କାନ୍ଧ ହଲେଇ ଦେଇ କହିଲା "ମିଆଁର ଜୋତା... ମିଆଁର ମୁଣ୍ଡ ।"

"ମାନେ ?"

"ମାନେ ଏଇଆ ଯେ, ମୁଁ ହିଁ ଦଲାଲ ଲଗେଇଥିଲି । ଅଜୟ-ବିଜୟଗଡ଼ର ପାହାଡ଼ର ତଳ ଅଞ୍ଚଳରେ ରହୁଥିବା ରାୟ ସାହେବ ଆଉ ଲାଲ ସାହେବଙ୍କ ରିଜର୍ଭ ଫୋର୍ସ । ଏଇମାନଙ୍କୁ ହିଁ ଶିଖେଇଦେଇ ଚାରିଆଡ଼େ ଏ ଖବର ଖେଳେଇଦେବାକୁ ପଠେଇଦେଲି ଯେ, ରତନା ପଟ୍ଟିର ମାଟି ତଳେ ଖାଲି ରତ୍ନ ପଥର ଭରି ରହିଛି । ବୃଜଭାନୁ ସିଂହର ଚେଲାର ନା ହେଲା ସହଜ... ସେ ବାନ୍ଦା, କରବୀଠୁ ନେଇ କଣ୍ଟା ଯାଏଁ ବହୁତ ଜଣଙ୍କୁ ବୋକା ବନେଇ ଫସେଇ ଥିଲା । ତାଆରି କଥା କହୁଛ ନା ।"

ମୁଁ କହିଲି- 'ହଁ' ।

ଦୁବେ ପୁଣି ପୁରୁଣା ଗପ ଆରମ୍ଭ କଲା । "ତୁମେ ହିଁ ମନେ ପକେଇ ଦେଇଥିଲ ଉଦୟରାଜ ପାଣ୍ଡେଙ୍କ ଭଙ୍ଗା ମହଲରେ ଭିକ୍ଟୋରିଆଙ୍କ ରୁପା ଓ ସୁନା ମୋହର ଖୋଜିବା କଥା । ମିଳିଲା କି ? ନାଁ...

ଶେଷରେ ଆମେ ନିଜେ ତିଆରି ଥିବା ଗୁଜବର କାନ୍ଥ ଅର୍ଥାତ୍ ପାଣ୍ଡେଜୀଙ୍କ କାନ୍ଥ ଭୁଶୁଡ଼ି ପଡ଼ିଲା । ଆମମାନଙ୍କ ଭିତରୁ କିଛି ତା ତଳେ ଦବି ହୋଇଯାଇଥିଲେ, ବହୁ କଷ୍ଟରେ ସେମାନଙ୍କୁ ଉଦ୍ଧାର କରାଗଲା । ଆମେ ନିଜେ ବିଛେଇଥିବା ଜାଲରେ

ନିଜେ ଯେମିତି ଫସି ନ ଯିବା...। ହଉ ଛାଡ଼, ହେଲା ତ ସେଇଆ... କିନ୍ତୁ ଟିକେ ଡେରିରେ।"

ଢାବାର କକ୍‌ଟେଲ ନିଜର ଗୁଣ ଦେଖାଇବା ଆରମ୍ଭ କରିଦେଇଥିଲା ବୋଧେ। ପାଦ ଟଳମଳ, କଥା ଅସ୍ପଷ୍ଟ। ଶୂନ୍ୟରେ ଉଡ଼ିବା ପରି ଲାଗୁଥିଲା।

"ବ୍ୟାକ୍ ଟୁ ପାଭିଲିଅନ... ଆସ ଏବେ ଫେରିଯିବା ସେଇ ସବର୍ଣ୍ଣମାନଙ୍କ ଦଳକୁ।" ଦୁବେ କହିଲା "ରାୟ ସାହେବଙ୍କୁ ମୁଁ ବୁଝେଇ ଦେଇଛି, ଏମାନଙ୍କଠାରୁ କିଛି ବି ମିଳିବନି।"

"ଆଉ ମୁଁ? ମୋର କ'ଣ ହେବ?"

"ଲାଲ ସାହେବ ମଧ୍ୟ ଫେରି ଆସୁଛନ୍ତି, ତୁମେ କ'ଣ ଏକା ରହି ମଶା ମାରିବ?"

"କିନ୍ତୁ ଏସବୁ ହେଲା କେମିତି?"

"ସେ ଏପର୍ଯ୍ୟନ୍ତ 'ନାଁ' କହି ନାହାନ୍ତି।"

"ଆମେ ତେବେ କ'ଣ କରିବା?"

"ଖାଲି ଗାଈ ଲାଞ୍ଜକୁ ଧରି ରହିବା କଥା। ଜାଣ, ଆମେ ଯେଉଁଠି ବି ରହିବା ଗାଈ ଲାଞ୍ଜ ହିଁ ନିର୍ବାଚନୀ ବୈତରଣୀ ପାର କରେଇବ। ଏଇ କଥାରେ ସବୁ ଦଳ ଏକମତ।"

ଦେଖ, କଥା ହେଉ ହେଉ ଆମେ ଆସି କୋଉଠି ପହଞ୍ଚିଗଲୁଣି। ମୁଁ ଆଖି ମଳିଲି, ଯେ ମୁଁ କ'ଣ ଦେଖୁଛି- ଖାଲି ଯେମିତି ଜୁଳୁଜୁଳିଆ ପୋକ। ଆଖିକୁ ବିଶ୍ୱାସ କରି ପାରିଲିନି, କେତେ ସୁନ୍ଦର ଏଥର ମକା ଚାଷ ହୋଇଥିଲା। ଆଶାତୀତ ଭାବେ...। ତା ଭିତରକୁ ଚାଲିଗଲେ ସୁନ୍ଦର ମିଠା ବାସ୍ନାରେ ମନ ଭରିଯାଉଥିଲା। ଆଉ ଏବେ ଏ ଅବସ୍ଥା।

ହଜାର ହଜାର ଜୁଳୁଜୁଳିଆ ପୋକ! ଏମାନେ ସବୁ ମରିଯାଇଥିବା ଲୋକଙ୍କ ଆତ୍ମା ନୁହନ୍ତି ତ!

ନା... ଏହା ସତୀମାତାଙ୍କ ପ୍ରକୋପ! ଏମିତି କାହିଁକି ଦେଖାଗଲା! ମାନୁଛି, ଆମେ ଦୁହେଁ ବାଟରେ ଢାବାରେ ମଦ ପିଇଥିଲୁ, କିନ୍ତୁ ମଦ ତ ଆଗରୁ ବି ପିଇଛୁ, କିନ୍ତୁ କାହିଁ କେବେ ବି ତ ଏମିତି ଦେଖିନୁ! କ'ଣ ମଦଟା ଭେଜାଲ ଥିଲା କି?

ମୁଁ ମୁଣ୍ଡ ଝାଡ଼ି ହେଲି। ପଚାଶ ସରିକି ଗାଈ, ବାଛୁରୀ ଆଉ ଷଣ୍ଢ ଚରଚର୍ କରି ଫସଲ ଖାଇ ଯାଉଥିଲେ। ଶହଶହ ଦପ୍‌ଦପ୍ ଜଳୁଥିବା ଆଖି, କଳାକଳା ନାକ ଥୋଡ଼ି ଆଉ ଶିଙ୍ଗ ମୋତେ ସେମିତି ଡରାଉଥିଲେ। ମୋଟରସାଇକେଲର ହେଡ୍‌ଲାଇଟ୍‌କୁ

ଥରୁଟେ ନଦୀର ଆରପାଖକୁ ପକାଇ ଦେଖିଲି, ସେଠି ମଧ୍ୟ ଏଇ ସମାନ ଦୃଶ୍ୟ। ମୋ ଦେହରେ ଯେମିତି ଠୋପେ ରକ୍ତ ନାହିଁ। ନଦୀ କୂଳରେ ଦଳେ ଲୋକ ଲାଠି ଧରି ଠିଆ ହୋଇଥିଲେ। ମୁଁ ଗାଳି କଲି- "ଫସଲ ଖୁଆଉଛ ?"

"ନାଇଁ, ଆଜ୍ଞା !"

"ତା ହେଲେ ଘଉଡ଼ାଉନ କାହିଁକି ?"

"ଆଦେଶ ନାହିଁ।"

"ତା ହେଲେ ଲାଠି ଧରି କାହିଁକି ଠିଆ ହୋଇଛ ?"

"ଗାଈ ଗୋରୁମାନେ ନଦୀରେ କାଳେ ପଡ଼ିଯିବେ, ସେଥିପାଇଁ।" ଅର୍ଥାତ୍ ଏମାନଙ୍କୁ ଏଠୁ ଘଉଡ଼ାଇବା ପାଇଁ ନୁହଁ ଏମାନଙ୍କ ସୁରକ୍ଷା ପାଇଁ। ବିରକ୍ତ ହୋଇ ପ୍ରଥମେ ଲାଲ ସାହେବଙ୍କ ପାଖକୁ ଗଲି, ତା ପରେ ରାୟସାହେବଙ୍କ ପାଖକୁ। ନା ଇଏ କିଛି କହିଲେ ନା ସେ...। କେବଳ ଅରୁଣାଚଳମ୍ ଠିଆ ହୋଇଥିଲେ। ପଚାରିଲି "ଏସବୁ କ'ଣ ?" କହିଲେ- "ଗୋ ସେବା। ଏମାନଙ୍କୁ ଅଡ଼େଇବେନି, ମାରିବେନି, ଚରିବାକୁ ଦେବେ।" ମୁଁ ଚିନ୍ତାରେ ପଡ଼ିଗଲି। ଦୁବେ ତ ଏଠୁ ଯାଉ ଯାଉ ହିଁ ବିଛଣାରେ ପଡ଼ି ଯାଇଥିଲା। ସେ 'ପୁଷ୍ କି ରାତ୍'ର ହଲ୍‌କୁ ହୋଇଗଲା- 'ଚରିବାକୁ ଦିଅ।'

ସକାଳ ସୁଦ୍ଧା ପୂରା କଣ୍ଟାର ଯେତକ ଗାଈଗୋରୁ ଚରି ଯାଇଥିଲେ ମୋର ସମଗ୍ର ଝାଳବୁହା ଫସଲ ଉପରେ। ଖବରକାଗଜରେ ଚିତ୍ର ସହ ଖବର ବାହାରିଥିଲା- ଏପରି ଗୋ ସେବା ଆଜିଯାଏ କେହି କେବେ କରି ନ ଥିବେ।

ଅବଧୁର କଥା ମୋ କାନରେ ଏଯାଏଁ ବାଜୁଥିଲା- ସକାଳୁ ଗାଈମାନଙ୍କୁ ସ୍ନାନ କରାଅ, ତା'ପରେ ଧୂପ ପୁଷ୍ପ ଗନ୍ଧ ଗୋ ଖାଦ୍ୟ ଆଦିରେ ପୂଜା କରି ପରିକ୍ରମା କରାଅ। ଦୁବେ ବିରକ୍ତ ହୋଇ କହିଲା- "ଏସବୁ ଏ ଅବଧୁ କହିଥିଲା ନା ?" ମୁଁ କହିଲି- "ଶାସ୍ତ୍ରରେ ଲେଖା ହୋଇଛି ନିଜର ସୁସ୍ୱାଦୁ ଭୋଜନ ସେମାନଙ୍କୁ ଖୁଆଅ।"

"ଆଉ ସେମାନଙ୍କ ଗୋବର ନିଜେ ଖାଅ ଏବଂ ଗୋମୂତ୍ରରେ ଆଚମନ କର। ସିଧା ଗୋଲକ ବା ବୈକୁଣ୍ଠକୁ ଚାଲିଯିବ।"

ଦୁବେର ନିଶା ଏଯାଏଁ ଉତୁରି ନ ଥିଲା।

ଟିକେଟ ମିଳିବା ପାଖାପାଖି ଥୟ ଥିଲା। ଏତେ ପ୍ରକାର ଉପାୟ କରିବା ପରେ ଟିକେଟ୍ କେମିତି ମିଳି ନ ଥାନ୍ତା ! ଆମ ଗୋ-ସେବାରେ ସମସ୍ତେ ଖୁସି ଥିଲେ। ଲାଲ ସାହେବ ମଧ୍ୟ କଲେ। ଏହି ଗୋ ସେବାରେ ଜଣେ ଷଣ୍ଢ ମହାଶୟ ବିଘ୍ନ ସୃଷ୍ଟି କରିଦେଲେ। କୌଣସି ଜଣେ ଗୋମାତା ସହ ସ୍ୱାଧୀନ ଭାବେ ଆହାର ବିହାର କରୁଥିବା

ବେଳେ କୁଆଁରୀରେ ଯାଇ ପଶିଗଲେ। ପ୍ରେମ ଅନ୍ଧ ହୋଇଥାଏ। ଗୋ ମାତା ତ ସ୍ୱର୍ଗାରୋହଣ କଲେ ଆଉ ଷଣ୍ଢ ମହାଶୟ ଗୋବର ପଙ୍କର ପଡ଼ି ନିଜ ପାଳି ଆସିବା ଯାଏଁ ଅପେକ୍ଷା କରି ରହିଲେ। ଏସବୁ ଘଟଣା ପାଇଁ ଅରୁଣାଚଳମ୍ ଦୁବେକୁ ଦୋଷ ଦେଲା ଆଉ ଦୁବେ ଅରୁଣାଚଳମ୍‌କୁ। ଦୁଇଟି ଗୁଡ଼ି ଯେପରି ପରସ୍ପର ସହ ଛନ୍ଦି ହୋଇଯାଇଥିଲେ, କେଜାଣି କାହା ସୂତା ନଟେଇରୁ କଟିବ। ଆଉ ଏପଟେ ମୋର ସବୁ ପ୍ରଚେଷ୍ଟା ଉପରେ ଗୋବଂଶ ଚରି ଯାଇଥିଲେ। ଦୁବେ ହସିଦେଇ କହିଲା-

"କୋଇ ସାଗର ଦିଲ କୋ
ବହଲାତା ନେହିଁ
ଜିନ୍ଦେଗୀ କେ ଆଇନେ କୋ
ତୋଡ଼ ଦୋ,
ଇସ୍ ମେଁ ଅବ୍ କୁଛ ଭି
ନଜର ଆତା ନେହିଁ!"

ସବୁ କିଛି ଶୂନ୍ୟ... ଫାଙ୍କା।

॥ ୯ ॥

ଭୁତ ନାଳର ପଠାଠୁ ଏକାନ୍ତ ସ୍ଥାନ ଆଉ କିଛି ନାହିଁ। ଏଇଟା ରାଣୀଙ୍କ ହାତୀ ଜୟନ୍ତର ସମାଧି। ଏଇଠି ବସିବା ମାତ୍ରେ ହିଁ ମୁଁ ମାଟିର ମଣିଷ ହୋଇ ଯାଉଥିଲି ଅନ୍ୟପକ୍ଷରେ ଘୋଡ଼ାରେ ବସିବା ମାତ୍ରେ ମୋ ମନ ଆକାଶରେ ଉଡ଼ିବା ପରି ଲାଗୁଥିଲା। ଦୁବେ ଘଣ୍ଟାଏ ପରେ ଆସିଲା ନା ଗୋଟେ ଯୁଗ ପରେ କେଜାଣି! ବିରକ୍ତ ଦେଖାଯାଉଥିଲା। ମୁଁ ମୋ ପାଖରେ ବସିବାକୁ ଜାଗା କରିଦେଇ ପଚାରିଲି-

"କୁହ ଗୁରୁ! ଶାନ୍ତିରେ ଅଛ ତ?"

"ଶାନ୍ତି ଗଲା ଚୁଲୀକି...!"

ମୁଁ ଅନ୍ଧାର ଭିତରେ ତା ମୁହଁ ପଢ଼ିବାକୁ ଚେଷ୍ଟା କରୁଥିଲି। ଭାବିଲି... ସେ ନିଜେ ହିଁ ଏବେ ଗପିଯିବ। ସେ ଆରମ୍ଭ କଲା "ଏଇ ଥରକୁ ଲଗାଇ ଛ'ଥର ହେଲା ସେ ପାର୍ଟି ଅଫିସ୍‌ରୁ ଧକ୍କା ଖାଇ ଆସୁଛି।"

"ଅର୍ଥାତ୍, ଏଥର ମଧ୍ୟ କୌଣସି ପକ୍କା ଆଶା ନାହିଁ।"

"ନାଁ, କିଛି ଉପାୟ ଜାଣିଛ ଯଦି କୁହ।"

"ମୁଁ ପୁଣି ତୁମକୁ ବତେଇବି?"

"ଭାଇ... ବେଶୀ ଭାଉ ଦେଖାନା... ମୁଁ ଜାଣିଛି, ତୁମେ ନିଜେ ବି ଲାଲ ସାହେବ ପାଇଁ ଏଇ ଛକା-ପଞ୍ଝା ଖେଳୁଛ।"

"ସେ ସବୁ ଜ୍ଞାନ ତ ମୁଁ ତୁମଠୁ ଶିଖିଛି, ମାନେ ଯୋଉ ଧୂର୍ତ୍ତଠାରୁ କାମ ହାସଲ କରିବାର ଅଛି ତା ଯାଏଁ ପହଞ୍ଚିବାର ବାଟ ଆଗ ଖୋଜ। ତାକୁ ଖୁସି କରିବାକୁ ଆଗ ତା ଦୁର୍ବଳତାକୁ ଚିହ୍ନ। ତା ଦୁର୍ବଳତା କୋଉଠି... ପଇସା, ନାରୀ ନା ଖୋସାମତି ?"

"ସେତେ ଟଙ୍କା ମୁଁ କୋଉଠୁ ଆଣିବି ? ସେମାନଙ୍କ ପେଟ ଗାଡ଼ ନୁହଁ ଗଡ଼ିଆ... ଆଉ ଖୋସାମତ ତ ସବୁଦିନ କରୁଛି, ଆଉ ବାକି ରହିଲା ନାରୀ... ମହାଶୟଙ୍କୁ ମର୍ଲିନ୍ ମୁନ୍‌ରୋ ଦରକାର। ତୁମେ ତ ଜାଣିଥିବ, ମୁନରୋ ତ ଥିଲା ୱାନ୍ ପିସ୍। ରାୟ ସାହେବଙ୍କୁ ଯଦି ମିଳିଯାଆନ୍ତା... ସେ ନିଜେ ରଖନ୍ତେନି କି। ଆଲ୍‌ହା ଉଦଲଙ୍କ ସବୁ ଲଢ଼େଇ ତ ଅହଂ ଆଉ ନାରୀକୁ ନେଇ ହିଁ ଆରମ୍ଭ ହୋଇଥିଲା। - ଯେଉଁଠି ସୁନ୍ଦରୀ ଝିଅ ଦେଖିଲେ, ସେଇଠି ଉଠିଲା ହତିଆର। ତୁମେ ମହୋବାର ସେ ରୂପ ଦେଖିନ। ଏଠି ଗଧଟେ ମଧ୍ୟ କାମାର୍ତ୍ତ ହୋଇଗଲେ ବିଚାର ହରେଇ ବସେ।"

"ତା ହେଲେ ଏହାର ଓଲଟା କର, ରାୟ ସାହେବଙ୍କୁ ହିଁ ରାଜି କରାଅ।"

"ଟିକେଟ୍‌କୁ ଛାଡ଼ିଦେଲେ ଆଉ କୌଣସି କଥା ତାଙ୍କୁ ଖୁସି ଦେଇ ପାରିବନି। ଆଉ ତାଙ୍କୁ ଯଦି ଟିକେଟ୍ ନ ମିଳିଲା, ତେବେ ଆମ ଟିକେଟ୍ କଟାହେଲା ବୋଲି ଜାଣ।"

"କୋଉଠୁ ବି ମିଳିଯାଉ ?"

"ହଁ, ଯେଉଁଠୁ ହେଲେ ବି...।"

"ସେଇଟା ତ ମିଳିବା ପରି ଲାଗୁନି, ବିଶେଷ କରି ଏ ଗୋ'ହତ୍ୟା ପରଠୁ, ସେ ଶଳା ଦକ୍ଷିଣୀ ବ୍ରାହ୍ମଣ ଅରୁଣାଚଳମ୍ ତୋ ଟିକେଟ୍ କାଟିବାକୁ ଆଗରୁ ହିଁ ପ୍ରସ୍ତୁତ ହୋଇ ବସିଛି।" ଦୁବେ ମୁଣ୍ଡରେ ହାତ ଦେଇ ବସିଥାଏ। ମୁଁ ଖାଲି ବକି ଚାଲିଥାଏ। ସେ କିଛି ବି ଶୁଣୁ ନ ଥାଏ। ମୁଁ ଶେଷରେ କହିଲି 'କଥାକୁ ବୁଝ, ତାଙ୍କୁ ପାୱାର ଦରକାର, ଟିକେଟ ତ କେବଳ ଏକ ମାଧ୍ୟମ।"

"ତା ହେଲେ ?"

"ଏବେ ଗୋଟେ ନୂଆ ମନ୍ତ୍ର ପଢ଼ିବାକୁ ହେବ।"

"ମନ୍ତ୍ର ?"

"ଆରେ, ମୁଁ ବ୍ରାହ୍ମଣ... ଯେତେବେଳେ ଇଚ୍ଛା ସେତେବେଳେ ମନ୍ତ୍ର କରିପାରିବି। ଶୋଇବା ବେଳେ ହେଉ କି, ବସିବା ଉଠିବା କାଶିବା କି ଛିଙ୍କିବା ବେଳେ ହେଉ।"

"କି ମନ୍ତ୍ର ?"

ଦୁବେ ରହସ୍ୟମୟ ଢଙ୍ଗରେ କହବାକୁ ଲାଗିଲା, ସତେ ଯେପରି ସତକୁ ସତ

କୌଣସି ମନ୍ତ୍ର ପଢୁଛି "ପାର୍ଟିଗୁଡ଼ିକ ପଛରେ କୁକୁର ପରି ଧାଇଁ ଧାଇଁ କ'ଣ ମିଳିଯିବ ? ଯାହା ପାଖରେ ଟଙ୍କା ଅଛି, ଦେଶଟା ତା'ରି ପକେଟ୍‌ରେ, ଆଇନକାନୁନ ସବୁ ତା ପକେଟ୍‌ରେ। ସିଏ ହିଁ ପାର୍ଟିଗୁଡ଼ିକୁ ଆଙ୍ଗୁଠି ଆଗରେ ବସଉଠ କରାଏ। ପାର୍ଟି ବଦଳିଯାଏ, କିନ୍ତୁ ସେ ବଦଳେନି, ପାର୍ଟିର ମୃତ୍ୟୁ ଅଛି କିନ୍ତୁ ତା'ରି ନାହିଁ।" ଅର୍ଥାତ୍ ବୁଲିବୁଲି ଆମେ ପୁଣି ଆସି ସେଇଠି ହିଁ ପହଞ୍ଚି ଗଲୁ। ରତ୍ନର ଖଣି ରତନାପଛିରେ ଠିଆ ହୋଇ ଆମେ ଅର୍ଥର ସନ୍ଧାନରେ ଥିଲୁ।

ଏସବୁ ଭିତରେ ଦିନେ ରାୟ ସାହେବଙ୍କ ଡକରା ଆସିଲା ଆମ ଦୁହିଁଙ୍କୁ ହାଜର ହେବାକୁ। ତୁରନ୍ତ... ଏଇ ମୁହୂର୍ତ୍ତରେ। ଆମେ ଦୁହେଁ ହାତ ଗୋଡ଼ ଟେକି ଧାଇଁଲୁ।

॥ ୧୦ ॥

କାହାଣୀଟି ଆମେ ଆସିବା ପୂର୍ବରୁ ହିଁ ଆରମ୍ଭ ହୋଇ ସାରିଥିଲା। କେଇ ସପ୍ତାହ ପୂର୍ବରୁ ବା ହୁଏତ କିଛି ଯୁଗ ପୂର୍ବରୁ... ଏବେ ପାଇଁ ଆମ ଡକରାର ପୃଷ୍ଠଭୂମି ଟିକେଟ୍ ହିଁ ଥିଲା କିନ୍ତୁ ବଜ୍ର ଆମ ଉପରେ ପଡ଼ିବାର ଥିଲା।

ଘଟଣାଟି ଏମିତି ଯେ ଟିକେଟ୍ ପାଇଁ କୋଟିଏ ଟଙ୍କା ଯୋଗାଡ଼ କରିବାକୁ ଯାଇ ଦୁବେ ଓ ମୁଁ ନିଜେ ମଧ୍ୟ କଣ୍ଟା ତାଲର ପାର୍ଶ୍ୱବର୍ତ୍ତୀ ପଶୁପତପୁରର କିଛି ଜମି ମଧ୍ୟ ଲିଜ୍‌ରେ ଦେଇ ଦେଇଥିଲୁ। ଜମି ନେଇଥିବା ଲୋକଙ୍କ ମଧ୍ୟରେ ଜଗତ ପ୍ରଜାପତି ନାମକ ଲୋକଟେ ଥିଲା। ଦୁବେ ଜାଣିଶୁଣି ଅନାବାଦୀ ପଡ଼ିଆ ଜମିକୁ ଲିଜ୍‌ରେ ବିକ୍ରି କରି ଦେଇଥିଲା, ଯେପରି ଇଷ୍ଟେଟ୍‌କୁ ବହୁତ କମ୍ କ୍ଷତି ସହିବାକୁ ପଡ଼ିବ। ଏବେ ଜଗତ ଯେତେବେଳେ ଜମି ଖୋଳିବା ଆରମ୍ଭ କଲା କୋଦାଳ ଖାଲି ଖର୍ ଖର୍ ଶବ୍ଦ କଲା। ଗୋଡ଼ି ପଥରରେ ଭର୍ତ୍ତି ସେ ମାଟିରେ କି କୁମ୍ଭାର କାମ ସେ କରିବ ! ସେଥିରେ ପୁଣି ଆଗତୁରା ଟଙ୍କା ଲଗେଇ ଦେଇଛି। ଦୁଇଆଡୁ କ୍ଷତି। କପାଳରେ ହାତ ଦେଇ ବସିଗଲା। ସେତିକିବେଳେ ଖୋଳିଥିବା ମାଟି ଭିତରୁ କିଛି ଗୋଟାଏ ଝଲସି ଉଠିଲା। ଉତ୍ସୁକତା ବଶତଃ ତାକୁ ବାହାର କରି ଆଣିଲା। ଏକ ମଧ୍ୟମ ଆକାରର ଆଳୁ ପରି ଦିଶୁଥିବା ସେ ସିଲିକା ପଥର ଢେଲାଟିକୁ ସେ କଣ୍ଟା ତାଲରେ ଥୋଇ ଦେଖିବାକୁ ଲାଗିଲା। ମୁଣ୍ଡକୁ କିଛି ନ ଜୁଟିବାରୁ। ମହାଦେବ ବୋଲି ଭାବି ଦୁଆର ଆଗରେ ଥିବା ଅଶ୍ୱତ୍ଥ ଗଛ ମୂଳରେ ରଖିଦେଲା। ସକାଳୁ ସ୍ନାନ ସାରି ସେଥିରେ ପାଣି ଦେବା ତ ପରିବାରର ପ୍ରତ୍ୟେକ ସଦସ୍ୟଙ୍କ ଏକ ଅଭ୍ୟାସ ହୋଇଗଲା।

ଇତି ମଧ୍ୟରେ ଆହ୍ଲାବାଦରେ ପଢୁଥିବା ଜଗତର ବଡ଼ପୁଅ ଶଙ୍କର ଘରକୁ

ଆସିଲା ଏବଂ ସ୍ନାନ ସାରି ମାଆ କହିବା ଅନୁସାରେ ସେ ମଧ୍ୟ ଏହି ନୂତନ ମହାଦେବଙ୍କ ଜଳାଭିଷେକ କରିବାକୁ ଗଲା। ସେଇଠି ଦେଖି ତା ଆଖି ବଡ଼ ବଡ଼ ହୋଇଗଲା। ସେ ମହାଦେବଙ୍କୁ ହାତରେ ନେଇ ଧରିଲା ଏବଂ ତନ୍ନତନ୍ନ କରି ଦେଖିବାକୁ ଲାଗିଲା। ବାପାଙ୍କୁ ପଚାରିବାରୁ ଜଗତ ସବୁ କଥା ଶୁଣାଇଲା। ତା ପରଦିନ ବାପ ପୁଅ ଉଭୟେ ନିଜ ମହାଦେବଙ୍କ ସହର ଚାଲିଗଲେ - ବଣିଆ ପାଖକୁ।

ଗ୍ରୀଲ୍ ପଛରେ ବସି ନିଜର ମୂଲ୍ୟବାନ ଜିନିଷପତ୍ର ଗହଣରେ ବସିଥିବା ବଣିଆ ଲକ୍ଷ୍ମୀ ପ୍ରସାଦ ମହାଦେବଙ୍କୁ ହାତରେ ଧରି ଦେଖିଲା ଓ ତା'ପରେ ବାପପୁଅକୁ ପଚାରିଲା, "ଏ ପଥର ତୁମକୁ କୋଉଠୁ ମିଳିଲା ?"

"ମୋ କ୍ଷେତରେ ମାଟି ଖୋଳୁଥିବା ବେଳେ, କିନ୍ତୁ ଏଇଟା କ'ଣ ?"

ବଣିଆଟି ପଥରଟିକୁ ନିସ୍ପୃହ ଭାବେ ରଖିଦେଇ କହିଲା- "କିଛି ନାଇଁ, ପଥରଟିଏ।" ଶଙ୍କର ଝରକା ସେପାଖରୁ ହାତ ବଢ଼ାଇ ମହାଦେବଙ୍କୁ ଛଡ଼େଇ ନେଇଗଲା। "ଆରେ ଆରେ, ତୁ ହାତ କାହିଁକି ପୁରେଇଲୁ ?" ବଣିଆଟି ପାଟି କରି ଉଠିଲା।

"ମୋ ଜିନିଷ ନେବାକୁ।" ମହାଦେବଙ୍କୁ ନେଇ ଶଙ୍କର ଯିବାକୁ ବାହାରିବା ମାତ୍ରେ ବଣିଆ ତା ପଛରେ ଆସି ହାଜର।

"ରୁହ, ମୁଁ ପୁଲିସ ଡାକୁଛି।" ସେମାନେ ଅଟକିଲେନି।

ପୁଣି ସେ ପାଟିକଲା "ଆରେ, ଶୁଣ।"

ଆଗରେ ପୁଅ, ତା ପଛରେ କିଛି ବୁଝି ନ ପାରି ଘୋଷାରି ହୋଇ ଯାଉଥିବା ବାପ ଏବଂ ସେମାନଙ୍କ ପଛରେ ବଣିଆ।

"ଏ ପଥର ପାଇଁ ଦୁଇ ହଜାର ଦେବି, ଆଣ ମୋତେ ଦିଅ।"

ଦୁଇ ହଜାର ଶୁଣିବା ମାତ୍ରେ ଜଗତର ମନ ଖୁସି ହୋଇଗଲା, କିନ୍ତୁ ଶଙ୍କର ଆଗକୁ ମାଡ଼ି ଚାଲିଥାଏ କହିଲା "ବଣିଆ ମହାଶୟ, ଆମକୁ ତ ବିକ୍ରି କରିବାର ନାହିଁ, ଆମେ ତ କେବଳ ଏଇଟା କ'ଣ ବୋଲି ଦେଖାଇବାକୁ ଆସିଥିଲୁ।"

"ହଉ ଆଣ, ଆଉ ଥରେ ଭଲଭାବରେ ଦେଖିଲେ ଯାଇ କହିହେବ କ'ଣ ବୋଲି।" ସେ ନେବାକୁ ହାତ ବଢ଼େଇଲା।

"କ'ଣ ନ ଦେଖି ଏମିତି ହିଁ ଆପଣ ଯା ପାଇଁ ଦୁଇହଜାର ଦେବାକୁ କହିଦେଲେ ?"

"ହଉ ତେବେ, ଚାରିହଜାର ନିଅ।"

"...."

"ନ ହେଲେ ପାଞ୍ଚ ହଜାର।" ଶଙ୍କରର ସନ୍ଦେହ ବଢ଼ିଗଲା।

"ଆଚ୍ଛା ତା ହେଲେ, ଦଶ ହଜାର।" ବଣିଆଟି ଚାପା ସ୍ୱରରେ କହିଲା। କିନ୍ତୁ ଶଙ୍କର ତଥାପି ରହିଲାନି।

ଜଗତ ପୁଅ ପଛେ ପଛେ ଧପାଲି ଥାଏ। ତା ହାତର କଥା ହୋଇଥିଲେ ଦଶ ହଜାର ନେଇ ଦେଇ ଦେଇଥାନ୍ତା। ତା' ପୁଅର ବୁଦ୍ଧିଭ୍ରଷ୍ଟ ହୋଇଯାଇଛି ନା କ'ଣ! ଧୀରେ ଧୀରେ ଲୋକମାନେ ଏକାଠି ହେବାରେ ଲାଗିଥିଲେ।

ଶଙ୍କର ଦୁଇ ପଦରେ କଥା ଛିଡ଼େଇ ଦେଲା- "କ୍ଷମା କରନ୍ତୁ। ଆମେ ବିକ୍ରି କରିବା ଉଦ୍ଦେଶ୍ୟରେ ଆସି ନ ଥିଲୁ। ଇଏ ତ ଆମ ଦେବତା।"

"ଆରେ! ଶୁଣନ୍ତୁ ତ ପ୍ରଜାପତି ମହାଶୟ।" ହେଲେ ପ୍ରଜାପତି ବାବୁ କୋଉ ଶୁଣିବା ଲୋକ!

ଲୋକଙ୍କ ଭିତରେ ଚାପା ଗୁଞ୍ଜରଣ!

"କ'ଣ ହେଲା? କିଏ ଯେ?"

"ଆପଣ କେମିତିକା ବଣିଆ? ଲୋକର ପରଖ ଥାଉ କି ନ ଥାଉ, ପଥର ତ ଚିହ୍ନିପାରିବା କଥା। ଟୋକାକୁ ଯିବାକୁ ଦେଲେ କାହିଁକି?"

"ଏବେ ଆଉ କ'ଣ କହିବି!"

"କ'ଣ ଥିଲା ସେଇଟା?"

"ପୂରା ଗ୍ୟାରେଣ୍ଟି ଦେଇ ତ କହିପାରିବିନି, କିନ୍ତୁ ସେଇଟା ହୀରା ପରି ଲାଗୁଥିଲା- ଗୋଲାପୀ ହୀରା।"

"କ'ଣ!"

"ତାକୁ କେଉଁଠୁ ମିଳିଥିଲା?"

"କଣ୍ଢା ନଦୀ ପାଖ ଜମିରୁ।"

"ତା ହେଲେ ତ ହୀରା ହିଁ ହୋଇଥିବ।"

ଆଉ ଜଣେ କଥାରେ ତାଳ ଦେଲା "ବହୁତ ବର୍ଷ ଆଗରୁ ଏଇଭଳି ଗୋଟେ ସେଇଠି ମିଳିଥିଲା, ପିଲାଟେ ପଥର ବୋଲି ଭାବି ଜାମୁକୋଳି ଝଡ଼ାଉଥିଲା। ତା ବାପା ଦେଖି ପୁଅ ହାତରୁ ନେଇଗଲା।"

"ତା'ପରେ?"

"ତା ପରେ ଆଉ କ'ଣ! ପାଞ୍ଚ ଶ' କୋଟିରେ ବିକ୍ରି କଲା। ଖୁଜରାହୋରେ ସେ ଗୋଟେ ବିରାଟ ଆଲିଶାନ୍ ହୋଟେଲ ତିଆରି କଲା... ଏହା ଦେଖି କିଛି ଲୋକଙ୍କ ଲୋଭ ବଢ଼ିଗଲା।"

"ଆରେ , ସବୁ ଜାତିର ଲୋକେ ଏଇଆ କୁହନ୍ତି ଯେ ପନ୍ନାଠୁ ନେଇ ବାନ୍ଦା ଏବଂ ବାନ୍ଦାଠୁ ଏଯାଏଁ... ଲୋକମାନେ ଜମି ଲିଜ୍ ନେଇ ହୀରା-ରତ୍ନ ପଥର ଖୋଜିବାରେ ଲାଗି ରୁହନ୍ତି। କଲିଞ୍ଜର ପାହାଡ଼ର ତଳ ଆଡ଼କୁ ଥିବା ଜମି ଲିଜ୍‌ରେ ଦିଆଯାଇଛି, କିନ୍ତୁ ସମସ୍ତଙ୍କୁ ରତ୍ନ ମିଳେନି।"

"ଭାଗ୍ୟବାନ୍ ଲୋକଙ୍କୁ ହିଁ ମଳିଥାଏ।"

"ଆରେ, ସୌଭାଗ୍ୟ ତ ଯାଙ୍କ ଦୁଆର ପାଖରୁ ଆସି ଫେରିଗଲା।"

ଲୋକମାନେ ବଣିଆ ଲକ୍ଷ୍ମୀ ପ୍ରସାଦକୁ ଯାହା ମନକୁ ଆସିଲା କହିବାକୁ ଲାଗିଲେ।

ତା ହେଲେ ଏଇଟା ହେଲା ସେଇ ରତ୍ନ ଯାହାକୁ ଯାହାକୁ ପାଇବା ପାଇଁ କେଜାଣି କ'ଣ ସବୁ କରିବାକୁ ନ ପଡ଼ିଲା! ହେଲେ ମିଳିଲା ଯଦି... କାହାକୁ ଓ କେଉଁ ରୂପରେ! କଣ୍ଢାର ମାଟି ଏବେ ରୂପ ବଦଳାଉଥିଲା। ତାହା ଏବେ ରାତାରାତି ପୁଣି ଅମୂଲ୍ୟ ହୋଇଯାଇଥିଲା।

ଧୀରେଧୀରେ କଥାଟି ଚାରିଆଡ଼େ ବ୍ୟାପିଗଲା। ସନ୍ଧାନ ନେଇ ଆସ୍ତେ ଆସ୍ତେ ସମସ୍ତେ ଜାଣିଗଲେ। ସମ୍ବାଦପତ୍ର ବାଲା, ପୁଲିସବାଲା, ବିଜୟଗଡ଼ ଦାସୀ ଓ ଅଜୟଗଡ଼ ବାସୀ... ସମସ୍ତେ।

ତେବେ ଯାଇ ଦିୱାନ୍-ଏ-ଖାସ୍‌ରେ ମୋତେ ଏବଂ ଦୁବେଙ୍କୁ ହାଜର ହେବାର ଡକରା ଆସିଲା। ଦୁଇଜଣ କନେଷ୍ଟବଲ ବାହାରେ ଠିଆ ହୋଇଥିଲେ, ହଠାତ୍ କିଛି ବୁଝା ପଡ଼ିଲାନି। ଏବେ ପୁଣି ଆଉ କି ଦୁର୍ଯୋଗ ଆସିବାର ଅଛି! ଯାଇ ଦେଖିଲି ଭିତରେ ରାୟସାହେବଙ୍କ ସହ ଲାଲସାହେବ ମଧ୍ୟ ଥିଲେ। ଅରୁଣାଚଳମ୍ ଏବଂ ଦାରୋଗା ବାବୁ ମଧ୍ୟ। ବାକି ସମସ୍ତେ ଚେୟାର ଉପରେ ବସିଥିଲେ ଏବଂ ଜଣେ ଅଭିଯୋଗକାରୀ ବା ଦୋଷୀ ପରି ଦେଖାଯାଉଥିବା ଶ୍ୟାମଳ ରଙ୍ଗର ପୌଢ଼ ବ୍ୟକ୍ତି ଛିଡ଼ା ହୋଇଥିଲେ।

ଆମ ପାଇଁ ଚେୟାର ଅଣାଯିବା ପରେ ଶୁଣାଣି ଆରମ୍ଭ ହେଲା। ରାୟ ସାହେବ ମୁହଁରୁ ହୁକ୍କା ବାହାର କରି ଆରମ୍ଭ କଲେ "ଯାଙ୍କୁ ଚିହ୍ନିଛ ?"

ମୁଁ କହିଲି- ନା

"ଇଏ ହେଲେ ଜଗତ, ଜଗତ ପ୍ରଜାପତି। ମୋ ଜମିରୁ ଯାଙ୍କୁ ଏକ ହୀରା ମିଳିଲା। ନ୍ୟାୟ ଦୃଷ୍ଟିରୁ ତ ସେ ମୋତେ ଏ ହୀରା ଦେଇଦେବା କଥା, କିନ୍ତୁ ଭୁତ ପରି ମୁଁ ଘୂରି ବୁଲୁଛି, ଆଉ ଇଏ ମୋତେ ଯାଡୁସାଡୁ କହି ଭୁଲାଉଛି।"

"ହଜୁର୍, ମୁଁ ପୁଅର ରାଣ ଖାଇ କହୁଛି ଯେ ମୁଁ ଜାଣିନି ସେଇଟା ହୀରା ଥିଲା କି ଆଉ କ'ଣ ?"

"ଯାହା ବି ହେଉଥାଉ... ମୋର ହିଁ। ମୋତେ ଦିଅ, ତୁମେ ପ୍ରଜା, ପ୍ରଜା ହୋଇ ରୁହ। ପ୍ରଜାପତି ହେବାର ଭୁଲ କରନି।"

"ମୁଁ କେବେ କହିଲି ହଜୁର! ଜମି ତ ମୁଁ ଆପଣଙ୍କ ଠାରୁ କିଣିଥିଲି ଓ ସେଇଠି ମାଟି ଖୋଳିଲା ବେଳେ ମୋତେ ମିଳିଥିଲା।"

ଦାରୋଗା ବାବୁ କଥାରେ ହସ୍ତକ୍ଷେପ କରି କହିଲେ, "ଏ ପ୍ରଜାପତି, ରାୟ ସାହେବ ତୁମକୁ ଜମି ବିକ୍ରି କରିଥିଲେ ନା?"

"ଆଜ୍ଞା ହଜୁର! ଜମି... କିନ୍ତୁ।"

"କିନ୍ତୁ କ'ଣ? ଜମି ବିକି ଥିଲେ, ହୀରା ନୁହଁ। ଏକଥା ତୁମ ରେଜିଷ୍ଟ୍ରି କାଗଜ ପତ୍ରରେ ସ୍ପଷ୍ଟ ଲେଖାଅଛି ତେଣୁ ଆଇନ କହୁଛି, ଜମି ନିଜ ପାଖରେ ରଖ, ହୀରା ତାଙ୍କୁ ଦେଇଦିଅ। ଆଣିଛ ତ?"

"ନାଁ"

"କୋଉଠି ଅଛି?"

"ସେ ହେଲେ ମହାଦେବ, ତାଙ୍କୁ ଆଗରୁ ଯୋଉଠି ରଖିଥିଲି, ସେଇଠି ରଖିଦେଲି।"

"କୋଉଠି?"

"ସେଇ ଅଶ୍ୱତ୍ଥ ତଳେ।"

"ଚାଲ ମୋ ସହ।"

"ଆସୁଛ କି ନାହିଁ!" ଦାରୋଗା ବାବୁ ଉଠିପଡ଼ିଲେ, ତାଙ୍କ ପଛକୁ ରାୟ ସାହେବ ଓ ଲାଲ ସାହେବ। ଆମକୁ ଜିପ୍‌ରେ ବସାଇ ଦିଆଗଲା। ସମସ୍ତେ ବାହାରିଲୁ କଣ୍ଟା ଅଭିମୁଖେ।

ମୁଁ ଦୁବେଙ୍କୁ କହୁଣୀ ମାରି ଇଶାରାରେ ପଚାରିଲି "କ'ଣ ହେଉଛି ଏ ସବୁ?"

ସେ ଚୁପ୍ ରହିଲା।

କଣ୍ଟାର ପଶୁପତପୁରରେ ଛୋଟକାଟିଆ ମେଳା ଲାଗିଗଲା। ଛଅ-ସାତଟି ଘର ଥିବା ଛୋଟିଆ ପଲ୍ଲୀ ଗ୍ରାମଟେ। ଗୋଟିଏ କୁଡ଼ିଆ ଘର ଆଗରେ ଆମ ପଟୁଆର ରହିଲା। ଜଗତ ଜିପ୍‌ରୁ ଓହ୍ଲେଇ ଆଗରେ ଥିବା ଅଶ୍ୱତ୍ଥ ଗଛ ପାଖକୁ ଗଲା ଏବଂ ଇଆଡ଼େ ସିଆଡ଼େ ଦେଖିବାକୁ ଲାଗିଲା। "ଏଇଠି ତ ଥିଲେ ଭଗବାନ! ଗଲେ କୁଆଡ଼େ?" ଘର ଭିତରୁ ପୌଢ଼ା ଜଣେ ବାହାରିଆସିଲେ, ତାଙ୍କୁ ମଧ୍ୟ ପଚାରିଲା, "ଆମ ମହାଦେବଙ୍କୁ ଏଠୁ କିଏ ନେଇଗଲା?"

ସେ ପୌଢ଼ା ଜଣକ ବୋଧହୁଏ ତା ପତ୍ନୀ। ଉତ୍ତର ଦେଲା "ମୋତେ କି

ଜଣା ! ସକାଳୁ ଜଳ ଦେବାକୁ ଯାଇଥିଲି ଯେ ଦେଖିଲି ଖାଲି । ଭାବିଲି ତୁମେ ଆସିଲେ ପଚାରିବି ।"

"ବେଶୀ ଚାଲାକି ଦେଖାନି । ଘରର ତଲାସି ନିଅ ।" ପୁଲିସକୁ ରାୟ ବାହାଦୁର ଆଦେଶ ଦେଲେ ।

ପାଞ୍ଚ ସାତ ମିନିଟ୍ ପରେ ପୁଲିସ ଦଳ ଫେରି ଆସିଲେ "ସାର୍, ଏଠିତ କିଛି ବି ନାହିଁ ।"

"ଟିକିନିଖି ଖୋଜ ଭଲରେ ।" ପୁଲିସ ପୁଣିଥରେ ସାରା ଘର ଖୋଜାଖୋଜି କରିବାରେ ଲାଗିଗଲେ ।

ଜଣଜଣ କରି ସେ ଗାଁର ଅନ୍ୟ ଲୋକମାନେ ମଧ୍ୟ ନିଜ ନିଜ ଘରୁ ବାହାରି ଆସିଲେ । ସମସ୍ତଙ୍କୁ ପଚରାଉଚୁରା ଆରମ୍ଭ ହୋଇଗଲା ।

"କେହି ବି ଭିତରକୁ ଯାଇ ପାରିବେନି । ସବୁ ଘରର ତଲାସି ନିଆଯିବ ।" ଦାରୋଗା ବାବୁ ଘୋଷଣା କଲେ । ଫୋନ୍ କରି ସେ ଆହୁରି ପୁଲିସ ଫୋର୍ସ ଡକାଇଲେ । ଅଶ୍ୱତ୍ଥ ଗଛ ତଳେ ଜଗତ ଖଟିଆଟେ ପକାଇଦେଲା । ସେଥିରେ ରାୟ ସାହେବ ଓ ଲାଲ ସାହେବ ବସିଲେ । ବାକି ଆମେ ସବୁ ଏପଟ ସେପଟ ଟହଲ ମାରିବାକୁ ଲାଗିଲୁ । ଦାରୋଗା ବାବୁ ସ୍ୱୟଂ ସବୁଘରେ ପଶି ତଲାସିର ତଦାରଖ କରିବାକୁ ଲାଗିଲେ । କନ୍ଥା, ଗଦି, ରେଜେଇ, ତକିଆ, ବାକ୍ସ, ଆଲଣା... ଘରର ସବୁଆଡ଼େ କୋଣେ କୋଣେ ଖୋଜାଗଲା ।

"ଧାନ ଚାଉଳ ବସ୍ତାରେ ଦେଖ ।"

ଗହମ ଧାନ ସବୁ ଢାଳି ଦିଆଗଲା, ଅଟା, ଯଅ, ମକା ସବୁ ତଳେ ଅଜାଡ଼ି ଦେଲେ । ଟାଇଲି ଖପରକୁ ବାଡ଼ିରେ ଏପଟ ସେପଟ କରିଦିଆଗଲା, ଚଳରେ ବଡ଼ ବଡ଼ କଣା କରି ଖୋଜାଗଲା । ଘରର ଆଗ ପଛ ବାଡ଼ି, କୂଅ, ବୁଦା... ସବୁ । କାହାନ୍ତି ମହାଦେବ ? କେଉଁଠି ଥିଲେ ତ ମିଳିବେ !

"ଏବେ ?" ଲାଲ ସାହେବଙ୍କ ଆଖିରେ ପ୍ରଶ୍ନ ।

"ସାର୍, ଏବେ ତ କେବଳ ଗୋଟିଏ ହିଁ ରାସ୍ତା ବାକି ଅଛି... କାନ୍ଥ ଆଉ ଘର ତଳ ମାଟି ।"

"ଏବେ ସନ୍ଧ୍ୟା ହେବାକୁ ବସିଲାଣି । ଆଉ ପୁଣି ଲାଇଟ୍ ନାହିଁ । କାନ୍ଥ ଆଉ ମାଟି ଖୋଳାଖୋଳି କାମ କାଲି କଲେ ଭଲ ହେବ ।"

"ତା ହେଲେ ଗୋଟେ କାମ କରିବା, ଜାଗାଟାକୁ ଘେରାଉ କରିଦେବା । ପୁଲିସ କର୍ଡ଼ନିଙ୍ଗ୍ ! ମ୍ୟାନ ଟୁ ମ୍ୟାନ ସର୍ଚ୍ଚ କରି ଚାଲିବେ ଆପଣଙ୍କ ପୁଲିସ ବାହିନୀ ।

କେହି ଯେମିତ ଝାଡ଼ା ପରିସ୍ରା ନ ଯାଆନ୍ତି... ପୁରୁଷ ହେଉ କି ସ୍ତ୍ରୀ! ସକାଳୁ ଘର ଭିତରର କାନ୍ଥ ଓ ମାଟି ଖୋଳିଖୋଳି କରେଇବ।"

ମୁଁ ପଚାରିଲି "ଆଉ ଖିଆପିଆ ?"

"ଏଇ ଗାଁ ଲୋକେ କରିଦେବେ ଆଜ୍ଞା!"

"ବାଃ! କି କଥା! ଯାହା ଘର ସର୍ଚ୍ଚ କରାଯିବ ସେ ହିଁ ଖାଇବାକୁ ଦେବ ?"

ରାୟ ସାହେବ ହସି ପକାଇଲେ "ଛାଡ଼, ସେକଥା ଆପଣଙ୍କ ଉପରେ। କାଲି ନଅଟା ବେଳକୁ ଆମେ ଆସିବୁ।"

ତା ପରଦିନ ସକାଳୁ ଆମେ ସବୁ ଆସି ପଶୁପତିପୁରରେ ପହଞ୍ଚିଗଲୁ। ପଛେ ପଛେ ରାୟ ସାହେବ ଓ ଲାଲ ସାହେବ ବି। ଆମ ଆଗରେ ଧ୍ୱସ୍ତ ବିଧ୍ୱସ୍ତ ସଂସାର ଥିଲା। ଭଙ୍ଗାରୁଜା କାନ୍ଥ ଖୋଳାତଡ଼ା ହୋଇଥିବା ମାଟି। ପୁଲିସମାନଙ୍କ ପହରା ଜାରି ଥିଲା। ସ୍ତ୍ରୀ-ପୁରୁଷ ମେଳା ବାନ୍ଧି ବସିଥିଲେ। ସମସ୍ତେ ଆଶ୍ଚର୍ଯ୍ୟ ଓ ଭୟଭୀତ। ପିଲାଏ ରାହା ଧରି କାନ୍ଦୁଥିଲେ। ପୁଲିସ ଏବେ ବି ଜଣ ଜଣ କରି ସମସ୍ତଙ୍କୁ ପଚରାଉଚୁରା କରୁଥିଲେ। ରାୟସାହେବ ଓ ଲାଲସାହେବଙ୍କୁ ଦେଖି ଆଜ୍ଞାଧୀନ ପରି ଠିଆ ହୋଇଗଲେ। ରାୟସାହେବଙ୍କୁ କାଗଜରେ ଗୁଡ଼ା ହୋଇଥିବା ପାନ ଭେଟି ଦେଲେ।

"ଆଜ୍ଞା, ସବୁକିଛି ଖୋଜି ପକାଇଲୁ। ଘର, ଛପର, କାନ୍ଥ, ଅଗଣା! କେଜାଣି କୋଉଠି ଏ ଶଳାଟି ଗାୟବ କରିଦେଲା।"

"ଆପଣ ଯା'ର ଅହ୍ଲାବାଦରେ ପଢୁଥିବା ପୁଅକୁ ପଚରାଉଚୁରା କଲେ ?"

"ପଚାରିଲୁ... କିନ୍ତୁ।"

"ଆରେ ପଚାରିଲୁ କ'ଣ, ତାକୁ ଡକାଇ ପଠେଇଥାନ୍ତ।"

"ତା'ର ପରୀକ୍ଷା ଚାଲିଛି ଆଜ୍ଞା।"

"ଠିକ୍ ଅଛି, ଜଗତ, ଜଗତର ସ୍ତ୍ରୀ ଆଉ ତା ପିଲାମାନଙ୍କୁ ଡକାଅ।"

"ଚାରି ଚାରି ଥର ପଚାରିଲି ଜଣ ଜଣ କରି।"

ଏସବୁ ଭିତରେ ଜଗତ ଛୋଟେଇ ଛୋଟେଇ ଆସି ରାୟ ସାହେବଙ୍କ ପାଦତଳେ ପଡ଼ିଗଲା "ଦୟାକର ରାଜା ସାହେବ, ଆମର ସର୍ବନାଶ କରନି।"

"ସର୍ବନାଶ ତୁ କରିଛୁ ମୋର କୋଟି କୋଟି ଟଙ୍କାର ହୀରା ଚୋରି କରି।"

"ମୁଁ ଜାଣିନି ସାହେବ! ଆମକୁ ବହୁତ ମାରିଛନ୍ତି, ମୋତେ, ମୋ ସ୍ତ୍ରୀକୁ, ମୋ ପିଲାଙ୍କୁ। ଏବେ ଆଉ ମାରିଲେ ମରିଯିବୁ!"

ରାୟ ସାହେବ ଉଠିପଡ଼ି ହାତ ମୁଠାମୁଠା କରି ବ୍ୟସ୍ତ ଭାବରେ ଖାଲି ଚାଲିବାକୁ ଲାଗିଲେ।

"ହଜମ କରିପାରିବୁନି ପ୍ରଜାପତି !" ପୁଣି ରାଗରେ ଦାନ୍ତ ଚିପି ଗାଳି ଦେଲେ। ଶଳା- ପ୍ରଜାପତି !

ହଠାତ୍ ସେ ପୁଲିସବାବୁ ହାତରୁ ରୁଲ୍‌ବାଡ଼ି ଛଡ଼େଇ ନେଲେ ଓ ଦୁଇ ଭାଇ ମିଶି ପିଟି ଚାଲିଲେ ଜଗତ ପ୍ରଜାପତିକୁ। ଜଗତ ବିକଳରେ ଚିତ୍କାର କରିବାକୁ ଲାଗିଲା ଏବଂ ହଠାତ୍ ଚୁପ୍ ହୋଇଗଲା।

"ପାଣି ଆଣ ପାଣି।"

ପାଣି ଛାଟିବା ପରେ ସେ ଆଖି ଖୋଲିଲା।

ଉଠ୍।

ତାକୁ ଉଠାଇ ଛିଡ଼ା କରାଇ ଦିଆଗଲା, ସେ ଉଠିଲା, ପଡ଼ିଗଲା... ପୁଣି ଉଠିଲା।

"କୋଉଠି ରଖିଛୁ ହୀରା ? ମାଟି ତଳେ ?" ପୁଲିସ ବାବୁ ପଚାରିଲେ।

"ହଁ ମାଟିତଳେ।"

"ଚାଲ ଦେଖା କୋଉଠି।"

ସେ ଇଆଡ଼େ ସିଆଡ଼େ ଖାଲି ଦରାଣ୍ଡିବାକୁ ଲାଗିଲା।

"କାନ୍ଥରେ ଲୁଚେଇ ଦେଇନୁ ତ ?"

"ହଁ ହଁ, କାନ୍ଥରେ।"

"ଚାଲ ନେଇକି।"

ଜଗତ ଯାଇ କାନ୍ଥ ଖୋଜିବାକୁ ଲାଗିଲା। କାନ୍ଥ ତ ମାଟିରେ ମିଶି ସାରିଛି, ଥିଲେ ତ ମିଳିବ !

"କୂଅରେ ଫିଙ୍ଗି ଦେଇନୁ ତ !"

ବୁଡ଼ାଳିମାନେ କୂଅରେ ପଶି ଖୋଜିଲେ। "ନାଁ, ନାହିଁ"

"ଆଚ୍ଛା ! କଣ୍ଟା ନଦୀରେ ନେଇ ଫିଙ୍ଗି ଦେଇ ଆସିନୁ ତ !"

"ହଁ ହଁ, ମନେ ପଡ଼ିଲା, କଣ୍ଟା ନଦୀରେ ହିଁ....।" କହୁ କହୁ ଜଗତ ନଦୀ ଆଡ଼କୁ ଧାଇଁଲା ଆଉ ବାଟରେ ତଳେ ପଡ଼ି ମୂର୍ଚ୍ଛା ରୋଗୀ ପରି ହାତ ଗୋଡ଼ ଛାଟିବାକୁ ଲାଗିଲା।

"ଆଜ୍ଞା ! ତା'ର ମୁଣ୍ଡ କାମ କରୁନି। ସବୁ ଭୁଲିଯାଉଛି। ଏବେ ଆହୁରି ମରାପିଟା କଲେ ଇଏ ମରିଯିବ। ଆଉ ଆପଣଙ୍କ ପାଇଁ ବହୁତ ବଡ଼ ସମସ୍ୟା ହୋଇଯିବ।" ମୁଁ ଆଉ ଏଥର ସହି ନ ପାରି କହିପକାଇଲି।

॥ ୧୧ ॥

ସେଇ ଦିୱାନ-ଏ-ଆସ୍, ସେହି ଦରବାର। ଫରକ କେବଳ ଏତିକି ଥିଲା ଯେ ପ୍ରଜାପତି ଜାଗାରେ ଆଜି ଆମେ ଠିଆ ହୋଇଥିଲୁ।

ଭାଗ୍ୟ ଆମକୁ କଂସେଇ ସାଜି ଠେଲି ଠେଲି ନେଇ ବଧଭୂଇଁରେ ଠିଆ କରେଇ ଦେଇଥିଲା।

ରାୟ ସାହେବଙ୍କ ହୁକ୍କାର ଗୁଡୁଗୁଡୁ ଶୁଭିଲା। ତା ସହ ତାଙ୍କ କଥା "କ'ଣ ମ୍ୟାନେଜର ବାବୁଗଣ! ଆପଣମାନେ କୋଉ କାମକୁ ଅଛନ୍ତି? ସେଇ ଜମି ଦିଖଣ୍ଡ ହିଁ ଆପଣମାନଙ୍କୁ ବିକିବାର ଥିଲା? କ'ଣ ଗୁରୁ?"

"ସାର୍, କଥା କ'ଣ କି ଟିକେଟ୍ ପାଇଁ ଆମକୁ ଟଙ୍କା ଦରକାର ଥିଲା ଯେକୌଣସି ଉପାୟରେ।"

"ସେଇଠୁ? ଟଙ୍କା ପାଇବାକୁ ଏଇ ଜମି ଦି'ଖଣ୍ଡ ହିଁ ବିକିବାକୁ ମିଳିଲା?"

"ସାର୍, ଆମେ କ'ଣ ଜାଣିଥିଲୁ!"

"କାହିଁକି ଜାଣି ନଥିଲ? ଅରୁଣାଚଳମ୍ ଆଉ ସିଂହ ତ ପରେ ଜଏନ୍ କଲେ, ଆପଣ ତ ସେହି ମିଟିଂରେ ଥିଲେ, ଯେଉଁଥିରେ ଖରେ ସାହେବ କହୁଥିଲେ ଯେ, ପନ୍ନା ଜିଲ୍ଲାଠୁ ଆରମ୍ଭ କରି ଓଡ଼ିଶାର କିଛି ଅଂଶ ଯାଏଁ ଏକ ରତନପଟ୍ଟି ଅଛି, ଅଜସ୍ର ରତ୍ନରେ ଭରା। ହୀରା, ପନ୍ନା, ଲାଲ୍ ପଥର, ନୀଲମ୍ କ'ଣ ସବୁ ନାହିଁ ଏ ଅଞ୍ଚଳରେ? ବାନ୍ଦା ଜିଲ୍ଲାରେ କଲିଞ୍ଜରର ପାହାଡ଼ର ପାଦଦେଶରୁ ନେଇ ପନ୍ନା ଜିଲ୍ଲା ପର୍ଯ୍ୟନ୍ତ ଲୋକେ ଲିଜ୍‌ରେ ଜମି ନେଉଛନ୍ତି ବୋଲ ସେ କହି ନଥିଲେ? କ'ଣ ପାଇଁ?"

"କ'ଣ ପାଇଁ?" ଲାଲ ସାହେବଙ୍କ ଦୁଇ ନୀଳ ଆଖିରେ ପ୍ରଶ୍ନ କରୁକରୁ ଉଜ୍ଜ୍ୱଳ ହୋଇ ଉଠିଲା। ସତେ ଯେପରି ଦୁଇଟି ନୀଳରତ୍ନ ପ୍ରଶ୍ନ ସାଜି ଆଖିରେ ଉଙ୍କି ମାରୁଛନ୍ତି।

"କେବଳ ଏଇ ରତ୍ନର ସନ୍ଧାନରେ।"

"ଖରେ ସାହେବ ଯେତେବେଳେ କହୁଥିଲେ, ମୁଁ ହୁଏତ ନ ଥିଲି। କିନ୍ତୁ ଖରେ ସାହେବ ଯାହାସବୁ ଜଣେଇଥିଲେ ସେସବୁ ମନୋଜ ମୋତେ ପୂର୍ବରୁ ହିଁ ବିସ୍ତାର ରୂପେ ଜଣେଇ ଦେଇଥିଲା, ତା'ର ଭୂଗୋଳରେ ଯଥେଷ୍ଟ ଜ୍ଞାନ ଅଛି ଏବଂ ତନ୍ତ୍ର ବିଷୟରେ ମୁଁ ମଧ୍ୟ କିଛି କିଛି ଜାଣିଛି।"

ଲାଲ ସାହେବ ଦୁବେକୁ ଗାଳି ଦେଇ ଚୁପ୍ ରହିବାକୁ କହିଲେ "ଆଗ ମନୋଜବାବୁଙ୍କୁ କହିବାକୁ ଦିଅ।"

"ସାର୍, ରତ୍ନପଥର ଭରପୁର ରହିଥିବା କଥା ତ ସତ ଅଟେ।" ମୁଁ ଆରମ୍ଭ

କଲି "ଓଡ଼ିଶାରେ ହୀରା ମଧ୍ୟ ମିଳିଥିଲା... ଯାହାକୁ ଗବେଷଣା କରିବା ବାହାନାରେ ବିଦେଶୀମାନେ ନେଇଗଲେ; କିନ୍ତୁ ଏଠି... ସମସ୍ତଙ୍କୁ ମିଳୁନି... କଳିଞ୍ଜରବାସୀ ମାନଙ୍କୁ ବି ନୁହେଁ... ଅବଶ୍ୟ...।" ମୁଁ କହିବା ଆରମ୍ଭ କରୁଥିଲି କିନ୍ତୁ ମୋତେ କଥା ସମ୍ପୂର୍ଣ୍ଣ କରିବାକୁ ଦିଆଗଲା ନାହିଁ।

"ଏକଥା କହିବା ଛଳରେ ତୁମେ ନିଜକୁ ଠିକ ବୋଲି ପ୍ରମାଣିତ କରିବାକୁ ଚେଷ୍ଟା କରନି। ତୁମେ ବି ତ ଜାଗା ବିକ୍ରି କରିଛ। କ'ଣ ତୁମକୁ କିଏ ଜଣେଇବାକୁ ଆସିବ ଯେ - ହଁ ସାହେବ, ଆମକୁ ମିଳିଛି ବୋଲି! ଜଗତ ତୁମକୁ କହିବାକୁ ଆସିଥିଲା? ତୁମକୁ ବି ଯଦି ମିଳିବ ତା ହେଲେ କ'ଣ ଡେଙ୍ଗୁରା ପିଟି କହି ବୁଲିବ?"

"କୋଟିକୋଟି ନୁହଁ... ତାଠୁଁ ବହୁତ ବେଶୀ! ଜଗତକୁ ଯୋଉ ହୀରା ମିଳିଛି କେହି ଜଣେ କହୁଥିଲା ୫୦୦ କୋଟିରୁ ବେଶୀ ହେବ।"

ହୀରାର ମୂଲ୍ୟ ଏବେ ୫୦୦ କୋଟିରୁ ଯାଇ ୫୦୦୦ କୋଟି ପାଖରେ ପହଞ୍ଚି ସାରିଥିଲା।

"ସେଇଠୁ...?"

ଲକ୍ଷ ଲକ୍ଷ ଟଙ୍କାର ଫସଲ ଗାଈଗୋରୁ ଖାଇଗଲେ। ଦୁଇ ଚାରି କୋଟି ଟିକେଟ୍‌ରେ ଚାଲିଗଲା। ଜଗତର ଆଉ ପଶୁପତିପୁରର ଘର ସବୁ ସେଇ ହୀରାର ସନ୍ଧାନରେ ମାଟିରେ ମିଶିଗଲେ - ଏବେ ତା'ର ଦଣ୍ଡ ବାକି ଅଛି - ମୋକଦ୍ଦମା ଚାଲିବା କଥା ଆହୁରି ଅଛି। ଏସବୁ କ୍ଷତି କ'ଣ କମ୍ ଥିଲା ଯେ ନୂଆ କ୍ଷତ ପରି କୋଟିକୋଟି ଟଙ୍କାର ହୀରା ହାତରୁ ଚାଲିଗଲା। ମୋର ବି ଏବଂ ଲାଲ ସାହେବଙ୍କର ବି...।"

ସତୀ ବିଶେଷଙ୍କ ଅବଧୁ କହିଲା, "ସାହେବ, ମୋତେ ଲାଗୁଛି, ଏଇ ହୀରା ପାଇଁ ହିଁ ଶେରଶାହ ଆସିଥିଲା, ରାଜପୁତମାନେ ଦୁର୍ଗରେ ଲୁଚେଇ ରଖିଥିଲେ।"

"ଆରେ, ନାଦିରଶାହ ମଧ୍ୟ! ହୀରା ଲୋଭରେ ହିଁ ତ ଆସିଥିଲା।"

"ଅବଦାଲୀ ମଧ୍ୟ, ବାବର, ତୈମୁରଲଙ୍ଗ୍ ଚେଙ୍ଗିଜ୍ ଖାନ୍, ଗଜନୀ, ବିଦେଶୀ ପର୍ଯ୍ୟଟକ... ସମସ୍ତେ।" ଏକକୁ ଆରେକ ବଳି ବିଶେଷଙ୍କ!

ସେଦିନ ଦୁଇ ରାଜପରିବାରରେ ରୋଷେଇ ବନ୍ଦ। ତା' ପରଦିନ ଖରେ ସାହେବ ଓ ଦୁଇଜଣ ତାନ୍ତ୍ରିକ ଆସି ପହଞ୍ଚିଗଲେ ସମସ୍ୟା ଉପରେ ବିଚାର ବିମର୍ଷ କରିବା ପାଇଁ।

"ମୋର ଗୋଟିଏ ଛୋଟିଆ ପରାମର୍ଶ, ଅନୁମତି ଦେଲେ ପ୍ରକାଶ କରନ୍ତି।" ଦୁବେର ସ୍ୱରରେ ଆତ୍ମବିଶ୍ୱାସ ସହ ମୁଣ୍ଡରେ ଉପସ୍ଥିତ ବୁଦ୍ଧି ଭରି ରହିଥିଲା।

ରାୟ ସାହେବ ମନା କରିଦେଲେ, କିନ୍ତୁ ଜଣେ ତାନ୍ତ୍ରିକ କହିଲେ- କହିବାକୁ ଦିଅନ୍ତୁ।

"ମୋ ମତରେ ରତ୍ନ ସହ ଗ୍ରହଣୀୟତାର ଏକ ବିଶେଷ କଥା ଯୋଡ଼ି ହୋଇ ରହିଛି। ମୋ ପିତା ସ୍ୱୟଂ ଜଣେ ବହୁତ ବଡ଼ ଜ୍ୟୋତିଷ ଥିଲେ..."

ମୁଁ ଚମକି ପଡ଼ିଲି। କାହିଁକି ନିରୋଳା ମିଛଗୁଡ଼ା ଦୁବେ ଗପି ଚାଲିଛି! କିନ୍ତୁ କିଛି କହିଲିନି। ସେ କହିଚାଲିଥାଏ, "ସେ ମୋତେ କହିଥିଲେ ଯେ ରତ୍ନ ସମସ୍ତଙ୍କୁ ସୁହାଏନି। କିଛି କିଛି ରତ୍ନର ଗ୍ରହ ନକ୍ଷତ୍ର ଏବଂ ବ୍ୟକ୍ତିର ଗ୍ରହନକ୍ଷତ୍ର ସର୍ବଦା ପ୍ରତିକୂଳ ପ୍ରଭାବ ଦେଇଥାଏ। ଯେପରିକି ନୀଲମ୍!"

ତାନ୍ତ୍ରିକମାନେ ହଁ ଭରିଲେ।

ଦୁବେର ସ୍ୱର ଏବେ ଆହୁରି ସ୍ପଷ୍ଟ ଏବଂ ଗମ୍ଭୀର ହୋଇଯାଇଥିଲା। "ଭାରତର ହୀରା କୋହିନୁର! ଏହାକୁ ଧାରଣ କରିବା ବ୍ୟକ୍ତିଙ୍କ ଉପରେ କି କି ବିପଦ ସବୁ ନ ପଡ଼ିଛି! ଶାହାଜାହାନଙ୍କ ଅନ୍ତିମ ଦିନଗୁଡ଼ିକୁ ମନେପକାନ୍ତୁ, ମନେପକାନ୍ତୁ ଅବଦୁଲ ଶାହ ଅବଦାଲୀ, ରଣଜିତ୍ ସିଂହଙ୍କୁ। ରାଣୀ ଏଲିଜାବେଥ୍ ଦ୍ୱିତୀୟ ମଧ୍ୟ ମୁକୁଟରେ ରଖି ଦେଇଥିଲେ, ନିଜେ ଧାରଣ କରି ନ ଥିଲେ। ଯେବେଠାରୁ କୋହିନୁର ଇଂଲଣ୍ଡ ଗଲାଣି, କେବେ ସୂର୍ଯ୍ୟ ଅସ୍ତ ହୁଅନ୍ତିନି ବୋଲି ଯେଉଁ ସାମ୍ରାଜ୍ୟ ବିଷୟରେ କୁହାଯାଏ ତାହା ଧୀରେଧୀରେ ନିଜ ପ୍ରଭାବ ହରେଇ ବସିଲା। ମୁଁ ତ ପ୍ରଧାନମନ୍ତ୍ରୀଙ୍କୁ ମଧ୍ୟ ଲେଖିଛି ଯେ କୋହିନୁର ପରି ବିପଦକୁ ଭାରତକୁ ଫେରାଇ ନ ଆଣିବାକୁ। ଜାଣି ରଖ...।"

ତାନ୍ତ୍ରିକ ଏବଂ ଖରେ ସାହେବ, ଲାଲ ସାହେବ ଆଦିଙ୍କ ଆଖି ବିସ୍ଫାରିତ ହୋଇଗଲା।

"ବିଦ୍ୱାନ ବ୍ୟକ୍ତି!"

"ନିଜେ ଗୋଟେ ହୀରା।"

ମୁଁ ଚମକି ପଡ଼ିଲି, ଏସବୁ ତ ମୋତେ ହିଁ କାଲି ପଚାରି ଘୋଷି ପକେଇଥିଲା ଏଇ ରତ୍ନଟି! ଛାଡ଼...! ଦୁବେ କହି ଚାଲିଥାଏ "ଏବେ ଏଇ ହୀରା କଥା ହିଁ ଦେଖନ୍ତୁ, ଜଗତ ହାତକୁ ଆସିବା ମାତ୍ରେ ତା ଉପରେ ବିପଦର ପାହାଡ଼ ଖସି ପଡ଼ିଲା, ଘରଦ୍ୱାର ଉଚ୍ଛନ୍ନ ହୋଇଗଲା, ପଡ଼ୋଶୀ ବିଶ୍ୱକର୍ମା ଏବଂ ଶାନ୍ତନୁ ସୁକୁଲ ମଧ୍ୟ। ତା' ପରେ ଆସିଲା ଆପଣଙ୍କ ପାଳି। ଆପଣଙ୍କ ହାତକୁ ହୀରା ଆସିବା ଆଗରୁ ତା ପ୍ରଭାବରୁ ହିଁ ଆପଣଙ୍କ ରାଜ୍ୟ ଉପରକୁ ବିପଦ ମାଡ଼ି ଆସିଲାଣି..."

"ତା ମାନେ ହୀରା ଏବେ ବି ଜଗତ ପାଖରେ ହିଁ ଅଛି।"

"ଏକଦମ୍ ଠିକ୍! ଆଉ ସେଇ କଣ୍ଠା, ପଶୁପତିପୁରରେ... କିନ୍ତୁ ଆପଣଙ୍କୁ

ମିଳିବାର ନାହିଁ। ଆଉ ଈଶ୍ୱର ନ କରନ୍ତୁ... ଯଦି ବା ମିଳିଗଲା ତା ହେଲେ ରକ୍ଷା ନାହିଁ।"

ରାୟ ସାହେବ ଏବଂ ଲାଲ ସାହେବ ଦୁହେଁ ଏକ ସାଙ୍ଗରେ ଚଟ୍ କରି ମୁଣ୍ଡ ଉଠେଇଲେ। ଏକା ସାଙ୍ଗରେ ଦୁହେଁ କହିବାକୁ ଆରମ୍ଭ କରୁଥିଲେ, ପରେ ଲାଲ ସାହେବ ଅଟକି ଗଲେ। ରାୟ ସାହେବ କହିଚାଲିଲେ "କଣ୍ଠାର ସେ ହୀରାଟି ଗଳାରେ ଜଳନ୍ତା ଅଙ୍ଗାର ପରି ଲାଖି ରହିବ। ମିଳିଯାଆନ୍ତା ଯଦି ଯାହା ଭୋଗିବାକୁ ପଡୁ ପଛେ ଭୋଗନ୍ତି !"

ରାୟ ସାହେବ କିଛି ଭୁଲ୍ ବି କହି ନ ଥିଲେ। ହୀରାଟି ପ୍ରତିଦ୍ୱନ୍ଦ୍ୱୀ ଭାଇ ଦୁହିଁଙ୍କୁ ଚମତ୍କାର ଢଙ୍ଗରେ ଏକାଠି କରିଦେଇଥିଲା। ତାହା ସେମାନଙ୍କ ସାମୁହିକ କ୍ଷତି ଥିଲା। ଦୁନିଆଁ ପ୍ରକାର ଚିନ୍ତା ଭାବନା ଯୋଜନା କରୁ କରୁ ପୁଣି ଉଠିପଡ଼ି ଟହଲିବାକୁ ଲାଗୁଥିଲେ। ନ ଖାଇବା ରୁଚୁଥିଲା, ନା ପାଣି... ମଦ... ନା ସୁନ୍ଦରୀ ନାରୀ ନା ଆଉ କିଛି। କି ଦିନ କି ରାତି, ରାୟ ସାହେବଙ୍କ ହୁକ୍କା ଗୁଡୁଗୁଡୁ ହୋଇ ଚାଲିଥିଲା ଏବଂ ଲାଲ ସାହେବ ବ୍ୟତିବ୍ୟସ୍ତ ହୋଇ ହାତ ମୁଠା ମୁଠା କରି ମହଲ ଭିତରେ ଘୂରି ବୁଲୁଥିଲେ। ବେଳ ଅବେଳରେ ମୋତେ ଆଉ ଦୁବେଙ୍କୁ ଡକରା ଆସୁଥିଲା, ରାୟସାହେବ ଓ ଲାଲସାହେବଙ୍କ ଆଗରେ ଜେରା ହେଉଥିଲା।

"ତୁମେ କାହାକୁ ସବୁ ଜାଗା ପଟା ଦେଇଥିଲ ?"

"ସାର୍, ମୁଁ ନାମର ତାଲିକା ସେ ସମୟରେ ଆପଣଙ୍କୁ ଦେଇଥିଲି।"

"ତାଲିକା... ତାଲିକା... ତାଲିକା ! କ'ଣ କରିବି ସେ କାଗଜ ନେଇ ?"

"କାହିଁକି ଜମି ଲିଜ୍‌ରେ ଦେଇଥିଲ ?"

"ପଇସା ପାଇଁ, ଇଷ୍ଟେଟ୍ ପାଖରେ ଏତେ ପରିମାଣର ଅର୍ଥ ନ ଥିଲା।"

"କେତେ ?"

"ଟିକେଟ୍ ପାଇବା ପାଇଁ ଯେତିକି ଦରକାର ଥିଲା।"

"ବଡ଼ ଉପକାର କରିଦେଲ ମନୋଜ ସିଂହବାବୁ, ଲକ୍ଷ ଲକ୍ଷ ଟଙ୍କାର ଜମି ସେମାନେ ଶାଗ ମାଛ ଦରରେ କିଣିନେଲେ। ଶାଗ ମାଛ ଦରରେ !"

ଠିକ୍ ସମାନ ପ୍ରଶ୍ନ ଦୁବେଙ୍କୁ ପଚରାଗଲା "ଆଚ୍ଛା ଗୁରୁ ! ଜମି ଲିଜ୍ ଦଲାଲିରୁ କେତେ ଟଙ୍କା ରୋଜଗାର କରିଛ କହିଲ ?"

"ଦଲାଲି କ'ଣ ରାୟ ସାହେବ ! ମୁଁ ଇଞ୍ଚେ ଇଞ୍ଚେ ଜାଗାର କାଗଜ ସହ ଲିଜ୍ ନେଇଥିବା ଭାଗୁଆଳୀମାନଙ୍କ ନାଁ ଠିକଣା ଟଙ୍କା ସବୁ ଟିକିନିଖି ଆପଣଙ୍କୁ ଦେଇଛି।"

"ମୋତେ ପଚାରିଥିଲ ?"

"ଟିକେଟ୍ ପାଇବା ସମୟରେ ଟଙ୍କା ପଇସା ପାଇଁ ଧାଁଦଉଡ଼ ଭିତରେ ଆଉ ପଚାରିବାକୁ ସମୟ ପାଇ ନ ଥିଲି, କିନ୍ତୁ ପରେ ମୁଁ ସମସ୍ତ ସୂଚନା ସହ କାଗଜପତ୍ର ଆପଣଙ୍କୁ ଦେଇ ଦେଇଥିଲି।"

"ଟିକେଟ୍ ଯୋଗାଡ଼ କରିପାରିଲ ?"

ଦୁବେ ମୁଣ୍ଡ ତଳକୁ କରିଦେଲା।

"କେତେ ଟଙ୍କା ଖାଇଲ ? ଆଉ ତୁମ ସାଙ୍ଗସାଥୀ, ଭାଗୁଆଳୀମାନେ କେତେ ଖାଇଲେ ?"

ମୋ ଆଗରେ ରାୟ ସାହେବ ନୁହଁ, 'ଶୋଲେ'ର ଗବର ସିଂହ ଠିଆ ହୋଇଥିଲା କାନ୍ଧରେ ବନ୍ଧୁକ ଝୁଲେଇ।

"ଆପଣ ଯେ' କ'ଣ କହୁଛନ୍ତି ?"

"କଲିଞ୍ଜରରୁ କଣ୍ଟା ଯାଏଁ, କଲିଞ୍ଜର ହିଁ କାହିଁକି... ପନ୍ନାରୁ କଣ୍ଟା ଯାଏଁ ରତ୍ନର ସନ୍ଧାନ କ'ଣ ତୁଚ୍ଛାଟାରେ କରା ହେଉଛି ? ଜଗତ ଛଡ଼ା ଆହୁରି କଛି ଲୋକଙ୍କୁ ବି ତ ଅଳ୍ପ କିଛି ମିଳିଥିବ ? ସେହି ଧନରୁ ଆମ କଣ୍ଟାରୁ କେତେ ଲୁଟ୍ ହୋଇଛି, ଆଉ ଯେତିକି ହୋଇଛି ସେଥିରେ ଆପଣ ଓ ମନୋଜ କେତେ ରୋଜଗାର କରିଛନ୍ତି ?"

ଯେତେବେଳେ ଦୁଇଟି ମେଘ ପରସ୍ପର ସହ ପିଟି ହୁଅନ୍ତି ସେତେବେଳେ ବାଦଲଫଟା ବର୍ଷା ହୁଏ। ଅଜୟ ଏବଂ ବିଜୟଗଡ଼ରେ ଏହାହିଁ ହୋଇଥିଲା ଏବଂ ବଜ୍ର ପଡ଼ିଥିଲା ଆମ ଦୁହିଁଙ୍କ ଉପରେ। ଆମକୁ ଡାକି ଧମକ ଦିଆଗଲା। ସମଗ୍ର କଣ୍ଟାରେ ଗତ ଦଶ ବର୍ଷ ମଧ୍ୟରେ ଯାହାକୁ ଯାହାକୁ ଯେଉଁସବୁ ଜାଗା ଲିଜ୍‌ରେ ଦିଆଯାଇଥିଲା ବା ଖନନ କରାଯାଇଥିଲା ସେମାନଙ୍କ ନାଁ ଗାଁ ଠିକଣା ବ୍ୟାଙ୍କ ଏବଂ ଇନ୍‌ଭେଷ୍ଟମେଣ୍ଟର ସମ୍ପୂର୍ଣ୍ଣ ତଥ୍ୟ ଆଣି ତୁରନ୍ତ ଜମା କରିବାକୁ ଯେପରିକି ରତ୍ନର ଲୁଟ୍ କିଏ ଆଉ କେମିତି କରିଛି ଜଣାପଡ଼ିବ। ନ ହେଲେ ଆମର ଆଉ ରକ୍ଷା ନାହିଁ।

ଦୁବେଙ୍କୁ ଓ ମୋତେ ଯେପରି ଶୂଳିରେ ଚଢ଼ାଇ ଦିଆଯାଇଥିଲା ଆଉ ସେପଟେ ରାୟ ସାହେବ ଓ ଲାଲ ସାହେବ ଆମର ଜେରା କରୁଥିଲେ। ଜେରା ତ ନୁହଁ... ସତେ ଯେପରି କଣ୍ଟା ଝାଟରେ ଆମ ଚମଡ଼ା ଉତାରି ଦିଆଯାଉଥିଲା। ଆଖି ଜଳିଉଠୁଥିଲା- କୁହ, ହୀରା କୋଉଠି ଲୁଚେଇଛ।

ଜୟନ୍ତର ସମାଧି ଉପରେ ଆମେ ବସିଥିଲୁ, ନାଁ... ନିଜ ସମାଧି ଉପରେ ଯେପରି।

"ଦଶ କୋଟି ମୁଁ ରାଜ୍ୟକୁ ଦେଇଛି, ତେବେ ଯାଇ ରାଜା ହୋଇ ବସିଛନ୍ତି ନ ହେଲେ ଯାଙ୍କ ଅବସ୍ଥା ତ କହିଲେ ସରି ନ ଥାନ୍ତା।"

"ମୋତେ ବି କହୁଛନ୍ତି ଯେ, ମୁଁ ତ ଏଇ ବାଂଝ ଗାଈ ଉପରୁ ଆଶା ଛାଡ଼ି ଦେଇଥିଲି। ତୁମେ ତାକୁ କାମଧେନୁ କରିଦେଲ। ସେତେବେଳେ କ'ଣ ଜାଣିଥିଲି ବିଶ୍ୱସ୍ତ ହେବାର ଏ ପୁରସ୍କାର ମିଳିବ!"

କିଛି ସମୟ ପାଇଁ ଆମେ ଦୁହେଁ ଚୁପ୍ ରହିଲୁ ଓ ପୁଣି ଗପି ଚାଲିଲୁ।

"ଦୁବେ, ଗୋଟେ କଥା ପଚାରିବି ! ମରିବା ପାଇଁ ତ ହଜାରେ ଜାଗା ପଡ଼ିଥିଲା, ଏଠିକି କାହିଁକି ଚାଲି ଆସିଲ ମରିବାକୁ ? ଦରମା ବି ତ ଥାଇ ନ ଥିବା ପରି।"

"ସତ କହିବି ? ରତ୍ନ ଲୋଭରେ ? ମୋ ନିଜର ମଧ୍ୟ ଏଇ ବିଶ୍ୱାସ ଥିଲା ଯେ କେବେ ନା କେବେ ରତନାପଢିରୁ ଏମିତି କିଛି ମିଳିବ ଯେ..."

"ଆଉ ?"

"ଭାବିଥିଲି ଯେ କଣ୍ଢାର ସୁନ୍ଦରୀମାନଙ୍କୁ ଉପଭୋଗ କରିବି ଆଉ ରତ୍ନ ନେଇ ଘରକୁ ଫେରିବି।"

"ମିଳିଲା କିଛି ?"

"ହଁ"

"କ'ଣ ?"

"ସନ୍ଦେହ ! ଏଠାରେ ପ୍ରତ୍ୟେକ ବ୍ୟକ୍ତି ଅନ୍ୟ ଜଣଙ୍କୁ ସନ୍ଦେହ କରେ ଯେ, ତାକୁ ଛାଡ଼ିଦେଇ ବାକି ସମସ୍ତେ କିଛି ନା କିଛି କଥା ଲୁଚାଉଛନ୍ତି।"

"ତା ହେଲେ ସବୁକିଛି ଛାଡ଼ି ଘରକୁ ଚାଲି ଗଲନି କାହିଁକି ?"

"ସେଇ ଲୋଭର ମାୟା ପଙ୍କ ଯୋଗୁଁ। ଗାଁର ଶେଷ ମୁଣ୍ଡରେ ଉଦୟରାଜ ପାଣ୍ଡେର ପ୍ରେତ ମୋ ପଛରେ ପଡ଼ିଯାଇଥିଲା। ସେଠୁ ତ ଯେମିତି ହେଉ ଖସି ଚାଲି ଆସିଲି କିନ୍ତୁ ଏମାନଙ୍କଠୁ... ଯେତେହେଲେ ବି ବ୍ରାହ୍ମଣ, ଲୋଭ କୋଉ ପିଛା ଛାଡୁଛି... !

"ସେଠି ସିନା ପ୍ରାଣ ବଞ୍ଚିଯାଇଥିଲା, କିନ୍ତୁ ଏଠି ପ୍ରାଣ ରହିବା ପରି ଦେଖାଯାଉନି।"

"ଦେଖେ ଧନ, ସବୁ ମଣିଷ ଭିତରେ ଗୋଟିଏ ବ୍ରାହ୍ମଣ ରହିଥାଏ, ସେ ପଛକେ ମୁସଲମାନ ଅବା ଚମାର ହୋଇ ଜନ୍ମ ହୋଇଥାଉ। ମୋ ପାଇଁ ବ୍ରାହ୍ମଣ କୌଣସି ଜାତି ନୁହଁ, ଏକ ପ୍ରବୃତ୍ତିର ନାମ।"

"ଏବେ କ'ଣ କରିବ ?"

"ଏବେ ପାଇଁ ତ ରାୟ ସାହେବଙ୍କ ନିର୍ଦ୍ଦେଶ ପୂରା କରିବାକୁ ବାନପ୍ରସ୍ଥରେ ବାହାରିଲି। ତୁମେ ମଧ୍ୟ ଚାଲିଯାଅ। ଜିଇଁଥିଲେ ଗାଁରେ ଦେଖା ହେବ।"

ମାସେ ଦଶଦିନ ପରେ ଦୁବେ ଦଶକର୍ମ ସାରି ଫେରିଲା। ମୁଁ ପଚାରିଲି "କୁଆଡ଼େ

ଯାଇଥିଲ ?" କହିଲା- "କହିଥିଲି ପରା ବାନପ୍ରସ୍ଥ ଆଶ୍ରମ। ପୂରା ଦଶ ଦିନ ଏଠି ସେଠି ଘୂରି ବୁଲିଲି ଜଙ୍ଗଲ, ପାହାଡ଼, ଗଳିକନ୍ଦିରେ। ରତନାପଛିକୁ ଛାଡ଼ି ଅସଲ ରତନ ପାଖରେ।"

"କ'ଣ ସବୁ ବୁଲେଇ ବଙ୍କେଇ କହୁଛ ?"

"ଠିକ୍ କଥା କହୁଛି। ପାଗଳଙ୍କ ପରି ଘୂରି ବୁଲିଲି। କରବୀ, ଚିତ୍ରକୂଟ, ଅନସୂୟା ମାଆଙ୍କ ଆଶ୍ରମ, ପୟସ୍ୱିନୀ ଏବଂ ମନ୍ଦାକିନୀର ତଟରେ, ଯେଉଁଠି ତୁଳସୀ ଦାସ ଚନ୍ଦନ ଘୋରୁଥିଲେ ଏବଂ ରାମ ଲକ୍ଷ୍ମଣ ଲଗାଉଥିଲେ। ଗୁପ୍ତ ଗୋଦାବରୀର ପିଚ୍ଛିଳ ଗୁମ୍ଫାରେ ଖସି ପଡୁପଡୁ ରକ୍ଷା ପାଇଗଲି, ପୁଣି ବାବା ତୁଳସୀ ଦାସଙ୍କ ମନ୍ଦିର ଅଛି ରାଜାପୁର ଗାଁରେ। ତୁଳସୀ ଦାସଙ୍କ ଜନ୍ମ ସ୍ଥାନ। ନଉକାରେ ବସି ଯମୁନା ପାରି ହେଲି। ରତ୍ନା ମାଆଙ୍କ ଗାଁକୁ ଯାଇ ଫେରିଆସିଲି। ରାଜାପୁରରେ ପୂଜାରୀ ମହାଶୟ ଦୁବେ ଭାବି ରଖିନେଲେ। କହିଲେ 'ବସ୍ସ ! ସବୁ ମାନସିକ ସମସ୍ୟାର ସମାଧାନ ଏଇ ମାନସରେ ଅଛି।' ଏବଂ ମୋତେ ରାମଚରିତ ମାନସ ପୋଥି ଧରେଇ ଦେଲେ। ମୁଁ ପ୍ରତ୍ୟେକ ଦିନ ଯମୁନାରେ ସ୍ନାନ କରେ ଏବଂ ସେଇଠୁ ଗୋସ୍ୱାମୀଙ୍କ ପତ୍ନୀ ରତ୍ନା ମାତାଙ୍କୁ ପ୍ରଣାମ କରେ। ଦିନ ସାରା ରାମଚରିତ ମାନସ ପାଠ କରେ। ଲାଗି ହୋଇଥିବା ପ୍ରସାଦ ସେବନ କରେ। ଅଷ୍ଟମ ଦିନ ପଣ୍ଡିତ ମହାଶୟ ପଚାରିଲେ "କ'ଣ ଦୁବେ ମହାରାଜ, କିଛି ସମାଧାନ ମିଳିଲା ?" ମୁଁ କହିଲି- "ସମାଧାନ ନା ଆଉ କିଛି !" ପଣ୍ଡିତ ମହାଶୟ ରାଗିଯାଇ କହିଲେ, 'ଯୋଉ ମୂର୍ଖକୁ ସେ ମୂର୍ଖ ହୋଇ ରହିଗଲ।' ପୁଣି ଭେଟ ହେଲେ କୁଶବାହାର ଆଉଜଣେ ବ୍ୟକ୍ତି, କହିଲେ- 'ଏ ବୁନ୍ଦେଲଖଣ୍ଡ, ବଘେଲଖଣ୍ଡ ଆଉ ଅବଧ ହେଲା ଗୋଟେ ଗୋଟେ ଅଜବ ଜାଗା। ବାନ୍ଦାର ରାଜାପୁରରେ ତୁଳସୀଦାସଙ୍କ ଜନ୍ମ ହେବା ମାତ୍ରେ ହିଁ ଯେହେତୁ ତାଙ୍କ ମୁହଁରୁ ପ୍ରଥମେ 'ରାମ' ବୋଲି ବାହାରିଲା ଏବଂ ପାଟିରେ ବତିଶଟି ଦାନ୍ତ ଥିବାରୁ ତାଙ୍କୁ 'ରାମବୋଲା' ଅର୍ଥାତ୍ ଆମ ତୁଳସୀ ଦାସଙ୍କୁ ମୂଳ ନକ୍ଷତ୍ରରେ ଜନ୍ମ ଦେଇଥିବାରୁ ଅନାଥ ବୋଲି ମାନି ନିଆଗଲା ଏବଂ ତାଙ୍କୁ ମରିବା ପାଇଁ ଫୋପାଡ଼ି ଦିଆଯାଇଥିଲା, ତାହେଲେ ତାଙ୍କୁ ପାଳିଲା କିଏ ? ଶୁଦ୍ର ଦମ୍ପତି ଏବଂ ତାଙ୍କ ପରିବାର। କିନ୍ତୁ ଦୁବେ, ପରିବାର ଲୋକଙ୍କ ମନରେ ନା ଦୟା ଆସିଲା ନା ମମତା। ଯେଉଁ ଶୁଦ୍ର ମହିଳା ତାଙ୍କ ପ୍ରାଣରକ୍ଷା କରିଥିଲେ ବଡ଼ ହୋଇ ତୁଳସୀ ଦାସ ତାଙ୍କୁ ଅପମାନିତ କରିଥିଲେ। ଯେଉଁ ବିଦୂଷୀ କବୟିତ୍ରୀ ପତ୍ନୀ ରତ୍ନା ତାଙ୍କ ଜ୍ଞାନଚକ୍ଷୁ ଖୋଲି ଦେଇଥିଲେ ତୁଳସୀ ଦାସ ତାଙ୍କୁ ପରିତ୍ୟାଗ କରିଥିଲେ। ବିଚିତ୍ର ଦେଶର ବିଚିତ୍ର କଥା, ମୁଁ ତ ବେଳେବେଳେ ଭାବେ ଖଜୁରାହୋ ମନ୍ଦିର ଏଠି କାହିଁକି ? କାମାର୍ତ୍ତ ଜୀବଙ୍କ ଦର୍ଶନ ଦିଗ୍‌ଦର୍ଶନ !"

ମୋତେ ବିରକ୍ତ ଲାଗୁଥିଲା। ପଚାରିଲି "ଆଉ କିଛି ?"

"ଆରେ ! ଶୁଣ, ଅସଲ କଥା ତ ଏ ଯାଏଁ କହିନି।"

"କହି ପକାଅ।"

"ଆମର ଏଇ ସତୀ ଅର୍ଥାତ ସାବିତ୍ରୀ କୁଅଁରକୁ ତ ଭେଟି ପାରିଲିନି କିନ୍ତୁ ଜାରୀ ଗାଁର ସତୀ ଜାବିତ୍ରୀ ଦେବୀଙ୍କ ଚିତାଭସ୍ମକୁ ମୁଁ ଅବଶ୍ୟ ଦେଖିକି ଆସିଛି। ୧୯୮୦ ମସିହାର ଏକ ପ୍ରବଳ ବର୍ଷା ଝଡ଼ ରାତିରେ ପୂର୍ଣ୍ଣ ଯୌବନାବସ୍ଥାରେ ସତୀ ହୋଇଥିଲେ ଦେବୀ ଜାବିତ୍ରୀ, ନିଜ ପତିଙ୍କ ମୃତ୍ୟୁ ପରେ। ବିବାହର ମାତ୍ର ଦୁଇ ବର୍ଷ ହିଁ ହୋଇଥିଲା। ସମସ୍ତେ ଯାଇ ନଡ଼ିଆ ପିଟୁଥିଲେ, ମୁଁ ବି ଯାଇଥିଲି। ବହୁତ କିଛି ଦେଖିଲି, ଶୁଣିଲି ଓ ଜାଣିଲି। ସତେ ଅବା ଆଖି ଖୋଲିଗଲା।"

"କେମିତି ?"

"ହଜାର ହଜାର ଲୋକଙ୍କ ଗହଳି, ହଜାର ହଜାର ଭେଟି। ଦିଆଯାଉଥିବା ନଡ଼ିଆକୁ ନେଇ ଆସି ପୁଣି ଥରେ ବିକ୍ରି କରିଦେଉଥିବାର ଦେଖିଲି। ପୁଣି ସେଇ ନଡ଼ିଆ କିଣିଆଣି ପୁନଃ ଭେଟି ଦିଆଯାଉଥିଲା। ଏଭଳି ଉପାୟରେ ସାଧାରଣ ଲୋକଙ୍କୁ ମଧ୍ୟ ସତୀମାତା ଜାବିତ୍ରୀ ଦେବୀ କୋଟିପତି ବନେଇ ଦେଲେ। ଶାହବାଜପୁର ଯିବାର ଥିଲା, ପୁଣି ପାଞ୍ଚ ସତୀଙ୍କ ମନ୍ଦିରକୁ ମଧ୍ୟ। କିନ୍ତୁ ଗଲିନି। ମୁଁ ଯାହା ଖୋଜୁଥିଲି ପାଇଗଲି।"

"କ'ଣ ?"

"ଆରେ ସେଇ, ବାନ୍ଦା ପଣ୍ଡିତଙ୍କ 'ମାନସ'ର ସମାଧାନ - ଉଭୟ ଭାଁତି ଦେଖା ନିଜ ମରନା, ତବ ତାକିସି ରଘୁନାୟକ ସରନା।"

"ମାନେ ?"

"ମାନେ ପରେ ବୁଝେଇବି। ଆଗ ତୁମେ କୁହ ଯେ ଏଠି କ'ଣ ସବୁ ଚାଲିଛି ?"

"ସୂତ୍ରରୁ ମିଳୁଥିବା ସୂଚନା ଅନୁସାରେ କଲିଞ୍ଜରଠୁ ନେଇ କଣ୍ଡା ପର୍ଯ୍ୟନ୍ତ ଯେଉଁଠି ବି ଜଗତର କୋଟିପତି ହେବା ଖବର ପହଞ୍ଚିଛି, ଲୋକମାନେ କରୋଡ଼ପତି ଖେଳିବାକୁ ଲାଗିଗଲେ - ମାନେ 'କୌନ ବନେଗା କରୋଡ଼ପତି'। ଯେଉଁଠି ଦେଖ ଜମି ଖୋଳିବା ଚାଲିଛି। ଲୋକମାନଙ୍କୁ ସବୁ ଜାଗାରେ ଖାଲି ହୀରା ହିଁ ଦିଶୁଛି। ମିଦାସ୍‌କୁ ସବୁଆଡ଼େ ସୁନା ଦିଶୁଥିଲା। ଆଉ ଏଠି ଲୋକମାନଙ୍କୁ ସବୁଆଡ଼େ ହୀରା ଆଉ କେବଳ ହୀରା ହିଁ ଦିଶୁଛି। ରାତିରେ ଆକାଶରେ ମଧ୍ୟ ତାରା ସବୁ ହୀରା ପରି ଲାଗୁଛନ୍ତି। ସୂର୍ଯ୍ୟ ଚନ୍ଦ୍ର ମଧ୍ୟ।"

"ପିମ୍ପୁଡ଼ିମାନେ ଅଣ୍ଡା ଧରି ଗଲେ ମଧ୍ୟ କିଛି ଲୋକ ହୀରା କଣିକା ମନେ କରି ତା ପିଛା କରୁଛନ୍ତି, କାଉ ହାଡ଼ ନେଇ ଡାଳରେ ବସିଲେ... ତାକୁ ବି। ସମସ୍ତଙ୍କୁ ରତ୍ନ ଫୋବିୟା !"

ମୁଁ ଦୁବେ ଆଖିକୁ ଚାହିଁ ଗଭୀର ଭାବେ ଚାହିଁ ରହିଲି। "ଏବେ ରାମ ଶଳାକା ପ୍ରଶ୍ନର ସମାଧାନ ହିଁ କହିଦିଅ।"

"ଏଠି ନୁହଁ, ଦିଓ୍ୱାନ-ଏ-ଖାସ୍‌ରେ। ଖାସ୍ ଲୋକଙ୍କ ଗହଣରେ।"

ଏବଂ ଦୁବେ ସେଦିନ ଦିଓ୍ୱାନ-ଏ-ଖାସ୍‌ରେ କହିଲା- "କସ୍ତୁରୀ କୁଣ୍ଡଳ ବସେ ମୃଗ ଧୁଣ୍ଡେ ବନ ମାହି"

ରାୟ ସାହେବ ପଚାରିଲେ "କାଇଁ... କୋଉଠି କସ୍ତୁରୀ?"

ଦୁବେ ଥରୁଟିଏ ସମସ୍ତଙ୍କ ଆଡ଼କୁ ଆଖି ବୁଲାଇ ଆଣିଲା ଓ କହିଲା "ସତୀ ସ୍ଥାନରେ।"

ଦିଓ୍ୱାନ-ଏ-ଖାସ୍‌ରେ ମୁଁ ଟିକେ ଡେରିରେ ପହଞ୍ଚିଲି, ମିଟିଂ ଆରମ୍ଭ ହୋଇ ସାରିଥିଲା, ଦୁବେ କହିଚାଲିଥାଏ "କିଛି ନୂଆ, କିଛି ଅନନ୍ୟ, କିଛି ଅଭୁତପୂର୍ବ... ନିଖିଳ ବ୍ରହ୍ମାଣ୍ଡରେ କେବଳ ଏହାହିଁ ଏକମାତ୍ର ସତୀ ସ୍ଥାନ, ଯେଉଁଠି ଲୋକମାନେ ସତୀଙ୍କୁ ସ୍ୱର୍ଗକୁ ଯିବାର ସାକ୍ଷାତ ଦର୍ଶନ କରିଛନ୍ତି, ଏକ ମାତ୍ର ଏଇଠି! ଏ ଆଖପାଖ ଅଞ୍ଚଳର ଲୋକେ ମଧ୍ୟ ଏଇଆ କହନ୍ତି... ନା ପୂର୍ବରୁ ହୋଇଥିଲା ନା ଭବିଷ୍ୟତରେ ହେବ!" ଦୁବେ ଧୀରେଧୀରେ ମନ୍ଦିର ବିଷୟରେ କହିଚାଲିଥିଲା- "ସାଇ ମନ୍ଦିରଠାରୁ ମଧ୍ୟ ବଡ଼! ତିରୁପତି ମନ୍ଦିରଠୁ ବି ବଡ଼! ସାବରୀମାଲାଠୁ ବି ବଡ଼! ପଦ୍ମନାଭଠୁ ବି ବଡ଼। ସବୁଠାରୁ ବଡ଼ ହେବ ଆମର ସତୀ ମନ୍ଦିର।" ୟେ' ପୁଣି କି ନୂଆ ଖେଳ ଖେଳିଲାଣି ଦୁବେ! ଦୁଇ ପଟେ ହିଁ ପ୍ରାଣ କାଠଗଡ଼ାରେ ଥିବା ପରି ଲାଗୁଥିଲା। ସେଥିପାଇଁ...! ସେ କହି ଚାଲିଲା ଏବଂ କହୁ କହୁ ଉଠି ଛିଡ଼ା ହେଇ ପଡ଼ିଲା। ଶେଷ ପର୍ଯ୍ୟନ୍ତ ସେ ଛିଡ଼ା ହୋଇ ହିଁ ରହିଥିଲା। ସତେ ଯେପରି ମନ୍ଦିରଟେ ହିଁ ଠିଆ ହୋଇଛି, "ଆମ ଦେଶରେ ନିଜକୁ, ନିଜ ପିଲାଛୁଆଙ୍କୁ ବିକ୍ରି କରି ମଧ୍ୟ ସବୁକିଛି ଧର୍ମ ନାଆଁରେ ତ୍ୟାଗ କରିବାର ପରମ୍ପରା ରହିଛି।" ଦୁବେ କହିଚାଲିଥାଏ "ନବରାତ୍ର ସମୟରେ ସତୀ ଜାଗରଣ ଉତ୍ସବ ଦେଖି ମୁଁ ପୂରା ଆଶ୍ଚର୍ଯ୍ୟ ହୋଇଗଲି। ଲକ୍ଷ ଲକ୍ଷ ଲୋକଙ୍କ ଭିଡ଼ ଥିଲା। ମେହେରରୁ, ମହୋବାରୁ, ଚିତ୍ରକୂଟରୁ, ବାଂଦାରୁ,... ପୁଣି ବୁନ୍ଦେଲଖଣ୍ଡ, ବଘେଲ ଖଣ୍ଡରୁ ନେଇ ଅବଧ, ସରଗୁଜା... ପର୍ଯ୍ୟନ୍ତ। ସେଦିନ ବିନ୍ଧ୍ୟାଚଳ, ବିନ୍ଧ୍ୟବାସିନୀଙ୍କ କଥା କାହାରି ମନେପଡ଼ିଲାନି, ଅଷ୍ଟଭୁଜା ଦେବୀ ମନେ ପଡ଼ିଲେନି, ଚିତ୍ରକୂଟ ମନେ ପଡ଼ିଲାନି, ମେହେରର ମାଆ ଶାରଦାଙ୍କ କଥା ବି ମନେପଡ଼ିଲାନି। ମନେପଡ଼ିଲା ଯଦି କେବଳ ସତୀ... ସତୀ... ଆଉ ସତୀ ହିଁ!" ସଭାରେ ସମସ୍ତେ ଏତେ ଉତ୍ସାହିତ ଥିଲେ ଯେ ଆଗରୁ କେବେ କେଉଁଠି ଦେଖିନି।

ସତୀ ମନ୍ଦିରର ବ୍ଲୁ ପ୍ରିଣ୍ଟ ପ୍ରସ୍ତୁତ ହେଉଥିଲା।

"ପ୍ରଥମେ ଭାରତର ପ୍ରତ୍ୟେକ ନୂଆ ପୁରୁଣା ସତୀଙ୍କ ଭୂମିର ମାଟି..."

"ଦ୍ୱିତୀୟରେ... ଶାସ୍ତ୍ରାନୁସାରେ ପାଞ୍ଚ ପଞ୍ଚକନ୍ୟାଙ୍କ ପୀଠର ମାଟି..."

ସଭାରେ କେହିଜଣେ ଠିଆ ହୋଇ ହାତ ଯୋଡ଼ି ଅନୁରୋଧ କଲା "କ୍ଷମା କରନ୍ତୁ ମହାରାଜ, ଏ ପାଞ୍ଚକନ୍ୟା ମାନେ କିଏ କିଏ ?"

ଦୁବେ ଟିକେ ଦ୍ୱିଧାରେ ପଡ଼ିଗଲା, ମୋତେ ବାହା ପାଖରୁ ଟାଣିଧରି ଆସ୍ତେ କରି କହିଲା-

"ଏବେ ଟିକେ କହ।"

ମୁଁ କହିଲି- "ଅହଲ୍ୟା, କୁନ୍ତୀ, ତାରା, ମନ୍ଦୋଦରୀ ଏବଂ କ'ଣ ତ ତାଙ୍କ ନାଁ... ହଁ ଦ୍ରୌପଦୀ।" ପଛପଟୁ କେହି ଜଣେ ଫୁସ୍‌ଫୁସ୍ ହେଲା- "ପଞ୍ଚକନ୍ୟାଙ୍କ ମୁଖ୍ୟ ଯୋଗ୍ୟତା କ'ଣ ଥିବା ଦରକାର ?"

ଆଉ ଗୋଟେ ଫୁସ୍‌ଫୁସ୍ ସ୍ୱରରେ ଉତ୍ତର ଶୁଭିଲା "ଏକ ରୁ ଅଧିକ ପୁରୁଷଙ୍କ ସହ ସମ୍ପର୍କ ଥିବା।"

ଜଣେ ସାଧୁଙ୍କ କାନରେ ଏକଥା ବାଜିବାରୁ ସେ ପ୍ରତିବାଦ କରିଉଠିଲେ "କିଏ କହିଲା, ତାକୁ ବାହାର କର ଏଠୁ।" ଦୁବେ ଶାନ୍ତ ରହିବାକୁ ପରାମର୍ଶ ଦେଲା।

"ତିନିରେ, ସମସ୍ତ ପବିତ୍ର ନଦୀ ଏବଂ କୁଣ୍ଡର ଜଳ।"

ପୁଣି ଜଣେ ହାତ ଯୋଡ଼ି ଠିଆ ହୋଇଗଲା- "କେମିତି ଜାଣିବେ କେଉଁ ନଦୀ ପବିତ୍ର ଓ କେଉଁଟା ଅପବିତ୍ର ?"

"ଆପଣଙ୍କୁ ସେମାନଙ୍କ ପବିତ୍ରତାକୁ ନେଇ ସନ୍ଦେହ ହେଲେ ଯାଇ ଶାସ୍ତ୍ରରେ ଖୋଜନ୍ତୁ, ତେବେ କ'ଣ ଜାଣିବାକୁ ଚାହାନ୍ତି ?"

"କର୍ମନାଶା ଆଉ ଚମ୍ବଲକୁ କ'ଣ କହିବା ? ପବିତ୍ର ନା ଅପବିତ୍ର ?" ଦୁବେ ମୋତେ ଆସ୍ତେ କରି ଚିମୁଟି ଦେଲା।

ମୁଁ କହିଲି "ଦେଖନ୍ତୁ, କଥା ହେଲା କର୍ମନାଶା ତ୍ରିଶଙ୍କୁଙ୍କ ଲାଳରୁ ବାହାରିଥିଲା ବୋଲି କୁହାଯାଏ। ତେଣୁ ସେ ହେଲା ଅପବିତ୍ର। ସ୍ନାନ କରିବା ମାତ୍ରେ ପୁଣ୍ୟ କ୍ଷୟ ହୋଇଯାଏ। ଆଉ ବାକି ରହିଲା ଚମ୍ବଲ, ଆପଣଙ୍କ ରାଜା ନୃଗଙ୍କ କଥା ଜାଣନ୍ତି ? କୌଣସି ଜଣେ ଋଷିଙ୍କୁ କିଛି ଗାଈ ସେ ଦାନରେ ଦେଇଥିଲେ, ଗଣତି ପରେ ଜଣାପଡ଼ିଲା ଗୋଟେ ଗାଈ କମ୍ ଅଛି। ଋଷି ରାଜାଙ୍କୁ ପଚାରିଲେ ଗାଈ କୋଉଠି ? ଗାଈଟି ରାଜାଙ୍କ ଗୋଶାଳାରେ ଠିଆ ହୋଇଥିଲା। ଋଷି ପଚାରିଲେ- କ'ଣ ରାଜନ୍! ଗାଈ କାହିଁ ? ନୃଗ କିଛି ଉତ୍ତର ଦେଇ ନ ପାରି ଏଣ୍ଡୁଅ ଭଳି ଖାଲି ମୁଣ୍ଡ ହଲେଇବାକୁ ଲାଗିଲେ। ଋଷି ରାଗିଯାଇ ଅଭିଶାପ ଦେଲେ - ଯା' ଏକ ସହସ୍ର ବର୍ଷ ପର୍ଯ୍ୟନ୍ତ କୂଅରେ ଏଣ୍ଡୁଅ

ହୋଇ ପଡ଼ିରହ। ତେଣୁ ଏହିପରି ଭାବେ ରାଜା ନୃଗ ଏଣ୍ଟୁଅ ପାଲଟିଗଲେ। ଯେତେବେଳେ ରାଜା ନୃଗଙ୍କ ପୁତ୍ରଙ୍କୁ ଏକଥା ଜଣାଗଲା ସେ ଅତ୍ୟନ୍ତ କ୍ରୋଧିତ ହୋଇଗଲେ ଏବଂ ଗାଈମାନଙ୍କୁ ହତ୍ୟା କରିବାକୁ ଲାଗିଲେ। ଭାବନ୍ତୁ, ଭୁଲ ଥିଲା କାହାର ଆଉ ଦଣ୍ଡ ମିଳିଲା କାହାକୁ! ତେବେ ନୃଗଙ୍କ ପୁତ୍ର ଗାଈମାନଙ୍କୁ ହତ୍ୟା କରିବା ସମୟରେ ଗାଈର ଚର୍ମରୁ ଯେଉଁ ଜଳ ବାହାରିଲା ସେଥିରେ ଏକ ନଦୀ ସୃଷ୍ଟି ହେଲା, ଯାହା ଚର୍ମଣବତୀ ବା ଚମ୍ବଲ। ସେଥିପାଇଁ କିଛି ଲୋକ ଚମ୍ବଲ ପାଣି ପିଅନ୍ତି ନାହିଁ। ଏହା ହେଲା ପବିତ୍ର ଅପବିତ୍ରକୁ ନେଇ କିଛି କଥା।” ଦୁବେ ମୋ କଥାରେ ଆଉ ଦିପଦ ଯୋଡ଼ିଲା- “ତାହେଲେ ଏପରି ଭାବରେ ସମସ୍ତ ପବିତ୍ର ନଦୀର ଜଳ, ସମୁଦ୍ରର ଜଳ, ପବିତ୍ର କୁଣ୍ଡର ଜଳ, ପବିତ୍ର ହ୍ରଦର ଜଳ...” ଲୋକଟିଏ ପୁଣି ଠିଆ ହୋଇପଡ଼ିଲା “ମହାରାଜ! ଏ ପବିତ୍ର ଅପବିତ୍ରର କଥା ହିଁ ଉଠେଇ ଦିଅ, ସବୁ ପବିତ୍ର ଏବଂ ଅପବିତ୍ର ବି, ଯେପରିକି ଗଙ୍ଗା ଏବଂ ଅନ୍ୟ ସବୁ ନଦୀ। କିଛି ଜାଗାରେ ପବିତ୍ର ଓ କିଛି ଜାଗାରେ ଅପବିତ୍ର।”

ଜଣେ ସନ୍ନ୍ୟାସୀ ଉଠିପଡ଼ି କହିଲେ ଯେ, ସନ୍ଦେହ ସୃଷ୍ଟି କରା ନ ଯାଉ। ନିଜର ସମସ୍ତ ପ୍ରଶ୍ନ ପରେ ମହନ୍ତଙ୍କ ସାମ୍ନାରେ ରଖାଯାଉ।

“ଚତୁର୍ଥରେ ହିନ୍ଦୁ, ଜୈନ, ଶିଖ୍ ଏବଂ ବୌଦ୍ଧ ଧର୍ମର ସମସ୍ତ ତୀର୍ଥ ସ୍ଥାନର ମାଟି।”

“ଆରେ! କାବା, ମକ୍କା ମଦିନାର ମଧ୍ୟ ନେଇ ନେବା।” କେହି ଜଣେ ପ୍ରସ୍ତାବ ଦେଲା। ଲୋକେ ବୁଲି ପଛକୁ ଚାହିଁଲେ, ଅବଧୁର ମିତ୍ର ଗୟା ଏ ପ୍ରସ୍ତାବ ଦେଇଥିଲା।

“ନାଁ ନାଁ ନାଁ, ମନ୍ଦିର ହେଉଛି ମସଜିଦ୍ ନୁହଁ।”

“ହଉ ଛାଡ଼ନ୍ତୁ, ଆଗକୁ ଶୁଣନ୍ତୁ।”

“ପଞ୍ଚମରେ - ଦୁନିଆଁର ସୁନ୍ଦର ଅଟ୍ଟାଳିକା କୋଠା ଆଦିର ବାସ୍ତୁଶିଳ୍ପରୁ ବାଛି ବାଛି ମଡ଼େଲ ତିଆରି କରାଯିବ।” ପୁନଃ ଜଣେ ସନ୍ଦେହ ପ୍ରକଟ କଲେ “ମହାରାଜ! ଭଲ ଭଲ ବାସ୍ତୁକାର ତ ମୁସଲମାନ ଥିଲେ।” ମୁଁ ବି ଏକମତ ହୋଇ କହିଲି, “ହିନ୍ଦୁମାନେ ତ ଖାଲି ମନ୍ଦିର ହିଁ ତିଆରି କରି ଚାଲିଲେ, ପାଖାପାଖି ଗୋଟିଏ ଶୈଳୀରେ।”

“ତାହା ହିଁ ତ ଆମର ବିଶେଷତା। କେବଳ ସୌନ୍ଦର୍ଯ୍ୟ ହିଁ ସବୁ କିଛି ନୁହଁ।” କେହି ଜଣେ ମତ ଦେଲା।

କିଛି ସମୟର ବିଚାର ବିମର୍ଷ ପରେ ସନ୍ଦେହ, ଆଶଙ୍କାକୁ ସମସ୍ତେ ଦୂରେଇ ଦେଲେ।

"କିଛି ଅସୁବିଧା ନାହିଁ।" ନାହିଁ-ନାହିଁ କରୁଥିବା ଧର୍ମାଚାର୍ଯ୍ୟମାନେ ଏବେ ହଁ-ହଁ କରୁଥିଲେ। ପ୍ରଥମେ ଶହେରୁ ହଜାରେ ଶ୍ରଦ୍ଧାଳୁଙ୍କ ରହିବା ପାଇଁ ସ୍ଥାନ ପ୍ରସ୍ତୁତ ହେବ। ତା'ପରେ ବଢ଼ି ବଢ଼ି ଏକଲକ୍ଷ ଯାଏଁର ଏକ ଟେମ୍ପଲ କମ୍ପଲେକ୍ସ-ତିଆରି ହେବ। ରହିବା, ଖାଇବା, ଶୋଇବା... ଆଦି ପାଇଁ।"

"ଆଉ ଗୋଟେ କଥା।" ଜଣେ ଧର୍ମାଚାର୍ଯ୍ୟ କହିଲେ- "ମନ୍ଦିରର କଳସ ଏତେ ଉଚ୍ଚା ହେବ ଯେତିକି ଉପରକୁ ସତୀଙ୍କ ମହାପ୍ରୟାଣ ସମୟରେ ନିଆଁର ଶିଖା ଉଠିଥିବାର ଲୋକେ ଦେଖିଥିଲେ।"

ତାଳିରେ ଜାଗାଟି ପ୍ରକମ୍ପିତ ହୋଇଉଠିଲା। ତାଳି କମିବା ପରେ କେହିଜଣେ କହିଲା- "କହିବା ସହଜ, କରିବା କଷ୍ଟ। ପ୍ରଥମେ ଆରମ୍ଭ ତ ହେଉ, ତା ପରେ ହେଉହେଉ ଲେଜର୍ ଅବା ଅନ୍ୟ କୌଣସି ଟେକ୍ନୋଲୋଜି ଯେତେ ଉପରକୁ ନେଇ ପାରିବ ସେପର୍ଯ୍ୟନ୍ତ...।"

"ଟଙ୍କା ?"

"ରାୟ ସାହେବ, ଆପଣଙ୍କୁ କାଣି କଉଡ଼ିଟିଏ ବି ଖର୍ଚ୍ଚ କରିବାକୁ ପଡ଼ିବନି। ତାଙ୍କରି କାମ ସେ ହିଁ ସବୁ ବ୍ୟବସ୍ଥା କରିବେ। ପ୍ରଥମେ ପ୍ରତ୍ୟେକ ଦୋକାନ, ଘର ଆଗରେ ସତୀଙ୍କ ନାଁରେ ସ୍ୱେଚ୍ଛାରେ ଦାନ କରିବା ପାଇଁ ଏକ ଦାନବାକ୍ସ ରଖାନ୍ତୁ।"

"ଉହୁଁ, ସବୁର ମୂଳରେ ପ୍ରଚାର।"

ଆମକୁ ଲୋକଙ୍କ ଭିତରେ ଏ କଥା ପ୍ରଚାର କରିବାକୁ ହେବି ଯେ ପୂରା ଦେଶରେ, ଖାଲି ଦେଶରେ କାହିଁକି ସାରା ଦୁନିଆରେ, ସାରା ଇତିହାସରେ, ସମଗ୍ର ସଭ୍ୟତାରେ, ପୂରା ସଂସ୍କୃତିରେ ଏହା ହିଁ ଏକମାତ୍ର ପୀଠ ଅଟେ ଯେଉଁଠି ସମସ୍ତେ ସତୀଙ୍କୁ ସାକ୍ଷାତ୍ ସ୍ୱର୍ଗ ଯିବାର ସମସ୍ତେ ଦେଖିଛନ୍ତି।"

"ଏହି ଏକମାତ୍ର ତୀର୍ଥସ୍ଥାନ ଯେଉଁଠି ସମସ୍ତ ତୀର୍ଥସ୍ଥାନର ପୂଣ୍ୟଫଳ ମିଳିବ। ଗୋଟିଏ ସ୍ଥାନରେ ସବୁ ସ୍ଥାନର ସାଧନାର ଫଳ ଯଦି ମିଳେ ତେବେ ଏଠି ସେଠି ଘୂରି ବୁଲିବା କି ଦରକାର ?" ଜଣେ ଯୋଗୀ ଉଠିପଡ଼ି ଉତ୍ସାହର ସହ ଛିଡ଼ା ହୋଇପଡ଼ିଲା- "କୁହ ସତୀ ମାତାକି ଜୟ !"

ଦିବାନ୍-ଏ-ଖାସ୍ ଜୟଧ୍ୱନିରେ କମ୍ପି ଉଠିଲା, ଯାହାକୁ ଶୁଣି ରାୟ ବାହାଦୂରଙ୍କ ରକ୍ତ ମଧ୍ୟ ତାତି ଉଠିଲା। ସେ ଉଠି ଛିଡ଼ା ହୋଇପଡ଼ିଲେ, ତାଙ୍କୁ ଲାଗିଲା ଦୁନିଆଁ ଯାକର ଯେତେକ ତପସ୍ୱୀ, ଯୋଗୀ, ତାନ୍ତ୍ରିକ ସମସ୍ତଙ୍କ ତେଜ ଯେପରି ତାଙ୍କ ଶରୀରରେ

ପ୍ରବେଶ କରିଗଲା। ଶକ୍ତି ଏବଂ ଉତ୍ତେଜନାରର ଆଧିକ୍ୟରେ ବିଚଳିତ ହୋଇ ସେ ଖାଲି ଟହଲିବାକୁ ଲାଗିଲେ। ସମସ୍ତ ଶକ୍ତି ଯେପରି କୃଷ୍ଣଗର୍ଭର ଗୋଟିଏ ବିନ୍ଦୁରେ ଆସି କେନ୍ଦ୍ରୀଭୂତ ହୋଇଯାଏ... ସେହିପରି...। ଯଦି ଏ ସମୟରେ କେହି ତାଙ୍କ ବୀର୍ଯ୍ୟକୁ ଧାରଣ କରିପାରନ୍ତା ତେବେ ସେ ସନ୍ତାନଟି ଦୁନିଆର ପରମ ଓଜସ୍ୱୀ ଭାବେ ଜନ୍ମ ନିଅନ୍ତା। ସମ୍ଭବତଃ ସେ ଯେଉଁଠି ଛିଡ଼ା ହୋଇଥିଲେ ସେ ସ୍ଥାନଟି ତଳକୁ ଧସି ଯାଇଥିବ। ଏହି ସଂଯୋଗ ପୂର୍ବରୁ ତାଡ଼କାସୁର ବଧ ନିମନ୍ତେ କାର୍ତ୍ତିକଙ୍କ ଜନ୍ମ ସମୟରେ ଘଟିତ ହୋଇଥିଲା, ଆଉ ଏବେ ହୁଏତ ପୁନଃ...।

ଦୁବେ କିଛି କରିବା ପୂର୍ବରୁ ରାୟ ସାହେବ ତାକୁ ଡାକି କହିଲେ "କାଲିଠାରୁ ଧର୍ମାଚାର୍ଯ୍ୟ ମହାଶୟ ସତୀ ମନ୍ଦିର ଦେଖାଶୁଣା କରିବେ। ଆପଣ ତାଙ୍କୁ ସହଯୋଗ କରିବେ।"

"କ'ଣ?" ଥ' ହୋଇ ଠିଆ ହୋଇଗଲା ଦୁବେ। ଉଡ଼ିବା ପୂର୍ବରୁ ହିଁ ତା ଡେଣା କାଟି ଦେଇଥିଲେ ରାୟ ସାହେବ। କିନ୍ତୁ କିଛି କରାଯାଇ ପାରି ନ ଥାନ୍ତା। ଧର୍ମାଚାର୍ଯ୍ୟ ମହାଶୟ ସମ୍ଭବତଃ କୁଳଗୁରୁ ଥିଲେ।

॥ ୧୨ ॥

ବିଜୟଗଡ଼ରେ ସତୀ ମହିମାର କଥା ତ ପୂର୍ବରୁ ଖେଳିଯାଇଥିଲା। ସ୍ୱତନ୍ତ୍ର ଭାବେ ପ୍ରଚାର କରିବାର ଆବଶ୍ୟକତା ହିଁ ନ ଥିଲା। ଲୋକେ ସ୍ୱେଚ୍ଛାରେ ହିଁ ବୁଲି ବୁଲି ପ୍ରଚାର କରୁଥିଲେ। ଯେପରି ସୁନାମୀ ମାଡ଼ି ଆସିଥିଲା। ପ୍ରତ୍ୟେକ ବ୍ୟକ୍ତିଙ୍କ ପାଖରେ ସତୀଦାହର ଏକ ନିଜସ୍ୱ ଭିନ୍ନ କାହାଣୀ ପ୍ରସ୍ତୁତ ଥିଲା। ପ୍ରତ୍ୟେକ ବ୍ୟକ୍ତି ସ୍ୱଚକ୍ଷୁରେ ଏସବୁ କଥା ଦେଖିଥିବାର ଦାବି କରୁଥିଲା। ଏଥିରେ ତିଳେ ହେଲେ ସନ୍ଦେହ ନାହିଁ। ପୁଣି କେହି କହେ "ମୁଁ ନିଜେ ଦେଖିଛି ଷୋଳ ଶୃଙ୍ଗାର କରି ପତିର ଶବକୁ କୋଳରେ ଧରି ସେ ଯେତେବେଳେ ଚନ୍ଦନକାଠ ଚିତା ଉପରେ ବସିଲେ... ଆହା! କି ଆଭା ଥିଲା ମୁଖମଣ୍ଡଳରେ!"

କେହି ଜଳୁଥିବା ସତୀଙ୍କ ଚେହେରାର ମନମୋହନ ସ୍ମିତ ହସକୁ ଭୁଲି ପାରୁ ନ ଥିଲା ତ କେହି ତାଙ୍କ ତେଜୋଦୀପ୍ତ ଆଖିକୁ।

ଅବଶ୍ୟ ସୁନାର ସିଂହାସନ ଆଲଟ ଚାମର କରୁଥିବା ପରୀ ଏବଂ ଆକାଶରୁ ପୁଷ୍ପବୃଷ୍ଟି ହେଉଥିବା ବେଳେ ସତୀଙ୍କ ସ୍ୱର୍ଗାରୋହଣର କଥା ସମସ୍ତେ ବର୍ଣ୍ଣନା କରୁଥିଲେ। ଯଦିଓ କେତେ ଉଚ୍ଚତାକୁ ଯାଇ ସେ ଅନ୍ତର୍ଦ୍ଧାନ ହେଲେ ଏହାକୁ ନେଇ ସମସ୍ତଙ୍କ ମତ ଭିନ୍ନ ଥିଲା, କିଏ ମଣିଷେ ଉଚ୍ଚା କହୁଥିଲା ତ କିଏ ଦୁଇ ମଣିଷ କି ତିନି

ମଣିଷ! ଉଚ୍ଚତା କଥା କହିବା ବେଳେ ମଙ୍ଗଲୁ କହଁର ଏବଂ ନନ୍ଦୁ ବେକ ଏତେ ଉପରକୁ ଉଠେଇ ଦେଉଥିଲେ ଯେ ବେକ ଯେପରି ଟାଙ୍କି ହୋଇ ରହିଯିବ। ସତେ ଯେପରି ସତୀ ଏ ପର୍ଯ୍ୟନ୍ତ ଉପରକୁ ଉଠିଯିବାରେ ଲାଗିଛନ୍ତି ଏବଂ ଏମାନେ ଏ ପର୍ଯ୍ୟନ୍ତ ତାଙ୍କୁ ଯିବାର ଦେଖୁଛନ୍ତି।

ଦୁଇ ଚାରିଜଣ ଲୋକ ଯେଉଁଠି ଏକାଠି ହୋଇଯାଆନ୍ତି, ସଭା ଆରମ୍ଭ ହୋଇଯାଏ। ପ୍ରଘଟ ହୋଇଗଲା ଯେ ମନ୍ଦିରର ଆଧାରଶିଳା ସ୍ଥାପନ ପାଇଁ ଚାରୋଟି ପୀଠର ଶଙ୍କରାଚାର୍ଯ୍ୟ ଏବଂ ଅନେକ ରାଜ୍ୟର ମୁଖ୍ୟମନ୍ତ୍ରୀ ଆସିବେ।

କେହି ଜଣେ କହିଲା "ପ୍ରଧାନମନ୍ତ୍ରୀ ସ୍ୱୟଂ ଆସିବେ।"

"କିନ୍ତୁ ସାଙ୍ଗ, ପ୍ରଧାନମନ୍ତ୍ରୀ ତ କୃଷକମାନଙ୍କ ଆତ୍ମହତ୍ୟା ଘଟଣା ସମୟରେ ବି ଆସି ନ ଥିଲେ।" ଜଣେ ଆଶଙ୍କା ବ୍ୟକ୍ତ କଲା।

"ସେ ଅଲଗା କଥା, କିନ୍ତୁ ଏଥର ନିଶ୍ଚିତ ଆସିବେ, ଦେଖିବ। ଧର୍ମ କାମରେ ନିଶ୍ଚୟ ଆସିବେ। ନିଜେ ଶଙ୍କରାଚାର୍ଯ୍ୟ ତାଙ୍କୁ ନେଇକି ଆସିବେ।"

ମୁଁ ଦୁବେକୁ ପଚାରିଲି, "ମୋର ତ ଏତେ ବଡ଼ ପ୍ରୋଜେକ୍ଟ ଦେଖି ମୁଣ୍ଡ ଘୂରି ଯାଉଛି।"

"ପବିତ୍ର ନଦୀଗୁଡ଼ିକର ଜଳ ସଂଗ୍ରହର ଦାୟିତ୍ୱ କିନ୍ତୁ ତୁମକୁ ହିଁ ନେବାକୁ ପଡ଼ିବ। ଯାହାହେଲେ ବି କିଛି କିଛି କାମ ତ କରିବ ନା ନାହିଁ! ମୁଁ ଏକା କେତେସବୁ କରିବି। ତୁମ ତରଫରୁ ହିଁ କରିଦେଇଛି, ମନା କରିବନି।"

"ପାହାଡ଼ ଲଦିବାକୁ ମୁଁ ହିଁ ମିଳିଲି ତୁମକୁ?"

"ଡେଣା ଲଗାଇ ଉଡେଇ ଦିଅ ପାହାଡ଼କୁ।" ସେ ଟିକେ ରହସ୍ୟଭରା ସ୍ୱରରେ ଆସ୍ତେ କରି ମୋତେ କହିଲା- "ସବୁଠୁ ସହଜ କାମ ତୁମକୁ ହିଁ ଦେଇଛି।" ପୁଣି ମୋ କାନରେ କହିଲା- "ବର୍ଷା ପାଣି ନେଇ ଆସ, ସବୁ ହୋଇଯିବ।"

"ଧନ୍ୟ ତୁମ କପଟ ବୁଦ୍ଧି!" ମୁଁ ସେଠୁ ଚାଲିଆସିବାକୁ ବାହାରିବା ବେଳେ ସେ ମୋ ହାତକୁ ଧରିନେଲା, "ଆରେ ଶୁଣ, କୁଆଡ଼େ ଧାଉଁଛ? ସମସ୍ତ ଜଳସ୍ରୋତର ଜଳରୁ ହିଁ ବର୍ଷାର ସୃଷ୍ଟି। ବର୍ଷା ପାଣି ଅର୍ଥାତ୍ ଏ ସମସ୍ତଙ୍କ ପାଣି। ବ୍ରାହ୍ମଣଙ୍କ ପାଖରେ ସବୁ ଧାର୍ମିକ ସମସ୍ୟାର ସମାଧାନ ଅଛି।"

ମୁଁ ଦୁବେକୁ ଚାହିଁ ରହିଗଲି... ଶଳା! ମଣିଷ ନା ସଇତାନ! ସାବିତ୍ରୀକୁ ବାଇପାସ୍ କରି ଜାବିତ୍ରୀ ପାଖରେ ପହଞ୍ଚିଗଲା ଆଉ ସେଇଠୁ ଆମଦାନୀର ଅକ୍ଷୟ ସ୍ରୋତ ରୂପେ ସତୀ ମନ୍ଦିର କଥା ଯା' ମନକୁ ଆସିଲା କେମିତି? ଭୟଙ୍କର ବୁଦ୍ଧି। ମୋତେ କିନ୍ତୁ ସାବିତ୍ରୀ କୁଅଁର ବିଷୟରେ କିଛି ଜଣେଇବାର ଥିଲା, କେବେ ଜଣେଇବି?

ତାକୁ ତ କ୍ଷଣଟେ ବି ତର ନାହିଁ। ରାତାରାତି ଭି.ଭି.ଆଇ.ପି. ପାଲଟି ଯାଇଥିଲା ମୋ ସାଙ୍ଗ। ଧର୍ମାଚାର୍ଯ୍ୟ ମହାଶୟ ସିନା ଡେଣାଟିକେ କାଟିଦେଲେ, ନହେଲେ ଭେଟିବା ପାଇଁ ଲାଇନ୍ ଲଗାଇବାକୁ ପଡ଼ିଥାନ୍ତା।

ନଦୀ ଘାଟକୁ ଆଗରୁ କେବେ କେମିତି ହିଁ ଯାଉଥିଲି। ଏବେ ପ୍ରାୟ ପ୍ରତ୍ୟେକ ଦିନ ଯିବାକୁ ପଡୁଥିଲା। ନ ଆସିଲେ ମନକୁ ଶାନ୍ତି ମିଳୁ ନ ଥିଲା। ଉଠିଲେ- ବସିଲେ ସାବିତ୍ରୀ କୁଅଁର କଥା ହିଁ ଭାବୁଥିଲି। ସେ ନିଆଁରେ ଜଳି ଯାଉଥିବାର ଦୃଶ୍ୟ ପ୍ରାୟ ମନ ଭିତରେ ଆସିଯାଏ। ନା ଜଳିଗଲା ନା ରକ୍ଷା ପାଇଗଲା। କିନ୍ତୁ ଆଶ୍ଚର୍ଯ୍ୟ, ମୁଁ ସେଦିନ ସତୀମଣ୍ଡପ ପାଖରେ ହିଁ ତାକୁ ଦେଖିଲି। ଅଳ୍ପ ଓଢ଼ଣା ତଳେ ମୁହଁକୁ ଲୁଚେଇ ରଖିଥିଲା। ଗଛ ଡାଳର ଘନ ଛାଇରେ କୁଞ୍ଜବନ ପରି ମନେହେଉଥିବା ସ୍ଥାନଟି ସମ୍ପୂର୍ଣ୍ଣ ସଫାସୁତୁରା ଲାଗୁଥିଲା। ଆସ୍ଥାନରେ ନୂଆ ବାଉଁଶ, ବାଉଁଶରେ ସୁନେଲୀ ଜରିଧଡ଼ି ଥିବା ଧଳା ପତାକା ସହ କେତୋଟି ନାଲି ପତାକା ମଧ୍ୟ ଫରଫର ହୋଇ ଉଠୁଥିଲେ। କିଏ ଜାଣେ ଏହା ତା'ର ସଧବା ଏବଂ ବିଧବା ଦୁଇଟି ଅବସ୍ଥାକୁ ପ୍ରତୀକ ରୂପେ ପ୍ରତିବିମ୍ବିତ କରୁଥିଲା ଅବା ଲାଲ ପତାକା ଲାଲ୍ ସାହେବଙ୍କ ମାତା କୂଳଦେବୀଙ୍କ ପାଇଁ? ଅବଶ୍ୟ ଅଶ୍ୱତ୍ଥ ଗଛର ଭଙ୍ଗା ଡାଳ ଖଣ୍ଡେ ତା ଉପରେ ପ୍ରଣାମ ମୁଦ୍ରାରେ ଝୁଲି ପଡ଼ିଥିଲା। ହୁଏତ କେହି ତାକୁ ସେ ସ୍ଥାନରୁ ଘୁଞ୍ଚେଇ ଦେବାକୁ ସାହସ କରି ନ ଥିଲେ।

ସତୀ ସ୍ଥାନଟି ଛୋଟକାଟିଆ ମେଳା ପାଲଟି ଯାଇଥିଲା। ସ୍ତ୍ରୀ ଲୋକମାନଙ୍କର ସିନ୍ଦୂର ଟିକିଲି ପାନିଆ, ପିଲାମାନଙ୍କ ପାଇଁ ବିଭିନ୍ନ ପ୍ରକାରର ଖେଳଣା, ଗ୍ରାମୀଣ ମିଠା ଆଦି ଅନେକ ପ୍ରକାରର ଜିନିଷ ବିକ୍ରି ହେଉଥିଲା। ମୋତେ ଲବ ଓ କୁଶ ପାଇଁ ମଧ୍ୟ ଦୁଇଟି ଚକଲଗା କାଠ ଖେଳଣା ନେବାର ଥିଲା, ଯାହା ସତ୍ୟଜିତ୍ ରାୟଙ୍କଠାରୁ ନେଇ ଭି. ଶାନ୍ତାରାମଙ୍କ ଏବଂ ମୋ ପରି ସାଧାରଣ ଲୋକର ପ୍ରଥମ ପସନ୍ଦ ଥିଲା, ଛୋଟ ବାଡ଼ି ଆଗରେ ଲାଗିଥିବା ଏକ ସାନ ବାଜାଟିଏ, ଚକ ଗଡ଼ିଲେ ଦୁଇଟି କୁନିକୁନି ବାଡ଼ି ସେ ବାଜା ଉପରେ ପିଟି ହୋଇ ଶବ୍ଦ କରନ୍ତି। ପ୍ରସାଦ ପାଇଁ ପୁରି ଏବଂ ହାଲୁଆ ତିଆରି କରୁଥିବା ସ୍ତ୍ରୀ ଲୋକମାନେ ଆଶ୍ଚର୍ଯ୍ୟ ହୋଇ ମୋତେ ଚାହିଁ ରହିଥିଲେ ଯେ ମୁଁ କାହା ପାଇଁ ଦୁଇ ଦୁଇଟି ଖେଳନା ଗାଡ଼ି ନେଇ ଯାଉଛି। ସନ୍ଧ୍ୟା ହୋଇ ଆସୁଥିଲା।

ହଠାତ୍ ଗୋଟେ ଫଟୋ ଦୋକାନରେ ତାକୁ ଦେଖିଲି। ଦଶ ଟଙ୍କା ଦେଇ ଗୋଟେ ଫଟୋ ଓ ଦଶଟଙ୍କା ଦେଇ ଗୋଟେ ଓଢ଼ଣୀ ସେ କିଣିଲା। ତା'ପରେ ସେ ସତୀ ଆସ୍ଥାନ ପାଖକୁ ଯାଇ ଧୂପ, ଦୀପ ଜାଳିଲା ଓ ଆଣ୍ଠୁ ମାଡ଼ି ପ୍ରଣାମ କଲା। ଅଚାନକ ମୋର ମନେହେଲା ସେ ଯେପରି ଥରି ଉଠୁଛି। କେହି ଜଣେ ସ୍ତ୍ରୀ ଲୋକ

କହିଲା- ଲାଗୁଛି, ସତୀମାତା ସବାର ହେଉଛନ୍ତି। ଚାହୁଁ ଚାହୁଁ ସେ ଗୋଲ ଗୋଲ ହୋଇ ଘୂରି ଘୂରି ନାଚିବାକୁ ଲାଗିଲା ଏବଂ ଜଣ ଜଣ କରି ଆହୁରି ଅନେକ ସ୍ତ୍ରୀଲୋକ ଏହି ନୃତ୍ୟରେ ଆସି ସାମିଲ ହୋଇଗଲେ। ଚାରିପଟୁ ଗୋଟେ ଚାପା ଗୁଞ୍ଜରଣ ଶୁଭାଯାଉଥିଲା- "ଇଏ କାହା ବୋହୂ, କାହା ସ୍ତ୍ରୀ?"

"କେଉଟୁଣୀ।"

"କୋଉ କେଉଟୁଣୀ?"

"ଆରେ ସେ ଯେଉଁ ନାଉରିଆ ଅନମୋଲ ନୁହଁ? ତା' ସ୍ତ୍ରୀ।"

ସେ ଓଢ଼ଣା ଟାଣି ପୂର୍ବପରି ଉଠି ଠିଆ ହେଲା, ନିଜକୁ ସଜାଡ଼ିଲା ଏବଂ ଚଉତରାରୁ ଓହ୍ଲେଇ ଘାଟ ଆଡ଼କୁ ଯିବାକୁ ବାହାରିଲା।

"ଆରେ! ମେନେଜର ବାବୁ, ନମସ୍କାର।"

ବୁଲି ଦେଖିଲି, ଅନମୋଲ ଠିଆ ହୋଇଛି। ଲବ ଆଉ କୁଶ ତା ଆଙ୍ଗୁଳି ଧରି ଛିଡ଼ା ହୋଇଥିଲେ।

"ଆରେ ଅନମୋଲ! କ'ଣ ଖବର?"

"ଆପଣ ତ ପୂରା ଭୁଲିଗଲେ ବାବୁ।"

"ଆରେ ନାଁ ନାଁ।" ମୁଁ ସେ ପିଲାଦୁହିଁଙ୍କ ହାତରେ ଖେଳଣା ଧରେଇଲି ଓ ତାଙ୍କ ଗାଲକୁ ଟିକେ ଆପୁଡ଼େଇ ଦେଲି।

"ଘରକୁ ଆସିବେନି, ଯା' ମାଆ ସବୁଦିନ ପଚାରୁଛି। ଏଇ ଏବେ ଏବେ ତ ଏଇଠୁ ଗଲା। ଆସନ୍ତୁ ନା, ଖାଲି କପେ ଚା'ପିଇଦେଇ ଚାଲିଯିବେ, ସେ ବହୁତ ଖୁସି ହୋଇଯିବ।"

ଝୁମ୍ପୁଡ଼ି ଘରଟିର ଦୃଶ୍ୟ ଭାରି ଅଦ୍ଭୁତ ଥିଲା।

ଭୁତୁଣୀ ପରି ଜଣେ ମୁଣ୍ଡରେ ନାଲିଓଢ଼ଣୀ ପକାଇ ଆଖିପତା ଓଲଟାଇ ହାତରେ ଖର୍ପର ଧରି ମାଆ କାଳୀ ପରି ଦଉଡ଼ୁ ଥିଲା। ସନ୍ଧ୍ୟା ସମୟର ରକ୍ତିମ ସୂର୍ଯ୍ୟକିରଣରେ ତା ଓଲଟା ଆଖିପତାର ରକ୍ତିମ ବର୍ଣ୍ଣ ଲବ କୁଶଙ୍କୁ ଭୟଭୀତ କରାଉଥିଲା। ଭୟଭୀତ କରାଉଥିଲା ନା ହସାଉଥିଲା! ଦୁଇଟି ଯାକ ପିଲା ଗାଡ଼ି ଧରି ଧାଁ ଦଉଡ଼ କରୁଥିଲେ।

"କ'ଣ ପୂରା ପାଗଳ ହୋଇଗଲୁ କି? ଆରେ, ବାବୁ ଆସିଛନ୍ତି।" ଅନମୋଲ ସତର୍କ କରେଇଦେଲା।

ସାରା ନାଟକ ବନ୍ଦ ହୋଇଗଲା। ଆଖିପତା ସିଧା ହୋଇଗଲା, ସେ ଅସ୍ତବ୍ୟସ୍ତ ହୋଇ ଉଠିଲା, ସତେ ଅବା ମୁଁ ତାକୁ ଖୋଲା ଦେହରେ ଦେଖିଦେଇଛି।

ସେ ଅନ୍ୟଆଡ଼କୁ ବୁଲିପଡ଼ିଲା- "ଆସନ୍ତୁ ମେନେଜର ବାବୁ!"

ଝୁମ୍ପୁଡ଼ିର ମଳିଚିଆ ଆଲୁଅରେ ସେ ପୂର୍ବପରି ଭୟାନକ ଦିଶୁଥିଲା । ପୁଣି ଷ୍ଟୋଭ୍‌ର ସଁ-ସଁ ଶବ୍ଦ... ମୋ ପାଇଁ ଚା କରିବାକୁ ପାଣି ବସେଇ ସାରିଥିଲା ।

"ଠିକ୍ ଏଇଆ ହିଁ ମୋ ଶାଶୂ କହିଥିଲେ ଯେବେ ପ୍ରଥମ ଥର ମୋତେ ଏମିତି କରିବାର ଦେଖିଥିଲେ ।"

'ଶାଶୂ ?'

"ଆରେ, ଯା'ଙ୍କ ମାଆ... ।"

ଚର୍ଚ୍ଚା ଧୀରେଧୀରେ ସେହି ପୁରୁଣା ଦିନଗୁଡ଼ିକୁ ବିଷୟରେ ଆରମ୍ଭ ହେଲା ।

"ତାଙ୍କ ଦେହ ଭଲ ରହୁ ନ ଥିଲା । କେବେ କେବେ ଘରେ ପ୍ରଳାପ କରିଉଠନ୍ତି, କେବେ ମୋ ପାଖରେ ଆସି ନେହୁରା ହୁଅନ୍ତି, 'ମୋ ପିଲାଙ୍କୁ ଛାଡ଼ିଦିଅ ମାଆ' ! ମୁଁ କାନ୍ଦିପକାଏ । ସେ ବି । ଜୀବନ ଆମକୁ କେଉଁ ପରିସ୍ଥିତିରେ ଆଣି ଠିଆ କରେଇ ଦେଇଥିଲା । ଶାଶୂ ଚାଲିଗଲେ, ମୁଁ ରହିଗଲି । ମୋ ନିଜ ମୃତ୍ୟୁର ନାଟକ କରେ, ନିଜ ମୃତ୍ୟୁରେ ମୁଁ ନାଚେ, ଗାଏ... ନିଜର ହିଁ ଆଳତୀ କରେ, ନିଜ ଫଟୋରେ ନାଲି ଲୁଗା ଚଢ଼ାଏ - ଲୋକମାନଙ୍କୁ କହେ ।"

"ଏଇ ଦୁଇ-ଦୁଇଟା ଫଟୋ ତୁମେ ନେଇ ଆସିଲ, ଦୁଇଟି ଯାକ ସତୀମାତାଙ୍କର ?"

"ହଁ, ଗୋଟେ ହେଲା ଯେତେବେଳେ ସତୀ ହୋଇ ନ ଥିଲେ, ଆଉ ଆରଟି ସେତେବେଳେ..." ଅଧାରୁ ସେ ଚୁପ୍ ହୋଇଗଲା ।

ତଳେ ବସି ଗୋଟେ ହାତରେ ଭୂଇଁକୁ ଉଖାଡ଼ି ସେ କହିଚାଲିଥିଲା । ପ୍ରଥମ ଚିତ୍ରଟି କୌଣସି ଏକ ଅତ୍ୟନ୍ତ ସୁନ୍ଦରୀ ମହିଳାର ଥିଲା, ଦ୍ୱିତୀୟଟି ନିଆଁ ଘେରରେ ଥିବାରୁ ସ୍ପଷ୍ଟ ଭାବେ ଦେଖାଯାଉ ନ ଥିଲା । ଜଣେ ମୃତ ଜଣେ ଜୀବନ୍ତ । ବଞ୍ଚିଥିବା ଜଣକ ସେ ପ୍ରଥମଟିର ପ୍ରତ୍ୟେକ ଦିନ ପୂଜା ଅର୍ଚ୍ଚନା କରେ, ଆଉ ନୃତ୍ୟ କରେ ସେ ମୃତ ଫଟୋ ଆଗରେ ।

"ବେଳେବେଳେ ତ ମୁଁ ନିଜେ ହିଁ ଭୁଲିଯାଏ ଯେ, ଯିଏ ମରିଗଲା ସେ କିଏ ଥିଲା, ଆଉ ଯିଏ ବଞ୍ଚିଛି ସେ କିଏ ? ମୁଁ ଯଦି ବଞ୍ଚିଛି ତା ହେଲେ ସେ କିଏ, ଯିଏ ମରିଗଲା ! ଆଉ ଯଦି ମୁଁ ମରିଗଲି ତା ହେଲେ... ସେ କିଏ ଯିଏ ବଞ୍ଚିଛି ।" ଚା' ଫୁଟି ଆସୁଥିଲା ।

ଫଟୋରେ ଥିବା ସ୍ତ୍ରୀ ଲୋକର ସୌନ୍ଦର୍ଯ୍ୟକୁ ମନେ ମନେ ପ୍ରଶଂସା କରୁ କରୁ ପଚାରିଲି-

"ମାଆଘରେ ଥିବା କଥାସବୁ ମନେପଡ଼େ ?"

"ବହୁତ, ଛଟପଟ ହୋଇ ରହିଯାଏ। ସେକେଣ୍ଡ ଡିଭିଜନରେ ପାସ୍ ହୋଇଥିଲି। ବାପା ଆହ୍ଲାବାଦ ପଠେଇବାକୁ ଚାହୁଁଥିଲେ। ସେତେବେଳେ ହିଁ ଯେମିତି କୋଉ ଶନି ଗ୍ରହର ନଜର ଲାଗିଗଲା... ସ୍କୁଲର ଫଙ୍କସନ ଥିଲା। ଭାରତ ମାତା ସାଜି ହାତରେ ତ୍ରିଶୁଳ ଧରି ମୋତେ ନାଚିବାର ଥିଲା, ତେଜୋଦୀପ୍ତ ନୃତ୍ୟ ଏବଂ ଯିଏ ବି ଖରାପ ଦୃଷ୍ଟିରେ ଦେଖିବି ତାକୁ ସଂହାର କରିବାର ଥିବ। ସେଇଠି ହିଁ ମୋତେ ଛୋଟ କୁଅଁର ସାହେବ ଦେଖିଥିଲେ। ନୃତ୍ୟ ସରିବା ପରେ ପ୍ରଣାମ କରିବାକୁ ଆସିଲି, ସେଇ ବେଶରେ... ରାଜା ଉଦୟପ୍ରତାପ ସିଂହଙ୍କୁ। ସାନ କୁମାରଙ୍କ ପାଦ ବି ଛୁଇଁଲି। ସେ ଦୁଇ ହାତରେ ମୋତେ ବାହୁ ପାଖରୁ ଧରି ଅଟକାଇ ଦେଲେ ଓ ଏକ ଲୟରେ ଚାହିଁବାକୁ ଲାଗିଲେ। ରାଜା ପୁଅକୁ ତାଗିଦ୍ କଲେ 'କୁମାର!'

ସାନ କୁମାର ହାତ ଛାଡ଼ିଦେଲେ, କହିଲେ- "ବାପା, ମୋତେ ଏଇ ଝିଅ ଦରକାର... ଏଇ ଝିଅ ହିଁ।"

ମୋ ବାପା ପାଖରେ ଥିଲେ। କହିଲେ "ଏବେ ତ ସେ ସାନ ଅଛି କୁମାର। ପାଠ ପଢୁଛି।" ଜିଦ୍‌ଖୋର ପୁଅ କହିଲା- "ମୁଁ ସେସବୁ କିଛି ଜାଣିନି।"

ରାଜା ଉଦୟପ୍ରତାପ ମୋ ବାପାଙ୍କୁ କହିଲେ 'କନ୍ୟାରତ୍ନ, କେଉଁଠି ନା କେଉଁଠି ତ ଆପଣଙ୍କୁ ବିବାହ ଦେବାକୁ ହେବ। ଆଉ ବାକି ରହିଲା ପାଠ ପଢ଼ିବା କଥା, ଆମେ ଆଗକୁ ପଢ଼େଇବୁ... କ'ଣ କହୁଛ?'

ବହୁତ ଯୁକ୍ତିତର୍କ ହେଲା। ବନ୍ଧୁକ ବାହାରିଲା, କିନ୍ତୁ ଲୋକମାନେ ବୁଝାସୁଝା କରିବାରୁ ବାପା ରାଜି ହୋଇଗଲେ। ଯେଉଁ ହାତ ତ୍ରିଶୁଳ ଧରିଥିଲା, ସେଇ ହାତ ବରଣମାଳା ଧରିଲା।"

"ତେବେ ଏଠି କୋଉ କଲେଜରେ କୁଅଁର ସାହେବ ନାଁ ଲେଖେଇଲେ?"

"କଲେଜ! ହୁଁ! ଭୋକିଲା କୁକୁର ଝୁଣିଲା ପରି ମୋତେ ଝୁଣି ଚାଲିଲା।"

"ଭାରତ ମାତାର ବଳାତ୍କାର!"

"ହଁ। ଖୋଲିକି ଯଦି ଦେଖେଇବି... ଆଜି ବି କେତେ ଜାଗାରେ ରାମ୍ପୁଡ଼ା କାମୁଡ଼ିବାର ଦାଗ - ଗାଲରେ ଏଇଠି, ଜଙ୍ଘରେ... ଏଇ ଛାତିରେ! ଦିନରାତି ସକାଳ ସନ୍ଧ୍ୟା କ'ଣ... ମାସିକ ଧର୍ମ ସମୟରେ ବି... ଗାଧୋଇକି ବାହାରିଥାଏ ବି... ସେମିତି...।"

"ସେଇଠୁ...?"

"ସେଇଠୁ ଆଉ କ'ଣ... ଇଏ ରହିଲା ପେଟରେ। ଖୁବ୍ ଶୀଘ୍ର ଘଟଣାଗୁଡ଼ିକ ଘଟି ଚାଲିଥିଲା। ଉଦୟପ୍ରତାପ ହାର୍ଟଆଟାକ୍‌ରେ ଚାଲିଗଲେ। ତା'ପରେ ଯା ବାପା,

ମାନେ ଛୋଟ କୁଅଁରଙ୍କୁ ଗୁଳିମାଡ଼... ପରେ ମୋତେ ସତୀ କରିଦିଆଗଲା। ଗରମ ତାଓ୍ୱାରେ ଛଟପଟ ହୋଇ ପାଣିବୁନ୍ଦାଟି ମରିଯିବାର କେବେ ଆପଣ ଦେଖିଛନ୍ତି - ସେ ସେଇଠି ହିଁ ରହିଯାଏ ତାଓ୍ୱା ଉପରେ ଏକ ଧଳା ଦାଗ... ତାହାହିଁ ସତୀ ମାଆଙ୍କ ସ୍ଥାନ !"

ମୁଁ ଅନମୋଲକୁ ଚାହିଁ ପଚାରିଲି "ପୁଲିସ ଆସି ନ ଥିଲା ସେ ଘଟଣା ସମୟରେ ?"

"ଆସିଥିଲେ, ପାଦ ଛୁଇଁ ଚାଲିଗଲେ।"

"ଆଉ କେହି ?"

"ସେଦିନ ସେ ପ୍ରଳୟଙ୍କରୀ ରାତିରେ କିଏ ଆସିଲା- କିଏ ଗଲା... କିଏ ଜାଣେ ! ପଚାଶ ପ୍ରକାର କଥା !"

"ଏଠିକି କେହି ଖୋଜଖବର ନେବାକୁ କିଏ ଆସିଥିଲେ- ଦିଲ୍ଲୀ, ଲକ୍ଷ୍ନୌ ଅବା ଭୋପାଳରୁ ?"

"ଶୁଣିଲି, ଦି'ଜଣ ମନ୍ତ୍ରୀ ଆସିଥିଲେ ପ୍ରଣାମ କରିବାକୁ। ଆମେ ଦୁହେଁ କିଛିଦିନ ବାହାରେ ହିଁ ରହିଲୁ, ତା'ପରେ ମାଆ କହିବା ପରେ ଦିନେ ଫେରିଆସିଲୁ ଓ ମାଆ ଚାଲିଗଲାପରଠୁ ଏଇଠି ହିଁ ଅଛୁ।"

"ଡର ଲାଗେନି ?"

"ଡର ତ ଲାଗେ ବାବୁ, ହେଲେ ଇଏ ହିଁ ମାନୁନି, କେଜାଣି କ'ଣ ଅଛି ୟା ମନରେ !"

"ତୁମେ କେଉଁଠି ଶୁଅ ?"

"ତଳେ।"

"ଆଉ ସେ ପିଲାଙ୍କ ସହ ଖଟରେ। ମୁଁ ବେଡ଼ିୟାର ଥାରୁ ଲୋକଙ୍କ ପରମ୍ପରା ବିଷୟରେ କିଛି ଶୁଣିଛି। ଦୈହିକ ସମ୍ବନ୍ଧ ରଖୁଥିବା ଯାଏଁ ପତି-ପତ୍ନୀ ପଲଙ୍କରେ ଶୁଅନ୍ତି, ତା ପରେ ପତ୍ନୀ ପଲଙ୍କରେ ଓ ପତି ତଳେ। କାହିଁକି ନା... ପତି ନୀଚ ଜାତିର ହୋଇଥାଏ ଓ ପତ୍ନୀ ଉଚ୍ଚ ଜାତିର।"

ଦୁହେଁ ହସିବାକୁ ଲାଗିଲେ। ଆଉ ହଠାତ୍ ତା ମୁହଁରୁ ହସ ଲିଭିଗଲା।

"ମୋର ତ ଜାତି ଗୋତ୍ର, ଛୁଆଁ ଅଛୁଆଁ ସବୁ ଭ୍ରମ ସେଇ ନିଆଁରେ ଜଳିଗଲା।" ସେ ଶୂନ୍ୟକୁ ଚାହିଁ ରହିଥିଲା।

"ଏଇ ତୁମ ହାତଟା ବାକି ଦେହଠାରୁ ଏତେ ସଫା କାହିଁକି ?"

"ଏଇଟା... ?" ହଠାତ୍ ସେ ଚୁପ୍ ହୋଇଗଲା। ତା'ପରେ ରହସ୍ୟଭରା

ସ୍ୱରରେ ଚାପା ଗଳାରେ କହିଲା- "ସେଇଟା ହିଁ ତ ପ୍ରକୃତ ରଙ୍ଗ ବାବୁ! ମୋତେ ସବୁଦିନ ମୁହଁକୁ ଶ୍ୟାମଳ ରଙ୍ଗ କରିବାକୁ ପଡ଼େ, ଅସଲ ଗୋରା ରଙ୍ଗକୁ ଲୁଚେଇବା ପାଇଁ। ପରିଚୟ ଉପରେ ପରଦା ଟାଣିବାକୁ। ସ୍କୁଲ ଡ୍ରାମାରୁ ମେକ୍‌ଅପ୍ ଶିଖିଥିଲି, ପରେ କାମରେ ଆସିଲା। କେତେ ଦିନ ନିଜକୁ ଲୁଚେଇ ରଖିବି?"

"ମୋତେ ଲାଗୁଛି ତୁମେମାନେ ଯେତେ ଶୀଘ୍ର ସମ୍ଭବ ଏ ଅଞ୍ଚଳ ଛାଡ଼ି ଦେବା ଉଚିତ।"

ଚୁପ୍‌ଚାପ୍ ଚା' ପିଇ ଯିବାକୁ ବାହାରିବାରୁ ସେ କହିଲା- "ଆପଣ ଲକ୍ଷ୍ୟ କଲେ?"

"କ'ଣ?"

"ସେ ଅଶ୍ୱତ୍‌ଥ ଗଛଟି ପୁଣି କଅଁଳି ଉଠୁଛି।" ସେ ଟିକେ ରହିଯାଇ ପୁଣି କହିଲା- "ଆଉ ମୁଁ ମଧ୍ୟ। ଦେଖିବେ ଦିନେ ପୂରା ହୃଷ୍ଟପୁଷ୍ଟ ହୋଇ ଠିଆ ହୋଇଯିବ, ଆଉ... ମୁଁ ମଧ୍ୟ।"

ମୁଁ ଚମକି ପଡ଼ି ତା ଟଣାଟଣା ଆଖିକୁ ଚାହିଁ ରହିଲି - ଏକବାର ନିର୍ଲିପ୍ତ!

"ମୋ ପାଇଁ ତ ସେ ହିଁ ପ୍ରକୃତ ଦେବତା, ଆଜି ଯଦି ମୁଁ ଆପଣଙ୍କ ଆଗରେ ଠିଆ ହୋଇଛି ତାହା କେବଳ ଏଇ ଅନମୋଲର ଏବଂ ମାଆର ଦୟାରୁ।"

॥ ୧୩ ॥

ମୋ ମନ ଗୋଟେ ବଡ଼ ଦ୍ୱିଧାରେ ଘାଣ୍ଟି ହେଉଥିଲା। ସତୀର ପ୍ରକୃତ ସତ କହିଦେବି। ମନ କହେ "କହି ଦେଉନୁ କାହିଁକି?" ପୁଣି ମନକୁ ଆସେ "ବିଶ୍ୱାସ କିଏ କରିବ?" ଯଦି କଥାର କୌଣସି ସମାଧାନ କରି ନ ପାରିବ ତେବେ ଆରମ୍ଭ କରିବ କାହିଁକି? ଦୁବେକୁ ବି କଥା ଶୁଣିବାକୁ କି ବୁଝିବାକୁ ସମୟ ନାହିଁ। ତା ହେଲେ...? ଆଉ ଟିକେ ଅପେକ୍ଷା କରାଯାଉ। ମୁଁ ନିଜକୁ ସମ୍ଭାଳି ନିଏ।

ଦିନେ ଦୁବେ କହିଲା "ଆପଣଙ୍କ କବିରାଜ ମହୋଦୟ ଅନେଶ୍ୱତ ପାଖରେ ଅଟକି ଯାଇଛନ୍ତି, ତାଙ୍କୁ ସେଠୁ ବାହାର କର।"

ସତରେ, ଅବଧୂ ଜଣେଇଲା- "ଅନେଶ୍ୱତ ତ ମିଳିଯାଇଛି, ଆଉ ଗୋଟେ ଯଦି ମିଳିଯିବ ତା'ହେଲେ ଶହେ ପୂରା ହୋଇଯିବ।"

"ବୁଝି ପାରିଲିନି।"

"ଆରେ, ଏଇ ସତୀମାନଙ୍କ କଥା। ସେ ଦିନ କଥା ସ୍ଥିର ହୋଇଥିଲା ଯେ ଏ

ପୃଥିବୀରେ ଯେତିକି ସତୀ ଅଛନ୍ତି ସେସବୁ ସ୍ଥାନର ମାଟି। ତେଣୁ ମେନେଜର ବାବୁ, ଏବେ ତ ଶହେ ହେଲେ ଯାଇ ପାଣି ପିଇବି।"

"ଆରେ ସେ କୋଉ ସତୀ ଥିଲେ ଯାହାଙ୍କ ସ୍ୱାମୀଙ୍କୁ ବେଶ୍ୟା ପାଖକୁ ଯିବାର ଇଚ୍ଛା ହେବାରୁ ସତୀ ତାଙ୍କୁ କାନ୍ଧରେ ବସାଇ ବେଶ୍ୟା ପାଖରେ ପହଞ୍ଚାଇ ଦେଇଥିଲେ ?"

"ଶୈବ୍ୟା !"

"ରାଜା ହରିଶ୍ଚନ୍ଦ୍ରଙ୍କର ! ଆରେ ନାଁ, ସେ ଆଉ ଜଣେ ଥିଲେ।"

"ଧନ୍ୟ ତୁମେ ସତୀ ମାତା, ତୁମର ମହିମା ଅପାର। ଏପରି ସ୍ୱାମୀ ସେବା ଅଦ୍ୱିତୀୟ।" ଗୟା ଗଦ୍‌ଗଦ ହୋଇଗଲା, ତା'ର ବେଶ୍ୟା ଗମନକୁ ଏବେ ଦେବତାମାନଙ୍କ ସମ୍ମତି ମିଳିଯାଇଥିଲା।

"ଆପଣ ବି ତ ବିଦ୍ୱାନ, ଟିକେ ମୋ ଏଇ ତାଲିକାଟିକୁ ଦେଖି ଦିଅନ୍ତୁ।"

"ସବୁ ?"

"ଆରେ ନାଁ ନାଁ, ଏଇ ଏବେ ଏବେ କିଛି ନୂଆ ଯୋଡ଼ିଛି - ଧ୍ୟାନ ଦେଇ ଶୁଣନ୍ତୁ, ଏଇ ଆମ ଭାରତରେ ଦୁଇଟି। ଦୁର୍ଗ ଅଜେୟ ଥିଲା, କେଉଁ ଦୁଇଟି ? ଗୋଟେ ହେଲା କଲିଞ୍ଜରର ଦୂର୍ଗ ଏବଂ ଆଉ ଗୋଟେ ରାୟସେନର। କଲିଞ୍ଜରରେ ତ ତୋପ ମରାମତି ସମୟରେ ଶେରଶାହ ସୁରୀ ମୃତ୍ୟୁବରଣ କରିଥିଲା, ବାକି ରହିଲା ରାୟସେନ କିଲ୍ଲା। ଏହା ଗୋଣ୍ଡ ରାଜାଙ୍କ ଦୁର୍ଗ ଥିଲା। କଲିଞ୍ଜର ଦୁର୍ଗକୁ ଅଧିକାରୀ କରିବା ପୂର୍ବର ଘଟଣା ଇଏ, ଏ ଦୁର୍ଗକୁ କେହି ମଧ୍ୟ ଅଧିକାର କରିପାରିଲେ ନାହିଁ... କିଏ ବି। କିନ୍ତୁ ଶେରଶାହଙ୍କ ଆକ୍ରମଣରେ ମନ ଭିତରେ ଗୋଟେ ଭୟ ବସାବାନ୍ଧିଲା। ହେ ଭଗବାନ ! ଯଦି ହାରିଯାଏ... କି ମରିଯାଏ, ତା ହେଲେ... ତା ହେଲେ ତ ରାଣୀ ସିଧା ମୁସଲମାନ ହାତରେ ପଡ଼ିଯିବେ। ଏହି ପରିସ୍ଥିତିର କଳ୍ପନା କରି ହିଁ ସେ ଭୟଭୀତ ହୋଇଗଲେ, ଖୋଳରୁ ତରବାରୀ ବାହାର କଲେ ଓ ଖଚ୍... ! କାଟି ଦେଲେ ରାଣୀଙ୍କ ବେକ ! ସତୀଙ୍କ ସମ୍ମାନ ରକ୍ଷା କଲେ।"

"ବାଃ ! ରାଜା !" କେହି ଜଣେ କହି ଉଠିଲା।

"ଏକଥା ତ କିଛି ହାଡ଼ା ରାଣୀ ପରି...।"

ଆଖି ବଡ଼ବଡ଼ କରି ବୁଝେଇବା ଶୈଳୀରେ କବିରାଜ କହିଚାଲିଲେ "ଗୋଟେ ରହସ୍ୟ ଅଛି, କ'ଣ କହିଲ ?"

"କ'ଣ ?"

"ରାୟ ସାହେବଙ୍କ ଦୁର୍ଗରେ ରାଜା ରାଣୀଙ୍କର ଗଳା କାଟି ଦେଇଥିଲେ। ବୁନ୍ଦିରେ ରାଣୀ ନିଜେ ହିଁ ନିଜ ମୁଣ୍ଡ କାଟି ରାଣା ଚୁଡ଼ାବତ୍‌ଙ୍କୁ ଦେଇ ଦେଇଥିଲେ ଆଉ

ତୃତୀୟରେ ରାଣୀ ପଦ୍ମିନୀ କଥାରେ ପଦ୍ମିନୀ ହିଁ ଆତ୍ମଦାହ କରିଥିଲେ... ଜୋହର ବ୍ରତ ପାଳନ କରିଥିଲେ ପରିଚାରିକାମାନଙ୍କ ସହ। ଏଥର ଯେଉଁ ସତୀ ଉତ୍ସବ ପାଳନ କରାଯିବ ସେଥିରେ ପାଣ୍ଡେ ଜୀ ଲେଖିଥିବା ଗୀତ ବୋଲିବା... କ'ଣ ତ ସେଇଟା-

ରାତ୍ରିର ଶେଷ ସମୟେ
ଦେଖି ପ୍ରାତଃ ସମୟେ
ଶେଷ ସମୟ ରାତ୍ରର
                ଅବା ସମୟ ପ୍ରାତଃର
ବୀରାଙ୍ଗନା ସବୁ ବାହାରିଲେ
ମହଲରୁ ଚାଲିଆସିଲେ
                ସାତ ଶହ ସବାରୀ
                ଶ୍ୱେତ ରତ୍ନ ଝାଲେରୀ
                ମଖମଲି ହାଉଦା..'

ଖାଲି ଏଇ ଗୋଟେ ଗୀତରେ ହିଁ ସତୀମାନଙ୍କର କୋଟା ପୂରଣ ହୋଇଯିବ।"

ଦୁବେ ବଡ଼ ବଦମାସ୍। କଥାର ପୁଣି ଖିଅ ବାହାର କରି ପଚାରିଲା, "କବି ମହାଶୟ, ସତୀଙ୍କ ଲିଷ୍ଟ ତ ପ୍ରସ୍ତୁତ କରାଯାଉଛି, ସତିଆଙ୍କର ବି କିଛି ତାଲିକା ପ୍ରସ୍ତୁତ କରିଛନ୍ତି ? ଅର୍ଥାତ ସେଇ ସ୍ୱାମୀ ଯିଏ ନିଜ ସ୍ତ୍ରୀ ମରିଯିବା ପରେ ଗଳା କାଟି, ଅବା ପାଣି ବା ନିଆଁକୁ ଡେଇଁ ମରିଛି ?"

କବିରାଜ ଉଠି ଠିଆ ହୋଇଗଲା। ମୁଁ କହିଲି- "କବିରାଜ ମହାଶୟ, ପଦ୍ମିନୀ ଘଟଣାରେ ସେମାନେ ସମସ୍ତେ ସୈନିକ ଥିଲେ, କୋଉ ରାଣୀ ନ ଥିଲେ।"

"ସୈନିକ ଥିଲେ ?" ଅବଧୂ କପାଳରେ ହାତ ଦେଇ କାନ୍ଦିବା ସ୍ୱରରେ କହିଲା "ସେମାନଙ୍କ ପତ୍ନୀମାନଙ୍କର କ'ଣ ହେଲା ?"

"ପାଣ୍ଡେ ଜୀଙ୍କୁ ଯାଇ ପଚାର।"

"ଆପଣ ବି ନା...!" କବି ମହାଶୟ ପୋଥି ଗଣ୍ଠିଲି ଧରିଲେ ଓ ଯିବାକୁ ବାହାରିଲେ।

"ଶୁଣନ୍ତୁ ଗୁରୁ!" ଅବଧୂ ଆଉ ଖଣ୍ଡେ ପାନ ବାହାର କଲା। କହିଲା- "ରାୟସେନର ସେହି କିଲ୍ଲାର ବୃତ୍ତାନ୍ତ। ମେବାରର ରାଣା ସଂଗ୍ରାମ ସିଂହଙ୍କ ଝିଅଙ୍କ ନାମ ଥିଲା ଦୁର୍ଗାବତୀ। ନା ଯେମିତି ଗୁଣ ବି ସେମିତି। ଘଟଣା ହେଉଛି ସେତେବେଳର, ଯେତେବେଳେ ବାହାଦୂର ଶାହ ଗୁଜୁରାଟର ସୁଲତାନ ଥିଲେ। ସେ ଦୁର୍ଗକୁ ଘେରାଉ କରିନେଲେ। ଦୁର୍ଗରେ ଦୁର୍ଗାବତୀଙ୍କ ସ୍ୱାମୀ ସିଲହଦୀଙ୍କ ଶାସନ ଚାଲିଥିଲା। ତାଙ୍କୁ ସେ

ବନ୍ଦୀକରି ନେଇ ମାଣ୍ଡୁରେ ରଖିଲେ। ଦୁର୍ଗରେ ରହିଗଲେ ସିଲହଦୀଙ୍କ ଭାଇ ଲକ୍ଷ୍ମଣ ସିଂହ ଏବଂ ସିପାହୀମାନେ ତଥା ସେମାନଙ୍କ ପରିବାର। ପରାଜୟ ନିଶ୍ଚିତ ଥିଲା। ବାହାଦୂର ଶାହା କହିଲେ- ଯଦି ଇସଲାମ୍ ଗ୍ରହଣ କରିବ ତାହେଲେ ସମସ୍ତଙ୍କୁ ଛାଡ଼ିଦେବୁ, ଦୁର୍ଗ ବି। ସିଲହଦୀ ଚିନ୍ତା କଲେ ଏବଂ ନିଷ୍ପତ୍ତି ନେଲେ ଯେ ଏ ସମୟରେ ଏତେ ସବୁ ଲୋକଙ୍କର ଜୀବନ ବଞ୍ଚେଇବା ପ୍ରଥମ କାମ। ତେଣୁ ସେ ଇସଲାମ୍ ଧର୍ମ ଗ୍ରହଣ କରିନେଲେ। ସେଥିପାଇଁ ତାଙ୍କ ନାଁ ହେଲା ସଲାଉଦ୍ଦିନ୍। ସିଲହଦୀ ମୁକ୍ତି ସିନା ପାଇଗଲେ କିନ୍ତୁ ଇସଲାମ୍ ଧର୍ମ ଗ୍ରହଣ କରିଥିବାରୁ ଦୁର୍ଗାବତୀ ତାଙ୍କୁ ବହୁତ ଭର୍ତ୍ସନା କଲେ ଏବଂ ଜୋହର ଅଗ୍ନିରେ ଝାସ ଦେଇଦେଲେ। ତାଙ୍କ ସହ ଅନେକ ରାଜପୁତ ରମଣୀ ମଧ୍ୟ। ଏହି ଶୋକରେ ଅନୁତପ୍ତ ହୋଇ ସିଲହଦୀ ଏବଂ ତାଙ୍କ ବଡ଼ ପୁଅ ଭୋପତ୍, ସେହି ରାଜପୁତ ରମଣୀମାନଙ୍କ ସ୍ୱାମୀମାନେ ମଧ୍ୟ ନିଜ ପ୍ରାଣ ଉତ୍ସର୍ଗ କରିଦେଲେ।"

ଅବଧୁ ପାନପିକ ଥୁ' କରି ପକାଇଲା, ଗୟାଠୁ ଟିକେ ଚୂନ ମାଗିନେଇ ଚାଟିଲା ଓ ପୁଣି ବିଜୟୀ ଦର୍ପରେ ପଚାରିଲା "ତା ହେଲେ ଗୁରୁ, ଆପଣଙ୍କ ପ୍ରଶ୍ନ ହେଲା ଯେ ଗୋଟେ ସତିଆର ନାଁ ମଧ୍ୟ କୁହେ, ଏଇ ହେଲା ସେଇ 'ସତିଆ'ମାନଙ୍କର ନାଁ- ହେଲେ ଏଠି ନୋଟ୍ କରିବା କଥା ଏଇଆ ଯେ ପ୍ରାୟତଃ, ସ୍ୱାମୀଙ୍କ ମୃତ୍ୟୁରେ ସତୀ ହୋଇଥାନ୍ତି, ତାହେଲେ ଦୁର୍ଗାବତୀ ଏବଂ ଜୋହରରେ ଜଳି ମୃତ୍ୟୁ ବରଣ କରିଥିବା ରାଜପୁତ୍‌ନାରୀମାନଙ୍କୁ 'ସତୀ' କୁହାଯିବ ନା ନାହିଁ...। ଏଥିରେ ମହାମଣ୍ଡଳେଶ୍ୱର ମହାରାଜଙ୍କ ମତ ଏଇଆ ଯେ - ସେମାନେ ଷୋଳଅଣା ସତୀ ଅଟନ୍ତି।

ସେମାନଙ୍କ ସ୍ୱାମୀମାନଙ୍କର ଭୌତିକ ରୂପେ ମୃତ୍ୟୁ ହୋଇ ନ ଥିଲେ ମଧ୍ୟ, ଯେହେତୁ ସେମାନେ ଧର୍ମାନ୍ତରଣ କରିଥିଲେ... ସେମାନେ ଆଉ ଜୀବିତ ରହିଲେ କିପରି! ଗୀତାରେ ହିଁ ତ ଭଗବାନ ଶ୍ରୀକୃଷ୍ଣ କହିଛନ୍ତି ଯେ, 'ସୋଧର୍ମ ନିଧନଂ ଶ୍ରେୟ, ପର ଧର୍ମ ଭୟାବହ।' ଏଇ ଆଧାରରେ ଦୁର୍ଗାବତୀଙ୍କୁ ସତୀରେ ଗଣାଯାଉ ଏବଂ ତାଙ୍କ ସହ ଜୋହର କରିଥିବା ଅନ୍ୟ ସମସ୍ତ ରାଜପୁତ୍ ନାରୀମାନଙ୍କୁ ମଧ୍ୟ ସତୀ ବିବେଚନା କରାଯାଉ। ଖାଲି ସତୀ ନୁହଁ ମହାସତୀ ଏବଂ ଅନୁତାପରେ ଦଗ୍ଧ ସିହଲଦୀ ଏବଂ ଅନ୍ୟ ରାଜପୁତମାନେ ମଧ୍ୟ ସତୀ ତୁଲ୍ୟ ଅର୍ଥାତ୍ 'ସତ୍‌ପୁରୁଷ' ହେଲେ। ଅନୁତାପ କରୁଥିବାରୁ ସେମାନେ ବି ପବିତ୍ର ହୋଇଗଲେ।"

ସଭାରେ ସେଦିନ ଖରେ ମାଷ୍ଟରଙ୍କୁ ମଧ୍ୟ ଡକାଯାଇଥିଲା। ସେ କେତେବେଳୁ ବସି ଛଟପଟ ହେଉଥିଲେ। ମହାମଣ୍ଡଳେଶ୍ୱରଙ୍କ ପରେ ସେ ଉଠି ଛିଡ଼ା ହୋଇଗଲେ

"ମହାମଣ୍ଡଳେଶ୍ୱର ମହାଶୟ, ଯେହେତୁ ଇତିହାସର କଥା ଚର୍ଚ୍ଚା ହେଉଛି, ମୋ ପ୍ରଶ୍ନ ହେଲା ଯେ, ରାୟ ପ୍ରବୀନ୍‌ଙ୍କୁ ଆପଣ କ'ଣ କହିବେ- ସତୀ, ଅସତୀ ନା ମହାସତୀ ?"

"କୋଉ ରାୟ ପ୍ରବୀନ୍ ?"

"ଓରଛା ଦରବାରର ପ୍ରସିଦ୍ଧ ନର୍ତ୍ତକୀ, କୁହାଯାଏ ଯେ ମୋଗଲ ସମ୍ରାଟ ଆକବରଙ୍କ କୋପରୁ ନିଜ ଦେଶବାସୀଙ୍କୁ ବଞ୍ଚାଇବା ପାଇଁ ସେ ନିଜକୁ ଉତ୍ସର୍ଗ କରିଦେଇଥିଲେ।"

"ଆମେ କୌଣସି ନର୍ତ୍ତକୀ ବା ବେଶ୍ୟାମାନଙ୍କ କଥା ନୁହଁ, ପବିତ୍ର ସତୀ ନାରୀମାନଙ୍କ ବିଷୟରେ ଆଲୋଚନା କରୁଛେ। ବସିପଡ଼ନ୍ତୁ।"

"ନିଜର କୁଷ୍ଠ ବ୍ୟାଧିଗ୍ରସ୍ତ ପତିକୁ ବେଶ୍ୟାର ଘର ପର୍ଯ୍ୟନ୍ତ ନେଇଯାଉଥିବା ଶୈବ୍ୟାଙ୍କୁ ଆପଣ ମହାସତୀର ଆଖ୍ୟା ଦେଉଛନ୍ତି ଅଥଚ ନିଜ ଦେଶର ହିତ ପାଇଁ ନିଜକୁ ସମର୍ପିତ କରିଥିବା ରାୟ ପ୍ରବୀନଙ୍କୁ ନୁହଁ ?"

ସଭାରେ ହଇଚଇ ସୃଷ୍ଟି ହୋଇଗଲା। ଦୁବେ ମାଇକ ଧରି କହିଲା- "ଆମ ପାଇଁ ମହାମଣ୍ଡଳେଶ୍ୱର ପୂଜ୍ୟ ଅଟନ୍ତି ଏବଂ ଖରେ ମାଷ୍ଟରଙ୍କ ପରି ବିଦ୍ୱାନ ପରମ ଆଦରଣୀୟ। ଯେହେତୁ ଇତିହାସର କଥା ଚାଲିଛି ଏବଂ କୌଣସି ଘଟଣା ବିଷୟରେ ତର୍କ ସୃଷ୍ଟି ହୋଇଛି, ତେଣୁ ଚୟନର ପବିତ୍ରତାକୁ ଆଖିଆଗରେ ରଖି ଥରୁଟିଏ ଗମ୍ଭୀରତାର ସହ ବିଚାର କରିବାରେ କ୍ଷତି କ'ଣ ଯେ... ରାୟ ପ୍ରବୀନଙ୍କୁ ସତୀରେ ଗଣାଯିବ ନା ନାହିଁ।"

ମୁଁ ଉଠିପଡ଼ି କହିଲି "ପ୍ରଥମେ ତ ଏକଥା ସ୍ଥିର ହୋଇଯିବା ଉଚିତ ଯେ ଓରଛାର ରାୟ ପ୍ରବୀନଙ୍କ ବିଷୟରେ କେତେ ଲୋକ ଜାଣନ୍ତି। ଯେଉଁମାନେ ଜାଣନ୍ତି ହାତ ଟେକନ୍ତୁ।"

କେହି ଜଣେ ହେଲେ ହାତ ଉଠେଇଲେନି। କେବଳ ମାଷ୍ଟ୍ରବାବୁଙ୍କୁ ଛାଡ଼ି।

ମୁଁ ପୁଣି ପଚାରିଲି, "ଏଇନେ ତ ଖରେ ବାବୁ ଆକବରଙ୍କ ସମୟର ସେଇ ରାଜନର୍ତ୍ତକୀଙ୍କ ତ୍ୟାଗର କଥା କହିଲେ। ଦୟାକରି ଏକଥାର ସତ୍ୟାସତ୍ୟ ଅନୁସନ୍ଧାନ କରନ୍ତୁ ଏବଂ ତାପରେ ବିଚାର କରାଯିବ ଯେ ତାଙ୍କୁ ସତୀ ମାତା କୁହାଯିବ ନା ବେଶ୍ୟା।"

ତା ପରଦିନ ଏକଥା ପୁଣି ଉଠିଲା। ଅନେକ ଲୋକ ରାୟ ପ୍ରବୀନଙ୍କ ଉତ୍ସର୍ଗକୁ ଅନନ୍ୟ ତ୍ୟାଗର ସଂଜ୍ଞା ଦେଲେ କିନ୍ତୁ ସତୀ ବୋଲି କେହି ଜଣେ ହେଲେ ସ୍ୱୀକାର କଲେ ନାହିଁ।

ଖରେ ମାଷ୍ଟର କହିଲେ- "ମୋତେ ବହୁତ ଖୁସି ଲାଗିଲା ଯେ ଆପଣମାନେ

କିଛି ନ ହେଲେ ବି ରାୟ ପ୍ରବୀନଙ୍କ ତ୍ୟାଗକୁ ତ୍ୟାଗ ବୋଲି ସ୍ୱୀକାର ତ କଲେ! ଏବେ ଏହି ପରିପ୍ରେକ୍ଷୀରେ ସିଲହଦୀର ଇସ୍‌ଲାମ୍ ଧର୍ମ ଗ୍ରହଣ କରି ସଲାହୁଦ୍ଦିନ ହୋଇଯିବାଟା କେତେ ଦୂର ଉଚିତ ବା ଅନୁଚିତ ସେକଥାର ବିଚାର କରନ୍ତୁ। ଯଦି ରାଣାସାଙ୍ଗାଙ୍କ ଜାମାତା ସିଲହଦୀ ହେଉ ବା ଆଉ ଯେ କେହି ବି, ଇସଲାମ୍ ଧର୍ମ ଗ୍ରହଣ କରି ଦୁର୍ଗରେ ବନ୍ଦୀ ହୋଇଥିବା ନିଜର ତଥା ରାଜପୁତମାନଙ୍କର ନିର୍ଦ୍ଦୋଷ ପିଲା-ପରିବାରଙ୍କ ପ୍ରାଣରକ୍ଷା ପାଇଁ ଚେଷ୍ଟା କରିଥିଲେ ତା ହେଲେ କି ଅପରାଧ କଲେ? ରାଣୀ ଦୁର୍ଗାବତୀ ଯଦି ଟିକେ ଶାନ୍ତ ମନରେ ବିଚାର କରିଥାନ୍ତେ ତାହେଲେ ସମସ୍ତଙ୍କ ଜୀବନ ରକ୍ଷା ହୋଇପାରିଥାନ୍ତା। ଧର୍ମାନ୍ଧତା ଯୋଗୁଁ ଅନେକ ହତ୍ୟା ଏବଂ ଆତ୍ମହତ୍ୟା ହୋଇଗଲା।"

"ରାଣୀ ଦୁର୍ଗାବତୀ ବୀରାଙ୍ଗନା ଥିଲେ, ମ୍ଲେଚ୍ଛଙ୍କ ଆଗରେ ପତିଙ୍କ ସମର୍ପଣକୁ ତିରସ୍କାର କରି ଜୋହର କରିବା ଠିକ୍ ବୋଲି ଭାବିଲେ। ନିଜ ବଳପ୍ରୟୋଗ କରାଯାଇଥିଲେ ସେ ନିଶ୍ଚିତ ଭାବେ ଲଢ଼େଇ କରି ମରିଥାନ୍ତେ।" କେହି ଜଣେ କହିଲା।

"ଏହା ବି ତ ସେହି ଧର୍ମାନ୍ଧତା ଏବଂ ମାତ୍ରାଧିକ ବଡ଼ିମାର ଏକ ରୂପ ଅଟେ। ଗୋଟେ ଦିନରେ ନିଷ୍ପତ୍ତି ନେଇ ହେବନି। ସାହସକୁ କଠିନ ଦିନଗୁଡ଼ିକ ଲାଗି ସମ୍ଭାଳି ରଖିବା ଉଚିତ। ଏହାକୁ ହିଁ କହନ୍ତି ରାଜପୁତ ଶୈଳୀ। ବାହାଦୂର ଶାହ ମଲା, କିଲ୍ଲା ପୁଣି ପୁରନ ମଲଙ୍କ ହାତକୁ ଆସିଲା? ସେତେବେଳେ ତ କେହି କିଛି ଉପାୟ କଲେନି? ଏହାପରେ ଯଦିଓ ଶେରଶାହ ସୁରୀ ଛଳ କରି ଦୁର୍ଗକୁ ଅଧିକାର କରିବା ସମୟରେ ଚାରିହଜାର ରାଜପୁତ ପରିବାରର ହତ୍ୟା କରାଇଦେଲା। ଏ କାହାଣୀ ଆମ ରାମ ଅବଧ ଜୀ କହିଥିଲେ, ସେଠି ମଧ୍ୟ ରାଣୀ ନିଜ ହାତରେ ମୃତ୍ୟୁ ବରିଥିବା ସତୀ! କିନ୍ତୁ ଏହି ଧର୍ମାନ୍ଧତାର ହଣାକଟାରେ, ଛଳ-ପ୍ରପଞ୍ଚ ଭିତରେ ଶେରଶାହ ମଧ୍ୟ ଭୋଗ କରିପାରିଲା ନାହିଁ। କଲିଞ୍ଜର ଦୁର୍ଗରେ ଅଚାନକ ତୋପ ଫୁଟିଯିବା କାରଣରୁ ମୃତ୍ୟୁ ବରଣ କଲା।"

ଦୁବେ କହିଲା- "କବି ମହାରାଙ୍କ ଡ୍ରେସ୍ କୋଡ୍ ଦେଖିଲ? ଆଗରୁ କୁର୍ତ୍ତା-ପାଇଜାମା-ଫତେଇ ପିନ୍ଧୁଥିଲେ। ଦଶହାତ ଦୂରରୁ ଗନ୍ଧାଉଥିଲେ, ଏବେ ସତୀଙ୍କ କୃପାରୁ କେଶରୀ ରଙ୍ଗର ସଫାରୀ, ହାତରେ ମୋଟା ନାଲି ସୂତା, କପାଳରେ ଚନ୍ଦନ ଅକ୍ଷତର ଟୀକା ପିନ୍ଧୁଛି, ଦଶହାତ ଦୂରରୁ ମହମହ ବାସୁଛି। ଖାସ୍ କରି ଗାଜୀପୁର ଜୌନପୁର ବା କନୌଜରୁ ଅତର ଆଣୁଛି।"

"ବିଜୟଗଡ଼ର ସତୀମାତା!

ଆଗରୁ ନ ଥିଲେ କି ଭବିଷ୍ୟତରେ ହେବେନି।

କିଛି ନୂଆ, ସ୍ୱତନ୍ତ୍ର... କଳ୍ପନାର ଊର୍ଦ୍ଧ୍ୱରେ। ପ୍ରତ୍ୟେକ ଦିନ ବୈଠକ ହୁଏ, ଯେଉଁ ସବୁ ପବିତ୍ର ସ୍ଥଳର ପବିତ୍ର ମାଟିକୁ ସତୀଙ୍କ ମନ୍ଦିର ପାଇଁ ଆଣିବାର ଥିଲା, ସେସବୁ ତାଲିକାକୁ ପୁଣିଥରେ ପଢ଼ାଯାଉଥିଲା ଏବଂ ଗୟା, ମନା କରିବା ସତ୍ତ୍ୱେ ନିଜ ଜିଦ୍‌ରେ ଅଟଳ ଥିଲା ଯେ ସେଥିରେ ମକ୍କା-ମଦିନା, କାବା, ଆଜମେର ଶରୀଫ୍ ତଥା ହଜରତ୍ ନିଜାମୁଦ୍ଦିନର ମାଟି ମଧ୍ୟ ମିଶାଯାଉ ଏବଂ ପଣ୍ଡିତ ମହାଶୟ ମଧ୍ୟ ବାରମ୍ବାର ତା ଉପରେ ବିରକ୍ତ ହେଉଥିଲେ। ସେ ହଠାତ୍ ରାଗିଯାଇ କହିଦେଲେ-

"ତୁ କିଏରେ?"

ଗୟା ଚୁପ୍।

"ଚୁପ୍ କାହିଁକି ହୋଇଗଲୁ...?" ସେ ଏକ ଅଶ୍ଳୀଳ ଗାଳିକୁ ସାଙ୍କେତିକ ଭାଷାରେ କହିଲେ, ଠିକ୍ ଯେପରି ଅକ୍ସିଜେନ୍‌ର 'ଓ' ଏବଂ ହାଇଡ୍ରୋଜେନ୍‌ର 'ଏଚ୍' ହୋଇଥାଏ।

"ମୁଁ ଗୟା...!"

"ପୂରା ନାଁ କହ।"

ସେ ଟିକେ ହଡ଼ବଡ଼େଇ ଯାଇ କହିଲା- "ଗୟାସୁଦ୍ଦିନ୍ ସିଦ୍ଦିକୀ!"

"ମୁସଲମାନ?"

"ଆଜ୍ଞା ହଁ"

ଏ ରହସ୍ୟର ଉଦ୍‌ଘାଟନ ବଜ୍ରପାତ ପରି ଥିଲା। ଅବଧୁ କପାଳରେ ହାତ ପିଟିଦେଲା, "ତା ହେଲେ ଆଜି ପର୍ଯ୍ୟନ୍ତ କହିନଥିଲୁ କାହିଁକି? ପାଞ୍ଚ ବର୍ଷ ଧରି ଏକା ସାଙ୍ଗରେ ଆଲ୍ହା ଗାଉଥିଲୁ! ଏଁ! ଭ୍ରଷ୍ଟ କରିଦେଲା।"

ପଣ୍ଡିତ ମହାଶୟ ମଧ୍ୟ ପାଖରେ ବସିଥିବା ଚେଲାକୁ ଉଠେଇ ଦେଲେ, "ଯା' ପଳା, ପଳା, ଉଠ୍।"

"ଭ୍ରଷ୍ଟ କରିଦେଲା ବେଦୀକୁ।" ଗୟା ଶିଆଳ ପରି ଧାଇଁବାକୁ ଲାଗିଲା, ପଛକୁ ଥରେ ଥରେ ବୁଲିକି ଚାହୁଁଥାଏ।

ପଣ୍ଡିତ ମହାଶୟ ବୁଝେଇବା ପରି କହିଲେ- "ଦେଖ, ଅବଧୁ ଏବଂ ବାକି ଅନ୍ୟମାନେ, ଗୋଟେ କଥା ଜାଣିରଖ ଯେ, ଆମେ ପୂରା ନିୟମ ଏବଂ ବିଧିବିଧାନ ସହ ସତୀ ମନ୍ଦିରର ସ୍ଥାପନ କରିବାକୁ ଚାହୁଁଛୁ, ଏ ଆଲ୍ଲାଉଦ୍ଦୀନ-ସଲାଉଦ୍ଦୀନ, ତୁରୁକ-ସୁରୁକ, ସମସ୍ତେ ବିଧର୍ମୀ! ଏଇ ମାନଙ୍କ ଯୋଗୁଁ ହିଁ ତ ସତୀମାନଙ୍କୁ ସତୀ ହେବାକୁ ପଡ଼ିଥିଲା ନା!"

ମୋ ଯେମିତି ପାଟି କୁଣ୍ଢେଇ ହେଉଥିଲା। ମନେପଡୁଥିଲା ଶ୍ରୀଲାଲ ଶୁକ୍ଳଙ୍କ 'ରାଗ ଦରବାରୀ'- ମୁଁ ମୋ ବାପାଙ୍କୁ ଉଠେଇକି କଚାଡ଼ିଲି, ପୁଣି ଉଠେଇ ତଳେ ପକେଇ ମାରିଲି... କିନ୍ତୁ କାହାର ସାହସ ଅଛି... କିଏ ମୋ ବାପାକୁ ଆଖି ଦେଖେଇବ ?

॥ ୧୪ ॥

ସେହିଦିନଠାରୁ ଗୟା ସବୁଆଡ଼େ ଅପପ୍ରଚାର କରିବାରେ ଲାଗିଥିଲା। କହିବୁଲିଲା ଯେ, "ଅବଧୁ ପୂରା ମାଲ୍ ହଡ଼ପ୍ କରିଦେଉଛି। କେମିତି ମୂଷା ଭଳି ଥିଲା, ଏବେ ଦେହରେ ଚର୍ବି ଲାଗିଗଲାଣି ଆଉ ସଫାରୀ ବି। କେବେ ତା ବାପ ଅଜା ଅମଳରେ ସଫାରୀ କିଏ ଦେଖିଥିଲା ?"

ଅବଧୁ ଏକଥା ସବୁକୁ ଖାତିର କରନ୍ତିନି। କୁହନ୍ତି "ସତୀମାତାଙ୍କ ମହିମାକୁ ସେ ଜହ୍ନ, ମଙ୍ଗଳ ଓ ଧ୍ରୁବତାରା ପର୍ଯ୍ୟନ୍ତ ଲୋକଙ୍କ ପାଖରେ ପହଞ୍ଚାଇବାକୁ ଯାଉଛନ୍ତି, ଏଇ କଥାକୁ ଅନେକ ଈର୍ଷା କରୁଛନ୍ତି।"

ସେ ସ୍ଥାନର ଦୁଇପଟେ ଦୋକାନପତ୍ର ସଜାସଜି ଚାଲିଥିଲା। ସେଠି ଯେତେବେଳେ ଆଉ ଜାଗା ହେଲାନି ଦୋକାନୀମାନେ ନଦୀ ଡେଇଁ ଆର ପାଖରେ ଦୋକାନ ସଜେଇବାକୁ ଲାଗିଲେ। ଲାଲ ସାହେବ ତ କିଛି କହିଲେନି, କିନ୍ତୁ ରାଣୀ ବିରକ୍ତ ହେଲେ। ମୋତେ ଡାକି ଗାଳି କଲେ "ଘୋଡ଼ା ଅଛି, ମଟର ସାଇକେଲ ବି ଅଛି, ଜିପ୍ ବି ଅଛି, ତଥାପି ତୁମକୁ ଏସବୁ ଦେଖାଯାଉନି ?"

"ପ୍ରଶ୍ନ ସତୀମାତାଙ୍କର ରାଣୀ ସାହେବା... ଆଉ କାହା କଥା ହୋଇଥିଲେ କ'ଣ ଛାଡ଼ିଥାନ୍ତି...! କହିବେ ଯଦି ଭାଙ୍ଗିଦେବି, କିନ୍ତୁ କିଛି ଅନିଷ୍ଟ ହେଲେ ମୋତେ ଦୋଷ ଦେବେନି।" ମୁଁ ମୁଣ୍ଡ ତଳକୁ କରି ସବିନୟ ଅନୁରୋଧ କଲି।

"ନାଁ ନାଁ, ଥାଉ, କରିଥାନ୍ତୁ। ଗରିବଗୁରୁବା ଲୋକ। ମୋର ବା କି ଅସୁବିଧା ହେଉଛି ! ନୁହଁ କି।" ନିଜର ଅନିଷ୍ଟ ଆଶଙ୍କା କରି ସେ ଏତେ ଶୀଘ୍ର କଥା ବୁଲେଇ ହେଲେ ଯେ, ମୁଁ ଦେଖି ଆଶ୍ଚର୍ଯ୍ୟ ହୋଇଗଲି। 'ଆଜ୍ଞା !'

ପ୍ରାଣ ରକ୍ଷା ହେଇଗଲା।

"ଆଚ୍ଛା ଶୁଣ, ସତୀ ମାଆଙ୍କ ଦୁଇ ପ୍ରକାରର ଫଟୋ ବିକ୍ରି ହେଉଛି, ଚୁନରୀ ଓ ଆଉ କ'ଣ କ'ଣ... ମୋତେ ଟିକେ ଆଣିଦେବ ?"

"ଏବେ କହିବେ ଯଦି ସାଙ୍ଗେ ସାଙ୍ଗେ ଆଣିଦେବି। ତେବେ ଆପଣଙ୍କ ପାଖରେ ତ ଥିବ, ଆପଣଙ୍କ ବଂଶର ହିଁ ତ ସେ ଥିଲେ ନା !"

"ନାଁ ଆଉ । ଲାଗି କରିବା ଜିନିଷ ନିଜେ ନିଜ ପଇସାରେ ହିଁ କିଣିବା ଉଚିତ, ନ ହେଲେ ତା'ର ଫଳ ମିଳେନି । ନୁହଁ କି ?"

"ଆଜ୍ଞା ।"

ପ୍ରାୟ ସବୁଦିନ କିଛି ନା କିଛି ଚମତ୍କାରିତା କାହାଣୀ ସତୀଙ୍କ ମହିମାରେ ଯୋଡ଼ି ହୋଇ ଚାଲିଥିଲା ।

"ଅମୁକ ସ୍ତ୍ରୀ ଲୋକ ବାଂଝ ଥିଲା, ତା'ର ପୁଅଟେ ହେଲା ।"

"ସମୁକ ଲୋକର ଲଟେରୀ ଲାଗିଗଲା ।"

"ଅମୁକ ଲୋକକୁ ଡାକ୍ତର ଫେରେଇ ଦେଇଥିଲେ, ସତୀମାତାଙ୍କ ବିଭୂତି ଲଗେଇଲା, ଆଜିଯାଏଁ ବଞ୍ଚିଛି ।"

"କିନ୍ତୁ ବିଭୁତି ମିଳିଲା କୋଉଠୁ ? ସତୀଙ୍କୁ ତ ସ୍ୱର୍ଗର ଦେବତାମାନେ ନେଇଯାଇଥିଲେ ।"

"ତୁମେ ସତୀଙ୍କ ମହିମା କ'ଣ ଜାଣିଛ । ଶରୀରର ଗୋଟେ ଅଂଶ ଜଳିଗଲା, ଆଉ ଗୋଟେ ଅଂଶ ଉପରକୁ ଯାଇଥିଲା ।" ଏକଥା ଦୁବେ ସତରେ କହିଲା ବା ଅତିରଞ୍ଜିତ କରି ମୁଁ ବୁଝିପାରିଲିନି ।

"ମୁଁ ତ ବିଭୁତି ବିଷୟରେ କହୁଥିଲି । ସେଦିନ ପ୍ରଳୟ ପରି ଚାରିଆଡ଼େ ପାଣିଥିଲା । ବାପ୍‌ରେ ବାପ୍ ! କି ପାଣି ! ସବୁ କିଛି ତ ବହିଯାଇଥିବ ।"

"କିଏ ଜାଣେ ଭଉଣୀ, ତାଙ୍କ ମହିମା ସେ ହିଁ ଜାଣନ୍ତି ।"

ପଞ୍ଚମ ଶ୍ରେଣୀ ଆଉ ଅଷ୍ଟମ ଶ୍ରେଣୀର ପାଠକ୍ରମରେ ସତୀବୃତ୍ତାନ୍ତ ସ୍ଥାନ ପାଇବାକୁ ଯାଉଛି । ଗବେଷଣା ପାଇଁ ମଧ୍ୟ ବହୁତ ଦରଖାସ୍ତ ପଡ଼ି ସାରିଲାଣି । ଦେଶରୁ ନୁହଁ, ବିଦେଶରୁ ମଧ୍ୟ ।

ଦୁବେ ଓ ମୁଁ ଯେଝା ବାଟରେ ଥିଲୁ । ମୁଁ ଏକଥା ବୁଝିପାରୁ ନ ଥିଲି ଯେ ସାବିତ୍ରୀ ଫେରିବ କେମିତି, ସାବିତ୍ରୀ କୁଆଁର ନିୟମ ଦେଇଛି, କିନ୍ତୁ ମୋ ମାନସିକ ସ୍ଥିତି ବିଷୟରେ ଦୁବେ କିଛି ଅନୁମାନ କରିବା ଉଚିତ ଥିଲା । ତାକୁ ତ ମୋ କଥା ଶୁଣିବାକୁ ବି ତର ନ ଥିଲା । ସେ ସମ୍ପୂର୍ଣ୍ଣ ଭାବେ ମନ୍ଦିର କାମର କର୍ତ୍ତା-ଧର୍ତ୍ତା ଥିଲା । ଆଶ୍ଚର୍ଯ୍ୟ, ସତୀଙ୍କ ମାମଲାରେ ରାୟ ସାହେବ ଓ ଲାଲ ସାହେବ ଦୁଇ ବଂଶ ଗୋଟିଏ ହୋଇଯାଇଥିଲେ । ମୁଁ ଚାଷକାମରେ ଲାଗିଗଲି । ଏପାଖର ଆଉ ସେପାଖର ସବୁ ଜମିକୁ ଟ୍ରାକ୍ଟରରେ ହଳ କରିଦେଇ ଉପର ପଥୁରିଆ ଜମିରେ ମକା, ଯଅ, ହରଡ଼, ବିରି ଆଉ ତଳ ଜମିଗୁଡ଼ିକରେ ପୂରା ବୈଜ୍ଞାନିକ ପ୍ରଣାଳୀରେ ଧାନ ଚାଷର ଶୁଭାରମ୍ଭ । କୁଆଁରୀ ନଦୀ ତ କୂଅଗୁଡ଼ିକ ଦ୍ୱାରା ପାଣିର ସଠିକ୍ ବ୍ୟବସ୍ଥା ହୋଇସାରିଥିଲା । ବାହାରକୁ

ଯାଇଥିବା ୧୭୩ ଜଣ ସ୍ତ୍ରୀ ପୁରୁଷ ଫେରିଆସିଥିଲେ ଓ ଏଠି କାମରେ ଲାଗିଯାଇଥିଲେ। ରାୟ ସାହେବ ଓ ରାଣୀ ସାହେବ ମୋ ଉପରେ ଖୁବ୍ ଖୁସି ଥିଲେ। ସେ ପମ୍ପ୍ ଓ ଟ୍ରାକ୍ଟର ପଠେଇ ଦେଇଥିଲେ ଓ ଜମିଗୁଡ଼ିକୁ ମଧ୍ୟ ଦେଇ ଦେଇଥିଲେ। ରାଜ୍ୟର ସୀମାରେ ମୁଁ ଶାଗୁଆନ, ଶିଶୁ ଆଦି ଗଛ ଲଗେଇବା ଆରମ୍ଭ କରିଦେଇଥିଲି ଆଉ ସେସବୁର ଦେଖାରଖା କରିବା ପାଇଁ ସେଠିକାର ଲୋକମାନଙ୍କୁ ଦାୟିତ୍ୱ ଦେଇଥିଲି। ଏସବୁ ଟିକଟ ଯୁଦ୍ଧ ପୂର୍ବର କାମ ଥିଲା ଯାହାକି ଏବେ ଦୃଶ୍ୟମାନ ହେବାକୁ ଲାଗିଥିଲା।

ଦୁବେ ଖାଣ୍ଟି ବ୍ରାହ୍ମଣ ପାଲଟିବାରେ ଲାଗିଥିଲା, ପୂରା ୨୪ କ୍ୟାରେଟର। ଦିନେ ସକାଳୁ ସକାଳୁ ତା ଘରକୁ ଯାଇ ଦେଖି ଆଶ୍ଚର୍ଯ୍ୟ ହୋଇ ରହିଗଲି, ସେ ମୋ ସହ କଥା ବି ହେଲାନି। ଉଠିବା ମାତ୍ରେ ହିଁ ସେ ନିଜ ଦୁଇ ହାତକୁ ଦେଖିଲା-

‘କରାଗ୍ରେ ବସତେ ଲକ୍ଷ୍ମୀ, କର ମଧ୍ୟେ ସରସ୍ୱତୀ
କର ମୂଳେ ସ୍ଥିତୋ ବ୍ରହ୍ମା, ପ୍ରଭାତେ କର ଦର୍ଶନମ୍’

ଏବେ ବି ସେ ମୋ ସହ କିଛି କଥା ହେଲାନି, ତଳେ ଓହ୍ଲେଇବା ପାଇଁ ପାଦ ରଖିଲା ମାତ୍ରେ ଗୁଣୁଗୁଣୁ ହେଲା-

‘ସମୁଦ୍ର ବସନେ ଦେବୀ ପବିତ ସ୍ତନ ମଣ୍ଡିତେ
ବିଷ୍ଣୁପତ୍ନୀ ନମସ୍ତୁଭ୍ୟମ୍ ପାଦ ସ୍ପର୍ଶ କ୍ଷମସ୍ୱମେ’

ମୁଁ ଗୋଟେ ଲମ୍ବା ନିଃଶ୍ୱାସ ଛାଡ଼ି କହିଲି “ଆଜିକାଲି ତୁମେ ଟିକେ ବେଶୀ ଧାର୍ମିକ ହୋଇଯାଉଛ।”

“ମୋତେ ନିଜର ଅସ୍ତିତ୍ୱ ଜାହିର କରିବାର ଅଛି। ସେ ଦକ୍ଷିଣୀ ବ୍ରାହ୍ମଣ ମୋତେ ବିଦା କରିବାରେ ଲାଗିଛି। ମୋ ଚାକିରି ଚାଲିଯିବ, ଯଦି ମୁଁ ମୋ ନିଜକୁ ୧୦୧ ପ୍ରତିଶତ ବ୍ରାହ୍ମଣ ବୋଲି ସିଦ୍ଧ କରି ନ ପାରିବି।” ଏବେ ପୁଣି ତା’ର ଗାୟତ୍ରୀ ମନ୍ତ୍ର...

ଓଁ ଭୁର୍ଭୁବଃ ସ୍ୱଃ... ଆରମ୍ଭ ହୋଇଗଲା। ସେଠି ରହିବା ବେକାର ଥିଲା। ସେ ଆଜି ମଧ୍ୟ ଗାୟତ୍ରୀ ମନ୍ତ୍ର ଭୁଲ ପାଠ କରିବ ଓ ମୋତେ ସୁଧାରି ଦେବାକୁ କହିବ।

ଦିଦିର ଚିଠି ଆସିଥିଲା। ପଚାରିଥିଲା ଯେ, କେତେଦିନ ଯାଏଁ ରାଜ୍ୟର ସେବାରେ ଲାଗିଥିବୁ, ତୋ ଭାଇ ଲକ୍ଷ୍ନୌ, ଜବଲପୁର, ଚିତ୍ରକୂଟ ଆଉ କେଜାଣି କେତେ ଜାଗାରେ ଝିଅ ଦେଖି କି ରଖିଛନ୍ତି। ତୁ ଥରେ ତ ଆସି ଦେଖି ଯା’ ପରେ କଥା ଆଗକୁ ବଢେଇବା। କେବେ ଆସିବୁ ଚିଠିରେ ଜଣାଇବୁ।

ମାଆ ନ ଥିବାରୁ ଦିଦି ହିଁ ମା’ର ଦାୟିତ୍ୱ ନେଇଥିଲା। କିନ୍ତୁ ଏଇ ଚିଠିର ଉତ୍ତରରେ... ? ଭଉଣୀର ପୁଣି ଚିଠି – ‘ସେ ସତ୍ୟନାରାୟଣ କଥାର ସାଧୁବାବା ହ’ନା। ଏଇ ପୂଜା କରିଦେଲେ ଶୁଣିବେ, ଯଦି ସେ ପୂଜା କରିଦେବ ଶୁଣିବେ। ମାଆ

ଯଦି ଥାଆନ୍ତା କାନଧରି ନେଇ ଆସିଥାନ୍ତା। ବାପା ତ ନାହାନ୍ତି ଆଉ ମାଆ ବି। ମୁଁ ହେଲି ଭଉଣୀ... ମୋ କଥା ତୁ କାହିଁକି ଶୁଣିବୁ।' ଏ ଇମୋସ୍‌ନାଲ ବ୍ଲାକ୍ ମେଲିଂ ମଧ୍ୟ କିଛି କାମ ଦେଲାନି। ଜାଣିଶୁଣି ନୁହଁ, ଅଜାଣତରେ ହିଁ ସମୟ ଗଡ଼ିଚାଲିଲା। ବାହା ହେବା ବିଷୟରେ ଯେ ମୁଁ କିଛି ଚିନ୍ତା କରୁନି ତା ନୁହେଁ, କିନ୍ତୁ ସମସ୍ୟା ଏଇଆ ଥିଲା ଯେ ଯେବେ ବି ଚିନ୍ତା କରେ, ବଧୂ ବେଶରେ ଲାଲ ବନାରସୀ ଶାଢ଼ୀରେ ସଜେଇ ହୋଇଥିବା କୁଳଦେବୀ ଆଉ ସାବିତ୍ରୀ ସତୀର ଚେହେରା ମୋ ଆଖି ଆଗରେ ନାଚି ଉଠେ। ଦୁଇ ଜଣ ଯାକ ମୋତେ ଗୋଟେ ମରୀଚିକା ପରି ଭ୍ରମରେ ପକାନ୍ତି।

ଦୁବେଙ୍କୁ ଥରେ ପଚାରିବାରୁ ଜାଣିଲି ତା ଦଶା ବି ପାଖାପାଖି ମୋ ପରି ଥିଲା। ଅରାଜି ହେବାର କାରଣ ଟିକେ ଭିନ୍ନ। ସେ ନିଜ ଚାକିରି ପ୍ରତି ଟିକେ ଅଧିକ ଧ୍ୟାନ ଦେଉଥିଲା। ତା'ର ପରମ ଶତ୍ରୁ ଅରୁଣାଚଲମ୍ ଉଇ ପରି ତାକୁ ଖାଇଯାଉଥିଲା। ସେ ଗୋଟେ ଗୋଟି ଚଳେଇଲା ବେଳକୁ ଅରୁଣାଚଲମ୍ ଆଉ ଦି'ପାଦ ଆଗକୁ ଯାଇ ତା ରାସ୍ତା ବନ୍ଦ କରି ଦେଉଥିଲା।

"ସାଙ୍ଗ, ତୋର ତ ଭଉଣୀ, ତୁ କିଛି ବି କହି ରକ୍ଷା ପାଇଯିବୁ, କିନ୍ତୁ ମୋର ତ ମାଆ-ବାପା ଦି'ଜଣ ଯାକ ଅଛନ୍ତି। ବାପା ଭାବୁଛନ୍ତି - ମୋତେ ବୋଧେ ଏଠାକାର ରାଜସିଂହାସନ ମିଳିଯିବ। ସତୀ ମନ୍ଦିର ତିଆରି ହେବା ମାତ୍ରେ ମୁଁ ଯେମିତି ଲକ୍ଷପତି କୋଟିପତି, ... ହୋଇଯିବି। କ୍ୱିଣ୍ଟାଲ କ୍ୱିଣ୍ଟାଲ ସୁନା ତ ଖାଲି ମନ୍ଦିରରେ ଚଢ଼ାଯାଉଛି। ତେଣୁ ଯେ ପର୍ଯ୍ୟନ୍ତ ମନ୍ଦିର ତିଆରି ନ ସରିଛି ସେ ଯାଏଁ ମୋର ରକ୍ଷା। ସମସ୍ୟା ବି ତ ମାଆକୁ ନେଇ, ସେ କେଜାଣି କେତେ ଜାଗାରେ ବୋହୂ ଠିକ୍ କରି ରଖିଛି। ଟିକେ ବି ଶୁଣୁନି। କୌଣସି ଜଣକୁ ବି ଘରର ଗର୍ଭଗୃହରେ ସ୍ଥାପିତ କରିପାରୁନି।"

ଭାବୁଥିଲି ଏ ରାଜକାର୍ଯ୍ୟ କାମର ଜଞ୍ଜାଳ ଭିତରୁ ଟିକେ ସମୟ ବାହାର କରି ଗୋଟେ ଦିନ କଣ୍ଠା ପାଖକୁ ପିକ୍‌ନିକ୍ କରିବାକୁ ଯିବି, ଶିକାର କରିବା ବାହାନାରେ। କୂଳଦେବୀ ଓ ସତୀ ବିଷୟରେ ତାକୁ ଜଣେଇବି ଆଉ ତା ସହ ନିଜ ବାହାଘର ବିଷୟରେ ମଧ୍ୟ ଟିକେ କଥାବାର୍ତ୍ତା ପରାମର୍ଶ କରିବି, ବିଶେଷ କରି ସତୀ ବିଷୟରେ ତ ତାକୁ ସବୁକିଛି ଖୋଲି କହିବାକୁ ହିଁ ପଡ଼ିବ। ଡେରି ହେଉ ହେଉ ଆଉ ସେମିତି ବେଶୀ ଡେରି ନ ହେଇ ଯାଉ। କିନ୍ତୁ ଆଜି ପର୍ଯ୍ୟନ୍ତ ସେ ସୁଯୋଗ ମିଳିଲାନି। ଦୁବେର କାମ ଏତେ ବଢ଼ି ଯାଇଥିଲା ତାକୁ ନିଃଶ୍ୱାସ ନେବାକୁ ବି ବେଳ ନାହିଁ। ମୁଁ ଗାୟତ୍ରୀ ମନ୍ତ୍ର ଲେଖିକି ଦେଇ ପଚାରିଲି "ଆରେ, ତୁମେ ପଣ୍ଡିତମାନଙ୍କୁ ଦେଇ କାହିଁକି ଲେଖାଉନ। ଶହେ ପାଖାପାଖି ହେଇଗଲେଣି ଆଉ ସବୁଦିନ ଆସିବାକୁ ଲାଗିଛନ୍ତି।"

"ପଣ୍ଡିତଙ୍କ କଥା ଶୁଣିବ? ଶାନ୍ତି ପାଠରେ ଅରୁଣାଚଲମ୍‌ର ଗୋଟେ ଚେଲା

ଗାଉଥିଲା- ପୃଥ୍ୱୀ ଶାନ୍ତମ୍ ଅନ୍ତରୀକ୍ଷଃ ଶାନ୍ତମ୍, ବନସ୍ପତୟଃ ଶାନ୍ତମ୍... ଇତ୍ୟାଦି। ହେଲେ ବନସ୍ପତୟଃ ବଦଳରେ ବୃହସ୍ପତୟଃ କହି ଚାଲିଥାଏ।"

"ତୁମେ ଜଣେଇଦେବା ଉଚିତ ଥିଲା।" "କାହିଁକି ? ସେ ଶଳା ଅରୁଣାଚଳମ୍ ଆଣିଥିବା ଦକ୍ଷିଣୀ ବ୍ରାହ୍ମଣ ଥିଲା। ଗାଉଥାଉ ଭୁଲ୍‌ଭାଲ୍। ମୋର କ'ଣ ଅଛି। ଏ ମହାମଣ୍ଡଳେଶ୍ୱର ଧର୍ମାଚାର୍ଯ୍ୟ ମହାଶୟ ଏବଂ ଅରୁଣାଚଳମ୍ ସମସ୍ତଙ୍କ ଆଖି ମୋ ଉପରେ ଅଛି।"

ସତୀ ମଣ୍ଡପ ପାଖରେ ଛୋଟ ଛୋଟ ତମ୍ବୁ ଟଣାହେବା ଆରମ୍ଭ ହୋଇଯାଇ ଥିଲା। ଗୋଟିଏ ବଡ଼ ସ୍ଥାୟୀ ତମ୍ବୁ ମଧ୍ୟ ଲାଗିଥିଲା। ଚବିଶ ଘଣ୍ଟା ତେଲ କରେଇ ଚୁଲିରେ ବସିଥାଏ। ପୁରି-ତରକାରୀ-ବୁନ୍ଦି ତିଆରି ଚାଲିଥାଏ। ସାଧୁ-ସନ୍ଥ, ପଣ୍ଡିତ, ଧର୍ମାଚାର୍ଯ୍ୟମାନଙ୍କର ନୂଆ ନୂଆ ଦଳ ଆସିବାରେ ଲାଗିଥାନ୍ତି। ଶାସ୍ତ୍ରଚର୍ଚ୍ଚା ଚାଲିଥାଏ, ଆଉ ବଡ଼ ବଡ଼ କାଠରେ ନିଆଁ ଧରାଇ ଚିଲମ୍ ଟଣା ଚାଲିଥାଏ। ଖାଅ ପିଅ, ସତ୍‌ସଙ୍ଗ କର। ଗଛ ଡାଳରେ ମାଙ୍କଡ଼ ମାନଙ୍କ ଡିଆଁକୁଦା ଚାଲିଥାଏ ଆଉ ତଳେ ସାଧୁସନ୍ଥଙ୍କ ମେଳା। ପ୍ରାୟ ସବୁଦିନ ଝଗଡ଼ା ହେଉଥାଏ।

ଆଜିକାଲି ସତୀମାତାଙ୍କ ଅଙ୍ଗ କେଉଁଠି ସବୁ ପଡ଼ିଥିଲା, ସେ ବିଷୟରେ ଭୀଷଣ ବିବାଦ ଆରମ୍ଭ ହୋଇଛି। ଦୁବେ ମନେମନେ ବିରକ୍ତ ହେଉଥାଏ- ଶଳା, ମୋତେ ତ କିଛି ଆସେନି, ରାତି ସାରା ପଢ଼ି ସକାଳୁ କ୍ଲାସ୍ ନେବାକୁ ପଡୁଛି। ଆଗରୁ ଯଦି ଜାଣିଥାନ୍ତି ଏଇ ପଣ୍ଡିତିଆ କାମ କରିବାକୁ ପଡ଼ିବ ତା'ହେଲେ ସେଇଆ ହିଁ କରିଥାନ୍ତି। ଏଇ ଜୟନ୍ତ... ଅମୃତ କଳସ ନେଇ ଧାଇଁଲା, ସମୁଦ୍ର ମନ୍ଥନରୁ ବାହାରିଥିଲା କି ଦେବୀ ଲକ୍ଷ୍ମୀ ବା ଧନ୍ୱନ୍ତରୀ ନେଇ ବାହାରିଥିଲେ... ସେଥିରୁ ବୁନ୍ଦାଏ ଲେଖା ଚାରିଟି ଜାଗାରେ ଛିଟିକି ପଡ଼ିଲା- କୁହ ଏ ଜାଗା ସବୁର ନାମ କ'ଣ – ମୁଁ ଘୋଷୁଛି ହେଲେ ଭୁଲିଯାଉଛି। ଗଙ୍ଗାକୂଳରେ ହରିଦ୍ୱାରରେ, ଗୋଦାବରୀରେ ନାସିକରେ, କ୍ଷିପ୍ରାରେ ଉଜ୍ଜୟିନୀରେ ଆଉ ସଙ୍ଗମରେ ଆହ୍ଲାବାଦରେ କ'ଣ ଠିକ୍ ନା ? ଜଣେ ସାଧୁ ଆପତ୍ତି କଲେ "ଆହ୍ଲାବାଦ କୁହନି ପୁଅ, କୁହ ପ୍ରୟାଗରାଜ।"

"ତା ହେଲେ ସେସବୁ ଜାଗାଗୁଡ଼ିକର ମାଟି।"

"ଝଗଡ଼ା ହୋଇଗଲା ପାଣିକୁ ନେଇ। ଗଙ୍ଗା ମାତାଙ୍କ ପାଣିରେ କେଜାଣି କେତେ ଆଉ ପାଣି ଆସି ମିଶୁଛି।"

"ଖାଲି ପାଣି ନୁହଁ, କେଜାଣି କେତେ ଜାଗାର ମଳମୂତ୍ର ଆଉ କେଜାଣି କି କି ଆବର୍ଜନା ସବୁ।"

ଜଣେ ସାଧୁ ବିଗିଡ଼ି ଉଠିଲେ- 'ଗଞ୍ଜେଇ ବେଶୀ ହେଇଯାଇଛି କି ? ତୁମେ

ସବୁ ଲୋକ ମାଗଣାରେ ଖାଇବାକୁ ଆସିନ। ଯେମିତି ସୀତାମାଆଙ୍କ ସନ୍ଧାନ ପାଇବାକୁ ଦଶଦିଗକୁ ଲୋକ ଖେଦି ଯାଇଥିଲେ, ଠିକ୍ ସେମିତି ସତୀ ମାଆଙ୍କ ସନ୍ଧାନରେ ଲାଗିଯାଅ।' ମୋତେ ଟିକେ ଟିକେ ନିଦ ଆସୁଥିଲା। ଯେବେବି ଏପରି ଚର୍ଚ୍ଚା ହୋଇଥାଏ ମୋତେ ବିରକ୍ତ ଲାଗେ। "ପୁରାଣ ଅନୁସାରେ ମୂଳ ସତୀ ତ 'ସତୀ' ହିଁ ଥିଲେ। ପିତା ଦକ୍ଷଙ୍କ ଯଜ୍ଞରେ ଶିବଙ୍କୁ ଡକାଯାଇ ନ ଥିବାରୁ ଶିବଙ୍କ ବାରଣ ସତ୍ତ୍ୱେ ସେ ଯାଇ ସେଠାରେ ପହଞ୍ଚିଗଲେ। ପିତା ଦକ୍ଷ ତଥାପି ଶିବଙ୍କ ଅପମାନ କରି ଚାଲିବାରୁ ସତୀ ଏ ଅପମାନ ସହି ନ ପାରି ଯଜ୍ଞ କୁଣ୍ଡରେ ଝାସ ଦେଇଦେଲେ, ଶିବ ଯେତେବେଳେ ଏକଥା ଜାଣିପାରିଲେ ସେ ନିଜ ଶିବଗଣ ବୀର ଓ ଭଦ୍ରଙ୍କୁ ପଠାଇଲେ। ସେମାନେ ଦକ୍ଷ ଯଜ୍ଞକୁ ଧ୍ୱସ୍ତ ବିଧ୍ୱସ୍ତ କରିଦେଲେ। ଦୁଃଖ ଏବଂ କ୍ରୋଧରେ ମହାଦେବ ଯଜ୍ଞସ୍ଥଳକୁ ଆସିଲେ ଓ ସତୀଙ୍କ ଶରୀରକୁ କାନ୍ଧରେ ଉଠାଇ ବିକ୍ଷିପ୍ତ ଭାବରେ ପୂରା ଦୁନିଆ ସାରା ଘୂରି ବୁଲିବାକୁ ଲାଗିଲେ। ସେତେବେଳେ ସତୀଙ୍କର ଅଙ୍ଗ ପ୍ରତ୍ୟଙ୍ଗ ଛିଣ୍ଡି ଯେଉଁ ଯେଉଁ ସ୍ଥାନରେ ପଡ଼ିଲା ସେସବୁ ଶକ୍ତିପୀଠ ରୂପେ ପୂଜିତ ହେଲା।"

ମହାମଣ୍ଡଳେଶ୍ୱରଙ୍କର ନିଜ ପଦ ଗାଦି କଥା ମନେ ପଡ଼ିଗଲା, ବାଧା ଦେଇ ପଚାରିଲେ "ଏ ଯଜ୍ଞ କେଉଁଠି ହୋଇଥିଲା ?"

ଯୁକ୍ତିତର୍କ ବଢ଼ିଚାଲିଲା।

"ଖାଲି ଭାଗବତ ପୁରାଣ ଦେଖିବେ ?"

"ଦନ୍ତ ଚୁଡ଼ାମଣି ଦେଖିଛ ?"

"ବଡ଼ ବିଦ୍ୱାନ ତ ଆପଣ ହିଁ ସାଜିଛନ୍ତି। ତା ହେଲେ କୁହନ୍ତୁ ଦକ୍ଷ ଯଜ୍ଞ କେଉଁଠି ହୋଇଥିଲା ?"

"ଦକ୍ଷଙ୍କ ମହଲରେ।"

"ଜାଗା କୁହନ୍ତୁ।"

"ହିମାଳୟ"

"ଯାଆନ୍ତୁ, ଆଉଥରେ ପଢ଼ିକି ଆସନ୍ତୁ।"

"କନଖଲରେ ହୋଇଥିଲା, ହରିୟାଣା।"

"ନାଁ ନାଁ, ଶିବାଲିକ ହିମାଳୟରେ ହିଁ ହେଇଥିଲା। ଯାଇକି ଆପଣ ପୁଣିଥରେ ପଢ଼ନ୍ତୁ। କିଛି ନ ଜାଣି ନ ଶୁଣି ଚାଲିଆସିଲେ ମୋଟା ଅଙ୍କର ଦକ୍ଷିଣା ଲୋଭରେ।"

ଆଉ ଜଣେ ପଣ୍ଡିତ ପଚାରିଲେ "ଏ ଭାଇ, ତୁମେ ମାନେ ସମସ୍ତେ ତ ବଡ଼ ବଡ଼ ବିଦ୍ୱାନ। ସ୍ୱାମୀ ମରିବା ପରେ ହିଁ ତ ସତୀ ହୁଅନ୍ତି ନା। ଆମକୁ ଦ୍ୱନ୍ଦ୍ୱରୁ ବାହାର କରି ଏକ ସଠିକ୍ ନିଷ୍କର୍ଷରେ ପହଞ୍ଚାଅ।"

"ଆରେ ତାଙ୍କ ନାଁ ହିଁ ସତୀ ଥିଲା, ଗୌରୀ ନୁହଁ। କିଛି ନ ଜାଣି ନ ଶୁଣି ଚାଲି ଆସିଲେ ଦକ୍ଷିଣା ଦେବାକୁ।"

ଏବେ ପୁଣି ଏଇ କଥା ଉପରେ ଝଗଡ଼ା ଆରମ୍ଭ ହୋଇଗଲା ଯେ କେଉଁ କେଉଁ ରାଣୀ ମୃତ୍ୟୁବରଣ କରି ସତୀ ହୋଇଥିଲେ ଆଉ କିଏ ମୃତ୍ୟୁବରଣ ନ କରି। ଆଉ ଅନସୂୟା, ସାବିତ୍ରୀ ମଧ୍ୟ ସତୀ ରୂପେ ଗଣା ହୁଅନ୍ତି।

"କେଉଁଠି ଜଳି ଥିଲେ ?"

"୫୧ଟି ଶକ୍ତିପୀଠ, ୧୨ଟି ଜ୍ୟୋର୍ତିଲିଙ୍ଗ, ୭ଟି ସପ୍ତପୁରୀ, ୪ ଧାମ... ମନେ ରଖିଥାନ୍ତୁ। ନଚେତ୍ ସତୀ ମନ୍ଦିରର ପୁରୋହିତ ମଣ୍ଡଳୀରୁ ବାହାର କରିଦିଆଯିବ। କିଛି ଦକ୍ଷିଣା ମିଳିବନି।"

ପୁଣି ଝଗଡ଼ା ଆରମ୍ଭ ହୋଇଗଲା। ପୁଣି ଏ କଥାରେ ଯେ ଶକ୍ତିପୀଠ ୫୧ଟି ନା ୫୨ଟି ନା ୧୦୮ଟି, ଦନ୍ତ ଚୁଡ଼ାମଣିରେ ୫୨, ଭଗବତ ପୁରାଣରେ ୫୧, ଦେବୀ ପୁରାଣରେ ୧୦୧, ତା ଉପରେ ପୁଣି ଯୁକ୍ତିତର୍କ। ହିମାଚଳର ନୈନା ଦେବୀରେ ଆଖି ପଡ଼ିଥିଲା, ସୁରକଣ୍ଡାରେ ଦେବୀଙ୍କ ଶିର, ହିମଲାଜରେ ବ୍ରହ୍ମରନ୍ଧ୍ର, ଶାରଦାପୀଠରେ ତୃତୀୟ ନେତ୍ର (ଯାହା ଏବେ ପାକିସ୍ତାନରେ)।"

"ତଥ୍ୟ ସଠିକ୍ ଭାବେ ଦେବା ଦରକାର।" କେହି ଜଣେ ବିରକ୍ତ ହୋଇ କହିଲା।

"ସୁଗନ୍ଧାରେ ନାସିକା, ମହାମାୟାରେ କ'ଣ ଗୋଟାଏ ପଡ଼ିଥିଲା ତାହା ଏବେ ବାଂଲାଦେଶରେ, ତ୍ରିପୁର ମାଳିନୀରେ ବକ୍ଷ ପଡ଼ିଥିଲା ଆଉ ଦେଓଘରରେ ହୃଦୟ, ନେପାଳରେ ଗୁର୍ଜେଶ୍ୱରୀରେ ଉଦର...।"

୫୧ ଶକ୍ତିପୀଠ ଗଣନା ଭିତରେ ମୁଁ ୫୨ ଥର ଶୋଇଥିବି। ମୁଁ ହିଁ ନୁହଁ, ମୋ ପାଖରେ ବସିଥିବା ଦୁବେ ବି ନିଦରେ ଘୁଡୁଘୁଡୁ କରୁଥିଲା। ଝଗଡ଼ାର ଆଉ ଗୋଟେ ଖିଅ ବାହାରି ସାରିଥିଲା ଯେ କାମାକ୍ଷାରେ ଯେଉଁଠି ଦେବୀଙ୍କର ଯୋନି ପଡ଼ିଥିଲା, ତାହା ନାଲି ହୋଇଯାଏ ଏବଂ ସେ ସ୍ଥାନରେ ଯେଉଁଠି ଦେବୀଙ୍କ ଗୁପ୍ତାଙ୍ଗ ପଡ଼ିଥିଲା ସେ ସ୍ଥାନର ପାଣି ସବୁବେଳେ ଦୁର୍ଗନ୍ଧ ହେଉଥାଏ।

କଥାଟି ବର୍ଣ୍ଣନା କଲେ ତ ଆହୁର ବେଶୀ କିନ୍ତୁ ମୋଟାମୋଟି ଭାବେ ସାର ଏତିକି ହିଁ। ପ୍ରଥମ ପୀଠ ଯେଉଁଠି ଦେବୀଙ୍କ କିରୀଟ ଅର୍ଥାତ୍ ମୁକୁଟ ପଡ଼ିଥିଲା ତାହା ପଶ୍ଚିମବଙ୍ଗରେ ଅଛି। ପୁଣି ପଶ୍ଚିମବଙ୍ଗରୁ ଆଫଗାନିସ୍ତାନ, ପାକିସ୍ତାନ, ବାଂଲାଦେଶ ଅର୍ଥାତ୍ ସେତେବେଳର ଅଖଣ୍ଡ ଭାରତ ବର୍ଷରେ। ଏବେ ପୁଣି ବିବାଦ ଏ କଥାକୁ ନେଇ ହେଲା ଯେ ଏଥିରେ ବିନ୍ଧ୍ୟାଚଳ କାହିଁକି ନାହିଁ, ମେହେର କାହିଁକି ନାହିଁ।

ରାଜସ୍ଥାନର ସାଧୁଜଣେ କହିଲେ ଯେ ବଙ୍ଗାଳୀମାନେ ସବୁ ପୀଠ ନେଇଗଲେ, ଆମେ ଅନେଇ ରହିଛୁ... ଏମିତି ଚଳିବନି... ଚଳିବନି।

ବଙ୍ଗାଳୀ ସାଧୁ ଜଣକ ବିଗିଡ଼ିଗଲେ "ଯାଇକି ଭଗବାନ ଶିବ ଏବଂ ମାତା ପାର୍ବତୀଙ୍କୁ ପଚାର।"

"ମାଆ ତ ପକ୍ଷପାତିତା କରି ପାରିବେନି।"

"ନାଁ, ଏମିତି ଚଳିବନି, ସମାନ ଭାବରେ ଭାଗ କରନ୍ତୁ।"

ଦୁଇଜଣ ପଣ୍ଡିତ ଖସି ପଳେଇ ଯାଉଥିଲେ, ସେମାନଙ୍କୁ ଧରି ଅଣାଗଲା।

"ଆରେ, ସତୀଙ୍କ କେଉଁ ଅଂଶ ଆପଣଙ୍କ କେଉଁସ୍ଥାନରେ ପଡ଼ିଥିଲା ଏକଥା ତ କହୁନାହାନ୍ତି! ଶାସ୍ତ୍ର ସମ୍ମତ ଜଣାନ୍ତୁ, କ୍ରୋଧ କାହିଁକି କରୁଛନ୍ତି?"

ଗୋଟିଏ ଗୋଟିଏ ଶକ୍ତିପୀଠ ପାଇଁ ଅନେକ ଦାବିଦାର ମଧ୍ୟ ଆସିଗଲେ। ଜଣେ ଦାବିଦାର ସାଧୁ କହିଲେ "ତୁମ ମନ୍ଦିର କେବେଠାରୁ ଶକ୍ତିପୀଠ ହୋଇଗଲା? ତୁମେ ତ ଜାଗା ଉପରେ କବ୍‌ଜା କରିବା ପାଇଁ ମନ୍ଦିର ତିଆରି କରି ଦେବୀଙ୍କୁ ବସେଇଦେଇ ଠିଆ ହୋଇଗଲା। ଏବେ ସେଇଟା ଶକ୍ତିପୀଠ ହୋଇଗଲା। ଶାସ୍ତ୍ରରେ କେଉଁଠି କିଛି ଉଲ୍ଲେଖ ଅଛି?"

ଆଉ ଜଣେ କହିଲା- "ଆଉ ତୁମେ? ନେପାଳରୁ ଝିଅ, ଗଞ୍ଜେଇ, ଭାଙ୍ଗ, ମଦ, ଅଫିମ ସବୁର ଚୋରା କାରବାର ସାରା ଜୀବନ କରିଆସୁଛ। ଏବେ ପୁଲିସ ପାଖରୁ ଖସିବାକୁ ଦାଢ଼ୀ ଜଟା ରଖି ବସିଗଲ। ସତେ ଯେମିତି ଆମେ କିଛି ଜାଣିନୁ। ଏଇ ଦେଖ କିଏ ସାଧୁ ହୋଇଥାଏ ବୋଲି କ'ଣ ଲେଖା ହୋଇଛି... କିଛି ନା କିଛି ଘଟଣା ଘଟେଇ ଧର୍ମ ଆଢୁଆଳରେ ରହିବା ଲୋକ...।"

ତୃତୀୟ ବ୍ୟକ୍ତି ଜଣକ କହିଲା- "ଏତେ ସାରା ପାପୀଙ୍କୁ ଖର୍ଚ୍ଚବାର୍ଚ୍ଚ ଦେଉଛି କିଏ?"

ଉତ୍ତର ମିଳିଲା- "ବଡ଼ ବଡ଼ ଠିକାଦାର, ଧର୍ମପ୍ରାଣ ଶେଠ୍ ଆଉ ମାରୱାଡ଼ି ଲୋକ।"

କଥା କଟାକଟି ହୋଇ ଏମିତି ମରାମରି ଆରମ୍ଭ ହୋଇଗଲା ଯେ ଲୋକେ ଧାଇଁ ପଳେଇଲେ। ଜଣେ ତ ଜଳନ୍ତା ନିଆଁ ଖଣ୍ଡ ହିଁ ଉଠେଇ ନେଇଥିଲା। ବ୍ରହ୍ମାନନ୍ଦ ମହାରାଜ ବାଡ଼ି ଧରି ଦୁଇଜଣଙ୍କୁ ସେଠୁ ତଡ଼ିଦେଲେ। ଇତିମଧ୍ୟରେ ରାୟସାହେବ ଆସି ପହଞ୍ଚିଯାଇଥିଲେ। ବ୍ରହ୍ମାନନ୍ଦ ମହାରାଜ କହିଲେ "ଅନେକ ଭଣ୍ଡ ମିଛୁଆ ଆସୁଛନ୍ତି ରାୟ ସାହେବ। ଆପଣ ମଧ୍ୟ ଲାଲ ସାହେବଙ୍କ କଥାକୁ ଟିକେ ବୁଝନ୍ତୁ।"

"ଲାଲ ସାହେବ କ'ଣ କହିଥିଲେ... ପ୍ରେମଚାନ୍ଦଙ୍କ 'ପରୀକ୍ଷା' ଗପ, କିନ୍ତୁ

ସେଠି ବୁଢ଼ା ବଣିଆ ଦେଖୁଥିଲା ଯେ ଏଇ ବଗମାନଙ୍କ ଭିତରେ ହଂସ କୋଉଠି ଲୁଚି ରହିଛି।"

ଝଗଡ଼ା ଆଗକୁ ବଢ଼ିଯିବାରୁ ଦୁବେଙ୍କୁ ଖୋଜା ପଡ଼ିଲା। ଦୁବେ ବାବୁ କୁଆଡ଼େ ଗଲେ... କେହି ଜଣେ କହିଲା- ହାଲୁକା ହେବାକୁ ଯାଇଛନ୍ତି।

"ହାଲୁକା ହେବା ମାନେ ପୁଣି କ'ଣ?" ଜଣେ ଦକ୍ଷିଣ ଭାରତୀୟ ସାଧୁ ପଚାରିଲେ।

"ଆହାଃ! ଦୁବେ ଜୀ ହେଲେ ଜଣେ ସଚ୍ଚା ଭକ୍ତ। ପକ୍କା ସାଧୁ, ପକ୍କା ପଣ୍ଡିତ। ଲେଟ୍ରିନ୍ ମଳ...ଇତ୍ୟାଦି ଅନେକ ପ୍ରକାରେ ତ କହି ପାରିଥାନ୍ତେ, କିନ୍ତୁ ନାଁ, ସେ ସାଧୁ ଭାଷାରେ କହିଲେ - ହାଲୁକା ହେବାକୁ।"

ସାଧୁମଣ୍ଡଳୀ 'ଧନ୍ୟ ଧନ୍ୟ' 'ସତ୍ୟ... ସତ୍ୟ' କହି କଥାକୁ ସମର୍ଥନ କଲେ।

"ଆଜ୍ଞା, ସମସ୍ତ ଶକ୍ତିପୀଠରେ ମାଟି ବା ଭସ୍ମ ଆଣିବାକୁ ପଡ଼ିବ।"

"ଆଜ୍ଞା"

"ଆଉ ବିବାଦ ଥିବା ସ୍ଥାନରେ?"

"ବିବାଦୀୟ ସ୍ଥାନଗୁଡ଼ିକରୁ ବି କିଏ ଜାଣେ, କିଏ ଠିକ୍ କିଏ ଭୁଲ୍।"

"କିଏ-କିଏ କେଉଁସବୁ ଜାଗାକୁ ଯିବ, ସମସ୍ତଙ୍କ ଲିଷ୍ଟ ପ୍ରସ୍ତୁତ ହେଉଛି।"

"ସାହେବ!" ଆଖି ମଳିମଳି ଶଙ୍କର ଚୌଧୁରୀ ଆସିଲା "ମୋତେ ମୁଙ୍ଗେରର ଚଣ୍ଡିକା ପୀଠ ପାଇଁ ପଠାନ୍ତୁ।"

"କି! କ'ଣ ମୁଙ୍ଗେରରେ ତୋର ଶ୍ୱଶୁର ଘର କି?"

"ନାଁ, ସେଠି ସତୀଙ୍କ ଚକ୍ଷୁ ପଡ଼ିଥିଲା! ଭସ୍ମକୁ ଆଖିରେ ଲଗାଇଲେ ଆଖି ଖୋଲିଯିବ।"

ବଙ୍ଗର ସେହି ଶକ୍ତିପୀଠରର ପ୍ରମାଣ ଦେଉଥିଲା ଜଣେ ତାନ୍ତ୍ରିକ, ଯେଉଁଠି ଦେବୀଙ୍କର ଗୁପ୍ତାଙ୍ଗ ପଡ଼ିଥିଲା। ଏଥିରେ ଜଣେ ସାଧୁ ବିଗିଡ଼ି ଯାଇ କହିଲେ, "ଆପଣ ଦେଖିଥିଲେ ସେଠି ପଡ଼ିବାର?"

ବିବାଦ ଯେତେବେଳେ ଚରମ ସୀମାରେ ପହଞ୍ଚି ସାରିଥିଲା, ସେତେବେଳେ ଦୁବେ କାନରୁ ପଇତା ବାହାର କରୁକରୁ ଆସି ପହଞ୍ଚିଲା। ସେ କହିଲା "ସମସ୍ତ ଦେବଦେବୀ ଆମର ପୂଜ୍ୟ ଅଟନ୍ତି। ଦେଖନ୍ତୁ ସନ୍ତୋଷୀ ମାଆ ପରେ ଆସିଲେ ଆଉ ଆପଣେଇ ନେଲେ। ମାଆ ଉପରେ ସମସ୍ତଙ୍କର ଅଧିକାର ଅଛି।" ଜଣେ ସାଧୁ ଉଠି ଛିଡ଼ା ହୋଇଗଲେ... "ଦୀୱାର ଫିଲ୍ମରେ ଶଶୀ କପୁର ପରି ଆପଣମାନେ ସମସ୍ତେ କହିପାରିବେ ମୋ ପାଖରେ ମାଆ ଅଛି।"

ସମସ୍ତେ ଜୋର୍‌ରେ ତାଳି ବଜେଇଲେ। ଦୁବେ କହିଲା "ଆପଣମାନେ ଝଗଡ଼ା କରନ୍ତୁନି। ମାଆ ସର୍ବବ୍ୟାପୀ ଅଟନ୍ତି, ଶଙ୍କରାଚାର୍ଯ୍ୟ ଆସନ୍ତୁ... ସମସ୍ତଙ୍କୁ ଶକ୍ତିପୀଠ ମିଳିବ। କାଲି ଆମେ ଜଣେ ବିଦ୍ୱାନଙ୍କୁ ଡକାଉଛୁ, ବହୁତ କିଛି କଥା ସ୍ପଷ୍ଟ ହୋଇଯିବ।"

ବ୍ରହ୍ମାନନ୍ଦ ଜୀ କହିଲେ "ସତୀମାନଙ୍କ ସହ ପଞ୍ଚକନ୍ୟା ପୀଠଗୁଡ଼ିକର ମଧ୍ୟ ମାଟି ଆଣିବାକୁ ପଡ଼ିବ। ପଞ୍ଚକନ୍ୟାଗଣ କିଏ ସବୁ ଥିଲେ ?" ସେ ପାଖରେ ବସିଥିବା ସାଧୁଙ୍କୁ ପଚାରିଲେ। ସେ ଚୁପ୍ ହୋଇଗଲେ।

"ଆପଣମାନେ ସବୁ ସାଧୁ-ସନ୍ଥ। ଏସବୁ କଥା ଜାଣିଥିବା ଉଚିତ। ଦେଖନ୍ତୁ ଅହଲ୍ୟା, ତାରା, ମନ୍ଦୋଦରୀ, କୁନ୍ତୀ, ଦ୍ରୌପଦୀ।"

"କ୍ଷମା କରିବେ ଆଚାର୍ଯ୍ୟ ମହାଶୟ, ଏମାନେ କେମିତି ପୂଜନୀୟ ହୋଇଲେ। ଏମାନଙ୍କ ସମସ୍ତେ ଏକାଧିକ ପତିଙ୍କର ପତ୍ନୀ ଥିଲେ।"

"ସେଇ କଥା ତ...। ଧର୍ମସଭାରେ ଏସବୁ କଥା କୁହାଯିବ।"

॥ ୧୫ ॥

ଅବଧୂ ଚୁନ ଚାଟିଦେଇ ମୋ ପାଖକୁ ଆସି ଡାଏରୀ ଖୋଲି କହିଲା- "ବାବୁ, ଆଉ ଗୋଟେ ନୂଆ ସତୀ ତ ମିଳିଯାଇଛି, ହେଲେ ଗୋଟେ କଥାରେ ମୁଁ ଟିକେ ଦ୍ୱନ୍ଦ୍ୱରେ ଅଛି... ଟିକେ ବୁଝେଇ ଦେଇଥାନ୍ତେ...।"

ମୁଁ ତା ମୁହଁକୁ ଅନେଇ ଭାବିବାକୁ ଲାଗିଲି- ଏବେ ପୁଣି କୋଉ ନୂଆ କେଁ ବାହାର କଲା ଏ ଅବଧୂ! ସେ ଯେତେବେଳେ ବି ମୁହଁ ଖୋଲେ, ମୋତେ ଦୁବେର କଥା ମନେପଡ଼ିଯାଏ – "ଶଳା! କବି ଦେଖାଉଛି। 'କ'କୁ 'ବିତା'ରୁ ଅଲଗା କରି କହୁଛି।" ତେବେ ଏଠି କବି ଅବଧୂ ମୋତେ କହିଲେ- "ମୁଁ ଶୁଣିଛି ମହାରାଜା ରଣଜିତ୍ ସିଂ ମରିବା ପରେ ତାଙ୍କର ଜଣେ ପତ୍ନୀ ସତୀ ହୋଇଥିଲେ। କ'ଣ ଏଇଟା ସତ ?"

"ମୁଁ ବି ତ ସେଇଆ ଶୁଣିଛି, ହେଲେ ସଠିକ୍ ଭାବେ କାହାଠୁ ବୁଝିନି ଯେ ସେ କେଉଁ ରାଣୀ ଥିଲେ। ସେତେବେଳେ ରାଜାମାନଙ୍କର ତ ହଜାର ହଜାର ରାଣୀ ଥିଲେ। କିଏ ମଲା କିଏ ବଞ୍ଚିଲା... କିଏ ଜାଣିଛ !"

"ସେକଥା ଛାଡ଼ନ୍ତୁ, ଏବେ ଯୋଉ କଥା ଆପଣଙ୍କୁ ପଚାରୁଛି ସେ ବିଷୟରେ ଖବର ନେବା ନିହାତି ଦରକାର। ଚମକେଇବା ପରି କଥା।"

ମୁଁ ତା କଥା ଶୁଣିବାକୁ ପ୍ରସ୍ତୁତ ହୋଇଯାଇ କହିଲି- "ତାହେଲେ ଚମକ୍‌ଦାର କଥାଟି ତ କୁହ।"

"୧୮୨୯ ମସିହାରେ ରାଜା ରାମମୋହନ ରାୟଙ୍କ ପରାମର୍ଶରେ ତତ୍‌କାଳୀନ ଭାଇସରାୟ ଉଇଲିୟମ ବେଣ୍ଟିକ୍ ସତୀ ପ୍ରଥା ବିରୋଧରେ ଆଇନ ପ୍ରଣୟନ କରିଥିଲେ, ନୁହଁ କି ?"

"ହଁ"

"ଆଉ ରାଜା ରାମମୋହନଙ୍କୁ କାହିଁକି ଏ ପ୍ରଥା କଷ୍ଟ ଦେଇଥିଲା ? ଏଥିପାଇଁ ନା... ଯେ ତାଙ୍କ ଭାଉଜଙ୍କୁ ସତୀ କରାଯାଇଥିଲା ଆଉ ସେ ଭାଉଜଙ୍କୁ ବହୁତ ମାନୁଥିଲେ ?"

"ବୋଧହୁଏ ।"

"ବର୍ଷା ହେଉଥିଲା, ରାତାରାତି ଲୋକେ ଜଳେଇଦେଇ ଫେରି ଆସିଲେ କିନ୍ତୁ ସକାଳେ ଲୋକମାନେ ଦେଖିଲେ ଯେ ସେଇଠି ବୁଦାମୂଳରେ ଅଧା ଜଳି ଯାଇଥିବା ସ୍ତ୍ରୀ ଲୋକଟିଏ ଉଲଗ୍ନ ଅବସ୍ଥାରେ ଲୁଚିବାକୁ ଚେଷ୍ଟା କରୁଛି, ସେ ହିଁ ଥିଲେ ଏବଂ ମୋ ଲୋକମାନେ ତାଙ୍କୁ ନେଇ ପୁଣିଥରେ ଜଳେଇଦେଲେ ।"

"ଆରେ, ଆପଣ ତ ଗୁଡ଼ାଏ ତଥ୍ୟ ସଂଗ୍ରହ କରିଦେଇଛନ୍ତି । ତାହେଲେ କନଫ୍ୟୁଜନ କେଉଁଠି ରହିଲା ?" ଧର୍ମାଚାର୍ଯ୍ୟ ପଚାରିଲେ ।

ପାନପିକ ପକେଇ ଦେଇ ଆସି ଆରମ୍ଭ କଲା "ପ୍ରଥମେ ଶୁଣିବା ହୁଅନ୍ତୁ ମହାଶୟ, ଇଂରେଜମାନେ ଆମର ଅନେକ ପବିତ୍ର ପରମ୍ପରାକୁ ନଷ୍ଟ କରି ଆମକୁ ଭ୍ରଷ୍ଟ କରିବାର କୌଣସି ବାଟ ଛାଡ଼ି ନ ଥିଲେ । ନୁହଁ କି ? ସେଥିପାଇଁ ତ ଏହାର ୨୮ ବର୍ଷ ପରେ ଧର୍ମପରାୟଣ ବାଙ୍କୁଡ଼ାବାସୀମାନଙ୍କୁ ସେମାନଙ୍କ ବିରୁଦ୍ଧରେ ଅସ୍ତ୍ର ଧରିବାକୁ ପଡ଼ିଥିଲା ଭାରତର ପ୍ରଥମ ସ୍ୱତନ୍ତ୍ରତା ସଂଗ୍ରାମ ।"

ମୁଁ ବିରକ୍ତ ହୋଇଯାଇ କହିଲି- "ଆପଣ କ'ଣ ପଚାରିବାକୁ ଚାହାଁନ୍ତି ?"

"ଏଇଆ ପଚାରିବାକୁ ଚାହେଁ ଯେ, ସତୀମାନଙ୍କ ଗୌରବମୟ ପରମ୍ପରାରେ ରାଜା ରାମମୋହନ ରାୟଙ୍କ ଭାଉଜଙ୍କ ସତୀ ହେବା ସ୍ୱୟଂ ଏକ ଆଶ୍ଚର୍ଯ୍ୟର କଥା । ଗୋଟିଏ ଥରରେ ଜଳିଲେନି ବୋଲି ଆଉଥରେ ଜାଳି ଦିଆଗଲା ।"

"ସେଇଠୁ ?"

"ସେ ସତୀଙ୍କ ନାମ କ'ଣ ଥିଲା ?"

ରାୟ ସାହେବ ପତ୍ନୀଙ୍କ ସହ ସେଇ ବାଟଦେଇ ଯାଉଥିଲେ । ଅଟକି ଗଲେ । ପଛକୁ ଫେରି ପଚାରିଲେ- "କ'ଣ ବାବୁ, ଅବଧୁ ସତ କହୁଛି ?"

"ମୋତେ ଜଣାନାହିଁ ସାର୍ ।"

ଲାଲ ସାହେବ କହିଲେ "ଅବଧୁ ବାବୁ, ଆପଣ ନିଜେ ହୁଗୁଳୀକୁ ଯାଇ

ଖବର ନିଅନ୍ତୁ ଯେ ସତ କ'ଣ ମିଛ କ'ଣ ? ଅବଧୁ ତ ବଙ୍ଗଳା ଜାଣେ... ତଥାପି। ଅବଧୁ ତ ଟିକେ ଆଡ଼ବାୟା... ତେଣୁ ଆପଣ ଯାଆନ୍ତୁ ସାଙ୍ଗରେ। ଏଇଟା ଗୋଟେ ଅତି ଗୁରୁତ୍ୱପୂର୍ଣ୍ଣ କଥା। ଆମେ ଏ ଘଟଣାକୁ ଏମିତି ଛାଡ଼ି ଦେଇ ପାରିବାନି। ଆପଣ ବଙ୍ଗଳା ଜାଣିଛନ୍ତି ତ ?"

"ଆଜ୍ଞା"

"ତା ହେଲେ ଶୀଘ୍ର ବାହାରନ୍ତୁ... ରାଜା ରାମମୋହନ ରାୟ ମିଶନରେ - ୱିଶ୍ ୟୁ ଗୁଡ୍ ଲକ୍ !"

ଅବଧୁ ଗୋଟେ ବଡ଼ ଅସୁବିଧାରେ ପକେଇଲା ! ମୋତେ ବି ସାଙ୍ଗରେ ଯିବାକୁ ପଡ଼ିଲା।

ରାଜା ରାମମୋହନ ରାୟ ! ରାମମୋହନ ନୁହଁ, ରାମମୋହନଙ୍କ ଭାଉଜ। ଅଢ଼େଇ ଶ' ବର୍ଷ ପୁରୁଣା ଦଳଭର୍ତ୍ତି ଦୁର୍ଗନ୍ଧମୟ ପୋଖରୀରେ ବୁଡ଼ ମାରି ସେହି ବୁଡ଼ିରହିଥିବା ଲାଶ୍ ବା ମୂର୍ତ୍ତିକୁ ବାହାର କରି ସନ୍ଧାନ ନେବା କ'ଣ ସହଜ କଥା ହୋଇଛି ! ଯଦିବା ବାହାର କରାଯାଏ, ତେବେ ତା'ର ଚିହ୍ନଟ କିଏ କରିବ ? କ'ଣ ସତ କ'ଣ ମିଛ ? କେଉଁ ପରୀକ୍ଷା ପଦ୍ଧତିରେ ? ଅବଧୁକୁ ହୁଗଳୀ ପଠେଇ ଦେଇ ମୁଁ କଲିକତାର କଲେଜ୍ ଷ୍ଟ୍ରୀଟ୍‌କୁ ଖୋଜାଖୋଜି କରିବାକୁ ଗଲି। ବିଭିନ୍ନ ପ୍ରକାର ବହି ! ପୁଣି ନ୍ୟାସ୍‌ନାଲ ଲାଇବ୍ରେରୀ, ବ୍ରହ୍ମ ସମାଜ, ରାଜା ରାମମୋହନ ରାୟଙ୍କ ନାମ ସହ ଜଡ଼ିତ ସମସ୍ତ ସଂସ୍ଥା ଏବଂ ପୁସ୍ତକାଳୟ ! ଭାଇଙ୍କ ମୃତ୍ୟୁ ସମୟରେ ରାମମୋହନ ନ ଥିଲେ, ରଙ୍ଗପୁରରେ ଥିଲେ। ତାଙ୍କୁ ଡକାଗଲା ଏବଂ ଇତିମଧ୍ୟରେ ଭାଉଜ ଅଲୋକମଞ୍ଜରୀଙ୍କୁ ମାରିପିଟି ବାଜା ବଜେଇ କୋଳରେ ମୃତ ସ୍ୱାମୀଙ୍କୁ ଧରେଇ ଚିତାରେ ବସାଇ ଦିଆଗଲା।

ସତନାରୁ ବମ୍ବେ-ହାଓଡ଼ା ମେଲ୍ ଧରି ତିନିଜଣ ସଦସ୍ୟଙ୍କ ସହ ମୁଁ ହାଓ୍ୱଡ଼ାରେ ପହଞ୍ଚିଲି ଏବଂ ପୁଣି ସେଠାରୁ ଫେରି ହୁଗୁଳିକୁ ଗଲି।

ବଙ୍ଗରେ ହିଁ ସବୁଠାରୁ ବେଶୀ 'ସତୀ' ହୋଇଥିଲେ। ତେଣୁ ବଙ୍ଗକୁ ସବୁଠାରୁ ବେଶୀ ମହତ୍ତ୍ୱ ଦିଆଯାଉଥିଲା।

ମୋତେ ଆଉ କିଛି ପ୍ରମାଣ ମିଳିଲା ତା' ସହ କିଛି ସତୀ ମନ୍ଦିର ବିଷୟରେ ମଧ୍ୟ। ହୁଗୁଳି ଜିଲ୍ଲାର ସେହି ଗ୍ରାମ। ଅଧିକାଂଶ ଲୋକ ମୋତେ ଦେଖି ଆଶ୍ଚର୍ଯ୍ୟ ହେଲେ ଯେ ଏ 'ବିହାରୀ' ଲୋକ ଏଠିକୁ କାହିଁକି ଆସିଛି। ତା'ଠାରୁ ବି ବଡ଼ କଥା ଥିଲା ଯେ ଦୁଇ ଶ' ଅଢ଼େଇ ଶ' ବର୍ଷ ତଳର ପୁରୁଣା କଥା ଉଖାଡ଼ିବାର କ'ଣ ଏମିତି

ଦରକାର ପଡ଼ିଲା ! ମୋତେ ବିହାରୀ ବା ହିନ୍ଦୁସ୍ଥାନୀ ଗୁପ୍ତଚର ବୋଲି ଭାବୁଥିଲେ। କାରଣ ମୋ ବଙ୍ଗଳା ଏତେ ଭଲ ନୁହେଁ - ଅବଧୁ କହିଚାଲିଲା ଓ ମୁଁ ଶୁଣୁଥାଏ।

"କିଛି କହୁଛନ୍ତି ଯେ ରାମମୋହନ ରାୟ ସାମନାରେ ସତୀଦାହ ହେଲା, ପୁଣି କେହି କହୁଛନ୍ତି ଯେ ସେ କଲିକତାରେ ଥିବାବେଳେ ତାଙ୍କୁ ଏ ଖବର ମିଳିଲା। କିନ୍ତୁ ଏସବୁଠୁ ଆହୁରି ଗୁରୁତ୍ୱପୂର୍ଣ୍ଣ କଥା ଏଇଆ ଯେ ଝଡ଼ ବର୍ଷା ଆରମ୍ଭ ହୋଇଗଲା। ଲୋକମାନେ ଜଳୁଥିବା ଅବସ୍ଥାରେ ଚିତାକୁ ଛାଡ଼ିଦେଇ ଚାଲିଗଲେ। ଏକଥାରେ ମଧ୍ୟ ଦୁଇଟି ଭିନ୍ନ ମତ ଆସେ। କିଛି କହୁଛନ୍ତି ଗୋଟେ ଇଂରେଜ ସୈନ୍ୟ ଦଳ ଏଇପଟ ଦେଇ ଗଲେ, ତେଣୁ ଲୋକମାନେ ଡରି ଧାଇଁ ପଳେଇଲେ। ଘଟଣା ଯାହା ବି ହେଉ ପରେ ସକାଳୁ ହୁଏତ ଲୋକମାନେ ଏଇ ବାଟ ଦେଇ ଯାଉଥିବା ବେଳେ ଦେଖିଲେ - ଚିହ୍ନି ପାରିଲେ ଏବଂ ପୁଣି ଥରେ ସତୀଦାହ ପ୍ରଥା ସମ୍ପନ୍ନ କଲେ।"

ମୁଁ ଚିନ୍ତା କଲି, ଆଉ ଆମର ସାହସୀ ସମାଜ !

ଝଡ଼ ତୋଫାନକୁ ଡରି ହେଉ ବା ଗୋରା ଫଉଜ ଭୟରେ... ସମସ୍ତେ ଡରି ଘର ଭିତରେ ଯାଇ ସୁରକ୍ଷିତ ହୋଇ ରହିଗଲେ। ମୂଷା ନିଜ ଗାତରେ ପଶି ସୁରକ୍ଷିତ ଅନୁଭବ କରିବା ପରି। ଗାତ ଭିତରୁ ସଭିଏଁ ସକାଳୁ ବାହାରି ଦେଖିଲା ବେଳକୁ ସ୍ତ୍ରୀ ଲୋକଟିଏ ବୁଦା ଗହଳରେ ଲୁଚିବାକୁ ଚେଷ୍ଟା କରୁଥିଲା। ଦେଖିଲେ ଚିହ୍ନିଲେ... ଆରେ ଇଏ ତ ଜଗମୋହନର ସ୍ତ୍ରୀ। ଜଣ-ଜଣ କରି ଲୋକମାନେ ପହଞ୍ଚି ଯାଇଥିବେ, ସ୍ତ୍ରୀ ଲୋକମାନେ ଏକାଠି ହୋଇଥିବେ, ବୁଢ଼ା ଟୋକା ପିଲା ପଣ୍ଡିତ ସମସ୍ତେ ଏକଜୁଟ୍ ହୋଇଥିବେ। ଜ୍ଞାନୀ ବ୍ରାହ୍ମଣଙ୍କ ସହ ପୂରା ଗାଁଟା ଆସି ପହଞ୍ଚିଯାଇଥିବେ। କେତେ ଜ୍ଞାନ ମନ୍ଥନ ହୋଇଥିବ ଏବେ କ'ଣ କରାଯିବ ? ଶାସ୍ତ୍ରରେ ତ ଏମିତି କିଛି ନିର୍ଦ୍ଦେଶ ନାହିଁ। ଲୋକେ ସବୁ ପାଟି ତୁଣ୍ଡ କରିଥିବେ... ଯାହା କରିବାର ଅଛି ଶୀଘ୍ର କର। ଏହାର ବଞ୍ଚିବା ଆଉ ଅଧା ଜଳି ବଞ୍ଚିଯିବା ମରିବାଠୁ ବଳି ବିପଦଜନକ। ଜଳାଅ, ୟା'କୁ ପୁଣିଥରେ ଜଳାଅ। ସତୀ ଦହନ କ୍ରିୟାକୁ ଅଧାରୁ ଛଡ଼ାଯାଇ ପାରିବନି। ଏପରି ଭାବେ ସତୀଦାହ କମିଟି ପୁଣିଥରେ ସମ୍ପନ୍ନ ହୋଇଥିବ।" କିଏ ଜାଣେ କେତେ ସତ କେତେ କିମ୍ବଦନ୍ତୀ !

ଅବଧୁ କହିଚାଲିଥାଏ, "ଟିକେ ଭାବନ୍ତୁ, ଭଗବାନ ଶିବଙ୍କଠାରୁ ଆଉ କିଏ ଶକ୍ତିଶାଳୀ ଥିଲେ କି ? ସେ ଯଦି ଚାହିଁଥାନ୍ତେ, ତେବେ ସତୀଙ୍କୁ ଅଗ୍ନିରୁ ବାହାର କରି ବଞ୍ଚେଇ ପାରିଥାନ୍ତେ। ଦକ୍ଷ ପ୍ରଜାପତି ହିଁ ଯଦି ଚାହିଁଥାନ୍ତେ ବଞ୍ଚେଇ ପାରିଥାନ୍ତେ। କିନ୍ତୁ ନାଁ, ଅଗ୍ନିରେ ଦାହ ହିଁ ଶୁଦ୍ଧିର ସର୍ବୋତ୍ତମ ଉପାୟ। ଏମିତି କୋଉ କାମ ଅଛି ଯାହା ନାରୀ କରିପାରିବନି, ଏପରି କେଉଁ ଚିଜ ଅଛି ଯାହା ସମୁଦ୍ରରେ ହଜି ଯିବନି... ଏମିତି

କ'ଣ ଅଛି ଯାହା ଅଗ୍ନି ପୋଡ଼ି ପାରିବନି ଓ ଏମିତି କ'ଣ ଅଛି ଯାହାର ମୃତ୍ୟୁ ହେବନି।" ମୁଁ ଅବଧୁ କଥାକୁ ଶୁଣୁଥିଲି ଏବଂ ଶୁଣୁ ବି ନ ଥିଲି।

ମୋ ଭିତରେ ପ୍ରବଳ ଘୃଣା, ଅପମାନ, ପରାଜୟ ଓ ଦୁଃଖରେ ଜର୍ଜରିତ ରାମମୋହନଙ୍କ ଛବି ଗୋଟେ ସେକେଣ୍ଡ ପାଇଁ ଲିଭୁ ନ ଥାଏ। କେବଳ ରାଧା ଗାଁର ବ୍ରାହ୍ମଣମାନଙ୍କୁ ବା ଗାଁ ଲୋକଙ୍କୁ ଦୋଷ ଦେବା ବେକାର। କ'ଣ କରୁଥିଲେ ବାକି ସବୁ ଲୋକ! ଚିତାର ନିଆଁରେ ଜଳି ପୋଡ଼ି ଶୁଦ୍ଧ ହୋଇଯାଇ ଥାନ୍ତେ ଭଲା!

ତା ପରଦିନ ରାୟ ସାହେବଙ୍କ ଆଗରେ ଗପୁଥିଲା "ମାଟି ନେଇକି ଆସିଛି ରାଧା ଗାଁରୁ।" ଅବଧୁ ଭାରି ଦର୍ପରେ କହୁଥାଏ "ଆପଣ ଭାବନ୍ତୁ, ଯଥା ଧର୍ମ... ତଥା ଜୟ! ଏପରି ଗୌରବମୟ ପରମ୍ପରାକୁ ଇଂରେଜମାନେ ବନ୍ଦ କରିଦେଲେ। ମୁଁ ନ ଥିଲି, ନ ହେଲେ ଲର୍ଡ଼ ଉଇଲିୟମ୍ ବେଣ୍ଟିକ୍ ଓ ରାମମୋହନଙ୍କୁ ଗୁଳି କରି ଉଡ଼େଇ ଦେଇଥାନ୍ତି।" ଅବଧୁ ଆଉ ଗୋଟେ ପାନ କଳରେ ଜାକିଲା।

ମୋ ଦେହରେ ନିଆଁ ଲାଗିଯିବା ପରି ଲାଗିଲା। ଇଏ କେମିତି ସମାଜ? ଅଢ଼େଇ ଶହ ବର୍ଷ ତଳେ ଥିଲା, ଆଜି ବି ସେଇଆ ଆଉ ଆଗକୁ କେଜାଣି କେତେ ବର୍ଷ ଯାଏଁ ମଧ୍ୟ ଏମିତି ରହିଥିବ। ମୋତେ ଲାଗିଲା ଯଦି ମୁଁ କିଛି ନ କହି ଚୁପ୍ ରହିବି ତେବେ ମୋ ମସ୍ତିଷ୍କ ଫାଟି ଯିବ। ଭଗବାନ ମଙ୍ଗଳ କରନ୍ତୁ ସେ ଖରେ ମାଷ୍ଟ୍ରଙ୍କର, ଯିଏ କେଜାଣି କେତେବେଳୁ ଆମ କଥା ଶୁଣୁଥିଲେ। ମୋ ପକ୍ଷ ନେବାକୁ ଯାଇ ସେ କହିପକାଇଲେ "କବି ମହାଶୟ, ତମକୁ କେହି କହିଛି ଯେ ତୁମ ପିତା ଆଉ ନାହାନ୍ତି ବୋଲି।"

ଅବଧୁ ଉଠିପଡ଼ି ଖରେ ମାଷ୍ଟ୍ରଙ୍କ ପାଦକୁ ଛୁଇଁଲା "ଆପଣ କେତେବେଳେ ଆସିଲେ?"

"ମୁଁ ତୁମର ସମସ୍ତ କଥା ଶୁଣିଲି। ମୋ ପ୍ରଶ୍ନର ଉତ୍ତର ଦିଅ - ତୁମ ବାପା ଅଛନ୍ତି ନାଁ ନାହିଁ?"

"ସେ କ'ଣ ଆଜି! ପିଲାଟି ଦିନରୁ ଆଜ୍ଞା। ମୁଁ ତ ହତଭାଗା ପିତୃହୀନ ବାଳକଟେ। ମାଆର ଗର୍ଭରେ ହିଁ ଥିବାବେଳେ ବାପା ଚାଲିଗଲେ। ମାଆ ବହୁତ କଷ୍ଟ ସହିଛି। ମୋର ଦୁଇଟି ବଡ଼ ଭଉଣୀ ଥିଲେ ବୋଲି ସିନା... ସେମାନଙ୍କ ସହାୟତାରେ ମାଆ ମୋର ପାଳନ-ପୋଷଣ କଲା, ନହେଲେ..."

"ଅବଧୁ!"

"ଆଜ୍ଞା"

"ଯଦି ରାଜାରାମୋହନ ରାୟ ଆଉ ଲର୍ଡ଼ ଉଇଲିୟମ ବେଣ୍ଟିକ୍ ନ ଥାନ୍ତେ ତା

ହେଲେ ତୁମେ ଆଜି ନଥାନ୍ତ କି ତୁମ ମାଆ କି ଭଉଣୀମାନେ ମଧ୍ୟ ନ ଥାନ୍ତେ ! ତୁମ ମାଆଙ୍କୁ ସତୀ କରିଦିଆଯାଇଥାନ୍ତା ।"

"କ'ଣ କହୁଛନ୍ତି ! ମାଆଙ୍କ ପରେ ଭଉଣୀମାନେ ପରା ଥିଲେ ।"

"ଉଇଲିୟମ ବେଣ୍ଟିକ୍ କେବଳ ସତୀ ପ୍ରଥାକୁ ଉଚ୍ଛେଦ କରି ନ ଥିଲେ ଶିଶୁକନ୍ୟା ହତ୍ୟା ବିରୁଦ୍ଧରେ ମଧ୍ୟ ପଦକ୍ଷେପ ନେଇଥିଲେ । ଏମିତି ନ ହେଲେ ତୁମ ଭଉଣୀମାନଙ୍କୁ ମଧ୍ୟ ମାରିଦିଆଯାଇଥାନ୍ତା ।"

ଅବଧୂ ଭୁତ ପରି ଠିଆ ହୋଇ ରହିଥିଲା । ସେ ରାମମୋହନଙ୍କ ସତୀ ହୋଇଥିବା ଭାଉଜଙ୍କ ଚିତାର ମାଟି ଆଣିଥିବାରୁ ପ୍ରଶଂସା ପାଇବାକୁ ଆସିଥିଲା ହେଲେ ବିଚରା ନିଜେ ହିଁ ନିଜ ଜାଲରେ ଫସିଗଲା ।

"ଶୁଣିଲି, ଆପଣ ରାଜା ରାମମୋହନଙ୍କ ବିଷୟରେ ସମସ୍ତ ତଥ୍ୟ ସଂଗ୍ରହ କରି ନେଇ ଆସିଛନ୍ତି !"

"ଆଜ୍ଞା ! କିଛି କିଛି ।"

"ଆମର ମୁଖ୍ୟ ପ୍ରତିଦ୍ୱନ୍ଦ୍ୱୀ ରାଜା ରାମମୋହନ ରାୟ ହିଁ ଥିଲେ । ତେଣୁ ଖୁବ୍ ଶୀଘ୍ର ଧର୍ମସଭାରେ ନିଜର ବିସ୍ତୃତ ରିପୋର୍ଟ ଉପସ୍ଥାପନ କର ।" ରାୟ ସାହେବ କହିଲେ ।

"ଆଜ୍ଞା"

ଏବଂ ଯେଉଁଦିନ ଧର୍ମସଭାରେ ମୁଁ ରିପୋର୍ଟ ଉପସ୍ଥାପନ କଲି, ମୋତେ ଅଟକାଇ ଧର୍ମାଚାର୍ଯ୍ୟ ମାଇକ ନେଇଗଲେ "ଭାରତୀୟ ସଂସ୍କୃତିର ଏକ ଗୌରବପୂର୍ଣ୍ଣ ଶିଖରରେ ଆମେ ଛିଡ଼ା ହୋଇ ସତୀ ମନ୍ଦିର ନିର୍ମାଣର ଆଧାରଶିଳା ରଖିବାକୁ ଯାଉଛନ୍ତି... ବିଶ୍ୱର ସବୁଠାରୁ ଅନୁପମ ଅନନ୍ୟ ମନ୍ଦିର... ।"

ସେ ଶବ୍ଦଗୁଡ଼ିକ ଉପରେ ଜୋରଦେଇ କହି ଟିକେ ରହିଗଲେ ଏବଂ ପୁଣି ଆରମ୍ଭ କଲେ "କିନ୍ତୁ... କିନ୍ତୁ ଆମେ ଚାହୁଁନାହୁଁ ଯେ ଏହି ମହାନ୍ କାର୍ଯ୍ୟରେ କୌଣସି ପ୍ରକାରର ସଂଶୟ ବା ବିଘ୍ନ ରହିଯାଉ । ଆପଣମାନେ ଜାଣନ୍ତି ଯେ ଆଜକୁ ପ୍ରାୟ ଅଢ଼େଇ ଶହ ବର୍ଷ ପୂର୍ବରୁ ଆମ ଭାରତର ଜଣେ ରାଜା ରାମମୋହନ ରାୟ ସତୀ ପ୍ରଥାର ବିରୋଧ କରିଥିଲେ । ସେ କେବଳ ବିରୋଧ ବା ପ୍ରତିବାଦ ପାଖରେ ସୀମିତ ରହିଲେନି, ଶାସ୍ତ୍ର ଦ୍ୱାରା ଆମ ବିଦ୍ୱାନମାନଙ୍କୁ ପରାଜିତ କଲେ ଏବଂ ଲର୍ଡ ଉଇଲିୟମ ବେଣ୍ଟିକ୍ଙ୍କ ନା କ'ଣ ତାଙ୍କ ନାଁ... ତାଙ୍କ ସହ ମିଶି ଏହା ଉପରେ କଟକଣା ମଧ୍ୟ ଲଗାଇଦେଲେ । ଆମ ଦେଶରେ ହିରଣ୍ୟକଶ୍ୟପ, ଅସୁର ଏବଂ ଜୟଚନ୍ଦ୍ର, ମୀରଜାଫରମାନଙ୍କର ପରମ୍ପରା ରହି ଆସିଛି - ଏଥିରେ ବ୍ୟସ୍ତ ହେବାରେ କ'ଣ

ଅଛି! ସବୁ ବିରୋଧୀଶକ୍ତି ପ୍ରଥମେ ଅଜେୟ ଲାଗୁଥିଲେ, ପରେ ସେମାନେ ହାର ମାନିଲେ ନାଁ ନାହିଁ?"

"ହାର ମାନିଲେ।" ଦର୍ଶକମାନେ ପୁନଃ ଅନୁମୋଦନ କଲେ।

"ତା ହେଲେ ବିରୋଧର ଏଇ ସ୍ୱରକୁ ସମ୍ପୂର୍ଣ୍ଣ ରୂପେ ସମାପ୍ତ କରିବା ପାଇଁ ଆମେ ସଂକଳ୍ପ ନେଲୁ ଏବଂ ରାଜା ରାମମୋହନ ରାୟ ଏବଂ ତାଙ୍କର ସତୀ ହୋଇଥିବା ଭାଉଜଙ୍କ ବିଷୟରେ ସମ୍ପୂର୍ଣ୍ଣ ସତ୍ୟାସତ୍ୟ ଜାଣିବା ପାଇଁ ଆମର ସ୍ୱତନ୍ତ୍ର ଅନୁସନ୍ଧାନ ଦଳ ପଶ୍ଚିମବଙ୍ଗକୁ ପଠାଯାଇଥିଲା ଯେପରି ସେମାନେ ଘଟଣାର ସତ୍ୟତା ଆଗକୁ ଆଣିପାରିବେ। ଏବେ ଯେହେତୁ ସେମାନେ ଆସିଯାଇଛନ୍ତି, ତେଣୁ ଏହି ଧର୍ମସଭାରେ ସେମାନଙ୍କ ମଧ୍ୟରୁ ଜଣେ ସଦସ୍ୟଙ୍କୁ ରାଜା ରାମମୋହନଙ୍କ ପୂରା ଇତିହାସ ଉପସ୍ଥାପନ କରିବା ପାଇଁ ଆମନ୍ତ୍ରଣ କରୁଛୁ। ଆସନ୍ତୁ ବାବୁ ମନୋଜ ସିଂହ...! ଆରମ୍ଭରୁ ଶେଷ ଯାଏ ଜଣାନ୍ତୁ।"

ମୁଁ ମାଇକ ଧରିଲି "ଏହି ଧର୍ମ ସଭାରେ ଉପସ୍ଥିତ ସମସ୍ତ ଧର୍ମାଚାର୍ଯ୍ୟ, ଗୁରୁଜନ ଏବଂ ମହାନୁଭବ! ରାଜା ରାମମୋହନ ରାୟ ଭାରତର ସବୁଠାରୁ ଯେ ବିଦ୍ୱାନଙ୍କ ଭିତରେ ଜଣେ ବୋଲି ପରିଗଣିତ ହୁଅନ୍ତି। ଜ୍ଞାନର ଭଣ୍ଡାର! ଦେଶର ପ୍ରାୟ ପୁସ୍ତକାଳୟର ନାମ ତାଙ୍କରି ନାମରେ ନାମିତ କରାଯାଇଛି, ଏଥିରୁ ଜଣାପଡ଼େ ଯେ ସେ କେତେବଡ଼ ବିଦ୍ୱାନ ଥିଲେ।

ଜନ୍ମରେ ବ୍ରାହ୍ମଣ, କର୍ମରେ ନାସ୍ତିକ। ଗୋତ୍ର ଶାଣ୍ଡିଲ୍ୟ। ତାଙ୍କ ଜୀବନକାଳରୁ ଦେଖିଲେ ୨୬-୨୭ ବର୍ଷ ପୂର୍ବରୁ ଉତ୍ତର ପ୍ରଦେଶର କନୌଜରୁ କେବେ ତାଙ୍କ ପୂର୍ବପୁରୁଷ ସେଠାକୁ ଯାଇଥିଲେ। ତାଙ୍କ ଜନ୍ମ ୧୭୭୨ ମସିହାରେ ହୁଗୁଳି ଜିଲ୍ଲାର ରାଧା ଗାଁରେ ହୋଇଥିଲା। ପିତା ରମାକାନ୍ତ ବନ୍ଦୋପାଧ୍ୟାୟ ବା ବାନାର୍ଜି। ପ୍ରବଳ ଈଶ୍ୱର ବିଶ୍ୱାସୀ, ଭଗବାନ ବିଷ୍ଣୁଙ୍କ ଉପାସକ। ମାତାଙ୍କ ନାମ ତାରିଣୀ ଦେବୀ। ସେ ଥିଲେ ଶାକ୍ତା, ଅର୍ଥାତ ଶକ୍ତିଙ୍କ ଉପାସକ। ସେ ସମୟର ବୈଷ୍ଣବ ଏବଂ ଶକ୍ତମାନଙ୍କ ମଧ୍ୟରେ ବିବାହ ବହୁତ କମ୍ ହେଉଥିଲା, କିନ୍ତୁ ଏ ଦୁହିଁଙ୍କର ହେଲା। ରାମମୋହନ ତିନିଭାଇ ଥିଲେ - ବଡ଼ଭାଇଙ୍କ ନାମ ଜଗମୋହନ ତାଙ୍କ ତଳେ ରାମମୋହନ ଏବଂ ସାବତମାଆଙ୍କଠୁ ଜନ୍ମ ହୋଇଥିବା ସବା ସାନଭାଇ ରାମଲୋଚନ।

ପିତା ରାମମୋହନଙ୍କ ଶିକ୍ଷାର ବ୍ୟବସ୍ଥା କଲେ। ପ୍ରଥମେ ଘରେ ହିଁ ସଂସ୍କୃତ, ତା'ପରେ କଲିକତାରେ, ପାଟନାରେ ଆରବୀ, ଫରାସୀ, ଇଂରାଜୀ... ତା'ପରେ କାଶୀରେ ବେଦ, ଉପନିଷଦ, ପୁରାଣ, ମନୁ ସ୍ମୃତି ଇତ୍ୟାଦି ଧର୍ମଗ୍ରନ୍ଥର ପଠନ।"

"ଆରେ ବାପ୍! ଏତେ ବଡ଼ ବିଦ୍ୱାନ ଥିଲେ!" କେହି ଜଣେ ଆଶ୍ଚର୍ଯ୍ୟ ପ୍ରକଟ କଲା।

"ଅସୁରମାନେ ସବୁ ମହାପ୍ରତାପୀ ଥିଲେ।" କେହି ଜଣେ ମନ୍ତବ୍ୟ ଦେଲା।

"ବ୍ରାହ୍ମଣ...।" ତୃତୀୟ ଜଣକ ଟିପ୍ପଣୀ ଦେଲା। "ରାବଣ ବ୍ରାହ୍ମଣ ଥିଲା। ମହାଜ୍ଞାନୀ ବି!"

"ଏତେ ବଡ଼ ହୋଇ ନ ଥିଲେ କାଶୀ ପଣ୍ଡିତଙ୍କୁ ହରେଇ ପାରିଥାନ୍ତେ?"

"କଥାବାର୍ତ୍ତା ସରିଗଲା ଯଦି ଆଗକୁ ବଢ଼ିବା?" ମୁଁ ପ୍ରଶ୍ନ କଲି।

"ପିତା ରମାକାନ୍ତଙ୍କ ମୃତ୍ୟୁ ୧୮୦୩ ମସିହାରେ ହେଲା। ଜଗମୋହନଙ୍କ ଚାରି ପତ୍ନୀ ଥିଲେ। ଯାହାଙ୍କ ମଧ୍ୟରୁ ଦ୍ୱିତୀୟ କି ତୃତୀୟ ପତ୍ନୀ ଥିଲେ ଅଲୋକ ବା ଅଲୋକା ମଞ୍ଜରୀ ବା ଅଲୋକା ମଣି - ବୟସ ପାଖାପାଖି ଚାଳିଶି ବର୍ଷ। ୧୮୧୦ ମସିହା ଅପ୍ରେଲ ଆଠ ତାରିଖରେ ଜଗମୋହନଙ୍କ ମୃତ୍ୟୁ ହେଲା। ରାମମୋହନ ରାୟଙ୍କ ଭାଉଜ ଅଲୋକମଞ୍ଜରୀଙ୍କର ସହମରଣ... ଅର୍ଥାତ୍ 'ସତୀଦାହ' ହେଲା। ପିତା ନ ଥିଲେ, ରାମମୋହନ ରଙ୍ଗପୁର ଯାଇଥିଲେ। ତାଙ୍କ ଫେରିବା ପର୍ଯ୍ୟନ୍ତ ଅପେକ୍ଷା କରିବା ଆବଶ୍ୟକ ଥିଲା, କିନ୍ତୁ କରାଗଲାନି, ସମ୍ଭବତଃ ଏଥିପାଇଁ ଯେ ରାମମୋହନ ସତୀପ୍ରଥାର ଘୋର ବିରୋଧୀ ଥିଲେ... ସେ ଥିଲେ ଏ ଘଟଣା ଘଟିବାକୁ ଦେଇ ନ ଥାନ୍ତେ। ଯାହା ହେଉ... ସେ ଘରକୁ ଆସି ମାଆ ତାରିଣୀ ଦେବୀଙ୍କୁ ପଚାରିବାରୁ ସେ କହିଲେ ଯେ, "ମୁଁ ତ ପୁତ୍ରଶୋକରେ କିଛି ଜାଣିପାରୁ ନ ଥିଲି। କ'ଣ ହେଲା, କେମିତି ହେଲା ଜାଣିନି।"

ସେ ସମୟରେ ଲେଖକ ଜେ. ପେଗସ୍‌ଙ୍କ ମତରେ - କାଳେ ଖସି ଚାଲି ନ ଯିବ, ସେଥିପାଇଁ ସ୍ତ୍ରୀକୁ ମୃତ ପତି ସହ ବାନ୍ଧି ଦିଆଯାଉଥିଲା, ସେଥିପାଇଁ ସ୍ତ୍ରୀକୁ ମୃତ ପତି ସହ ବାନ୍ଧି ଦିଆଯାଉଥିଲା, ତଥାପି କିଛି ଖସି ଚାଲିଯାଉଥିଲେ, ତେଣୁ ସମ୍ପୂର୍ଣ୍ଣ ରୂପେ ଜଳି ନ ଯିବା ପର୍ଯ୍ୟନ୍ତ ସ୍ତ୍ରୀକୁ ବାଉଁଶ ଦ୍ୱାରା ଚାପି ରଖାଯାଉଥିଲା। ଲେଖକ ଫେନି ଏହି ସତୀଦାହ ପ୍ରଥାର ଏପରି ସବୁ ଭୟଙ୍କର ଘଟଣାକୁ ବର୍ଣ୍ଣନା କରିଛନ୍ତି ଯେ, ଯାହାକୁ ପଢ଼ିଲେ ଲୋମମୂଳ ଟାଙ୍କୁରି ଉଠିବ।

"ଗୋଟେ ଦୁଇଟି ଘଟଣା ଆମକୁ ବି ଶୁଣାନ୍ତୁ।" ଜଣେ ପାଠଶାଠ ପଢ଼ିଥିବା ସ୍ତ୍ରୀ ପଚାରିଲା।

"ନଭେମ୍ବର ୭, ୧୮୩୦ରେ କାନପୁର ନିବାସୀ ଧନାଢ଼୍ୟ ବଣିକଙ୍କ କଥା ଉଲ୍ଲେଖ ଅଛି।"

"ଆପଣଙ୍କ କଥାରୁ ମନେହୁଏ ଯେ, ସେତେବେଳର ହିନ୍ଦୁ ସମାଜରେ କିଛି

ଲୋକ ସତୀପ୍ରଥାର ସମର୍ଥନ କରୁଥିଲେ ଏବଂ କିଛି ଲୋକ ବିରୋଧ କରୁଥିଲେ। ନୁହଁ?" ସେଇ ସ୍ତ୍ରୀଲୋକଟି ପୁଣି ପଚାରିଲା।

"ଆପଣ ଠିକ୍ କହୁଛନ୍ତି। ୧୯୧୮ ମସିହାରେ କିଛି ମାନ୍ୟଗଣ୍ୟ ହିନ୍ଦୁ ସତୀପ୍ରଥାର ସମର୍ଥନ କରି ସେ ସମୟର ଗଭର୍ଣ୍ଣର ଜେନେରାଲ ଲର୍ଡ଼ ୱାରେନ୍ ହେଷ୍ଟିଂସ୍‌ଙ୍କ ପାଖକୁ ଅଭିଯୋଗ କରିବାକୁ ଯାଇଥିଲେ। ସେହି ବର୍ଷ ଉକ୍ତ ପ୍ରଥାର ବିରୋଧ କରି ରାଜା ରାମମୋହନଙ୍କ ନେତୃତ୍ୱରେ ଅନ୍ୟ ଏକ ଦଳ ମଧ୍ୟ... ଯେଉଁକଥା ପରେ ଏସିଆଟିକ୍ ଜର୍ଣ୍ଣାଲ୍‌ରେ ମଧ୍ୟ ପ୍ରକାଶିତ ହୋଇଥିଲା। ରାମମୋହନ ରାୟ ଲେଖିଥିଲେ ଯେ ସତୀ ପ୍ରଥା ପଛରେ ସମ୍ପତ୍ତି ହଡ଼ପ କରିବାର ଭାବନା ଥିଲା। ରାମମୋହନ ଶାକ୍ତମାନଙ୍କର ବଳିପ୍ରଥା ପରି ସତୀ ପ୍ରଥାକୁ ମଧ୍ୟ ନୃଶଂସ ବୋଲି ଦର୍ଶାଇଥିଲେ। ସ୍ତ୍ରୀକୁ ସ୍ୱାମୀର ଶବ ସହ ବାନ୍ଧି ଚିତା ଉପରେ ବାଉଁଶ ଦ୍ୱାରା ଚାପି ରଖାଯାଉଥିଲା।

ରାମମୋହନ ସତୀପ୍ରଥାକୁ ସବୁ ସ୍ତରରେ ବିରୋଧ କରିଥିଲେ। ୧୮୨୮ରେ ସେ ସତୀଦାହର ଏକ ବିବରଣୀ 'ସଂବାଦ କୌମୁଦୀ' ନାମକ ପତ୍ରିକାରେ ପ୍ରକାଶିତ କରିଥିଲେ। ଏହି ଘଟଣା କଲିକତାରେ ହୋଇଥିଲା। ବିବରଣୀ ଅନୁସାରେ ଜଣେ ସତୀ ଅଧାଜଳା ଅବସ୍ଥାରେ ଚିତା ଉଠିପଡ଼ି ଧାଇଁ ପଳେଇ ଆସି ଠିଆ ହୋଇଗଲେ। କିଛି ୟୁରୋପୀୟ ଏବଂ ଆମେରିକୀୟ ଏହି ସତୀଦାହ ଦେଖିବା ପାଇଁ ଏକାଠି ହୋଇଥିଲେ। ଲୋକମାନେ ଯେତେବେଳେ ସ୍ତ୍ରୀକୁ ସ୍ୱାମୀ ଶବ ସହ ବାନ୍ଧିବାକୁ ଚାହିଁଲେ ସେତେବେଳେ ସେମାନେ ଏପରି ହେବାକୁ ଦେଲେ ନାହିଁ - ସେମାନଙ୍କ ମତ ଏଇଆ ଥିଲା ଯେ, ଯଦି ସ୍ୱଇଚ୍ଛାରେ ସେ ସତୀ ହେଉଥାନ୍ତି ତା ହେଲେ ଆପଣମାନଙ୍କ ଧାର୍ମିକ କର୍ମରେ ଆମେ ହସ୍ତକ୍ଷେପ କରିବୁ ନାହିଁ। ସ୍ତ୍ରୀ ଜଣକ ଉଠି ଚାଲି ଆସିଲେ ଏବଂ ତାଙ୍କ ଆତ୍ମୀୟ ସ୍ୱଜନମାନେ ତାଙ୍କୁ ଧରିନେଇ ପୁଣିଥରେ ଚିତା ଉପରେ ନେଇ ଶୁଆଇ ଦେବାକୁ ଚେଷ୍ଟା କଲେ, କିନ୍ତୁ ବିଦେଶୀମାନେ ଏପରି ହେବାକୁ ଦେଲେନି। ସେହି ବହିରେ ସେ ଆହୁରି ମଙ୍ଗଳ ଘାଟ ନାମକ ଘଟଣାରେ ସତୀଦାହ ବିଷୟରେ ଲେଖିଛନ୍ତି।"

"ତା ହେଲେ କ'ଣ ସତୀ ଚିତାରୁ ଉଠି ଚାଲି ଆସିଥିଲେ?" କେହି ଜଣେ ପ୍ରଶ୍ନ କଲେ।

"ହଁ, କୁଆଡ଼େ ଗଲେ ଆଜିଯାଏଁ ଜଣା ପଡ଼ିନି। ରାମମୋହନ ରାୟ ଲେଖିଥିଲେ 'ସମ୍ବାଦ କୌମୁଦୀ' ପରି କଥୋପକଥନ ଶୈଳୀର ସେ ତିନୋଟି ବହି ଲେଖିଛନ୍ତି, ବଙ୍ଗଳା ଏବଂ ଇଂରାଜୀ ଭାଷାରେ।"

"ଆପଣଙ୍କ ପାଖରେ ଅଛି କିଛି ?"

"ଇଂରାଜୀରେ ଲେଖା ବହିଟି ଅଛି।"

ଜଣେ ଗେରୁଆ ପୋଷାକଧାରୀ ପଚାରିଲେ "ରାଜା ରାମମୋହନ ରାୟଙ୍କର କେଉଁ ତର୍କର ଉତ୍ତର କାଶୀର ଦିଗ୍‌ଗଜ ପଣ୍ଡିତ ମଧ୍ୟ ଦେଇପାରି ନ ଥିଲେ ?"

"ତାଙ୍କ ବହିରୁ ଏହାର ଉତ୍ତର ଅନୁମାନ କରାଯାଇପାରେ ଯେ... ସବୁ ଶାସ୍ତ୍ରରେ କାମ୍ୟ କର୍ମ ଅର୍ଥାତ୍ ଫଳର କାମନାରେ କରାଯାଉଥିବା କର୍ମ ନିନ୍ଦନୀୟ ଅଟେ। ଆପଣ ଗୀତା ମଧ୍ୟ ଦେଖିପାରନ୍ତି। ସେ ଶାସ୍ତ୍ରର ଅନେକ ପ୍ରମାଣ ଦେଇ ସିଦ୍ଧ କଲେ ଯେ ସତୀ ହେବା, ସହମରଣ ବରଣ କରିବା ଅପେକ୍ଷା ବ୍ରହ୍ମଚର୍ଯ୍ୟ ଶ୍ରେୟସ୍କର ଅଟେ। ବିରୋଧୀମାନେ ଉତ୍ତେଜିତ ହୋଇଗଲେ। ସେତେବେଳେ ସେ ପ୍ରଶ୍ନ କଲେ ଯେ 'ସହମରଣ'ରେ ଚିତାରେ ଅଗ୍ନି ସ୍ୱୟଂ ପ୍ରକଟ ହୋଇଥାନ୍ତି। ସେ ବାରମ୍ବାର ଗୀତାରୁ ଏବଂ ଗୋଟେ ଦୁଇଟି ସ୍ତୋତ୍ର ମନୁସ୍ମୃତିରୁ ଉଦ୍ଧୃତ କରି କହିଲେ ଯେ, ଜଣେ ସ୍ୱାମୀ ସହ ଜୀବନ ତ୍ୟାଗ କରିବ ବା ନାହିଁ - ସେ ନିର୍ଣ୍ଣୟ କରିବାର ଅଧିକାର ଈଶ୍ୱରଙ୍କ ଛଡ଼ା ଆଉ କାହା ପାଖରେ ନାହିଁ ଏବଂ ସ୍ତ୍ରୀ ବା ବ୍ୟକ୍ତିକୁ ସ୍ୱାଧୀନ କରିବା ଈଶ୍ୱରଙ୍କ ଇଚ୍ଛା ଅଟେ।"

ପରବର୍ତ୍ତୀ ପ୍ରଶ୍ନ, "କବିରାଜ ଅବଧୂ ମହାରାଜ ପ୍ରଥମେ କହିଥିଲେ ଯେ ରାମମୋହନଙ୍କ ଭାଉଜ ସତୀ ହେବା ବେଳେ ପ୍ରଥମ ଥର ଜଳିପାରି ନ ଥିଲେ, ତେଣୁ ଗାଁ ଲୋକେ ତାଙ୍କୁ ଧରିନେଇ ପୁଣିଥରେ ଜଳେଇ ଦେଲେ। ଏବେ ଆପଣମାନେ ସ୍ୱୟଂ କଥାକାର ଅନୁସନ୍ଧାନ କରିବାକୁ ଯାଇଥିଲେ... ଏଇକଥା କ'ଣ ସତ ?" ଏଥର ନିଜେ ରାୟ ସାହେବ ପ୍ରଶ୍ନ କରୁଥିଲେ।

"ଏଇ କଥା ଚର୍ଚ୍ଚା କରାଯାଉଥିଲା ଏବଂ ତାହା ସତ ବି ହୋଇଗଲା।"

"ଲିଖିତ ପ୍ରମାଣ... ?"

"ଅଲୋକମଞ୍ଜରୀ ହିଁ କେବଳ ନୁହନ୍ତି ସମସ୍ତ ନାରୀ ଯେଉଁମାନେ ସତୀ ହେବା ପାଇଁ ଇଚ୍ଛୁକ ଥିଲେ, ନିଆଁର ପ୍ରଥମ ଧାସ ବାଜିବା ମାତ୍ରେ ହିଁ ଉଠିପଡ଼ି ଧାଇଁ ଆସୁଥିଲେ, ଏକଥା ଭିନ୍ନ ଯେ ଯେଉଁମାନଙ୍କୁ ସ୍ୱାମୀର ଶବସହ ବାନ୍ଧିଦେଇ ଚିତାକୁ ନିଆଗଲା, ଯେଉଁମାନଙ୍କୁ ଅଫିମ ବା ବେହୋସ ହେବାର ଔଷଧ ଦିଆଗଲା, ଯେଉଁମାନଙ୍କୁ ବାଉଁଶ ସାହାଯ୍ୟରେ ଚାପି ରଖାଗଲା... ସେମାନେ ଖସି ଯାଇପାରିଲେ ନାହିଁ।"

"ମୁଁ ପଚାରିଲି, ଲିଖିତ ପ୍ରମାଣ ?"

ମୁଁ ଟିକେ ଥତମତ ହୋଇଗଲି, "ସାର୍, ଏଇଟା ହେଲା ପେଗସ୍ ସାହେବଙ୍କ ବହି ଏବଂ ଏଇଟା ଫେନି ସାହେବଙ୍କ ବହି। ଏସବୁ ଇଂରାଜୀରେ ଲେଖା ହୋଇଛି।

ଫେନି ସାହେବଙ୍କ ବହିରେ କାନପୁରର ସେହି ଧନାଢ୍ୟ ବଣିକଙ୍କ ପତ୍ନୀବୃତ୍ତାନ୍ତ ସ୍ପଷ୍ଟ ଭାବେ ଲେଖାଯାଇଛି ଯେ, କିପରି ତିନିତିନିଥର ଖସି ଆସିଥିବା ସେହି ସ୍ତ୍ରୀ ଲୋକକୁ ତାଙ୍କ ଘରଲୋକେ ଏବଂ ରକ୍ତ ସମ୍ପର୍କୀୟମାନେ ହିଁ ପ୍ରାଣ ବଞ୍ଚେଇବା ପାଇଁ ଶେଷଥର ପାଇଁ ଗଙ୍ଗାକୁ ଡେଇଁପଡ଼ିଥିବା ବିଧବାକୁ... ଚିତାରେ ଜଳେଇବାକୁ ଚେଷ୍ଟା କଲେ। କିନ୍ତୁ କମିଶନର ସାହେବ ତାଙ୍କୁ ଜଳିବାକୁ ଦେଲେନି ଓ ଡାକ୍ତରଖାନାରେ ଭର୍ତ୍ତି କରାଇଲେ, ଯେଉଁଠି ତା'ର ପ୍ରାଣରକ୍ଷା ହୋଇ ପାରିଲା।"

"ଆଉ ଇଂରେଜମାନେ ଯୋଉ ଆମ ଧର୍ମ ଭ୍ରଷ୍ଟ କରାଇଲେ ?"

"ଇଂରେଜମାନେ ହିନ୍ଦୁଧର୍ମ ଉପରେ କିଛି ହସ୍ତକ୍ଷେପ କରିନାହାନ୍ତି, କେବଳ ଏତିକି କହିଲେ ଯେ କେହି ଯଦି ସ୍ୱଇଚ୍ଛାରେ ସତୀ ହେବାକୁ ଚାହିଁବ ତା ହେଲେ ବାଧା ଦେବେନି। ଜନସନ୍ ସାହେବ ନାମକ ଜଣେ ଇଂରେଜଙ୍କୁ ତ ଭାରତ ହିଁ ଛାଡ଼ିଦେବାକୁ ପଡ଼ିଲା। ଆଜି କୌଣସି ସାକ୍ଷୀ ପ୍ରମାଣ ଜୀବିତ ନାହାନ୍ତି, କିନ୍ତୁ ଯାହା ଅବଧୁ ମହାରାଜ କହିଲେ ତାହା ଅଲୋକମଞ୍ଜରୀଙ୍କ ସହ ଘଟି ନ ଥାଇପାରେ, କାନପୁର, କଲିକତାର ମଙ୍ଗଳାଘାଟ, ପେଗସ୍, ଫେନି ଏବଂ ରାଜା ରାମମୋହନଙ୍କ ପୁସ୍ତକଗୁଡ଼ିକ, ଏହା ପୂର୍ବରୁ ବର୍ନିଅର, ଇବନବତୁତା ଆଦିଙ୍କ ବହି ଏହି ତଥ୍ୟକୁ ଲିଖିତ ରୂପେ ପ୍ରମାଣିତ କରେ। ଚାର୍ଣ୍ଣକର ଘଟଣାଗୁଡ଼ିକରୁ ବି... ଯେଉଁଠି ସେ ମାଳାକୁ ଚିତାରୁ ରକ୍ଷା କଲେ ଓ ବିବାହ କଲେ।"

ମୋ ରିପୋର୍ଟ ପଢ଼ା ଏଯାଏଁ ଚାଲିଥିଲା, ଏତିକି ବେଳେ ଦୁର୍ଘଟଣାଟିଏ ଘଟିଗଲା – ଆଗ ଧାଡ଼ିରେ ବସିଥିବା ରାୟ ସାହେବଙ୍କ ପତ୍ନୀ ବେହୋସ ହୋଇ ଚେୟାରରୁ ଗଳିପଡ଼ିଲେ। ସଭା ଭଙ୍ଗ ହୋଇଗଲା। ତାଙ୍କୁ ଉଠେଇ ଆଣି ମଣ୍ଡପ ଉପରେ ଶୁଆଗଲା, ପାଣି ଛଟାଗଲା। ସେ ଯେତେବେଳେ ଆଖି ଖୋଲିଲେ, ସବାରୀଟିଏ ଡକାଇ ତାଙ୍କୁ ମହଲକୁ ପଠାଇ ଦିଆଗଲା।

ସେ ରାତିଟି ତାଙ୍କ ପାଇଁ ଭାରି କଷ୍ଟକର ଥିଲା। ସେ ମଝି ମଝିରେ ଉଠିପଡ଼ି ପାଟି କରୁଥିଲେ, ଚିତ୍କାର କରୁଥିଲେ ଓ ଉଠି ଧାଇଁ ପଳାଉଥିଲେ। ରାତି ସାରା ଗୁଣିଆ, ପୂଜାରୀ ଆଉ ତାନ୍ତ୍ରିକମାନଙ୍କର ଯିବା ଆସିବା ଲାଗି ରହିଥିଲା।

ସକାଳୁ ସକାଳୁ ଯାଇ ଖରେ ମାଷ୍ଟ୍ରେଙ୍କ ପାଖରେ ହାଜର ହୋଇଗଲି। "ସବୁ ଭଲ ତ ?" ସେ ପଚାରିଲେ।

"ସାର୍, କିଛି ବି ଠିକ୍ ନାହିଁ, ରାୟ ସାହେବଙ୍କ ମିସେସ୍ ବେହୋସ୍ ହୋଇଯାଇଥିଲେ।"

"ହଁ, ସେଇଟା ତ ଦେଖିଲି।"

"ଗୋଟେ କଥା ପଚାରିବାକୁ ଚାହୁଁଛି।"

"ପଚାର।"

ରାଜା ରାମମୋହନଙ୍କ ଭାଉଜ ଅଲୋକମଂଜରୀ କଥା ଉଠିଲା ବେଳକୁ ରାଜା ଓ ରାଣୀ ସାହେବା ଅନ୍ୟମନସ୍କ ହୋଇଗଲେ।"

"ହୁଁଃ"

"ଆଉ ଗୋଟେ କଥା..."

"କ'ଣ ?"

॥ ୧୬ ॥

ଅନୁପମ ଖରେ ମାଷ୍ଟ୍ରେ! ରାୟ ସାହେବ ଏବଂ ଲାଲ ସାହେବଙ୍କ ଘରୋଇ ଶିକ୍ଷକ। ଜଣେ ଆଦର୍ଶ ଶିକ୍ଷକ ରୂପେ ବେଶ୍ ନାଁ ଡାକ। ସ୍କୁଲରେ ସେ କେଉଁ ବିଷୟ ଅବା ନ ପଢ଼ାନ୍ତି! କିନ୍ତୁ ମଜାଳିଆ ସ୍ୱଭାବର ଖରେ ମାଷ୍ଟର ଏଇଠି ଆସି ଠକିଗଲେ। ବୟସ ସତୁରୀ କି ବାସ୍ତରୀ। ମୋତେ ପଚାରିଲେ "ମୋ ପାଖରେ କି କାମ ପଡ଼ିଲା ?"

"ସେ କଥା ତ ଆପଣ ରାୟ ସାହେବଙ୍କୁ ଯାଇ ପଚାରିବେ! ପ୍ରଥମେ ମୋ ମନର କିଛିଟା ସନ୍ଦେହ ଦୂର କରନ୍ତୁ।"

"ପଚାର।"

"ଏ ଲାଲ ସାହେବଙ୍କ ରହସ୍ୟଟା କ'ଣ ?"

ପ୍ରଶ୍ନ ଶୁଣି ସେ ଚମକି ପଡ଼ିଲେ, ତା'ପରେ ଆଖି ବନ୍ଦ କଲେ। ସତେ ଯେପରି ଧ୍ୟାନସ୍ଥ ହୋଇଗଲେ। ପୁଣି କହିଲେ- "ସେ ଗୋଟେ ରହସ୍ୟ ଉପନ୍ୟାସ ପରି। ନୀଲମ ଦେଶର ରାଜକନ୍ୟା ଏବଂ ନୀଳ ଆଖି! ଘଟଣା ଏଇଆ ଯେ, କୂଳଦେବୀଙ୍କ ଆଖି ଥିଲା ନୀଳ। ମାଆଙ୍କଠୁ ମିଳିଥିଲା ଏ ନୀଳ ଆଖି। ଏହା ଗର୍ବ ଏବଂ ଆପଣାପଣର କଥା ଥିଲା, କିନ୍ତୁ ସେପରି ହେଲାନି। ଅନୁମାନ କରାଯାଏ ଯେ ଇଂରେଜମାନଙ୍କ ଫଉଜ ଏଇ ବାଟ ଦେଇ ଯାଇଥିବେ, ଏବଂ ସେମାନଙ୍କ ବଳାତ୍କାର ଅବା ସଂସର୍ଗରୁ କିଛି ମହିଳା ଗର୍ଭବତୀ ହୋଇଥିବେ, ତାପରେ ବଂଶାନୁକ୍ରମରେ... କିନ୍ତୁ ସତ କ'ଣ...

ଏ ସତ ଉପରୁ ପରଦା କେବଳ ଡ. ରଜନୀକାନ୍ତ ହିଁ ଉଠେଇ ପାରିବେ। ଏହି ଘଟଣା ପ୍ରଥମେ ତାଙ୍କରି ମୁଖାରବିନ୍ଦରୁ ନିସୃତ ହୋଇଥିଲା।"

"କିନ୍ତୁ ଆଜ୍ଞା, ଜରୁରୀ ତ ନୁହଁ ଯେ...।"

"ହଁ ଜରୁରୀ ତ ନୁହଁ... କିନ୍ତୁ କଥା ହେଲା ସନ୍ଦେହର ଉପଚାର ତ କୌଣସି ହାକିମ କି ବଇଦ ପାଖରେ ବି ନାହିଁ।"

"ଥିଲେ ବି କ'ଣ ଯାଏ ଆସେ?"

"ସେଇ କଥା ତ।"

ଆମେ ଯେତେ ପରସ୍ତ ପରସ୍ତ ଖୋଲି ଚାଲିଲେ ବି ଖୋଲିବା ଶେଷ ହେବକି। ପୁଣି ସେ ପ୍ରକୃତ ସତ ପାଖରେ ପହଞ୍ଚି ମଧ୍ୟ ତା'ଠାରୁ ଦୂରେଇଯିବା। ପୁଣି ଯଦି ବା ସତ ପାଖରେ ପହଞ୍ଚି ଯାଆନ୍ତି... ତେବେ ବି କ'ଣ ମିଳିବ? କଥା ହେଉଛି ସେଇଠି। ଜାତିଗତ ଶ୍ରେଷ୍ଠତା ହେଉଛି ପ୍ରକୃତ କଥା। ଏବେ ବୈଜ୍ଞାନିକ ମାନେ କହିଲେଣି ଯେ ଆମ ପୂର୍ବପୁରୁଷ ପିଗ୍‌ମୀ ଥିଲେ। ଆଜି ଯଦି ସେମାନେ ଆସିଯାଆନ୍ତି ଆମେ ଘରେ ପଶିବାକୁ ବି ଦେବାନି ବା ଦେଖିବା ମାତ୍ରେ ବେହୋସ ହୋଇଯିବା।"

"ନ ହେଲେ ସିମ୍ପାଜି ବା ମାଙ୍କଡ଼! ନ ହେଲେ ଏକକୋଷୀୟ ଆମିବା..."

"ବନ୍ଦ କର, ବନ୍ଦ କର... ଏତେ ପଛକୁ ଆଉ ଯାଅନି। ପ୍ରତ୍ୟେକ ବ୍ୟକ୍ତିର ଏକ ଭିନ୍ନ ପରିଚୟ ଅଛି। ଅତୀତ ସହ ସମ୍ବନ୍ଧ ଥାଇ ମଧ୍ୟ ସ୍ୱତନ୍ତ୍ର!"

"ଏଠି ପ୍ରଶ୍ନ ହେଲା ବଂଶ ଗାରିମାର, ଯାହା ସମ୍ଭବତଃ ଦୁଇ-ଅଢ଼େଇ ହଜାର ବର୍ଷ ପୂର୍ବରୁ ଆମ ଉପରେ ଲଦି ଦିଆଯାଇଥିଲା ବା ଆମେମାନେ ଗ୍ରହଣ କରିନେଇଥିଲୁ। ଧର୍ମ, ସମ୍ପ୍ରଦାୟ, ସଂସ୍କୃତି ସବୁ ଏଇଆ ହିଁ ତ ଦେଇଛନ୍ତି।"

"ହୁଁ! ପବନରେ ହିଁ ବିଷ ଖେଳିଯାଇଛ। ଏବେ ଦେଖ ଲାଲ ସାହେବ ଓ ରାୟ ସାହେବଙ୍କୁ ଛାଡ଼, ତାଙ୍କ ପିଲାଏ ମଧ୍ୟ ଏ ବିଷରୁ ମୁକ୍ତ ନୁହନ୍ତି। ମୁଁ ଶୁଣିଲି ଯେ ପିଲାମାନେ ଆସି ବାପା ପାଖକୁ ଚାଲିଯାଆନ୍ତି। ମାନେ ମାଆ ହେଲା ଗୌଣ, ଅସଲ ହେଲା ରାଜବଂଶୀ ବାପା। ତୁମେ ସବୁ ସେତେବେଳକୁ ଆସି ନ ଥିଲ, ଯେତେବେଳେ କଣ୍ଡା ଗାଁରେ ନିଆଁ ଲାଗିଥିଲା। ଆରେ, ଏଇଠୁ ବି ସେ ନିଆଁ ଦିଶୁଥିଲା। ସେ ଦିଗଟା ପୂରା ଲାଲ୍ ହୋଇଯାଇଥିଲା, ତା ପୂର୍ବରୁ ଘଟଣା କ'ଣ ଘଟିଥିଲା ଜଣାନାହିଁ। ଖାଲି କଳଙ୍କିନୀ କୂଳଦେବୀଙ୍କ କଳଙ୍କରୁ କେମିତି ମୁକ୍ତ ହେବେ, ଖାଲି ଏଇ ଗୋଟିଏ ଚିନ୍ତା ଥିଲା।

ସେଥିପାଇଁ ଲାଲ ସାହେବ ନିଜ ମୁହଁକୁ ରାମ୍ପୁଡ଼ି ଦେଇଥିଲେ। ଜନ୍ତା ଭିତରେ ଗର୍ଜନ କରି ପଞ୍ଝା ମାରୁଥିବା ହିଂସ୍ର ବାଘ ପରି। ଘର ଭିତରେ ଦୌଡ଼ନ୍ତି - ପାଟି ଚିତ୍କାର କରନ୍ତି। ମୁହଁରେ ରକ୍ତ ଚିହିଁକି ଆସେ। ନିଜ ମୁହଁକୁ ଛିଣ୍ଡେଇ ଫିଙ୍ଗି ଦେବାକୁ ସେ ଚାହୁଁଥିଲେ ଏବଂ ତା ପୂର୍ବରୁ ନିଜ ଆଖିକୁ - ନୀଳ ଆଖି! ଛାଡ଼...! ଏପଟେ କଣ୍ଡା ଲୋକମାନେ ଧାଇଁ ପଳେଇବାକୁ ଲାଗିଲେ, ପୂରା ଗାଁ ଜଳିଉଠିଲା ଏବଂ କୂଳଦେବୀଙ୍କ ଆଖ ପାଖରେ ଥିବା ସମସ୍ତ ଲୋକ ଛତ୍ରଭଙ୍ଗ ଦେଲେ। କିଛି ଧରା ବି ପଡ଼ିଲେ, ସେମାନଙ୍କୁ ହ୍ରଦ ଭିତରକୁ ଖେଦି ଦିଆଗଲା। ଯେଉଁଠି ଜୟନ୍ତ-ଜୟନ୍ତୀ ସେମାନଙ୍କୁ

ପାଦରେ ଦଳି ମାରିଦେଲେ। ସେମାନଙ୍କର କେବଳ ଏତିକି ଦୋଷ ଥିଲା ଯେ ସେମାନେ କଳଙ୍କିନୀ ସହ ସମ୍ବନ୍ଧ ରଖିଥିଲେ।"

"ସାର୍, ଏକଥା ତ ମାନିଲି ଯେ ରାୟସାହେବ ଟିକେ ଆବନର୍ମାଲ କ୍ୟାରେକ୍ଟର... ହେଲେ ରାଣୀ? ମୋତେ କହୁଥିଲେ ଯେ ସେ ଛିଣ୍ଡାଳୀ ପୂଜା ପାଇଲା। କିନ୍ତୁ ପରେ ନିଜେ ହିଁ ତାଙ୍କୁ ପୂଜା କରିବାକୁ ଗଲେ।"

"ସେ ତ ଏଥିପାଇଁ ଗଲେ ଯେ ଯେପରି କିଛି ଅନିଷ୍ଟ ହୋଇ ନ ଯାଉ। ଆଗରୁ ଥରେ ପୂଜା ବନ୍ଦ ହୋଇଯାଇଥିଲା, ବହୁତ ଅଘଟଣ ଘଟିଯାଇଥିଲା। ପୁଣିଥରେ ପୂଜା ଆରମ୍ଭ ହେବାରୁ ସବୁକିଛି ସାମାନ୍ୟ ହୋଇଗଲା।"

ଲାଲ ସାହେବ କୁଳଦେବୀଙ୍କର ଏହି କଳଙ୍କକୁ ଧୋଇ ପାରିଲେନି ଆଉ କୁଳଦେବୀ ମଧ୍ୟ ଏ ଦୁଃଖ ସହି ପାରିଲେନି ଯେ ତାଙ୍କ ଜନ୍ମିତ ପୁଅ ଓ ତାଙ୍କ ବୋହୂ ହିଁ ତାଙ୍କୁ ଘୃଣା କରୁଛନ୍ତି। ଭବିଷ୍ୟତରେ ନାତି-ନାତୁଣୀ ମଧ୍ୟ କରିବେ, ତେଣୁ ସେ ଗୋଲ ଗୋଲ ପାହାଚ ବୁଲିଥିବା ଗଭୀର କୂଅ ଭିତରକୁ ଡେଇଁ ପଡ଼ି ନିଜକୁ ଶେଷ କରିଦେଲେ। ଲାଲ ସାହେବଙ୍କ ଏହି ହୀନମନ୍ୟତାକୁ କ'ଣ କହିବ, ଦେବୀ ପରି ସେ ମହିଳାଙ୍କ ପାଇଁ ଗୌରବାନ୍ୱିତ ହେବା ବଦଳରେ ତାଙ୍କୁ କଳଙ୍କ ବୋଲି ଭାବୁଥିଲେ। କିନ୍ତୁ କଳଙ୍କକୁ ଶେଷ କରିବା ଏତେ ସହଜ ନୁହେଁ। ଲାଲ ସାହେବଙ୍କ ଉପରେ ଅତୀତର ଯେତିକି ବୋଝ ଥିଲା ତା ଉପରେ ଆଉ ଏକ ବୋଝ ଆସି ଯୋଡ଼ି ହୋଇଗଲା, ମାଆର ଏପରି ନିଜ ଦୁଃଖକୁ ସାଥିରେ ନେଇ ଦୁନିଆରୁ ଚାଲିଯିବା। ଏହାର ଅନୁଭବ କିଛି ମାତ୍ରାରେ ଅପରାଧବୋଧ ପରି ତିକ୍ତ। କି ବିଡ଼ମ୍ବନା... ସେ କରିଥିବା ସମସ୍ତ ମହତ୍ତ୍ୱପୂର୍ଣ୍ଣ କର୍ମ... ଯେଉଁଥି ପାଇଁ ବିଜୟଗଡ଼ର ମାନସମ୍ମାନ ଗୌରବ ବୃଦ୍ଧି ହେଉଥିଲା, ସେସବୁ କିଛି ବି ତାଙ୍କ କଳଙ୍କକୁ ଘୋଡ଼ାଇ ପାରିଲାନି। ଧରିନିଅ ଯେ ସେ କାମ ଭୁଲ୍, ଯଦିବା ସେ କୌଣସି ଇଂରେଜ ବା ମୁଗଲମାନଙ୍କର ସନ୍ତାନ, ତାହେଲେ ଅସୁବିଧା କ'ଣ! ସେଥିପାଇଁ ତାଙ୍କର କୌଣସି ପ୍ରକାରେ ବି ଦାୟୀ ବା ଉତ୍ତରଦାୟୀ କିପରି ମାନି ନିଆଯାଇ ପାରିବ?"

"ଆଉ ଗୋଟେ କଥା ମାଷ୍ଟର ବାବୁ, ରକ୍ତ ସମ୍ବନ୍ଧର ପବିତ୍ରତାକୁ ନେଇ ଯଦି ଏତେ ଚିନ୍ତା ତାହେଲେ ଏଇ ଯୋଉ ରାଜା-ରାଜୁଡ଼ାମାନେ ନିଜେ ଯେଉଁ ବିଭିନ୍ନ ମହିଳାଙ୍କ ସହ ସମ୍ପର୍କ ରଖିଚାଲିଛନ୍ତି, ସେଇ ସ୍ତ୍ରୀମାନଙ୍କ ଠାରୁ ଯେଉଁ ଝିଅମାନେ ଜନ୍ମ ହେଉଛନ୍ତି ବଂଶର ସେହି ଗାରିମାକୁ ସେମାନେ କି ପରିଚୟ ଦିଅନ୍ତି? ଉଦ୍ଧାର କରିବା ତ ଦୂରର କଥା, ପଛକୁ ବୁଲି କେବେ ସେମାନେ ଦେଖିଛନ୍ତି?"

"ବିବେକ ନାମକ ଜିନିଷଟି ତ ଏ ଦୁନିଆଁରୁ ଶେଷ ହୋଇସାରିଛି। ପୁଅ,

ବିଶେଷ କରି ଏସବୁ ବିଷୟରେ। ଏ ଦୁନିଆ ଏମିତି ହିଁ ଗୋଳେଇମିଶି ହୋଇ ଚାଲିଛି। ନିୟତିର ଖେଳ ହିଁ ଏହିପରି। ଏହାହିଁ ତା'ର ଚରିତ୍ର ଓ ଏହାହିଁ ତା'ର ସୌନ୍ଦର୍ଯ୍ୟ। ବଂଶ ଗାରିମାର ଭ୍ରମ। ଜନ୍ମ ହେବା ମାତ୍ରେ ହିଁ ଭିନ୍ନ ପ୍ରଜାତିର ହୋଇଗଲା। କେହି ଏହାକୁ ସ୍ୱୀକାର କରନ୍ତିନି। ଲାଲ ସାହେବଙ୍କର ଏବେ ବି ମଝି ମଝିରେ ଏ ରୋଗ ବାହାରୁଥିବ ?"

"ଆଜ୍ଞା ହଁ।"

"ଡବଲ ଦୋଷର ପରିଣାମ। ଆଉ ରାଣୀ... ତାଙ୍କ ଉପରେ ତ କେଜାଣି କେତେ ଦୋଷ ଲାଗିଥିବ।"

ଗପୁଗପୁ ଆମେ ଶକ୍ତିପୀଠର ସନ୍ଥ ସମାଗମ ଭିତରକୁ ପଶିଆସିଲୁ। ସେଠି ଏ ପର୍ଯ୍ୟନ୍ତ ଶକ୍ତିପୀଠର ଆଲୋଚନା ସମାପ୍ତ ହୋଇ ନ ଥିଲା। ମାଷ୍ଟର ସାହେବ କିଛି ସମୟ ପର୍ଯ୍ୟନ୍ତ ଖାଲି ଶୁଣୁଥିଲେ, ପରେ ଏକ ବିଚିତ୍ର କଥା ଶୁଣି ରାଗିଗଲେ। ପଶ୍ଚିମବଙ୍ଗର କୌଣସି ଜଣେ ସନ୍ଥ ଦାବି କରୁଥିଲେ ଯେ ସେ ଝରଣାର ପାଣି ଆଜି ପର୍ଯ୍ୟନ୍ତ ଦୁର୍ଗନ୍ଧ ହେଉଛି, ତେଣୁ ନିଶ୍ଚିତ ଭାବରେ ସେଠାରେ ସତୀଙ୍କର ଗୁପ୍ତାଙ୍ଗ ପଡ଼ିଥିଲା। ତେଣୁ ଶକ୍ତିପୀଠ ଭିତରୁ ଗୋଟିଏ ପୀଠ ଆମର ହେବା ଧାର୍ଯ୍ୟ।

ଖରେ ମାଷ୍ଟର ଆଗକୁ ଆସି ପଚାରିଲେ "ଆପଣଙ୍କ ଶିକ୍ଷାଗତ ଯୋଗ୍ୟତା ?"

"ମୁଁ ସାଧୁ ହେବା ପୂର୍ବରୁ କେମିଷ୍ଟ୍ରିରେ ଏମ୍.ଏସ୍.ସି କରିଛି।"

"ତା' ହେଲେ ଆପଣଙ୍କ ସାର୍ଟିଫିକେଟ୍‌କୁ ଅମାନ୍ୟ ଘୋଷିତ କରାଯିବା ଉଚିତ। ଯାହା ଦୁର୍ଗନ୍ଧ ସୃଷ୍ଟି କରୁଛି ତାହା ସଲଫର୍‌ର କୌଣସି କମ୍ପାଉଣ୍ଡ ହୁଏତ... ସମ୍ଭବତଃ ଏଚ୍.ଟୁ.ଏସ୍ ହୋଇଥାଇପାରେ, ଯାହା ମଳ ପରି ଦୁର୍ଗନ୍ଧ କରିଥାଏ। ସଲଫର୍ ଷ୍ଟ୍ରିମ୍ ହୋଇଥାଇପାରେ। ହିମାଳୟର କିଛି ଜାଗାରେ ଅଛି।"

"ନା"

"ତା ହେଲେ ଆପଣ ସାତଦିନ ପୂର୍ବରୁ ଯୋଉ ମଳତ୍ୟାଗ କରିଥିଲେ, ଶୁଙ୍ଘିଛନ୍ତି ? କ'ଣ କହୁଛନ୍ତି ? ଯାଇକି ଶୁଙ୍ଘି ଆସନ୍ତୁ। ସେ ଦୁର୍ଗନ୍ଧ ଆପଣ ପାଇବେନି, ଆଉ ଯେଉଁ କାଳ୍ପନିକ ମାତାଙ୍କ କାଳ୍ପନିକ ବର୍ଜ୍ୟକୁ ଆପଣ ଶକ୍ତିପୀଠ ହେବାର କାରଣ ବୋଲି ଦାବି କରୁଛନ୍ତି ତାହା ଆପଣଙ୍କ ଅନ୍ଧବିଶ୍ୱାସର ଚରମ ସୀମା ଅଟେ। ଅନ୍ତତଃ ପକ୍ଷେ ଦେବୀଦେବତାଙ୍କୁ ତ ଟିକେ ଛାଡ଼ିଦେଇଥାନ୍ତ ! ଭଲ ହେଲା ଆପଣ ଲେକ୍‌ଚରର ନ ହୋଇ ସାଧୁ ହୋଇଗଲେ ନ ହେଲେ ପିଲାମାନେ ଆପଣଙ୍କୁ ପରୀକ୍ଷା କରିଥା'ନ୍ତେ।"

କେହି ଜଣେ ଚାପା ସ୍ୱରରେ କହିଲା- "ଶିକ୍ଷା ମନ୍ତ୍ରୀ ହୋଇ ଯାଇଥାନ୍ତେ।"

"ସାର୍, କାମାକ୍ଷାରେ ତ ମାଆଙ୍କର ମାସିକ ଧର୍ମ ବି ହୋଇଥାଏ, ସେଠି ତାଙ୍କର ସେ ଅଙ୍ଗଟି ପଡ଼ିଥିଲା!"

"ଏବେ ୟା'ଙ୍କ କଥା ବି ଶୁଣ, ଏଇ ଛଦ୍ମବେଶୀ ସାଧୁମାନେ ଦେବୀ-ଦେବତାଙ୍କୁ ବି ଛାଡ଼ିଲେନି। ବୁଲି ବୁଲି ଆଜି ଏମାନେ ଠିକ୍ ଜାଗାରେ ଆସି ପହଞ୍ଚିଛନ୍ତି ସତୀ ମନ୍ଦିର। କଣ୍ଟାର ପାହାଡ଼ଗୁଡ଼ିକ ଅସଲରେ ଅନ୍ଧବିଶ୍ୱାସର ପାହାଡ଼।"

ଦୁଇ ବଂଶର ପୁଅ ଦୁହେଁ ବିଦେଶରୁ ଫେରିଆସିଥିଲେ ଏବଂ ଆସିବା ମାତ୍ରେହିଁ ସେମାନେ ସଇସମାନଙ୍କଠୁ ଘୋଡ଼ା ନେଇ ଦଉଡ଼ାଇବା ଆରମ୍ଭ କରିଦେଇ ଥିଲେ। ସତୀଙ୍କ ପାଇଁ ହେଉଥିବା ମେଳାର ଭିଡ଼ରେ ପ୍ରାୟ ଏମିତି ଘୋଡ଼ା ନେଇ ଯାଆନ୍ତି ଆଉ ଭିଡ଼ର ଲୋକମାନେ ବଡ଼ କଷ୍ଟରେ ନିଜକୁ ମାରିବାକୁ ରକ୍ଷା କରନ୍ତି। କେମିତି କେଜାଣି ଏମାନଙ୍କୁ ଦେଖି ଥରେ ମାଷ୍ଟରଙ୍କର 'ନ୍ୟୁ ଡଲି' ପ୍ରସଙ୍ଗ ମନେ ପଡ଼ିଗଲା।

ଟିକେ ନିରୋଳା ଦେଖି ମାଷ୍ଟର ସାହେବ ମୋତେ ପଚାରିଲେ- "ମନୋଜ, ଏଇ ମଡ୍ରେଲବାଲା ଘଟଣା ଏତେ ଆଗକୁ କେମିତି ବଢ଼ିଲା?"

ମୁଁ ଟିକେ ହଡ଼ବଡ଼େଇ ଗଲି "ସାର୍, ମୁଁ କ'ଣ କରିପାରିବି! ମୁଁ ତ ମାତ୍ର ଦୁଇ ତିନି ବର୍ଷ ହେଲା ଆସିଛି, କିନ୍ତୁ ରାଣୀ ସାହେବ କହୁଥିଲେ ଯେ ଏସବୁ ସେ କବିର କାରସାଦି।"

"କେମିତି?"

"କଥା ହେଉଛି ସେ ସମୟର ଯେବେ ଗୟାକୁ ମୁସଲମାନ ବୋଲି ଜାଣିପାରି ଅବଧୁ ତାକୁ ସେଠୁ ତଡ଼ି ଦେଇଥିଲା। ମୁଁ ରାଣୀ ସାହେବାଙ୍କ ହାର ତିଆରି କରି ଲାଲ ସାହେବଙ୍କୁ ନେଇ ଦେଇଥିଲି। ଭାବିଥିଲି, ଲାଲ ସାହେବ ଓ ରାଣୀ ସାହେବା ଖୁସି ହୋଇଯିବେ। ସମ୍ପର୍କ ନର୍ମାଲ ହୋଇଯିବ। କିନ୍ତୁ ଲାଲ ସାହେବ ସେ ହାରଟା ତାଙ୍କୁ ନ ଦେଇ, ଦେଲେ ଯାଇ ନିଜ ପ୍ରେମିକାକୁ... କେଜାଣି ସେ କେଉଁଠି ରହେ, ବମ୍ବେରେ ନା ଆଉ କେଉଁଠି! ରାଣୀ ସାହେବ ତାଙ୍କୁ ନିଜ ହାତମୁଠାକୁ ଆଣିବା ପାଇଁ ସବୁ ପ୍ରକାରର ଚେଷ୍ଟା କରୁଥିଲେ, ବିଉଟିପାର୍ଲର ବି ଗଲେ। ଲାଲ ସାହେବଙ୍କ ପ୍ରତୀକ୍ଷା କରିଚାଲିଲେ... ନ ଆସିବାରୁ ନିଜେ ବାହାରକୁ ବାହାରି ଖବର ନେବାକୁ ଲାଗିଲେ। ସେତିକିବେଳେ ତାଙ୍କ କାନରେ ପଡ଼ିଲା-

"ଅମୀୟ ହଳାହଳ ମଦଭରେ ଶ୍ୱେତ ଶ୍ୟାମ ରତନାର
ଜିୟତ ମରତ ଝୁକି ଝୁକି ପରତ
ଜେ ହିଁ ଚିତବନ ଏକ ବାର।"

ଲାଲ ସାହେବ ସତ୍ୟନାରାୟଣଙ୍କ କଥା ଭଳି ଶୁଣୁଥିଲେ। ଅବଧୁ ହେଁ ହେଁ

ହେଇ କହିଲା- "ସାହେବ!" ତା'ପରେ ସେ ଗୋଟେ ଫଟୋ ବାହାର କଲା ଯେଉଁଥିରେ ସ୍ତନ, ଜଙ୍ଘ ଆଉ ନିତମ୍ବ ଆଖି ଝଲସାଇ ଦେଉଥିଲା।

ସାହେବ ପଚାରିଲେ- "ଇଏ କିଏ?"

କବି କହିଲା- "ହଜୁର! ୟା ନାଁ ନ୍ୟୁ ଡଲି।"

'କାହିଁକି ନ୍ୟୁ କାହିଁକି?'

'ନ୍ୟୁ' ଏଇଥିପାଇଁ ଯେ ଡଲିର ସ୍ତନ ସଂସାରର ସବୁଠାରୁ ସୁନ୍ଦର ସ୍ତନ ଥିଲା ବୋଲି ଜଣାଯାଏ। ତା ନାଁ ଅନୁସାରେ ମେଣ୍ଢା ସ୍ତନରୁ କୋଷିକା ନେଇ କ୍ଲୋନ୍ କରି ଯେଉଁ ମେଣ୍ଢା ଜନ୍ମ ନେଲା ତା'ର ନାମ ଡଲି ରଖାଗଲା। ବର୍ତ୍ତମାନ ଏଇ ନାୟିକାର ସୌନ୍ଦର୍ଯ୍ୟକୁ ଆଖି ଆଗରେ ରଖି ଆଉ ଦ୍ୱିତୀୟ ନାଁ ମିଳିଲାନି, ସେଥିପାଇଁ ତା' ନାମ ନ୍ୟୁ ଡଲି ରଖାଗଲା। ଲାଲ ସାହେବ ଏ କଥା ଶୁଣିବା ମାତ୍ରେ ପ୍ରଲୋଭିତ ହୋଇଗଲେ। ଚିତ୍ରକୁ ପାଖରେ ରଖିଲେ। ପୁରସ୍କାର ରୂପେ ହାତରୁ ଘଡ଼ି ବାହାର କରି ଦେଇଦେଲେ।

"ଆଉ ସେ ଦୁଇ ପଦ?"

"ଆରେ କିଛି ନାଇଁ, ସେଇଟା ଖାଲି ଏକ ଯତିପାତ ଥିଲା। ରସଲୀନ ନିଜ ପ୍ରେମିକାକୁ ପଚାରିଥିଲେ, ଏତେ ସୁନ୍ଦର କମନୀୟ ନାରୀ ଆଉ କଟୀ ଏତେ କ୍ଷୀଣ କାହିଁକି? ପ୍ରେମିକା ଉତ୍ତର ଦେଇଥିଲେ ଯେ କଟୀର ସ୍ଥୁଳତାକୁ ନେଇ ବ୍ରହ୍ମା ସ୍ତନରେ ଭରିଦେଲେ... ଅର୍ଥାତ୍ ଏବେ ବୁଝିପାରିଲେ ଡଲି ବା ନ୍ୟୁ ଡଲି ନାମକରଣର ରହସ୍ୟ।

ସେଇଠୁ ଅବଧୁ ମତିରାମ, ବିହାରୀ, ପଦ୍ମାକର ଏବଂ ଆହୁରି ଅନେକ ଅଶ୍ଳୀଳ କବିତାର ଲମ୍ବା ଲାଇନ୍ ଲଗାଇଦେଲା। ରସଲୀନ ଦମ୍ପତିଙ୍କର ସେ କବିତା ପରି ଲାଲ ସାହେବ ମଧ୍ୟ ପ୍ରେମରେ ଉବୁଟୁବୁ ହୋଇଗଲେ। ସେପଟେ ସେ ମୁମ୍ବାଇ ଚାଲିଗଲେ ଆଉ ଏପଟେ ରାଣୀଙ୍କୁ ସବୁକଥା ଜାଣିପାରି ବବୁଲ ଗଛର ଡାଳରେ କବିରାଜଙ୍କ ଚର୍ଚ୍ଚା କଲେ 'ମୋ ମାଆ... ବାପା ଲୋ... କହି କବି ଅବଧୁ ଚିତ୍କାର କଲେ। ପୁଣି ବାଜିଲା ପାହାର।'

"ଦୟା କରନ୍ତୁ ରାଣୀ ସାହେବା, ଛାଡ଼ି ଦିଅନ୍ତୁ!"

ଛାଟ ଧରି ରାଣୀ ଧମକାଇଲେ- ଏବେ ଯଦି ଏଠି ଦେଖା ମିଳେ ତେବେ ଛାଲ ଉତାରି ଦେବି।

ଖରେ ସାହେବ ପଚାରିଲେ, "ପୁରସ୍କାରରେ ତୁମକୁ କ'ଣ ମିଳିଲା?"

"ଘଡ଼ି"

"ହୁଁ! ତୁମକୁ ବି ଘଡ଼ି! ଭଲ ପ୍ରତୀକ ଏ ଘଡ଼ି। ତାଙ୍କ ହାତରୁ ସମୟ ଖସି ଯାଉଛି ତ ସେଥିପାଇଁ!"

ଅବଧୁକୁ ଉଠେଇ ଆଗ ସତନା ଓ ପରେ ବି.ଏଚ୍.ୟୁ ଦିଆଗଲା। ଡାକ୍ତରମାନେ ପଚାରିଲେ 'କେମିତି ହେଲା ?'

'କଣ୍ଟା ବାଡ଼ରେ ପଡ଼ିଯାଇଥିଲି ଆଜ୍ଞା।'

'ଏତେ ଖଣ୍ଡିଆଖବରା ହୋଇଯାଇଛ। ଏଫ.ଆଇ.ଆର କରିବ ?'

ମୁଁ ସେ ସମୟରେ ଗାଁକୁ ଯାଇଥିଲି। ମୁଁ ଫେରିବାର ମାସେ ପରେ ଅବଧୁ ଫେରିଲା। ଏପଟେ ଗୟାର ମନ ଖୁସି। ଚାରିଆଡ଼େ କହିବୁଲୁଥିଲା- "ଏବେ ଆଉ କ'ଣ! ପୋକ ହେଇ ମରିବ... ଦେଖିବ ସବୁ।"

"ଯେ କେବେର କଥା ?"

"ବେଶୀ ନୁହଁ, ପନ୍ଦର କୋଡ଼ିଏ ଦିନ ପୂର୍ବର।"

॥ ୧୭ ॥

ଏବଂ ଏବେ ସତନାର ସେହି ଆଶ୍ରୟସ୍ଥଳୀ ଯେଉଁଠାରେ ସାବିତ୍ରୀ କୁଅଁର ଜଳିଯିବା ପରେ ଅଜ୍ଞାତବାସରେ ରହିଥିଲା। ଖରେ ସାହେବଙ୍କ କଥା ସେ ବେଳେବେଳେ କହିଥାଏ। ତେଣୁ ଖରେ ସାହେବଙ୍କ ସାଙ୍ଗରେ ମୁଁ ବି ମିଶିଗଲି। ଗଳି ସାହିର ଅପନ୍ତରା ଗହଳି ଭିତରେ ଏକ ଦରଭଙ୍ଗା ଦୁଇ ମହଲା ଘର। ଏହି ଭୂତକୋଠିରେ ଅଧାଜଳା ହେବା ପରେ ସାବିତ୍ରୀ ନିଜର ଅଜ୍ଞାତବାସ କାଟିଥିଲା। ବିଜୟଗଡ଼ରୁ ନିର୍ବାସିତ ଚନ୍ଦ୍ରିକା ଯାଦବ ମାଷ୍ଟର ସାହେବଙ୍କ ଆଶ୍ରୟ ଗୃହରେ ପୂରା ଅଢ଼େଇ ବର୍ଷ ବିତିଗଲା, ପତ୍ରଟିଏ ବି ହଲିଲାନି କେବଳ ଚନ୍ଦ୍ରିକାଙ୍କ ଦୟାରୁ। ଆଜି ଚନ୍ଦ୍ରିକା ନାହାନ୍ତି କିନ୍ତୁ ତାଙ୍କ ସ୍ମୃତି ରହିଯାଇଛି ଖରେ ସାହେବଙ୍କ ପାଖରେ। ମୁଁ ପଚାରିବାରୁ ସେ ଟିକେ ଆଶ୍ଚର୍ଯ୍ୟ ହୋଇଗଲେ। ଚନ୍ଦ୍ରିକା କେବେ ଜଣେଇ ନ ଥିଲେ ଯେ ଅଢ଼େଇ ବର୍ଷ ଯାଏ ସେଠି କିଏ ଥିଲା ବୋଲି। ନିଜ କାମ ବିନା ଦ୍ୱିଧାରେ କରିଯାଉଥିଲେ।

ମୋର ସାବିତ୍ରୀ ଦେଇଥିବା ରାଣ କଥା ମନେ ପଡ଼ିଗଲା। ମୁଁ କଥା ବଦଳେଇଦେଲି "ସାର୍, ମୁଁ କିଛି ଜାଣିବାକୁ ଆସିଛି।"

"ତୁମେ ଏଠାକୁ କ'ଣ ଜାଣିବାକୁ ଆସିଛ! ମୁଁ କେତେଦୂର ତୁମକୁ ସନ୍ତୁଷ୍ଟ କରିପାରିବି! ପଚାର।"

"ଆପଣ ଏବେ ସତୀମନ୍ଦିରର ମିଟିଂରୁ ଆସୁଛନ୍ତି ମୁଁ ଏକଥା ଦେଖି ଆଶ୍ଚର୍ଯ୍ୟ ହେଉଛି ଯେ ଏତେ ବଡ଼ ସତୀ କାଣ୍ଡ ଘଟିଗଲା, ସମ୍ପୂର୍ଣ୍ଣ ରୂପେ ବେଆଇନ୍ ତଥାପି ଉଁ କି ଚୁଁ ଶୁଭିଲାନି। କେହି ଜଣେ ବି ବିରୋଧ କଲେନି, ଦିଲ୍ଲୀ-ଭୋପାଳ-ଲକ୍ଷ୍ନୌର

ପୁଲିସ ପ୍ରଶାସନ ସମସ୍ତେ ଶୋଇଥିଲେ! ଏ ଲୋକସବୁ କେମିତି! ମୋ କହିବା ଅର୍ଥ କୋଉ ଧାତୁରେ ଗଢ଼ା!"

ଖରେ ସାହେବ ହାଇ ପାୱାର ଚଷମା ତଳୁ ମୋତେ ଦେଖିବାକୁ ଲାଗିଲେ। ତାଙ୍କ ଆଖିରେ ଡର "ତୁମ ପ୍ରଶ୍ନର କୌଣସି ଅର୍ଥ ନାହିଁ ମନୋଜ। ସତନା ଯିବା ପୂର୍ବରୁ ମୋର କେତେ ପିଢ଼ି ବିଜୟଗଡ଼ରେ ଚାଲିଗଲେ, ବାଳସବୁ ଧଳା ହୋଇଗଲା। ମୁଁ ଆଜିଯାଏଁ ଏ ବିଜୟଗଡ଼ ବାଲାଙ୍କ କଥା ବୁଝିପାରିଲିନି। ଖାଲି ବିଜୟଗଡ଼ ହିଁ ନୁହଁ ଏଇ ପୂରା ଅଞ୍ଚଳର।" ଶୂନ୍ୟକୁ ଦୃଷ୍ଟି ନିବଦ୍ଧ କରି ସେ କହି ଚାଲିଥିଲେ 'ଆଲ୍ଲାଙ୍କ ଡାକରେ ଧାଉଁଥିବା ଦଙ୍ଗା ସୃଷ୍ଟିକାରୀ, ବିକ୍ଷୋଭକାରୀ ଯୁବକ। ସନ୍ଥକବିଙ୍କ ବାଣୀରେ ଶାନ୍ତି ଏବଂ ତୁଳସୀ ଦାସଙ୍କ ଅନ୍ଧବିଶ୍ୱାସରେ ମୋକ୍ଷ ଖୋଜୁଥିବା ଭକ୍ତ, ଅତି ଖୁସି ହୋଇଗଲେ ଯେ କୌଣସି ନିର୍ଦ୍ଦୋଷ ଜୀବନକୁ କାଟି ଖାଉଥିବା ଲୋକ। ଭୟ, ଭ୍ରମ ଏବଂ ମିଥ୍ୟର ଗଭୀରତାରେ ହିନ୍ଦୁଙ୍କଠାରୁ ବଳି ମୁସଲମାନ, ମୁସଲମାନଠୁ ବଳି ହିନ୍ଦୁ ଏବଂ ସମସ୍ତଙ୍କଠୁ ବଳି ମହିଳାମାନେ ଯଦି ଆର୍ଥିକ ସଂକଟ ହୋଇଥାନ୍ତା ବା ରାଜନୈତିକ ସଂକଟ ତାହେଲେ ସମାଧାନ କରିହୁଅନ୍ତା କିନ୍ତୁ ସମସ୍ୟା ହେଲା ସାଂସ୍କୃତିକ ସଂକଟ।"

ଆଲହାଙ୍କ ଷ୍ଟାଇଲ ବି କ'ଣ କହିବି... ଏତେ ତେଜ! ସେ ଯାଦବ ଥିଲେ, ବଘେଲ ଥିଲେ, କୁର୍ମି ଥିଲେ ବା ଆଉ କ'ଣ ଜାଣିନି, କିନ୍ତୁ -

'ବାର ବରଷ କୁକୁର ଜିଏଁ, ତେର ବରଷ ଶିଆଳ
କ୍ଷତ୍ରିୟ ବଞ୍ଚେ ଅଠର ବର୍ଷ, ବେଶୀ ଜିଇଁବା ବେକାର।'

"ଯା'ଙ୍କ ବାହାସ୍ଫୋଟ କଥାର ତ ତୁଳନା ନାହିଁ। ଖାଲି ମିଛ ଆଉ ମିଛ-

ଏଠି ମହୋବାରେ ଖପର ଉପରେ ଅସରପି ଶୁଖାଯାଉଥିବାର କଥା ମଧ୍ୟ ଶୁଣାଯାଏ। କିଏ ଜାଣେ ମହୁଲ ଟିକେ ବି ମିଳୁଥିବ କି ନାହିଁ ଶୁଖେଇବାକୁ।

ଏଥିରେ ପୁଣି ଆଉଟିକେ ବଢ଼େଇ କୁହନ୍ତି ଯେ ଶୁଖାଯାଇଥିବା ଅସରପି ଗୁଡ଼ିକ ପବନରେ ଉଡ଼ିଆସି ତଳେ ପଡ଼ିଯାଉଥିଲା ଓ ଗଳିରେ ଝାଡୁ କରୁଥିବା ଲୋକମାନେ ତାକୁ ଖୁଣ୍ଟି ନେଇ ଯାଉଥିଲେ। ତେବେ ଏସବୁ ସାଂସ୍କୃତିକ ସଂକଟ। ଦେଖ, ଏବେ ଏବେ ମୌନୀ ଅମାବାସ୍ୟା ସ୍ନାନ କରି ପ୍ରୟାଗରାଜରୁ ମୋ ବୁଢ଼ୀ, ମୋ ବୋହୂ ଆଉ ନାତି-ନାତୁଣୀ ଫେରିଛନ୍ତି। କୋଟି କୋଟି ଲୋକଙ୍କ ଆବର୍ଜନାରେ ଭର୍ତ୍ତି ହୋଇଥିବା ଗଙ୍ଗାରୁ। ଘରେ ଯଦି ଟୋପାଏ ପାଣି ବି ପଡ଼ିଯିବ ସେ ପାଣିକୁ ଛୁଇଁବେନି କିନ୍ତୁ ସେହି ଆବର୍ଜନାମୟ ଗଙ୍ଗାଜଳକୁ ପବିତ୍ର ଭାବି ଆଚମନ କରିବାକୁ ପଛଘୁଞ୍ଚା ଦିଅନ୍ତିନି। ଏମାନଙ୍କୁ କିଏ ବୁଝେଇବ!"

ଖରେ ସାହେବ ମୋତେ ଫୋନ୍‌ରେ ସୂଚନା ଦେଲେ "ସିନିୟର ଏସ୍.ପି. ମହମୁଦ ଆଲମ ତୁମକୁ ଖୋଜୁଛନ୍ତି। ୟୁନିଭର୍ସିଟିର ଗେଷ୍ଟହାଉସ୍‌ରେ ତୁମକୁ ଅପେକ୍ଷା କରିଛନ୍ତି, ଯାଇ ଦେଖା କର।"

"ହଠାତ୍ ?" ମୁଁ ଆଶ୍ଚର୍ଯ୍ୟ ହେଲି।

"ସତୀ ଘଟଣାର ଯାଞ୍ଚ ସେ ହିଁ କରୁଥିଲେ। ଏବେ ଜଗତ ପ୍ରଜାପତିର ହୀରା-ଘଟଣା ମଧ୍ୟ ସେଥିରେ ଯୋଡ଼ି ହୋଇଗଲା। ଯୋଉ ଜମିରୁ ତଥାକଥିତ ହୀରା ମିଳିଥିଲା, ସେଇଟା ଆଉ ସେ ରତନପଛିର ବାକିସବୁ ଜମି ତୁମେ ଓ ଦୁବେ ହିଁ ବିକ୍ରି କରିଥିଲ। ରାୟ ସାହେବ ଓ ଲାଲ ସାହେବ ପାଇଁ।"

"ଆଜ୍ଞା ସାର୍, ହେଲେ ଆପଣ ବି ମୋ ସହ ଯଦି ଯାଆନ୍ତେ କେତେ ଭଲ ହୁଅନ୍ତା।"

ଟିକେ ସମୟ ଚୁପ୍ ରହିବା ପରେ ଆରପଟୁ ଶୁଭିଲା- "ଠିକ୍ ଅଛି ଚାଲ, ମୁଁ ବି ଆସୁଛି। ଦେଢ଼ ଘଣ୍ଟା ଭିତରେ ଆସି ମୋ ପାଖରେ ପହଞ୍ଚ।"

ସେ ପଚାଶ ସରିକି ବୟସର ଜଣେ ସ୍ମାର୍ଟ ପୋଲିସ ଅଫିସର ଥିଲେ। ମଧ୍ୟମ ଉଚ୍ଚତା, ଗୋରା ବଳିଷ୍ଠ ଚେହେରା, ଛୋଟ ଛୋଟ ନିଶ - ଦୁଇଜଣ ବନ୍ଧୁକଧାରୀ ପୁଲିସ ଆମକୁ ବାହାରେ ଅଟକାଇ ଦେଇଥିବା ବେଳେ ସେ ନିଜେ ବାହାରକୁ ଆସିଲେ। "ଆସନ୍ତୁ, ଆସନ୍ତୁ, ମୋର ସୌଭାଗ୍ୟ। ମୁଁ ଯଦି ଭୁଲ ନୁହେଁ ତେବେ ଆପଣ ନିଶ୍ଚୟ ମନୋଜ ସିଂହ!"

"ଆଜ୍ଞା!" ମୁଁ ଅଭିବାଦନ ଜଣେଇଲି। ମୋ ମନରେ ସନ୍ଦେହ ଉଙ୍କି ମାରିଲା... ଏ ମୁସଲମାନ ଅଫିସର କ'ଣ ସେ କେସ୍‌ର ସମାଧାନ କରିପାରିବେ!

"ଆପଣ ମୋତେ ଭୁଲ ପ୍ରମାଣିତ ହେବାରୁ ବଞ୍ଚେଇଦେଲେ। ଥ୍ୟାଙ୍କସ୍।" ଅଫିସରଙ୍କ ମିଜାଜ୍ ଭଲ ଥିଲା। ଆମେ ରୁମ୍ ଭିତରକୁ ପ୍ରବେଶ କଲୁ। ଚା' ଆସିଲା। କଥା ପ୍ରସଙ୍ଗରେ ଖରେ ସାହେବ ଆଲୋଚନାରେ ସାବିତ୍ରୀ କୁଅଁର ଘଟଣା ନେଇ ଆସିଲେ। "ସାର୍! ସେ କେସ୍‌ର ଫାଇନାଲ ରିପୋର୍ଟ ତ ହୋଇସାରିଥିବ ?"

ମୁଁ ଆଉ ନିଜକୁ ସମ୍ଭାଳି ନ ପାରି ପଚାରି ଦେଲି "ସାର୍ ଗୋଟେ ବ୍ୟକ୍ତିଗତ ପ୍ରଶ୍ନ ପଚାରିପାରିବି ?"

"ପଚାରନ୍ତୁ ?"

"କ'ଣ ଆପଣ ବି ଏଇଆ ମାନନ୍ତି ଯେ ସେ ନିଜ ଇଚ୍ଛାରେ ସତୀ ହୋଇଥିଲା ?"

ମହମୁଦ ସାହେବ ଟିକେ ଚୁପ୍ ରହିଲେ। ସାରା କୋଠରିରେ ନୀରବତା ଛାଇଗଲା। କିଛି ସମୟ ପରେ କହିଲେ "ଯଦି ଏହି କଥାରେ ମୁଁ ବି ଆପଣଙ୍କୁ ଗୋଟେ ପ୍ରଶ୍ନ କରେ ଯେ ଜଗତ ପ୍ରଜାପତିକୁ ସତରେ କ'ଣ କିଛି ହୀରା ମିଳିଥିଲା ଯାହାକୁ ସେ ହଡ଼ପ କରିନେଲା... ତା ହେଲେ ? ଆପଣ ସେ କେସ୍ ସହ ଜଡ଼ିତ ଅଛନ୍ତି, ଏଇଟା ବି ପଚାରିପାରିବି ଯେ ଜଗତ ସହ କି ପ୍ରକାରର ଅମାନବୀୟ ଅତ୍ୟାଚାର କରାଯାଇଥିଲା, କେଉଁମାନଙ୍କ ଜରିଆରେ ?"

ପ୍ରଶ୍ନ ସବୁ ବର୍ଷାରେ ଭିଜି ଚାଲିଥିଲେ। ବିଜୁଳି ଚମକିଲା, ବାଉଁଶ ସହ ସାବିତ୍ରୀ କୁଅଁର ଆବିର୍ଭୂତ ହେଲା। ଯେଉଁ ଆକଶରେ ଦିନେ ଅଦୃଶ୍ୟ ହୋଇଥିଲା ସେଇ ଆକାଶରୁ ହିଁ ତଳକୁ ଓହ୍ଲାଇ ଆସିଥିଲା। କ'ଣ ତାକୁ ନ୍ୟାୟ ନ ଦେଇ ମୁଁ ପଳାୟନ କରିପାରିବି ? ଆକାଶରେ ଜୋର୍‌ରେ ଏକ ଗର୍ଜନ ଶୁଭିଲା। କହିଲି "ସାର୍, ମୋତେ ଟିକେ ଭାବିବା ପାଇଁ ସମୟ ଦିଅନ୍ତୁ। କିନ୍ତୁ ଏବେ ମୋତେ ସେହି ଘଟଣା ସମ୍ପର୍କରେ ଜିତିବାର ଥିଲା।

"ଜାଣିକି କ'ଣ କରିବ ?"

"ଦ ମେଣ୍ଟାଲିଟି ଆଣ୍ଡ ମୁଡ୍ ଅଫ୍ ସୋସାଇଟି ! ଜଣେ ପୁଲିସ ଅଫିସରଠାରୁ ଏକ ସାଧାରଣ ନାଗରିକ ଭାବେ ଆପଣ ସେ ଘଟଣାକୁ କିପରି ଦେଖନ୍ତି ?" ଖରେ ସାହେବ ଏହା କହି ମୋତେ ବଞ୍ଚେଇଦେଲେ।

ଚା' ଆସିଯାଇଥିଲା।

"ସତ କହିବାକୁ ଗଲେ ଏଇ କେସ୍‌ଟି ମୋ ମାନସିକତାକୁ ହିଁ ବଦଳେଇ ଦେଲା।"

ମହମୁଦ ସାହେବ ଧୀରେଧୀରେ କହିବା ଆରମ୍ଭ କଲେ- "ସାଧାରଣତଃ ଲୋକମାନେ ଭାବନ୍ତି ଯେ ସାବିତ୍ରୀ କୁଅଁରକୁ ସେମାନେ ମାରି ନାହାନ୍ତି। ସେ ତ ନିଜ ଇଚ୍ଛାରେ ସତୀ ହୋଇଗଲା। ଯେଉଁମାନେ ଘଟଣାରେ ସଂପୃକ୍ତ ଥିଲେ ସେମାନେ ବି ଏଇଆ ଭାବୁଥିଲେ। ବରଂ ଅଧିକାଂଶ ଲୋକ ଏହାକୁ ହତ୍ୟା ନୁହଁ ପୁଣ୍ୟର କାମ ବୋଲି ଭାବନ୍ତି।"

"ସମସ୍ତେ ?"

"ସମସ୍ତେ ନ ହେଲେ ବି କ'ଣ ଫରକ ପଡ଼ିବ ? ଗୋଟେ ଜୀଅନ୍ତା ସ୍ତ୍ରୀକୁ ତ ଜଳାଇ ଦିଆଗଲା ! ଜନସଂଖ୍ୟାର ଗୋଟେ ବଡ଼ ଅଂଶ କ'ଣ ବା କରି ପକେଇଲେ ? କିଛି ଲୋକ ଅପରାଧ କରିଚାଲିଲେ, ବାକି ଲୋକ ମୂକ ଦର୍ଶକ, ତଟସ୍ଥ ଦେଖଣାହାରୀ ! ପରିଣାମ ? ସାବିତ୍ରୀ କୁଅଁରକୁ କେହି ବି ମାରି ନାହାନ୍ତି। ସେ ତ ନିଜେ ସ୍ୱାମୀ ସହ

ଚାଲିଗଲା। ଆମେ ଏଥିରେ କ'ଣ କରିପାରିଥାନ୍ତେ? ତଳେ ଚୌକିଦାର ଥିଲେ, ତା ସହ ଜଜ୍ ଏବଂ ନେତୃସ୍ଥାନୀୟଙ୍କ କଥା ବି ଏଇଆ।"

ଆପଣ ରାଜସ୍ଥାନର ଭଁୱରୀ ଦେବୀ ଘଟଣା ଜାଣିଥିବେ, ସେବିକା ଥିଲେ। ସରକାରୀ ଯୋଜନା ଅନୁସାରେ ଲୋକମାନଙ୍କୁ ପ୍ରଶିକ୍ଷିତ କରୁଥିଲେ। ଉଚ୍ଚଜାତିର ଲୋକମାନେ ଏହା ସହିପାରିଲେନି। ଆରେ! ଯା'ର ତ ମାନସମ୍ମାନ ବଢ଼ି ଚାଲିଛି... ଚାଲି ଆସିଲେ ସମ୍ମାନହାନୀ କରିବାକୁ। ସ୍ୱାମୀ ଆଗରେ ହିଁ ସାମୁହିକ ବଳତ୍କାର କଲେ ଏବଂ ଜଜ୍ ରାୟ ଦେଇଦେଲେ ଯେ ବ୍ରାହ୍ମଣ ଲୋକ ଛୋଟ ଜାତି ସ୍ତ୍ରୀ ଲୋକର ବଳତ୍କାର କଦାପି କରିପାରିବେନି। ସାରା ଦେଶ ନିରବଦ୍ରଷ୍ଟା ସାଜିଥିଲା। କ'ଣ ହେଲା? କିଛି ହେଲା କି? ସେଇଠି ହିଁ ଫୁଲନ୍ ଦେବୀ ପରି ବନ୍ଧୁକ ଉଠେଇ ନେଇଥାନ୍ତେ? ଭୁଲ ହେଉ ପଛେ ପ୍ରତିଶୋଧ ନେଇଥାନ୍ତେ ଯଦି? କିଛି ଲୋକ ବାଃ... ବାଃ... କରିଥାନ୍ତେ ଆଉ କିଛି ଛି - ଛି।"

"ସେଇ କଥା ତ! ବ୍ରାହ୍ମଣବାଦ କ'ଣ କରେ? ବିଷମଞ୍ଜି ଖାଲି ଥରୁଟେ ବୁଣିଦିଅ, ବର୍ଷବର୍ଷ ହଜାର ହଜାର ବର୍ଷ ପର୍ଯ୍ୟନ୍ତ ଜଙ୍ଗଲ ହୋଇ ମାଡ଼ି ଚାଲିବ। ବ୍ରାହ୍ମଣମାନଙ୍କୁ ଦୋଷ ଦେଲେ, ସେ ମାନିବନି - ଯେଉଁ ନିୟମ ପକାଅ, ଆମେ କରିନୁ ଫୁଲନ ଓ ଭଁୱରୀ ଉପରେ ବଳତ୍କାର। ଆମେ କରିନୁ ସେ ରୂପ କୁଅଁର ଆଉ ସାବିତ୍ରୀ କୁଅଁରର ହତ୍ୟା।" ମୁଁ କହିଲି।

ମେହମୁଦ ସାହେବ ଅଟାଇଦେଲେ "କେବଳ ବ୍ରାହ୍ମଣ ହିଁ ନ ଥିଲେ, ସମସ୍ତେ ମିଶି ଜୟଧ୍ୱନି ଦେଉଥିଲେ କାଠ, କିରୋସିନି, ପେଟ୍ରୋଲ ଢାଳୁଥିଲେ। ଆମର ଦି'ଜଣ କନେଷ୍ଟବଳ ଅଟକେଇବାକୁ ଯାଇଥିଲେ... ସତୀକୁ ପ୍ରଣାମ କରି ଜୟ ଜୟ କରିବାକୁ ଲାଗିଲେ। ତଳ ପାହ୍ୟାରୁ ନେଇ ଉପର ଯାଏଁ ସମସ୍ତେ।"

"ମୋ ଦୃଷ୍ଟିକୋଣ ଟିକେ ଭିନ୍ନ।" ଖରେ ସାହବ କହିଲେ "ଅତ୍ୟାଚାରୀ ତ ଅଳ୍ପ କିଛି ହିଁ ହୋଇଥାନ୍ତି। ସୀମିତ କେଇଜଣ, ଦୁର୍ଭାଗ୍ୟର କଥା ଏହି କିଛି ଜଣ ଲୋକ ସମ୍ପୂର୍ଣ୍ଣ ଅଞ୍ଚଳବାସୀଙ୍କୁ ଦବେଇକି ରଖିଥାନ୍ତି। ଆଉ କିଛି ଲୋକ ହେଲେ ସେଇମାନେ... ଆପଣଙ୍କ କହିବାନୁସାରେ ମୂକ ଉଦାସ ଦର୍ଶକ ହୋଇରହିଥାନ୍ତି। ଏମାନଙ୍କୁ ସଚେତନ କରାଯାଇ ପାରିଥିଲେ ଘଟଣା ଆଗକୁ ବଢ଼ି ନ ଥାନ୍ତା।"

"କିଏ ଠିକ୍ କରିବ?"

"ଆପଣଙ୍କ ପରି ସଚ୍ଚୋଟ ଅଫିସର।"

"ମୋଠୁ ସଚ୍ଚୋଟ ଲୋକ ବି ଦୂରେଇ ରହୁଛନ୍ତି। ସାର୍ ମୁଁ ବିଷାକ୍ତ ବିଚାରଧାରାର କଥା କହୁଛି, ହେଲେ ଆପଣ ତାକୁ ବ୍ୟକ୍ତି କେନ୍ଦ୍ରିତ କରୁଛନ୍ତି। ଏହା ହିଁ ପାର୍ଥକ୍ୟ

ଆପଣଙ୍କ ଓ ମୋ ମଧ୍ୟରେ। ଆପଣ ବ୍ୟକ୍ତି ବା ବ୍ୟକ୍ତିମାନଙ୍କୁ ଗିରଫ କରିପାରିବେ ହେଲେ ତାହା ବିଚାରଧାରାକୁ କେମିତି ବନ୍ଦୀ କରିବେ! ଯେଉଁଠି ସେମାନଙ୍କ ଶହଶହ ଧର୍ମଗ୍ରନ୍ଥ ଆଉ ଧର୍ମସଂସ୍ଥା ତାକୁ ପୁଣ୍ୟର କାମ ବୋଲି ଭାବି ଦିନରାତି ପ୍ରଚାର ପ୍ରସାର କରିବାରେ ଲାଗିଛନ୍ତି। ଗାନ୍ଧିଜୀଙ୍କ ହତ୍ୟା ଗଡ଼ସେ କଲା। ବହୁତ ଲୋକ ନିଜ ଆଖିରେ ଦେଖିଲେ। ଗଡ଼ସେକୁ ଫାଶୀ ମଧ୍ୟ ହେଲା, ତା ପରେ ବମ୍ବେ, ଗୁଜୁରାଟ ଆଜିରେ ବ୍ରାହ୍ମଣଙ୍କ ଉପରେ ଆକ୍ରମଣ ହେଲା। କାହିଁକି ? ଗଡ଼ସେ ବ୍ରାହ୍ମଣ ଥିଲା ? ସେହିପରି ହିନ୍ଦୁ-ଶିଖ୍, ହିନ୍ଦୁ-ମୁସଲିମ୍, ହିନ୍ଦୁ-ଖ୍ରୀଷ୍ଟିୟାନ୍... ଜାତି ଜାତି ମଧ୍ୟରେ ହତ୍ୟାକାରୀ କେହି ନିର୍ଦ୍ଦିଷ୍ଟ ଭାବରେ ଜଣେ ନୁହଁ ପୂରା ସମୁହ। ଏହି ସମଗ୍ର ସମୁହକୁ ବିଷାକ୍ତ କିଏ କଲା ? ସେଥିପାଇଁ ଅଗରୁ ନେଇ ମୂଳଯାଏଁ ସମସ୍ତେ ଦୋଷୀ, ଲୋକମାନେ ମରିଯାଆନ୍ତି, ନୂଆ ଲୋକ ଆସିଯାଆନ୍ତି... ପୁଣି ନୂତନ ହତ୍ୟାକାଣ୍ଡ... ସେଥିପାଇଁ ଏହି ଅପରାଧୀ ଚିନ୍ତାଧାରାକୁ ପାଳନ ପୋଷଣ କରୁଥିବା ସମସ୍ତେ ହିଁ ଦୋଷୀ ଅଟନ୍ତି।"

"ଖାଲି ଜଳେଇ ଦେଇ ମନ ପୁରିଲାନି, ସତୀଙ୍କ ଅଙ୍ଗ-ପ୍ରତ୍ୟଙ୍ଗ କେଉଁଠି ସବୁ ପଡ଼ିଛି ତାକୁ ଶକ୍ତିପୀଠ କରି ଝଗଡ଼ା ଚାଲିଛି। ହିନ୍ଦୁ ହୁଅନ୍ତୁ ବା ମୁସଲମାନ, ନାରୀର ଶରୀରକୁ ଖଣ୍ଡ ଖଣ୍ଡ କରି କାଟି ତା ଉପରେ ନିଜର ଧର୍ମ ଆଉ ସମ୍ପ୍ରଦାୟର ପ୍ରସାଦ ତିଆରି କରିଚାଲ।"

ପ୍ରସଙ୍ଗକୁ ପୁଣିଥରେ ସାବିତ୍ରୀ କୁଅଁର ଉପରେ କେନ୍ଦ୍ରୀଭୂତ କରିବା ଉଦ୍ଦେଶ୍ୟରେ ମୁଁ କହିଲି- "ଆଶ୍ଚର୍ଯ୍ୟର କଥା, ପ୍ରଥମେ ତ ସମସ୍ତେ ଦାବି କରୁଥିଲେ ଯେ ସାବିତ୍ରୀ କୁଅଁରକୁ ସତୀ ହେବାର ସମସ୍ତେ ଦେଖିଛନ୍ତି, ଜୟକାର ଧ୍ୱନି ଦେଇ ଦାହ କରିବାର ସାମିଲ ହେବାର ଦାବି ମଧ୍ୟ କଲେ। ଏବେ ସମସ୍ତ ଦାବି କରୁଥିବା ଲୋକ ପ୍ରତ୍ୟକ୍ଷ ଦେଖିଥିବାର ବା ସେଠି ଯୋଗଦେଇ ଦେଇଥିବା କଥାକୁ ଅସ୍ୱୀକାର କରୁଛନ୍ତି, ସେ ଦୁଇଜଣ ବ୍ୟକ୍ତି ମଧ୍ୟ ଯେଉଁମାନେ ତାଙ୍କ ସ୍ୱର୍ଗାରୋହଣ ଦୃଶ୍ୟକୁ ବେକ ଟେକି ଚାହିଁ ରହିଥିଲେ।"

"ସମସ୍ତେ"

"ଆପଣ ବି ଜାଣିପାରିଥିବେ।"

"ରାୟସାହେବ ଏବଂ ଲାଲସାହେବଙ୍କ ପୂରା ପରିବାର ଶୋକମଗ୍ନ ଥିଲା, ସେମାନଙ୍କୁ କିଛି ବି ଜଣାନାହିଁ, ଲୋକମାନେ ହିଁ ଜଣେଇଲେ, ଦେଖିଥିବା ବା ସାମିଲ ହୋଇଥିବା କଥା ମିଛ, କିନ୍ତୁ ବିଶ୍ୱାସ କରାଯାଏ ଯେ ଏପରି ହୋଇଛି ନିଶ୍ଚୟ, ଲୋକମାନେ ଭର୍ଚ୍ୟୁଆଲ ରିୟଲିଟିରେ ବିଶ୍ୱାସ କରନ୍ତି ତାହା ହିଁ ସେମାନଙ୍କ କମ୍ଫର୍ଟ ଜୋନ୍, କୁହନ୍ତି ଗୋଟେ କଥା କିନ୍ତୁ ଉଦ୍ଦେଶ୍ୟ ଆଉ କିଛି ହୋଇଥାଏ। ଶାନ୍ତି ପାଇଁ

ଅସ୍ତ୍ର ଯାହା ପ୍ରକୃତରେ ହୋଇଛି ତା ଠାରୁ ଲକ୍ଷେ ଗୁଣ ସଜେଇ ଲୋକଙ୍କ ଆଗରେ ପୁନଃ ଉପସ୍ଥାପିତ କରିବା, ଯେପରିକି ଲୋକମାନଙ୍କୁ ସମ୍ମୋହିତ ଆଉ ଅଭିଭୂତ କରାଯାଇପାରିବ। କ'ଣ ଏଇଟା ଅପରାଧ ନୁହଁ, ଯେପରି 'ମୁଗଲ-ଏ-ଆଜମ'ର ଶୀଶ ମହଲ। ଏତେ ଦୂର ବି କାହିଁକି ଯିବା... ଯେପରି କଣ୍ଟାର ସତୀ ମନ୍ଦିର ?" ମୁଁ ଏତକ କହିବାରୁ ଲୋକମାନେ ବିରକ୍ତ ହୋଇ ମୋତେ ଚାହିଁବାକୁ ଲାଗିଲେ।

"ତା ହେଲେ ଖରେ ଆଜ୍ଞା ! ଆପଣ ମୋ ଗୁରୁ, ମୋ ଶିକ୍ଷକ... ଆପଣଙ୍କ ଆଉଜଣେ ଗୁରୁ ଥିଲେ ଡ.ରଜନୀକାନ୍ତ। ଯାହା ବି କିଛି ଶିଖିଛି ଆପଣ ଦୁହିଁଙ୍କ ଠାରୁ ହିଁ। ଆପଣଙ୍କୁ ସାକ୍ଷୀ ରଖି ମୁଁ ବନ୍ଧୁ ହିସାବରେ ମି. ସିଂହଙ୍କୁ ଗୋଟେ ପ୍ରାର୍ଥନା କରୁଛି।"

"ସାବିତ୍ରୀ କୁଅଁର କେସ୍‌ରେ କିଛି ବି ହେଲାନି, ସବୁ ଅପରାଧୀ ବାହାରେ ବୁଲୁଛନ୍ତି। କାହିଁକି ? ଏଥିପାଇଁ ଯେ କୌଣସି ସାକ୍ଷୀ ମିଳିଲେନି। ସେହି ସବୁ ରାଜବଂଶ ଉପରେ ଆହୁରି ଏପରି ଅନେକ କେସ୍ ରହିଛି... ସବୁରେ ମୁକ୍ତ ? ଜଗତ ପ୍ରଜାପତିର ହୀରା-ଚୋରି ମକଦ୍ଦମାରେ ମଧ୍ୟ ଏଇଆ ହିଁ ହେବ - ଅପରାଧୀ ସସମ୍ମାନେ ମୁକ୍ତ ହୋଇଯିବ, କାରଣ... ? ଗୋଟିଏ ବି ସାକ୍ଷ୍ୟ ପ୍ରମାଣ ନାହିଁ। ଯଦି କେହି ସାକ୍ଷୀ ଦେବାକୁ ଛଡ଼ା ହୋଇଯିବେ କେସ୍ ପୂରା ଓଲଟି ଯିବ। କ'ଣ ଆପଣ ସତ୍ୟର ପକ୍ଷରେ ଠିଆ ହେବେ ?"

କୋଠରି ଭିତରେ ପୁଣି ନୀରବତା ଛାଇଗଲା। ବାହାରେ ଅନ୍ଧକାର ଆହୁରି ଗାଢ଼ ହେଉଥିଲା। ହଠାତ୍ ଧଳା ପାରା ଡେଣା ଝାଡ଼ିବା ପରି ଅଫିସରଙ୍କ ସ୍ୱର ଫଡ଼ଫଡ଼ ହୋଇ ଶୁଭିଲା "ସତ୍ୟ ସହ ଶେଷ ପର୍ଯ୍ୟନ୍ତ ତିଷ୍ଠି ରହିପାରିବ, ଭାବିନିଅ ଠାକୁର !" ସେ 'ଶୋଲେ'ର ସଂଳାପ ଶୈଳୀରେ ମୋ ଉପରେ କଥାଟିକୁ ଲଦିଦେଲେ।

ଭାବିଥିଲି ଆରାମରେ ରଣନୀତି ପ୍ରସ୍ତୁତ କରିବି... କିନ୍ତୁ ଆରାମ ମୋ କପାଳରେ କାହିଁ ! ହାଡ଼ଥରା ଜାଡ଼ର କୁହୁଡ଼ିଆ ଭୋର ସମୟ... ରାଣୀ ସାହେବାଙ୍କ ଫୋନ୍ ଆସିଗଲା "ଜିପ୍ ଧରି ତୁରନ୍ତ ମୋ ପାଖରେ ଆସି ପହଞ୍ଚ।"

ଫୋନ୍ ରଖି ମୁଁ ଦୁବେକୁ ପଚାରିଲି "ଘଟଣା କ'ଣ ?"

"ଘଟଣା ବହୁତ ଗୁରୁତର। ଶୀଘ୍ର ଯାଅ, ଚାକିରି ବିପଦରେ। ଲାଲ ସାହେବ ଯେଉଁ ରୋଗର ଚିକିତ୍ସା ପାଇଁ ପ୍ରାୟ ବମ୍ବେ ଯାଉଥିଲେ, ତାହା ଏବେ ପ୍ରାଣଘାତୀ ହୋଇଯାଇଛି। ମନେ ହୁଏ, କବି ମହାଶୟଙ୍କ କବିତା ସତ ହେବାକୁ ଯାଉଛି।"

"କ'ଣ ?"

"ଆରେ ! ସେଇ... ଚଢ଼ି ଗଲା...।"

କୋଠିରେ ପହଞ୍ଚି ଦେଖିଲି ରାଣୀ ସାହେବ କୂଳଦେବୀଙ୍କ ପୂଜାରୁ ଫେରି

ମୋତେ ଅପେକ୍ଷା କରିଛନ୍ତି। ସବୁଦିନ ପରି ଗହଣା ଅଳଙ୍କାର ଶାଢ଼ୀରେ ଲଦି ହୋଇଛନ୍ତି କିନ୍ତୁ ଚେହେରାରେ ରୁଦ୍ରରୂପ। ପହଞ୍ଚିବା ମାତ୍ରେ ଆରମ୍ଭ କଲେ "ତୁମେ କିଛି ଶୁଣିଲଣି ! ଲାଲ ସାହେବ ବମ୍ବେର ଯେଉଁ ଛିଣ୍ଡାଳୀ ଜାଲରେ ଫସିଥିଲେ, ତାକୁ ବାହା ହେଉଛନ୍ତି।" ରକ୍ଷିତାମାନଙ୍କ ପାଇଁ ଏହା ତାଙ୍କ ନୂତନ ସମ୍ବୋଧନ ଥିଲା, ଏହା ପୂର୍ବରୁ କୂଳଦେବୀ ପ୍ରତି ମଧ୍ୟ ତାଙ୍କ ସମ୍ବୋଧନ ବିଚିତ୍ର ଥିଲା - ବୁର୍ଜରିୟା, ଯାହାକୁ ମୁଁ ମୋ ମୁର୍ଖତାବଶତଃ ଅନ୍ୟ କିଛି ଭାବୁଥିଲି।

"ମୁଁ ଜାଣିନି ଆଜ୍ଞା।"

"ଜାଣିନ... ? ଯୋଉ କଥାକୁ ସବୁ ଭାଗୁଆଳି ଜାଣିଛନ୍ତି, ସାରା ଗାଁ ବାଲା ଜାଣିଛନ୍ତି, ସବୁ ଚାକରବାକର ଜାଣିଛନ୍ତି ତୁମକୁ ଜଣାନାହିଁ ? ମୁଁ ରାତିରାତି ଜଗିକି ବସିବି, ପାଞ୍ଚପାଦ ଚାଲିକି ଆସିପାରିଲେନି ଆଉ କୁକୁର ପରି ଧାଇଁ ଧାଇଁ ବମ୍ବେ ପଳାଉଥିଲେ !" ସ୍ୱରରେ କାତରତା ସ୍ପଷ୍ଟ ବାରି ହେଉଥିଲା।

"ଯଦି ଆପଣ ଜାଣିଥିଲେ ତା ହେଲେ ବାଧା ଦେବା ଉଚିତ ଥିଲା।"

"ଅଟକାଇବାକୁ ସବୁ ପ୍ରକାର ପ୍ରୟାସ କରିଛି, କିନ୍ତୁ ଏଇଟା ଥିଲା ଗୁପ୍ତ ରୋଗ ! ଯାହାକୁ ଭଲ କରି ହୁଏନି... କେବଳ ଲୁଚେଇ ରଖାଯାଏ। ମୁଁ ବି ଲୁଚେଇ ଚାଲିଥିଲି, ଅନ୍ୟମାନଙ୍କଠାରୁ... ଏବଂ ନିଜଠାରୁ ମଧ୍ୟ...। ନିଜକୁ ମିଛ ଆଶ୍ୱାସନା ଦେଇ ଚାଲିଥିଲି, ଛାଡ଼, ଏସବୁ କିଛି ନୂଆ କଥା ନୁହଁ, କାଇଁ କେଉଁ କାଳରୁ ତ ରାଜାମାନେ ରକ୍ଷିତା ରଖିଆସିଛନ୍ତି। କିନ୍ତୁ ଏଠି ତ କଥା ବାହାହେବା ପାଖରେ ଆସି ପହଞ୍ଚିଗଲାଣି। ପୁଣି ସେଇ କୁଳଦେବୀ କାହାଣୀର ପୁନରାବୃତ୍ତି। ମୁଁ ହଜାରେ ରକ୍ଷିତା ସହ୍ୟ କରିପାରିବି, କିନ୍ତୁ ଗୋଟିଏ ସଉତୁଣୀ ନୁହଁ।" ସ୍ୱର କଠୋର ହୋଇ ଉଠିଲା।

ଝଣ୍ କରି କିଛି ଗୋଟାଏ ପଡ଼ିବାର ଶବ୍ଦ ହେଲା। ମୁଁ ଚମକି ପଡ଼ିଲି, ଦେଖିଲି କିଛି ଗହଣା। ପୁଣି ଗୋଟେ ତା ପରେ ଆଉ ଗୋଟେ, ପୁଣି... ପୁଣି... ଏମିତି ଗୋଟେ ଗୋଟେ କରି ସେ ସମସ୍ତ ଗହଣା ବାହାରି ଫିଙ୍ଗି ଚାଲିଲେ। ସର୍-ସର୍ କରି ଟାଣି ବାହାର କରିଦେଲେ ବନାରସୀ ଶାଢ଼ୀ। ଦେହରେ କେବଳ ସାୟା ଓ ବ୍ଲାଉଜ୍ ହିଁ। ମୁଁ ଚଟ୍ କରି ତାଙ୍କ ଆଡ଼କୁ ପିଠି କରି ବୁଲିପଡ଼ି କହିଲି- "ରାଣୀସାହେବା, ମୁଁ ଯିବି ?"

"ନାଁ"

ଆରେ ବାପ୍ ! କେଜାଣି ଆଗକୁ ଆଉ କ'ଣ କରିବେ ! ପାଞ୍ଚ ମିନିଟ୍ ପରେ ସେ କହିଲେ- "ମୁଁ ଏ ମହଲରେ ମୁହୂର୍ତ୍ତେ ବି ରହିପାରିବିନି। ମୋତେ ସେ ଆର ଘରକୁ ନେଇଯାଅ।"

ମୁଁ ବୁଲିପଡ଼ି ଦେଖିଲି, ଏବେ ସେ ସାଧାରଣ ସୂତା ଶାଢ଼ୀ ପିନ୍ଧି ସାଧାରଣ ସ୍ତ୍ରୀ

ଲୋକଟେ ପରି ଗହଣା - ଶାଢ଼ୀକୁ ପୁଣିଥରେ ବାକ୍ସରେ ରଖୁଥିଲେ। ସେ ଝିଅର ହାତ ଧରିଲେ ଆଉ ବାକ୍ସ ଧରି ବାହାରି ପଡ଼ିଲେ। ପଛେ ପଛେ ଗଣ୍ଠିଲି ଧରି କୌଶଲ୍ୟା। ପଶ୍ଚିମରେ ଅଧାକିଲୋମିଟର ଦୂରରେ ଥିବା। 'ବାହାର ଘର'ରେ ତାଙ୍କୁ ଛାଡ଼ି ଫେରିବା ବେଳକୁ ମୋ ସହ ଦୁର୍ଗାବତୀ ଆଉ କୌଶଲ୍ୟା ଆସିଲେ, ତାକୁ ସ୍କୁଲ ଯିବାର ଥିଲା। କୋଠି ଆଗରେ ପହଞ୍ଚିବା ବେଳକୁ ଦେଖେ ତ ଲାଲ ସାହେବ ରାସ୍ତାର ମଝାମଝିରେ ଠିଆ ହୋଇଛନ୍ତି। ହେ ଭଗବାନ! ଏ ବମ୍ବେରୁ କେବେ ଫେରିଲେ? ହଡ଼ବଡ଼େଇଯାଇ ଜୋତା ବାହାର କରିବା ଓ ଅଭିବାଦନ ଜଣେଇବା ବି ଭୁଲିଗଲି।

"କ'ଣ ବେଗମଙ୍କ ଗୁଲାମ୍, ପହଞ୍ଚାଇ ଆସିଲ ରାଣୀ ସାହେବାଙ୍କୁ କୋପ ଭବନରେ?" ସେଇ ଘଡ଼ଘଡ଼ିଆ ସ୍ୱର। ସେଇ ନୀଳ ଆଖିର ପ୍ରଶ୍ନିଳ ଚାହାଣୀ।

ମୁଁ କ'ଣ କହିବି କିଛି ବୁଝିପାରୁ ନ ଥିଲି।

"କିଛି କହୁନ କାହିଁକି?"

"ଆଜ୍ଞା, ମୁଁ ତ କେବଳ ଆଜ୍ଞା ପାଳନକାରୀ ଦାସ।"

"ମୋର ନା ତାଙ୍କର?"

"ମୋ ପାଇଁ ତ ଆପଣ ଓ ରାଣୀ ସାହେବା ଦୁହେଁ ସମାନ।"

ସେ ହାତକୁ ମୁଠା କରି ପାପୁଲିରେ ବିଧା ମାରିଲେ, ଘନଘନ ନିଃଶ୍ୱାସ ନେବାକୁ ଲାଗିଲେ। ପୁଣି ପଛକୁ ଫେରିଲେ, ତାଙ୍କ ପଛେ ପଛେ ମୁଁ ଆସୁଥାଏ। ନିଜ ଦରବାର ବସୁଥିବା ବୈଠକ ଘରେ ପ୍ରବେଶ କରିବା ପୂର୍ବରୁ ପୁଣି ବୁଲିପଡ଼ି ମୋତେ ଚାହିଁଲେ, ଆଖି ବଡ଼ ବଡ଼ କରି ପଚାରିଲେ "ଏବେ ପୁଣି କ'ଣ?"

"ଲାଲ୍ ସାହେବ, ସାର୍... ସେ ମହିଳାଙ୍କୁ ବିବାହ କରିବା କଥା ଛାଡ଼ିଦିଅନ୍ତୁ... ନଚେତ୍ ସବୁ କିଛି ବ୍ୟର୍ଥ ହୋଇଯିବ। କେବଳ ସମ୍ମାନ-ପ୍ରତିଷ୍ଠାର କଥା ନୁହଁ, ଭାବନ୍ତୁ ସେ ନିର୍ଦ୍ଦୋଷ ପିଲାମାନଙ୍କ ଉପରେ ଏହାର କ'ଣ ପ୍ରଭାବ ପଡ଼ିବ?"

ଲାଲ ସାହେବ କିଛି କହିଲେନି, ଗୋଟିଏ ଜାଗାରେ ଠିଆ ହୋଇ ଖେଳାଳିମାନଙ୍କ ପରି ଖାଲି ଗୋଡ଼ ଆଙ୍ଗୁଠି ଅଗରେ ଠେଙ୍ଗେଇବା ପରି ଉପର ତଳ ହେବାକୁ ଲାଗିଲେ। ଶୂନ୍ୟକୁ ଦୃଷ୍ଟି ରଖି ଯେମିତି କୋଉଠି ହଜିଯାଇଥିଲେ। 'ବାହାର ଘର', ବମ୍ବେ, ଡେରାଡୁନ୍ ନା ଲଣ୍ଡନ! ଗମ୍ଭୀର ମଧ୍ୟମ ସ୍ୱରରେ କହିଲେ- "ମୁଁ ଯେଉଁଠି ପହଞ୍ଚି ସାରିଛି, ସେଠାରୁ ପଛକୁ ଫେରିବା ଅସମ୍ଭବ। ନିଜ ରାଣୀ ସାହେବାଙ୍କୁ କୁହ, ବହୁତ ଚେଷ୍ଟା କରିସାରିଲାଣି, ଏବେ ବାସ୍ତବତାକୁ ସ୍ୱୀକାର କରିନେଉ।"

ରାତି ନ'ଟା ବାଜିଛି। କରେଣ୍ଟ ନାହିଁ। ବାହାର ଘରୁ ଶ୍ରାନ୍ତ ପାଦରେ ବାହାରୁ

ଆସିଲି ଏବଂ ସେ କଚ୍ଚା ରାସ୍ତାରେ ଘୋଷାରି ହେବାପରି ଆସି ପୋଖରୀ ପାଖ ପୋଲ ଉପରେ ବସିଗଲି। ଦୁବେ କୋଠିରୁ ବାହାରିଲେ ଏଇଠୁ ହିଁ ମିଶିକି ଯିବୁ।

ହାତ ପାଦ ଥରିଯାଉଛି। ପୁଷମାସର ଜହ୍ନ ଆଲୁଅ କୁହୁଡ଼ିରେ ଧୂଆଁଳିଆ ଦେଖାଯାଉଛି। ପୂରା ବିଜୟଗଡ଼ ଖାଁ ଖାଁ ଶୂନ୍ୟତାରେ ବୁଡିଯାଇଛି। ଏହି ଶୂନ୍ୟତାକୁ ବେଳେବେଳେ ଶିଆଳର କାନ୍ଦିବା ପରି ସ୍ୱର ଭଙ୍ଗ କରୁଛି ଅବା ପୁଣି କେତେବେଳେ ଗଛରେ ବସିଥିବା ଚଢ଼େଇର ଫଡ଼ଫଡ଼ ଶବ୍ଦ। ସେଥିରେ ପୁଣି ଅସଂଖ୍ୟ ଜୁଳୁଜୁଳିଆ ପୋକ ଏକ ଭୌତିକ ଦୃଶ୍ୟ ସୃଷ୍ଟି କରୁଛନ୍ତି।

ଅଧଘଣ୍ଟା ପରେ ଦୁବେ ଆସିଲା ଅବା ଗୋଟେ ଯୁଗ ପରେ। ପାଖକୁ ଆସି ମଧ୍ୟ ମଟରସାଇକେଲ ଉପରେ ଭୂତଟିଏ ପରି ବସି ରହିଲା। ମୁଁ ଆଗେଇ ଆସି ତା କାନ୍ଧରେ ହାତ ରଖିଦେଇ ପଚାରିଲି "କ'ଣ ପାର୍ଟନର୍! କି ତୁମ ଖବର କ'ଣ!"

"ମୋତେ ଆଦେଶ ମିଳିଛି ଯେ ଟ୍ରକ୍‌ଗୁଡ଼ିକୁ ବିକ୍ରି କରିଦେଇ ତାଙ୍କ ବମ୍ବେବାଲୀ ମଡ଼େଲ ପାଇଁ ଗୋଟେ ଇମ୍ପାଲ କିଣିବାର ବ୍ୟବସ୍ଥା କରିବି।"

"ଆଉ ମୋତେ ଆଦେଶ ମିଳିଛି ଯେ ଗୋଟେ ଭଲ ଓକିଲ ଠିକ୍ କରି ଲାଲ୍ ସାହେବଙ୍କ ସମ୍ପତ୍ତିକୁ ହଡ଼ପ କରିବାର ମକଦ୍ଦମାଟିଏ ଦାଏର କରିବି।"

ଆମେ ଦୁହେଁ ପୂରା ଚୁପ୍ ହୋଇଯାଇଥିଲୁ। କିଛି ସମୟ ପରେ ଦୁବେ ନୀରବତା ଭାଙ୍ଗି ଆରମ୍ଭ କଲା "ମନୋଜ, ଆମେ ଦୁହେଁ ଏ ପୋଖରୀ ସହ ଜଡ଼ିତ ଅନେକ କାହାଣୀ ଶୁଣିଛନ୍ତି, କିନ୍ତୁ ଏ ପର୍ଯ୍ୟନ୍ତ ସେଇ ଅଭାଗାମାନଙ୍କ ଭୟ ଆତଙ୍କକୁ ଠିକ୍ ଭାବରେ ଅନୁଭବ କରିପାରି ନ ଥିଲି, ଆଜି ଜାଣିପାରୁଛି ଯେ କେମିତି ସେ ପୋଖରୀ ଭିତରେ ହାତୀ ଦମ୍ପତି ଲୋକମାନଙ୍କୁ ଦଉଡ଼ାଇଥିବେ... ଧାଅଁ... କେତେ ଦୂର କେମିତି ଧାଇଁ ପାରୁଛ।"

ସତୀ ମନ୍ଦିରଠୁ ଭିନ୍ନ ଘଟଣାକ୍ରମ ବହୁତ ଦ୍ରୁତ ଗତିରେ ଘଟି ଚାଲିଥିଲା। ରାଣୀ ସାହେବା ନିଜେ ଓକିଲ ପାଖକୁ ଗଲେ ଏବଂ ମକଦ୍ଦମା ଦାଏର ହୋଇଗଲା, କିନ୍ତୁ ଏହା ପୂର୍ବରୁ ଲାଲ୍ ସାହେବଙ୍କ ଲାଲ୍ କାର୍ ତାଙ୍କ ନୂଆ ରାଣୀଙ୍କୁ ନେଇ ବମ୍ବେରୁ ଆସିଗଲା ଏବଂ ବିଜୟଗଡ଼ର ଧୂଳିଧୂସରିତ ମାଟି ରାସ୍ତାରେ ଜୟନ୍ତ-ଜୟନ୍ତୀଙ୍କ ପରି ଲୋକମାନଙ୍କୁ ଆତଙ୍କିତ କରିବାକୁ ଲାଗିଲା, ଏମିତି ତ ତାଙ୍କ ଏଯାଏ ବିଧିବଦ୍ଧ ଭାବେ ଅଭିଷେକ ହେବା ବାକି ଥିଲା ଏବଂ ସେଥିପାଇଁ ଯୁଦ୍ଧକାଳୀନ ଭିତ୍ତିରେ ପ୍ରସ୍ତୁତି ଆରମ୍ଭ ହୋଇଯାଇଥିଲା। ସେପଟେ ରାଣୀ ସାହେବାଙ୍କ ଅନୁରୋଧରେ ଲଣ୍ଡନରୁ ରାଜେନ୍ଦ୍ର ଏବଂ ଡେରାଡୁନ୍‌ରୁ ବିଜୟେନ୍ଦ୍ର 'ବାହାର ଘର'କୁ ଆସିଗଲେ। ରାଣୀ ସାହେବା ନିଜେ ମୋ ସହ ଇଷ୍ଟେଟ୍ ଓ ଟ୍ରକ୍ କାରବାର ଆଜି ଦେଖିବାକୁ ଲାଗିଲେ। ଦୁଇ-

ଦୁଇଟି ଦଳ ତିଆରି ହୋଇଯାଇଥିଲେ - ଗୋଟେ କୋଠିରେ ଆଉ ଗୋଟେ 'ବାହାର ଘରେ'। ସମ୍ବାଦ ପତ୍ରରେ ପ୍ରତ୍ୟେକ ଦିନ ଖବର ବାହାରିଲା, ଲୋକେ ମଜା ନେଇ ପଢ଼ିବାକୁ ଲାଗିଲେ।

ଦିନେ ରାତିରେ ମୁଁ ଦୁବେଙ୍କୁ କହିଲି- "ସାଙ୍ଗ ଗୋଟେ କଥା ମୁଁ ବୁଝିପାରୁନି, ମକଦ୍ଦମା ସମ୍ପତ୍ତି ପାଇଁ କାହିଁକି! ଦ୍ୱିତୀୟ ବିବାହ ପାଇଁ କାହିଁକି ନୁହଁ... ଯାହାକି ଆଇନତଃ ଅବୈଧ ଅଟେ।"

"ସମ୍ପତ୍ତି ହିଁ ତ ଅସଲ କଥା ବାବୁ! ରହିଲା ବୈଧ-ଅବୈଧ କଥା, ଯିଏ ସମର୍ଥ ତା'ର ଦୋଷ ସବୁ ଗୁଣ ସହ ସମାନ। ଦେଖିବ, ଏମିତି ହିଁ ଲମ୍ପଟ ଓ ଡାକୁ ଆଗାମୀ ଦିନରେ ପୂରା ଦେଶରେ ଭର୍ତ୍ତି ହୋଇଯିବେ। ଅନ୍ୟମାନଙ୍କ କଥା ଛାଡ଼... ତୁମେ ଯଦି ଆଉ ପାଞ୍ଚବର୍ଷ ଏମାନଙ୍କ ବୋଲହାକ କରିବ, ତୁମର ବି ଯଦି ପାଞ୍ଚଟି ରକ୍ଷିତା ନ ହୋଇଛନ୍ତି ତେବେ ମୋ ନାଁରେ କୁକୁର ପାଳିବ। ତୁମ ଆତ୍ମା କୁକୁର ପରି ଏକାନ୍ତରେ ଉପରକୁ ମୁହଁ କରି ବିଳାପ କରିବ, କିନ୍ତୁ ତୁମେ ଏସବୁ ଛାଡ଼ି ପାରିବନି।"

ଏସବୁ ଠିକ୍ ସେଇପରି ଥିଲା ଯେପରି, କୌଣସି ବେକାର ଫିଲ୍ମ ବା ସିରିଏଲ ଦେଖିଦେଖି ଲୋକେ ବିରକ୍ତ ହୋଇଯାଆନ୍ତି ଏବଂ ପରେ ସେଥିରେ ଅଭ୍ୟସ୍ତ ହୋଇଯାଆନ୍ତି। ମୋତେ ଆଗରୁ ଲାଗୁଥିଲା ଯେ ମୁଁ ସବୁକିଛି ଠିକ୍ କରିଦେବି। କିନ୍ତୁ ଏବେ ଆଉ ନୁହଁ। ସାବିତ୍ରୀ କୁଅଁରର ଠିକ୍ ଭାବରେ କିଛି ଗୋଟାଏ ବ୍ୟବସ୍ଥା ହୋଇଯାଆନ୍ତା ଯଦି ସମସ୍ତଙ୍କୁ 'ଅଲବିଦା' କରି ଚାଲିଯାଆନ୍ତି, ବିବେକର ତାଡ଼ନାରେ।

ଦୁବେ ସାବିତ୍ରୀ କୁଅଁରଠାରୁ ବି ଅଧିକ ରହସ୍ୟମୟ ହୋଇଚାଲିଥିଲା। ପ୍ରାୟ ତ ଭେଟ ମିଳୁ ନ ଥିଲା, ଯଦି ବା ଭେଟ ମିଳୁଥିଲା, ତାହେଲେ ସତୀ ମନ୍ଦିରର କଥା ହିଁ କହୁଥିଲା। ଜୀବିତ ସାବିତ୍ରୀ କୁଅଁର କଥା ନୁହଁ। ମୁଁ ଯେତେବେଳେ ବି ସେ ପ୍ରସଙ୍ଗ ଉଠାଇବାକୁ ଚେଷ୍ଟା କରେ ସେ ଶୁଣେନି, କହେ "ମୁଁ ଜାଣିଛି, ସବୁ ଜାଣିଛି। ସମୟ ଆସିଲେ କଥା ହେବା।" ଗୋଟେ ପଟେ ସାବିତ୍ରୀ କୁଅଁରର ରାଣ, ଆଉ ଅନ୍ୟ ପଟେ ଦୁବେର ନିଷ୍ପୋଧାଞ୍ଚା, ଗୋଟେ ବଡ଼ କ୍ଷତକୁ ନେଇ ଯେପରି ମୁଁ ବଞ୍ଚୁଥିଲି।

ରାୟସାହେବ ସମ୍ପୂର୍ଣ୍ଣ ଭାବେ ସତୀମୟ ହୋଇସାରିଛନ୍ତି। ଗେରୁଆ ବସ୍ତ୍ର, ଗଳାରେ ରୁଦ୍ରାକ୍ଷ ମାଳା। କଣ୍ଟା ଇଷ୍ଟେଟ୍‌ରେ ଘୋଷଣା କରିଦିଆ ଯାଇଛି... ଯେକୌଣସି ବ୍ୟକ୍ତି ବା ସଂସ୍ଥା ଯଦି କୌଣସି ନୂତନ ସତୀଙ୍କ ନାମ ଜଣାଇବେ ତାଙ୍କୁ ଏକ ହଜାର ଟଙ୍କା ପୁରସ୍କାର ଦିଆଯିବ।

ଏତେ କିସମର ସତୀ ଅଛନ୍ତି ବୋଲି କାହାକୁ ଜଣା ନ ଥିଲା। ପୁରସ୍କାର ପାଇବାର ପ୍ରଥମ କେସ୍ ଉପସ୍ଥାପନ କଲେ ଉଜ୍ଜୟିନୀର ଜଣେ ପଣ୍ଡିତ। ୩୧ ମଇ

୧୭୨୫ରେ ଜନ୍ମ ହୋଇଥିବା ଇନ୍ଦୋରର ଅହଲ୍ୟାବାଇଙ୍କ ଘଟଣାକୁ ଦେଖାଯାଉ... ୧୨ ବର୍ଷ ବୟସରେ ବିବାହ ଏବଂ ୨୮ ବର୍ଷ ବୟସରେ ବିଧବା ହୋଇଥିବା ଅହଲ୍ୟାବାଇଙ୍କ ବିବାହ ଖଣ୍ଡେରାଓ ହୋଲକରଙ୍କ ସହ ହୋଇଥିଲା। ସେ ଜଣେ ପରମ ଶିବଭକ୍ତ ଥିଲେ। ପତିଙ୍କୁ ବି ସେ ଶିବ ରୂପେ ଗ୍ରହଣ କରିନେଇ ଥିଲେ। ପୁତ୍ରଟିଏ ଥିଲା, ସେ ବି ଶିବଙ୍କ ସ୍ୱରୂପ! ଧର୍ମପରାୟଣା ଅହଲ୍ୟାବାଇ ସତୀ ହେବାପାଇଁ ପ୍ରସ୍ତୁତ ଥିଲେ, କିନ୍ତୁ କୋଳରେ ଥିବା ପିଲାଟିର କ'ଣ ହେବ? ତେଣୁ ଲୋକମାନେ ତାଙ୍କୁ ସତୀ ନ ହେବାକୁ ପରାମର୍ଶ ଦେଲେ। ସେ ମହାଦେବଙ୍କୁ ସ୍ମରଣ କଲେ, ଆଜ୍ଞା ମାଗିଲେ ଏବଂ ମନ ଭିତରୁ ଆସିଲା ସତୀ ନ ହେଲେ କ'ଣ ହେଲା, ବୈଧବ୍ୟ ଅଗ୍ନିରେ ଜଳି କର୍ତ୍ତବ୍ୟ ନିଆଁରେ ସ୍ୱୟଂକୁ ଦାହ କରି ସତୀତ୍ୱ ପ୍ରଥାର ନିର୍ବାହ କରିବା ମଧ୍ୟ ସତୀ ତୁଲ୍ୟ ଅଟେ। ଅହଲ୍ୟା ବାଇଙ୍କ ଜୀବନରେ ଗୋଟେ ପରେ ଗୋଟେ ଦୁର୍ଘଟଣା ଘଟିଚାଲିଲା ଏବଂ ୧୭୯୫ ମସିହରେ ହିଁ ତାଙ୍କର ଦେହାନ୍ତ ହେଲା।

କିଛି ସମୟ ପାଇଁ ସମସ୍ତେ ନୀରବ। ତା'ପରେ ଗୋଟେ କୋଣରୁ ଚାପା ସ୍ୱରରେ ଶୁଭିଲା "କୁହନ୍ତୁ, କୁହନ୍ତୁ ପଣ୍ଡିତ ମହାଶୟ, କିଛି ସନ୍ଦେହ ଅଛି?"

"ଏମିତି ଦେଖିବାକୁ ଗଲେ ତ ସବୁ ବିଧବାନାରୀ ହିଁ ସତୀ ତୁଲ୍ୟ।"

"ଏ! ଚୁପ୍! ଚୁପ୍! ବାହାର କର ଏ ପଣ୍ଡିତକୁ।" ଅନେକଗୁଡ଼ିଏ ସ୍ତ୍ରୀଲୋକ ଏକସାଙ୍ଗରେ କହିଉଠିଲେ, ସକାଳ ହେଲେ ପକ୍ଷୀମାନେ ଏକାଠି କିଚିରିମିଚିରି ହେବା ପରି। ବହୁ କଷ୍ଟରେ ଏ ପରିସ୍ଥିତିକୁ ଶାନ୍ତ କରାଗଲା। ଏବେ ସମସ୍ୟା ଏଇଆ ହେଲା ଯେ, ଏତେସବୁ ସତୀମାନଙ୍କ ଭିଡ଼ଭିତରୁ କିଏ ଅସଲ ସତୀ ଓ କିଏ ନକଲି। ଏକଥା ଯାଞ୍ଚ କରିବା ପାଇଁ ଧର୍ମ ଏବଂ ଇତିହାସର ବିଶେଷଜ୍ଞମାନଙ୍କର ଏକ 'ଧର୍ମ ସଂସଦ' ଟ୍ରିବ୍ୟୁନାଲ ଗଠନ କରିବାକୁ ପଡ଼ିଲା, ଯାହା ଫଳରେ ଯାହାଦ୍ୱାରା ପ୍ରକୃତ ସତୀଙ୍କ ଚିହ୍ନଟ ହୋଇପାରିବ ଏବଂ ତାଙ୍କ ନାମର ସ୍ଥାନ ସଂରକ୍ଷିତ ହୋଇପାରିବ। ଇନ୍ଦୋରର ଅହଲ୍ୟାବାଇ ହୋଲକର ପ୍ରଶ୍ନ ତ ଅମୀମାଂସିତ ହୋଇ ରହିଗଲା, ସେହିପରି ପଣ୍ଡୁଙ୍କ ଦ୍ୱିତୀୟ ପତ୍ନୀ ମାଦ୍ରିଙ୍କ ପ୍ରଶ୍ନ ମଧ୍ୟ। ଯଦିଓ ମାଦ୍ରି ଜଳିଯାଇ ସତୀ ହୋଇଥିଲେ ଏବଂ ଅହଲ୍ୟା ବାଇ ନ ଜଳି।

"ପାଣ୍ଡବମାନେ ବହୁତ ଲାଭରେ ରହିଲେ।" କେହି ଜଣେ କହିଲା।

"କେମିତି?"

"ପ୍ରଥମ ରାଣୀ କୁନ୍ତୀ 'ପଞ୍ଚକନ୍ୟା'ରେ ଗଣା ହେଲେ ଆଉ ଦ୍ୱିତୀୟ ରାଣୀ ମାଦ୍ରୀ ସତୀ ଭିତରେ। ବଡ଼ ଲୋକଙ୍କ ବଡ଼ କଥା।"

"ଏଃ! ଚୁପ୍!" ଧର୍ମାଚାର୍ଯ୍ୟ ତାଗିଦ୍ କଲେ। "ଆଚ୍ଛା କହିଲ... ମେଘନାଦଙ୍କ

ପତ୍ନୀ ସୁଲୋଚନା ବି ତ ସତୀ ହୋଇଥିଲେ। ତାଙ୍କୁ କ'ଣ ରାକ୍ଷସ ବୋଲି ଛାଡ଼ିଦେବା।" ପୁରୁଷଙ୍କ ଭିତରୁ ପ୍ରଶ୍ନ ଆସିଲା।

"ନାଁ, ନାଁ, ଆମ ପାଖରେ ପ୍ରତ୍ୟେକ ଦିନ ଶହଶହ ସତୀଙ୍କ ନାମ ଆସୁଛି। ସେ ସତୀ ଥିଲେ ନା ନାହିଁ, ଏହାର ଫଇସଲା ହୋଇ ପାରୁନି। ବର୍ନିଅର, ଇବନବତୁତା, ହୁଏନ୍‌ସାଂ ଇତ୍ୟାଦିଙ୍କ ସତୀମାନଙ୍କୁ ଯଦି ମିଶେଇବା ତେବେ ଏ ସଂଖ୍ୟା ଲକ୍ଷରେ ପହଞ୍ଚିଯିବ।"

"ହୁଏନ୍‌ସାଂ ?" ପୁଣି ଏକ ପ୍ରଶ୍ନ।

"ଆରେ, ହର୍ଷବର୍ଦ୍ଧନଙ୍କ ଭଉଣୀ ରାଜଶ୍ରୀ ! ପତିଙ୍କ ମୃତ୍ୟୁ ପରେ ସତୀ ହେବାକୁ ଯାଉଥିଲେ, ତାଙ୍କ ଭାଇ ବୁଝାଇ ସୁଝାଇ ସେଥିରୁ ନିବୃତ କଲେ।"

"ଏଁ !!"

"ଆଉ ବାକି ରହିଲେ ଯୋଉମାନେ ସେମାନଙ୍କୁ 'ଇତ୍ୟାଦି' ଭିତରେ ରଖାଯାଉ।" ଉତ୍ତମ ପରାମର୍ଶ ଥିଲା।

ସୂଚନା, ଖବର, ଶାସ୍ତ୍ରମତ, ବିବାଦ ଆଦି ବଢ଼ିଚାଲିଥିବା ବେଳେ ବଙ୍ଗରୁ ଆସିଥିବା ଏକ ରିପୋର୍ଟର ଫର୍ଦ୍ଦ ପରେ ଫର୍ଦ୍ଦ ଖୋଲିବାକୁ ଲାଗିଲା। ୧୮୨୩ ମସିହାରେ ବଙ୍ଗ ସରକାରଙ୍କ ପୁଲିସ ତ ଅଭିଯୋଗ ଅନୁସାରେ ସେହି ବର୍ଷ ଅର୍ଥାତ୍ ୧୮୨୩ ମସିହାରେ ବଙ୍ଗରେ ମୋଟ ୫୭୫ ଜଣ ସତୀ ହେବା ଖବର ମିଳିଛି। ସେମାନଙ୍କ ଭିତରେ ୨୩୪ ଜଣ ବ୍ରାହ୍ମଣ, ୩୫ ଜଣ କ୍ଷତ୍ରିୟ, ୧୪ ଜଣ ବୈଶ୍ୟ ଏବଂ ୨୯୨ ଜଣ ଶୁଦ୍ର ଥିଲେ ବୋଲି କୁହାଯାଏ।

"ଏଁ! ଏହାର ଅର୍ଥ ଏଇଆ ଯେ ଶୁଦ୍ରମାନେ ବେଶୀ ଧର୍ମାପରାୟଣ ଥିଲେ।"

କେହି ଜଣେ ଜୟଧ୍ୱନି ଦେଲା 'ବୀର ଯୁବକମାନଙ୍କର ଜୟ ହେଉ।'

"ମରିବେ ସ୍ତ୍ରୀ ମାନେ ଆଉ ଜୟଧ୍ୱନି ପୁରୁଷମାନଙ୍କର !" ଜଣେ ପରିହାସପୂର୍ଣ୍ଣ ମନ୍ତବ୍ୟ ଦେଲା।

"କିନ୍ତୁ ବ୍ରାହ୍ମଣମାନଙ୍କୁ ଛାଡ଼ି ସମସ୍ତେ ପାପ ଯୋନିରେ ଗଣାହୁଅନ୍ତି।" କେହି ଜଣେ ପୁଣିଥରେ କହିଲା।

"ନାଁ, ଆନୁପାତିକ ଭାବେ ଦେଖିଲେ ଏବେ ବି ବ୍ରାହ୍ମଣମାନେ ହିଁ ଅଧିକ ଅଛନ୍ତି। କିନ୍ତୁ ଏତେ ବଡ଼ ସଂଖ୍ୟାରେ ଶୁଦ୍ରମାନଙ୍କର ସତୀ ହେବା ବିଚାରଯୋଗ୍ୟ ନିଶ୍ଚୟ।"

"ସେମାନଙ୍କ ମଧ୍ୟରେ ବି ୩୨ ଜଣଙ୍କ ବୟସ କୋଡ଼ିଏ ବର୍ଷରୁ କମ୍ ଥିଲା। ଆମ ପାଖରେ କଲିକତା, ଢାକା ମୁର୍ସିଦାବାଦ, ପାଟନା, କାଶୀ ଏବଂ ବରେଲୀ

ଅଞ୍ଚଳର ୧୮୧୫ ମସିହାରୁ ନେଇ ୧୮୧୮ ପର୍ଯ୍ୟନ୍ତର ତାଲିକା ଅଛି। ଏଥି ମଧ୍ୟରୁ ୧୮୧୮ ମସିହରେ ସବୁଠାରୁ ଅଧିକ ଅର୍ଥାତ୍ ୭୦୭ ଜଣ।"

"ଏହାର ଅର୍ଥ ଏଇଆ ହେଲା ଯେ ସମ୍ପୂର୍ଣ୍ଣ ଉତ୍ତରଭାରତରେ ବର୍ଷବର୍ଷ ଧରି ଏ ପ୍ରଥା ଚାଲି ଆସୁଥିଲା।" ସଭାଟି ପୂରା ଧ୍ୟାନର ସହ ଧର୍ମଚର୍ଚ୍ଚା ଶୁଣି ପୁଣ୍ୟଲାଭ କରୁଥିଲା।

"ନଭେମ୍ବର ୭, ୧୯୩୦ ମସିହାରେ କାନପୁରନିବାସୀ ଜଣେ ଧନାଢ୍ୟ ଶୈବ ପତ୍ନୀ ମଧ୍ୟ ପତିଙ୍କ ମୃତ୍ୟୁ ପରେ ସତୀ ହେବାର ନିର୍ଣ୍ଣୟ ନେଇଥିଲେ।

କେହି ଜଣେ ପଚାରିଲେ "ଏଇ ଆମ କାନପୁରରେ?"

"ହଁ ଆଜ୍ଞା, ଏଇ କାନପୁରରେ। ଏଇଠୁ ମାତ୍ର ୨୦୦ କି.ମି. ପଶ୍ଚିମରେ।"

"ବାଃରେ ବୀର!"

ପୂର୍ବରୁ ବିରୋଧ କରିଥିବା ବ୍ୟକ୍ତି ଜଣକ ପୁଣିଥରେ ମନ୍ତବ୍ୟ ଦେଲେ "ମରିବେ ସ୍ତ୍ରୀ ଲୋକମାନେ ଆଉ ପ୍ରଶଂସା ହେବ ପୁରୁଷର!"

"ଏ ପ୍ରଶଂସକଙ୍କୁ କେହିଜଣେ ବାହାରକୁ ଯିବା ରାସ୍ତା ଦେଖାଅ।" ବ୍ୟକ୍ତିଟି ଲାଜ ପାଇ ଚୁପ୍ ହୋଇଗଲା।

"ଏବେ ଆଉ କହିବିନି। ଆପଣ କୁହନ୍ତୁ।"

"ତେବେ ଗଙ୍ଗାତଟରେ ଚିତା ପ୍ରସ୍ତୁତ କରାଗଲା। ଦୂରଦୂରାନ୍ତରରୁ ଆସି ପ୍ରବଳ ଭିଡ଼ ହେଲା। ଜୟଧ୍ୱନି ପରେ ଜୟଧ୍ୱନି! ସେପଟେ ସତୀମାତା ଅର୍ଥାତ୍ ସେଠ୍‌ଙ୍କ ପତ୍ନୀ ଷୋଳଶୃଙ୍ଗାର କରି ଚିତା ପାଖରେ ପହଞ୍ଚିଲେ, ଭଲଭାବରେ ଦେଖିଲେ... 'ରାମ ନାମ ସତ୍ୟ ହେ'ର ନାରା ଭିତରେ ଉତ୍ସାହିତ ହୋଇ ସେଠ୍‌ଙ୍କ ପତ୍ନୀ ସ୍ୱୟଂ ଚିତାରେ ନିଆଁ ଲଗାଇଦେଲେ, ସ୍ୱୟଂ ହିଁ ପତିଙ୍କ ଲାସ୍‌କୁ କୋଳରେ ଧରି ଚିତା ଉପରେ ବସିଗଲେ। ଚିତା ଜଳି ଉଠିଲା। ସେତେବେଳେ ହେଲା କ'ଣ? ନିଆଁ ଭିତରୁ ଅଧା ଜଳି ପତିର ଶରୀରକୁ ଠେଲି ଦେଇ ଠିଆ ହୋଇଗଲେ। ମାଜିଷ୍ଟ୍ରେଟ୍ ସାହେବ ନିଜେ ସେଠାରେ ତଦାରଖ କରିବାକୁ ଉପସ୍ଥିତ ଥିଲେ। ସେ ଜଣେ ସିପାହୀକୁ ଖୋଲା ତରବାରୀ ଧରେଇ ସେଠାର ଠିଆ କରେଇଥିଲେ ଯେପରି କୌଣସି ବ୍ୟକ୍ତି ସତୀଙ୍କ ଉପରେ ବଳପ୍ରୟୋଗ କରି ନ ପାରନ୍ତି। ସିପାହୀ ଏହାର ବିପରୀତ ଯାଇ ନିଜ ସଂସ୍କାର ଦେଖାଇ ସତୀଙ୍କୁ ହିଁ ତରବାରୀ ଦେଖାଇ ଧମକ୍ ଦେଲା ଏବଂ ତାଙ୍କୁ ଚିତା ଉପରକୁ ଯିବା ପାଇଁ ବାଧ୍ୟ କଲା। କିନ୍ତୁ ସେଠ୍‌ଙ୍କ ପତ୍ନୀ ହୁତୁହୁତୁ ହୋଇ ଜଳୁଥିବା ଚିତା ଉପରକୁ ଯିବେ ବା କେମିତି? ସେ ଯାହା ହେଉ ଟିକେ ସାହସ କରି ପାଦ ଆଗକୁ ବଢ଼େଇଲେ, ନିଆଁରେ ଟିକେ ଜଳିବାକୁ ଆରମ୍ଭ କରିବା ମାତ୍ରେ ସହି ନ ପାରି ଗଙ୍ଗାଙ୍କୁ ଡେଇଁ ପଡ଼ିଲେ। ବର୍ତ୍ତମାନ ସେଠ୍‌ଙ୍କ ଭାଇ ଏବଂ ପରିବାର

ଲୋକେ ଏ ଅଧର୍ମ କାମକୁ ସହନ୍ତେ ବା କିପରି ? ସେମାନେ ସେଠ୍‌ଙ୍କ ପତ୍ନୀଙ୍କୁ ପାଣିରୁ ଉଦ୍ଧାର କଲେ ଏବଂ ପୁଣି ନେଇ ଚିତାରେ ସମର୍ପି ଦେଲେ । କିନ୍ତୁ ସେମାନଙ୍କ ଏ ଇଚ୍ଛା ପୂରଣ ହୋଇପାରିଲାନି । ମାଜିଷ୍ଟ୍ରେଟ୍ ସାହେବ ତାଙ୍କୁ ସେଠୁ ରକ୍ଷା କରି ପାଲିଙ୍କିରେ ବସାଇ ଡାକ୍ତରଖାନା ପଠେଇଦେଲେ ଏବଂ ସିପାହୀକୁ ଗିରଫ କରି ଜେଲ୍‌କୁ ପଠେଇ ଦେଲେ ।

ଜଣେ ବୟସ୍କ ଧାର୍ମିକ ସନ୍ନ୍ୟାସୀ କହିଲେ- "ଆରେ ଏ ! ଏସବୁ ମିଛ ଖବର କୋଉଠୁ ପାଇଲ ?"

ରିପୋର୍ଟ ପଢୁଥିବା ବ୍ୟକ୍ତିଜଣକ କହିଲେ "ଫେନି ପୋକ୍ସ ଏହାଠାରୁ ମଧ୍ୟ ଆହୁରି ଲୋମହର୍ଷକ ସତ୍ୟ ଘଟଣା ସବୁ ନିଜ ପୁସ୍ତକରେ ଉଲ୍ଲେଖ କରିଛନ୍ତି ।"

"ତାହେଲେ ରାଜାରାମମୋହନ ରାୟଙ୍କ ଭାଉଜ ଅଲୋକ ମଞ୍ଜରୀଙ୍କୁ ଦ୍ୱିତୀୟ ଥର ଜଳେଇବା ଘଟଣା ମଧ୍ୟ ସତ ହୋଇଥିବ ।" କେହି ଜଣେ କହିଲା ।

ଧର୍ମ ସଭାରେ ଘୋଷଣା କରାଗଲା ଯେ ସତୀମନ୍ଦିରର ମହତ୍ୱକୁ ପ୍ରତିପାଦିତ କରିବା ପାଇଁ ଏଇ ଦୁଇଟି ଯାକ ଘଟଣାକୁ ଏହି ମଞ୍ଚରେ ପ୍ରସ୍ତୁତ କରାଯିବ । ସଭାର ସମସ୍ତେ ତାଳିମାରି ନିଜର ଖୁସି ବ୍ୟକ୍ତ କଲେ, ସଭା ପୁଣିଥରେ ପୂର୍ବସ୍ଥିତିକୁ ଫେରିଆସିଲା ।

ଧର୍ମାଚାର୍ଯ୍ୟ ମୁଣ୍ଡ ନାଡ଼ି କହିଲେ "ଏବେ ପ୍ରଶ୍ନ ହେଲା, ସେଇ ସେଠ୍‌ଙ୍କ ପତ୍ନୀଙ୍କୁ ସତୀ ରୂପେ ଗଣାଯିବ ନା ନାହିଁ ।"

ଏହାର ପ୍ରତିବାଦରେ ଅନେକ ଲୋକ ଠିଆହୋଇଗଲେ "ଆଦୌ ନୁହେଁ ।"

ଜଣେ ଧର୍ମାଚାର୍ଯ୍ୟ କହିଲେ, "ତାହେଲେ ଆପଣଙ୍କୁ ୯୯ ପ୍ରତିଶତ ସତୀମାନଙ୍କୁ ଖାରଜ କରିବାକୁ ପଡ଼ିବ ଆଉ ଯୋଉ ଜଣେ ଦି-ଜଣ ରହିଲେ ସେମାନଙ୍କ ପାଗଳମାନଙ୍କ ତାଲିକାରେ ରଖିବାକୁ ପଡ଼ିବ ।"

ଅନ୍ୟ ଜଣେ ଧର୍ମାଚାର୍ଯ୍ୟ କହିଲେ "ଏହାର ନିଷ୍ପତ୍ତି ଧର୍ମସଂସଦ କରିବ ।"

"ଏପରି ବିବାଦୀୟ ସତୀମାନଙ୍କର କ'ଣ କରଯିବ ? ମୋ କହିବା କଥା ସେମାନଙ୍କ ନାମରେ ଫଳକ ଲଗାଯିବ ନା ନାହିଁ ?"

ମନ୍ଦିର ନିର୍ମାଣ ପ୍ରଥମତଃ ଏବଂ ସର୍ବଶେଷରେ ଦୁବେର ହିଁ ମାନସପୁତ୍ର ଥିଲା । ଏହି ସମ୍ପୂର୍ଣ୍ଣ ପରିକଳ୍ପନାର ସେ ହିଁ ସାରଥୀ ଥିଲା । ଏବେ ଯେହେତୁ ମନ୍ଦିର ନିର୍ମାଣରେ ବିଳମ୍ବ ହେବାରେ ଲାଗିଥିଲା ଲୋକମାନେ ଧୈର୍ଯ୍ୟହରା ହୋଇପଡୁ ଥିଲେ ।

ଶହଶହ ବୃଦ୍ଧମାନଙ୍କର ଗୋଟିଏ ଅନୁରୋଧ ଥିଲା । "କ'ଣ ମନ୍ଦିର ନ ଦେଖି ହିଁ ମରିଯିବୁ ?"

"ବିଚାରବିମର୍ଷ ଆରମ୍ଭ ହୋଇଗଲା, ଏପରି ମାନସ ମନ୍ଥନ ଯେପରି ପୂର୍ବରୁ କେବେ ହୋଇନଥିଲା।

"ମନ୍ଦିର ଦିନେ, ଦି'ଦିନ ଭିତରେ ତ ହୋଇ ଯିବନି, ବର୍ଷେ - ଦି'ବର୍ଷ ଭିତରେ ବି ନୁହଁ... ବର୍ଷ ବର୍ଷ ଲାଗିଯାଏ ଏବଂ ମନୁଷ୍ୟ ଇଚ୍ଛାର ତ କୌଣସି ସୀମା ନାହିଁ। ତାକୁ ଆଜି ଆଉ ଏବେ ହିଁ ଦରକାର, କାଲିର କି ଭରସା। ଏପରି ମନେ ହେଉଥିଲା ଯେପରି ମନ୍ଦିର ପାଇଁ ଗାଦି ବି ବଦଳିଯିବ। ସେତେବେଳେ ବୈଠକ ବସିବାର ଗତି ମଧ୍ୟ ବଢ଼ିଗଲା। ମତ ପ୍ରକାଶ ପାଇଲା ଯେ ଇତିହାସରେ ଏପରି ବି ପରିସ୍ଥିତି ସୃଷ୍ଟି ହୋଇଛି, ଯେତେବେଳେ ଆବଶ୍ୟକ ଅନୁସାରେ ମନ୍ଦିର ନିର୍ମାଣରେ ପରିବର୍ତ୍ତନ କରିବାକୁ ପଡ଼ିଛି। ଏଲୋରା ଏବଂ ଓଡ଼ିଶାର କିଛି ମନ୍ଦିରର ନିର୍ମାଣ ଏହି ଘଟଣାର ସାକ୍ଷୀ ଅଟେ। ସେଠାରେ ରାଣୀମାନଙ୍କର ଇଚ୍ଛା ଥିଲା ଯେ ସେମାନେ ମନ୍ଦିରର ଦଧିନଉତି ଦେଖିକି ହିଁ ମରିବେ। ପିଲାଙ୍କ ଜିଦ୍, ରାଜାଙ୍କ ଜିଦ୍ ଏବଂ ସ୍ତ୍ରୀମାନଙ୍କ ଜିଦ୍। ଏବେ ଆପଣମାନେ ଜାଣିପାରୁଥିବେ ଯେ ଏସବୁ ଜିଦ୍‌ମାନଙ୍କର ତତ୍କାଳ ସମାଧାନ ଖୋଜିବାକୁ ପଡ଼ିଥାଏ। ତେଣୁ କାରିଗରମାନେ ଖୋଜିନେଲେ।" ଜଣେ ଯୁବସନ୍ନ୍ୟାସୀ କହିଲେ।

"କେମିତି ?"

"ବୁଝ, କେମିତି ?"

ପ୍ରଶ୍ନକର୍ତ୍ତା ହାରିଯିବାରୁ ବୁଝାଳୀଟି ବୁଝେଇବାକୁ ଲାଗିଲା ଯେ ପାହାଡ଼ ଶିଖର କାଟିବାଠାରୁ ମନ୍ଦିର କାମ ଆରମ୍ଭ ହେଲା। ମାନେ ପ୍ରଥମେ ଦଧିନଉତି, ତା ପରେ ତଳ ଅଂଶ ଏବଂ ଶେଷରେ ଗର୍ଭଗୃହ ! ଲୋକମାନେ ଆବାକାବା ହୋଇ ଚାହିଁ ରହିଲେ।

"ଏମିତି !"

"ଆରେ, ଯାଇ ଦେଖିକି ଆସ। ଯାହା ନ ଦେଖିବ ଦୁଇ ନୟନେ...।"

ଦୁବେ କହିଲା "ଡୋଣ୍ଟ ୱରି, କୌଣସି ବି ଭକ୍ତ ପୁଣ୍ୟଲାଭରୁ ବଞ୍ଚିତ ହେବେ ନାହିଁ।"

ମାଟି ପରୀକ୍ଷାର ରିପୋର୍ଟ ଆସିଗଲା। ତା ଅନୁସାରେ ଜମି ପ୍ରସ୍ତୁତ କରିବା, ଗଚ୍ଛିତ ଫସଲ, ବୃକ୍ଷରୋପଣ ଏବଂ ଆଉ କିଛି ଯୋଜନା ଆଦି ନେଇ ଲାଲ ସାହେବଙ୍କ ପାଖକୁ ଯିବା ବେଳକୁ ଉତ୍ସାହରେ ଖୁସିରେ ମୋ ପାଦ ତଳେ ଲାଗୁ ନ ଥାଏ। କିନ୍ତୁ ଏ କ'ଣ ? ଲାଲ ସାହେବ ସେ ଆଡ଼କୁ ଚାହିଁଲେନି ମଧ୍ୟ, "ଏବେ ଏସବୁକୁ ରଖ। ପାର୍ଟିର ହଜାରେ କାମ ଅଛି- ପ୍ରଥମେ ସେସବୁର ଆୟୋଜନ ଦେଖ। ଆମ ଖାନଦାନର

ପ୍ରତିଷ୍ଠାର ପ୍ରଶ୍ନ।" ଏବଂ ମୁଁ ଦିନରାତି ନେଇ ଥରେ ଜୁଟିଗଲି। ଦେଖିଲି ସେପଟେ ପିଲାମାନେ ମଧ୍ୟ ବେଳେବେଳେ କୋଠିକୁ ଚାଲି ଆସୁଛନ୍ତି, ଲାଲ ସାହେବଙ୍କ ଲାଲ ଗାଡ଼ି 'ବାହାର ଘର' ଆଗରେ ଠିଆ ହୋଇଥିବାର ଦେଖିବାକୁ ମିଳେ। ଏସବୁ କ'ଣ ହେଉଛି ମୁଁ କିଛି ବି ବୁଝିପାରୁ ନ ଥିଲି।

କେଜାଣି କେତେ ବର୍ଷ ପରେ କୋଠିକୁ ସଫାସୁତୁରା ରଙ୍ଗଦେବା ଆଦି କାମ ହେଲା। ଲୋକମାନଙ୍କର ଶହଶହ ଗଛ କାଟିବାକୁ ପଡ଼ିଲା। ବାଉଁଶବଣ ସବୁ ପୂରା ସଫା ହେଇଗଲା। ବନ୍ଧୁକଧାରୀମାନଙ୍କ ଭୟରେ କେହି ପଦେ ପାଟି ବି ଫିଟେଇଲେନି ଏବଂ ନୂଆ ରାଣୀ ସାହେବଙ୍କ ଅଭିଷେକ ଉତ୍ସବରେ... କୋଡ଼ିଏ ସରିକି ଜେନେରେଟର ଘୁଁ-ଘୁଁ ହେଉଥିଲେ। ଲିଟୁ ଲାଇଟ୍‌ମାଳାରେ ସଜା ଝାଲେରୀ, ଆଖି ଝଲସା ଆଲୁଅ ଏବଂ ଅପୂର୍ବ ସାଜସଜ୍ଜାରେ ସଜେଇ ହୋଇ କୋଠିଟି ନିଜର ନବବଧୂର ଆଗମନ ପାଇଁ ପ୍ରସ୍ତୁତ ଥିଲା। କେବଳ ଗାଡ଼ି ଓ ଗାଡ଼ି...। ରାଜା ରାଜୁଡ଼ା, ମନ୍ତ୍ରୀ, ଅଫିସର, ଜମିଦାର, ସେଠ୍, ଠିକାଦାର... ଆଦି ସମସ୍ତେ। ଆଶ୍ଚର୍ଯ୍ୟର କଥା ତ ଏଆ ଯେ ରାଜେନ୍ଦ୍ର, ବିଜୟେନ୍ଦ୍ର ଏବଂ ଦୁର୍ଗାବତୀ ମଧ୍ୟ ଯୋଗ ଦେଇଥିଲେ। ଅନୁପସ୍ଥିତ ଯଦି ଥିଲେ... କେବଳ ଜଣେ ବ୍ୟକ୍ତି - ରାଣୀ ସାହେବା। ଲାଲ ସାହେବ ନିଜେ ଯାଇଥିଲେ ତାଙ୍କୁ ଆଣିବା ପାଇଁ, କିନ୍ତୁ ଅସଫଳ ହେଲେ। ଶେଷରେ ସେ ମୋତେ ପଠେଇଲେ- "ତାଙ୍କୁ କହିବ ଯେ, ଲୋକ ଦେଖାଣିଆ ଭାବେ ହେଉପଛେ ଥରୁଟେ ଆସନ୍ତୁ। ସମ୍ମାନ ପ୍ରତିଷ୍ଠାର ପ୍ରଶ୍ନ।"

ମୁଁ ଜିପ୍ ନେଇ ଯାଇ ପହଞ୍ଚି ଦେଖେ ତ କଳା ଅନ୍ଧାରରେ ନିଜର ସୂତାଶାଢ଼ୀଟେ ପିନ୍ଧି ସେ ସାଧ୍ୱୀଟିଏ ପରି ଠିଆ ହୋଇଛନ୍ତି।

"ରାଣୀ ସାହେବା !"

"କିଛି ବି କୁହନି।"

ମୁଁ ଚୁପ୍ ହୋଇଗଲି। ହଠାତ୍ ମୋତେ ଲାଗିଲା ଝରଣାଟେ ପରି ଅନ୍ଧାର ଭିତରେ କେହି ଜଣେ ଝରଝର ହୋଇ କାନ୍ଦି ପକାଇଲା "ମୁଁ ଭାବିଥିଲି ଲାଲ ସାହେବ ନ ମାନନ୍ତୁ ପଛେ, ପିଲାମାନେ ତ ମୋ ନିଜ ରକ୍ତର, କିନ୍ତୁ ସେମାନେ ମଧ୍ୟ... ଜଣେ ଜଣେ କରି ସମସ୍ତେ ଚାଲିଗଲେ ବାପ ସହ, ସତେ ଯେପରି ମୁଁ ସେମାନଙ୍କୁ ଜନ୍ମ ହିଁ କରି ନ ଥିଲି।" ଦେଖୁ ଦେଖୁ ତାଙ୍କ ସ୍ୱର ପୁଣି ବଦଳିଗଲା-

"ତୁମେ ତ ମୋର ବିଶ୍ୱସ୍ତ ?"

"ଆଜ୍ଞା ରାଣୀ ସାହେବା !"

"ଗୁଳି ମାରିପାରିବ ?"

"ଆରେ ବାପ୍‌ରେ!... କାହାକୁ...?"

"ମୁଁ ଯାହାକୁ କହିବି।"

"ଆପଣଙ୍କର କ'ଣ ହୋଇଛି ରାଣୀସାହେବା? ସମ୍ଭାଳନ୍ତୁ ନିଜକୁ।"

କିଛି ସମୟ ପାଇଁ ଆମେ ଦୁହେଁ କୋଠରିର ଅନ୍ଧାର ଭିତରେ କୋଠିର ଆଲୋକ ଓ ଆତସବାଜିର ଝଲକ୍ ଦେଖୁଥାଉ। ସେଠି କେତେ ଆଲୋକ... ଆଉ ଏଠି କେତେ ଅନ୍ଧକାର!

"ହାରିଗଲି। ସମ୍ପୂର୍ଣ୍ଣ ଭାବେ!" ସେ ପୁଣି ଧକେଇ ହେବାକୁ ଲାଗିଲେ "ସମସ୍ତେ ଚାଲିଗଲେ, ସମସ୍ତେ, ଯେଉଁମାନେ ମୋ ନିଜର ଥିଲେ, ଯେଉଁମାନଙ୍କ ପାଇଁ ମୁଁ ଗର୍ବ କରୁଥିଲି। ଦେଖ, ତୁମେ ବି ମୋତେ ଛାଡ଼ି ଚାଲି ଯିବନି।"

ମୁଁ ନରମ ସ୍ୱରରେ ପଚାରିଲି "ଡାକ୍ତର ଡାକିବି?"

"ଡାକ୍ତର? ମୋତେ ଯେଉଁ ରୋଗ ହୋଇଛି ତା'ର ଔଷଧ କୌଣସି ଡାକ୍ତର ପାଖରେ ନାହିଁ।"

ମୋ ହୃଦୟ ତାଙ୍କ ପ୍ରତି କରୁଣାରେ ଭରିଗଲା ଆଉ ମୁଁ ଝରଝର ହୋଇ କାନ୍ଦିବାକୁ ଲାଗିଲି।

"ତୁମେ କାହିଁକି କାନ୍ଦୁଛ? ତୁମେ ମୋର କ'ଣ ହୁଅ! ଯାଅ, ଜିପ୍ ନେଇ ଫେରିଯାଅ। ନହେଲେ ଲାଲ ସାହେବ ବିରକ୍ତ ହେବେ। ମୁଁ ଯିବି ନାହିଁ।"

ଏବଂ... ସେହି ଶେଷ ଦିନ!

ସେଦିନ କୋର୍ଟରେ ରାଣୀ ସାହେବାଙ୍କ ହାଜିର ହେବାର ଥିଲା। ଏପଟେ ଖବରକାଗଜଗୁଡ଼ିକରେ ତାଙ୍କ ସପକ୍ଷରେ ଅନେକ ଖବର ପ୍ରକାଶ ପାଇଥିଲା। ଆଜି ପର୍ଯ୍ୟନ୍ତ ଖଣ୍ଡାଧାରରେ ଚାଲି ଆସୁଥିଲି, ଆଉ ଗୋଟିଏ ଦିନ କେମିତି ସମ୍ଭାଳି ନିଏ, ସାବିତ୍ରୀ କୁଅଁର କାହାଣୀକୁ କିଛି ଗୋଟାଏ କୂଳରେ ଲଗାଇ ଦିଏ। ବାସ୍... ତା'ପରେ କୋଠିକୁ ସବୁଦିନ ପାଇଁ ମୁଣ୍ଡିଆମାରି ଚାଲିଯିବି। ଭାଗ୍ୟ ଭଲ, ବାହାର ଘର ଯାଏଁ କାହା ସହିତ ବି ଭେଟ ହେଲାନି।

ରାଣୀ ସାହେବାଙ୍କ କୋଠରି ଭିତରୁ ବନ୍ଦ ଥିଲା।

"ରାଣୀ ସାହେବା! ରାଣୀ ସାହେବା!" ମୁଁ ବାହାରୁ ଡାକ ଦେଲି।

"ଅପେକ୍ଷା କର।"

"ଅପେକ୍ଷା କରିବାକୁ ସମୟ ନାହିଁ। ମନେ ଅଛି ତ... କୋର୍ଟରେ ଆଜି ଆପଣଙ୍କର ବୟାନ ଅଛି। କେଶ୍‌ରେ ଜିତିବା ପାଇଁ ଆପଣଙ୍କ ବୟାନ ବହୁତ ଜରୁରୀ ଅଟେ।"

"କି ବୟାନ? କ'ଣ ଜିତିବି? ମୁଁ ମକଦ୍ଦମା ଉଠେଇ ଆଣିଛି।"

"ଆରେ!" ମୁଁ ଯେପରି ଆକାଶରୁ ଖସି ପଡ଼ିଲି।

କେଁ କରି କବାଟ ଖୋଲିଲା। ଦୁଆର ପାଖ ଫ୍ରେମ୍‌ରେ ବନ୍ଧା ହୋଇଥିବା ମୁଣ୍ଡରୁ ପାଦଯାଏଁ ବସ୍ତ୍ର ଆଭୂଷଣରେ ସଜେଇ ହୋଇଥିବା ହଜାର ବର୍ଷ ପୁରୁଣା ରାଣୀଙ୍କ ସେ ଛବି।

ସେ ଫ୍ରେମ୍‌ରୁ ବାହାରକୁ ଆସିଲେ "ଦେଖ, ମୁଁ ଷୋଳଶୃଙ୍ଗାର କରିଛି... କ'ଣ ମୁଁ ସୁନ୍ଦର ନୁହେଁ?"

ସେହି ଶାଶ୍ୱତ ପ୍ରଶ୍ନ, ଯାହା କେବେ ଶୁଆକୁ, କେବେ ଅନ୍ୟ କୌଣସି ନିରୀହ ପ୍ରାଣୀକୁ ଆଜି ପର୍ଯ୍ୟନ୍ତ ପଚରା ଯାଉଥିଲା।

"ଆପଣ ବହୁତ ସୁନ୍ଦର ରାଣୀ ସାହେବା।"

"ସେ ଚଣ୍ଡାଳୀଠୁଁ ବି?"

"ହଁ"

"ସେ ବୁର୍ଜର ସ୍ତ୍ରୀଠୁ ବି?"

"ମିଛ!" ହଠାତ୍ ତାଙ୍କ ମୁଖମଣ୍ଡଳର ରଙ୍ଗ ବଦଳିଗଲା- "ସମସ୍ତେ ମୋତେ ମିଛ କହନ୍ତି- ଦେବତା-ପିତାମାତା, ଜୀବିତ-ମୃତ, ମଣିଷ-ପଶୁ ସମସ୍ତେ।" ସେ ଏତେ ଜୋର୍‌ରେ ଚିତ୍କାର କଲେ ଯେ ମୁଁ ଛାନିଆ ହୋଇଗଲି, ତା ପରେ ସେ ଛମ୍‌ଛମ୍ କରି ଚାଲି ଆସିଲେ ମୋ ପାଖକୁ, "ଜୀବନରେ ମୁଁ ଦୁଇଥର ହାରିଛି - ଥରେ ସେ ନୀଚ ଜାତିର ଇତର ସ୍ତ୍ରୀ ଲୋକଠାରୁ ଯିଏ କୂଳଦେବୀ ସାଜି ମୋତେ ତାକୁ ପୂଜା କରେଇଲା, ଆଉ ଦ୍ୱିତୀୟ ଥର ଏହି ବଜାରର ନାଚବାଲୀ ଡଲି ଠାରୁ... ଯିଏ ମୋତେ ଜିଁ ଥାଉ ଥାଉ ପରିତ୍ୟକ୍ତା କରିଦେଲା। ମୋ ପାଖରେ ଆଉ ରହିଲା କ'ଣ?"

"ଆଜି ନିଶ୍ଚୟ ଜୀଅନ୍ତା ସତୀ ହୋଇଯିବି ନହେଲେ ସେ ଛିଣ୍ଡାଳୀ।" ସେ ଆଗେଇଆସି ମୋ ହାତକୁ ଧରିନେଲେ, "ରାଜା ଯଦି ରକ୍ଷିତା ରଖିପାରିବ ତାହେଲେ ରାଣୀ କାହିଁକି ନୁହଁ?"

"ନାଁ... ନାଁ... ରାଣୀସାହେବା, ନାଁ!"

ସେ ପାଦେ ପାଦେ ଆଗକୁ ବଢ଼ି ଆସୁଥିଲେ, ଆଉ ମୁଁ ପାଦେ ପାଦେ ପଛକୁ ଘୁଞ୍ଚି ଚାଲିଥିଲି। ହଠାତ୍ ସେ ରହିଗଲେ ଆଉ ଖିଲିଖିଲି ହୋଇ ଜୋର୍‌ରେ ହସିବାକୁ ଲାଗିଲେ। ଏତେ ଜୋର୍‌ରେ ହସିଲେ ଯେ ବହୁ କଷ୍ଟରେ ହସ ରୋକି କହିଲେ- "ମୁଁ ତୁମକୁ କୌଣସି ଉଚ୍ଚ ବଂଶର ବୋଲି ଭାବିଥିଲି, କିନ୍ତୁ ତୁମେ ତ...।"

ମନେ ହେଉଥିଲା ରାଣୀସାହେବାଙ୍କ କରୁଣ ଡାକ ଦେବତାମାନେ ଶୁଣି

ପାରିଲେ। ଡଲିର ଲାଲ କାର୍ ସାରା କଣ୍ଟାରେ ଆତଙ୍କ ଖେଳାଇ ଧୂଳି ଉଡ଼ାଇ ସତୀ ମନ୍ଦିରର ଧର୍ମସଭା ପାଖରେ ଆସି ରହିଲା। ସତନ୍ତ ଗେରୁଆ ବସ୍ତ୍ର ପିନ୍ଧିଥିଲା, ବେକରେ ରୁଦ୍ରାକ୍ଷ, ହାତରେ ରୁଦ୍ରାକ୍ଷ... ଦୁଧ ଧଳା ରଙ୍ଗର ଗୋରା ଶରୀରରେ ଗେରୁଆ... ସେ ଅଙ୍ଗାର ପରି ଜଳି ଉଠୁଥିଲା। କାର୍‌ରୁ ଓହ୍ଲେଇବା ବେଳକୁ ଡଲି ଏକ ସାକ୍ଷାତ୍ ଶାପଗ୍ରସ୍ତା ଅପ୍‌ସରୀ ପରି ଲାଗୁଥିଲା।

ଧର୍ମସଭାରେ ସେ ସମୟରେ ରାଜା ରାମମୋହନଙ୍କ ନାଟକ ଚାଲିଥାଏ। କାହାଣୀଟିକୁ ପ୍ରଥମରୁ ହିଁ କାଟଛାଣ୍ଟ କରି ଉପଯୁକ୍ତ କରି ଦିଆଯାଇଥିଲା, ଯେପରିକି ତାହା ସତୀତ୍ୱ ବା ପରମ୍ପରାର ମହିମା ଆଡ଼କୁ ଲୋକଙ୍କ ଧ୍ୟାନ ଆକର୍ଷିତ କରିପାରିବ। ଡଲି ଆସିବା ମାତ୍ରେ ହିଁ ନାଟକ ସ୍ଥଗିତ ରହିଲା, ଲାଲ ସାହେବ ତାକୁ ନେଇଯାଇ ବିଦେଶୀ ଅତିଥିମାନଙ୍କ ଗହଣରେ ବସାଇଲେ। ନାଟକ ପୁଣିଥରେ ଆରମ୍ଭ ହେଲା। ମଞ୍ଚ ଉପରେ କୌଣସି ଧର୍ମପରାୟଣା ବିଧବା ସ୍ତ୍ରୀର ପତିସହ ସମମରଣର ଦୃଶ୍ୟ ଅଭିନୀତ ହେଉଥାଏ। ସମଗ୍ର ବାତାବରଣ ଧାର୍ମିକ ଧାର୍ମିକ ଲାଗୁଥାଏ, ଉପରୁ ଦେବଗଣ ପୁଷ୍ପବୃଷ୍ଟି କରୁଥାନ୍ତି।

ଅଜୟଗଡ଼ର ଭାବୀ ଅଧିଶ୍ୱରୀ ଦି'ପାଖରେ ବସିଥିବା ସ୍ତ୍ରୀଲୋକମାନଙ୍କ ଠାରୁ ନାଟକର ବିଷୟବସ୍ତୁ ପଚାରି ବୁଝିଲେ। କିଛି ସମୟ ଯାଏ ଦେଖିବାକୁ ଲାଗିଲେ। ସେ ଆସିଥିଲେ ରତନପଚିର ଆକର୍ଷଣରେ ଅଜୟଗଡ଼ର ଅଧିଶ୍ୱରୀ ହେବାପାଇଁ, ଶାସନ ଉପରେ କବ୍‌ଜା କରିବା ପାଇଁ, ସେ ଜାଣି ନ ଥିଲେ ଯେ ଯଦି କୌଣସି କାରଣରୁ ଲାଲ ସାହେବଙ୍କ ମୃତ୍ୟୁ ହୋଇଯାଏ, ଯାହା କେବେ ନା କେବେ ତ ଅବଶ୍ୟ ଘଟିବ, ତେବେ ତାଙ୍କୁ ମଧ୍ୟ ଲାଲ ସାହେବଙ୍କ ସହ ସହମରଣରେ ଜୀଅନ୍ତା ଜଳିବାକୁ ପଡ଼ିବ। ସତୀକୁ ମହିମାମଣ୍ଡିତ କରୁଥିବା ଏହି ପୂରା ଉତ୍ସବ ଏପରି ଏକ ରାଣୀକୁ ଜଳେଇଥିବାର ଆୟୋଜନ ଅଟେ।

କିଛି ସମୟ ଯାଏଁ ସେ ସେଠି ବସିବସି ଝୁଲିବାକୁ ଲାଗିଲା। ଲାଲ ସାହେବ ତା ପାଇଁ କିଛି ପିଇବା ପାଇଁ ପଠାଉଥିଲେ। ଲୋକମାନେ ଭାବିଲେ କୁଳଦେବୀ ଅବା ସତୀମାତା ସବାର ହେଉଛନ୍ତି ବୋଧେ, ଏତେବେଳେ ହଠାତ୍ ସେ କଟା ହେବାକୁ ଯାଉଥିବା କୁକୁଡ଼ା ପରି ଚିଲ୍ଲେଇ ଠିଆ ହୋଇପଡ଼ିଲା - "ଓଃ! ନୋ!"

"କ'ଣ ହେଲା? କ'ଣ ହେଲା?" ଲୋକମାନେ ଉଠି ଠିଆ ହୋଇଗଲେ। ଲାଲ ସାହେବ ନିଜେ ଧାଇଁଗଲେ, କିନ୍ତୁ କୌଣସି ପ୍ରକାରେ ବି ତାକୁ ସମ୍ଭାଳି ହେଲାନି। ଯାଉ-ଯାଉ ଅଟକି ଯାଇ ସେ ଜୋତା ପିନ୍ଧି ହିଁ ମଣ୍ଡ ଉପରକୁ ଚାଲିଗଲା, ଜୋତା ପିନ୍ଧା ପାଦରେ ହିଁ ମଣ୍ଡପକୁ ଦୁଇ ଚାରି ଗୋଇଠା ମାରିଲା ଓ ଠିଆ ହୋଇ ରହିଲା।

"ଆସ ଆସ, ନାଟକ ସୃଷ୍ଟି କରନି।" ସମସ୍ତେ ତାଙ୍କୁ ଶାନ୍ତ କରିବା ପାଇଁ ଚେଷ୍ଟା କଲେ, ସେ କିନ୍ତୁ କୌଣସି ପ୍ରକାର ବୁଝିବା କଥା ଶୁଣିବାର ସୀମା ପାର ହୋଇ ସାରିଥିଲା, କେହି ଜଣେ ବିରକ୍ତ ହୋଇ କହିଲା- "ତୁମକୁ କ୍ଷମା ମାଗିବା ଉଚିତ।" ସେ ଚିତ୍କାର କରୁଥିଲା, ପାଟି କରୁଥିଲା, ରୁଦ୍ରାକ୍ଷକୁ ଛିଣ୍ଡେଇ ଗୋଟିଗୋଟି କରି ଫିଙ୍ଗି ଚାଲିଥିଲା- "କ୍ଷମା! ମାୟ ଫୁଟ୍!"

ସେ ଏବେ ସୁଦ୍ଧା 'କ୍ରୂର... ନିଷ୍ଠୁର' ବୋଲି ପାଟି କରି ଚାଲିଥାଏ।

ରାୟସାହେବ ଲାଲସାହେବଙ୍କୁ ଡାକି କହିଲେ "ତୁମର ଏ ଲୈଲାକୁ ତୁରନ୍ତ ଏଠୁ ବିଦାକର ନ ହେଲେ ମୁଁ ଗୁଳି ମାରିଦେବି।"

ଲୋକମାନେ ଆଶ୍ଚର୍ଯ୍ୟ ହୋଇ ପରସ୍ପରକୁ ଜାଣିବାକୁ ଚେଷ୍ଟା କରୁଥିଲେ ଯେ, ସେ ମେମ୍ ଜଣକ କିଏ ଓ ଏ ହଙ୍ଗାମା କାହିଁକି?

ଏଇଭଳି ଭାବେ ଆଉ ଜଣଙ୍କ କବଳରୁ କଣ୍ଠାନିବାସୀ ମୁକ୍ତ ହେଲେ। ପ୍ରଥମେ ସେ ପାଗଳ ହାତୀ ଜୟନ୍ତୀ ଏବଂ ଦ୍ୱିତୀୟରେ ଏଇ ପାଗଳ ଡଲି।

ବିଜୟିନୀ ହେଲେ ଲାଲସାହେବଙ୍କ ରାଣୀ ସାହେବା, ତାଙ୍କ ପ୍ରଶଂସାରେ ସଭିଏଁ ଶତମୁଖ। 'ଖାଣ୍ଟି ପତିବ୍ରତା, ନହେଲେ କ'ଣ ସେ ଗୋରୀ ମେମ୍‌କୁ ହରେଇ ପାରିଥାନ୍ତେ!'

ପ୍ରଶଂସାରେ କୃତ୍ୟକୃତ୍ୟ ରାଣୀସାହେବା ଏସବୁ 'ସତୀମାତାଙ୍କ କୃପା' ବୋଲି କହୁଥାନ୍ତି।

ଧର୍ମଗୁରୁ ଲାଲସାହେବଙ୍କୁ ବୁଝାଉ ଥିଲେ "ରାଣୀ କହୁଛନ୍ତି - ଏସବୁ ସତୀ ମାତାଙ୍କ କୃପା ଯେ ତୁମେ ସେ ବିଷକନ୍ୟା କବଳରୁ ବଞ୍ଚିଗଲ।"

ପୁଣି ଟିକେ ଗୋଟେ ପାଖକୁ ଡାକିନେଇ କହିଲେ "ଧୈର୍ଯ୍ୟ ଧର ଲାଲ ସାହେବ! ଧୈର୍ଯ୍ୟ ଧର! ସତୀଙ୍କ କୃପା ହେଲେ ସେ ହଜିଯାଇଥିବା ହୀରା ଯେ ଖାଲି ଫେରିଆସିବ ତା ନୁହଁ ଏକକୁ ଆରେକ ବଳି ସର୍ବାଙ୍ଗ ସୁନ୍ଦରୀ ମଧ୍ୟ।"

ସେପଟେ ମୋ ଜିପ୍‌ରେ ଡଲିର ଜିନିଷପତ୍ର ଯେମିତି ସେମିତି ରଖାଗଲା ଓ ଡଲିକୁ ନେଇ ମୁଁ ବାହାରିଲି ସତନା ଆଡ଼କୁ, ଟ୍ରେନ୍ ଚଢ଼ାଇବା ପାଇଁ। ଲାଲ ସାହେବ ଆସିବାକୁ ବାହାରିବାରୁ ରାୟ ସାହେବ ହାତ ଧରି ଅଟକାଇ ଦେଲେ। ରାସ୍ତା ସାରା ସେ ଧକେଇ ହୋଇ ମନକୁ ମନ କ'ଣ ସବୁ କହିଚାଲିଥିଲା ଆଉ ତା ମେକ୍‌ଅପ୍ ଠିକ୍ କରି ଚାଲିଥିଲା। ମୋ ସହ ସେ କେବଳ ପଦେ ଦି'ପଦ ହିଁ କଥା ହେଲା, ଯେମିତିକି ମୁଁ କିଏ, ଲାଲ ସାହେବଙ୍କ କେତେଜଣ ରାଣୀ ଅଛନ୍ତି ଆଉ କ'ଣ ଏହା ସତ ଯେ ଏଇ ଜାଗା ରତ୍ନ ପଥରର ସ୍ଥାନ, ଲୋକମାନେ ରତ୍ନ ପାଇଛନ୍ତି? ଦେଖିଲେ ତ ସେମିତି

ମନେ ହୁଏନି ଏବଂ କୌଣସି ଗରିବକୁ ଏଇ ଜାଗାରୁ ହୀରା ମିଳିଛି ଯାହାର ମୂଲ୍ୟ କୋଟିଏରୁ ଅଧିକ! କ'ଣ ସ୍ୱାମୀ ମରିଯିବା ପରେ ସ୍ତ୍ରୀକୁ ସେଇ ଚିତାରେ ଜଳେଇ ଦିଆଯାଏ ?

ପ୍ରଥମ ଶ୍ରେଣୀର ପ୍ରତୀକ୍ଷାଳୟରେ ପ୍ରଥମ ଶ୍ରେଣୀର ଏହି ଯାତ୍ରୀ ସହ ରାତ୍ରୀ ବିତି ଚାଲିଲା। ମୁଁ କଣେଇ କଣେଇ ଚୋର ପରି ଅନେକ ଥର ତା ବକ୍ଷକୁ ଦେଖିବାକୁ ଚାହିଁଲି, ଯାହାର ଆକର୍ଷଣରେ ଲାଲ ସାହେବ ପାଗଳ ହୋଇଯାଇଛନ୍ତି ଏବଂ ଯାହାର ସୌନ୍ଦର୍ଯ୍ୟ ବର୍ଣ୍ଣନ କରିବାର ଅପରାଧରେ ଅବଧୁକୁ ବବୁରୀ ଗଛର ଡାଳରେ ମାଡ଼ ପୁରସ୍କାର ରୂପେ ମିଳିଲା... କିନ୍ତୁ ନାଁ... ମୋ ଭାଗ୍ୟରେ ନ ଥିଲା। ବହୁ କଷ୍ଟରେ ସକାଳର ଗୋଟେ ଟ୍ରେନ୍‌ରେ ଫାଷ୍ଟ ଏ.ସି.ରେ ବିଦା କଲି ଓ ଶାନ୍ତିରେ ନିଃଶ୍ୱାସ ମାରିଲି। ଦେହହାତ ଘାରି ଯାଇଥାଏ। ଭଲ ହେଲା ଯେ ମଝି ମଝିରେ ଟିକେ ଆଖିପତା ପକେଇ ଦେଉଥିଲି, ନ ହେଲେ ଦେହର ଯେ କି ଅବସ୍ଥା ହେଇଥାନ୍ତା। ସକାଳର ତାଜା ଥଣ୍ଡା ପବନ ବହୁତ ଆରାମ ଦେଉଥାଏ। କୋଉ ଅଶୁଭ ଜାଗାରେ ଆଣି ଫସେଇଦେଲା ଦୁବେ! ରତ୍ନ ଦେଶରେ! ବହୁତ ରତ୍ନ ସାଉଁଟିଲି ରତନା ପଛିରେ!

ଦୁଇ ଘଣ୍ଟା ପରେ ମୋତେ ଲାଗିଲା- ମୁଁ ବାଟ ଭୁଲି ଯେପରି ଭୁଲ ରାସ୍ତାରେ ଯାଉଛି, ପ୍ରଥମେ ପଟ୍ରୋଲ ପମ୍ପ୍ ପାଖରେ ରହିଲି, ଜାଣିବାକୁ ପାଇଲି ଏଇଟା ନାରାୟଣପୁର ଆଉ ଏ ସଡ଼କ ବାନ୍ଦା ଆଡ଼କୁ ଯାଉଛି କଣ୍ଠାକୁ ନୁହଁ। ହାୟ! ଚାଲ... ପୁଣି ପଛକୁ ଫେର, ମୁଁ ଜିପ୍ ପଛକୁ ନେଉଛି କିଛି ସ୍ତ୍ରୀ ଲୋକ ଆସି ଘେରିଗଲେ, ସେମାନେ ସବୁ ଯୁବତୀଠୁ ନେଇ ପୌଢ଼ ବୟସର ଥିଲେ। ଅନୁରୋଧ କରୁଥିଲେ- ଭାଇ, ଆମକୁ ନେଇ ଶାହାବାଜପୁରରେ ଛାଡ଼ିଦିଅ... ଧର୍ମ ହେବ।

"ବସ୍ କିଛି ନାହିଁ ?"

"ସବୁ ଯାକ ଭର୍ତ୍ତି, ଟିକେ ବି ଜାଗା ନାହିଁ, ନ ହେଲେ ଆମେ ଆପଣଙ୍କୁ ନେହୁରା ହେଇଥାନ୍ତୁ!"

"ଶାହବାଜପୁର କେଉଁଠି ? ମୁଁ ମୋତେ ଜଣା ନାହିଁ।"

"ପେଟ୍ରୋଲ ପମ୍ପବାଲା କହିଦେବ।"

ପଚାରି ବୁଝିଲି- ଏଇଠୁ ସିଧା ଗଲେ ତିରିଶ-ପଇଁଚାଳିଶ କି.ମି. ବାଟ।

"ତୁମମାନଙ୍କୁ ଶାହବାଜପୁର ଯିବା ନିହାତି ଦରକାର ?"

"ହଁ, ଜୀବନରେ କେବେ କେମିତି ତ ଏପରି ପୁଣ୍ୟକାମ କରିବାକୁ ପ୍ରଭୁ ସୁଯୋଗ ଦିଅନ୍ତି।"

"କିନ୍ତୁ ସେଠି କ'ଣ ଅଛି ?"

"ତୁମକୁ ଜଣା ନାହିଁ ? ଆରେ, ସେଠି ଜଣେ ସ୍ତ୍ରୀ ଲୋକ ଆଜି ସତୀ ହେଉଛି ।"

ମୁଁ ଚମକି ପଡ଼ିଲି, "ପୁଣି ସତୀ... ?" ମୋ ପାଦତଳୁ ମାଟି ଖସିଗଲା । "ଚାଲ ସବୁ" ।

ସେମାନେ ସମସ୍ତେ ମିଶି ଛ'ଜଣ ଥିଲେ - ଠେଲି ପେଲି ହୋଇ କୌଣସି ମତେ ଗାଡ଼ି ଭିତରେ ଧରି ଗଲେ । ରାସ୍ତା ସାରା ସେମାନେ ଯାଦବ ପରିବାରର ସେହି ମହିଳା ବିଷୟରେ କହି ଚାଲିଥିଲେ, ଯାହାର ସ୍ୱାମୀ ଗତକାଲି ମୃତ୍ୟୁବରଣ କରିଥିଲା ଏବଂ ଆଜି ସେ ସତୀ ହେବାକୁ ଯାଉଥିଲା ।

ଆଗରେ ରାସ୍ତା ଉପରେ ଏକ ବିରାଟକାୟ ଅଜଗର ଶୋଇ ରହିଥିଲା, କିନ୍ତୁ ସେଠାରେ ଦେଖଣାହାରୀ କେହି ଜଣେ ହେଲେ ନ ଥିଲେ । ତା'ଠାରୁ ବଡ଼ ଘଟଣା ସେମାନଙ୍କୁ ଟାଣି ନେଉଥିଲା... ଜଣେ ସ୍ତ୍ରୀ ଲୋକର ସତୀ ହେବା ଘଟଣା; ଯେଉଁଠିକୁ ଚାରିଆଡୁ ଦେଖଣାହାରୀ ବା ଧାର୍ମିକମାନେ ପାଦରେ ଚାଲିଚାଲି ଅବା ଗାଡ଼ି ଘୋଡ଼ାରେ ଧାଇଁ ଆସୁଥିଲେ ।

ଜିପ୍ ଟିକେ ଦୂରରେ ଠିଆ କରେଇଲି । ସ୍ତ୍ରୀ ଲୋକମାନେ ତରବର ହୋଇ ଓହ୍ଲାଇଗଲେ । ଟିକେ ଦୂରରୁ ଲୋକମାନଙ୍କ ଭିଡ଼ ଦେଖାଯାଉଥିଲେ । ପାଖରେ ପହଞ୍ଚିବା ମାତ୍ରେ ଚିତାର ନିଆଁ ଧାସ ଦେଖାଗଲା । ଏବେ ଲୋକମାନେ ଫେରି ଆସୁଥିଲେ । ପଚାରିବାରୁ ଜଣାଗଲା ଯେ, ଯାଦବ ମହାଶୟଙ୍କ ଚିତା ତ ଜଳିଲା କିନ୍ତୁ ତାଙ୍କ ବିଧବା ପତ୍ନୀଙ୍କ ସହମରଣ ବା ସତୀ ହେବା ସମ୍ଭବ ହେଲା ନାହିଁ । ଗାଁର ମୁଖିଆ, ଯାଦବ ମହାଶୟଙ୍କ ସାନଭାଇ ଏବଂ ଗାଁର କିଛି ଜଣାଶୁଣା ଲୋକ ବହୁତ ବୁଝେଇଲେ, କିନ୍ତୁ ସ୍ତ୍ରୀଟି ନିଜ ଜିଦ୍‌ରେ ଅଟଳ ରହିଲା ।

କଣ୍ଠୁର ଉଦାହରଣ ମଧ୍ୟ କିଛି ଲୋକ ଦେଲେ । ସତୀ ମନ୍ଦିର ବିଷୟରେ ବି କହିଲେ । ତାଙ୍କୁ ମୁଖିଆ ଏବଂ ଗାଁର କିଛି ମାନ୍ୟଗଣ୍ୟ ଲୋକ ଘର ଭିତରେ ତାଲା ଦେଇ ବନ୍ଦ କରି ଦେଇଥିଲେ । ତା'ର ଭିତରପଟୁ କବାଟ ପିଟିବା ଏବଂ କନ୍ଦାକଟା କରିବା ବହୁତ ସମୟ ଯାଏଁ ଚାଲିଲା ।

ଲାଲ୍ ସାହେବଙ୍କ ଫୋନ୍ ଆସିଲା "ଆରେ ! କୋଉଠି ମରିଗଲ ?"

ମୋର ସେତେବେଳେ ଯାଇ ଚେତା ପଶିଲା ଆଉ ମୁଁ ଫେରିବାକୁ ବାହାରିଲି । ପଛକୁ ବୁଲି ଦେଖିଲି- ପଛେ ପଛେ ସେଇ ସ୍ତ୍ରୀ ଲୋକମାନେ ଧାଇଁ ଧାଇଁ ଆସୁଛନ୍ତି - "ଏ ଭାଇ ! ଆମକୁ ବି ସାଙ୍ଗରେ ନେଇ ଯାଅ ।"

ପୁଣି ସେମାନଙ୍କୁ ଜିପ୍‌ରେ ଲଦି ଫେରିଲି ।

"କ'ଣ ହେଲା ? ଦେଖିଲ ତୁମେମାନେ ?" ମୁଁ ଏମିତି ଖାଲିଟାରେ ପଚାରି ଦେଲି ।

"ଆମେ ଦେଖିପାରିଲୁନି ।"

"କ'ଣ ଦେଖିଥାନ୍ତୁ ? ତାକୁ ତ ତାଲା ପକେଇ ବନ୍ଦକରି ରଖିଛନ୍ତି ।" କହୁଥିବା ସ୍ତ୍ରୀ ଲୋକଟିର ସ୍ୱରରେ ନୈରାଶ୍ୟ ବାରି ହୋଇ ପଡୁଥିଲା ।

"ଏଇଟା ଘୋର ଅନ୍ୟାୟ, ଘୋର ଅନ୍ୟାୟ ?" ଆଉ ଜଣେ କହିଲା । "କିଛି ମଜା ଆସିଲାନି, ଆସିବା ବେକାର ହୋଇଗଲା ।"

"ଭିତରେ ବିଚାରୀ ବହୁତ କନ୍ଦାକଟା ପିଟିକଚାଡ଼ି ହେଉଥିଲା ।"

"ହେ ମା' !" ଆଉ ଜଣେ ସ୍ତ୍ରୀ କହିଲା- "ମୁଁ ତ କହୁଛି ସେ ଟିକେ ବି ସତ୍ ନ ଥିଲା, ନ ହେଲେ ଗୋଟିଏ କ'ଣ, ସାତ ଫାଟକ ଭିତରେ ବନ୍ଦ ହୋଇ ରହିଥିଲେ ମଧ୍ୟ ଫାଟକ ଭାଙ୍ଗି ଧାଇଁଆସି ନିଆଁକୁ ଡେଇଁ ସ୍ୱାମୀ ସହ ଚାଲି ଯାଇଥାନ୍ତା ।"

॥ ୧୮ ॥

ମନ ବହୁତ ଉଦାସ ଥିଲା । ଦୁବେକୁ ଖବର ପଠେଇଲି "ମୁଁ ଚାଲିଯାଉଛି, ଆସି ଦେଖାକରି ଯାଅ ।"

ଦୁବେର ମନ ଭଲ ନ ଥିଲା ।

ପଚାରିଲି "ଏବେ କ'ଣ ହେଲା ?"

"ଏଇ ପଣ୍ଡିତମାନଙ୍କ ଝଞ୍ଜଟ ନା ! ଆଗ କହିଲେ କାଶୀର ପଣ୍ଡିତମାନଙ୍କୁ ଡାକ, କାଶୀ ବିନା ହୋଇପାରିବନି । ଏବେ ସେମାନଙ୍କୁ ଡକେଇବାରୁ ପଣ୍ଡିତମାନଙ୍କ ଭିତରେ ଝଗଡ଼ା ହୋଇଗଲା । ଜଣେ କହିଲା କାଶୀ ପଣ୍ଡିତମାନଙ୍କୁ ଅଯଥାରେ ଡାକିଲେ ।"

"କାହିଁକି ?"

"କହୁଛନ୍ତି ଯେ ଶାସ୍ତ୍ର ଆଲୋଚନାରେ ରାଜା ରାମମୋହନ ରାୟଙ୍କ ଠାରୁ ହାରିଯାଇଥିଲେ । ପ୍ରମାଣିତ କରି ପାରିଲେନି ଯେ ସତୀ ପ୍ରଥା ଶାସ୍ତ୍ର ସମ୍ମତ ଅଟେ । କାଶୀର ବେଶ୍ୟା, ଗୁଣ୍ଡା, ଠକ, ପହିଲିମାନ ଓ ପଣ୍ଡିତମାନଙ୍କର କେବଳ ନାଁ ହିଁ ବଡ଼ ।"

"ସେଇଠୁ ?"

"ଆରେ, ମହାଭାରତ ହୋଇଗଲା । ପୁଣି ଆଉ ଜଣେ କହିଲା ଯେ, ମୁସଲମାନ ଦରକାର ନାହିଁ । ସେ ଗୟାକୁ ଖେଦି ସେଠୁ ତଡ଼ି ହିଁ ଦେଲା । ଏବେ କହୁଛନ୍ତି, ବିନା

ମୁସଲମାନରେ କାମ କେମିତି ହେବ। ସବୁ ଭଲ ଭଲ କାରିଗର ମୁସଲମାନ ହିଁ ତ ହୋଇଥାନ୍ତି।

ମୋ ଅବସ୍ଥା ଏବେ ମିଠା ଲୋଭରେ ଯାଇ ଫାଶରେ ପଡ଼ିଯାଇଥିବା ମାଙ୍କଡ଼ ପରି ହୋଇଯାଇଛି। ସେ ଜଗତ ପ୍ରଜାପତିର ହୀରାକୁ ନେଇ ବିବାଦ ନ ହୁଏ କି ରାୟ ସାହେବ ମୋତେ ଚାକିରିରୁ ବାହାର କରିବା ଧମକ ନ ଦେଇଥାନ୍ତେ ଯଦି ମୁଁ ବା କାହିଁକି ଫସିଥାନ୍ତି। ଗୟାର ହନିଟ୍ରାପ୍‌ରୁ ମଙ୍କିଟ୍ରାପ୍ ଆଉ ତୁଳସୀକୁ ଛାଡ଼ି ସତୀ?" ଦୁବେ ମୋ ସହ ଚାଲୁଚାଲୁ କହିଚାଲିଥାଏ। ହଠାତ୍ ସେ କହିଲା- "ସତୀ ମାତା ଯଦି ଦେଖା ହୋଇଯା'ନ୍ତେ ପଚାରନ୍ତି... ଏବେ କ'ଣ କରିବି ମାତା?"

କିଛି ସମୟ ପର୍ଯ୍ୟନ୍ତ ଆମ ଦୁହିଁଙ୍କ ଭିତରେ ଶ୍ମଶାନର ନୀରବତା! ଘାଟ ଯାଏଁ ଆମେ ଆସି ଯାଇଥିଲୁ।

ପଚାରିଲି- "ସତୀ ମାତାକୁ ଦେଖିବ?"

"ଥଟ୍ଟା କରୁଛ? କେବେ ତ କଥାକୁ ଗୁରୁତ୍ୱ ଦିଅ।"

"ଥଟ୍ଟା ନୁହଁ, ସତ। ହେଇ ସେ...।" ଝୁମ୍ପୁଡ଼ି ଆଗରେ ଲବ-କୁଶ ସହ ସାବିତ୍ରୀ କୁଅଁର ଠିଆ ହୋଇଥିଲା।

"ଏଁ!"

ମୁଁ ସାବିତ୍ରୀ କୁଅଁରର ସତୀ ହେବା ଘଟଣାସବୁ ଗାଇଗଲି। ସେ ସେଇଠି ହିଁ ଲଥ୍ କରି ଭୂଇଁରେ ବସିପଡ଼ିଲା। ସତେ ଯେପରି କୌଣସି ମନ୍ଦିର ଭୁଶୁଡ଼ି ପଡ଼ିଲା! ସାବିତ୍ରୀ କୁଅଁର ଡରିଗଲା। ଧାଇଁ ଯାଇ ଭିତରୁ ପାଣି ନେଇ ଆସିଲା। ମୁଁ ଦୁବେର ହାତଧରି ଖଟରେ ଆଣି ବସାଇଲି। ଦୁବେ ବାରମ୍ବାର ସାବିତ୍ରୀ କୁଅଁରକୁ ଚାହୁଁଥାଏ। ପଚାରିଲା- "ଶେଷଥର ପାଇଁ କହିଦିଅ, ମନୋଜ ଯାହା କହୁଛ କ'ଣ ସତ?"

"ଆଜ୍ଞା, ଶତ ପ୍ରତିଶତ ସତ।"

"ଏମାନେ ସମସ୍ତେ ମିଶି ଏକ ଲୋକକୁ ଜୀଅନ୍ତା ମାରି ପକାଇଲେ ଆଉ ଏବେ ବାହାରିଛନ୍ତି ତାଆରି ମନ୍ଦିର ତିଆରି କରିବାକୁ। ଏଇ ବିଷମଞ୍ଜି ମୁଁ ହିଁ ବୁଣିଛି, ନିଜ ସ୍ୱାର୍ଥ ପାଇଁ।"

"ରାଜା ରାମମୋହନ ରାୟଙ୍କ ଭାଉଜଙ୍କୁ ସତୀ କରିବାର ଘଟଣାକୁ ଶୁଣି ମୁଁ ଅସୁସ୍ଥ ହୋଇଯାଇଥିଲି। କେଜାଣି କେବେର ଘଟଣା ଥିଲା ଆଉ ଅବଧୁ ତାକୁ ପୁଣିଥରେ ଜୀବନ୍ତ କରିଦେଇଥିଲା। ଆଜି ସେଇ କାହାଣୀ ପୁଣିଥରେ ମୋ ଆଗରେ ଜୀବନ ଯାଇ ଠିଆ ହୋଇ ମୋତେ ଡରାଉଛି। ସାବିତ୍ରୀ କୁଅଁର ବଞ୍ଚିଥିବା କଥା ଲାଲ ସାହେବ କି ରାୟ ସାହେବ ଆଉ ଜାଣିଦେଇ ନାହାନ୍ତି ତ? ମୋର ଭୟ ହେଉଛି ଯେ ସେମାନେ

ଜାଣି ସାରିଛନ୍ତି ଏବଂ ପୁଣିଥରେ ରାଜା ରାମମୋହନ ରାୟଙ୍କ ଭାଉଜଙ୍କ ସତୀଦାହ ଘଟଣାର ପୁନରାବୃତ୍ତି ହେବାକୁ ଯାଉଛି।"

"ମୁଁ ଆଶ୍ଚର୍ଯ୍ୟ ହେଉଛି ଯେ ତୁମେ କାହିଁକି ଏତେ ବଡ଼ ରହସ୍ୟ ଆଜିଯାଏଁ ମୋଠୁଁ ଲୁଚାଇ ରଖିଥିଲ।"

"ସାବିତ୍ରୀ କୁଅଁର ମୋତେ ରାଣ ଦେଇଥିଲା ଯେ ପର୍ଯ୍ୟନ୍ତ ସେ ନ କହିଛି ମୁଁ ଯେପରି ଏକଥା କାହାକୁ ନ କହେ।"

"ଆଉ ତୁମେ ମାନିଗଲ।"

"ମୁଁ ମୋତେ ରାଣଦେଇ ମନା କରିଥିଲା।"

"ଆଉ ତୁମେ ମାନିଗଲ ନୁହଁ?" ଦୁବେ ମୋତେ ଦୟା କରିବା ପରି ଚାହିଁ କହିଲା "ଆରେ... ଯୁଧିଷ୍ଠିରଙ୍କ ନପୁଂସକ ପୁଅ... ବେଳେବେଳେ ପ୍ରଥା କଥାକୁ ଭାଙ୍ଗି ମଧ୍ୟ ଆଗକୁ ବଢ଼ିବାକୁ ପଡ଼େ, ବିଶେଷ କରି ଯେତେବେଳେ କୌଣସି 'ବଡ଼ କାମ' କରିବାର ଥାଏ। ତୁମ ଭାବପ୍ରବଣତା ବୋକାମୀର ବି ସୀମା ନାହିଁ। ଭାଗ୍ୟ ଭଲ ଯେ ଏଯାଏଁ ବଞ୍ଚିଛି। କାଲି ଯଦି କିଛି ସୁବିଧା ଅସୁବିଧା ହୋଇଯାଇଥାନ୍ତା ତା ହେଲେ ତୁମେ ଓ ତୁମ ପାଳିତା ସତୀ କ'ଣ କରିପକେଇଥାନ୍ତ? ନାଁ... ଏବେ ଆଉ ଟିକେ ବି ଡେରି କରିବା ଉଚିତ ନୁହଁ, ଚୁପ୍‌ଚାପ୍ ଦେଖିଚାଲ ମୁଁ କ'ଣ କରୁଛି।"

"ବିପଦ!"

"ହଁ, ପାଦେ ପାଦେ ବିପଦ ଅଛି। କାଲି ମୁଁ ଥିବି କି ନ ଥିବି, ଯାଙ୍କୁ ତାଙ୍କ ଅଧିକାର ଦିଆଇବି ଆଉ କିଛିଦିନ ଜଗିବି।"

"ମୁଁ?"

"ତୁମେ ଏଠୁ ଗାଁକୁ ଚାଲିଯିବ। ଦିଦିଙ୍କୁ ମୁଁ କଥା ଦେଇଛି।"

"ତୁମକୁ ଛାଡ଼ି?"

"ହଁ, ମୁଁ ପ୍ରାୟଶ୍ଚିତ କରିବାକୁ ଚାହୁଁଛି। ଏ ବ୍ରାହ୍ମଣ ପ୍ରାୟଶ୍ଚିତ କରିବାକୁ ଚାହେଁ। ତା'ର ଏବଂ ତା ପୂର୍ବଜମାନଙ୍କ ଦ୍ୱାରା କରାଯାଇଥିବା ପାପର। ସେଇଠି ହିଁ ତୁମକୁ ଭେଟିବି, ସେଇ ଅଶ୍ୱତ୍ଥ ଗଛ ପାଖରେ। କେବେ ଯଦି ଏଇ ବାଟ ଦେଇ ଯିବ, ନିଶ୍ଚୟ ଡାକିବ।"

"ନା! କିଛି ଅନର୍ଥ ହୋଇଯିବା ପୂର୍ବରୁ ମୁଁ ମରିଯିବାକୁ ପସନ୍ଦ କରିବି। ଏଇ ଯୋଉ ଅବଧୁ, ଗୟା, ମୁଁ, ତୁମେ ସମସ୍ତେ ତ ଦୁଇ ତିନିହଜାର ବର୍ଷ ପୂର୍ବରୁ ତିଆରି କରାଯାଇଥିବା ସାଂସ୍କୃତିକ ବର୍ଜ୍ୟର ଫୋଟକା ପରି, ଏଇଠୁ ସୃଷ୍ଟି ହୋଇଛନ୍ତି, ଫାଟିଯାଇ ଏଇଠି ହିଁ ମିଳେଇ ଯିବା ଦୁର୍ଗନ୍ଧ ଖେଳାଇ।"

"ନା ! ମୁଁ ଏମାନଙ୍କ ପଶାପାଲିର ଗୋଟି ହେବନି କି ତୁମକୁ ମଧ୍ୟ ହେବାକୁ ଦେବିନି। ମୁଁ ପସ୍ତାଉଛି ଯେ, ରାଜାରାଣୀଙ୍କ ଏ କାହାଣୀରେ ଆମେ ଏ ପର୍ଯ୍ୟନ୍ତ କ'ଣ କରୁଥିଲେ। ଆମ ଆତ୍ମା ବିବେକ ବିଳାପ କରିଚାଲିବ ଶିଆଳ ପରି ବର୍ଷବର୍ଷ ଧରି।"

"ମୁଁ ସତୀମନ୍ଦିରର ସ୍ଥାପନ ଦିବସ ଦିନ ସାକ୍ଷାତ ସତୀକୁ ନେଇ ହାଜର କରାଇଦେବି। ତୁମେ ଯଦି ଡରୁଛ ତାହେଲେ ଫେରିଯାଅ ଏବଂ ନିଶ୍ଚିତ ଏ ଘଟଣା ପରେ ମୋତେ ବି ମାରିଦିଆଯିବ। ଏବେ ହେଉ କି ପରେ। ମୁଁ ବ୍ରାହ୍ମଣ, ମଲେ ବ୍ରହ୍ମରାକ୍ଷାସ ହିଁ ହେବି। କେବେ ଯଦି ସେଇ ଅଶ୍ୱତ୍ଥ ଗଛ ପାଖକୁ ଆସିବ ତେବେ ଶାଗୁଣା ହୋଇ ଡେଣା ଫଡ଼ଫଡ଼ କରିବି। ବଗମାନେ ଚେଁ ଚେଁ ହେଇ ମଳତ୍ୟାଗ କରିବେ, ଚନ୍ଦନ ନୁହଁ ବଗର ଧଳାଧଳା ମଳ। ବ୍ରହ୍ମରାକ୍ଷସର ଭୟଙ୍କର ସ୍ୱର ଧମକ ଦେବ।

– ପଳା... ପଳା !"

ଅବଧୂ ଏକାବେଳକେ ସାତଶହ ସତୀଙ୍କ ତାଲିକା ଧରାଇଦେଲା, ପୂରା ସାତଶହ– ଯେଉଁମାନଙ୍କ ନାଁରେ ତୁମେ ଯେତେଇଚ୍ଛା ସେତେ ଇଟା ସ୍ଥାପନ କରିପାର। ଅବଧୂର ବବୁରୀ ଛଡ଼ିର ଘା' ଠିକ୍ ହୋଇଯାଇଥିଲା ଓ କଳା କଳା କ୍ଷତ ଚିହ୍ନ ଦେହରେ ନେଇ ସେ ପୁଣି ସକ୍ରିୟ ହୋଇଯାଇଥିଲା।

ଧର୍ମାଚାର୍ଯ୍ୟଙ୍କ ପାଖକୁ ନିବେଦନ କରିବାକୁ ଯିବା ପୂର୍ବରୁ ନିଜ ଉତ୍ସାହ ଖୁସି ଜଣେଇବାକୁ ମୋ ପାଖକୁ ଆସିଥିଲା।

"ସାତ ଶହ ସତୀଙ୍କର ଏକ ସାଙ୍ଗରେ ଲଟେରୀ ଲାଗିଗଲା।"

"କିନ୍ତୁ ସେମାନଙ୍କୁ ପାଇଲ କୋଉଠୁ ?"

"ଦୁର୍ଗା ସପ୍ତଶତୀ।"

"ସେଥିରେ ସତୀରେ 'ଦନ୍ତ୍ୟ ସ' ଅଛି, 'ତାଲବ୍ୟ ଶ' ନୁହଁ, ପୁଣି ଯଦିବା 'ସ' ଥାଆନ୍ତା ତେବେ ସପ୍ତ ଅର୍ଥାତ୍ ସାତ ହୋଇଥାନ୍ତ।"

"ଯେତେଦୂର ମୁଁ ଦୁର୍ଗା ସପ୍ତଶତୀ ବିଷୟରେ ଜାଣିଛ, ମାର୍କଣ୍ଡେୟ ପୁରାଣରେ ଦୁର୍ଗା ମାଆଙ୍କ ସ୍ତୁତି ସବୁ ଅଛି, ସାତଶହ ଥର ପଢ଼ିବାକୁ ହୋଇଥାଏ।"

କବି ମହାଶୟ ମୋତେ ଅବିଶ୍ୱାସ ଭରା ଦୃଷ୍ଟିରେ ଚାହିଁଲେ– "ମୋତେ ଆଉ ଠକୁନି ତ !"

ମୁଁ ଇଷ୍ଟେଟର କାମରେ ଏତେ ଛନ୍ଦି ହୋଇ ଯାଇଥିଲି ଯେ ମୋତେ କିଛି ବି ଭଲ ଲାଗୁ ନ ଥିଲା। ଲାଲ ସାହେବଙ୍କ ରାଣୀ ସାହେବାଙ୍କଠାରୁ ଡକରା ପରେ ଡକରା ଆସିବାରେ ଲାଗିଥାଏ। ଡଲିକୁ ଛାଡ଼ି ଆସିବା ଏବଂ ତା'ପରର ଘଟଣା ସେ

ମୋଠାରୁ ଶୁଣିବାକୁ ଚାହୁଁଥିବେ। ମୁଁ ପୁଣିଥରେ ତାଙ୍କୁ ସାମ୍ନା କରିବାକୁ ଚାହୁଁ ନ ଥିଲେ, କେବଳ ଏତିକି ଚାହୁଁଥିଲି ଯେ କୌଣସି ପ୍ରକାରେ ସାବିତ୍ରୀ ତା ପ୍ରାପ୍ୟ ଗାରିମାର ସହ କୂଳରେ ଲାଗିଯାଉ ଆଉ ମୁଁ କଣ୍ଠାକୁ ସବୁଦିନ ପାଇଁ ମୁଣ୍ଡିଆ ମାରି ଘରକୁ ଚାଲିଯାଏ। କିନ୍ତୁ ମୋ ଅବସ୍ଥା! ମୁଁ ସିନା କମ୍ବଳକୁ ଛାଡ଼ିଦେବି, ହେଲେ କମ୍ବଳ ମୋତେ ଛାଡ଼ିଲେ ତ! ଲାଲ୍ ସାହେବଙ୍କ ନୂତନ ଆଦେଶ, ସତୀ ଧର୍ମ ସଂସଦରେ ମୁଁ ସହଯୋଗ କରିବି।

ଏବେ ପୁଣି କି ସତୀ ସମସ୍ୟା ବାକି ରହିଲା! ଶୁଣିଲି ବିବାଦୀୟ ସତୀ ମାନଙ୍କର ନାଟ୍ୟ ରୂପାନ୍ତର ହେବ, ଯେପରି ଲୋକମାନଙ୍କର ଧର୍ମଜ୍ଞାନ ସହ ମନୋରଞ୍ଜନ ମଧ୍ୟ ହୋଇ ପାରିବା।

ପ୍ରଥମ ମଞ୍ଚସ୍ଥ ହେଲା – 'ଲୀଳା'।

ଯେଉଁ କଣ୍ଠାରେ ଗୋଟିଏ ଶୌଚାଳୟ ବି ନାହିଁ, ବିଦ୍ୟାଳୟଟିଏ ବି ନାହିଁ, ସେଠାରେ ବିଶ୍ୱର ସବୁଠାରୁ ବ୍ୟୟବହୁଳ ପ୍ରଦର୍ଶନ – ଅତିକମ୍‌ରେ ଧର୍ମସଂସଦ ନିଜର ଗୌରବମୟୀ ସଂସ୍କୃତି ସହ ପରିଚିତ ହେଉ। ପାଖାପାଖି ୧୬୩୦ ମସିହା ସମୟର କଲିକତା। ଭବ୍ୟ ମଞ୍ଚ। ଆଧୁନିକ ଶୈଳୀଠୁ ଭିନ୍ନ, ସତୀକୁ ଗ୍ରାସ କରିଥିବା, ଦହନ କରିଥିବା ସହର। ଧାଡ଼ି ଲାଗିଗଲା ଲୋକଙ୍କର, ସତେ ଯେପରି ଏକ ବିରାଟ ମହାନଗରୀ ରୂପ ନେବା ବାକି ଥିଲା।

ଗାଁରେ ଏକ ଚିତା ଜଳିବାକୁ ଯାଉଛି। ଜଣେ ଇଂରେଜ ଜବ୍ ଚାର୍ଣ୍ଣକଙ୍କର ଅଚାନକ ଆବିର୍ଭାବ ହେଲା। ପଚାରିବାରୁ ଜଣାପଡ଼ିଲା ଲୀଳା ନାମକ ଏକ କୋଡ଼ିଏ ବର୍ଷିୟା ଯୁବତୀର ମୃତ ସ୍ୱାମୀ ସହ ସତୀ ହେବାର ଉତ୍ସବ ହେବାକୁ ଯାଉଛି। ସେତେବେଳେ ଚାର୍ଣ୍ଣକ ବାଧା ଦେଲେ "କାହା ଆଦେଶରେ ଏ ଅନର୍ଥ କରିବାକୁ ଯାଉଛ ?" ତାଙ୍କ ବ୍ୟକ୍ତିତ୍ୱ ଆଗରେ ଲୋକମାନେ ନିର୍ବାକ ହୋଇ ରହିଯାଆନ୍ତି।

ସିଏ ସେଇ ଯୁବତୀକୁ ଚିତାରୁ ତଳକୁ ଆଣିଲେ। ତା ରୂପ ସୌନ୍ଦର୍ଯ୍ୟ ମୁଗ୍ଧ ହୋଇ ଚିତାର ଦୃଶ୍ୟକୁ ବଦଳାଇ ଦେଲେ ଜବ୍ ଚାର୍ଣ୍ଣକ। ଲୀଳାଙ୍କ ସହ ଅଗ୍ନି ଚାରିପଟେ ସାତଥର ଫେରା ନେଇଗଲେ।

ନାଟକ ପରେ ମୋତେ କିଛି ଟିପ୍ପଣୀ ଦେବାକୁ କୁହାଗଲା। ମୁଁ କହିଲି "କ୍ଷମା କରିବେ, ଲୀଳା ଘଟଣାର ଆଉ ଏକ ତୃତୀୟ ଅଙ୍କ ମଧ୍ୟ ଅଛି। ତାକୁ ଆଲୋଚନା ନ କରିବା ସତ୍ୟକୁ ଆଡ଼େଇ ଦେବା ପରି ହେବ। ତୃତୀୟ ଅଙ୍କରେ ଲୀଳା ଓ ଜବ୍ ଚାର୍ଣ୍ଣକଙ୍କ ତିନି ଝିଅଙ୍କ କଥା ଅଛି ଏବଂ ଜବ୍ ଚାର୍ଣ୍ଣକଙ୍କ ହିନ୍ଦୁ ଧର୍ମକୁ ଆପଣେଇ ନେବାର କଥା।"

ଧର୍ମାଚାର୍ଯ୍ୟ ଏଇ କଥାକୁ ବିରୋଧ କଲେ "ଆପଣ କ'ଣ କହିବାକୁ ଚାହାନ୍ତି ?"

ମୁଁ ବର୍ଣ୍ଣନା କଲି "ମହାଶୟ, ଇଏ ହେଲେ ସେଇ ଜବ୍ ଚାର୍ଣ୍ଣକ ଯାହାଙ୍କ ବିଷୟରେ କୁହାଯାଏ ଯେ, ସିଏ ପାଖଆଖର ଆହୁରି ଦୁଇଟି ଗାଁକୁ ମିଶାଇ କଲିକତା ପରି ମହାନଗରୀର ଆରମ୍ଭ କରିଥିଲେ।" ଧର୍ମାଚାର୍ଯ୍ୟ ମୋତେ ପୁଣି ବାଧା ଦେଲେ "କ'ଣ ଏଥିପାଇଁ ତାଙ୍କ ଅଧର୍ମ କୃତ୍ୟକର୍ମକୁ କ୍ଷମା କରିଦିଆଯାଇ ପାରିବ ଏବଂ ଲୀଳାକୁ ପବିତ୍ର ବୋଲି ମାନି ନିଆଯିବ ?"

ମୁଁ ଅବାକ୍ ହୋଇ ରହିଗଲି। ସେ ପଚାରି ଚାଲିଥିଲେ "ବାକି କଥାକୁ ଛାଡ଼ି ଦିଅନ୍ତୁ, କେବଳ ଏତିକି କୁହନ୍ତୁ ଯେ ଲୀଳାକୁ ସତୀ ବୋଲି ଗ୍ରହଣ କରାଯିବ ନା ନାହିଁ।"

"ନାଁ... ନାଁ... ନାଁ" ସଭାରେ ପାଟିତୁଣ୍ଡ ଆରମ୍ଭ ହୋଇଗଲା।

ନାସ୍ତିସୂଚକ ଏ ସ୍ୱର ବାରମ୍ବାର ଶୁଭିବାକୁ ଲାଗିଲା। ଶୈବ୍ୟା, ରାୟ ପ୍ରବୀନ୍, ରାଜଶ୍ରୀ ଆଉ କେଜାଣି କିଏ ସବୁ! ସତୀମାନଙ୍କର ହାଟ, କାହିଁକି କେଜାଣି ମୋ ଆଖିରେ ଯଶପାଲଙ୍କ 'ଝୁଠା ସଚ୍'ର ସେ ଘଟଣା ନାଚିବାକୁ ଲାଗଲା - ପାର୍ଟିସନ ସମୟରେ ଉଠେଇ ଅଣାଯାଇଥିବା ଉଲଗ୍ନ ଯୁବତୀ ସ୍ତ୍ରୀମାନଙ୍କ ବାଳ ଝିଙ୍କି ଝିଙ୍କି ନିଲାମ ଡକାଯାଉଛି ଠିକ୍ ପଚାସଢ଼ା ମାଛ ବିକ୍ରି କରିବା ପରି... ଚାରିପାଖେ ପୁରୁଷ ସମାଜ ଘେରି ରହି ସେମାନଙ୍କ ଯାଞ୍ଚ ପରଖ କରି ବୋଲି ଲଗାଉଛନ୍ତି। ପତି ସହ 'ସହ ମରଣ'।

ଦେଶ ବିଦେଶରୁ ଧର୍ମପରାୟଣ ଲୋକମାନଙ୍କର ଚାପ ବଢ଼ିବାରେ ଲାଗିଥିଲା ଯେ ଯଥାଶୀଘ୍ର ସତୀମାନଙ୍କର ସଂଶୋଧିତ ତାଲିକା ଦାଖଲ କରାଯାଉ, ଯେପରି ସେମାନେ ସେହି ନାମଗୁଡ଼ିକୁ ଇଟାରେ ଖୋଦେଇ କରି ପଠେଇପାରିବେ। ଏମାନଙ୍କ ମଧ୍ୟରୁ ଦେଶ ଓ ବିଦେଶର କିଛି ଧନୀ ବ୍ୟକ୍ତିମାନେ ତ ସୁନାର ଇଟା ଦେବାକୁ ମଧ୍ୟ ଘୋଷଣା କରିସାରିଥିଲେ। ଏହି ସୁନାଇଟାଗୁଡ଼ିକୁ ମନ୍ଦିରର କଳସରେ ଲଗାଯିବ। ରାୟ ସାହେବ ବିଭିନ୍ନ ଧର୍ମାଚାର୍ଯ୍ୟମାନଙ୍କ ସହ ମିଶି ନିର୍ଣ୍ଣାୟକ ମଣ୍ଡଳୀ ଦ୍ୱାରା ଏକ ନିର୍ଣ୍ଣାୟକ ପଦକ୍ଷେପ ନେଇଥିଲେ, ତାହା ଏଇଆ ଥିଲା ଯେ, ସେ ସମସ୍ତ ବିବାଦିତ ସତୀମାନଙ୍କୁ ସିଧାସଳଖ ସାଧୁ ଏବଂ ଜନ ଅଦାଲତରେ ହାଜର କରାଯିବ ଏବଂ ଲୋକମାନେ ସ୍ୱୟଂ ହିଁ ବିଚାର କରିବେ ଯେ ସେମାନଙ୍କୁ ସତୀ ବୋଲି ଗ୍ରହଣ କରାଯିବ ନା ନାହିଁ।

ନିୟମାନୁସାରେ ଦର୍ଶକଙ୍କ ଭିତରେ ସ୍ତ୍ରୀ ଓ ପୁରୁଷମାନେ ମଞ୍ଚ ଆଗରେ ଥିବା

ଧାଡ଼ିରେ ବସିବେ ଏବଂ ଦେଶବିଦେଶର ବଛାବଛା ବିଦ୍ୱାନ୍‌ମାନେ ମଞ୍ଚ ଉପରେ ବସିବେ। ଜଣଜଣ କରି ସତୀମାନଙ୍କର ସଂକ୍ଷିପ୍ତ ପରିଚୟ ସୁଧୀ ପ୍ରବକ୍ତାମାନେ ତଥ୍ୟ ରଖିବେ ଏବଂ ତା'ପରେ ନିଷ୍ପତ୍ତି ନିଆଯିବ।

ମୁମ୍ବାଇର ଚଳଚ୍ଚିତ୍ର ଦୁନିଆର ଜଣେ ଧନାଢ଼୍ୟ ବ୍ୟକ୍ତି ଏହି ପୁଣ୍ୟ କାର୍ଯ୍ୟ ପାଇଁ ନିଜ ହାତ ଖୋଲିଦେଇଛନ୍ତି - ପୂରା ଖୋଲା ଅଡ଼ିଟୋରିଅମ୍‌ରେ ଭବ୍ୟ ମଞ୍ଚ ସଜ୍ଜା। କୁଆଁରୀ ନଦୀର ଦୁଇ କଡ଼ରେ ମନୋହରୀ ଦୋକାନର ସାଜସଜ୍ଜା। ମୁଖ୍ୟ ସଡ଼କଠୁ ନେଇ ମଞ୍ଚ ଯାଏଁ ନୂଆ ଚକଚକିଆ ରାସ୍ତା। ଆଉ ଜଣେ ଧନୀ ବ୍ୟକ୍ତି ଆଧୁନିକ ପ୍ରୟୋଗ ଦ୍ୱାରା ସତୀମାନଙ୍କୁ ମଞ୍ଚ ଉପରେ ମୂର୍ତ୍ତିମାନ କରିବାର ଦାୟିତ୍ୱ ନେଇଛନ୍ତି। କୁହାଯାଉଛି ଯେ ସତୀଙ୍କ ସ୍ୱର୍ଗାରୋହଣର ହାଲୁସିନେସନର କାମ ତାଙ୍କୁ ହିଁ ମିଳିବାକୁ ଯାଉଛି।

ଆଗନ୍ତୁକମାନଙ୍କର ଧାଡ଼ି ଲାଗିଗଲାଣି, ଅନେକ ପ୍ରକାରର ସାଧୁ ଏବଂ ତାନ୍ତ୍ରିକ।

ଅନେକ ଦିନରୁ ନାଟକର ପ୍ରସ୍ତୁତ ଚାଲିଥିଲା ଯେଉଁ କଣ୍ଠାରେ କେବଳ ରାଜବଂଶକୁ ଛାଡ଼ିଦେଲେ କେଉଁଠି ଗୋଟିଏ ବି ଶୌଚାଳୟ ନ ଥିଲା, ସେଠି ଏବେ କେବଳ ଶୌଚାଳୟ ହିଁ ଶୌଚାଳୟ। ଯେଉଁଠି ଟୋପାଏ ପାଣି ପାଇଁ ଲୋକଙ୍କ ପ୍ରାଣ ଛଟପଟ ହୋଇଯାଉଥିଲା ସେଠି ସବୁଆଡ଼େ ପାଣିର ବ୍ୟବସ୍ଥା। ଏଥିପାଇଁ ବହୁ ଦିନରୁ ଅବହେଳିତ ହୋଇ ପଡ଼ିଥିବା କୂଳଦେବୀ ସେ ପୋଖରୀକୁ ଗଭୀର କରି ଖୋଳାଯାଇ ପୁନରୁଦ୍ଧାର କରାଯାଉଥିଲା। ମୋର ଅଧିକାଂଶ ସମୟ ସେଇଥିରେ ହିଁ ଯାଉଥିଲା।

ଧର୍ମସଂସଦ ଏକ ବୁଦ୍ଧିମତାର ସହ ନାଟକର ମଞ୍ଚସଜ୍ଜା କରିଥିଲେ... ତାହା ଥିଲା ନାଟକ ପ୍ରସ୍ତୁତି ସମୟରେ ମଞ୍ଚ ଉପରେ ଚିତା ଜଳିବାର ଦୃଶ୍ୟ। ଦୁଇ ଭାଗରେ ବିଭକ୍ତ ହୋଇଥିବା ଏହି ଅଗ୍ନିଶିଖା ମଧ୍ୟ ଦେଇ ସତୀ ଆଗକୁ ଆସିବେ, ବହୁତ ସଂକ୍ଷିପ୍ତରେ ପରିଚୟ ଏବଂ କୀର୍ତ୍ତି ଏବଂ ସପକ୍ଷବିପକ୍ଷରେ ଚର୍ଚ୍ଚା। ପ୍ରତି ପରିଚୟ ଶେଷରେ ରାଜା ରାମମୋହନ ରାୟଙ୍କ ଭାଉଜ ଅଲୋକମଞ୍ଜରୀଙ୍କ ପତିଙ୍କ ସହ ଦାହ, ସେଠୁ ଖସି ପଳେଇ ଆସିବା ଏବଂ ତାଙ୍କୁ ଧରିନେଇ ପୁଣି ଦାହ କରିବାର ଦୃଶ୍ୟ ଦେଖାଯାଉଥିଲା, ଅର୍ଥାତ୍ ଏଇ ବାହାନାରେ ସେମାନେ ରାଜା ରାମମୋହନ ରାୟଙ୍କ ଉପରେ ପ୍ରତିଶୋଧ ନେବେ- ସେତେବେଳେ ତୁମେ କରିବାକୁ ଦେଇନଥିଲ, ଏବେ ବନ୍ଦ କରି ଦେଖାଅ।

ଧର୍ମ ସଂସଦ ଏବଂ ଜନ ସଂସଦ ଉଭୟେ ରାୟ ପ୍ରବୀନ, ଜବ୍ ଚାର୍ଣ୍ଣକଙ୍କ ଲୀଳା, ହର୍ଷବର୍ଦ୍ଧନଙ୍କ ଭଗ୍ନୀ ରାଜଶ୍ରୀଙ୍କ ପରି ନାମକୁ ସତୀ ତାଲିକାରୁ ପ୍ରଥମରୁ ହିଁ

ଖାରଜ କରିସାରିଥିଲେ ଏବଂ ରୂପ କୁଅଁର ଆଉ କଣ୍ଟାର ସାବିତ୍ରୀ କୁଅଁରଙ୍କୁ ସର୍ବସମ୍ମତିକ୍ରମେ ଅନୁମୋଦନ କରିସାରିଥିଲେ।

ସଭାରେ ସୋରିଷ ପକାଇବାକୁ ତ ଜାଗା ନ ଥିଲା। ଅବଧୁ ଆଗରେ ସମସ୍ୟା ଥିଲା ଯେ ସେ ଜର୍ଦ୍ଦା ପାନ ଖଣ୍ଡେ ପାଟିରେ ନ ଦେଇ ରହିପାରୁ ନ ଥିଲା ଆଉ ପାଟିରେ ପାନ ରଖିଲେ ପାନପିକ କୋଉଠି ପକାଇବ ? କଣ୍ଟାର ଛୋଟ ବଡ଼ ସିଧାବଙ୍କା ସବୁ ପାହାଡ଼ଗୁଡ଼ିକ ଲିଚୁ ଆଲୁଅରେ ଚିକ୍‌ମିକ୍ କରୁଥିଲେ ଆଉ ମହଲ ମଧ୍ୟ। ସତ କହିବାକୁ ଗଲେ ସମଗ୍ର କଣ୍ଟା ପୂରା ଇନ୍ଦ୍ରଭୂବନ ପାଲଟି ଯାଇଥିଲା।

ଆଜିର ସଭା ସ୍ୱତନ୍ତ୍ର ଥିଲା। ଆଗ ଧାଡ଼ି ଚେୟାରଗୁଡ଼ିକରେ ଅତି ବିଶିଷ୍ଟ ମହାନୁଭବମାନେ ଶୋଭା ପାଉଥିଲେ। ଆଜି ନିଜର ବିଚାର ବ୍ୟକ୍ତ କରିବା ପାଇଁ କିଛି ବିଦେଶୀ ଅତିଥିମାନଙ୍କ ସହ ଡ. ଅମିତାଭ ଖରେ ଏବଂ ଡା. ରଜନୀକାନ୍ତଙ୍କୁ ବିଶେଷ ଭାବରେ ଆମନ୍ତ୍ରଣ କରାଯାଇଥିଲା। ସତୀମାନଙ୍କ ତାଲିକାକୁ ନେଇ ଏକ ରିପୋର୍ଟ ପ୍ରସ୍ତୁତ କରାଯିବ। ଆଜି ଦୁଇଟି ହିଁ ନାଟକ ମଞ୍ଚସ୍ଥ ହେବାକୁ ଥିଲା - ଗୋଟିଏ ମୂଳ ସତୀଙ୍କର ଏବଂ ଅନ୍ୟଟି ଅଲୋକମଞ୍ଜରୀଙ୍କର।

"ଧନ୍ୟ ସେଇ ବଂଶକୂଳ, ସେଇ ମାଟି... ଯେଉଁଠି ସାବିତ୍ରୀ କୁଅଁର ପରି ମହାନ୍ ସତୀ ଜନ୍ମ ହୋଇଥିଲା। ସେ ସତ୍‌ରେ ଥିଲା, ସେଥିପାଇଁ ତ ଦେବତାମାନେ ତାକୁ କୋଳେଇ ନେଲେ। ବାନ୍ଦାରେ ସତୀ ହେବାକୁ ଚାହୁଁଥିଲା, ହେଲେ ସେ ନାରୀ ସତ୍‌ରେ ନ ଥିଲା, ହୋଇ ପାରିଲାନି। ଏହିପରି ସମସ୍ତ ସତୀ ନାରୀମାନଙ୍କ ଆମେ ପ୍ରଣାମ କରୁଛୁ।"

'କିଏ କହୁଥିଲା ?' ମୁଁ ମନେ ମନେ ଚମକିଲି। ସେଦିନ ବାନ୍ଦାର ଶାହବାଜ ପୁରର ସତୀ ଦର୍ଶନ କରିବାକୁ ଯାଉଥିବା ମହିଳାଙ୍କ ଭିତରୁ ଜଣେ କିଏ ଆଉ ନୁହଁତ ?

ଅବଧୁ "ଦେଖିନାହିଁ କି ସତୀଙ୍କ ଜଳିବାର..." ପାଠ କଲା। ଏହା ପରେ ଧର୍ମାଚାର୍ଯ୍ୟ ସତୀପ୍ରଥା ଉପରେ ଏକ ସଂକ୍ଷିପ୍ତ ସୂଚୀ ପ୍ରସ୍ତୁତ କଲେ। ଏବେ ନିମନ୍ତ୍ରଣ କରାଗଲା ବିଦେଶରୁ ଆସିଥିବା ଦୁଇଜଣ ବିଦ୍ୱାନଙ୍କୁ। ପ୍ରଥମ ବିଦ୍ୱାନ କହିଲେ "ଭଦ୍ର ମହିଳା ଏବଂ ଭଦ୍ର ବ୍ୟକ୍ତିଗଣ, ମୁଁ ଏଠାକୁ ଆପଣଙ୍କୁ ସଂସ୍କୃତି ଏବଂ ସଭ୍ୟତାର ପବିତ୍ର ଭାବନାକୁ ବୁଝିବାକୁ ଆସିଛି। ଏ ପର୍ଯ୍ୟନ୍ତ ମୁଁ ଯାହା ଦେଖିଛି, ଯାହା ବୁଝିଛି ସେଇ ଆଧାରରେ କହୁଛି ଯେ ଏପରି ଆତ୍ମୋତ୍ସର୍ଗର ପରମ୍ପରା ଅନ୍ୟ ଧର୍ମ, ବିଶେଷ କରି ପ୍ରାଚ୍ୟ ଏବଂ ଆଦିବାସୀ ସମାଜରେ ଅଛି। ଏହା ଉଚିତ କି ଅନୁଚିତ... ଏ ବିଷୟ କୌଣସି ଟିପ୍ପଣୀ ଦେବାର ସ୍ଥିତିରେ ମୁଁ ନାହିଁ। କ୍ଷମା କରିବେ।" ଏବଂ ସେ ମଞ୍ଚକୁ ପ୍ରଣାମ କରି ବସିପଡ଼ିଲେ।

ଦ୍ୱିତୀୟ ଜଣକ ଜଣେ ବିଦୁଷୀ ମହିଳା ଥିଲେ, ଯିଏ କେବଳ ଏତିକି କହିଲେ "ମୁଁ ଆପଣଙ୍କୁ ଅନୁରୋଧ କରୁଛି ଯେ ଏଇ ସଭାରେ ଡଲିର ମତାମତକୁ ମଧ୍ୟ ବିଚାରକୁ ନିଆଯିବା ଉଚିତ।"

"ସିଟ୍ ଡାଉନ୍ ମେମ୍, ସିଟ୍ ଡାଉନ୍!" ଚାରିଆଡୁ ବିରୋଧର ସ୍ୱର ଶୁଣାଗଲା।

"କାହିଁକି? ଆପଣ ଯଦି ବାଦ୍ଧାରେ ସତୀ ହୋଇପାରି ନ ଥିବା ସେ ମହିଳାର ସପକ୍ଷରେ ମହିଳାମାନଙ୍କୁ ରଖିବାର ଅନୁମତି ଦେଇପାରିବେ ତା ହେଲେ ଡଲିକୁ କାହିଁକି ନୁହେଁ? ଯେଉଁମାନେ ସତୀଦାହର ଦର୍ଶକ ସେମାନଙ୍କ କଥା ଶୁଣାଯିବ କିନ୍ତୁ ଯେଉଁମାନେ ସିଧା ସିଧା ଜଳିବେ ସେମାନଙ୍କ କଥା ନୁହଁ?" ଏବଂ ସେ ନିଜ ଆସନକୁ ଫେରିଗଲେ।

ସଭାରେ ଚଞ୍ଚଳତା ଖେଳିଗଲା। ବର୍ତ୍ତମାନ ପାଳି ଥିଲା ଖରେ ମାଷ୍ଟର ସାହେବଙ୍କର। ଖରେ ସାହେବ ମାଇକ ଧରିଲେ। ସଂସାରରେ ସବୁଠାରୁ ଶ୍ରେଷ୍ଠ ଜୀବ ହେଲା ମନୁଷ୍ୟ। କାହିଁକି? ଏଥିପାଇଁ ଯେ ସେ ଚିନ୍ତା କରିପାରେ, ବିଚାର କରିପାରେ ଏବଂ ଯଦି ସେ ଏହି ବିଚାର କରିପାରିବା କ୍ଷମତାର ଉପଯୋଗ ନ କରେ ତା ହେଲେ ତାକୁ କ'ଣ ମଣିଷରେ ଗଣାଯିବ? ନୁହଁ ନା? ସେଥିପାଇଁ ମଣିଷ ଜୀବନ ସବୁଠାରୁ ମୂଲ୍ୟବାନ ଅଟେ! ମୂଲ୍ୟ! ଏହି ରତନପଛିର ରତ୍ନ! ଜଗତକୁ ହୀରା ମିଳିବାର ଖବର ପାଇ ଦେଶବିଦେଶର ଅନେକ ଧନାଢ୍ୟ ବ୍ୟକ୍ତି ଏହି ରତନପଛିର ଜାଗାକୁ ଲିଜ୍‌ରେ ନେଲେ। ଭାବିଲେ, କିଏ ଜାଣେ! କେବେ ହୁଏତ କାହାର ଭାଗ୍ୟ ଖୋଲି ଯାଇପାରେ ଜଗତ ପରି! କିନ୍ତୁ ଜଗତ...? ଜଗତ ପାଇଁ ସେ ହୀରା ତା ଭଗବାନ। ସିନ୍ଦୁକ ଭିତରେ ରଖିଲାନି, ଜଗୁଆଳୀ ବସେଇଲାନି। ଅଶ୍ୱତ୍‌ଥ ଗଛ ତଳେ ରଖିଦେଲା, ଖୋଲା ଆକାଶ ତଳେ। ଅନ୍ୟମାନଙ୍କ ପାଇଁ ତାର ମୂଲ୍ୟ କୋଟି କୋଟି ଟଙ୍କାରୁ ଊର୍ଦ୍ଧ୍ୱ ହୋଇଥାଇପାରେ, କିନ୍ତୁ ଜଗତ ପାଇଁ ନୁହଁ। କେବଳ ମାତ୍ର ଭାବନାତ୍ମକ ସମ୍ବଳ। ଯାହା ଉପରେ କାହାରି ଏକଚାଟିଆ ଅଧିକାର ନାହିଁ। ଏହିପରି ଜୀବନ ମଧ୍ୟ ଅମୂଲ୍ୟ ଅଟେ ଏବଂ ଯେଉଁ ମୂଲ୍ୟବୋଧକୁ ମନୁଷ୍ୟ ଏବଂ ସମାଜ ଗଢ଼ିଛନ୍ତି ତାହା ଜୀବନ ସାପେକ୍ଷ ଅଟେ। କେବଳ ଏଇ ମନଗଢ଼ା ପରମ୍ପରାବାଦୀ ମୂଲ୍ୟବୋଧ ଏବଂ ଆଗ୍ରହ ପାଇଁ, ଗୋଟିଏ ବା କିଛି ରତ୍ନ ପାଇବା ପାଇଁ ଲୋକମାନେ ଲକ୍ଷାଧିକ ଟଙ୍କା ଖର୍ଚ୍ଚ କରି ରତନପଛିର ଜମିକୁ ଲିଜ୍‌ରେ ନେଲେ। ମିଳିଲା ସେମାନଙ୍କୁ? ଏ ପର୍ଯ୍ୟନ୍ତ ବି ନାହିଁ... ନୁହଁ? ଏବଂ ଜଗତକୁ ଯଦିଓ ମିଳିଲା ତା ପାଖରେ ତା'ର କୌଣସି ମୂଲ୍ୟ ନାହିଁ। ବାଃ। ଚମତ୍କାର।"

ସେ ଦୁଇ ହାତ ଝାଡ଼ି ପୁଣି ଆରମ୍ଭ କଲେ- "ଏହି ସମାଜକୁ କର୍ମ ପ୍ରଧାନରୁ

ଭାଗ୍ୟ ପ୍ରଧାନ କିଏ ସଜେଇଲା ? ...ଲୋକମାନଙ୍କର ଶର୍ଟ-କଟ୍। ଏବେ ବାକି ରହିଲା ଯୌନଶୁଚିତା। ଏହା ସହ ଯୋଡ଼ି ଦିଆଗଲା ନିଜ ମାନ ମର୍ଯ୍ୟାଦା...। ତେବେ ଯୌନଶୁଚିତା ଏବଂ ନିଜ ମର୍ଯ୍ୟାଦା ମଧ୍ୟ ଏକ ମୂଲ୍ୟବୋଧ ଅଟେ। ନିଜର ମାଆ, ଭଉଣୀ, ଝିଅକୁ ଛୁଇଁବା ତ ଦୂରର କଥା କେହି ଯେପରି ଆଖି ଉଠେଇ ମଧ୍ୟ ଚାହିଁ ନ ପାରିବେ। ଆମେ ହଜାରେ ପରଦା, ପହରା ବସେଇ ଦେଲେ, ଓଢ଼ଣୀ, ନକାବ ଆଉ ବୁର୍ଖା ଏବଂ ଲକ୍ଷ୍ମଣରେଖାରେ ବାନ୍ଧି ଦେଲେ... ନିଜକୁ... ? ନିଜକୁ ମୁକ୍ତ ରଖିଲେ... ? ଇଏ କୋଉ ପ୍ରକାର ମୂଲ୍ୟବୋଧ, କୋଉ ଧରଣର ପାପ? ପରଦା ରହିବ ଯଦି ଦୁହିଁଙ୍କ ପାଇଁ, ଜଳିବେ ଯଦି ଦୁହେଁ ଜଳିବେ!"

ଖରେ ସାହେବଙ୍କ ପରେ ଡ. ରଜନୀକାନ୍ତଙ୍କୁ ଆମନ୍ତ୍ରିତ କରାଗଲା।

ସାରା ଦୁନିଆ ବୁଲି ଆସିଛନ୍ତି ଡାକ୍ତର ସାହେବ। ଡାକ୍ତର ରୂପେ ଅନେକ ଜୀବନରକ୍ଷା ମଧ୍ୟ କରିଛନ୍ତି। ସେଥିପାଇଁ କଣ୍ଟା, କଲିଙ୍ଗାର ଏବଂ ସତନାରେ ବହୁତ ଆଦର ସମ୍ମାନ ଅଛି। ଏପରି କଥା ଯଦି ଆଉ କେହି କହିଥାନ୍ତା ତେବେ ତା ଜିଭ କାଟି ଦିଆଯାଇଥାଆନ୍ତା, କିନ୍ତୁ ଏଠି ଧର୍ମସଭା ଚୁପ୍‌ଚାପ୍ ଶୁଣୁଥିଲା, ସ୍ୱୟଂ ଧର୍ମାଚାର୍ଯ୍ୟ ମଧ୍ୟ...।

"ମୂଲ୍ୟବୋଧର କଥା ଡ. ଖରେ କହୁଛନ୍ତି।" ରଜନୀକାନ୍ତ ଆରମ୍ଭ କଲେ- "ଏହି ପ୍ରସଙ୍ଗରେ ମୋତେ କିଛି ଅପ୍ରିୟ ସତ କଥା କହିବାର ଅନୁମତି ଦିଆଯାଉ..., ସତୀ ବା ସତୀତ୍ୱର କଥା ହିଁ ସମ୍ପୂର୍ଣ୍ଣ ଭାବେ ପୁରୁଷବାଦୀ ଯୌନଶୁଚିତା, ଯୌନ ବର୍ଚ୍ଚସ୍ୱର ମାନସିକତା ସହ ଯୋଡ଼ି ହୋଇ ରହିଛି। ଏପରି ଏକ ପରମ୍ପରା ଯାହାକୁ ମୂଲ୍ୟବାନ ବୋଲି ମନେକରି ସମାଜ ବୋହି ଚାଲିଥାଉ ବା ଜଗତ ପରି ମୂଲ୍ୟହୀନ ମନେକରି ମୁକ୍ତ ହୋଇଯାଉ। ...ଚିନ୍ତା କରନ୍ତୁ। କାରଣ, ଆପଣମାନେ ମଣିଷ, ଚିନ୍ତା କରିପାରିବେ, ପଶୁ ଏହା କରିପାରିବନି। ଏଇ ଯୌନଶୁଚିତା, ଗର୍ଭଶୁଚିତା ବା ରକ୍ତଶୁଚିତା ସହ ମଧ୍ୟ ଅଳ୍ପ ବହୁତେ ଜଡ଼ିତ। କିନ୍ତୁ ସେଥିପାଇଁ ସ୍ତ୍ରୀମାନଙ୍କୁ ହିଁ କାହିଁକି ଦୋଷୀ ବୋଲି ମାନି ନିଆଯିବ? ଏକଥା କେବଳ ହିନ୍ଦୁମାନଙ୍କ ପାଇଁ ନୁହଁ, ମୁସଲମାନ, ଶିଖ୍, ଈଶାଇ... ସମସ୍ତଙ୍କ ପାଇଁ ଲାଗୁ। ଈଶ୍ୱର ବା ପ୍ରକୃତିର ସୁନ୍ଦର ସୃଷ୍ଟିରେ କେହି କାହାର ଗୋଲାମ ନୁହନ୍ତି, ତାହେଲେ ଏଇ ଡାହାଣୀ, ଏଇ ମବ୍ ଲିଚିଙ୍ଗ୍, ଅନର କିଲିଂ ପରି ବର୍ବର ଘଟଣାସବୁ କାହିଁକି... ଯାହାର ଶିକାର ସ୍ତ୍ରୀମାନେ ହିଁ ହେଉଛନ୍ତି। ଆପଣମାନେ ସେଥିରେ ପୁଣି ତା ଉପରେ ସତୀ ହେବାର ପରମ୍ପରା କିପରି ଲଦିଦେଇ ପାରୁଛନ୍ତି, ଯାହାକି ଆପଣ ନିଜେ ହିଁ କରିପାରିବେନି। ନିଆଁ...! ମୁଁ ହାତଯୋଡ଼ି ନିବେଦନ କରୁଛି, ନିଆଁ ସହ ଖେଳନ୍ତୁନି, ନାରୀମାନଙ୍କୁ ନିଆଁକୁ ଫିଙ୍ଗି ଦିଅନ୍ତୁନି।

ଆଗରୁ ମୁଁ ଆଣ୍ଟାର୍କଟିକାରେ ଥିଲି, ଦକ୍ଷିଣ ମେରୁ। ସେଠାକାର ଅଭିଜ୍ଞତା କହୁଛି- ବରଫ ହିଁ ବରଫ! ଜିଜ୍ଞାସାବଶତଃ ମୁଁ ବରଫର ଏକ ଚଟାଣରେ ଆଗକୁ ଆଗକୁ ଚାଲିବାକୁ ଲାଗିଲି, କିଛି ସମୟ ପରେ ମୋତେ ଏକ କ୍ଷୀଣ ସ୍ୱର ଶୁଭୁଥିବା ପରି ମନେହେଲା। ପଛକୁ ବୁଲି ଦେଖିଲି, ମୋ ଅଭିଯାନ ଦଳର ସାଥୀ ଜଣେ ମୋତେ ଫେରି ଆସିବାକୁ କହୁଥିଲେ। ବରଫ ଚଟାଣରେ ହୋଇଥିବା ଫାଟ ଆଡ଼କୁ ସେ ବାରମ୍ବାର ଇସାରା କରୁଥାନ୍ତି ଯାହାକି ଚଉଡ଼ା ହୋଇ ଚାଲିଥିଲା। ବନ୍ଧୁମାନେ, ସମୟ ଥାଉ ଥାଉ ମୁଁ ସାହସ କରି ଏ ପାଖକୁ କୁଦି ପଡ଼ିଲି, ଯଦି ସେଦିନ ସାହସ କରି ଡିଆଁ ମାରି ଏ ପାଖକୁ ଆସି ନ ଥାନ୍ତି ତାହେଲେ ମୁଁ ଆଜି ଆପଣମାନଙ୍କ ଗହଣରେ ନଥାନ୍ତି।

ମୁଁ ସତୀମାନଙ୍କ ବିଷୟରେ ଶୁଣିଲି, ଝିଅ ସମାନ ସାବିତ୍ରୀ କୁଅଁର ବିଷୟରେ ମଧ୍ୟ ଜାଣିଲି। ବାନ୍ଧାର ସତୀ ହୋଇପାରି ନ ଥିବା ସେ ବିଧବାର ଦୁଃଖ ବି ବୁଝିଲି, ତେଣୁ ଏ ସମାଜର ମଧ୍ୟ ଚିନ୍ତା କରିବା ଉଚିତ ଯେ ସେ ଦିନରାତି ସତ ଠାରୁ ଏବଂ ଆପଣାର ଲୋକଙ୍କଠାରୁ ଏହିପରି ଭାବେ ଧୀରେଧୀରେ ଦୂରେଇ ଯାଉଛି। କେଉଁ ମେରୁର ଶେଷସୀମା ଆଡ଼କୁ ଏପରି ଚେତନାଶୂନ୍ୟ ଭାବେ? ସର୍ବନାଶ ଘଟିଯିବା ପୂର୍ବରୁ ଫେରି ଆସନ୍ତୁ... ଫେରି ଆସନ୍ତୁ...!

ଚମତ୍କାରିତା, ମିଛ ଏବଂ ଅନ୍ଧବିଶ୍ୱାସ ଆତ୍ମଘାତୀ ଅଟେ। ଚୌରିଚୌରାରେ ଗାନ୍ଧିଜୀଙ୍କ ଅସହଯୋଗ ଆନ୍ଦୋଳନରେ କ'ଣ ହେଲା? କ'ଣ ହୋଇଥିଲା ବିର୍ସା ମୁଣ୍ଡା ଗିରଫ ହେବା ସମୟରେ? ଉଭୟ ଘଟଣାରେ ଇଂରେଜମାନଙ୍କ ଗୁଳି ପାଣି ହୋଇଯିବ - ଏପରି କୁହାଯାଇଥିଲା। ଚମତ୍କାରିତା ଏବଂ ଅନ୍ଧବିଶ୍ୱାସ ଧୋକା ହିଁ ଅଟେ। ଦୁଇଟି ଯାକ ଘଟଣାରେ ଲୋକେ ମୃତ୍ୟୁବରଣ କଲେ ନିଜେ ହିଁ ରଚିଥିବା ଧୋକାରେ। ଆମେ ଭାରତୀୟମାନେ ସବୁ ସ୍ଥାନରେ କାହିଁକି ଚମତ୍କାରିତା ପାଇଁ ବିବେକ ହରେଇବସୁ?"

ଶେଷରେ ଡ. ରଜନୀକାନ୍ତ ପୁଣି କହିଲେ- "ସାରଳା ଦାସ ରଚିତ ଓଡ଼ିଆ ମହାଭାରତରେ ଏକ କାହାଣୀ ଅଛି - ମହାଭାରତ ଯୁଦ୍ଧର ଅନ୍ତିମ ଦିନଗୁଡ଼ିକରେ ନିଜର ସମସ୍ତ କୌରବ ଭାଇ ଏବଂ ସୈନ୍ୟମାନଙ୍କୁ ମୃତ ଦେଖି ଦୁର୍ଯ୍ୟୋଧନ କୁରୁକ୍ଷେତ୍ର ଛାଡ଼ି ପଳାୟନ କଲା। କିଛି ଦୂର ଯିବା ପରେ ସାମ୍ନାରେ ଏକ ରକ୍ତର ନଦୀ ପଡ଼ିଲା। ତାକୁ ପାରି ହେବା ଜରୁରୀ ଥିଲା, ଏକ କାଠ ଗଣ୍ଡିକୁ ଧରି ଦୁର୍ଯ୍ୟୋଧନ ନଦୀ ପାର ହୋଇଗଲା। ପାରି ହେବା ପରେ ସେ ପଛକୁ ବୁଲି ଦେଖିଲା ଯେ ଯାହାକୁ ସେ କାଠଗଣ୍ଡି ବୋଲି ମନେ କରୁଥିଲା, ତାହା ତା' ନିଜ ପୁଅର ଶବ ଥିଲା- ସ୍ଥୁଳ ଭାବେ

ନ ଦେଖି ଭାବକୁ ଯଦି ବୁଝିବ ତାହେଲେ ଏକ ନିର୍ମମ ସତ୍ୟର ସଂକେତ ଅଟେ। ଆତ୍ମୀୟମାନଙ୍କ ରକ୍ତର ନଦୀକୁ ଆତ୍ମୀୟର ଶବ ଦ୍ୱାରା ପାରି ହେବା।"

ସବୁଦିନ ପରି ଆଜି ମଧ୍ୟ ନାଟକ ଶେଷରେ ଅଲୋକମଞ୍ଜରୀଙ୍କ ସତୀଦାହ ଘଟଣା ମଞ୍ଚସ୍ଥ ହେଉଛି। ରାମମୋହନଙ୍କ ବଡ଼ ଭାଇ ଜଗମୋହନଙ୍କ ମୃତ୍ୟୁ, ଭାଉଜ ଅଲୋକମଞ୍ଜରୀଙ୍କୁ ଢୋଲ ବାଜା ତୂରୀ ଭେରୀ ବଜାଇ ଅଣାଯିବା ଦୃଶ୍ୟ। ପତିଙ୍କ ଶବକୁ ଧରି 'ସହମରଣ' ପାଇଁ ବସିବା, ଚିତାର ନିଆଁ। ଲୋକମାନଙ୍କର ଚାଲିଯିବା, ସକାଳୁ ପୁଣି ଫେରିବା, ବୁଦା ମୂଳରେ ଲୁଚିଥିବା ଅଲୋକମଞ୍ଜରୀଙ୍କୁ ନେଇଆସି ପୁଣି ଚିତାରେ ଦେଇଦେବା।

ଜଳି ଉଠୁଥିବା ଲହଲହ ନିଆଁର ଧାସ ଅଲୋକମଞ୍ଜରୀଙ୍କ ଜଳି ଉଠୁଥିବା ଶରୀର... ମନେହେଲା ଆକାଶରୁ ବଜ୍ରପାତ ହେଲା ଏବଂ ଭୟଙ୍କର ଶବ୍ଦ ସହ ଅଲୋକମଞ୍ଜରୀଙ୍କ ଚିତା ଭିତରୁ ଏକ ସୁନ୍ଦରୀ ନାରୀ ପ୍ରକଟ ହେଲା। ତା'ର ଦୁଇ ପାଖରେ ପାଞ୍ଚ ବର୍ଷ ବୟସର ଦୁଇଟି ପୁଅ ଥିଲେ।

"କିଏ ଇଏ? କିଏ? କେମିତି ଆସିଲା?" ଏପରି ଅନେକ କ୍ରୋଧଭରା ପ୍ରଶ୍ନବାଣକୁ ଖାତିର ନ କରି ଦମ୍ଭର ସହ ଆଗକୁ ଆସି ସେ ମାଇକ୍‌କୁ ହାତରେ ଧରିନେଲା –

"ଆପଣ ସମସ୍ତ ବିଦ୍ୱାନଗଣ ସତୀମାନଙ୍କର ଯୋଗ୍ୟତା – ଅଯୋଗ୍ୟତା ଉପରେ ବାରମ୍ବାର ବିଚାର କରୁଛନ୍ତି, ଆଜି ଏକ ଜୀବନ୍ତ ସତୀ ଉପରେ ମଧ୍ୟ କିଛି ବିଚାର କରନ୍ତୁ।"

"କିଏ ସେ ଜୀଅନ୍ତା ସତୀ?" ଜଣେ ଧର୍ମାଚାର୍ଯ୍ୟ ପ୍ରଶ୍ନ କଲେ।

"ମୁଁ! ମୁଁ ସାବିତ୍ରୀ କୁଅଁର! ଏଇ ସ୍ଥାନରେ ମୋତେ ଜାଳି ମାରି ଦିଆଯାଇଥିଲା... ପାଞ୍ଚବର୍ଷ ତଳେ, ଏହି ଜାଗାରେ ପାଞ୍ଚବର୍ଷ ପରେ ପୁଣି ଆଜି ଠିଆ ହୋଇଛି।

ଚିହ୍ନନ୍ତୁ ମୋତେ, ଯାହାକୁ ତା ଜନ୍ମ କଲା ବାପା ବି ଚିହ୍ନିଲେନି, ଜନ୍ମଦାତ୍ରୀ ମାଆ ମୋତେ ଚିହ୍ନିପାରିଲାନି, ରାଜ୍ୟବାସୀ ଚିହ୍ନିପାରିଲେନି- ଚିହ୍ନନ୍ତୁ ମୋତେ। ଡି.ଏନ୍.ଏ ପରୀକ୍ଷା କରି ଦେଖିନିଅନ୍ତୁ। ଏକ ଲମ୍ବା ଶିକୁଳୀ ବାନ୍ଧି ରଖିଛି ଆମେ ଅଲୋକାମାନଙ୍କୁ। ହଁ, ମୁଁ ଅଲୋକମଞ୍ଜରୀ, ରାଜା ରାମମୋହନଙ୍କ ଭାଉଜ, ଯାହାକୁ ତା ସ୍ୱାମୀ ଜଗନମୋହନଙ୍କ ମୃତ୍ୟୁ ପରେ ମାରି ପିଟି ଜୋର୍ କରି ସତୀ କରାଯାଇଥିଲା, ଝଡ଼ ତୋଫାନ ବର୍ଷା ରାତିରେ। ସକାଳୁ ଦେଖିଲେ ମରି ନ ଥିବାର ଦେଖି ଗାଁ ଲୋକେ ପୁଣିଥରେ ଜଳେଇଦେଲେ।

ଶହଶହ ବର୍ଷ ଧରି ଧର୍ମ ଆଉ ପରମ୍ପରାର ବେଦୀରେ ଜଳି ଆସୁଛି। କିନ୍ତୁ ଏହାର ଜିଦ୍ ଦେଖନ୍ତୁ, ଇଏ ମରିନାହିଁ, ବଞ୍ଚି ରହିଛି। ଜଳିବାର ଦାଗ-ଏଇ... ଏଇ... ଏଇ।" ସେ ଲୁଗା ଖୋଲି ଗୋଟି ଗୋଟି କରି ପୋଡ଼ା ଦାଗ ଦେଖାଇବାକୁ ଲାଗିଲା।

ରାୟ ସାହେବ ଲାଠିଧାରୀ ପହିଲିମାନମାନଙ୍କୁ ଡକାଇଲେ, କିନ୍ତୁ ଧର୍ମାଚାର୍ଯ୍ୟ ଅଟକାଇ ଦେଲେ।

"ମୁଣ୍ଡର କିଛି ବାଳ ଜଳିଯାଇଥିଲା, ଚମଡ଼ା ଜଳି ଯାଇଥିଲା- ହେଇ ଦେଖନ୍ତୁ। କିଛି ନିଆଁ ବାହାରେ ଥିଲା ଆଉ କିଛି ଭିତରେ। ଏହି ଅଲୋକମଞ୍ଜରୀକୁ ସ୍ୱର୍ଗ ଅଟକାଇ ପାରିଲାନି। ସ୍ୱର୍ଗରୁ ଓହ୍ଲାଇ ଆସିଲା ସାବିତ୍ରୀ କୁଅଁର ରୂପରେ ଆପଣମାନଙ୍କ ଆଗକୁ। ନିଜର ଦୁଇ ପୁତ୍ର ଆଉ ପତି ସହ। ମୋର ଏକ ସନ୍ତାନ ପ୍ରଥମ ପତି ରାଜା ଉଦୟ ପ୍ରତାପଙ୍କ ଦ୍ୱିତୀୟ ପୁତ୍ରର ଅଟେ- ଏଇ ଲବ। ଆଉ ଦ୍ୱିତୀୟ ସନ୍ତାନ ଏହି ପତିଙ୍କ- ଅନମୋଲଙ୍କ ଠାରୁ- ଏଇ କୁଶ।

ମୁଁ ଆପଣମାନଙ୍କ ସାମ୍ନାରେ ଅଛି - ପାଞ୍ଚ ବର୍ଷ ଧରି ଆପଣଙ୍କ ଗହଣରେ ଅଛି। ଆପଣମାନେ ଚିହ୍ନିପାରିଲେନି, କାହିଁକି ? କାରଣ - ଆପଣମାନେ ମୋତେ ଜଳାଇଦେଇ ସ୍ୱାମୀ ପାଖକୁ ପଠେଇ ଦେଇଥିଲେ, କିନ୍ତୁ ମୁଁ ଜିଦ୍‌ଖୋର, ସ୍ୱର୍ଗରୁ ଫେରି ଆସିଲି।

ଯଦି ଆପଣମାନେ ଚାହାଁନ୍ତି ତେବେ ଏଇ ଅଲୋକମଞ୍ଜରୀକୁ ପୁଣିଥରେ ମାରି ଜାଳି ଦିଅନ୍ତୁ। ମୋର ଏଇ ଦାହରେ ଆପଣ ସମସ୍ତ ସ୍ତ୍ରୀ ପୁରୁଷ, ମାତା-ପିତା ସାମିଲ ରୁହନ୍ତୁ, ସମସ୍ତ ପୁଣ୍ୟାର୍ଥୀ, ଧର୍ମ-ପରମ୍ପରା, ସମାଜ - ମୁଁ ଆପଣଙ୍କ କାଠଗଡ଼ାରେ ଠିଆ ହୋଇଛି ବିଚାର କରନ୍ତୁ।"

ବିଶେଷ ଦ୍ରଷ୍ଟବ୍ୟ

୧   ବେଢ଼ିନ୍ : ଏକ ସଂପ୍ରଦାୟ, ଯେଉଁମାନେ ନିଜ ଝିଅମାନଙ୍କୁ ନେଇ
      ଦେହବ୍ୟବସାୟ କରାନ୍ତି ବୋଲି କୁହାଯାଏ।

୨   ବଘେଲୀ : ହିନ୍ଦୀ ଭାଷାର ଏକ ଉପଭାଷା। ମଧ୍ୟପ୍ରଦେଶ, ଉତ୍ତର ପ୍ରଦେଶ ଓ
      ଛତିଶଗଡ଼ର କିଛି ଅଞ୍ଚଳରେ ବ୍ୟବହାର କରାଯାଏ।

୩   ମହୋବା : ଉତ୍ତର ପ୍ରଦେଶର ଏକ ରାଜ୍ୟ

୪   କୁଶବାହା : ଏକ ସଂପ୍ରଦାୟ

୫   ବେଢ଼ିଆ : ବିହାରର ଏକ ଜିଲ୍ଲାର ନାମ

୬   ଥାରୁ : ଏକ ଜନଜାତି

୭   ହାଡ଼ା : ଏକ ରାଜପୁତ ବଂଶ, ଯାହାର ରାଣୀ ନିଜ ସତୀତ୍ୱ ରକ୍ଷା କରିବାକୁ
      ଯାଇ ନିଜ ବେକକାଟି ଦେଇଥିଲେ।

୮   ଆଲହା ଓ ଉଦଲ : ଦୁଇ ଭାଇଙ୍କ ନାମ

BLACK EAGLE BOOKS

www.blackeaglebooks.org
info@blackeaglebooks.org

Black Eagle Books, an independent publisher, was founded as a nonprofit organization in April, 2019. It is our mission to connect and engage the Indian diaspora and the world at large with the best of works of world literature published on a collaborative platform, with special emphasis on foregrounding Contemporary Classics and New Writing.

www.ingramcontent.com/pod-product-compliance
Lightning Source LLC
Chambersburg PA
CBHW050142110726
47898CB00008B/2632
9781645607755